JA

ULRIKE RENK

Das Lied der Störche

atb aufbau taschenbuch

ULRIKE RENK, Jahrgang 1967, studierte Literatur und Medienwissenschaften und lebt mit ihrer Familie in Krefeld. Im Aufbau Taschenbuch liegen ihre Romane »Die Seidenmagd«, »Die Heilerin«, »Die Frau des Seidenwebers« und »Die Jahre der Schwalben« sowie ihre erfolgreiche Saga »Die Australierin«, »Die australischen Schwestern« und »Das Versprechen der australischen Schwestern« vor. Außerdem erschienen ihre Eifel-Thriller »Echo des Todes« und »Lohn des Todes«.

Mehr Informationen zur Autorin unter www.ulrikerenk.de

Ostpreußen 1920: Frederike wächst mit ihren Stiefgeschwistern aus der zweiten und dritten Ehe ihrer Mutter glücklich und unbeschwert auf einem Gut in der Nähe von Graudenz auf. Jedoch ist ihre Zukunft ungewiss, denn ihr Erbe ist nach dem großen Krieg verloren gegangen und obwohl ihr Stiefvater sie liebt und ihr zur Seite steht, hat sie weder Auskommen noch Mitgift. So entschließt sie sich, eine Schule für höhere Gutstöchter zu besuchen, um sich dort auf die Leitung eines Gutes vorzubereiten. 1928, mit neunzehn Jahren, kehrt sie auf das Gut ihres Stiefvaters zurück. Dort trifft sie Ax von Stieglitz, den Sohn eines verstorbenen Freundes ihres Stiefvaters, wieder. Ax ist vierzehn Jahre älter als Frederike. Trotz des Altersunterschieds ist Frederike fasziniert von ihm und fühlt sich sehr geschmeichelt, als er ihr Aufmerksamkeit schenkt. Doch etwas scheint ihn davon abzuhalten, um Frederikes Hand anzuhalten.

ULRIKE
RENK

Das Lied der Störche

ROMAN

atb aufbau taschenbuch

MIX
Papier aus verantwortungsvollen Quellen
FSC® C083411

ISBN 978-3-7466-3246-9

Aufbau Taschenbuch ist eine Marke der Aufbau Verlag GmbH & Co. KG

7. Auflage 2018

Umschlaggestaltung www.buerosued.de, München
unter Verwendung von Motiven von
© Lee Avison/Trevillion Images und © www.buerosued.de
Gesetzt aus der Adobe Garamond durch die LVD GmbH, Berlin
Druck und Binden CPI books GmbH, Leck, Germany
Printed in Germany

www.aufbau-verlag.de

Für Gebhard und Susanne zu Putlitz

TEIL EINS

Ostpreußen, Gut Fennhusen, 1920

Kapitel 1

In der Nacht, in der Frederikes Stiefvater starb, hatte das Wolfsrudel auf dem Nachbargut geheult. An diese Nacht erinnerte sie sich auch jetzt noch – sechs Jahre später.

Hektor hatte mit gesträubtem Nackenfell an der Tür gelauert und geknurrt. Sie hatte den jungen Hund zu sich ins Bett genommen, ihn an sich gedrückt. Hektor hatte sich augenblicklich beruhigt und damit auch sie. Damals waren sie nur zu Besuch auf dem Gut der Familie ihres Stiefvaters gewesen. Ab heute sollte das Gut der von Fennhusens offiziell ihr Zuhause werden.

Hektor lag in der Sonne auf dem Hof und schien das hektische Treiben um sich herum nicht wahrzunehmen. Ob es die Wölfe auf dem Nachbargut noch gab? Und lebte das Rudel immer noch in dem großen Gehege im Wald?, dachte Frederike, während sie sich auf der Eingangstreppe in die Sonne setzte.

»Träumst du, Freddy?« Leni, die Dienstmagd, die einen Korb voll frischer Tischwäsche trug, stupste sie an. »Du kannst helfen, es gibt alle Hände voll zu tun.«

Langsam stand Frederike auf, strich den Rock glatt und ging ins Haus. Hektor sprang auf und folgte ihr. Ihre Mutter flatterte wie ein aufgeregter Kanarienvogel, vor dessen Käfig eine Katze hockt, durch die Diele, in die immer mehr Koffer und Kisten gebracht wurden.

»Vorsicht«, rief die Mutter. »Das ist mein gutes Porzellan, die Aussteuer meiner ersten Ehe.«

»Ja, Gnädigste«, brummte der Knecht und stellte die Kiste unsanft zu Boden. Die Mutter seufzte auf. »Wo sind deine Geschwister, Freddy?« Frederike zuckte mit den Achseln. »Geh sie suchen und pass auf sie auf. Die Mädchen haben genug zu tun und können sich nicht auch noch um euch kümmern. Und der Hund hat im Haus nichts verloren.« Mit einer ungeduldigen Handbewegung scheuchte sie ihre älteste Tochter davon.

Ich bin doch kein Huhn, dachte Frederike empört und schaute sich suchend um. Wo mochten Fritz und Gerta sein? Dicht gefolgt von Hektor ging sie durch das Gartenzimmer auf den Hof.

Sie, Frederike, stammte, genau wie das Porzellan, aus der ersten Ehe ihrer Mutter. Ihren leiblichen Vater hatte sie nie kennengelernt. Als junges Mädchen hatte ihre Mutter Fred von Weidenfels geehelicht und erwartete schon bald ein Kind. Drei Monate vor Frederikes Geburt war ihr Vater auf die Jagd geritten, verfolgte mit erhobenem Kopf den Flug der Falken, statt auf den Weg zu achten. So brach sich nicht nur sein Pferd, sondern auch er den Hals.

Ihre Mutter tröstete sich schon bald in den Armen Egberts von Fennhusen, heiratete ihn nach einer angemessenen, aber sehr kurzen Trauerzeit und gebar zwei weitere Kinder, Fritz und Gerta. Doch Egbert starb in den ersten Tagen des großen Krieges, der ganz Europa verwüstete.

Jetzt, drei Jahre nach Kriegsende, hatte die Mutter schließlich den dritten Versuch gewagt. Ihr Name änderte sich indes nicht, sie blieb eine von Fennhusen, denn ihr dritter Mann war der Vetter ihres zweiten Gatten. Ihm gehörte das Gut der Familie, das so weit im Osten lag, dass es fast einer Weltreise gleichkam, hierherzureisen. Mit dem Zug von Berlin, zweimal umsteigen und schließlich mit Kutschen und Karren über holperige Wege, die im Frühjahr zu Schlammbahnen wurden.

Es ist eine Strafe, dachte die elfjährige Frederike, hier wohnen zu müssen, wo sich Fuchs und Hase gute Nacht sagen.

Ihr Halbbruder Fritz, der gerade neun geworden war, schien das anders zu sehen. Er hatte sich Schuhe und Strümpfe ausgezogen und stand bis zu den Knien im Teich hinter dem Haus.

»Freddy, schau mal«, rief er begeistert. »Hier gibt es Fische. Und einen Salamander habe ich auch schon gesehen. Und in den Wiesen klappern die Störche.«

»Bei dir klappert wohl auch was. Du wirst dich schmutzig machen.« Frederike rümpfte die Nase. »Und wenn du nicht aufpasst, fällst du in die Brühe, dann setzt es bestimmt was.«

»Und wenn schon. Mutter wird es nicht bemerken, sie ist viel zu beschäftigt mit ihren Kisten.« Fritz grinste. »Der Hauslehrer kommt auch erst in ein paar Tagen.«

Frederike sah sich um. »Wo ist Gerta?«

Fritz zuckte nur mit den Achseln und stocherte mit einem Ast im Schlamm. Hinter dem Haus befand sich der Ziergarten mit der Terrasse, dem sanft abfallenden Rasen bis hin zum Teich, der von großen Weiden überschattet wurde. Dahinter schloss sich der Nutzgarten an, neben dem die Stallungen waren. Die Türen standen weit auf, Schwärme von Mücken hoben und senkten sich wie eine Wolke im Sonnenlicht. Frederike ging zum Stall, schaute in den ersten Gang. Es roch süßlich nach Pferden und es duftete nach Heu. Gerta saß auf einem Strohballen und hielt ein Kätzchen in den Armen.

»Schau mal«, sagte sie zu ihrer Schwester. »Da sind noch welche, dort in der Ecke. Sie sind so weich. Ob Onkel Erik mich eins haben lässt?«

»Willst du es etwa mit ins Haus nehmen?« Frederike lachte und setzte sich zu ihr auf den Strohballen.

Gerta nickte. »Du hast doch Hektor und Fritz hat seinen Arco. Warum sollte ich nicht auch ein Tier haben?«

»Aber eine Katze? Die gehören in die Stallungen oder den Keller, im Haus fühlen sie sich nicht wohl.«

»Gräfin zu Steinfels hat zwei Katzen in ihrer Wohnung in Berlin.« Gerta streckte trotzig das Kinn nach vorne.

»Das sind aber Zuchtkatzen. Und diese hier sollen Mäuse fangen.« Frederike seufzte. »Davon wird es hier genügend geben.«

»Ich will aber ein Kätzchen. Ob Onkel Erik es mir erlaubt?«

»Er bestimmt, aber die Mamsell wird es nicht zulassen. Willst du es etwa an der Leine führen?« Frederike kicherte leise bei der Vorstellung, dann beugte sie sich vor und nahm auch eins der Katzenkinder in den Arm. Es schnurrte und ließ sich von ihr kraulen.

»Welches würdest du nehmen? Das Getigerte oder das Helle dort vorne?«

»Ich würde gar keins haben wollen.« Frederike schnaufte. Der Staub kitzelte in ihrer Nase, das Stroh stach ihr in die Unterschenkel, dennoch hatte sie keine Lust, wieder zurück in das hektische Haus zu gehen. In den Boxen stampften zwei Pferde, streckten die Köpfe neugierig zu ihnen. Hier am Haus waren nur die Reit- und Kutschpferde untergebracht. Das Gestüt war ein Stück weit die Straße herunter. Onkel Erik, den die Kinder schon seit jeher kannten, züchtete Pferde für die Armee, das wusste Frederike. Außerdem betrieb er Landwirtschaft, hatte sie gehört. Was man sich genau darunter vorzustellen hatte, wusste sie jedoch nicht. Schon öfters war die Familie hier zu Besuch gewesen. Auch zu Beginn des Krieges waren sie aufs Land gezogen. Damals, als alles noch anders war, und der Papa, der zwar nicht ihr leiblicher war, aber der Einzige, den sie kannte, noch lebte. Hier hatte die Mutter von seinem Tod erfahren, fast zwei Tage nachdem die Wölfe geheult hatten, denn solange brauchte der Bote bis hierher, trotz Telegramm.

»Fritz!«, rief plötzlich die empörte Leni. »Was machst du denn da? Bist du des Wahnsinns?«

Frederike beugte sich nach rechts, schaute durch die Stalltür zum Teich. Ihr Bruder drehte sich erschrocken um, verlor auf dem schlammigen Grund den Halt, fiel mit fuchtelnden Armen nach hinten und klatschte mit dem Rücken aufs Wasser.

Frederike lachte laut auf, Leni schrie und Fritz kreischte.

»Komm, wir müssen ihm helfen.« Frederike sprang auf, lief zum Teich. Prustend saß ihr Bruder im Wasser, von Schlamm und Entengrütze bedeckt. Er grinste breit.

»Du holst dir den Tod. Komm sofort heraus«, rief Leni. »Wenn das deine Mutter sieht.«

»Das Wasser ist gar nicht so kalt. Wird es dort hinten tiefer? Dann könnte man glatt schwimmen.« Fritz drehte sich auf den Bauch und paddelte ein wenig. »Herrlich ist es. Ganz erfrischend, Leni. Magst du nicht auch reinkommen?«

»Komm sofort da raus, Junge.« Leni stand am Ufer und schaute zu ihm, raffte die Röcke und schien zu überlegen, ob sie hineinwaten solle. »Ich ziehe dir die Ohren lang.«

»Dafür musst du mich erst einmal kriegen.« Fritz lachte.

»Komm jetzt raus.« Die Stimme des Mädchens klang auf einmal flehentlich, sie schaute sich unsicher zum Haus um. »Deine Mutter … die gnädige Frau …«

»Nun komm schon«, sagte Frederike und verkniff sich das Lachen. »Mach es Leni nicht noch schwerer. Raus mit dir.«

Fritz stand langsam auf, der Schlamm und das Wasser liefen ihm über den Körper und aus den Beinen der kurzen Hose. Er zuckte zusammen, als ein kleiner Fisch sich zappelnd den Weg nach unten und zurück ins Wasser suchte. Dann stapfte er ans Ufer.

»Mutter wird schimpfen«, sagte Gerta, die sich neben Frederike gestellt hatte. Sie hielt immer noch das Kätzchen im Arm.

»Mit dir auch, wenn du weiterhin den Flohteppich festhältst«, sagte Fritz. Gerta sah ihn entsetzt an, dann ließ sie das Kätzchen fallen. Es miaute erschrocken auf, tapste dann zurück zur Scheune.

Aus der Ferne hörte man den schrillen Ton einer Hupe, gefolgt vom Knattern eines Motors.

»Onkel Erik!« Fritz lief zum Haus. »Schnell, Leni, lass mir ein Bad ein, wir müssen ihn begrüßen.«

»Kannst dich am Brunnen waschen«, rief Leni ihm kopfschüttelnd hinterher.

Gerta strich sich wieder und wieder über das Kleid, kratzte sich am Kopf. »Flöhe?«, murmelte sie entsetzt.

Frederike seufzte. »Flöhe hast du im Kopf, mehr nicht. Komm, lass uns Mutter suchen.«

Die nächsten Tage herrschte Hektik und Chaos im Gutshaus, aber seit Erik da war, beruhigte sich zumindest die Mutter. Frederike dagegen konnte sich nicht so schnell eingewöhnen. Sie teilte kein Zimmer mehr mit Gerta. Zuerst hatte ihr der Gedanke sehr gefallen, ein eigenes Zimmer zu haben. Aber hier, auf dem riesigen Gutshof, fühlte sie sich verloren und einsam. Vorletzte Nacht hatte sich ihre kleine Schwester heimlich zu ihr geschlichen. Kuschelig und warm war es unter dem großen Plumeau, sie hatten geflüstert und gekichert und waren dann Arm in Arm eingeschlafen.

Aber am Morgen danach war nicht Leni zum Wecken gekommen, sondern die Mamsell. Missbilligend hatte sie die Mädchen angesehen. Nach dem Frühstück dann hatte Onkel Erik sie zu sich gerufen.

»Freddy, Gerta, ich hoffe, ihr habt euch schon an das neue Zuhause gewöhnt«, sagte er freundlich.

»Ja, Onkel Erik«, sagte Gerta. Frederike schwieg.

»Nun, die Mamsell hat mir gesagt, dass ihr zusammen in einem Bett geschlafen habt. Stimmt das?«

Die beiden Mädchen sahen sich verwirrt an und dann nickten sie.

»Seht ihr, wir haben ein großes Haus, das viel zu lange leer gestanden hat. Und nun soll das anders werden, meine Täubchen. Hier wird jetzt die Familie leben, wir alle zusammen. Aber es müssen gewisse Regeln eingehalten werden. Dazu gehört auch, dass ihr nicht wie die Bauerskinder in einem Bett schlaft. Ich weiß«, er nickte, »ihr hattet bis jetzt ein turbulentes Leben. Der Tod eures Vaters, der Krieg und so weiter und so weiter. Aber nun ist es anders. Nun leben wir hier als eine Familie und können zur Ruhe kommen. Aber es gibt bestimmte Regeln zu beachten.« Er lächelte ihnen zu, trank einen Schluck aus seiner Kaffeetasse. »Ich möchte, dass ihr euch fügt und euch wie Gutsherrenkinder benehmt und nicht wie Leute.« Er sah sie voller Erwartungen an.

Frederike und Gerta nickten, obwohl sie nicht wirklich verstanden, was er von ihnen wollte.

»Ich sehe, ihr versteht mich«, sagte er zufrieden. »Gut, dann bitte verhaltet euch entsprechend. Und jetzt dürft ihr gehen.«

Am nächsten Abend schlich Frederike, die nicht schlafen konnte, die Treppen hinunter, hockte sich in der Diele auf einen der Sessel vor dem Salon und lauschte Mutter und Stiefvater. Hektor war ihr gefolgt und legte sich zu ihren Füßen.

»Wir müssen eine Gesellschaft geben, Erik«, sagte die Mutter. »Schon alleine, um unsere Hochzeit nachzufeiern.«

»Liegt dir viel daran?« Er klang amüsiert.

»Nein. Nicht so, wie du es jetzt meinst. Aber wir müssen die Nachbarn einladen, es offiziell machen, das verstehst du doch?«

»Vermutlich hast du recht«, sagte er nachdenklich. »Jedoch … nun, du wirst das mit der Mamsell besprechen müssen.« Er räusperte sich.

»Mit der Mamsell, natürlich.« Mutters Stimme klang auf einmal gar nicht mehr vergnügt. »Ich glaube, die Mamsell und ich werden keine engen Freunde werden.«

Wieder räusperte sich Onkel Erik. »Sie steht dem Haushalt schon lange vor. Seit dem Tod meiner Mutter hat sie alles alleine bewältigt, denn Edeltraut mag sich ja nicht mit solchen Sachen befassen.«

Tante Edeltraut war Onkel Eriks unverheiratete Schwester, die mit auf dem Gut lebte. Ihr Verlobter war im Krieg gefallen, seitdem trug sie Trauer. Meistens saß sie auf der Veranda und strickte, stickte oder versah andere Tätigkeiten.

»Ich weiß, Erik. Aber nun bin ich da. Und ich werde diesen Haushalt auf meine Weise führen«, antwortete die Mutter fest.

»Es ist wirklich schwer, vernünftiges Personal zu bekommen.« Onkel Erik klang etwas mürrisch.

»Was genau möchtest du mir damit sagen?«

»Nun, ich möchte, dass du versuchst, mit der Mamsell auszukommen. Sie hat sich bei mir auch über die Kinder beklagt. Freddy und Gerta haben zusammen in einem Bett geschlafen, das gehört sich nicht.«

Frederike zuckte zusammen. Würden sie jetzt Ärger bekommen?

»Papperlapapp. Und wenn schon? Sie haben sich in Potsdam ein Zimmer geteilt. Hier ist alles neu für sie, sie brauchen Zeit, um sich einzugewöhnen.« Die Mutter stockte, dann fuhr sie langsamer fort: »Aber was meinst du mit ›auch‹? Worüber hat die Mamsell noch mit dir gesprochen?«

Wieder räusperte sich Onkel Erik. »Ich weiß, ihr seid erst ein paar Tage hier und vieles ist neu für euch …«

»Ja?«

»Wir haben gewisse Regeln, einen Tagesablauf, den die Leute so kennen und auch so weiterführen möchten.«

»Ja?« Frederike konnte die Anspannung in der Stimme ihrer Mutter hören.

»Zum Beispiel stehen wir immer um halb sieben auf. Ich halte um sieben vor dem Hauspersonal, der Familie und eventuellen Besuchern eine kleine Andacht, jeden Morgen. Danach gibt es das erste Frühstück.«

»Ist das so? Und alle haben teilzunehmen?«

»Genau, Liebes. Es wäre schön, auch für das Personal – unsere Leute, wenn wir das weiterhin so halten könnten.«

»Nun gut. Was gibt es sonst noch?«

»Der Hauslehrer hat sich für morgen angekündigt. Er ist ein gebildeter Mann, allerdings ein Kriegsveteran.«

»Das ist gut, dann haben die Kinder auch endlich wieder Struktur in ihrem Tagesablauf.«

»Und zu der Gesellschaft – das musst du mit der Mamsell besprechen, genauso wie die tägliche Haushaltsführung. Am besten nach dem ersten Frühstück, wenn ich mich mit dem Inspektor treffe.«

»Erik, ich weiß, wie man einen Haushalt führt.«

»Sicher, sicher, Liebes, aber ein Gut ist doch etwas anderes als dein kleiner Stadthaushalt in Potsdam. Die Mamsell meint es sicher nur gut und wird dir helfen, dich besser zurechtzufinden.«

»Wie du meinst …«

»Freddy?«, zischte es plötzlich hinter ihr in der Diele. »Was zum Kuckuck machst du denn hier?«, fragte Leni. »Du gehst sofort nach oben und in dein Bett. Das ist ja ungehörig, hier im Dunkeln den Erwachsenen zu lauschen, wo hat man so etwas schon gesehen?«

Frederike raffte ihr Nachhemd und lief, so leise es ging, die Treppe hoch in ihr Zimmer. Hatten Mama und Onkel Erik Streit wegen der Mamsell, fragte sie sich, bevor sie einschlief. Und was würde aus der Gesellschaft werden? Sie hoffte, dass die Mutter sich durchsetzen würde. Eine Gesellschaft – wie traumhaft und aufregend.

Kapitel 2

Am folgenden Morgen weckte das Mädchen die Kinder in aller Frühe.

»Wie spät ist es denn?«, fragte Frederike verschlafen.

»Gleich sechs. Beeil dich, wasch dich und zieh dich an. Um sieben hält der gnädige Herr die Morgenandacht.« Leni zog die Vorhänge beiseite und öffnete das Fenster.

»Um sieben?« Frederike war entsetzt. »So früh?«

»Das ist hier so üblich. In der Erntezeit sogar noch ein wenig früher.«

Ach ja, dachte Frederike, das hatte Onkel Erik gestern Abend mit Mutter besprochen. »Ich fürchte, einige Dinge werden sich von nun an gründlich ändern«, murmelte Leni.

Die Leute, so nannten sie hier die Angestellten, hatten sich schon im kleinen Salon versammelt. Auch Mutter, ihre Geschwister und Tante Edeltraut waren da. Fritz hatte die Haare nicht gekämmt und sah so verschlafen aus, wie Frederike sich fühlte.

Onkel Erik las die Tageslosung vor und ein Kapitel aus der Lesung, dann durften sie zum Frühstück gehen. Es gab eine Scheibe Brot mit Wurst, Malzkaffee für die Kinder, Kaffee für die Erwachsenen und etwas Milchsuppe.

Im Anschluss ging Onkel Erik in sein Büro, wo der Verwalter des Guts schon wartete, und die Mutter nahm das Haushaltsbuch aus der Schublade und ließ die Mamsell zu sich rufen.

»Wann kommt der Hauslehrer?«, fragte Fritz Gerulis, den ersten Hausdiener.

»Mit dem ersten Zug soll er kommen. Hans hat schon angespannt und fährt gleich zum Bahnhof.«

»Darf ich mit?«, fragte Fritz aufgeregt.

»Nur, wenn du dir die Haare kämmst«, entgegnete Leni. Sie schaute zu Gerulis, dieser nickte.

»Warum nicht? So lernst du die Gegend auch gleich besser kennen.«

»Dürfen wir auch mit?«, wollte Gerta wissen.

Doch zu ihrer und Frederikes Enttäuschung schüttelte das Kindermädchen den Kopf. »Das ist nichts für euch junge Damen. Aber ihr dürft in die Küche gehen, wenn ihr wollt.«

Gerta nickte eifrig. Bisher waren sie noch nicht im Souterrain gewesen.

Sie gingen die Treppe hinunter und durch den Gang. Vorne waren die Kellerräume, wo Wein und Vorräte gelagert wurden. Nach hinten raus fiel das Grundstück etwas ab, so dass die Küche durch große Fenster erhellt wurde. Rechts gab es den Gesinderaum mit einem großen Tisch, an dem die unverheirateten Arbeiter des Gutes ihre Mahlzeiten bekamen.

An der Fensterseite der Küche befanden sich die Spültische. Der große Herd stand in der Mitte des Raumes, auf ihm ein großer Kessel, in dem immer Wasser warmgehalten wurde.

Frederike sah sich um. Die Küche war viel größer als die in Potsdam, und es herrschte eifriges Treiben. Zwei Mädchen spülten das Geschirr. Zwei weitere schmierten Brote, die die Arbeiter als zweites Frühstück bekamen. Ein anderes packte die Brote in Blechdosen und brachte diese in den Gesinderaum.

»Die jungen Herrschaftchen«, sagte eine korpulente Frau mit einer weißen Haube und einer Schürze, die ihren Leib zusammenzuhalten schien. »Was fier eine Ehre.« Aber sie lächelte freundlich.

»Guten Tag«, sagte Gerta und knickste. »Ich bin Gerta von Fennhusen und dies ist meine Schwester Frederike von Weidenfels.«

Auch Frederike, eingeschüchtert von so viel Masse hinter der Schürze, knickste.

»Ich bin Meta Schneider, die Kechin. Für die Mamsell bin ich allerdings nur ›Schneider‹.« Sie lachte. »Ei, dann kommt mal mit.«

Erstaunt schaute Frederike zu einer Schranktür, die in der Wand eingelassen war.

Die Köchin sah Frederikes Blick. »Das ist der Speisenaufzug.«

»Was?«

»Ei, schau mal.« Sie schob die Tür auf und zeigte in den kleinen Aufzug, der drei Fächer hatte. »Da kommen die fetijen Speisen rein und werden hochjezogen. Frieher haben wir een Seilzug gehabt, aber der gnedige Herr mag es modern und nu haben wir Elektrizität. Erbarmung, dass er noch mehr Leitungen in die Kiche legt. Dann kündige ich. Deuwelszeug, jenau wie de Fernsprecher. So was gab es frieher och nüscht und wir haben alle ieberlebt.« Sie seufzte. »Aber praktisch ist es. Die beschmadderten Teller kommen so auch wieder runter. Hattet ihr das in Berlin nich, Marjellchens?« Sie sah die Mädchen neugierig an.

»Wir kommen doch aus Potsdam«, sagte Gerta empört. »Nicht aus Berlin.«

»Das ist doch dasselbe«, sagte die Köchin und lachte. »Ei, dann kommt mal, ihr Potsdamerinnen. Ich seh, ihr seid jankrich nach Stullen und sießer Butter. Muss schwer fier euch sein, nich? Alles ist anders hier.«

»Oh ja«, seufzte Gerta. »Gibt es auch Milch?«

Wieder lachte die Köchin. »Milch? Ob wir Milch haben? Wir haben dreißig Kiehe im Stall, da werden wir doch Milch haben.«

Sie führte die Mädchen in den Gesinderaum. An dem großen Tisch lasen zwei Mädchen die ersten Bohnen und Erbsen, ein Knecht brachte frisches Feuerholz, ein anderer nahm die Asche, die noch glühte, mit auf den Hof. Am rechten Tischende lag ein dickes Buch, ein Tintenfass und eine Feder.

»Das ist mein Platz«, sagte die Köchin gewichtig. »Und mein Haushaltsbuch. Da hat niemand außer mir was verloren. Ihr könnt euch auf die Bank setzen. Inge, bring Sauermilch, Brot und Butter fier die Herrschaften.«

Gerta rutschte auf die Bank, aber Frederike blieb vor einem Schränkchen stehen. Aus dem Schränkchen schien es zu piepsen.

»Was ist das?«

»Ein Brutschrank. Erbarmung. Das kennste nich? Obwohl du aus Potsdam kommst?«, wieder lachte die Köchin, aber es klang nur belustigt, nicht abwertend.

»Nein. Was ist das denn?«, fragte Frederike nach.

»Pischkachel, darin werden die Eier vonne Puten und Jänsen ausjebrietet. Mit kienstliche Hitze. Das ist eine Kunst fier sich, weil es immer die gleiche Temperatur braucht. Deshalb darf auch niemand annen Schrank – außer mir. Es missen immer jenau 38,5 Grad sein. Ei, hier oben ist ein Thermometerchen einjebaut und es zeigt an, wie warm es ist. Mehr als ein halbes Grad darfet aber nicht abweichen. Dann muss ich Wasser inne Kiehlung oder Kohlen inne Pfanne jeben. Und wenn alles gut läuft, schlüpfen die Kieken.«

»Phänomenal«, sagte Frederike beeindruckt. »Und dann?«

»Ei, dann kommen sie hierher, die Kieken.« Die Köchin öffnete ei ne Tür, die zu einem Vorraum führte. Von da aus ging es fünf Treppenstufen nach oben in den Hof. An der Seite war eine Art kleines Gehege gebaut, dick gepolstert mit Heu und Stroh. Darin piepste es eifrig.

»Das sind unsere künftigen Gänse und Puten.« Die Köchin klang stolz. »Frieher mussten wir hoffen, dass wir eine gute Henne mit einem guten Gelege haben. Heite können wir das selbst inne Hand nehmen. Das is wahrer Fortschritt.«

»Toll!«, Frederike nickte, schaute aber dann zurück in die Küche, dort saß Gerta und stopfte sich mit süßem Brot und Butter voll. Aber die Köchin ließ Frederike noch nicht gehen.

»Wie habt ihr das in Potsdam jemacht?«, wollte sie wissen.

»Oh … ähm. Wir hatten nur einen kleinen Nutzgarten. Ein paar Hühner. Über den Sommer legten sie Eier, im Herbst kamen sie in die Suppe, glaube ich. Das weiß Leni sicher besser.«

Die Köchin schnaufte. »Leni will nicht darüber reden. Erbarmung. Dabei habe ich jedacht, im Westen wäre alles viel moderner. Ich weiß ja noch nich emal, was ich kochen soll. So ein Kuddelmuddel, seit der Gnädigste die Gnädigste jeheiratet hat. Jahrelang war alles gut so, wie es war. Nur der Gnädigste und seine Schwester, das gute Freilein Edeltraut. Und die Jäste zur Sommerfrische. Ihr wart ja auch schon ein paar Mal hier.«

Frederike nickte. Aber es war etwas anderes, ob man für eine oder zwei Wochen irgendwo zu Besuch war, oder ob man dort leben musste. Das sah die Köchin wohl ähnlich. Endlich schob sie Frederike wieder in die Küche, führte sie zur Bank unter dem Fenster.

»Nu hock dich hin und iss, Marjellchen. Kannst ja nuscht fier«, grummelte die Köchin. »Fier Jäste, die in die Sommerfrische hierher fahren, zu kochen, ist eines, fier Herrschaften das janze Jahr ieber zu kochen, was anderes. Wie soll das nur werden? Die Mamsell dreht schier durch. Und sie lässt alles an uns aus.« Wieder seufzte sie. »Hattet ihr in Potsdam viele Feierlichkeiten? Viele Jäste?«

Frederike hatte sich gerade das köstliche, noch warme süße Brot in den Mund gestopft und konnte nicht antworten. Wie lecker es war, so ganz anders als das Schwarzbrot, das sie zum ersten Frühstück bekamen. Das war zwar manchmal mit Marmelade, aber so hart, dass man jeden Bissen fast endlos kauen musste, bis man ihn hinunterbekam. Hatten die Leute etwa bessere Verpflegung als sie? Solch süßes Brot hatte sie nur hier in der Sommerfrische bekommen.

Die Köchin schien ihre Gedanken erraten zu haben. »Das is frisch gebacken. Heute frieh. Auf Anweisung von der Mamsell. Nich, dass ihr glaubt, wir hätten so etwas ständig in der Kieche. Ihr braucht gar nicht kommen. Ich lasse mir nichts ablunkern.« Dann lachte sie. »Aber ich sehe, dass ihr noch Janker habt, auf mehr. Inge, bring noch was.«

Eine Stunde verbrachten sie in der wohligen Wärme der Küche, die Luft gefüllt mit Gerüchen aller Art. Speck wurde ausgelassen, Mehlschwitze bereitet, Butter gebräunt, Eier gestockt. Es duftete aus allen Ecken und Enden.

»Der Herr Lehrer kommt«, rief dann plötzlich aufgeregt eines der Küchenmädchen, das gerade von draußen hereinkam. »Hab den Wagen auf der Chaussee gehört.«

»Lass uns nach oben gehen«, meinte Frederike zu Gerta und fasste sie bei der Hand. »Von meinem Zimmer aus können wir auf den Eingang sehen.«

Sie bedankten sich artig bei der Köchin, huschten dann schnell die

Treppen nach oben bis in den ersten Stock. Im Flur kamen ihnen Leni und ein weiteres Mädchen entgegen, die frische Bettwäsche trugen.

»Na, wohin wollt ihr denn so eilig?«, fragte Leni belustigt. »Ist etwa jemand hinter euch her? Die Mamsell vielleicht?«

»Der Hauslehrer kommt. Wir wollen seine Ankunft beobachten.«

»Oh«, meinte Rita, das Zimmermädchen. »Das will ich auch sehen.«

»Schnell«, sagte nun auch Leni.

Sie eilten in Frederikes Zimmer, schoben die Gardinen beiseite und öffneten das Fenster. In diesem Moment fuhr die Kutsche vor. Auf dem Kutschbock saß Fritz neben Hans, dem Kutscher, und schwenkte seine Mütze.

Hans sprang vom Landauer und öffnete dem Lehrer die Tür.

»Jetzt kommt er«, flüsterte Rita. »Wie er wohl aussehen mag? Ob er jung oder alt ist?«

»Du wirst es ja gleich sehen«, entgegnete Leni und beugte sich noch ein Stückchen weiter vor.

Der Lehrer war ein wenig größer als Hans, aber auch breiter. Er hatte, zu ihrem Bedauern, einen Hut auf, so dass sie sein Gesicht nicht sehen konnten. Außerdem trug er einen Mantel, der viel zu warm für das schöne Wetter Ende Juni zu sein schien, und stützte sich schwer auf einen Stock.

»Ein Greis«, meinte Gerta erschrocken.

»Pst«, fuhr Frederike sie an. Der Lehrer schaute sich um, und die vier Mädels duckten sich schnell.

»Oh Gott, habt ihr das gesehen?«, wisperte Rita. »Es ist ein Monster.«

»Blödsinn, Rita«, wies Leni sie zurecht. »Er ist ein Kriegsveteran, hat die Gnädigste gesagt.«

»Aber das Gesicht, es ist ja voller Narben. Oder habe ich mir das eingebildet?«

»Hast du nicht, Rita«, sagte nun Frederike und seufzte. »Und ich habe so gehofft, dass wir einen stattlichen Lehrer bekommen, wo wir schon nicht mehr zur Schule gehen dürfen.«

»Vielleicht ist er wenigstens nett«, meinte Leni. Sie nahm die Wäsche, die sie auf Frederikes Bett gelegt hatte. »Komm, Rita, wir haben zu tun.«

»Ob wir noch mal in die Küche gehen?«, fragte Gerta.

»Nein, die Köchin muss jetzt das zweite Frühstück fertigmachen und dann das Mittagessen kochen. Die können uns nicht gebrauchen. Lass uns Fritz suchen.«

Im Hof räkelte sich Hektor in der Sonne. Von Fritz war aber nichts zu sehen. Die Mädchen gingen einmal um das Haus herum. Aus Onkel Eriks Büro konnten sie Stimmen hören. Gewiss stellte sich dort Herr Obermann, der Hauslehrer, vor. Frederike überlegte kurz, sich an das Fenster zu schleichen, aber dann sah sie Tante Edeltraut, die auf der Veranda saß und getrocknete Erbsen las.

»Schnell weg«, flüsterte Frederike Gerta zu. »Sonst müssen wir womöglich noch helfen.«

Kichernd rannten sie hinter das Haus. Vor der Küche waren der Kräutergarten und die Frühbeete. Durch die Glasdeckel war das Gemüse in den Kästen auch vor frühem Nachtfrost oder heftigem Regen geschützt. Jetzt, bei gutem Wetter, waren die Deckel jedoch hochgeklappt.

»Schau mal«, sagte Gerta. »Da sind Erdbeeren, dort, vor der weißen Mauer.«

Es war niemand der Leute zu sehen, also stibitzten sie sich einige der süßen Früchte. Hektor war ihnen gefolgt, nun lief er bellend zum Stall. Arco, Fritz' Hund kam ihm entgegen.

»Fritz ist bestimmt im Stall.« Die beiden Mädchen liefen über die Wiese zur Remise, wo die Kutschen und auch das Automobil von Onkel Erik standen. Das Automobil nutzte er nur selten und zu besonderen Anlässen.

Fritz stand neben Hans, beide hatten die Ärmel hochgekrempelt und schoben den Landauer in die vorgesehene Position.

»Wie ist er denn, der Herr Lehrer?«, fragte Frederike und ließ sich auf einen Strohballen plumpsen.

»Na, Gepäck hat er wie eine alte Spinster. Zwei große Koffer und noch zwei Teppichtaschen«, seufzte Hans. »Tragen kann das Hinkebein natürlich nichts.«

»Sind sicher Bücher«, meinte Gerta und setzte sich neben Frederike. »Ist ja ein Pauker.«

»Nein«, sagte Fritz, der ganz stolz war, mehr zu wissen als seine Schwestern. »Die Bücher kommen extra in Kisten. Heute mit dem Nachmittagszug. Darf ich wieder mitfahren zum Bahnhof? Bitte.«

Hans runzelte die Stirn. »Weiß nicht. Ich fahre mit dem Leiterwagen und den Kaltblütern. Muss noch so einiges Andere abholen. Von der Gnädigsten kommen ja auch immer noch Sachen. Außerdem muss ich einen der Burschen mitnehmen, alleine kann ich das alles nicht schleppen.«

»Och, bitte, Hans«, flehte Fritz. »Ab morgen kann ich ja nicht mehr, da haben wir ja dann immer Unterricht.«

»Hast recht. Na gut, ausnahmsweise.« Hans grinste und strubbelte Fritz durchs Haar. Dann hob er lauschend den Kopf. »Ich glaube, das war der Gong zum zweiten Frühstück. Los, Kinder, ab zum Haus.«

Vor dem Esszimmer standen schon Onkel Erik und Herr Obermann. Die Kinder sahen sich überrascht an. Er würde doch nicht mit ihnen zusammen die Mahlzeiten einnehmen? Ihre Mutter kam eilig um die Ecke, als Gerulis die Tür zum Esszimmer öffnete.

»Guten Tag«, sagte die Mutter und reichte Obermann die Hand. »Von Fennhusen. Sie müssen Herr Obermann sein, unser neuer Hauslehrer.«

»Sehr erfreut«, sagte Obermann.

Frederike stieß Gerta in die Seite. »Nicht anstarren«, flüsterte sie.

»Aber wie er aussieht«, wisperte Gerta zurück.

Tatsächlich war die linke Hälfte seines Gesichts krebsrot und irgendwie verschrumpelt. Wie ein Pfirsich, den man ins Feuer gehalten hatte. Der linke Mundwinkel hing nach unten, und das linke Lid bedeckte das Auge zur Hälfte.

Obermann stützte sich schwer auf seinen Stock, als er der Mutter,

Onkel Erik und Tante Edeltraut in das Esszimmer folgte und sich dann setzte.

»Oh nein«, sagte Fritz und schüttelte sich. »Der wird doch nicht tatsächlich mit uns essen?«

»Ich denke doch.« Frederike gab ihrem Bruder einen kleinen Stoß, damit er sich in Bewegung setzte.

»Meinen Sohn Fritz haben Sie ja schon kennengelernt, Herr Obermann«, sagte Mutter nun. »Dies sind meine Töchter Frederike von Weidenfels und Gerta von Fennhusen, Ihre Schülerinnen.«

Herr Obermann musterte sie, nickte dann.

Fritz verbeugte sich und die Mädchen deuteten einen Knicks an, eilten dann zu ihren Plätzen. Zum zweiten Frühstück gab es Marmeladenbrote und diesmal war es tatsächlich das wunderbar süße Weißbrot, was sie bekamen. Außerdem gab es Kakao – normalerweise war es nur kuhwarme Milch.

Vielleicht, dachte Frederike voller Hoffnung, ist das jetzt so wegen des Lehrers. Und vielleicht werden wir nun häufiger solche Leckereien bekommen.

Kapitel 3

Von nun an mussten die Kinder die Vormittage im Schulzimmer verbringen.

»Das Mädchen hat vergessen, mir eine Kanne mit Wasser hinzustellen«, sagte Herr Obermann und sah Frederike und ihre Geschwister vorwurfsvoll an. »Gerta, geh in die Küche und hol mir frisches Wasser mit etwas Zitronensaft.«

»Ich kann gehen«, sagte Frederike. »Meine Schreibarbeit habe ich schon beendet.«

Unschlüssig schaute er erst sie und dann Gerta an. »Womit bist du beschäftigt, Kind?«, fragte er dann Gerta.

»Ich sollte doch das Einmaleins aufschreiben.«

»Gut, dann kannst du gehen, Frederike. Aber beeile dich.«

Herr Obermann trank jeden Morgen eine Kanne Wasser mit einem Spritzer Zitronensaft. Sein Hals schien ebenso trocken zu sein wie sein Unterricht. Außerdem hatte er sofort verboten, dass Hektor und Arco ins Schulzimmer durften. Die Hunde mussten von nun an die Vormittage in der Halle oder im Hof verbringen. Überhaupt machte Obermann den Eindruck, mit seiner Position nicht ganz glücklich zu sein. Er kam aus Danzig und ihm war wohl nicht klar gewesen, wie weit von jedem Stadtleben das Gut entfernt war.

Eilig lief Frederike hinunter zur Küche. Vor der Tür, die nur angelehnt war, blieb sie stehen, um Luft zu holen.

»Ich kann das gar nicht glauben«, hörte sie die Mamsell sagen. »Wie soll das bloß weitergehen? Die Gnädigste hat keine Ahnung von der Haushaltsführung eines Gutes, will es mir scheinen.«

»Ei, sie wird sich schon noch einjewöhnen«, sagte die Köchin versöhnlich.

»Eingewöhnen?« Die Mamsell schnaubte. »Ja, wenn Ostern und

Weihnachten auf einen Tag fallen, dann vielleicht. Ich habe versucht, mit ihr die Vorratshaltung durchzugehen, schließlich steht demnächst die Ernte vor der Tür. Die Schnitterhäuser müssen bis dahin gereinigt werden. Und natürlich müssen wir in der Zeit der Ernte mehr Gesindeessen kochen. Das scheint sie nicht zu verstehen.«

»Mamsell, wie soll se auch? Sie missen ihr das sicher alles erklären.«

»Hach«, rief nun Hilde, das erste Hausmädchen, »sie hat so seltsame Vorstellungen. Sie will zur Ernte eine Gesellschaft veranstalten. Könnt ihr das glauben?«

Frederike hörte alle lachen. Die Gnädigste, das war ihre Mutter. Es geht doch nicht an, dass die Leute sich über ihre Mutter lustig machen, dachte sie empört.

»Se will«, warf nun der Gärtner ein, »Artischocken anpflanzen. Und jelbe Pfirsiche. Und anderen modernen Kram. Hat man so etwas schon jehört?«

»Mit dem gnädigen Fräulein war das alles immer so einfach, sie hat mich machen lassen«, sagte die Mamsell. »Aber die neue Gnädigste will alles verändern.«

»Ihr müsst ihr Zeit geben«, hörte Frederike die sonore Stimme des ersten Hausdieners sagen. »Sie ist doch gerade erst zwei Wochen hier. Wie soll sie das alles jetzt schon beherrschen? Ihr dürft nicht vergessen, dass sie bisher nur einem kleinen Haushalt vorstand und keinem Gutshof. Ich möchte euch alle auch bitten, eure Lästereien nicht vor Leni auszutragen. Es wäre fürchterlich, wenn es Missstimmigkeiten zwischen den Gnädigsten und uns geben würde.«

Plötzlich hörte Frederike, wie sich Schritte näherten. Schnell ging sie zurück bis zur Treppe und tat so, als wäre sie gerade erst hinuntergekommen.

»Was machst du denn hier?«, fragte Gerulis überrascht. »Kann ich dir helfen?«

»Der Herr Lehrer hat kein Wasser. Ich soll ihm welches holen«, sagte Frederike und zeigte die leere Glaskaraffe.

Herr Gerulis, der erste Hausdiener, nahm ihr die Kanne ab und ging zurück in die Küche. Frederike zögerte kurz, folgte ihm dann.

»Der Herr Lehrer hat kein Wasser bekommen. Wer ist dafür zuständig?«, fragte Gerulis.

»Die Leni. Aber die Gnädigste hat sie heute Morgen in Beschlag genommen, weil sie mit ihr die Kisten, die gestern angekommen sind, durchsehen will«, sagte die Mamsell. »Hilde, du musst künftig darauf achten, dass jemand Lenis Pflichten übernimmt, wenn sie von der Gnädigsten gebraucht wird.«

»Dieser Lehrer«, murmelte die Köchin. »Das Wasser darf nich zu kalt, aber auch nich zu warm sein. Und es darf nur ein Spritzer Zitronensaft hinein. Zweemal schon hat er mir das Wasser zurückbringen lassen, weil es ihm zu sauer war.«

»Das ist bestimmt wegen ihm sauer geworden«, kicherte Inge. »So gruselig, wie der aussieht.«

»Inge!«, ermahnte Gerulis das Küchenmädchen. »Die Verbrennungen in seinem Gesicht sind Kriegsverletzungen. Darüber macht man sich nicht lustig.«

»Scheußlich sind sie trotzdem«, gab Inge keck zurück. »Und dann sein Hinken. Wenn der durch die Flure geht, hört man es schon von weitem. Klack – schlurf – schlurf, klack – schlurf – schlurf.«

»Das is ja fast ein Walzertakt«, meinte die Köchin. »Hier, Marjellchen, is die Kanne«, sagte sie zu Frederike und reichte ihr die nun gefüllte Karaffe zurück. Dann griff sie hinter sich ins Regal und nahm eine Handvoll Kekse, steckte sie schnell in Frederikes Schürzentasche. »Lass dich aber nich erwischen, wie du etwas zwischen den Mahlzeiten isst.« Sie zwinkerte ihr zu.

Im Unterrichtszimmer angekommen, stellte Frederike die Karaffe auf das Pult des Lehrers, er schenkte sich sofort ein Glas ein, trank es leer, nahm ein weiteres.

»Ich habe meine Schreibaufgabe beendet«, erinnerte Frederike ihn. »Was soll ich jetzt machen?«

Doch bevor er antworten konnte, hörten sie den Essensgong.

Nach dem zweiten Frühstück mussten die Mädchen für eine halbe Stunde auf den Hof gehen und Leibesübungen machen. Fritz war ausgenommen, denn er hatte nachmittags eine Stunde Reitunterricht. Nach den Leibesübungen ging es zurück in das Klassenzimmer. Landeskunde und Naturwissenschaften standen jetzt auf dem Stundenplan. Früher hatten sie die Fächer geliebt, aber Obermann verstand es nicht, diese Themen interessant zu machen. Alles wirkte auf sie wie die Wüste Gobi – staubig und trocken. Sehnsüchtig lauschten die Kinder, und endlich hörten sie wieder den Gong und sprangen auf.

»Händewaschen!«, befahl der Lehrer.

Frederike verdrehte die Augen.

»Wieso sagt er das jedes Mal?«, zischte Gerta.

»Als ob wir mit ungewaschenen Händen zu Tisch gehen würden«, murrte auch Fritz.

Schnell wuschen sie sich die Hände, streckten sie dann vor.

»Noch einmal«, sagte Obermann zu Fritz. »Diesmal mit mehr Seife und der Wurzelbürste.«

»Das ist Tinte. Die geht nur mit Sand ab«, wollte sich Fritz verteidigen.

»Keine Widerrede. Schrubb dir die Hände und gehe demnächst sorgfältiger mit Feder und Tinte um, dann ersparst du dir das Malheur!«

»Jawohl«, antwortete Fritz.

Der Gong erklang zum zweiten Mal und jetzt ließen sich die Kinder nicht mehr aufhalten und stürmten hinunter. Vor dem Esszimmer warteten schon die Mutter und Tante Edeltraut.

»Nicht so ungestüm«, sagte Mutter lachend.

Wie wunderschön Mutter ist, dachte Frederike. Und fast immer heiter. Ich wünschte, ich könnte auch so sein.

»Nun, guter Obermann, haben Sie sich schon eingelebt bei uns?«, fragte Mutter.

»Jeden Tag ein wenig mehr. Auch wenn ich das Personal unzuverlässig finde. Stellen Sie sich vor, gnädige Frau, heute hatte ich kein Wasser an meinem Pult.«

»Ach, ich glaube, das war meine Schuld. Ich habe Leni in Beschlag genommen, bevor sie ihren Aufgaben nachgehen konnte.«

»Nun, solange das nicht immerzu vorkommt«, brummte der Hauslehrer.

Onkel Erik kam mit schnellen Schritten durch die Diele.

»Entschuldige die Verspätung, meine Liebe. Ich war mit dem Inspektor im Kuhstall. Der Schweizer meint, dass eine der Kühe Euterfieber hat.«

»Oh, ist das etwas Schlimmes?«, fragte die Mutter besorgt.

»Nur, wenn es alle Kühe bekommen, was unwahrscheinlich ist.« Ungeduldig sah Onkel Erik zur Tür des Esszimmers, und endlich öffnete Gerulis sie.

»Es ist angerichtet.«

Die Kinder hatten zu warten, bis die Erwachsenen und auch der Hauslehrer, der zu ihrer Bestürzung tatsächlich an allen Mahlzeiten der Familie teilnahm, Platz genommen hatten, bevor sie selbst das Esszimmer betreten und sich hinsetzen durften. Einen Gong und diese Regeln hatte es in Potsdam nicht gegeben, und sie gewöhnten sich nur schwer daran. Früher hatten sie mit der Mutter bei Tisch gesessen und sich fröhlich mit ihr unterhalten. Da waren sie aber auch auf die örtliche Schule gegangen und hatten keinen Hauslehrer, der sie mit Habichtsaugen überall zu beobachten schien.

»Hände auf den Tisch«, sagte Obermann streng zu Gerta.

»Mama, dürfen wir auch reiten lernen? Bitte.« Frederike sah ihre Mutter an.

»Kinder am Tisch, stumm wie ein Fisch«, zischte Obermann.

Die Mutter schaute zu Onkel Erik. »Was meinst du? Ich würde auch gerne wieder reiten. In meiner ersten Ehe bin ich viel ausgeritten.«

Hilde hatte die Suppe serviert. Sie und Gerulis hielten sich im Anrichtezimmer auf, wohin auch der Speisenaufzug aus der Küche führte, und warteten darauf, dass die gnädige Frau klingelte. Das war dann das Zeichen, dass alle die Suppe aufgegessen hatten, die Teller abgetragen und der nächste Gang serviert werden konnte.

»Reiten? Du willst wieder reiten?«, fragte Onkel Erik erstaunt. Er wischte sich den Mund mit der Serviette ab. »Nun ja, warum eigentlich nicht?«

»Wir wollen doch im Herbst und Winter sicher Jagden veranstalten, nicht wahr?«, fragte Mutter und lächelte den Mädchen zu.

»Ja, das sollten wir tun. Überhaupt müssen wir unser gesellschaftliches Leben ein wenig auf Vordermann bringen.«

»Früher war alles anders hier«, seufzte Tante Edeltraut.

»Ich habe da eine Stute, die könnte durchaus passend für dich sein«, sagte Onkel Erik nachdenklich. »Für die Mädchen müssten wir ein Pony kaufen. Darüber werde ich nachher mit dem Kutschermeister sprechen. Er weiß sicher, ob jemand ein Pony hat, das geeignet wäre.«

»Oh, danke«, sagte Frederike. Sie hoffte inständig, dass mit dem Reiten die halbe Stunde Leibesübungen vor den Augen des Hauslehrers vorbei wäre.

»Und wie ist es bei dir, Fritz?«, fragte Onkel Erik. »Machst du Fortschritte beim Reiten?«

Fritz verzog das Gesicht. »Es geht schon. Nur mein Hinterteil hat sich wohl noch nicht daran gewöhnt.«

Alle lachten, nur Obermann nicht. »Solche Gespräche ziemen sich nicht am Tisch, Fritz«, zischte er.

»Ich hatte ja gefragt«, sagte Onkel Erik beschwichtigend.

Die Mutter läutete, und die Suppenteller wurden abgetragen. Nun gab es das Hauptgericht – Fleisch, Gemüse und Beilagen. Die Platten und Schüsseln wurden weitergereicht. Hatte sich jeder genommen, trug Hilde die Speisen zurück in das Anrichtezimmer, wo sie warmgehalten wurden. Meist wurde noch ein zweites Mal angeboten und dann gab es den Nachtisch. Es waren sättigende Speisen, aber manches davon war ungewohnt für die Gaumen der Stadtkinder.

»Die Post«, sagte Gerulis und legte Onkel Erik einen Stapel Briefe neben den Teller. »Sie ist heute spät, da war etwas mit dem Zug.«

»Ein Unfall?«, fragte Mutter erschrocken.

»Nein, zum Glück nicht, gnädige Frau. Die Schafe des Nachbargutes hatten beschlossen, dass der Bahndamm eine gute Stätte zum Grasen sei. Zum Glück hat der Schweizer des Gutes es bemerkt und konnte den Zug anhalten. Ansonsten hätten jetzt die zu Orlewskis jede Menge Hammel und Schaffleisch zum Einwecken gehabt.«

Erik schmunzelte und öffnete die Briefe. »Stefanie, Liebes, Ax von Stieglitz fragt an, ob er uns nächste Woche besuchen dürfe? Er will nach Graudenz.«

»Stieglitz?« Die Mutter runzelte die Stirn. »Ax von Stieglitz, der Name sagt mir etwas.«

»Unsere Väter waren befreundet. Auch Egbert kannte Ax' Vater aus der Armee.« Erik räusperte sich und sah auf seinen Teller.

»Ach ja?«, sagte die Mutter. »Und was ist mit diesem Ax von Stieglitz?«

»Er züchtet vor allem Trakehner für die Armee und will nächste Woche die Garnison in Graudenz aufsuchen. Auf dem Weg dorthin würde er gerne hier vorbeikommen und ein oder zwei Tage bleiben.«

»Aber was für eine Frage. Natürlich darf er kommen.«

»Er ist noch ziemlich jung, erst vierundzwanzig, und führt nun das große Gut alleine. Aber bisher macht er das ganz grandios. Ein patenter Bursche.«

»Sag mir, wann er kommt, dann werde ich mit der Mamsell den Küchenplan besprechen«, meinte die Mutter und lächelte. »Das erste Mal ein Gast, wenn das nicht eine Herausforderung für die Mamsell und mich ist«, fügte sie leise hinzu.

Ein Gast, dachte Frederike aufgeregt, die interessiert das Gespräch der Eltern verfolgt hatte. Und dann auch noch ein Gast mit einem so klangvollen Namen. Ax von Stieglitz. Wie er wohl sein mochte? Sie nahm sich vor, in den Adelsbüchern, die in der Bibliothek standen, nachzuschauen.

Nach dem Essen gab es eine kurze Ruhepause, dann hatte Fritz seinen Reitunterricht. In dieser Zeit mussten die Mädchen, von Leni angeleitet, Handarbeiten verrichten.

»Ich will auch reiten«, sagte Gerta verärgert und starrte von der Veranda auf den Hof.

»Wir dürfen ja demnächst, hat Onkel Erik gesagt«, beschwichtigte Frederike sie.

»Es ist wichtig, dass ihr Haushaltsdinge lernt. Stopfen, Sticken, Nähen, all das solltet ihr beherrschen«, sagte Leni. »Das ist wichtiger als Reiten für euch.«

»Aber für Hausarbeiten gibt es doch Personal«, nölte Gerta wieder.

»Man sollte wissen, wie etwas geht, auch wenn man dafür Personal hat. Und nun stopf das Taschentuch, und zwar so, dass man es nachher nicht sieht«, ermahnte Leni sie.

»Lernen wir auch die anderen Dinge, die zur Haushaltsführung gehören?«, fragte Frederike.

»Natürlich, Kind.«

»Hat Mutter das auch gelernt?«

»Nun, sicherlich ist auch sie darauf vorbereitet worden, einen Haushalt zu führen. Und sie kann es ja auch, hat es ja jahrelang in Potsdam gemacht.«

»Aber keinen Gutshof«, sagte Frederike nachdenklich. »Hier ist alles anders. Vor allem größer.«

Leni sah sie an. »Ein Haushalt ist ein Haushalt, und deine Mutter weiß, wie man einem vorsteht.«

»Das sieht die Mamsell anders«, sagte Frederike leise. »Und die Leute auch.«

»Bitte? Wie kommst du denn darauf?«

»Ich habe es gehört.«

»Wo?«

»Heute Morgen, in der Küche.«

»Kind, was hast du in der Küche verloren?«, wollte Leni wissen.

»Sie musste Wasser holen für den Herrn Lehrer. Du hattest es vergessen«, sagte Gerta naseweis.

»Der Herr Lehrer also.« Leni seufzte, sah sich dann um. »Was haben die Leute gesagt, Freddy?«, fragte Leni nun leise.

Frederike verzog das Gesicht. Sie wollte nicht petzen und auch keinem in den Rücken fallen, aber dass die Angestellten des Haushalts über ihre Mutter gelacht hatten, schmeckte ihr nicht.

»Ach, ich weiß nicht«, sagte sie trotzdem zögerlich.

»Nun sag es schon.«

Frederike schaute sie an. »Nun, ich habe Wasser holen wollen und stand vor der Küchentür, die nur halb geschlossen war. Da habe ich die Mamsell gehört. Sie hat sich darüber beklagt, dass Mutter keine Ahnung vom Gutshausbetrieb habe. Und die Mädchen haben ihr zugestimmt. Der Gärtner hat darüber gelacht, dass sie Artischocken anbauen will. Aber wir hatten in Potsdam doch auch Artischocken im Garten, was stimmt denn damit nicht? Und die Mamsell hat gemeint, dass Mutter Gesellschaften veranstalten wolle, aber noch nicht mal das Vorratswesen am Hof verstünde.« Frederike holte tief Luft. »Ist das so, Leni? Versteht sie das nicht?«

Leni räusperte sich, stand dann auf und ging zu dem kleinen Tischchen, wo Brause und Gläser standen. »Haben sie sonst noch etwas gesagt?«

»Weiß ich nicht mehr. Auf jeden Fall klang das alles nicht freundlich, obwohl sie mich sehr nett und zuvorkommend behandelt haben.« Frederike schluckte. »Ich möchte das alles lernen, Leni. Ich werde irgendwann einen Gutsbesitzer heiraten, hoffe ich.« Sie schaute zu Tante Edeltraut, die in der anderen Ecke der Veranda saß und strickte. »Ich möchte keine bedauerliche Spinster werden«, fügte Frederike flüsternd hinzu.

»Na, weißt du, Kind!«, sagte Leni empört. »Wie kannst du denn so etwas sagen?«

»Das ist doch so.« Frederike schaute sie an. »Oder etwa nicht? Wir sollen das Haushaltswesen lernen, um zu heiraten. Und um uns möglichst gut zu verheiraten. Aber ich will nicht in so einer Situation landen wie Mutter.«

»Freddy, deine Mutter ist ganz sicher Herrin der Situation. Täusche dich da nicht. Die Mamsell hat es nur noch nicht begriffen«, sagte Leni energisch. »Ihr dürft jetzt eure Handarbeiten beiseitelegen bis morgen. Die ersten Erdbeeren sind reif. Lasst euch Körbe oder Schüsseln in der Küche geben und geht, um sie zu ernten. Auch von den Kindern der Gutsfamilie wird Engagement erwartet. Nun macht schon.« Plötzlich schien Leni sehr ungeduldig. Frederike und Gerta konnten nicht schnell genug ihre Stopfsachen in den Korb legen und in die Küche laufen. In die Beeren sollten sie gehen, wie herrlich. Ein Teil der Ernte würde in ihrem Mund landen, so viel war sicher.

Der Gedanke an den bevorstehenden Besuch ließ Frederike nicht los. Von Stieglitz, das klang so romantisch.

Wie ein Ritter aus den Büchern, die ihnen der Lehrer zu lesen gab. Von Stieglitz war sicher ein stattlicher Mann. Aber er war schon vierundzwanzig und somit fast uralt. Dennoch konnte sie es kaum erwarten, ihn kennenzulernen.

Kapitel 4

»Ach, Liebes«, sagte Onkel Erik einige Tage später fast nebenbei, als sie beim Abendbrot saßen. »Ax von Stieglitz hat gekabelt, er komme morgen Mittag mit dem Zug.«

»Und das sagst du mir jetzt erst, Erik?« Mutter faltete die Serviette zusammen und legte sie neben ihren Teller auf den Tisch. Sie runzelte die Stirn. »Wie lange bleibt er denn?«

»Bis übermorgen, dann fährt er weiter nach Graudenz. Vielleicht begleite ich ihn.«

»Du willst fort?«

»Nur für einen oder zwei Tage. Falls du etwas hast, was ich für dich oder den Haushalt besorgen soll, dann schreib es mir auf.« Onkel Erik widmete sich wieder dem Essen.

»Ist Graudenz größer als Bromberg?«, wollte Fritz wissen.

»Nein, mein Junge.«

»Aber warum willst du dann dahin?«, fragte Mutter.

»Ax und ich treffen uns dort mit Leuten vom Regiment. Dort ist eine große Kaserne, inzwischen polnisch.« Er verzog das Gesicht. »Genau wie in Bromberg auch. Nun, wir müssen uns mit ihnen gut stellen. Die Polen wollen Pferde kaufen.«

»Du willst deine Pferde an eine fremde Armee verkaufen?« Mutter sah ihn entsetzt an.

»Der Versailler Vertrag zwingt mich dazu. Oder ich mache Wurst aus den Tieren, wäre dir das lieber?« Verärgert knüllte er seine Serviette zusammen und schob seinen Stuhl zurück.

»Nun sei doch nicht böse«, versuchte die Mutter ihn zu beschwichtigen. »Ich weiß doch, wie schwierig es für dich ist.«

»Darf ich mit?«, fragte Fritz.

»Wohin?« Onkel Erik sah ihn überrascht an.

»Nach Graudenz.«

»Nein, Fritz«, sagte die Mutter tadelnd. »Das ist nichts für Jungen wie dich.«

»In ein paar Jahren, mein Sohn, dann nehme ich dich mit. Und du darfst natürlich mit, wenn wir demnächst nach Bromberg fahren.« Onkel Erik nickte ihm zu.

»Von Stieglitz kommt also morgen Mittag?«, fragte die Mutter noch einmal nach.

»Hans wird ihn vom Bahnhof abholen, Liebes. Das habe ich schon geklärt.«

»Bringt er einen Burschen mit?«, fragte die Mutter besorgt.

»Ich nehme es an. Geschrieben hat er davon nichts. Wieso?« Erik schüttelte verwundert den Kopf.

»Weil ich wissen muss, ob wir nur ein Gästezimmer oder auch eine Kammer vorbereiten müssen, Erik.«

»Sag einfach der Mamsell, dass Besuch kommt. Sie wird alles Notwendige veranlassen.«

»Das denkt sich die Mamsell wohl so«, murmelte die Mutter so leise, dass nur Frederike, die neben ihr saß, es verstand.

Morgen würde er also kommen, der Herr von Stieglitz. Frederikes Herz pochte vor Aufregung. Wie er wohl sein würde? »Hilde, sag der Mamsell, dass ich sie gleich sprechen möchte«, sagte die Mutter.

»Ihr entschuldigt mich.« Onkel Erik stand auf. Normalerweise wurde gewartet, bis alle fertig waren und Mutter Hilde das Zeichen zum Abräumen gab. Die Mutter sah ihn erstaunt an.

»Ich muss sofort in den Kuhstall. Der Schweizer macht sich immer Sorgen. Letzte Woche hatten wir schon einen Fall von Euterfieber, jetzt scheint tatsächlich ein weiterer Fall aufgetreten zu sein.« Er drehte sich um und ging.

»Warum heißt der Stallknecht bei den Kühen eigentlich Schweizer?«, wollte Gerta wissen. Unschlüssig sah sie auf den Tisch.

Die Mutter interpretierte ihren Blick richtig. »Du darfst dir noch nehmen. Ihr dürft alle weiteressen.«

»Der Schweizer heißt Schweizer, weil er aus der Schweiz kommt«, sagte Fritz und drehte seiner Schwester eine Nase.

»Das stimmt nicht«, sagte Frederike. »Die guten Milchknechte kamen früher aus der Schweiz. Der Name ›Schweizer‹ hat sich einfach gehalten. Unser Schweizer heißt Koslowski.« Sie grinste.

»Du Schlaumeier.« Fritz verdrehte die Augen. »Mutter, darf ich morgen mit zum Bahnhof fahren und den Gast abholen? Bitte, sag ja.«

Obermann, der mit am Tisch saß, sich aber in die Leberwurst vertieft hatte, sah entrüstet auf. »Mittags? Da haben wir Unterricht«, zischte er.

Auch die Mutter schüttelte den Kopf. »Es ist nur ein Gast, ein Freund der Familie. Wir werden nicht viel Aufhebens machen und ihr werdet natürlich morgen zum Schulunterricht gehen.« Sie stand auf. »Esst nur weiter, ich muss mit der Mamsell reden.«

Mutter ging in das Gartenzimmer neben dem Anrichteraum, wo sie ihren Sekretär hatte.

»Nicht viel Aufhebens«, sagte Fritz und zog die Augenbrauen hoch, sah der Mutter hinterher. »Wahrscheinlich lässt sie morgen für zehn Mann auffahren.«

»Wer weiß«, meine Frederike nachdenklich. »Ich glaube, sie sorgt sich eher um die Mamsell als um den Gast.«

»Nun hört auf zu schwatzen«, brummte Obermann. »Wenn ihr fertig seid, können wir die Tafel aufheben. Ihr könnt dann hochgehen.« Er warf einen begehrlichen Blick auf den Wurstteller.

»Ich bin noch nicht fertig«, sagte Fritz, der den Blick wohl auch bemerkt hatte. Er nahm sich eine weitere Scheibe Brot, bestrich sie genüsslich mit Butter und schnitt sich zwei dicke Scheiben von der Leberwurst ab.

Gerta war schon aufgesprungen und in die Halle gehüpft. So, wie Frederike sie kannte, würde sie noch vor dem Schlafengehen in den Stall schauen, ob neue Kälbchen geboren worden waren, und nach den Kätzchen sehen.

Frederike folgte ihr, sie ging aber nicht nach draußen, sondern zog sich den Sessel neben die Tür zu Mutters Büro. Sie kauerte sich hinter den Sessel und lauschte, denn die Tür schloss nicht richtig. Und schon kam die Mamsell aus dem Souterrain. Sie strich ihre Schürze glatt, fuhr mit den Händen über die Haare, die zu einem engen Knoten im Nacken geschlungen waren, und straffte die Schultern. Dann klopfte sie an die Tür zu Mutters Büro.

»Sie haben nach mir gerufen?«

»Das ist richtig, Mamsell. Treten Sie ein«, hörte Frederike ihre Mutter sagen. Die Mamsell schloss die Tür hinter sich, aber so, wie Frederike es erhofft hatte, sprang diese im nächsten Moment wieder auf. Nun gab das Mädchen der Tür noch einen leichten Stoß, dann lehnte es sich an die Wand und horchte.

»Morgen Mittag kommt ein Freund meines Mannes zu Besuch«, sagte die Mutter.

»Oh, wer ist es denn?«, wollte die Mamsell wissen.

Mutter stockte kurz. »Ax von Stieglitz. Wieso?«

»Ach, ich wollte nur wissen, ob ich ihn und damit seine Gepflogenheiten kenne«, sagte die Mamsell spitz. »Ax von Stieglitz ist noch sehr jung. Aber die Familie war schon einige Male hier auf Fennhusen zu Gast.«

»Ist das so? Nun, was für Gepflogenheiten hat er denn?«

»Der junge von Stieglitz? Das weiß ich nicht so genau. Sein Vater aber wollte immer …«

»Sein Vater ist tot«, unterbrach Mutter die Mamsell. »Jedenfalls kommt dieser Ax morgen Mittag mit dem Zug. Mein Mann hat schon veranlasst, dass er abgeholt wird. Was ist morgen zu Essen geplant?«

»Wir waren nicht auf Besuch eingestellt«, meinte die Mamsell und klang ein wenig beleidigt. »Es sollte morgen Béchamelkartoffeln und Schinken geben. Das geht natürlich nicht, wenn wir Besuch haben.«

»Was können wir anbieten?«

»Nun, wir haben letzte Woche ein Kälbchen geschlachtet, dessen Mutter gestorben ist. Das Kalb hängt im Eiskeller, genau wie seine Mutter, die muss aber noch länger abhängen.« Die Mamsell schnaubte leise.

»Kalb, das klingt gut. Ich schlage vor, dass es zum Mittag eine kräftige Suppe mit Einlagen gibt, dann Lammbraten.«

»Die Köchin könnte ein Ragout machen«, schlug die Mamsell vor.

»Nein, die Männer wollen Fleisch. Ich möchte einen Braten. Und zuvor etwas Fisch. Wie sieht es aus, haben wir frischen Fisch?«

»Die Weiher sind voll, aber ob so schnell einer an die Angel geht, gnädige Frau«, wandte die Mamsell ein. »Ein paar geräucherte Forellen vom letzten Wochenende haben wir noch.

»Vom letzten Wochenende? Nein, das ist nicht gut genug. Das können Sie auf den Leutetisch geben. Was ist mit Krebsen? Es ist nun länger hell, die Kinder könnten zum Fluss laufen und Reusen auslegen.«

»Wie die Gnädigste meint«, sagte die Mamsell skeptisch.

»Die Krebsnasen könnten Sie doch mit Teig füllen – eine wunderbare Dekoration. Das hat meine Köchin in Potsdam immer gemacht. Ich hätte auch gerne einen frischen Salat und Herzoginnenkartoffeln – das bekommt die Köchin doch wohl hin?«

»Natürlich.« Nun klang die Mamsell eisig. »Sonstige Wünsche?«

»Eine Eierspeise als Nachtisch? Oder lieber Eis. Haben wir noch genügend im Eishaus, damit uns die Köchin ein Sorbet machen kann?«

»Ich glaube schon. Wir haben ja erst Ende Mai.« Die Mamsell schnalzte mit der Zunge. »Wenn uns jetzt schon das Eis ausgegangen wäre …«

Die Mutter unterbrach sie. »Gut. Ich wünsche frisches Weißbrot und nachmittags natürlich Kuchen mit Schlagobers. Vielleicht fällt der Köchin noch etwas ein. Abends könnten wir ja dann eine Krebssuppe anbieten, wenn die Kinder genügend fangen.«

»Jawohl. Wie lange bleibt der Gast?«

»Nur zwei Tage. Was wir übermorgen machen, können wir morgen besprechen. Lassen Sie ein Zimmer im Westflügel nahe am Bad herrichten und sehen Sie zu, dass der Ofen mit reichlich Holz gefüllt und angeheizt ist, falls unser Gast ein Bad nehmen will.«

»Selbstverständlich. Noch etwas?«

»Ich weiß nicht, ob er einen Burschen mitbringt. Wir sollten aber darauf vorbereitet sein.«

»Ich werde mich darum kümmern.«

»Danke, Mamsell. Ich glaube, das wäre alles.«

Frederike hörte Schritte auf die Tür zukommen und drückte sich noch enger an die Wand. Sie war froh, dass Hektor im Hof und nicht in der Halle war, denn sonst hätte er sich sicherlich neben sie gelegt und sie verraten.

»Mamsell?«, rief die Mutter. »Es tut mir leid, dass es so knapp ist. Ich habe auch erst gerade von dem Gast erfahren.«

»Ja, gnädige Frau.«

Die Mamsell öffnete die Tür und ging im Stechschritt zur Kellertreppe.

Oh je, dachte Frederike, die ist sauer. So schnell sie konnte, stand sie auf und lief zur Haustür, dort drehte sie sich um und ging ganz langsam wieder zurück in Richtung Esszimmer. Ihr Plan ging auf, Mutter kam in die Halle, sah sie.

»Kind, wo sind deine Geschwister?«

Frederike zuckte unschuldig mit den Achseln.

»Such sie. Nehmt euch die Netze und geht zum Bach. Ihr dürft auch eine Lampe mitnehmen und ausnahmsweise bis nach der Dämmerung draußen bleiben. Wir brauchen Krebse.«

»Wirklich?« Frederike strahlte, aber die Mutter hatte sich schon wieder umgedreht und war in ihrem Büro verschwunden.

Normalerweise durften sie nur in den Ferien Krebse fangen und es war jedes Mal wieder ein lustiges Abenteuer. Frederike informierte Fritz, wies ihn an, Gerta und die Netze aus dem Stall zu holen. Sie würde in die Küche gehen und um Fleischreste und eine Petroleumlampe bitten.

Begeistert lief Fritz davon, pfiff nach den Hunden und rief lauthals die Schwester.

Vor der Küche hielt Frederike inne. Sie konnte die aufgebrachte Stimme der Mamsell hören. Sonst hätte sie einen Moment gelauscht, aber nun drängte es sie, zum Bach zu kommen, also öffnete sie die Tür.

»Es ist unglaublich«, sagte die Mamsell empört, »was sie sich herausnimmt. Ich bin seit zwanzig Jahren Mamsell auf diesem Gut und weiß …«

»Guten Abend«, sagte Frederike fröhlich. »Wir sollen Krebse fangen, sagte meine Mutter. Darf ich bitte eine Lampe und Köder haben?«

»Aber natierlich.« Die Köchin stupste eines der Mädchen an. »Hol eine Lampe aus der Kammer und schau, ob jenügend Petroleum drin ist.« Dann nahm sie eine Packung Zündhölzer von der Anrichte und gab sie Frederike.

»Passt aber ja auf. Mit Feuer spielt man nicht. Es hat lange nicht jeregnet«, sagte sie ernst. »Und dann wollen wir mal sehen, wat wee an Köder haben.« Sie tat einige Fleischreste in eine Schüssel. »Das sollte reichen.«

»Danke schön«, sagte Frederike und nahm die Schüssel entgegen. Das Dienstmädchen brachte ihr die Lampe.

»Warte«, sagte die Köchin. »Ilse, geh mit hoch. Nimm drei Flaschen, die kann Fritz tragen. Die Brause hab ich heute frisch jemacht. Schön sieß.«

»Oh, danke, das ist toll.« Frederike knickste vor Freude.

»Nich doch«, sagte die Köchin und lachte. »Seht zu, dass ihr Spaß habt.«

»Also wirklich, Schneider«, schnaubte die Mamsell.

»Es sind doch noch Kinderchen«, hörte Frederike die Köchin sagen, bevor die Tür hinter ihr zu fiel.

Der Abend war lang und lustig gewesen. Sie hatten die Netze mit den Ködern im Bach versenkt und dann, nachdem es langsam dunkel geworden war, das Licht am Ufer angezündet. Schließlich, als es in den flachen und gespannten Netzen nur so wimmelte, hatten sie sie mit einem Ruck hochgezogen und die Krebse in die mitgebrachten Eimer geschüttet. Stolz hatten sie ihre Beute in die Küche gebracht.

Dort herrschte immer noch emsiger Betrieb. Es duftete leicht säuerlich nach frischem Hefeteig und gerösteten Rinderknochen, die die Köchin nun zu einer Brühe ansetzte.

»Das is ja mal ein Fang«, lobte sie die Kinder. »Das hat sich ja jelohnt. Aber nun husch ins Bett. Oder mögt ihr noch ein Tellerchen Klecker-mus?«

Die drei nickten, sie liebten die Suppe aus Eiern, Milch und Weizen, die die Köchin oft als Leckerei vorrätig hatte.

»Natierlich mögt ihr. Vielleicht auch noch eine Stulle? Nun setzt euch annen Tisch. Inge wird euch etwas bringen. Inge? Mach!«

Sie drehte sich wieder zum Herd, goss Flüssigkeit in einen großen Topf, eine Dampfwolke stieg empor.

Gerta löffelte den Teller leer, wischte sich mit dem Handrücken über den Mund und gähnte herzhaft.

»Aber nu husch-husch ab ins Bettchen. Frederikje, Marjellchen, sieh zu, dass du deine Jeschwister nach oben bringst.«

»Ja, Fräulein Schneider«, sagte Frederike. Sie selbst war noch gar nicht müde. Die Aufregung in der Küche hatte sie angesteckt. Morgen würde der Gast kommen. Wie er wohl war?

Leni kam ihnen in der Halle entgegen. »Ich wollte schon einen Suchtrupp losschicken. Musstet ihr so lange wegbleiben?«

»Mutter hat uns zum Krebsfangen geschickt«, verteidigte Fritz sie schnell.

»Das weiß ich. Aber glaubt nicht, dass ihr morgen länger schlafen dürft. Morgen ist ein Tag wie jeder andere auch. Mit Andacht und Unterricht.«

»Aber wir bekommen doch einen Gast«, wandte Gerta ein.

»Na und? Deshalb müsst ihr trotzdem zum Unterricht. Und nun sputet euch.« Leni scheuchte sie nach oben.

Zu gerne hätte Frederike sich wieder in die Halle geschlichen, um ihren Eltern zu lauschen, aber die Dienstboten eilten hin und her, hoch und runter.

Fast so, als würde eine ganze Gesellschaft kommen, dachte Frederike. Sie hob die Bettdecke an und pfiff leise. Hektor ließ sich nicht zweimal bitten und sprang zu ihr ins Bett, drückte ihr seine warme und feuchte Hundeschnauze ins Gesicht.

»Morgen kommt er«, flüsterte ihm Frederike ins Ohr, dann schlief sie ein.

Der nächste Morgen begann fast so wie ein gewöhnlicher Tag. Leni weckte sie und brachte einen Krug mit Waschwasser. Diesmal war es aber warm.

»Wir haben keine Zeit, für euch alle Badewasser warm zu machen, aber wasch dich in Gottes Namen gründlicher als sonst, Freddy«, ermahnte Leni sie. Auch legte sie ihr eins der besseren Kleider heraus. Zwar kein Sonntagskleid, aber auch keines der alten, die Frederike fast zu klein und auch schon mehrfach geflickt waren.

»Kämmst du mir gleich die Haare?«, bat Frederike.

»Wenn ich dazu komme. Hier geht es zu wie im Tollhaus«, stöhnte Leni. »Die Mamsell will, dass wir alles putzen. Ich mag mir gar nicht vorstellen, wie das wird, wenn die Gnädigsten wirklich einmal eine Gesellschaft geben.«

Frederike wusch sich gründlich. Jetzt ärgerte sie sich darüber, dass sie gestern mit Fritz und Gerta am Bach geplanscht und getobt hatte und nun keine Zeit mehr war, die Haare zu waschen. Aber den Hals, die Ohren und auch die Füße schrubbte sie gründlicher als sonst.

Sie zog das Kleid an, betrachtete sich im Spiegel. Leni hatte ihr in aller Eile die Haare gebürstet und Zöpfe geflochten. Frederike war ganz zufrieden mit sich.

»Geht es dir nicht gut?«, fragte die Mutter besorgt, als sie sich zur Andacht versammelten. »Deine Wangen sind ganz rot.« Sie legte Frederike die Hand auf die Stirn. »Aber Fieber hast du nicht.«

»Nein, Mama. Mir geht es gut.«

»Falls du dich nachher nicht wohlfühlst, darfst du dich nach dem Unterricht hinlegen. Ich lasse dir dann eine Brühe bringen.«

»Nun mach mal keine Fisimatenten mit dem Kind«, sagte Onkel Erik. »So etwas können wir heute nicht gebrauchen. Es reicht ja schon, dass die ganze Dienerschaft aufgescheucht ist.«

Herr Obermann ließ sich jedoch nicht aus der Ruhe bringen. Sie mussten lernen wie jeden anderen Tag auch. Das zweite Frühstück gab es eine halbe Stunde früher als sonst, damit die Küche genügend Zeit hatte, das Mittagessen vorzubereiten. Frederike sah, wie die Mädchen das Silber im großen Esszimmer polierten.

Es muss doch ein ganz besonderer Gast sein, dachte sie, wenn so viel Aufheben gemacht wird.

Je mehr es auf den Mittag zuging, umso unruhiger wurden die Kinder. Immer wieder versuchten sie, aus dem Fenster zu linsen, um zu sehen, ob Hans schon mit der Kutsche vorfuhr.

Und endlich war es soweit.

»Dürfen wir runter?«, fragte Fritz.

»Wieso?«, wollte Obermann wissen. »Nur weil ein Gast angekommen ist? Den seht ihr beim Mittag schon früh genug. Es wird bis zum ersten Gong gelernt.«

»Dürfen wir nicht etwas früher gehen, damit wir uns noch frisch machen können?«, bat Frederike.

Obermann lachte. »Frisch machen? Also wirklich, so anstrengend ist der Unterricht aber auch nicht. Immerhin haben wir heute extra auf die Leibesertüchtigung verzichtet. Nein, wir warten auf den Gong.«

Doch der Gong ließ auf sich warten. Immer wieder schaute Frederike zu der Uhr auf dem Kaminsims, der Zeiger wanderte weiter und weiter, aber kein Gong war zu hören. Es wurde eins, dann halb zwei. Da das zweite Frühstück früher gereicht worden war und sie vor lauter Aufregung nicht viel hinunterbekommen hatte, knurrte ihr jetzt der Magen.

Als der Gong schließlich das erste Mal ertönte, sprangen sie alle auf.

»Hände waschen!«, ermahnte Obermann die Kinder. Aber dann durften sie endlich gehen. Die Eltern, die Tante und der Gast warteten schon vor dem großen Esszimmer und Gerulis öffnete just in dem Moment die Tür als sie unten ankamen, und so sah Frederike nur Ax von Stieglitz' Rücken.

Erst bei Tisch konnte sie ihn verstohlen mustern. Er hatte seine Haare modisch gekämmt, ließ sich einen kleinen Schnurrbart stehen, dessen Enden nach oben gezwirbelt waren. Sein Gesicht war schmal und unter den Augen lagen müde Schatten, aber das lag sicher an der langen Anreise, dachte Frederike.

»Sie züchten Trakehner?«, fragte Stefanie von Fennhusen ihren Gast.

»Durchaus. Meine Familie hat schon immer Pferde gezüchtet und diese wundervolle Rasse hat es auch mir angetan. Aber ich betreibe auch Land- und Forstwirtschaft auf Sobotka.«

»Sein Gut ist um einiges größer als Fennhusen«, warf Onkel Erik ein.

Von Stieglitz lachte verlegen. »Aber es wirft momentan nicht viel ab«, gab er zu. »Bis zum Kriegsende hat die Armee mir fast alle Pferde abgenommen, das war immer ein sicheres Einkommen. Doch das hat sich nun ja verändert.«

»Vieles hat sich verändert«, meinte die Mutter. »Wollen wir hoffen, dass es bald wirtschaftlich wieder bergauf geht.«

»Das werden die Reparationszahlungen nicht zulassen, gnädige Frau.«

Jetzt werden sie stundenlang über Politik sprechen, dachte Frederike und seufzte. Die Weimarer Republik und wie gut es doch damals in der Monarchie gewesen war.

Hilde räumte die Suppe ab, Gerulis schnitt den Lammbraten an, den es zur Feier des Tages gab, und servierte ihn. Dazu wurden Kartoffeln gereicht, die sämige Soße, die die Köchin immer machte und Salat aus dem Garten.

Von der köstlichen Soße nahm Frederike zweimal, was ihr einen strafenden Blick der Mutter einbrachte.

»Lamm?«, fragte Onkel Erik. »Ich wusste gar nicht, dass wir eins geschlachtet haben.«

»Wir mussten«, sagte Tante Edeltraut. »Ein Wolf hat das Muttertier gerissen.«

»Ich muss mit dem Inspektor sprechen, dieser Wolf, es muss ein Einzelgänger sein, macht uns schon seit Wochen Probleme.« Onkel Erik schaute zum Gast. »Magst du die Treibjagd mitmachen?«

Von Stieglitz nahm die Serviette und tupfte sich den Mund ab. »Für gewöhnlich sage ich nie Nein, wenn ich zur Jagd eingeladen werde, aber bei Treibjagden auf Wölfe ist das anders. Da passe ich.«

»Wieso?«, fragte Stefanie erstaunt.

»Nun«, er lächelte, »weil ich ein zahmes Wolfsrudel habe.«

»Wirklich?«, fragte Frederike laut.

»Tssss«, zischte die Mutter, doch Ax von Stieglitz wandte sich Frederike zu. »Ja, tatsächlich, kleines Fräulein. Vor einigen Jahren ist eine Wölfin bei mir im Forst ums Leben gekommen und ich habe ihre drei Welpen mit der Hand aufgezogen.«

»Leben die Wölfe bei Ihnen im Haus?«, wollte Frederike wissen.

»Nein, natürlich nicht. Ich habe ein großes Stück meines Waldes einzäunen lassen. Dort leben sie. Aber sie kommen, wenn ich sie füttere, und sind recht freundlich. Dennoch sind es wilde Tiere, aber für mich sind es wunderschöne wilde Tiere.«

»Ich möchte auch einen Wolf haben«, schwärmte Frederike. »Das hört sich so famos an.«

»Dein Rudel in allen Ehren, lieber Ax, aber der Wolf hier reißt meine Schafe und die Ziegen der Bauern.«

»Das ist natürlich etwas anderes, dennoch würde es mir schwer fallen, auf ihn zu schießen.«

»Wann willst du denn die Treibjagd veranstalten?«, fragte Stefanie.

»Morgen fahren Ax und ich nach Graudenz, wenn wir zurückkommen, werde ich alles in die Wege leiten.«

»Das ist gut, dann ist das Problem erledigt, wenn wir die Gesellschaft haben.«

»Eine Gesellschaft?«, fragte Fritz.

»Kinder am Tisch«, sagte Obermann streng, »stumm wie ein Fisch.«

Fritz zog den Kopf ein.

»Ja, wir haben vor, sehr bald ein kleines Fest zu feiern«, sagte die Mutter. »Und Sie, lieber von Stieglitz, sind natürlich auf das Allerherzlichste eingeladen.«

Später am Abend, als Frederike schon im Bett lag, klopfte es leise an ihrer Tür.

»Freddy?« Gerta spähte in ihr Zimmer. »Bist du noch wach?«

»Nein.« Frederike verkniff sich das Lachen. »Ich schlafe tief und fest.« Sie lüpfte die Decke einladend. »Was ist denn?«

»Mama will eine Gesellschaft geben.« Gerta schlüpfte zu ihrer Schwester unter die Decke. »Das ist so aufregend.« Ihre kalten Füße drückte sie an Frederikes Unterschenkel.

Frederike zuckte erst zusammen, zog Gerta dann an sich. »Ja, das ist es.«

»Es wird ganz anders sein, als all die Feste, die Mutter in Potsdam gegeben hat. Es wird ein richtiger Ball«, schwärmte Gerta.

»Nein, kein Ball. Eine Gesellschaft.«

»Du klingst aber … komisch …?«

»Ich mache mir nur Gedanken darüber, meine Süße.«

»Welche denn?«

Frederike biss sich auf die Lippen. Manche Dinge konnte sie einfach nicht mit ihrer kleinen Schwester besprechen, so gerne sie es auch wollte. Im Grunde gab es niemanden hier, mit dem sie darüber reden konnte, und das machte sie noch ein wenig einsamer, als sie ohnehin schon war. Sie fühlte sich als Außenseiterin, als Fremde. Onkel Erik behandelte sie nicht anders als Gerta und Fritz, dennoch waren die beiden mit ihm verwandt, sie waren schließlich die Kinder seines verstorbenen Vetters. Zu Frederike bestand keine Blutsverwandtschaft. Sie hatte kaum Kontakt zur Familie ihres Vaters, den sie ja nie kennengelernt hatte. Als sie sechs war, starb ihr erster Stiefvater im Krieg. Onkel Erik war immer da gewesen, hatte sich immer um die Familie gesorgt und sich gekümmert. Doch nun war er Mutters Mann und Dinge schienen sich zu verändern. Es war nur ein Gefühl, das sie nicht wirklich einordnen konnte. Wie ein leichtes Unwohlsein, eine veränderte Nuance bei den Gesprächen.

»Was denkst du denn?«, fragte Gerta wieder nach und gähnte laut. »Meinst du, wir bekommen neue Kleider?«

»Das könnte sein, Süße. Aber jetzt schlaf erst einmal.«

»Hoffentlich weckt uns Leni und nicht die Mamsell, dann bekommen wir keinen Ärger«, seufzte Gerta, steckte den Daumen in den

Mund und schloss die Augen. Bald darauf konnte Frederike ihre tiefen Atemzüge hören. Sie kuschelte sich an die kleine Schwester, genoss die Wärme und die Geborgenheit.

Der Gedanke an die Gesellschaft ließ sie aber nicht zur Ruhe kommen. Sie hatte ein paar Wortfetzen gehört, als sich Onkel Erik und Mutter über die Planung unterhalten hatten und diese Wortfetzen hatten Frederike verwirrt.

»Du bist eine von Fennhusen, schon seit Jahren. Ich weiß nicht, warum du jetzt unbedingt diese Gesellschaft haben willst, um dich als meine Frau einzuführen. Aber bitte, Steff, wenn du darauf bestehst, werden wir sie abhalten.« Erik seufzte laut.

»Wir werden uns beeilen müssen.« Die Stimme ihrer Mutter klang heiter.

»Wieso das denn? Ich dachte, wir legen die Gesellschaft in die Adventszeit, da haben wir auf dem Gut nicht mehr so viel zu tun und die Nachbarn haben auch mehr Zeit.«

»In gut fünf Monaten? Das ist zu spät, mein Lieber.« Frederikes Mutter lachte leise. »Dann werde ich nicht mehr tanzen können, fürchte ich. Und auch ein passendes Kleid wird es nicht mehr geben.«

»Ist das dein Ernst?«, fragte Erik. »Jetzt schon?«

»Ja.«

Der Stiefvater sprang auf und lief zur Mutter. »Das ist ja großartig. Wie wundervoll! Ich freue mich sehr.«

Frederike linste durch den Türspalt. Onkel Erik hatte Frederikes Mutter gepackt und schwang sie nun umher.

»Vorsicht, Erik«, ermahnte die Mutter ihn. »Nicht zu wild, nicht, dass noch etwas passiert. Ich bin noch ganz am Anfang.«

Sachte setzte er sie zurück in den Sessel vor dem Kamin. »Verzeih mir«, stammelte er. »Ich muss mich erst an den Gedanken gewöhnen. Ich werde Vater.« Er zog sich den zweiten Sessel heran, setzte sich und nahm ihre Hand. »Soll ich klingeln? Brauchst du etwas?«

Stefanie von Fennhusen lachte auf. »Gute Güte, ich bin doch kein rohes Ei. Und das Gefühl, Vater zu sein, solltest du schon kennen. Jedenfalls ansatzweise.«

»Jetzt ist es etwas anderes. Dies wird mein Kind.«

Stefanie runzelte die Stirn. »Ich mache mir Sorgen um die drei anderen, jetzt, wo wir …«

»Liebes, das musst du nicht. Fritz und Gerta gehören zur Familie, sie werden immer gut versorgt sein. Und um Freddy werden wir uns kümmern, das wird schon. Und jetzt lass uns überlegen, wann wir diese Gesellschaft abhalten. Wir haben so viel zu feiern, du hast schon recht, diese Feier muss sein. Und zwar so bald wie möglich.«

Frederike war in ihr Zimmer geschlichen und fragte sich, weshalb man sich um sie würde kümmern müssen. Mutter, das hatte sie verstanden, erwartete ein Kind. Ein Kind von Onkel Erik. Es würde ein von Fennhusen sein, so wie Fritz und Gerta es waren. Frederike war keine von Fennhusen, sie war eine von Weidenfels. Sollte ihr das zu denken geben? Aber sie war doch auch Mutters Tochter, daran hatte sich doch nichts geändert. Oder vielleicht doch?

So ganz wirklich gehörte sie nicht hierher, das spürte Frederike. Lag es an ihr? Sie würde alles tun, um den Erwartungen gerecht zu werden. Sie würde versuchen, sich noch mehr anzupassen. Diese Gedanken begleiteten sie in den Schlaf.

Kapitel 5

In den nächsten Tagen veränderte sich die Stimmung im Haus. Eine Spannung lag in der Luft, die fast schon knisterte, so wie an einem heißen Sommertag, kurz bevor das ersehnte Gewitter losbrach. Onkel Erik war mit Ax von Stieglitz nach Graudenz gefahren. Mutter lief mit einem seligen Lächeln durch die Flure und schien das grimmige Gesicht der Mamsell gar nicht wahrzunehmen. In der Küche und in den Räumen der Leute jedoch brummte und summte es wie in einem Bienenkorb. Alle redeten über die bevorstehende Gesellschaft, dabei stand das Datum noch gar nicht fest.

»Im September wird es nicht gehen, da steht die Ernte an«, sagte die Mamsell. »Im Oktober und November wird geschlachtet. Vor Dezember wird das nicht stattfinden.«

»Es muss.« Frederike nahm sich einen alten Apfel aus dem Obstkorb in der Küche. »Mutter möchte die Feier machen, bevor sie nicht mehr kann.«

»Wieso sollte sie nicht mehr können?« Die Mamsell schüttelte den Kopf.

»Die Gnädigste erwartet doch ein Kind«, sagte Leni und grinste. »Deshalb will sie den Ball so schnell wie möglich halten. Sie möchte sich hier in die Gesellschaft einführen. Das verstehen Sie doch, Mamsell?«

»Ein Kind? Grundgütiger. Auch das noch.« Die Mamsell schlug die Hände zusammen. »So schnell? Ob das wirklich vom Gnädigsten ist?«, sagte sie so leise, dass es kaum einer hörte, doch Frederike hatte die Worte vernommen. Und auch Leni sah die Mamsell überrascht an.

»Das würde ich nicht noch einmal sagen, Mamsell«, fuhr Leni sie an, drehte sich um und ging die Treppe hinauf.

»Ich habe es nicht so gemeint, Leni«, rief die Mamsell ihr hinterher. »Wirklich nicht.«

Aber Leni antwortete nicht.

»Was haben Sie denn jesacht, Mamsell?«, fragte die Köchin neugierig. »Die ist ja ab wie eine Dampfeisenbahn.« Sie sah Leni hinterher.

»Wenn die Gnädigste in den nächsten Wochen die Gesellschaft abhalten will, kommen wir in Teufels Küche.« Die Mamsell seufzte, beantwortete die Frage der Köchin nicht. »Wie sollen wir das schaffen? Ich wünschte mir, die Gnädigste würde mit mir darüber sprechen. Es ist ja nicht so, als könnten wir uns alles plötzlich aus den Ärmeln schütteln.«

»Das is meine Kiche und nuscht vom Deuwel.« Die Köchin lachte. »Und wir schaffen das schon. Irjendwie.« Doch auch sie zog die Stirn kraus. »Einfach wird es allerdings nich. Der Schweizer sagt, dass immer noch zwei Kiehe krank sind, eine haben wir schon schlachten miessen, samt Kalb. Außerdem ist es viel zu trocken in diesem Sommer.«

»Was haben die Kühe denn?«, fragte Fritz, der sich in die Küche geschlichen hatte und schnell vom frischen Brot stibitzte.

»Wo kommt ihr denn alle her? Ist der Lehrer vor euch geflüchtet?«, fragte die Mamsell streng und schüttelte den Kopf.

»Der Lehrer hat sich heute frei genommen und ist übers Wochenende nach Bromberg gefahren«, erklärte Frederike.

»Kaum ist der Kater aus dem Haus, tanzen die Mäuse auf dem Tisch.« Die Mamsell wischte sich mit der Hand über die Stirn und seufzte.

»Was ist denn nun mit den Kühen?«, fragte Fritz unberührt von der erschütterten Miene der Mamsell. »Haben wir eine Epidemie im Kuhstall?«

Frederike kniff die Augen zusammen. Das Wort Epidemie hatte Fritz gerade erst mühselig gelernt, und nun warf er es in den Raum, als sei er unglaublich gebildet und als ob es zu seinem alltäglichen Wortschatz gehören würde.

»Nee.« Es war die tiefe Stimme des Schweizers, die durch die Küche dröhnte. Er musste unbemerkt vom Hof hereingekommen sein. »Das ist keine Epidemie, denn Euterfieber ist nicht ansteckend.«

»Was ist es denn für eine Erkrankung?«, fragte Fritz interessiert.

»Das ist eine Art Milchstau«, der Schweizer seufzte. »Ich vermute, dass es zu trocken ist. Das Gras hat im Moment nicht die Kraft, die die kalbenden Kühe brauchen, um die Kälbchen zu säugen.«

»Und was passiert dann?«, wollte Fritz wissen.

Der Schweizer setzte sich an den Küchentisch, eines der Mädchen stellte ihm ein großes Glas mit gekühlter Brause hin.

»Die Kuh wird nach dem Kalben unsicher, stolpert und schwankt. Manchmal kann sie nicht mehr aufstehen und schlägt wild mit dem Kopf. Kein schöner Anblick.« Er schnaufte und nahm einen großen Schluck von der Brause.

»Kann man was dagegen tun?«

»Tja, Bowke, man kann es versuchen. Manchmal hilft es, wenn man Luft in den Euter bläst. Warum das hilft, weiß ich nicht. Nach zwei, drei Tagen ist die Kuh entweder tot oder der Spuk vorbei.«

»Ich könnte bei der Wache helfen.« Fritz baute sich vor dem Schweizer auf und streckte die Brust vor.

»Warum nicht?« Der Schweizer strich sich mit der Hand über das Kinn. »Ja, Bowke, dann komm mal gleich mit.«

»Der Lehrer ist zwar weggefahren, aber Aufgaben hat er uns trotzdem gegeben. Hast du die schon fertig, Fritz?«, fragte Frederike.

Ihr Bruder verdrehte die Augen. »Nun sei bloß kein Spielverderber, Freddy. Willst du nicht auch lieber mitkommen in den Kuhstall?«

Frederike überlegte. Wenn sie nach oben ginge, würde sie vielleicht Tante Edeltraut oder Leni in die Arme laufen, die ihr ganz sicher irgendeine Handarbeit auferlegen würden. Die Entscheidung fiel nicht schwer.

»Na sicher komme ich mit. Wo ist denn Gerta?«

Fritz zuckte mit den Achseln. »Die wird bei den Kätzchen sein, so wie immer.«

»Was interessierst du dich denn so für die Kühe, Bowke?«, fragte der Schweizer.

»Onkel Erik hat gesagt, dass ich alles auf dem Gut erlernen müsse, damit ich später einmal ein Gut führen kann.« Fritz grinste breit. »Und das will ich natürlich.«

»Da hat dein Stiefvater recht«, meinte der Schweizer. »Dat schätzen wir och an ihm – er kennt alle Gewerke auf dem Gut, überlässt nich allet nur dem Inspektor.«

Was werde ich später machen, fragte sich Frederike. Bisher hatte sie sich noch keine großen Gedanken darüber gemacht. Sie würde natürlich heiraten und eine eigene Familie haben. Aber was, wenn niemand sie heiraten wollte? Würde sie einen Platz in der Familie bekommen, so wie Tante Edeltraut? Auf der Veranda sitzen, Socken stopfen und Erbsen auslesen bis an ihr Lebensende? Der Gedanke ließ sie schaudern. Außerdem war Tante Edeltraut die Schwester ihres Stiefvaters, eine leibliche von Fennhusen. Frederike gehörte nicht zu dieser Familie.

Natürlich werde ich heiraten, dachte sie fast schon trotzig. Dann schob sie die düsteren Gedankenwolken beiseite, sie hatten den Kuhstall erreicht. Der Schweizer führte sie an den Boxen vorbei, in denen die Schwarzbunten standen.

»Wieso sind diese Kühe nicht auf der Weide?«, fragte Fritz.

»Weil sie trockenstehen. Sie werden seit ein paar Wochen nicht mehr gemolken, denn sie werden in den nächsten Tagen kalben. Diesen Kühen gehört im Moment unsere größte Aufmerksamkeit.«

»Und die kranken Kühe?«, fragte Frederike. Sie ging zu einer Box, streichelte die weichen und warmen Nüstern der Kuh, die sie mit großen Augen ansah.

»Die beiden kranken Kühe sind dort hinten in separaten Boxen. Zwei der Melker sind ständig bei ihnen.« Das Gesicht des Schweizers wirkte plötzlich sehr ernst. Er führte die beiden durch den Stall bis zu den hinteren Boxen.

»Wie sieht es aus, Mateusz?«

»Wir haben vorhin noch mal Luft in die Euter jeblasen, das scheint der Dunklen zu helfen, der Gescheckten aber nicht«, antwortete der Melker. Er hockte neben einer Kuh, die auf dem Boden lag und schwer atmete. »Ich glaub, die hattet bald hinter sich.«

»Was ist mit dem Kalb?«

Der Melker zeigte auf eine Ecke der Box, wo das Kälbchen lag. Es zitterte und schnaufte schwach.

Frederike kniete sich neben das Tier, nahm seinen Kopf in ihren Schoß und streichelte sacht den Hals. »Es wird sterben, nicht wahr?«, flüsterte sie.

»Es war von Anfang an sehr schwach.« Der Schweizer rieb sich über das Kinn. »Man kann versuchen, es durchzubringen, aber meistens sterben sie halt.« Er seufzte. »Ich werd mit dem Inspektor reden und ihn fragen, ob wir es weiter versuchen oder die Kuh erlösen sollen.«

Als er einige Zeit später mit dem Inspektor zurückkam, war das Kälbchen schon in Frederikes Armen gestorben.

Die Mutterkuh muhte schwach, fast schien es, als würde sie ihr Kalb rufen.

»Ich mag diese Entscheidung nicht ohne den gnädigen Herrn treffen. Die Kuh ist noch jung, es war ihr erstes Kalb, nicht wahr?«, sagte der Inspektor, der Schweizer nickte. »Dann versuchen wir es einfach noch weiter mit ihr.« Er sah sich um. »Gibt es noch mehr Fälle außer den beiden?«

»Bisher nicht. Das Kalb von der Dunklen haben wir zu einer Ammenkuh gestellt. Es wird durchkommen, und wenn die Dunkle sich erholt, kommt das Kalb zu ihr zurück.«

Der Inspektor nickte. »Ich möchte umgehend informiert werden, wenn noch weitere Fälle von Euterfieber auftreten. Wie viele Kühe stehen noch trocken?«

»Siebzehn. Mindestens eine wird heute noch kalben. Ich werde die Nacht über im Stall bleiben.«

Frederike wischte sich die Tränen von der Wange. Obwohl sie wusste, das Leben und Tod auf einem Gut immer eng beieinanderlagen, rührte sie der Tod des Kälbchens doch. Es hatte so große, treue Augen gehabt, sein Fell war ganz weich gewesen.

»Darf ich die Nacht mit im Stall verbringen?«, fragte Fritz, der unberührt vom Schicksal der kranken Kühe schien, aber alles ganz spannend fand.

Der Schweizer schüttelte den Kopf. »Nicht die Nacht über. Aber ich zeig dir die Kuh, die bald kalbt. Wenn wir Glück haben, ist das Kalb noch vorm Abendessen da.«

Fritz löcherte den Schweizer mit allerlei Fragen, die der Mann ruhig und voller Geduld beantwortete, doch Frederike war die Lust am Kuhstall vergangen.

»Was passiert mit ihm?«, fragte sie den Melker leise und zeigte auf das tote Kälbchen.

»Das entscheidet dann wohl die Köchin.« Er räusperte sich und zuckte verlegen mit den Schultern. »Tut mir leid.«

Frederike seufzte. Sie stand auf, strich sich das Stroh vom Rock und ging langsam nach draußen. Die Sonne schien leuchtend, Mücken tanzten in der Luft, doch Frederike war von einer seltsamen Traurigkeit erfüllt. Natürlich war der Tod des jungen Tieres bitter, aber ein Kalb war ein Nutztier, so wie fast alle Tiere auf dem Gut, früher oder später wäre es geschlachtet worden. Es war aber noch etwas anderes, was Frederike bedrückte. Fritz war voller Begeisterung im Stall, interessierte sich offensichtlich sehr für den Gutsbetrieb. Das war seine Zukunft, und er war hier zu Hause, das Gut gehörte den von Fennhusens. Was aber war mit ihr? Ihr Vater war der dritte Sohn der Familie von Weidenfels gewesen. Er hatte die Offizierslaufbahn einschlagen wollen, weil für ihn kein Land mehr da war. Frederike hatte nur ein kleines Erbe erhalten, das ihre Mutter treuhänderisch verwaltete, aber das Geld verlor immer mehr an Wert, das bekam Frederike mit. Es ging ihr nicht um ihre Aussteuer, es ging ihr um eine Zukunft, eine Aufgabe, die sie haben wollte. Tante Edeltraut, die unverheiratete Schwester von Onkel Erik, lebte hier mit auf dem Gut. Sie war hier geboren worden und würde hier vermutlich sterben. Sie war ein Teil der Familie, und ihr Platz war gefestigt. Genauso war es mit den Arbeitern, die zu alt waren, um noch ein Tagewerk zu verrichten. Sie hatten ihren Altensitz auf dem Gut, mietfreie Wohnküchen, einen kleinen Hühnerstall und bekamen Brennholz bis an ihr Lebensende. In ihren Gärten hinter den kleinen Hütten zogen sie Gemüse und bauten ein wenig Obst an. Wer auch das nicht mehr bewirtschaften konnte, wurde von der Gesindeküche mit durchgefüttert, falls es keine Verwandtschaft gab, die sich kümmerte. Doch viele der Arbeiterfamilien lebten schon seit Generationen auf dem Gut.

Sie, Frederike, gehörte aber nicht zur Familie der von Fennhusens. Was würde aus ihr werden, wenn sie keinen Mann fand, der sie heiratete? Frederike zweifelte nicht daran, dass sich ihr Bruder und auch ihre Schwester kümmern, ihr eine Zuflucht bieten würden. Doch der Geschmack bei dem Gedanken blieb fahl.

»Wovon träumst du, kleine Prinzessin?«, fragte die Mutter. Sie saß vor dem Haus auf der Terrasse und sah ihre Tochter, die in Gedanken versunken über den Hof gegangen war, lächelnd an. »Setz dich zu mir.« Sie wies auf den Stuhl neben ihr, rümpfte dann aber die Nase. »Wann hast du das letzte Mal gebadet? Ich werde mit Leni sprechen müssen. Es scheint mir, als ob ihr hier auf dem Gut ganz und gar verwildert.«

»Ich war im Kuhstall«, gestand Frederike.

»Grundgütiger, Kind. Was hat man denn dort verloren?«

»Fritz und ich haben den Schweizer begleitet, um nach den kranken Kühen zu sehen.«

»Ach, das Euterfieber.« Die Mutter holte tief Luft. »Das macht Erik auch Sorgen.«

»Eins der kleinen Kälbchen ist gestorben.« Frederike schniefte.

Die Mutter sah sie erstaunt an. »Es war ein Kalb, Freddy, nicht dein Hektor.«

»Aber ich habe es im Arm gehalten«, flüsterte Frederike und senkte den Kopf.

»Oh Schätzchen, ich verstehe.« Stefanie beugte sich zu ihrer Tochter und zog sie an sich. »So etwas ist immer schrecklich.«

Frederike lehnte sich an ihre Mutter, spürte die Wärme und sog den leichten Duft des Parfüms, das sie immer trug, ein. Sie schloss die Augen und fühlte sich geborgen.

Die Mutter schob Frederike ein wenig von sich, strich ihr über die Haare. »Ich weiß, solche Dinge möchte man nicht erleben. Man möchte nicht dabei sein, wenn kleine Kälbchen sterben, aber das passiert nun mal.« Dann runzelte sie die Stirn. »Dich bewegt noch mehr, nicht wahr?«

Frederike räusperte sich verlegen. Konnte sie mit ihrer Mutter über ihre Sorgen sprechen?

»Ich weiß nicht«, sagte sie zögernd.

Stefanie von Fennhusen nahm das Glöckchen, das auf dem silbernen Tablett stand und klingelte. Sie sah sich suchend um und schon bald erschien Hilde, das erste Hausmädchen.

»Ihr habt einen Wunsch, gnädige Frau?«

»Was möchtest du? Brause oder lieber Kakao? Oder warme Milch mit Honig, um dein Gemüt zu beruhigen?« Die Mutter sah Frederike fragend an.

»Brause wäre prima.« Jetzt war Frederike noch verlegener. Wie sollte sie ihrer Mutter nur mitteilen, was sie umtrieb?

»Haben Sie noch einen Wunsch, gnädige Frau?«

Die Mutter schaute auf die Taschenuhr, die an einer feinen, silbernen Kette an ihrem Gürtel hing. »Wann wird es etwas zu Mittag geben? Ich hatte mit der Mamsell vereinbart, dass wir nur einen Imbiss einnehmen und dafür abends warm essen, schließlich sind alle Männer ausgeflogen.« Sie lächelte.

»In einer halben Stunde, gnädige Frau. Die Mamsell lässt mich fragen, ob Sie drinnen oder auf der Veranda essen wollen?«

Stefanie hüstelte. »Drinnen natürlich. Auch einen Imbiss kann man gepflegt einnehmen. Picknicken wollte ich nicht.«

»Selbstverständlich, gnädige Frau.« Hilde knickste und ging zurück zum Haus.

»Was beschäftigt dich?«, fragte die Mutter wieder.

»Ich war mit Fritz im Kuhstall. Er hat den Schweizer mit Fragen gelöchert.« Frederike grinste schwach. »Er will alles, alles wissen, möchte alles sehen, überall dabei sein. Onkel Erik hat ihm wohl gesagt, dass er das Gutsleben von der Pike auf lernen muss.«

»Und das ist auch richtig so. Fritz wird irgendwann einmal dieses oder ein ähnliches Gut führen.«

»Ja. Aber was mache ich später?« Frederike kaute auf ihren Lippen.

»Ich denke, auch du wirst einem Gut vorstehen, so wie ich es jetzt tue. Oder du heiratest in die Stadt und führst dort einen Haushalt.«

»Aber wenn ich keinen Mann finde, was mache ich dann?«, quetschte Frederike hervor.

Stefanie lachte auf. »Wieso solltest du keinen Mann finden?«

»Weil … weil … mich keiner will, vielleicht?«

»Ich werde schon dafür sorgen, dass du einen passenden Mann findest, das verspreche ich dir!«

»Wirklich?«

»Ganz wahr und ehrlich. Du bist meine Erstgeborene und hast einen besonderen Platz in meinem Herzen.«

Frederike schluckte. Bisher hatte sie sich nur als älteste Tochter gesehen, als diejenige, die auf die jüngeren Geschwister aufzupassen hatte. Dass sie eine besondere Stellung bei ihrer Mutter zu haben schien, machte sie plötzlich sehr froh, auch wenn es ihre Sorgen nicht ganz nahm.

»Du bist meine Erstgeborene.« Dieser Satz prägte sich tief in Frederikes Gedächtnis ein. Sie dachte auch immer noch daran, als sie schließlich zu Bett ging. Mutter wird mir helfen, eine Zukunft zu finden, einen Mann zu finden. Ich möchte nicht dreimal heiraten, so wie sie. Ich möchte den Einen lieben und mit ihm glücklich werden. Und Mutter wird mich dabei unterstützen. Doch wer wird es sein? Und wo werde ich ihn treffen, fragte sie sich. Aber die Frage danach, ob sie jemanden finden würde, stellte sich ihr nun nicht mehr. Sie vertraute ihrer Mutter voll und ganz, und das war ein gutes, ein sicheres Gefühl.

Kapitel 6

In den nächsten Tagen hatte Frederike keine Zeit mehr, über ihre Zukunft nachzudenken. Hektik erfüllte das Gut. Onkel Erik hatte eine Stute und zwei Ponys aus Graudenz mitgebracht, dazu einige Bestellungen für die Zucht erhalten, außerdem wurde die Gesellschaft nun mit aller Kraft geplant. Stefanie wollte sie am liebsten schon in vier Wochen, Ende Juni, abhalten. Am Nachmittag hatte sie die Mamsell zu einem Gespräch gebeten, an dem auch Onkel Erik teilnahm. Frederike und Fritz versteckten sich in der Diele, um zu lauschen.

»Die Mamsell wird sich mit Händen und Füßen dagegen wehren«, prophezeite Frederike. »Jetzt einen Ball zu veranstalten, wird sie nicht zulassen.«

»Hat sie denn eine Wahl?«, fragte Fritz erstaunt.

Frederike dachte nach. »Vermutlich nicht, aber tausend Argumente dagegen.«

»Wieso?«

»Weil es nicht passt, Fritz. Im Juli fängt die Ernte an, die Schnitter kommen dann, und auf einem Gut hat man anderes im Sinn, als zu feiern.«

»Papperlapapp. Das betrifft uns doch nicht.«

»Nein, aber die Dienstboten und das Gutsleben.«

»Du bist eine Unke, Freddy. Die Eltern können Feste veranstalten, wann sie wollen. Da hat die Mamsell nichts zu sagen.«

»Psst. Da kommt sie«, zischte Frederike und drückte ihn in die Ecke. Sie wollte sich nicht erwischen lassen. Die Mamsell klopfte, trat dann ein.

»Es geht, wie Sie sich sicher denken können, um die Gesellschaft, die wir planen, liebe Mamsell«, sagte Mutter zuckersüß. Sie hatte Kaffee und Gebäck bestellt und empfing die Mamsell im kleinen Salon und nicht, wie sonst, in ihrem Büro.

»Das habe ich mir schon gedacht«, antwortete die Mamsell spröde.

»Wir möchten ein paar Freunde und Nachbarn einladen, aber auch Familie aus Berlin und Potsdam«, fügte Onkel Erik hinzu. »Eigentlich wäre der beste Zeitpunkt natürlich in der Winterzeit, aber das ist nun ja aus familiären Gründen nicht möglich, deshalb werden wir schon jetzt im Sommer feiern.«

»Von den Gründen hörte ich. Meinen Glückwunsch an die Herrschaften.« Die Mamsell räusperte sich. »Allerdings wird eine große Gesellschaft im Sommer doch recht schwer zu organisieren sein.«

»Das glaube ich nicht.« Die Mutter lachte ihr glockenhelles Lachen. »Es wird sogar einfacher sein, weil wir zum Teil draußen werden feiern können. Wir stellen Zelte auf und werden es zwanglos gestalten.«

»Da muss erst einmal das Wetter mitspielen.« Die Mamsell klang, als hätte sie einen großen Schluck Essig getrunken.

»Nun, ich glaube schon, dass es machbar ist, und durch die Zelte wird uns ein Sommerregen nichts ausmachen. Ich dachte, wir lassen die Wiesen an den Teichen mähen und stellen die Zelte dort auf«, sagte Onkel Erik.

»Wie viele Gäste wollen Sie einladen?« Die Mamsell schien resigniert zu haben und Fritz stieß Frederike triumphierend in die Seite.

»Sie hat nichts zu sagen, merkste? Mutter hat alles im Griff, du alte Unke.«

»Abwarten«, flüsterte Frederike.

»Nun, wenn ich da so überschlage«, die Kinder hörten das Rascheln von Blättern, Mutter schien in ihren Unterlagen zu stöbern, was aber sicher nur ein Vorwand war, »werden wir ungefähr vierzig Gäste erwarten. Und ein paar Kinder.«

In nächsten Moment war es sehr still.

»Vierzig Gäste?«, fragte dann die Mamsell. »Vierzig?«

»Ja. Nicht alle kommen zur selben Zeit. Verwandte und engere Freunde aus der Ferne werden in etwa zwanzig sein. Zum Teil werden diese aber auch hier logieren.« Mutter klang, als würde sie strahlen.

»Zwanzig Logiergäste?« Die Mamsell verschluckte sich fast an den Worten.

»Natürlich nicht«, beruhigte Onkel Erik sie. »Wir werden höchstens zehn Übernachtungsgäste haben, da es so kurzfristig ist, vielleicht noch weniger. Ein Teil davon ist schon vorher da. Unsere Sommergäste kommen nächste Woche.«

»Das ist richtig«, sagte die Mamsell. »Die Sommergäste sind also schon mit eingeplant in Ihren Zahlen, gnädige Frau?«

»Das sind sie. Und ein Teil wird sicherlich nur nachmittags kommen und nicht bis zum Abend bleiben.«

»Wie groß ist der Teil?«

»Das weiß ich noch nicht. Noch haben wir ja gar nicht eingeladen, wir wollten das erst mit Ihnen besprechen, Mamsell.«

»Zu gütig. Wir planen also ein Sommerfest mit ungefähr vierzig Gästen und einigen Kindern … wann genau?«

»Ich dachte, wir machen das Ende Juni. Bevor die Schnitter kommen und es zur Ernte geht. Dann könnten wir vorher auch einen Teil der Schnitterhäuser gründlich sauber machen und die Wände kalken, um sie als Gästehäuser zu benutzen. Ich glaube, unser Besuch fände das lustig«, sagte die Mutter.

»Die Schnitterhäuser …« Die Mamsell rang nach Luft. »Waren Sie schon mal dort?«

»Nein.«

»Ich glaube kaum, dass Sie dort Ihren Besuch unterbringen wollen.«

»Deshalb wollen wir ja einige der Häuser vorher noch herrichten, Mamsell«, sagte Onkel Erik. »Nicht alle, vielleicht acht oder zehn. Das sollte doch zu machen sein, nicht wahr?«

»Wenn Sie das wünschen, gnädiger Herr.« Die Stimme der Mamsell wurde immer dünner.

Wieder stieß Fritz Frederike in die Seite, doch Frederike hatte inzwischen schon fast Mitleid mit der Mamsell.

»Wie stellen Sie sich das Fest vor?«

»Ich dachte, morgens einen Sektempfang, nachmittags einen Imbiss draußen und abends ein kleines Menü. Liebster«, Mutter wandte sich an Onkel Erik, »habt ihr hier schon mal vierzig Gäste an der Tafel gehabt?«

»Ich glaube schon. Vor dem Krieg, wenn wir Jagden hatten. Wir haben die Tafel bis in die Diele verlängert, nicht wahr, Mamsell?«

»Ja. Damals hatten wir auch sehr viel mehr Personal. Aber von den Tischen und Stühlen her geht es. Wir schieben alle Türen auf und verlängern die Tafel.«

»Natürlich werden wir Personal ausleihen und noch einige Dienstboten dazubuchen, gute Mamsell. Das steht doch außer Frage«, sagte Mutter nonchalant. »Bitte machen Sie sich mit der Köchin Gedanken zu den Speisen. Es sollte einfach, aber auch schmackhaft sein.«

»In vier Wochen, Ende Juni?«

»Ganz genau. Da haben wir ja sicher Einiges aus dem Garten, was wir anbieten können. Nur Eis müssen wir wahrscheinlich noch bestellen. Auf ein Sorbet bestehe ich. Und natürlich auf gekühlte Getränke.«

»Natürlich, gnädige Frau.«

Die Kinder hörten das Scharren von Stuhlbeinen auf dem Dielenboden, die Mamsell hatte sich erhoben.

»Die Köchin und ich werden Ihnen Vorschläge zur Speisefolge machen.«

»Wunderbar. Dann ist das also geklärt und wir können die Einladungen aussprechen.«

Frederike und Fritz flitzten nach draußen.

»Mutter hat gewonnen«, sagte Fritz so stolz, als hätte er selbst mit der Mamsell gesprochen.

»Abwarten«, sagte Frederike wieder. »Lass uns hinter das Haus an das Küchenfenster schleichen. Das letzte Wort ist noch nicht gesprochen.«

Es war Samstag und Lehrer Obermann blieb noch bis zum folgenden Abend in Bromberg. Eigentlich hatten sie Aufgaben zu erledigen, aber im Moment fokussierte sich alles auf das Fest und keiner achtete auf die Kinder, was ihnen nur recht war.

Leise schlichen sie zum Küchenfenster, die Mamsell tobte schon.

»Vierzig Gäste. Zwanzig davon als Hausgäste. Ein Teil soll in den Schnitterhäusern wohnen. Hat man so etwas jemals schon gehört? In den Schnitterhäusern?« Die Mamsell stapfte durch die Küche, sie schien vor Wut fast zu platzen.

»Das hat se wirklich jesacht?«, fragte die Köchin.

»Aber natürlich! Sie will in vier Wochen ein Fest veranstalten, mit Zelten auf den Wiesen, Gästen in den Schnitterhäusern, Menü für alle oben. Guter Gott, wie stellt sie sich das vor?«

»Die Gnädigste will ihre Gäste in den Schnitterhäusern unterbringen?«, fragte Gerulis ungläubig.

»Ja. Sie meint, es wäre ein tolles Abenteuer für sie. Dabei war sie noch nie dort, und weiß gar nicht, wie es in den Hütten aussieht.«

»Das wird es och sein, ein Abenteuer fier die Gäste.« Die Köchin lachte laut auf. »Aber nun berujen Se sich, Mamsell. Die Herrschaften wünschen ein Fest und das werden wir liefern. Das ist och jar nich so schwer. Sektempfang mit Häppchen. Danach Kuchen und Kaffee und ein Imbiss und anschließend ein Essen fier vierzig Leute. Das kriejen wir hin.«

»Die Gnädigste möchte von uns Vorschläge für das Essen. Und zwar so bald wie möglich.« Die Mamsell schnaufte. »Und der Gnädigste meinte, es wäre ja wohl zu schaffen, einige der Schnitterhäuser herzurichten. Saubermachen, die Wände kalken.«

»Und wie sollen sie eingerichtet werden? Dort stehen Bettgestelle, auf die jedes Jahr frische Strohmatratzen kommen. In jedem der Häuser sind ein Tisch, zwei Stühle, ein Regal und mehr nicht. Das Nachtgeschirr bringen die Schnitter selbst mit. Und jetzt sollen dort Gäste übernachten?« Gerulis Stimme hatte sich verändert, er klang nicht belustigt.

»So ist es.« Die Mamsell seufzte laut auf, es klang fast wie ein Schluchzen. »Natürlich können wir die Häuser gründlich säubern, gründlicher als sonst. Und wir können auch die Wände kalken. Aber wir müssen auch das Haus putzen, das Silber und Gläser für vierzig Personen polieren, die Teppiche rausbringen und ausschlagen, Bett- und Tischwäsche waschen, bleichen, stärken und bügeln. Wer soll das alles machen und wann? Der Gutsbetrieb bleibt ja nicht stehen.«

»Erbarmung, Mamsell, das sieht wohl so aus, als wäre es nich machbar«, sagte die Köchin beschwichtigend. »Aber wenn wir einen Plan schreiben, wird es wohl hinkommen, auch wenn die Zeit mehr als knapp ist. Alle miessen mit anpacken und wir werden Hilfe aus dem Dorf brauchen, jerade fier die groben Arbeiten. Ei, das miessen Sie der Gnädigsten klar machen, Mamsell.« Die Köchin war immer lauter geworden und Fritz zog die Augenbrauen hoch.

»Sie will ja nicht auf mich hören. Die Gnädigste stellt sich das so einfach vor, aber sie kommt ja auch aus der Stadt, sie weiß gar nicht, was es heißt, ein Gut zu bewirtschaften und zu führen. Sonst hätte sie nicht diese splienerte Idee, in vier Wochen eine Gesellschaft abhalten zu müssen.«

Die Mamsell trat an das Küchenfenster, unter dem Frederike und Fritz saßen, stieß es weit auf und schnaufte nach Luft. Die beiden Kinder kauerten sich an die Wand, trauten sich kaum zu atmen.

»Aber Schneider hat recht. Ich werde einen Plan erstellen, die nötigen Arbeiten auflisten und auch, wie viele Hilfskräfte wir brauchen. Schneider, von Ihnen erwarte ich bis Mitte der Woche Vorschläge für das Menü und den Imbiss.« Sie hatte sich wieder umgedreht und war zurück in die Küche gegangen.

Frederike nahm Fritz bei der Hand und zog ihn mit sich.

»Los!«, zischte sie ihm zu, »weg hier.«

Sie rannten zur Remise, wo Gerta, wie meistens, im Stroh lag und mit den Kätzchen spielte. Zwei Würfe gab es inzwischen, die dritte Mausefängerin schleppte ihren dicken Bauch noch umher, aber lange konnte es nicht mehr dauern.

»Ich habe es dir doch gesagt«, triumphierte Fritz. »Die Mamsell kuscht vor Mutter.«

»Weil ihr nichts anderes übrig bleibt.« Frederike ließ sich rücklings in das warme Stroh fallen. »Aber im Grunde kann sie uns leidtun.«

»Wieso?« Gerta sah von ihrer Schwester zu ihrem Bruder. »Was ist passiert?«

»Nichts. Mutter will nur ein Fest geben«, sagte Fritz abfällig. »Davon verstehst du nichts.«

»Und du offensichtlich auch nicht«, meinte Frederike, setzte sich wieder auf und sah ihn an. »Was glaubst du denn, warum die Mamsell sich aufregt?«

»Weil Gäste kommen und sie mehr zu tun haben werden. Aber das ist nun mal so. Bisher hat Onkel Erik das Gut mit Tante Edeltraut geführt. Wenn man das überhaupt so sagen kann. Sie lassen es bewirtschaften, aber gesellschaftlich ist hier seit Jahren nichts mehr passiert. Mutter wird auf dem Gut wieder viele Feste feiern. So wie es in Potsdam war. Pass nur auf, alle werden sich umgucken.« Er nickte und schob die Unterlippe vor.

»Zu allererst wird sich Mutter umgucken«, sagte Frederike nachdenklich.

»Was?« Fritz sah sie ungläubig an. »Wie kannst du so etwas sagen?«

»Weil ich es weiß. Du beschäftigst dich mit den Gewerken auf dem Gut und das ist großartig. Ich habe mich mit der Küche beschäftigt, mit den Leuten und dem Gesinde. Die Mamsell macht das für den Haushalt, was der Inspektor für das Gut macht. Und sie hat recht – es ist fast unmöglich, was Mutter erwartet.«

»Spinnst du? Du kannst doch Mutters und Onkel Eriks Entscheidung nicht in Frage stellen«, sagte Fritz empört. »Und was weißt du schon, wie ein Gut geführt wird? Du bist erst ein paar Wochen hier.«

»So wie du, Fritz. So wie du.« Frederike stand auf, zupfte das Stroh aus ihrem Rock. »Ich stelle nichts in Frage. Mutter und Onkel Erik haben entschieden, und das ist ihr gutes Recht. Aber für die Leute, für die Mamsell und die Köchin wird es nicht einfach. Gerade weil sie solche Feste in den letzten Jahren nicht veranstaltet haben. Niemand hat das, es herrschte Krieg.«

»Der ist aber vorbei.«

»Ja, Fritz, das stimmt, aber Fennhusen ist nicht Potsdam. Wir sind hier in einer Enklave, in einem Außenposten der Republik.« Sie unterdrückte ein Grinsen, als Fritz die Stirn furchte. Sicher überlegte er jetzt, was *Enklave* bedeutete, aber er würde sich nicht die Blöße geben, nachzufragen.

»Als wir hierher in die Provinz gefahren sind, im Zug, mussten wir durch den Polnischen Korridor.«

»Das war, als sie die Eisenbahnwagen versiegelt hatten«, mischte sich Gerta eifrig ein, die froh war, auch etwas sagen zu können. »Und die Vorhänge zugezogen wurden. Das war unheimlich.«

»Genau.« Frederike nickte. »Wir durften nicht aussteigen, keiner durfte einsteigen. Für diese Fahrten wird ein Zoll berechnet. Alles, was Mutter aus dem Reich haben will, kostet extra. Manches bekommt man in der Umgebung. Aber es gibt keinen polnischen Champagner oder solche Sachen. Diese Wünsche sind die eine Seite, die Mamsells Haushaltsbuch belasten wird, die andere Seite, die Mutter sicher noch nicht bedenkt, ist die Mehrarbeit.«

»Dafür sind die Leute doch da«, sagte Fritz abfällig.

»Natürlich. Sie sind da, um zu arbeiten. Hast du eins der Mädchen schon mal müßig gesehen? In der Sonne sitzend, die Beine von sich gestreckt?«

Wieder runzelte Fritz die Stirn.

»Sie haben ihre Arbeit, Fritz, die verrichten sie von früh bis spät. Die Mädchen stehen lange vor uns auf, damit die Öfen angeheizt sind und wir warmes Wasser haben, wenn wir aufstehen. Wir setzen uns an den gedeckten Tisch, essen, trinken, stehen wieder auf. Unsere Sachen werden gewaschen, die Zimmer gereinigt. Die Leute haben keinen Müßiggang.«

»Dafür werden sie bezahlt.«

»Natürlich. Aber jetzt kommt ein Fest, eine Gesellschaft. Unerwartet und inmitten der Erntezeit. Im Garten werden die Gemüse reif, sie müssen geerntet und eingemacht werden. Die Kühe kalben, die Schafe lammen, die Hühner legen. Auf den Feldern reift das Korn. Es gibt jede Menge zu tun. Im Haus, im Hof und auf den Feldern.«

»Aber ist das nicht immer so?«, fragte Gerta.

»Das ist immer so. Ja. Und nun kommt diese Gesellschaft. Und die müssen die Leute noch zusätzlich machen.«

»Es sind zwei Tage, Freddy. Zwei Tage mit Gästen«, meinte Fritz abfällig. »Das werden sie doch wohl hinbekommen.«

»Zwei Tage mit Gästen. Aber nur dreißig Tage, um alles vorzubereiten. Warst du schon bei den Schnitterhäusern?«

Fritz schüttelte den Kopf.

»Ich aber. Lass uns hingehen.« Frederike ging voran, Fritz und Gerta folgten ihr langsam.

»Es ist die Aufgabe der Leute, das zu machen. Ich bin mir sicher, dass sich die Mamsell nur anstellt«, sagte Fritz nun. »Sie mag Mutter nicht und will ihr eins auswischen.«

»Ja, das ist bestimmt so«, sagte Frederike nachdenklich. »Aber dennoch scheint die Gesellschaft eine große Sache hier zu sein.«

»Mutter hat doch auch zu Hause immer Gesellschaften gegeben. Unsere alte Mamsell hat sich nicht beschwert«, wandte Gerta nun ein.

»Sie war es ja auch gewohnt. Und ich glaube, im Reich wird das alles ein wenig anders gesehen. Wir sind hier aber in der Provinz. Hier gelten andere Regeln.«

»Wärst du gerne wieder zu Hause?«, fragte Gerta leise. »In unserem Haus in Potsdam?«

»Die Frage stellt sich nicht, Gerta.« Fritz verdrehte die Augen.

»Ich habe darüber nachgedacht. Manchmal habe ich Heimweh, vermisse alles. Hier sind wir … wie abgeschnitten vom Leben.« Frederike griff nach der Hand der Schwester und drückte sie.

»So ganz abgeschnitten sind wir nicht. Auch hierher kommen Zeitungen und Nachrichten. Ich mag das Leben hier, ich würde nicht mehr zurückwollen.« Fritz überholte sie und lief voran. »Fangt mich doch!«, rief er und schwenkte seine Mütze.

»Na warte.« Frederike ließ die Hand der Schwester los und rannte ihm hinterher.

»Hey!«, rief Gerta. »Lasst mich nicht alleine.« Auch sie nahm die Beine in die Hand und lief los.

Die Schnitterhäuser waren ein Stück vom Haupthaus entfernt zum Wald hin gelegen. Eigentlich war es ein großes, langgestrecktes, anderthalbgeschossiges Gebäude mit zwanzig schlichten Wohnungen, die nebeneinanderlagen. Zwanzig Holztüren, zwanzig Fenster unten, Dachluken oben. Davor Grasfläche. Es gab vier Aborte hinter dem Haus und noch weiter zum Waldrand hin die Grube, in der die Torfeimer ausgeleert wurden.

Keuchend blieben die Kinder stehen. Frederike hatte Fritz noch vor dem Haus eingeholt und ihn abgeklatscht. Grinsend sahen sie sich nach Gerta um, die ihnen gefolgt war.

»Ihr seid unfair«, maulte Gerta.

»Wir haben längere Beine als du, aber das wird sich geben.« Frederike klopfte ihr besänftigend auf die Schulter und schaute dann wieder zu den Schnitterhäusern.

Anders als bei den Häusern des Gesindes gab es hier keine Gärten. Die Schnitter waren oft nur Tage hier, bevor sie weiterzogen auf das nächste Gut, um dort bei der Ernte zu helfen. Nur wenige blieben länger, bis in den Herbst hinein. Sie hatten die vorderen Wohnungen, die ein wenig größer waren. Frederike erzählte dies ihren Geschwistern und öffnete die Tür zu der ersten Wohnung.

»Woher weißt du das alles?«, wollte Fritz erstaunt wissen.

»Von Hans.« Sie streckte sich und lachte leise. »Du bist nicht der Einzige, der sich über das Leben auf einem Gut informiert, ich kann das auch. Ich mache es nur anders als du.«

Fritz ging an ihr vorbei in den Raum, hustete dann. »Puhhh. Ist das staubig hier. Und es stinkt.«

Frederike sah sich um. Es gab einen großen Raum mit einem Tisch, zwei Stühlen, einem Kasten, um Sachen aufzubewahren. An der hinteren Wand, die auch eine Tür hatte, stand der gemauerte Ofen mit einer gusseisernen Kochplatte. Die Schnitter waren Selbstversorger, sie mussten für sich kochen und bekamen nichts aus der Gesindeküche. Der Ofen diente an kühlen Herbsttagen auch als Heizung. Geschirr und Töpfe gab es nicht, das brachten sie wohl mit. Eine schmale Stiege, die mit Spinnweben überzogen war, führte nach oben. Fritz strich die Spinnweben weg und stieg die knarrenden Holzstiegen hoch.

»Pass auf!«, rief Frederike besorgt.

»Worauf?« Fritz lachte.

»Auf dich, du Dösbaddel.«

»Was soll mir schon passieren?«, fragte er großspurig und betrat den Boden. Mit festen Schritten ging er über die Dielen. »Hier sind dem Kot nach nur Mäuse oder Ratten und Spinnen. Ahhhhh«, schrie er auf und mit einem lauten Knacken brach die Diele und sein linkes Bein kam durch.

»Fritz! Beweg dich nicht!«, rief Frederike. »Bleib, wie du bist.«

Von ihrem Bruder war nur ein Wimmern zu hören, was sich allerdings steigerte.

Langsam und vorsichtig stieg Frederike die Stiege empor, sah über den Rand des Spitzbodens, den die Schnitter als Schlafetage benutzten. Fritz' linkes Bein war durch die Decke gebrochen, das rechte hatte er angewinkelt, er lag mehr als er hockte auf den brüchigen Dielen. Es stank hier oben trocken nach Staub, scharf nach Mäusedreck und süßlich nach Verwesung, eine Übelkeit erregende Mischung. Sicherlich waren hier etliche kleine Tiere verendet und es war schon lange weder sauber gemacht noch gelüftet worden.

»Kannst du dich umdrehen?«, fragte Frederike und versuchte, die Lage zu beurteilen.

Fritz wimmerte nur. »Mein Bein, mein Bein. Es ist bestimmt gebrochen.«

»Unfug. Kannst du dich wenigstens nach hinten lehnen?«

»Dann breche ich es doch nur noch mehr ab«, jammerte ihr Bruder.

»Wieso glaubst du, dass es gebrochen ist?« Frederike wagte sich noch eine Stufe weiter nach oben. Die Bretterdielen, die den Boden ausmachten, wollte sie nicht betreten. Schräg über Fritz war eine der Dachluken. Die Bretter darunter sahen faulig aus, wahrscheinlich war die Luke nicht dicht und es hatte hineingeregnet und vermutlich nicht nur einen Herbst und Winter. Bisher hatte niemand das wirklich beachtet, die Schnitter wechselten ständig und zogen nach kurzer Zeit weiter, so konnten die Dielen unbemerkt verrotten.

»Es tut weh.« Fritz atmete kurz und flach, presste die Worte nur hervor.

»Du musst das Bein herausziehen. Langsam und vorsichtig.«

»Spinnst du? Dann verletze ich mich ja noch mehr. Das Holz ist gebrochen.« Er heulte auf.

»Was schlägst du denn vor?« Frederike verschränkte die Arme vor der Brust.

»Hol den Kutscher. Und den Zimmermann. Und die Gemeindeschwester«, flehte Fritz.

»Und die Brandwehr vielleicht auch noch?« Frederike lachte leise auf. »Sei kein Frosch. Du bist mit dem Bein durch die morschen Dielen gebrochen, die sind nun kaputt, und der Inspektor wird sich bedanken, aber dein Bein ist höchstens ein wenig verstaucht.«

»Ich habe es brechen hören, Freddy«, sagte Fritz und seine Stimme wurde schwächer. »Es knackte und brach.«

»Das Holz. Nicht dein Bein. Nun dreh dich mal zu mir, so weit es geht.« Frederike zog gelassen ihre Strickjacke aus. »Weißt du noch, letzten Winter, als der Max ins Eis eingebrochen ist?«

»Ja?«

»Was haben sie da gemacht?«

»Ich will keine Anekdoten von früher hören«, rief Fritz verzweifelt. »Holt Hilfe. Rettet mich. Gerta, lauf, lauf zum Hans, er soll Hilfe holen! Hörst du mich, Gerta?«

»Soll ich, Freddy?« Die verängstige Stimme der Kleinen drang kaum nach oben, so zittrig war sie.

»Nein! Um Gottes Willen, wir wollen doch keine Pferde scheu machen. Nun stell dich nicht an wie ein Mädchen, Fritz. Ich werfe dir jetzt meine Jacke zu.«

»Mir ist nicht kalt«, schnaubte Fritz, »mein Bein ist gebrochen.«

Frederike verdrehte die Augen. »Dein Bein ist durch den Boden gebrochen und du sollst nur den Ärmel der Jacke packen, sie nicht anlegen, dann zieh ich dich raus, wenn du es selbst schon nicht tust. Bist ein echter Hasenfuß.«

Fritz stöhnte auf. Dann lehnte er sich zurück, langte nach hinten und Frederike warf ihm die eine Seite der Jacke zu, während sie die andere hielt. Er packte den Ärmel, stöhnte auf.

»Vorsichtig, ja, Freddy?«, bat er leise.

»Natürlich. Halt dich fest, ich zieh jetzt.« Erst zog sie ihn langsam aus dem Loch, dann fester. Als sein Knie zum Vorschein kam, ließ er den Jackenärmel los, stützte sich auf die Hände und stemmte sich heraus. Er drehte sich um und ließ sich auf den Bauch sinken.

»Gut«, lobte Frederike. »Kannst du das Bein bewegen? Spürst du es?«

Fritz hob sich etwas an, wackelte mit dem Bein, nickte dann. Er wollte sich aufrichten.

»Nein!«, rief Frederike entsetzt. »Bleib bloß liegen, du willst doch nicht weiter einbrechen? Robb vorwärts oder greif wieder die Jacke, dann ziehe ich dich.«

Er sah sie an, nickte und schob sich langsam zu ihr. Schließlich hatte er fast die Treppenluke erreicht. Frederike streckte ihm ihre Hand entgegen. »Steh auf, hier ist der Boden noch fest.«

»Woher willst du das wissen?«

»Man sieht es, du Schlaumeier, wenn man genau hinschaut.« Sie zog ihn hoch und dann mit sich die Treppe hinunter. Unten fasste sie ihn an den Schultern, musterte ihn aufmerksam. Um die Nase war er blass, die Sommersprossen wirkten wie aufgemalt. Aber die Nase hielt er tapfer nach oben und die Tränen waren sicher der Erleichterung geschuldet. »Geh«, sagte sie und gab ihm einen leichten Schubs. Perplex ging er ein paar Schritte.

»Dein Bein ist nicht gebrochen«, jubelte Gerta. »Hurrah!«

Fritz hielt mitten in der Bewegung inne, verzog das Gesicht, die nächsten Schritte humpelte er, wobei das Humpeln immer schlimmer wurde.

»Ich weiß nicht …«, stöhnte er. »Es tut schon sehr weh …«

»Das gibt sich wieder.« Frederike ging zu ihm, kniete sich nieder und rollte das Hosenbein hoch. Es gab ein paar Schrammen und einen ordentlichen Bluterguss, der in den nächsten Tagen wohl noch wechselnde Farben annehmen würde, aber dramatisch sah das nicht aus. Sie lachte leise. »Der Stellmacher kann dir sicherlich Krücken anfertigen.«

»Ist es doch gebrochen?«, wollte Gerta wissen, sie drängte sich neben Frederike und schaute das Bein an. »Oh«, sagte sie leise, »das sieht schlimm aus. Tut es sehr weh?«

Fritz nickte und zwinkerte die aufkommenden Tränen weg. Er war froh, dass wenigstens die kleine Schwester Mitleid mit ihm hatte.

»Soll ich zum Haus laufen und Hilfe holen?«, fragte Gerta.

»Ja.« Frederike nickte. »Lauf zum Haus. Lass einen Leiterwagen anspannen, und sie sollen auch gleich die Gemeindeschwester rufen. Und den Stellmeister. Und dann erklären wir alle dem Inspektor, was wir hier gemacht haben, und warum die Zwischendecke kaputt ist. Er wird sicher mildernde Worte für Onkel Erik finden, so dass wir gewiss keinen Ärger bekommen.« Sie räusperte sich. »Oder du reißt dich jetzt zusammen, wir gehen langsam nach Hause und erfinden einen Sturz in den Feldern. Was meinst du, Fritz?«

Fritz sah sie an, dachte nur kurz nach. »Natürlich. So schlimm ist es nicht. Lass uns nach Hause gehen. Aber langsam.«

Draußen schaute Frederike sich noch einmal um. »Geht schon einmal vor.«

»Und du?«

»Ich guck schnell in die anderen Schnitterwohnungen.«

»Warum?« Gerta riss die Augen auf.

»Diese hier ist heruntergekommen, ein wenig Saubermachen und Farbe tun es nicht. Nicht für Gäste der Gesellschaft. Aber vielleicht sehen die anderen ja besser aus. Ich werfe nur einen Blick hinein. Die kleineren haben keinen Schlafboden, sondern zwei Kammern. Ich würde auch keinen betreten.« Sie zwinkerte Fritz zu. »Aber gut, dass du dich das getraut hast.«

»Warum ist es gut?«

»Weil wir jetzt wissen, wie es hier aussieht, und es jemandem der Leute sagen können, und der kann es Onkel Erik mitteilen, und Onkel Erik kann seine Entscheidung vielleicht noch einmal überdenken.«

Fritz sah sie an, biss sich auf die Lippen und nickte dann. »Manchmal bist du wirklich gescheit, obwohl du ein Mädchen bist. Wir sagen es Hans oder Gerulis.«

»Für dich immer noch ›Herr Gerulis‹«, imitierte Gerta mit zugehaltener Nase die Stimme des Hausdieners so echt, dass die beiden anderen sich vor Lachen krümmten.

»Nun geht. Ich hole euch sicher ein«, sagte Frederike. »Geht schon vor.«

Sie wandte sich zu den Schnitterhäusern, öffnete die nächste Tür und trat ein. Auch hier roch es nach Mäusen und leichter Verwesung. Doch der Spitzboden, sie ging die Stiege ganz vorsichtig nach oben und betrat die Dielen nicht, sondern besah nur das Holz, sah trocken aus. Auch die nächsten Wohnungen schienen soweit in Ordnung zu sein. Aber sicher war sie sich nicht.

Als sie mit den größeren Schnitterhäusern fertig war, wischte sie sich den Staub von den Händen ab und ging in die kleineren, die häufig nur tageweise von Wanderarbeitern bewohnt wurden. Dort gab es auch eine Ofenstelle und eine hintere Tür, die zu den Aborten führte, aber keinen Zwischenboden und auch keine Stiege, sondern zwei kleine Kammern. Diese Räume stanken alle. Sie rochen nicht nur nach totem Kleingetier und Urin, sondern weitaus schlimmer. Die Böden waren nicht nur staubig, sondern verdreckt. Die Wände waren verrußt und fettig, die wenigen Möbel beschädigt. Frederike rümpfte entsetzt die Nase. Diese Wohnungen würde man keinesfalls mit einmal Durchwischen und mit Kalken der Wände soweit hinbekommen, dass dort Gäste untergebracht werden könnten. Damit hatte die Mamsell recht.

Aber hier konnte man doch auch keine Arbeiter unterbringen, egal wie kurz oder lang sie blieben, dachte Frederike entsetzt. Da müsste doch noch einiges getan werden.

An wen konnte sie sich wenden, fragte sie sich, während sie ihren Geschwistern nacheilte. Wer war dafür zuständig? Und wie würde sie es schaffen, dass sie nicht als blöde Petze dastand? Jemand, der die Leute schlecht machte? Denn das hatte sie schon verstanden – gesellschaftlich stand ihre Familie über den Leuten und dem Gesinde, aber ohne ihren Rückhalt waren sie aufgeschmissen. Die Leute sollte man nicht zum Feind haben.

Kapitel 7

Noch vor der großen Wiese am Haus holte sie ihre Geschwister ein. Prüfend schaute Frederike Fritz an, dessen Gesicht bleich und schmerzverzerrt war.

»Schaffst du es?«, fragte sie ihn.

Fritz nickte, aber der Schweiß stand ihm auf der Stirn. »Was erzählen wir, wie es passiert ist?«

»Wir haben Fangen gespielt, und du bist in ein Loch getreten und hingefallen.«

»Wird Mutter uns das abnehmen?«

»Mutter schon, die Mamsell vielleicht nicht«, sagte Frederike nachdenklich.

»Muss sie das denn wissen?« Gerta schob die Unterlippe vor. »Ich habe Angst vor der Mamsell. Die Köchin ist viel netter.«

»Angst musst du vor ihr nicht haben, aber Respekt. Ich glaube kaum, dass es viele Sachen im Gutshaus gibt, die die Mamsell nicht weiß. Es ist ja auch ihre Aufgabe, sich um alles zu kümmern. Vielleicht ist sie deshalb so streng«, meinte Frederike.

»Wie sehen denn die anderen Schnitterhäuser aus?«, fragte Fritz.

»Die kleinen sehen furchtbar aus und riechen noch schlimmer. Arbeiter kann man dort nicht unterbringen.« Frederike seufzte. Sie wusste immer noch nicht, mit wem sie darüber sprechen sollte.

Langsam gingen sie am Teich vorbei und über den Rasen zum Haus.

»Lass uns direkt in die Küche gehen.« Frederike zog Fritz zur Seite, wo der Eingang für die Leute und das Gesinde war. Die Leute hatten gerade gegessen, das Geschirr wurde gespült. Eigentlich war eines der drei Küchenmädchen immer mit Spülen beschäftigt.

Die Köchin überwachte die beiden anderen Mädchen, die das Mittagessen für oben zubereiteten. Es roch köstlich nach Brathähnchen, und den Kindern lief das Wasser im Mund zusammen.

»Was macht ihr denn hier?«, fragte Hilde, die am Leutetisch saß und Besteck polierte.

»Ich bin gefallen.« Fritz senkte den Kopf.

»Erbarmung. Zeich mal!« Die Köchin schob ihm einen Stuhl zu.

Langsam rollte Fritz das Hosenbein hoch. Der Bluterguss über dem Knie war noch größer geworden, die eine Schramme blutete ein bisschen.

»Wo bist du gefallen?« Hilde schüttelte erstaunt den Kopf.

»Ingechen, bring warmes Wasser und ein sauberes Tuch, wir miessen die Wunde auswaschen. Bewejen kannste das Bein aber, Jungchen??«, fragte die Köchin.

Fritz nickte. »Auftreten tut weh.«

»Ei, das glaube ich. Hast dir ordentlich das Knie jerammt. Wo wart ihr?« Sie schaute von einem zum anderen.

»Hinten, auf der Wiese hinter der ersten Weide. Wir haben Fangen gespielt«, log Frederike so gut sie konnte.

»Fritz ist eingebrochen«, fügte Gerta hinzu und biss sich dann auf die Lippen.

»Einjebrochen? Wo?«

»Ich denke, es war ein alter Kaninchenbau. Ich habe bis über dem Knie dringesteckt.« Fritz sah sie an und lächelte verzagt. »Hab nicht aufgepasst.«

»Kaninchenbau, so so.« Die Köchin nahm den Lappen, tauchte ihn in das Wasser und wusch vorsichtig den Dreck aus der Wunde. »Erbarmung. Holzsplitterchen im Kaninchenbau«, murmelte sie. »Wers glaubt, wird selich.«

»Doch, wirklich«, sagte Fritz.

»Ist schon jut, Jungchen. Ich verrat eich nich. Aber deiner Mutter müssen wir es sajen. Wirst Eis brauchen fier das Knie.«

Fritz verdrehte die Augen. »Wirklich?«

Die Köchin nickte nur.

»Ihr Mädchen könnt schon mal hochgehen, in einer halben Stunde gibt es Essen«, meinte Hilde. »Ihr solltet euch waschen und umziehen, muss ja eine sehr staubige Wiese gewesen sein, mit vielen Spinnweben.« Sie zwinkerte ihnen zu. »Den jungen Herren bring ich gleich nach oben, und ich werde auch eurer Mutter Bescheid geben.«

»Danke«, murmelte Frederike, nahm Gertas Hand und zog sie mit sich nach oben.

»Werden wir Ärger bekommen?«, fragte Gerta verschüchtert.

»Das glaube ich nicht.«

»Gut.« Gerta war erleichtert. »Denn es soll Spargel geben. Ich liebe Spargel.«

Frederike grinste. »Ich auch. Und Brathühnchen. Köstlich.«

Sie ging in ihr Zimmer und sah in den Spiegel. Hilde hatte recht, in ihren Haaren waren Spinnweben, sie war voller Dreck und Staub. Schnell wusch sie sich, zum Glück hatte das Zimmermädchen den Krug schon mit Wasser gefüllt. Die dreckigen Sachen legte Frederike weg und nahm sich frische aus dem Schrank. Sie kämmte sich, steckte die Haare wieder hoch und ging nach nebenan, um ihrer Schwester zu helfen.

Rechtzeitig zum Gong waren sie fertig. Mutter allerdings kam etwas zu spät zu Tisch.

»Es tut mir leid«, sagte sie und setzte sich hastig.

»Wo ist Fritz?«, wollte Onkel Erik wissen.

»In seinem Zimmer. Fritz ist beim Spielen gestürzt und hat sich das Knie verstaucht. Ich habe ihm Eis bringen lassen.«

Onkel Erik lachte. »So etwas passiert. Solange er sich nichts bricht, soll er sich ruhig austoben.« Er sah seine Frau an. »Aber verwöhn ihn nicht zuviel. Blaue Flecken gehören zum Landleben dazu. Wir wollen ihn ja nicht verweichlichen.« Dann schaute Onkel Erik zu den Mädchen. »Wie ist es mit euch? Habt ihr Lust auf eure erste Reitstunde? Hans hat sich die Ponys angeschaut und ist zufrieden mit ihnen. Wir haben sogar noch Sattel, die ihnen passen.«

»Das wäre wundervoll!«, rief Gerta begeistert. »Endlich darf ich reiten. Wie heißen die Ponys denn? Dürfen wir uns um sie kümmern?«

»Ihr müsst sogar, es sind jetzt eure Ponys. Wie sie heißen, weiß sicher Hans.«

»Wann fangen wir denn an? Direkt nach dem Essen? Wirst du uns Reitunterricht geben?«

Onkel Erik räusperte sich. »Erst einmal wird Hans euch den Umgang mit ihnen zeigen. Später werde ich dazukommen. Und jetzt wird gegessen, bevor diese wunderbare Spargelsuppe kalt ist.«

Sein Blick reichte, um Gerta verstummen zu lassen. Artig löffelte sie die Suppe aus, aber Frederike spürte ihre freudige Aufregung. Immer wieder schaute Gerta zu ihr, die Wangen gerötet. Als die Suppe abgeräumt wurde, flüsterte sie Frederike zu: »Reiten, wir lernen reiten. Und wir haben eigene Ponys. Ist das nicht phänomenal?«

»Das ist es.« Frederike konnte sich kaum das Lachen verkneifen. Sie versuchte jedoch, die ganze Zeit auch dem Gespräch von Onkel Erik und ihrer Mutter zu folgen. Zuerst hatte er noch irgendetwas von Bekannten aus Graudenz erzählt, die er in den letzten Tagen getroffen hatte, doch nun ging es wieder um die Gesellschaft, die zu geben war.

»Meinst du, wir können den Ponys selbst Namen geben? Wo sie uns doch jetzt gehören?«, wollte Gerta wissen.

»Pssst. Sei still«, raunte Frederike ihr zu.

Beleidigt schob das kleine Mädchen die Unterlippe vor.

»Wir müssen die Einladungen so schnell wie möglich verschicken«, sagte die Mutter.

»Liebes, wir haben noch kein Datum festgelegt. Das sollten wir doch zuerst tun.« Onkel Erik nahm sich von den Brathähnchen, eine Spezialität der Köchin, die alle liebten. »Nach Peter und Paul vielleicht, das ist am 29. Juni.« Mutter sah ihn erwartungsvoll an.

»Da sind wir schon in der Ernte, denke ich. Nur der Spargel ist dann schon durch.« Er schaute auf die Gemüseplatte und schaufelte sich weiteren Spargel auf den Teller. »Aber je nach Wetterlage werden wir das erste Getreide ernten und Grünfutter muss sowieso geschnitten werden.«

»Wann kommen denn die Schnitter?«

»Der Inspektor bestellt sie, das genaue Datum weiß ich nicht. Obwohl ich deinen Plan erst sehr amüsant fand, denke ich jetzt doch nicht, dass wir die Schnitterhäuser den Gästen zur Verfügung stellen können.«

Frederike hielt die Luft an.

»Aber warum denn nicht?« Die Mutter faltete ihre Serviette langsam und bedächtig zusammen, das war immer ein ungutes Zeichen ihrer Laune.

»Weil sich das nicht schickt, Steff, das weißt du. Da könnten wir die Gäste auch auf den Heuboden stecken.«

»Das wäre tatsächlich eine gute Idee, aber man ist sich ja mit dem Wetter hier in der Provinz nie sicher. Die Schnitterhäuser haben Öfen, der Heuboden nicht.«

»Das wäre auch fatal, Steff, Liebes.« Er warf ihr einen Blick zu und zog die Augenbrauen hoch. »Oder willst du das Gut in Flammen aufgehen lassen?«

Frederike musste sich das Lachen verkneifen.

»Natürlich nicht.« Eine steile Falte war zwischen Mutters Augenbrauen erschienen, und Frederike zog vorsorglich die Schultern hoch. »Ich möchte diese Gesellschaft. Mit Freunden aus dem Reich und Nachbarn aus der Umgebung. Meinen Freunden möchte ich unser Zuhause zeigen, die Nachbarn möchte ich kennenlernen. Nachbarschaft ist ja hier in der Provinz nicht ganz unwichtig, nicht wahr?« Ihre Stimme war schärfer geworden. »Ja, ich bin schon seit einigen Jahren eine von Fennhusen, aber erst seit kurzer Zeit deine Frau, und dein Vetter, Gott habe ihn selig, war hier auch immer nur zur Sommerfrische, wenn überhaupt. Er hat sich ja mehr auf dem Gut der Familie aufgehalten, das jetzt sein Bruder führt.«

»Reg dich nicht auf«, sagte Onkel Erik gelassen und nahm sich einen weiteren Hühnerschlegel.

»Ich reg mich nicht auf!«, rief die Mutter und knüllte ihre Serviette zusammen. Gerta zuckte erschrocken zusammen.

»Dann ist ja gut«, sagte Onkel Erik. »Koste den Spargel, er ist himmlisch. Und dann lass uns in Ruhe überlegen, wie wir das machen.«

»Wir haben aber nicht mehr viel Zeit! Das muss doch geplant und organisiert werden. Ich weiß doch, dass das eigentlich eine Zumutung für die Leute ist. Die Mamsell hasst mich jetzt schon!« Die Mutter seufzte auf. »Und ich kann es verstehen«, fügte sie leise hinzu.

Frederike hätte sie für diesen letzten Satz umarmen mögen. Aber das tat man natürlich nicht.

»Die Mamsell hat dich nicht zu hassen. Sie muss dich auch nicht mögen. Sie ist die Mamsell, Steff, eine Angestellte. Sie muss ihren Dienst verrichten.« Onkel Erik setzte sich auf. »Ich weiß, dass wir diese Gesellschaft geben müssen, allein schon, um dich hier einzuführen. Nach und nach würdest du die Nachbarn treffen, aber da du nun in Umständen bist, wirst du im Winter nicht an allen Feierlichkeiten teilnehmen können. Vor allem nicht an den Jagden. Deshalb sollten wir die Gesellschaft tatsächlich jetzt geben. Aber vielleicht in einem kleineren Rahmen. Lade doch deine Schwester, und zwei oder drei deiner besten Freundinnen, ein. Und dazu kommen die Nachbarn. Da sind etwa zehn Familien, die ich zur engsten Nachbarschaft zählen würde. Ax würde ich auch einladen, obwohl er weiter weg wohnt, aber der junge Mann hat so seine Schwierigkeiten damit, anerkannt zu werden, und ich möchte ihm ein wenig unter die Arme greifen. Ich glaube, diese Anzahl der Gäste wäre überschaubar für die Mamsell und die Leute. Im Herbst kommen die Jagden und dann lernst du den Rest kennen, auch wenn du nicht mehr mitreiten kannst, was ein Jammer ist. Was meinst du?« Er nahm die Sauciere mit der Buttersoße und entleerte sie auf seinen Teller. »Wir feiern jetzt klein mit zwanzig, dreißig Gästen. Zehn oder zwölf können wir im Haus unterbringen, glaube ich.« Er schaute seine Schwester an, die still vor sich hin aß und noch kein Wort gesagt hatte. »Edeltraut, wie viele Gäste bekommen wir im Haus unter?«

Tante Edeltraut nahm ihre Serviette, tupfte den Mund leicht ab. »Nächste Woche kommen vier Gäste zur Sommerfrische. Das ist einmal meine Freundin Martha, die jedes Jahr den Sommer hier verbringt und ein festes Zimmer hat. Dann kommen noch zwei Cousinen aus dem Zweig unserer Mutter, die sind noch sehr jung und sollen aus dem

Trubel des Reichs weg und hier Ruhe und die Luft genießen. Sie werden sich ein Zimmer teilen. Und dann haben wir noch einen Gast, den deine Frau eingeladen hat, dazu kann ich nichts sagen. Wir haben noch mindestens fünf Gästezimmer frei, auch in der Mansarde sind noch Zimmer, die aber … nun wirklich nur zur Not wären.« Sie hüstelte. »Aber für Gäste aus dem Reich, die zweimal hier nächtigen, könnte es gerade noch gehen.«

»Besser als die Schnitterhäuser allemal«, entfuhr es Frederike. Erschrocken sah sie sich um, aber keiner reagierte auf ihre Worte, obwohl sie den Eindruck hatte, Onkel Erik hätte sie gehört.

»Zehn zusätzlich zu den Sommergästen könnten wir im Haus unterbringen. Mit ihrem Personal. Aber ohne Luxus, liebe Stefanie. Wir leben nun mal auf dem Land.« Sie lächelte, aber es war kein freundliches Lächeln.

»Zehn, mit Personal.« Die Mutter überlegte und nickte. »Das klingt gut. Ich werde gleich meine Listen durchgehen.« Sie schaute zu Onkel Erik. »Ich kann sowieso nicht essen, mir ist nicht danach. Entschuldigt ihr mich?« Tatsächlich sah sie blass aus.

Nun war es Onkel Erik, der erschrak. »Gute Güte, Liebes, natürlich. Leg dich hin. Bitte. Das können wir nachher oder morgen regeln, es hat keine Eile.«

»Doch, hat es.« Stefanie von Fennhusen stand langsam auf, nickte ihm und Edeltraut zu und verließ dann den Raum.

»Darf ich Mamas Nachtisch haben?«, fragte Gerta.

Onkel Erik sah sie an, lachte dann. »Du bist wie Fritz. Eine Richtige von Fennhusen. Natürlich darfst du ihren Nachtisch haben, mein Kind.«

Frederike schluckte. Sie war keine von Fennhusen, aber sie legte auch keinen Wert auf den zusätzlichen Nachtisch. Ihr war der Appetit vergangen, obwohl ihr Herz inzwischen leichter war. Es schien so, als würde diese Gesellschaft, die ihrer Mutter so wichtig war, doch keine Katastrophe werden. Die Schnitterhäuser als Quartier waren gestrichen, aber sie waren dennoch in einem desolaten Zustand und irgendwem musste Frederike das sagen.

Erleichtert atmete sie auf, als Onkel Erik schließlich sein Besteck zur Seite legte und aufstand. Nach ihm durften sie auch den Raum verlassen.

»Kommst du mit mir zum Stall?«, rief ihr Gerta hinterher, aber Frederike hörte nicht darauf. Zuerst lief sie nach oben, um nach Fritz zu sehen. Er lag in seinem Bett, einen Beutel mit Eis auf dem Knie. Neben ihm stand ein Tablett mit Tellern.

»Wie geht es dir?«, fragte sie.

»Es wird schon. Ich hätte gerne noch von dem Pudding, den es zum Nachtisch gab. Meinst du, es ist noch etwas da?« Er sah sie erwartungsvoll an.

»Wie könnt ihr immer nur ans Essen denken?« Frederike verdrehte die Augen. »Ich werde nachfragen. Brauchst du sonst noch etwas?«

Fritz räusperte sich verlegen. »Da in meinem Schreibtisch, in der untersten Schublade, da sind zwei Bücher. Kannst du sie mir geben? Ich soll nicht aufstehen.«

»Phhh. Und was machst du, wenn du pinkeln musst?« Frederike holte ihm die Abenteuerbücher, die ihre Mutter verabscheute und die deshalb heimlich gelesen werden mussten, aus dem Fach und gab sie ihm.

»Pinkeln? Darüber hab ich noch nicht nachgedacht. Kannst du mir den Nachttopf vor das Bett stellen?«

»Gehen konntest du vorhin noch. Jetzt nicht mehr?« Frederike zog die Augenbrauen hoch.

»Ich soll nicht, Freddy, sagte Mutter.« Fritz grinste.

»Dann bleib mal schön liegen.« Sie stellte ihm den Nachttopf vor das Bett. »Gerta und ich schauen uns jetzt unsere Ponys an.«

»Heute? Das will ich sehen!«

Frederike grinste und zeigte zum Fenster. »Von hier aus wird das nichts, aber schone du mal dein Bein.« Sie winkte ihm zu und ging.

Als sie in ihr Zimmer kam, lagen dort Reitsachen auf dem Bett – eine weite Hose, eine Bluse und ein Jackett. Das waren keine neuen Sachen, aber sie waren wenig getragen und rochen frisch gewaschen. An der Tür standen Lederstiefel. Frederike zog sich um und besah sich im Spiegel und was sie sah, gefiel ihr.

Ich muss reiten lernen. Ich muss richtig gut reiten, um auf diesem Gut, und auf jedem anderen, bestehen zu können. Mit diesem Gedanken im Kopf ging sie nach unten.

»Wie heißen sie?«, fragte Gerta aufgeregt und streichelte die beiden Ponys. Eins war ein Fuchs, eins ein Brauner. »Und was sind es? Mädchen oder Jungen?«

»Stute, Hengst oder Wallach«, sagte Frederike nüchtern. »Das sind die Bezeichnungen für Pferde.« Sie ging in die Box und bückte sich. »Dies sind zwei Stuten.«

»Dat jnädige Frolleinchen hat recht.« Hans, der Stallmeister, lehnte mit dem linken Arm auf der Boxenwand und grinste breit. »Das sind zwei Stuten. Marjellchen – so wie ihr. Se sehen ganz gut aus und scheinen auch lieb zu sein. Nehmt se am Halfter und führt sie raus.«

»Halfter?« Gerta sah Frederike fragend an.

»Das hier, die Stricke am Kopf.« Frederike nahm beide Pferde, eins links, eins rechts und zog sie mit sich in die Stallgasse.

»Prima«, sagte Hans. »Und nun jehen wir raus auf den Hof und binden se an.« Er nahm zwei Stricke und befestigte sie am Halfter, band die Ponys dann an den Eisenringen an der Wand an.

»Wie heißen sie denn?«, fragte Gerta und hüpfte aufgeregt von einem Bein auf das andere.

»Sie heißen Thelma und Luise. Aber die Braune würde ich Fips nennen, so fipsig und klein wie sie ist.« Er lachte. »Das ist deines, Marjellchen«, und stupste Gerta an. »Gefällt es dir?«

»Oh. Oh.« Gerta umarmte das Pony, das dies ungerührt mit sich machen ließ. »Es ist wunderschön. Du bist nun mein Pferd, Fips, hast du gehört?«

»Issn Pony, kein Pferd.« Hans steckte sich einen Strohhalm in den Mund und kaute grinsend darauf herum.

»Und das Rote? Wie würdest du das nennen? Ist das Thelma oder Luise?«, fragte Frederike.

»Da müsste ich in den Papieren nachschauen«, gestand Hans. »Ich würde sie Dups nennen.« Er grinste und schlug dem Pony leicht auf den Hintern. »Weil se so ein großes Hinterteil hat. Ei, nun nichts für Ungut, Marjellchen Freddy. Ist ja dein Pony, kannst sie nennen, wie du willst.«

»Dups. Das gefällt mir.« Frederike lachte leise. »Fips und Dups, wenn das nicht mal gute Namen sind. Danke, Hans.«

»Was machen wir denn jetzt?«, wollte Gerta aufgeregt wissen. »Dürfen wir reiten?«

Hans lachte auf. »Nee. Jetzt wird gelernt, wie ihr eure Ponys putzt.«

»Putzen?« Gerta sah ihn entgeistert an.

»Nun zieh mal keinen Flunsch, Marjellchen. Die Pferdchen müssen doch sauber sein, wenn de drauf sitzt. Sand oder Dreck unter dem Sattel scheuert und macht die Haut kaputt. Das willste doch nicht, oder? Und jetzt wird nicht rumgeseiert, sondern gearbeitet.« Er holte einen Eimer aus der Stallgasse und gab jedem der beiden Mädchen ein seltsames Werkzeug in die Hand. Es hatte einen Holzgriff, wie eine Bürste, doch daran war eine Metallplatte mit geriffelten Streben befestigt.

»Das ist ein Striegel«, sagte er. »Damit bekommt ihr den groben Dreck ausm Fell. Aber nur über die weichen Teile des Tieres streichen. Glupscht, so geht das.« Kräftig strich er über den Rücken von Fips. »Nicht an den Beinen oder am Kopf.«

»Darf ich auch?« Gerta riss ihm fast den Striegel aus der Hand und strich dann mit der Gerätschaft über den Pferdehals.

»Gut. Aber leg das andere Handchen auf das Pony, das beruhigt es.«

Frederike schaute kurz zu, nahm dann ihren Striegel und strich kreisförmig, so wie Hans es gezeigt hatte, über den Hals ihres Ponys. »Hallo Dups«, sagte sie leise. »Ich bin Freddy. Wir beide sollten uns anfreunden, denn auf dir soll ich reiten lernen.« Sie räusperte sich. War es verrückt, mit seinem Pony zu sprechen? Es war ihr egal. Natürlich wollte sie reiten lernen, aber sie hatte auch Respekt davor. »Meinst du, flüsterte sie weiter, »wir können Freunde werden? Ich bin noch nie geritten. Ich möchte dir nicht weh tun, aber vermutlich werde ich mich erst einmal ungeschickt anstellen. Tu du mir bitte auch nicht weh …« Sie striegelte den Rücken, dann den Bauch und überall dort, wo Muskeln waren, so wie Hans es gesagt hatte. »Ich bin noch neu hier auf Fennhusen, aber das bist du ja auch. Da haben wir ja schon eine Gemeinsamkeit. Vermutlich wolltest du auch nicht hierherkommen, sondern in dem Stall bleiben, in dem du aufgewachsen bist. Vielleicht ist es dir ja auch egal, aber mir ist es das nicht. Ich fühle mich manchmal wie ein Fremdkörper, möchte aber unbedingt dazugehören. Kennst du das?«

»Was redest denn da, Marjellchen?«, fragte Hans verblüfft.

Frederike zog den Kopf ein, sie spürte die Haut an den Wangenknochen spannen. »Nichts«, wisperte sie verlegen.

»Jetzt nehmen wir die Kardätsche, schau, das is diese Bürste. Damit geht ihr noch mal über den Rücken und die Seiten, aber auch über die Schultern und die Beine, überall da, wo es knochig ist. Seht ihr das hier?« Er hockte sich hin und zeigte auf die Innenseite des Vorderbeins. »Gugscht du auch, Gerta. Das hier, was komisch ausschaut und hart ist, nennt man die Kastanie. Das ist Hornhaut. Weiß der Diewel, wofür das gut sein soll. Da muss man aber vorsichtig sein und mit der Bürste nur drüberstreichen. Die Beine müssen sauber gemacht werden, aber mit der Kardätsche, nicht mit dem Striegel. Und auf die Fesselbeugen müsste ihr auch achten, Marjellchen. Da darf kein Schlamm drin sitzen, das gibt fiese Malaise.« Er drückte beiden Mädchen nun Kardätschen in die Hand und beaufsichtigte sie.

»Die Kardätsche«, erklärte er weiter, »macht ihr am Striegel sauber. Ihr streift sie darüber, dass der Sand und Dreck im Metall hängenbleibt. Und den Striegel schlagt ihr am Boden oder der Wand aus.«

Gerta seufzte. Erst leise, dann immer lauter.

»So habe ich mir das aber nicht vorgestellt«, raunte sie Frederike zu. »Ich will doch reiten und nicht das Pony putzen.«

»Eins gehört zum anderen, Gerta.« Frederike merkte, wie viel Freude es ihr machte, die Bürste über das warme, duftende Tier zu streichen, den Kontakt herzustellen, die Nähe zu spüren. Aber sie war ja auch älter als Gerta. Das kleine Mädchen sah nur das kommende Vergnügen – sie wollte auf dem Pferd sitzen, so wie Fritz es tat, und über die Wiesen reiten.

»Putzen ist blöd«, maulte Gerta.

»Putzen ist wichtig. Hast du gesehen, was wir an Sand und Dreck aus dem Fell geholt haben? All das wäre sonst noch da, wenn wir sie satteln, und du weißt doch, wie Sandkörner und Steinchen in deinen Schuhen scheuern können. So wäre das unter dem Sattel auch.«

»Aber wir haben doch Stallburschen.«

»Erst die Arbeit, dann das Vergnügen, Marjellchen.« Hans grinste, nahm Gerta die Kardätsche ab und machte für sie weiter. »Auch wenn es Stallburschen gibt, müsst ihr lernen, wie es geht. Ihr müsst die Verantwortung für die Tiere tragen.«

Endlich waren sie fertig. Hans zeigte ihnen, wie die Pferde gesattelt und gezäumt wurden. Frederike half ihm, aber Gerta war noch zu klein dafür.

»Jetzt dürfen wir reiten?« Das Mädchen hüpfte wieder aufgeregt über den Hof.

»Du musst dir angewöhnen, immer ruhig in der Nähe der Tiere zu sein, sonst machst du ihnen Angst. Es sind Fluchttiere, sie laufen weg«, ermahnte Hans.

Er setzte Gerta auf das Pony. »So nimmst du die Zügel und hältst sie fest.« Er hatte Führstricke an die Halfter gemacht.

Frederike, die Fritz schon oft bei seinen Reitstunden beobachtet hatte, schwang sich in den Sattel. Einer der Stallburschen nahm Dups, Hans führte Fips.

Sie drehten langsam ein paar Runden auf dem Hof, dann wurden sie zum Reitplatz geführt. Währenddessen erklärte Hans ihnen, wie sie sitzen und die Zügel halten sollten.

»Sollen wir jetzt selbst reiten?«, fragte Gerta. Ihre Stimme klang plötzlich unsicher.

»Keine Sorge«, lachte Hans. »Es wird noch eine ganze Weile dauern, bis ich euch ohne Führstrick auf die Gäule lasse.«

»Das macht ihr doch schon ganz gut«, rief Onkel Erik fröhlich, der am Zaun des Reitplatzes aufgetaucht war. »Nur noch eine Runde, Hans, sonst können sich die Mädchen morgen gar nicht mehr bewegen.«

»Ist gut, Gnädigster. Die Freddy hält sich schon janz ordentlich, die wird mal eine gute Reiterin.«

»Und ich?«, fragte Gerta empört.

»Ei, du musst noch wachsen, Marjellchen, dann wird das auch was.«

Onkel Erik nahm dem Stallburschen den Strick ab und führte Dups zum Hof. Er ließ Hans vorgehen, wurde immer langsamer.

»Willst du mir nicht sagen, wo ihr heute früh wirklich wart, Freddy?«, fragte er dann leise. »Denn auf der Wiese gibt es keine so tiefen Kaninchenbauten.«

Frederike schluckte. Für einen Moment schnürte sich ihr Hals zu, doch dann spürte sie die Erleichterung in ihr.

»Wir waren bei den Schnitterhäusern, Onkel Erik. Ich weiß, das sollten wir wohl nicht, aber wir waren neugierig. Fritz ist durch die Dielen im Spitzboden des ersten Hauses gebrochen.«

Onkel Erik nickte. »So etwas Ähnliches habe ich mir gedacht. Ich hatte vermutet, dass ihr auf dem Heuboden über der Remise wart. Nun, die Schnitterhäuser werde ich mir wohl anschauen müssen.«

»Bei dem Ersten scheint die Dachluke undicht zu sein, deshalb sind die Dielen verrottet. Die anderen waren soweit in Ordnung, aber muffig und dreckig. Die Kleineren jedoch sind in einem ganz furchtbaren Zustand.« Frederike biss sich auf die Lippen. Durfte sie ihm das sagen?

»Das sind sie jedes Jahr. Eine Woche, bevor die Schnitter kommen, lass ich sie sauber machen.«

»Aber es stinkt darin und es sieht schrecklich aus.«

»Wir hatten immer zuverlässige Schnitterkolonnen, Familien, die schon zu Zeiten meines Vaters hierhergekommen sind. Es waren mindestens zwei Generationen an Wanderarbeitern, auf die wir uns immer verlassen konnten. Seit dem Krieg ist das anders.« Er schüttelte verärgert den Kopf. »Jetzt müssen wir nehmen, was wir kriegen können. Und dabei sind einige Schweine, denen es egal ist, wie sie es hinterlassen; sie sind nach wenigen Tagen wieder weg und kommen nicht mehr wieder.«

»Bist du böse, weil wir in den Schnitterhäusern waren?«, fragte Frederike vorsichtig.

»Böse?« Onkel Erik sah sie erstaunt an. »Nein, solange ihr nichts mutwillig kaputtmacht oder in Brand steckt, könnt ihr euch hier frei bewegen. Mir ist es aber ganz lieb, wenn ihr zusammenbleibt. Wäre das Fritz alleine passiert, wer weiß, wann wir ihn gefunden hätten.«

Frederike atmete erleichtert auf.

Kapitel 8

Ein paar Tage später saß Frederike in der Sonne und kraulte ihren Hund Hektor. Hans kam aus dem Haus, Onkel Erik hatte ihn vorhin zu sich rufen lassen.

»Ei, Marjellchen, was macht der Dups?«

Verwirrt sah sie ihn an. »Die sollte auf der Weide sein. Ich wollte sie nachher hereinholen und sie putzen. Bis zur Reitstunde ist doch noch Zeit.«

»Ne, ich meinte deinen Dups.« Hans lachte. »Tut er noch weh von den letzten Stunden?«

Frederike wurde rot. »Wird jeden Tag besser.«

Tatsächlich hatte sie am Morgen nach der ersten Reitstunde kaum laufen oder sitzen können. Dummerweise war es ein Sonntag gewesen und die Kirchbänke waren besonders unbequem und hart. Der Gottesdienst hatte gute zwei Stunden gedauert, was für die beiden Mädchen eine große Herausforderung gewesen war.

»Wird besser? Gut. Ich muss zur Post. Willst du hocken bleiben oder mitkommen?« Er zwinkerte ihr zu. »Nun mach nicht so Glupschaugen, komm!«

»Fährst du mit dem Wagen?«

»Erbarmen. Nur um Briefe wegzubringen, werd ich doch nicht anspannen. Ich nehm das Pferd von der Gnädigsten, sie reitet ja doch nicht, und der Gaul wird sonst saumselig, wenn wir ihn nicht spenkern.«

Frederike riss die Augen auf. »Und ich?«

»Ei, du nimmst Dups. Ist ja dein Pony.« Er lachte.

»Wer führt es?«

»Erbarmen, Marjellchen, mach dich doch nicht niedlich. Du wirst es reiten.«

»Alleine?«

»Ei, sicher. Zieh dich um, ich lass die Pferde satteln.« Er zwinkerte ihr wieder zu und ging zum Stall.

Frederike flitzte nach oben, beinahe hätte sie auf dem großen Treppenabsatz Fritz umgerannt, der nach unten humpelte.

»Pass doch auf!«, schrie er sie an.

»Pass selber auf«, gab Frederike zurück und hastete weiter nach oben.

»Wo willst du denn hin? Ist der Teufel hinter dir her?«

»Ich muss mich umziehen, ich darf mit Hans ausreiten.«

»Ausreiten? Jetzt schon? Du hast doch erst ein paar Mal auf dem Pony gesessen.«

Frederike blieb stehen, beugte sich über das Treppengeländer und grinste ihren Bruder an. »Tja, bin wohl ein Naturtalent und brauche nicht tausend Longen-Stunden.« Dann eilte sie in ihr Zimmer, schlüpfte in die Reitsachen und lief wieder nach unten.

»Auf so einem Pony ist das auch etwas anderes«, sagte Fritz, der sichtlich verärgert in der Halle wartete. »Ich reite ja auf einem richtigen Pferd und nicht auf so einer eingelaufenen Mähre mit Stummelbeinen. Da kann dir ja auch nichts passieren, wenn du runterfällst.«

»Bist neidisch, oder?« Frederike lachte und schlug ihm kurz auf die Schulter, dann ging sie zum Stall. Ein wenig mulmig war ihr schon zumute. Am zweiten Tag schon hatte Hans sie an die Longe genommen und gestern durfte sie alleine zurück in den Hof reiten. Doch da hatte sie das Gefühl gehabt, ihre Dups brauchte keine Kommandos, sondern freute sich auf das Futter. Jetzt sollte sie neben Hans bis ins Dorf, bis zur Post reiten. Was, dachte sie plötzlich, wollte Hans denn bei der Post? Gewöhnlich brachte morgens der Bursche die Zeitungen mit und nachmittags kam der Postbote aufs Gut. Er nahm dann gewöhnlich auch die Briefe mit, die geschrieben worden waren. Zweimal am Tag kam ein Zug aus dem Reich über den Polnischen Korridor und hielt in Bromberg, der nächstgrößeren Stadt. Und zweimal am Tag fuhr von dort ein Zug ins Reich. Nicht immer war der Bote rechtzeitig auf dem Gut, dass die Briefe noch am selben Tag weitergingen. Ganz wichtige Mitteilungen wurden gekabelt, und inzwischen gab es auch

Telefon. Allerdings noch nicht auf dem Gut, aber in der Post. Ein Notfall konnte es also nicht sein, dann wäre Onkel Erik ins Dorf geritten oder sogar mit seinem Automobil gefahren. Aber was war es dann?

Dups und Mutters Stute, die lammfromm, aber auch ein bisschen faul war, standen schon im Hof. Zwei Burschen hatten sie gerade geputzt und kratzen jetzt noch die Hufe aus, während Hans die Sättel aus der Kammer brachte.

»Hast du das ernst gemeint?«, fragte Frederike. Manchmal erlaubten sich die Leute auch Scherze mit ihnen.

»Ei, meinst du, ich hätte Dups sonst putzen lassen? Das hättest du nachher schön selber gemacht, Marjellchen. Ne, will dich nicht lackmeiern, denk, du bist soweit. Oder bist du etwa fisslig und traust dich nicht?«

»Doch, schon.« Frederike ging zu Dups, klopfte ihr auf den Hals. So begrüßte sie das Pony immer. Dann stellte sie sich vor die Stute, strich über die warmen Nüstern und gab ihr ein Klümpchen Zucker aus der flachen Hand. »Ich mag dich sehr«, flüsterte sie dem Pony zu. Dups schnaubte, es klang fast wie eine freundliche Antwort. »Meinst du, wir beide schaffen das?« Das Pony schien zu nicken, aber vielleicht war das ja nur eine Reaktion von ihr, weil der Bursche ihr gerade den Sattel auflegte und festzurrte.

»Bist du soweit?«, fragte Hans. »Dann hopp, aufsitzen.« Er blieb neben ihr stehen, überprüfte den Sattelgurt, band dann den Halfterstrick los. »Du machst das schon«, sagte er leise zu Frederike und stieg auf Mutters Stute, nahm die Zügel und lenkte sie vom Hof auf den Weg zum Dorf. Frederike wusste, was sie machen sollte, zog aber zu fest an den Zügeln, Dups schnaubte laut. »Tut mir leid, Süße. Versuchen wir es noch mal.«

Diesmal gelang es, Dups drehte sich um, vielleicht folgte sie aber auch einfach der Stute auf die Chaussee. Für eine Weile gingen die Pferde gemächlich im Schritt nebeneinander. Frederikes Herz klopfte zuerst wie der Specht im Frühling, doch dann ließ die Aufregung nach.

»Das machst du fein«, lobte Hans sie.

»Fritz darf nur auf dem Platz alleine reiten. Warum darf ich mit dir jetzt schon ausreiten? Fritz hat schon viel mehr Reitstunden als ich«, wollte Frederike wissen.

»Ei, du hast ein Gefühl für das Tier, das spüre und sehe ich. Fritz will reiten, Gerta auch, du aber willst eins werden mit dem Tier, es verstehen. Das muss man, wenn man ein wirklich guter Reiter sein will. Kann sein, Fritz und Gerta lernen es noch, kann sein, dass nicht. Weiß ich nicht. Du hast das Reiten im Blut, Marjellchen.« Er lächelte und gab der Stute die Sporen. Die lief los und Dups folgte ihr eifrig.

»Grundgütiger«, murmelte Frederike, ließ sich dann aber darauf ein. Sie schmiegte ihre Beine an das Tier, ohne zuzudrücken, beugte sich über die Mähne. Sie musste sich nicht anklammern oder festhalten, sie verschmolz mit Dups, ohne dass es anstrengend war. Dann tauchte vor ihnen auf der Chaussee ein Gespann auf, das zum Gut wollte. Nebeneinander kamen sie nicht vorbei, das sah auch Frederike. Sie nahm die Zügel, veränderte den Druck ihrer Schenkel und Dups wurde langsamer, folgte ihrer Leitung, scherte hinter der Stute ein und trabte ihr brav hinterher.

Ich kann reiten, dachte Frederike beglückt. Ich kann es. Sie beugte sich vor, tätschelte Dups' Hals. »Danke, meine Süße.«

Als das Gespann vorüber war, holte sie wieder auf, nur ein leichter Druck der Schenkel und ein kleines Lockerlassen der Zügel reichten. Der Stallmeister nickte zufrieden. »Ich wusste es«, sagte er nur, als sie wieder neben ihm auftauchte.

»Warum musst du eigentlich zur Post reiten?«, stellte Frederike die Frage, die sie die ganze Zeit schon beschäftigte.

»Wegen der Briefe.« Hans klopfte auf die Umhängetasche, die Frederike erst jetzt bemerkte. »Einladungen zur Gesellschaft der Gnädigsten.«

»Wirklich? Wann ist das denn?« Frederike schluckte aufgeregt.

»Erbarmung, ich les doch nicht die Briefe deiner Eltern, Kindchen.« Hans lachte leise und zwinkerte ihr zu. »Aber hören kann ich. Wird wohl Ende Juni sein, nach Peter und Paul.« Er atmete tief ein und schüttelte den Kopf. »Das mag was werden, Gott bewahre.«

»Wieso?«

»Ei, Kindchen, das Leben aufm Gut ist anders als anderswo. Wir müssen leben nach Jahreszeit und Wetter, nicht nach Befindlichkeit und Wünschen. Und nun, im Sommer, da sagt uns das Wetter, was wir machen müssen.« Er seufzte.

»Ich weiß.« Frederike senkte den Kopf. »Aber Mama weiß es nicht, fürchte ich.«

»Ne, ne, Marjellchen, sie weiß das schon gut genug. Und sie macht das richtig. Sie muss das machen, diese Gesellschaft. Und sie muss das jetzt machen, das stimmt schon so, auch wenn das für die Mamsell nicht passen tut.« Er lachte leise.

»Meinst du wirklich?« Frederike sah ihn unschlüssig an.

»Oh ja. Und das Fest wird grandios werden, das weiß ich auch.«

Sie ritten zur Post und wieder zurück. Für Frederike war dies ein wunderbarer Nachmittag, auch wenn sie anschließend von Lehrer Obermann eine Strafpredigt bekam, weil sie zum Nachmittagsunterricht nicht da war, und Leni ihr die Ohren langzog, da sie auch die Hausarbeiten nicht in der Zeit erledigt hatte.

Ich kann reiten, dachte sie glückselig, als sie schließlich im Bett lag. Dups folgt mir, sie versteht meine Anweisungen. Das ist wunderbar, und ich liebe sie.

Hektor, der sonst nur auf dem Teppich vor ihrem Bett schlief, kroch unter ihre Decke und schleckte ihr Gesicht ab.

»Bist du etwa eifersüchtig?«, fragte Frederike ihn belustigt. »Das musst du nicht sein. Aber du musst dich mit Dups anfreunden, dann können wir demnächst zusammen Ausflüge machen. Das würde mir gefallen.«

An nächsten Morgen herrschte schon früh eine hektische Betriebsamkeit im Haus. Auch die allgemeine Stimmung schien umgeschlagen zu sein. Die Mädchen und Burschen liefen die Treppen rauf und runter, das Fußgetrappel erscholl durch das ganze Haus. Auch hörte man die Mamsell und Gerulis immer wieder laute Anweisungen geben. Die Unruhe schwappte durch alle Räume.

Teppiche wurden nach draußen getragen und ausgeklopft, die Möbel zur Seite geräumt und die Zimmer wurden gründlich geputzt. Es roch nach Kernseife und nach Petroleum, denn auch die Fenster wurden geputzt. Die Putzkolonne, dabei waren auch Frauen aus dem Dorf, die Frederike nicht kannte, fingen in der ersten Etage bei den Gästezimmern an.

Tante Edeltraut saß mit gerümpfter Nase am Frühstückstisch. »Jedes Jahr nehme ich mir vor, in der Woche, bevor die Sommergäste kommen, wegzufahren. An die See oder in die Berge. Jedes Mal verpasse ich den Zeitpunkt. Es ist ein wahres Kreuz.«

»Wann kommen die Sommergäste denn?«, fragte Gerta.

»Nächste Woche«, sagte Mutter. »Und bis dahin müssen wenigstens ihre Räume und hier unten das Gröbste sauber sein.«

»Nächste Woche ist aber noch nicht eure Gesellschaft?« Fritz, der bei solchen Themen eher weniger zuhörte, strich sich dick Marmelade auf das Brot.

»Die ist erst in vier Wochen«, erklärte Mutter. »Und bis dahin ist noch viel zu tun.«

»Wenn aber nächste Woche die Sommergäste kommen, dann bedeutet das doch auch, dass das Schuljahr vorbei ist, nicht wahr?« Fritz sah die Mutter an, und sein Gesicht schien plötzlich zu strahlen.

»Nein«, sagte Obermann, der seine Gesichtszüge denen von Tante Edeltraut anzupassen schien. Jedenfalls versuchte er die Nase zu rümpfen, was aufgrund seiner Narben nicht wirklich gelang und ihn grotesk aussehen ließen. »Der Unterricht geht bis Mitte Juni, erst dann sind Ferien.«

»Was haben Sie denn in den Ferien vor, guter Obermann?«, frage Mutter und lächelte ihr freundliches Lächeln. »Die Ferien sind lang. Ich denke, wir werden den Unterricht erst im September wieder aufnehmen lassen, nicht war, Erik?«

Onkel Erik studierte die Zeitungen, die mit der Morgenpost gekommen waren. Gerulis, der erste Diener hatte sie, so wie immer, mit dem Plätteisen behandelt, damit die Druckerschwärze herausging und die Blätter nicht so zerknüddelt waren.

»Was?«, sagte er nun und schaute irritiert auf.

»Ich habe dir immer schon gesagt, wie unhöflich es ist, bei den Mahlzeiten zu lesen«, meinte Tante Edeltraut indigniert. »Wir reden miteinander. Über wichtige Themen.«

»Worum geht es genau?«, fragte Onkel Erik, den nichts wirklich aus der Ruhe zu bringen schien.

»Um die Sommerferien«, warf Fritz ein. »Herr Obermann meint, die fangen erst in knapp drei Wochen an, dabei kommen die Gäste zur Sommerfrische schon in ein paar Tagen. Das ist nicht gerecht.«

Onkel Erik schaute zu Mutter, dann zu Obermann. Er nahm seine Kaffeetasse und nahm einen großen Schluck. Frederike sah, dass sein Schnauzer hinter der Tasse zuckte, er schien leise zu lachen.

»Ihr streitet euch um den Beginn und die Dauer der Ferien? Ernsthaft?«, sagte er, nachdem er die Tasse wieder abgestellt hatte. »Soweit ich weiß, ist die Dorfschule schon geschlossen, das Grünfutter muss gemäht werden, und dazu wird jede Hand gebraucht, bis das Gesinde die Arbeit auf dem Hof aufnimmt. Die Instmänner wollen ihre eigenen Parzellen fertig haben, bevor sie für das Gut arbeiten müssen.«

»Die haben schon Ferien?«, fragte Fritz entrüstet.

»Nein, mein Lieber. Sie haben keinen Unterricht mehr«, erklärte Onkel Erik gelassen. »Stattdessen sind sie von Sonnenaufgang bis Sonnenuntergang mit ihren Eltern auf den Feldern und schneiden das Grünfutter, ernten und bestellen die Gärten. Und das werden sie auch die nächsten Monate tun. Sprich doch mal mit einem der Dorfjungen, du wirst gar nicht glauben, wie sehr er sich auf den Beginn der Schule im Herbst freut.«

»Sie müssen arbeiten?«, fragte Gerta verblüfft. »Die Kinder müssen arbeiten? In den Ferien?«

»Natürlich.« Fritz gab ihr eine Kopfnuss. »Sie müssen helfen.«

»Du sagst das so abschätzig, Fritz.« Onkel Erik zog die Augenbrauen hoch. »Warum?«

»Es sind die Arbeiter, sie müssen das tun.« Fritz hob die Hände. »Das ist nicht abschätzig, das ist doch einfach so.«

»Ach ja?« Onkel Eriks Stimme veränderte sich. »Du bist ein von Fennhusen. Du bist ein Mitglied dieser Familie. Du wirst einen Teil des Familienerbes später bekommen, ob es dieses Gut ist oder eines der anderen, die wir in der Familie haben. Erben wirst du ganz sicher und Gutsbesitzer werden.«

Fritz nickte und zog die Schultern hoch. Er ahnte, dass er sich falsch verhalten hatte, aber weshalb, wusste er nicht. Er schaute Frederike unsicher an, doch sie war mit ihren Gedanken ganz woanders. Die Sommergäste kamen und dafür wurden die Zimmer hergerichtet. Sie waren früher selbst Gäste gewesen, die zur Sommerfrische auf das Gut gekommen waren. Sie hatte nicht miterlebt, dass die Zimmer und Fenster geputzt wurden, dass ihr Besuch den Haushalt auf den Kopf gestellt hatte. Tante Edeltraut hatte sie immer herzlich begrüßt, nie erwähnt, dass ihre Anwesenheit viel Arbeit und Umstand für die Leute und Unannehmlichkeiten für das Gut bedeuteten. Sie hatten es schlicht nicht gewusst. Immer, wenn sie ankamen, standen die Zimmer bereit, sauber und duftend, die Fenster waren geputzt und boten den Ausblick auf den gepflegten Garten und Park. Die Kamine waren beheizt, falls es kühle Nächte gab, der Badeofen bullerte. Auch in Potsdam hatten sie Gäste gehabt, für zwei oder drei Nächte, manchmal für eine Woche. Oft gaben sich die Gäste die Klinke in die Hand, drei Zimmer hatte ihre Mutter für Freunde zur Verfügung gehabt, und wirklich leer standen diese nie. Nicht wie die Gästezimmer auf dem Gut, die, wenn der Sommer vorbei war, abgeschlossen wurden, und in denen sich dann Mäuse und Spinnen für einige Monate breitmachen konnten. Bis zur nächsten Sommerfrische und den nächsten Gästen. Dieses Jahr würden es viel mehr sein als zuvor. Die meisten Gäste kamen zwar nur für ein paar Tage, aber die Arbeit blieb dieselbe. Frederike schluckte. Sie begriff nun die Aufregung im Haus.

Onkel Erik erhob seine Stimme und holte Frederike aus ihren Gedanken zurück. »Natürlich sind das Gesinde und die Leute dazu da, Arbeiten für uns zu erledigen. Sie werden dafür auch entlohnt. Aber ohne sie wären wir nichts. Wir tragen die Verantwortung für diese Familien. Ihr alle werdet irgendwann einmal Verantwortung für Personal und Güter tragen müssen. Deshalb ist es eure Pflicht, euch damit zu befassen. In diesem Sommer werdet ihr mitarbeiten, mit anfassen. Jeder von euch wird in einigen Gewerken helfen müssen, und auch bei der Ernte will ich euch auf den Feldern und im Garten sehen.« Er schnaubte. »Schaut euch um, schaut, was die Kinder unseres Gesindes leisten müssen. Von mir aus können wir den Unterricht auch nächste Woche schon beenden, aber glaubt nicht, dass ihr die nächsten Wochen faulenzen werdet.«

»Mein Lieber«, sagte die Mutter und lächelte sanft. »Sei nicht so hart zu den Kindern.«

»Ich bin nicht hart. Wir alle, mein Bruder, meine Cousins und ich, mussten immer mit anfassen, wenn die Erntezeit kam. Und das war auch gut so, denn nun weiß ich zu schätzen, was die Leute für uns tun. Ich kann auch besser einschätzen, was möglich ist, und was nicht.«

»Das stimmt«, sagte nun Tante Edeltraut. »Auch wir Mädchen mussten mit anfassen. Und das bedeutete nicht, dass wir mal ein paar Stunden in die Beeren gingen. Den Garten zu bewirtschaften ist eine große Herausforderung, aber wichtig. Dort wird das Obst und Gemüse angebaut, das uns ernährt. Ihr habt es tagtäglich auf den Tellern. Keiner zaubert es dorthin. Das Gemüse wird angebaut, gepflegt und versorgt. Man erntet und putzt es, dann wird es verarbeitet. Es wird eingekocht, eingelegt, getrocknet oder gesalzen, und so haben wir auch noch lange nach der Ernte etwas davon. Wisst ihr das denn nicht?«

»Wir hatten in Potsdam nur einen kleinen Garten. Das Meiste haben wir auf dem Markt eingekauft«, gestand die Mutter. »Die Kinder müssen sich erst an das Leben hier in der Provinz gewöhnen.«

Frederike wusste den Blick, den Tante Edeltraut der Mutter zuwarf, nicht ganz zu deuten, freundlich war er jedoch nicht.

»Man sollte vielleicht auch nur seinesgleichen ehelichen«, murmelte sie.

»Wie bitte?«, fragte Mutter empört.

»Nun, ihr kommt aus dem Reich, aus der Stadt. Dein zweiter Mann, Gott möge ihn selig haben, war zwar auch ein von Fennhusen, aber er war kein Gutsherr. Dazu muss man geboren sein und es von der Pike auf lernen, so wie Erik und ich es getan haben. Deine Kinder werden große Schwierigkeiten haben, sollten sie tatsächlich dieses Leben wählen.« Sie hatte sich aufgesetzt und ihre Stimme klang scharf.

»Du meinst also, weil ich nicht auf dem Land aufgewachsen bin und meine Kinder bisher auch nicht, bin ich nicht die geeignete Kandidatin für deinen Bruder?« Stefanie von Fennhusen zog die Augenbrauen hoch.

»Du bist nicht geeignet als Gutsherrin.«

»Du aber schon? Wo sind denn dann dein Gut und dein Gutsherr?«

Tante Edeltraut zuckte zusammen, als wäre sie geohrfeigt worden.

»Es reicht«, sagte Onkel Erik gelassen. »Ihr seid keine Waschweiber und solltet euch nicht zanken wie sie.« Er sah von der einen zur anderen, dann klingelte er. »Gerulis, abräumen. Wir hätten jetzt gerne den Nachtisch.«

Fritz klaute sich schnell noch eine Stange Spargel von der Platte und verschlang sie. Niemand schien es zu bemerken, noch nicht mal der Lehrer Obermann, der betreten den Kopf gesenkt hatte.

Frederike traute kaum ihren Ohren. Die beiden stritten sich am Tisch, vor dem Lehrer und sicherlich hatten auch Gerulis und Hilde im Anrichtezimmer alles mitbekommen. So etwas gehörte sich nicht, aber Frederike war froh, dass ihre Mutter endlich einmal den Mund aufgemacht und Tante Edeltraut zurechtgewiesen hatte. »Wir stellen also fest«, sagte Onkel Erik, »dass die Kinder noch viel lernen müssen. Grundsätzlich und über das Leben und Arbeiten auf dem Gut im Besonderen. Deshalb beenden wir den Schulunterricht nächste Woche und fangen mit den Lehrstunden auf dem Gut an.« Er blickte zu Mutter, die zustimmend nickte.

»Dann haben Sie zwei Wochen früher Ferien, lieber Obermann«, sagte sie mit einem Lächeln, so, als wären vorher keine bösen Worte in diesem Raum gefallen. »Haben Sie schon Pläne?«

Obermann räusperte sich verlegen. »Das kommt jetzt sehr plötzlich. Ich wollte im Juli für einige Zeit meine Schwester besuchen, sie wohnt in Westfalen und arbeitet dort auf einem Gut. Ob ich schon früher dort anreisen kann, muss ich erst abklären.«

»Sie können natürlich Ihre Ferien hier auf dem Hof verbringen«, sagte Onkel Erik. »Im August fahren wir alle zusammen ein paar Tage an die Ostsee und auch da sind Sie natürlich unser Gast, wenn Sie mögen.«

»Zu freundlich, gnädiger Herr. Ich werde sehen, was dann sein wird.« Obermann neigte den Kopf. »Dürfte ich bitte jetzt schon den Tisch verlassen? Ich habe so viel Spargel gegessen, dass kein Platz mehr für den Nachtisch ist.«

»Selbstverständlich.« Onkel Erik nickte.

Obermann verbeugte sich und stand auf. Tante Edeltraut schob ebenfalls ihren Stuhl zurück. Sie wartete jedoch, bis der Lehrer das Zimmer verlassen hatte und der Nachtisch aufgetragen war. Erst, als Hilde die Tür zum Anrichtezimmer hinter sich schloss, stand sie auf.

»Ich werde mir überlegen müssen, ob dies der Platz ist, an dem ich meinen Lebensabend verbringen werde«, sagte sie mit versteinerter Miene und rauschte zur Tür.

»Edel«, fuhr Onkel Erik sie an. »Ich möchte dich gleich im kleinen Salon sprechen.« Seine Schwester war stehen geblieben, hatte sich jedoch nicht umgedreht. Jetzt holte sie tief Luft und ging dann aus dem Zimmer. Die Tür schloss sie so leise, dass man kaum das Klacken des Schlosses hören konnte.

»Darf ich ihren Nachtisch?«, fragte Gerta mit einem breiten Lächeln. Ihr schienen die Missstimmigkeiten am Tisch gar nichts auszumachen.

»Und ich den von Obermann?«, fragte Fritz eifrig.

»Ja, denkt ihr denn nur an Süßzeug?« Onkel Erik schüttelte den Kopf, lachte dann aber laut. »Ihr dürft. Was ist mit dir, Freddy? Soll ich in der Küche nach einer zweiten Portion für dich fragen lassen?«

Frederike schüttelte den Kopf. »Nein danke, Onkel Erik«, sagte sie leise.

Die Mutter schaute sie an und runzelte dann die Stirn. »Ist dir nicht gut?«

»Doch, doch«, antwortete sie ohne aufzublicken.

»Sie durfte heute ausreiten. Mit Hans. Dabei sitzt sie erst seit ein paar Tagen auf ihrem Pony. Ich durfte noch nie ausreiten«, maulte Fritz.

»Ich bin ein Naturtalent, hat Hans gesagt.« Frederike hob den Kopf und grinste breit. »Du offensichtlich nicht.«

»Du bist ausgeritten? Wie meinst du das?«, fragte die Mutter.

»Hans musste Briefe zur Post bringen. Er ist dafür ins Dorf geritten, und ich durfte auf Dups mit.«

»Ganz ohne Führstrick?« Gerta klang ehrfürchtig.

»Ja. Und es war so wunderbar. Ich glaube, ich bin davon noch ganz satt!« Frederike war froh, dass ihr diese Ausrede eingefallen war.

»Er hat dich ohne Führstrick ins Dorf reiten lassen.« Mutter legte ihre Serviette zusammen. »Du hattest doch erst ein paar Reitstunden. Erik, weiß der Mann, was er tut?«

»Steff, reg dich nicht auf. Hans ist seit Jahren unser Stallmeister. Sein Vater war es vor ihm. Ich kenne niemanden, der mehr über Pferde weiß, als er. Und auch niemanden, der besser Reitunterricht geben kann. Wenn er der Meinung ist, dass Freddy so weit war, dann wird es stimmen. Und wie du siehst, sitzt sie gesund und munter hier am Tisch. Und jetzt lasst uns den Nachtisch essen und danach die Tafel aufheben.«

Unten auf dem Hof drehte sich Gerta jubelnd im Kreis. »Wir haben schon nächste Woche Ferien!«

»Wir haben keinen Unterricht mehr bei Obermann, stattdessen müssen wir auf dem Gut helfen. Weiß der Teufel, was uns Onkel Erik aufhalsen wird.« Mürrisch schmiss Fritz einen Stein in den Kies.

»Ob Tante Edeltraut wirklich geht?«, fragte Frederike nachdenklich und setzte sich auf die unterste Stufe. Den ganzen Tag hatte die Sonne geschienen und die Steine waren noch warm. Überhaupt war es heute sehr sonnig gewesen, doch nun wurde der Himmel seltsam dunkel, ohne dass Wolken zu sehen waren. Die Luft schien zu knistern.

»Dann soll sie doch gehen, der alte Sauertopf. Hast du schon mal mitbekommen, dass sie lacht? Ich nicht!« Fritz pfiff nach Arco, doch der Hund tauchte nicht auf. »Hoffentlich ist er nicht jagen«, murmelte Fritz.

»Jagen?« Frederike schaute ihn verblüfft an. »Das macht er doch nicht, oder?«

»Vorgestern hat er ein Kaninchen gerissen.« Fritz schob die Unterlippe vor. »Ich habe im Teich das Blut aus seinem Fell gewaschen und die Überreste des Karnickels vergraben.«

»Er darf nicht wildern.«

»Das weiß ich.« Fritz seufzte. »Vielleicht war es ein krankes Tier. Bisher hat Arco so etwas nie gemacht.«

»Wenn Tante Edel geht, hätte ich gerne ihr Zimmer«, sagte Gerta plötzlich.

»Sei nicht blöd. Wo soll sie denn hin?« Frederike stupste ihre Schwester gegen den Arm. »Tante Edel hat niemanden außer uns. Ihr Verlobter ist im Krieg gefallen.«

»Sein Glück, sonst hätte er einen Sauertopf heiraten müssen.« Fritz lachte auf.

»Was ist denn mit dir los?«, wollte Frederike wissen. »Warum bist du so böse?«

Fritz biss sich auf die Lippe. »Mutter hat Onkel Erik geheiratet und wir mussten hierherziehen. Und jetzt sollen wir werden wie die Landjugend. Dabei ist Mutter hier gar nicht glücklich. Tante Edel macht ihr das Leben schwer, die Mamsell auch. Vielleicht war es keine gute Entscheidung von ihr.«

»Fritz!« Frederike schüttelte entsetzt den Kopf. »Wie kannst du so etwas sagen? Mutter wird sich gut überlegt haben, was sie tut. Jeder von uns muss sich an die neue Situation gewöhnen. Mutter und Tante Edeltraut genauso wie wir und Onkel Erik.«

»Und die Mamsell«, fügte Gerta hinzu.

»Genau.« Frederike nahm ihre kleine Schwester in den Arm und drückte sie. »Vor ein paar Tagen warst du noch stolzer, zukünftiger Gutsbesitzer, Fritz, jetzt ist alles doof? Was ist passiert?«

»Ich will nicht auf den Feldern arbeiten. Ich will nicht mit in die Gärten gehen«, stieß er trotzig hervor.

»Warum nicht?« Frederike sah ihn verwundert an. »Ich kann verstehen, weshalb Onkel Erik das von uns verlangt. Wir sollen und wir müssen es lernen.«

»Verdammt, verstehst du das nicht? Schau dir die Jungs aus dem Dorf an – sie machen das, seit sie auf der Welt sind. Ich weiß noch nicht mal, wie man einen Rechen hält. Sie werden uns auslachen.«

Plötzlich verstand Frederike, was in ihrem Bruder vor sich ging. Er fühlte sich unterlegen, dabei sollte er besser oder wenigstens ebenbürtig sein. »Steh dazu«, sagte sie. »Sei einfach du selbst und bekenne deine Schwäche. Sag, dass du es nicht weißt, es noch nie gemacht hast. Lass es dir zeigen. Das ist allemal besser, als wenn du so tust, als könntest du es.«

»Was?« Fritz sah sie mit großen Augen an. »Das ist jetzt nicht dein Ernst.«

»Doch, Fritz. Manchmal ist es besser, wenn man ehrlich sagt, dass man etwas nicht kann und um Hilfe bittet.«

»Wie stehe ich denn dann vor den Dorfjungen da? Als Trottel aus der Stadt?«, schrie er wütend.

»So, wie du bist. Vielleicht werden sie erst einmal lachen. Aber danach werden sie dich umso ernster nehmen, weil du ihnen nichts vormachst.«

»Sie werden sich über mich lustig machen.«

»Zuerst vielleicht.« Frederike stand auf, schüttelte den Staub aus ihrem Rock. »Jetzt solltest du deinen Hund suchen, meinst du nicht?«

»Ich helfe dir«, sagte Gerta und nahm Fritz' Hand. »Kommst du nicht mit?«, fragte sie Frederike.

»Nein, ich habe etwas anderes zu tun.« Sie wartete ab, bis die Geschwister um die Ecke verschwunden waren, dann schlich sie sich zurück in die Halle und kroch hinter den großen Ohrensessel vor dem kleinen Salon. Hier konnte sie unentdeckt die Gespräche der Erwachsenen belauschen. Fast schon wünschte Frederike sich, älter zu sein und Tante Edeltraut beistehen zu können. So altbacken die Schwester ihres Stiefvaters auch sein mochte, im Moment bedauerte Frederike sie.

Tante Edeltraut kam langsam die Treppe herunter. Sie hatte sich frisch gepudert und die Haare neu gerichtet, dennoch konnte Frederike erkennen, dass sie geweint hatte. Frederike unterdrückte den Impuls, zu ihr zu laufen und sie in den Arm zu nehmen. Was hätte sie ihr auch sagen sollen? Dass sie die Tante verstand? Ihr Leben war plötzlich auf den Kopf gestellt, ihre Stellung im Haushalt verschoben worden. Vorher trug sie die ganze Verantwortung der Haushaltsführung, nun sollte das, was sie sagte, keine große Rolle mehr spielen. Frederike wäre an ihrer Stelle auch sehr enttäuscht, vielleicht sogar verbittert gewesen. Ihr erging es ja ähnlich. Sie war hier nur das Stiefkind, wurde geduldet. Einen wirklichen Platz auf dem Gut hatte sie nicht.

Vor der Tür zum kleinen Salon sammelte sich die Tante noch einmal, atmete tief ein, klopfte kurz und öffnete dann die Tür.

»Komm herein, Edel«, sagte Onkel Erik. Zu Frederikes Erleichterung klang er ganz freundlich. Frederike spähte um die Ecke durch den Türspalt. Ihre Mutter schien nicht im Raum zu sein. »Setz dich doch.«

Tante Edeltraut drückte die Tür ins Schloss, doch wie meistens sprang sie kurz darauf wieder auf.

»Liebe Edeltraut, du weißt, weshalb ich dich sprechen möchte?«

»Natürlich weiß ich das. Deine Frau hat mich ganz deutlich auf meinen Platz verwiesen. Ich muss mich bei ihr und dir in aller Form entschuldigen.«

»Dann hätten wir das geklärt?« Onkel Erik klang erleichtert.

»Allerdings habe ich meine Worte durchaus ernst gemeint. Ich hätte sie nur nicht in dem Rahmen, bei Tisch vor Dienerschaft und Kindern, äußern dürfen. Ich habe dich immer schon davor gewarnt, diese Frau zu ehelichen. Nicht, weil sie eine unmögliche Person wäre, durchaus nicht. Stefanie ist ganz reizend, ohne Frage, aber sie ist keine Gutsfrau.«

»Sie wird es lernen. Und deine Meinung dazu, wen ich zu ehelichen habe oder nicht, kannst du für dich behalten.«

»Das werde ich in Zukunft auch tun. Gleichwohl frage ich mich, ob ich nicht woanders unterkommen sollte. Ich werde unsere Schwester anschreiben, vielleicht ist auf ihrem Gut noch ein Platz für mich, wo meine Anwesenheit, mein Wissen und meine Erfahrung geschätzt werden.«

»Das steht dir frei, liebe Edel. Nichtsdestotrotz würde ich es vorziehen, wenn du bei uns bleiben würdest.«

»Du vielleicht.«

Frederike hörte klappernde Absätze hinter sich und kauerte sich noch weiter zusammen. Ihre Mutter ging zügig auf die Tür des kleinen Salons zu und trat ein.

»Ich spreche sicher auch in Stefanies Namen«, sagte Onkel Erik.

»In welcher Angelegenheit sprichst du in meinem Namen?«

»Es geht um meinen Verbleib hier auf dem Gut.« Tante Edeltrauts Stimme klang gepresst.

»Gute Güte, das steht doch gar nicht zur Diskussion, liebe Edeltraut. Bitte verzeih meine Worte von vorhin, sie waren mehr als unangemessen, und ich muss mich bei dir entschuldigen.« Sie trat vor Tante Edeltraut und reichte ihr die Hand. Doch die Tante schüttelte den Kopf.

»So schnell kann man das nicht aus der Welt räumen«, sagte sie, und ihre Stimme klang bitter.

»Du hast ja durchaus recht, liebe Edel«, sprach die Mutter weiter. »Ich bin keine Gutsfrau, ich habe es nicht gelernt. Einen Haushalt in der Stadt zu führen ist etwas ganz anderes und vielleicht würdest du da an deine Grenzen stoßen. Ich versuche wirklich, alles zu lernen, aber jeden Morgen sieht mich die Mamsell an, als wäre ich ein kleines Kind. Sie rümpft die Nase, wenn ich die Mahlzeiten mit ihr bespreche, sagt mir aber nicht, was falsch an meinen Wünschen sein soll.«

»Vermutlich wäre ich in der Stadt auch aufgeschmissen«, sagte Tante Edeltraut plötzlich nachdenklich. »Ich wüsste gar nicht, wo man was kaufen sollte.« Sie seufzte auf. »Die Mamsell ist eine hervorragende

Hauswirtschafterin. Bisher hat sie uns gute Dienste geleistet, und fähiges Personal ist hier in der Provinz so fürchterlich schwer zu bekommen. Wir müssen froh sein, dass wir sie haben, aber sie darf sich dir gegenüber keine Unverschämtheiten herausnehmen. Zumal du ja auch noch in Umständen bist.« Jetzt endlich nahm sie die Hand der Mutter und drückte sie. »Ich nehme deine Entschuldigung an.«

Frederike seufzte erleichtert auf.

»Ich wünsche mir von ihr nur ein wenig Respekt und Entgegenkommen«, sagte Stefanie, »aber niemand will mir etwas erklären. Ich habe mir schon Lehrbücher aus Proskau kommen lassen, aber richtig hilft mir das nicht weiter.«

»Proskau ist eine Gartenbauschule«, sagte Onkel Erik erstaunt. »Wie soll dir das bei der Gutsführung und dem Haushalten helfen?«

»Dort gibt es auch Kurse zum ordentlichen Haushalten«, erklärte Tante Edeltraut. »Du brauchst aber andere Hilfe, Stefanie. Praktische Hilfe. Was hältst du davon, wenn wir den Tagesplan vorab besprechen und ich auch an den Besprechungen mit der Mamsell teilnehme? Im Hintergrund, denn ich will deine Position nicht untergraben. Ich könnte dir erklären, worauf du achten musst. Gerade jetzt, wo die Ernten anstehen und wir noch zusätzliche Mäuler zu stopfen haben.«

»Das würdest du machen? Wirklich?« Mutters Stimme war ganz dünn vor lauter Erleichterung. »Danke.«

Kapitel 9

»Sind die Zimmer fertig?«, fragte Mutter die Mamsell. In den letzten Wochen hatte sich die Stimmung im Haus verändert. Seit Tante Edeltraut Mutter bei der Haushaltsführung half, zollte die Mamsell Stefanie von Fennhusen mehr Respekt. Plötzlich schien es mit dem zusätzlichen Personal reibungsloser zu laufen. Das mochte allerdings auch daran liegen, dass die Zügel straffer angezogen wurden. Es gab unglaublich viel zu tun. In wenigen Tagen würde die Gesellschaft stattfinden, und obwohl die Dienstmädchen Unterstützung aus dem Dorf hatten, schien die Arbeit kein Ende zu nehmen. Überall im Haus roch es nach Kernseife, Bohnerwachs, Essig und Petroleum. Die Mädchen und Burschen liefen treppauf, treppab. In der Küche schien es zu brodeln. Die Schnitterhäuser waren mehr schlecht als recht gesäubert und instand gesetzt worden. Zum Glück waren die Schnitter meist Selbstversorger, nur die ledigen Arbeiter aus dem Dorf, die nun zur Feldarbeit auf dem Gut anrückten, mussten mit dem Gesinde versorgt werden. Der große Backofen, der in der Ecke des Hofes stand, wurde jetzt wöchentlich angeheizt, statt alle zwei Wochen, wie es normalerweise der Fall war. Nicht nur die Köchin buk darin das Brot des Gutshauses, sondern auch die Frauen aus den Gesindehäusern durften ihn nutzen. Alle zwei Wochen trafen sie sich am Backhaus, brachten ihre vorgefertigten Backwaren – Brote, manchmal auch Kuchen. Man schwatzte ein wenig, tauschte Neuigkeiten aus. Ein Knecht war immer an diesem Tag zum Backen freigestellt. Von früh morgens bis abends kontrollierte er die Glut, schob die Brotlaibe in die Backkammer, holte sie rechtzeitig wieder heraus, prüfte die Kuchen und naschte nur wenig. Die Frauen verziehen es ihm, manchmal hatten sie sogar kleine Küchlein extra für ihn dabei. Im Herbst und im Frühjahr war es eine angenehme Tätigkeit, im Sommer war es aber neben dem glutheißen Ofen eine Qual, und im Winter hatte er, je nach dem, wie oft er sich drehte, eine warme und eine kalte Körperhälfte, aber immer eisige Füße.

Obwohl der Lehrer Obermann zwei Tage nach Onkel Eriks Beschluss über den früheren Ferienbeginn abgereist war und der Schulunterricht entfiel, hatte sich der Tagesablauf nicht großartig verändert. Morgens hielt Onkel Erik die Andacht ab, dann gab es das erste Frühstück. Danach wurden die Kinder zu Arbeiten eingeteilt. Frederike und Gerta liefen bei den Mädchen mit – ob sie nun Staub wischten oder in den Garten gingen, entschied die Mamsell. Fritz war dem Gesinde zugeteilt und hatte auf dem Hof zu helfen. Das Gesinde aß vor der Herrschaft, so hatten sie zumindest eine halbe Stunde frei und auch noch eine halbe Stunde nach dem Mahl mit den Eltern und Sommergästen.

Die ersten Tage waren hart für sie gewesen, vor allem für Fritz. Das ein oder andere Mal hatte Frederike ihn heulend in der Schulstube vorgefunden. Es war so gekommen, wie er es prophezeit hatte – die anderen Jungs machten sich über ihn lustig. Doch dann hatte er Frederikes Rat befolgt und seine Unwissenheit und auch seine Unerfahrenheit eingestanden.

»Ich hab's noch nie gemacht«, gab er vor ihnen zu und kassierte das Gelächter. »Aber ich will es lernen.«

»Hast du die Motten?«, rief einer von ihnen zurück. »So'n Stadtpiefke lernt das nich!«

»Ich will es aber versuchen«, gab Fritz zurück. »Ihr müsst es mir nur zeigen.«

»Dir fehlen wohl fünf Pfennig auf die Mark«, lachte ein anderer. »Du hast ja keine Muckies, nur Pudding in den Armen.«

Doch dann hatte Dawid, der Sohn des Schweizers, Erbarmen mit Fritz. »Ei, er wills lernen. Nu seid gnadig und lasst es uns ihm beibringen.« Er klopfte Fritz auf die Schulter. »Bist schon tapfer, muss ich dir lassen. Nun komm. Ich zeeje dir, wie man die Kiehe melkt.«

Von dem Tag an hatte Fritz Freunde auf dem Gut. Da waren nicht nur Dawid, sondern auch Karol, Piotr und Szymon. Es war und blieb harte Arbeit, aber sie machten sich nicht mehr lustig über ihn, sondern zeigten Fritz, wie er die Gerätschaften richtig anfassen und wie er seinen Körper sparsam einsetzen musste, um Ergebnisse zu erzielen. Fritz wurde breiter in den Schultern und im Grinsen. Das Leben auf dem Gut schmeckte ihm wieder und er hätte nichts dagegen gehabt, mit den Dorfkindern zur Schule zu gehen, zumal der Unterrichtsstoff dort wesentlich einfacher war als das, was Obermann ihnen vorsetzte.

»Auf die Dorfschule?«, hatte die Mutter gesagt und entsetzt den Kopf gehoben. »Nie im Leben. Vorher holt mich der Teufel.«

»Die Dorfschule wäre als Übergang nicht verkehrt«, meinte Onkel Erik gelassen, »falls Obermann wirklich nicht zurückkommt. Seine Stube hat er gründlich geräumt, aber eine Kündigung hat er indes nicht eingereicht, und die sollten wir abwarten, bevor wir uns Gedanken machen.«

»Grundgütiger«, fiel Tante Edeltraut ihm ins Wort, »die Kinder können auf keinen Umständen in die Dorfschule gehen.« Sie sah Mutter an und nickte.

Seit der Auseinandersetzung vor einigen Wochen hatten die beiden Frauen zueinander gefunden. Fast schienen sie eine Allianz zu bilden, eine zarte Freundschaft zeichnete sich ab. So schön das für die Mutter und die Tante war, es schien Onkel Erik zu stören. Die beiden bildeten immer öfter eine Einheit gegen ihn. Vielleicht war Frederike auch nur empfindlich, sie wollte ein harmonisches Zuhause und bisher war die Stimmung sehr fragil. Das mochte aber auch an dem bevorstehenden Fest liegen.

Gerta und sie hatten von den Mädchen Staubwedel in die Hände gedrückt bekommen, hatten mit Gerulis Silber poliert, waren morgens mit Christov, dem Gärtner, in die Beeren gegangen und nachmittags in den großen Gemüsegarten. Sie hatten Himbeeren und Erdbeeren gepflückt, die ersten Erbsen und Bohnen geerntet, hatten Wildwuchs abgeschnitten und Unkraut gejätet. Sie hatten unzählige Dinge gehört, die meisten sofort wieder vergessen. Mit der Köchin hatten sie Gläser gewaschen, ausgekocht, gefüllt, eingekocht. Sie hatten die Puten- und Gänseeier im Brutofen gewendet und befeuchtet und die Hühnereier in den Gelegen zweimal am Tag eingesammelt. Sie mussten Gänse und Hühner rupfen und ausnehmen. Sie hatten gelernt, wie man Brot ansetzt und den Tisch deckt. Nun ja, zumindest hatten sie beim Tischdecken zugesehen. Hilde und Gerulis ließen sie nicht mehr in die Nähe des Geschirrs, nachdem Gerta am ersten Tag drei Teller fallen ließ.

Frederike half, Gänsehälse zu spülen, schrubbte dann die heiß ausgekochten Knochen mit einer speziellen, dünnen Bürste. Alle Fleischreste mussten entfernt werden, dann konnte man die Knochen mit Stoff überziehen und Garn darauf aufwickeln. Überhaupt gab es nichts, sah Frederike nun, was verschwendet wurde. Gerade vorgestern war ein Schwein außer der Reihe geschlachtet worden, extra für die Gesellschaft. Frederike hatte unbedingt dabei sein wollen, auch wenn die Mamsell es ihr verbot. So schlich sie sich im Morgengrauen in die Küche, wo schon die Kessel mit Wasser aufgesetzt worden waren. Das Schwein wurde in den Hof geführt, dann schlug Hannes mit einem großen Hammer auf den Kopf des Tieres, anschließend wurde dem Schwein die Kehle durchgeschnitten. Das Blut lief in Schalen, die immer wieder ausgewechselt wurden. Frederike war schlecht bei dem Anblick geworden, aber sie konnte auch nicht den Blick abwenden. Es war ekelig und faszinierend zugleich. Dann banden sie die Hinterläufe des Schweins an eine Leiter, stellten diese hochkant an die Wand des Schuppens und schnitten dem Tier den Bauch auf. Als die Innereinen herausquollen, musste Frederike sich abwenden. Gestern hatte sie noch die Küchenabfälle in den Schweinestall gebracht. Die großen Tiere waren so sanft wie die Lämmchen auf dem Feld. Sie hatten dichte Wimpern um ihre treuen Augen, fast so wie Hektor, ihr Hund. Aber, rief sich Frederike ins Gedächtnis, Schweine waren Nutztiere, so wie Schafe, Kühe, Hühner und Gänse. Beim Schlachten der Puten zuzusehen, machte ihr weniger aus. Die Vögel waren hässlich und meist bösartig.

»In drei Tagen kommen die ersten Gäste aus dem Reich«, sagte die Mamsell nun und studierte ihre Bücher. »Morgens mit dem Zug eine Freundin der Gnädigsten mit ihrem Mann und zwei Kindern. Für das

Paar haben wir das blaue Zimmer. Die Kinder können im Kinderzimmer schlafen, Betten wurden schon aufgestellt. Hans muss sie vom Bahnhof abholen.«

»Ei, see kommen mit Gepäck, da wird der Landauer nich reichen. Da muss noch eener mitem Kastenwajen foljen.«

»Sie haben recht, Schneider, daran habe ich nicht gedacht.« Die Mamsell machte sich eine Notiz und lachte bitter auf. »Seit Jahren hatten wir nur die Gnädigste mit den Kindern als Sommergäste und die zwei alten Jungfern, die jedes Jahr für drei Monate kommen. Die Jungfern brauchen nicht viel Gepäck, die Gnädigste brauchte früher immer einen Fuhrpark.«

»Ei, wer kommt denn noch und wann? Ich hab notiert, dass kommen vier Freunde von Gnädigsten am Dienstag. Zwei schlafen awwer bei die Nachbarn, ist das richtig?«

Die Mamsell schaute in ihre Listen, nickte dann. »Wir werden noch sieben Übernachtungsgäste haben, zwei Paare, drei Einzelpersonen, der Letzte kommt am Morgen vor dem Fest, am Mittwoch.«

Die Köchin kritzelte etwas in ihr Buch. »Mit den vier Sommerjästen ham wir fünfzehn weitere Personen, ist das richtig?«

»Sechzehn. Frau von Larum-Stil kommt mit Mann und einer Tochter, die Tochter war bisher nicht vorgesehen.«

Die Tochter, das war Thea, dachte Frederike und ihr Herz hüpfte im Polkatakt. Thea würde kommen. Die Familien waren schon immer befreundet, und Thea war nur wenige Wochen jünger als sie. Was für eine Freude, ein bekanntes Gesicht! Es würden zwar noch andere Bekannte kommen, zum Teil auch mit Kindern, die sie schon mal gesehen und getroffen hatte, aber mit Thea verstand sie sich gut, sie waren miteinander vertraut. Theas Mutter hatte ein Haus in Berlin, eine Wohnung in Potsdam und die Familie hatte ein Gut in Brandenburg. Das Gut mochte nicht so groß sein wie das der von Fennhusens, aber es war ein Gut. Die meiste Zeit ihres Lebens hatte Thea jedoch bisher in Berlin oder Potsdam verbracht. Wer, wenn nicht sie, würde Frederike verstehen?

»Schneider, bekommen Sie das mit den Mahlzeiten hin?«, hörte Frederike die Mamsell nun skeptisch fragen.

»Erbarmen, ei sicher. Frühstück wie immer. Ob nun für zwölf, für zwanzig oder dreißig. Wir ham das Brothaus anjeheizt und jebacken wie die Meister. Das reicht nich, awwer das Brothaus is ja noch da und wir können nachbacken. Die Hennen legen, als ob see eenen Preis kriejen würden, was gut is. Wir ham Speck vom Schween, Fleesch genug und Würste jekocht und im Rauch hängen se ooch. Een Kälbchen hab ich im Kiehlhaus, was die Mutterkieh nich hat nehmen wollen, das kimmt frisch aufn Tisch. So als hätte die Kieh jewusst, dass wir das Fleesch broochen tun.« Die Köchin lachte. »Jerade jibt der Garten her, was er nur kann. Erbsen, Jungmöhren, Bohnen, Spinat, Salat. Sogar kleene Artischocken hab ich schon jesehen. Da kann sich die Gnädigste nich beschweren.«

»Wunderbar, Schneider. Brauchen wir noch was?«

»Leite, wir brauchen Leite. Es reicht hinten und vorne nicht.« Die Köchin seufzte auf.

»Aber wir haben doch schon Unterstützung aus dem Dorf.«

»Die kinnen doch nich servieren auf dem Fest.« Die Köchin verdrehte die Augen. »Meine Meedchen sind jut und willich, awwer servieren können se nich. Nich bei so viele Jäste. Und nur Gerulis und Hilde schaffen das nich.«

»Ich habe schon mit der Gnädigsten gesprochen, wir werden uns Dienerschaft ausleihen. Der erste Diener der zu Blumbergs wird mit aufwarten und auch der erste Diener der von Olechnewitz'.«

»Erbarmung«, sagte die Köchin erleichtert. »Dann wird alles jut jehen.«

Eine alte Freundin von Tante Edeltraut war schon vor zwei Wochen gekommen. Jedes Jahr verbrachte sie zwei oder drei Monate auf dem Gut und bewohnte immer dasselbe Zimmer. Martha von Himmelsfeld hatte nie geheiratet, war auch nie verlobt gewesen. Die Kinder kannten sie schon von ihren früheren Aufenthalten und durften sie »Tante Martha« nennen. Meistens saß sie auf der Veranda und stopfte Socken. Es gab einen Korb, in dem die Flickwäsche gesammelt wurde. Im Frühling wuchs der Berg an zerrissenen oder zerschlissenen Sachen, weil alle wussten, dass Tante Martha sich ihrer bald annehmen würde.

Natürlich half sie auch bei manchen anderen Dingen. Sie war eine ruhige, unauffällige Person, die sich im Hintergrund hielt, so dass man manchmal glatt vergaß, dass sie überhaupt da war. Bisher war sie immer von ihrer Freundin Juliane begleitet worden, ein lediges Fräulein der Familie zu Dühnenhoff. Aber dieses Jahr hatte das Fräulein entsetzt abgesagt, als sie von der Gesellschaft erfuhr.

»Liebe Edel«, las Tante Edeltraut am Tisch vor,

»mit Entsetzen habe ich von den Plänen deiner Schwägerin erfahren. Ich habe mich umgehend an meine Cousine auf Gut Dühnenhoff gewandt. Dort werde ich die Sommerfrische verbringen, denn Gäste und Aufregung sind meinem zarten Gemütszustand nicht zuträglich. Allein der Gedanke an so viele Leute bereitet mir ein Schaudern. Ich hoffe, du verstehst das. Cousine Wilhelmine hat sofort zugesagt, auf einem der Vorhöfe werde ich unterkommen und dort die Ruhe der Landluft genießen dürfen. Gerne wären du und auch Martha als Gäste willkommen, wenn ihr euch diesem Trubel auch nicht aussetzen möchtet.« Tante Edeltraut schaute auf, räusperte sich und verkniff sich offensichtlich ein Grinsen. »Sie war schon immer speziell, unsere Juliane. Und so schreckhaft.«

»Ich freue mich auf die Feier«, sagte Tante Martha und lächelte. Erstaunt sahen alle zu ihr, denn normalerweise erhob sie selten das Wort. »Endlich ist hier einmal etwas los.« Sie kicherte leise. »Das hatten wir schon ewig nicht mehr. Vor dem großen Krieg das letzte Mal, nicht wahr, Edel?«

Tante Edeltraut nickte.

»Und ich werde den Teufel tun, und mich bei Julianes langweiliger Sippe zur Sommerfrische einquartieren. Was ist mit dir, Edel? Das wirst du doch auch nicht?« Ihre Augen weiteten sich ein wenig.

»Natürlich nicht.« Tante Edeltraut rümpfte die Nase. »Ich kann doch die arme Stefanie in dieser Situation nicht alleine lassen. Und außerdem freue ich mich, dass endlich mal wieder Leben auf das Gut kommt.«

Einige Tage nach diesem Gespräch waren auch die beiden entfernten Cousinen der mütterlichen Seite eingetroffen, Frieda und Emma von Eulenhorst. Es waren Zwillinge, so alt wie das Jahrhundert und äußerst lebhaft. Ihre Mutter war im Krieg verwitwet und überfordert mit dem Nachwuchs. Sie lebten in Berlin, sollten nun dringend Abstand vom aufregenden Stadtleben nehmen und die Ruhe und das Landleben schätzen lernen.

Frederike, Fritz und Gerta hatten die Ankunft der beiden gespannt erwartet. Doch statt als Kameraden zum Spielen entpuppen sich die Mädchen als überhebliche Snobs, die sich verbannt fühlten – was auch sicherlich stimmte.

»Was?«, fragte Emma langgezogen und schaute sich um, nachdem sie von der Wagonette gestiegen war. »Hier sollen wir acht Wochen verbringen? Hier gibt es ja nichts!«

»Stimmt doch gar nicht«, sagte Fritz und schob das Kinn trotzig vor. »Hier gibt es eine Menge.«

»Du bist der Stiefsohn, nicht wahr? Deine Mutter hat sich hier eingeheiratet, um auf der sicheren Seite zu sein.« Frieda sprang vom Wagen und stellte sich neben ihre Schwester. »Was gibt es denn hier? Ich sehe nur Felder.«

»Wir haben Kätzchen«, sagte Gerta und lächelte freundlich. »Außerdem nisten Störche auf dem Hof, du kannst die Jungvögel bestimmt bald klappern hören. Und es gibt Kälbchen und Lämmchen.«

»Du scheinst selbst ein Kalb zu sein. Was macht ihr denn hier zur Unterhaltung im Sommer?«

»Krebse fangen, angeln, Fallen legen, Holz schlagen, in die Beeren gehen …«, zählte Fritz auf.

»Reiten, die Kühe zum Melken zusammentreiben …«, fügte Gerta hinzu.

»Bauern. Ihr seid Bauern.« Frieda schüttelte entsetzt den Kopf. Sie hatte eine modische Kurzhaarfrisur und ihr Rock war kürzer als der der Kinder im Dorf. Man sah sogar ihre Knie. Frederike staunte nur.

»Reiten klingt gut. Habt ihr Vollblüter?« Emma zog den Topfhut ab und fuhr sich durch die Wasserwellen, die unter der langen Fahrt jedoch gelitten hatten. Sie trug eine weite Hose.

Was Mutter dazu wohl sagen würde, dachte Frederike voller Ehrfurcht.

»Onkel Erik hat einen Araber«, gab Fritz an, der nun merkte, wie abfällig die beiden Gäste waren.

»Das ist kein reiner Araber, sagt Hans. Aber wir haben Trakehner. Soll ich sie euch zeigen?« Gerta ging auf die beiden zu, aber Emma und Frieda wichen zurück.

»Fass mich nicht an!«, sagte Frieda entsetzt. »Du bist ja ganz schmutzig.«

Gerta hob die Hände, drehte sie und kicherte dann. »Ja, wir haben gerade noch Beeren geerntet. Himbeeren. Die sind so süß. Wollt ihr auch welche? Die Mamsell hat die hinteren Sträucher noch nicht inspiziert, da können wir naschen.«

»Du bist wohl nicht bei Trost.« Frieda schnaubte. »Als ob ich in irgendwelche Sträucher kriechen und mich dreckig machen würde.«

»Trakehner klingt ganz gut, also reiten kann man hier. Und was ist mit Schwimmen? Tennis?«

»Wir haben natürlich einen Pool, einen Naturpool«, sagte Frederike nun und lächelte. »Auch Tennis kann man hier spielen, Rasenflächen sind genügend vorhanden. Tante Edeltraut und unsere Mutter haben sich ein raffiniertes Programm für euch ausgedacht. Ihr bleibt acht Wochen?«

Emma seufzte und legte theatralisch die Hand an die Stirn. »Acht lange Wochen. Aber immerhin können wir Sport treiben.«

Fritz sah Frederike fragend an, doch sie biss sich nur auf die Lippen und er verstand.

»Sport wird hier groß geschrieben«, sagte er nun auch. »Onkel Erik ist da ganz modern und auch ganz natürlich.«

»Das klingt gut. Diener!« Frieda sah sich um. »Bring das Gepäck auf unsere Zimmer.«

Hans, der Kutscher, hatte die Koffer abgeladen und wollte nun die Wagonette zurück zur Remise und die Pferde auf die Weide bringen. Er pfiff einmal laut auf beiden Fingern.

»Dawid, hilf mal den Stadtmädchen, ihr Gepäck nach oben zu bringen. Fritz, du fasst auch mit an.«

»Natürlich.« Fritz nickte eifrig. Frederike sah, wie er seinem Freund Dawid zuzwinkerte.

»Ich helfe euch auch«, meinte Gerta gutmütig und griff nach einer der Teppichtaschen.

»Helfen?«, fragte Emma und klang entsetzt. »Wir werden das doch nicht selbst tragen.«

»Nein.« Frederike lachte. »Nein, das werdet ihr sicher nicht. Lasst die Sachen nur stehen. Gerta, Süße, zeig doch unseren Gästen die Fohlen. Schaut euch erst einmal in Ruhe um.«

»Wo sind denn eure Eltern? Ich dachte, uns würde jemand begrüßen?« Frieda nahm ein silbernes Zigarettenetui aus der Tasche und steckte sich eine Zigarette an.

»Die sind … unterwegs«, stammelte Frederike.

»Onkel Erik hat ein ernstes Gespräch mit dem Verwalter«, wisperte Fritz und klang vertraulich. »Er will hier ganz andere Maschen aufziehen.«

»Das ist vernünftig.« Emma nickte. »Hier ist zwar die Provinz, aber man muss ja nicht leben wie im Wald.«

»Ich geh dann mal schauen, ob eure Zimmer schon bereit sind«, sagte Frederike und knickste.

»Wie süß von dir.« Frieda lächelte. »Ihr kleinen Landjunker seid vielleicht gar nicht so verkehrt.« Sie drehte sich um und folgte ihrer Schwester und Gerta.

»Aber hier, wie überhaupt«, murmelte Frederike, »kommt es anders, als man glaubt.«

Fritz lachte auf, stopfte sich auf Frederikes Blick schnell die Hand in den Mund. »Ist fatal, bemerkte Schlich, hehe, aber nicht für mich«, sagte Fritz und lachte nun doch. »Was hast du vor, Freddy?«

»Diese arroganten Kühe sind doch die Höhe.« Frederike schnaubte. »Wetten, die bleiben keine acht Wochen?«

»Da halte ich nicht gegen. Ich gebe ihnen keine drei.«

»Ich sag vier, vorher lässt Tante Edel sie nicht gehen.«

»Schlag ein.« Fritz hielt ihr die Hand hin, die dreckig und schrundig war, so wie Frederikes auch. Die letzten Wochen auf dem Gut hatten sie verändert und geprägt. Vorher waren sie Stadtkinder gewesen, auch wenn Potsdam ein Nichts gegen das mondäne und moderne Berlin sein mochte, aber nun waren sie die Gutskinder und es galt, die Ehre des Gutes gegen diese hochnäsigen Großstadtkühe zu verteidigen.

»Ich gehe jetzt zur Mamsell und bitte sie, die Zimmeraufteilung noch einmal zu überdenken. Emma und Frieda sollten eigentlich die beiden kleinen Zimmer am Ende des Ganges im Westflügel bekommen. Aber ich finde, sie wären in der Mansarde viel besser aufgehoben, meinst du nicht?«

»Freddy, manchmal bist du phänomenal. Wenn das klappen würde, wäre es ein Bockbierfest für alle.«

»Nicht für die beiden.« Frederike grinste boshaft.

»Wird die Mamsell das machen?«, fragte Fritz nun skeptisch.

»Wenn nicht, werde ich andere Wege finden.« Sie sah ihn an und dann zu Dawid, der wartend neben ihnen stand. »Ihr bringt das Gepäck jetzt erst mal auf den Dachboden. Oder in den Keller – irgendwo hin, wo es aus den Augen ist, aber nicht so weit weg, dass es euch Mühe macht, es zu holen.«

»Aus den Augen, aus dem Sinn«, sagte Dawid feixend und nahm einen der Koffer. »Erbarmung, ham die Backsteene mitjebracht? Wollen die hier bauen oder gar einziehen und bleeben?«

Frederike lachte schallend. »Dazu wird es nicht kommen.« Dann lief sie zum Haus und nahm den Seiteneingang, der sie ins Souterrain und direkt in die Küche führte. Suchend schaute sie sich um.

»Wo ist die Mamsell?«, fragte sie atemlos eines der Mädchen am

Spülbecken. Das Mädchen zuckte mit den Schultern und goss dampfendes Wasser in das Becken.

»Wohl in der Leutestube um diese Zeit.«

»Danke!« Frederike machte auf dem Absatz kehrt und lief zur Leutestube auf der anderen Seite des Flurs. Zwischen Leutestube und Küche führte die Treppe nach oben in die Halle und zu den Gesellschaftsräumen – Bibliothek, kleiner und großer Salon, Sommer- und Winteresszimmer, Mutters Schreibzimmer und Onkel Eriks Arbeitszimmer. Hier unten war es trotz der Sommerhitze immer kühl, oben standen die Flügelfenster der überdachten Veranda auf, damit die Luft durchziehen konnte. Aber hier unten gab es keinen Luftzug.

»Mamsell?« Frederike klopfte hektisch an die Tür und öffnete sie dann. »Mamsell?«

»Ja?« Die Mamsell sah ihr entgegen, ihre Stirn gefurcht, die Miene angestrengt verzogen. »Frederike?«, sagte sie dann erstaunt. »Was möchtest du denn von mir?«

Frederike sammelte sich. »Die beiden Sommergäste aus Berlin sind da. Die Zwillinge.« Sie biss sich auf die Lippen, wusste erst nicht, wie sie fortfahren sollte.

»Ach herrje. Die Mamsell der Familie hatte mir geschrieben. Die beiden sind wohl etwas … unkonventionell.« Sie schluckte. »Und wir sollen sie bändigen, wünscht ihre Mutter. Wie wir das wohl schaffen sollen, weiß der Himmel.«

»Unkonventionell trifft es.« Frederike lachte leise. »Beide haben Schuhe, mit denen sie im Schlamm stecken bleiben werden und Kleider, die nur bis zum Knie reichen.«

»Du liebe Güte.« Die Mamsell schlug die Hand vor den Mund. »Sie werden alles aufmischen.«

»Das glaube ich nicht«, sagte Frederike leise, »Dazu kommen sie gar nicht.« Dann grinste sie breit.

»Oh, mein liebes Mädchen, du hast einen Plan?« Die Mamsell zog den Stuhl neben ihr hervor. »Setz dich doch und sag mir, was in dir vorgeht. In aller Ruhe.«

Frederike sah sich um. »Viel Zeit haben wir nicht ... die Sommerzwillinge sind gerade mit Gerta auf den Koppeln. Sie erwarten aber hier einen Pool, einen Tennisplatz und viele andere Vergnügungen.« Frederike schluckte. »Wir, nein, ich habe gesagt, es gäbe einen Pool – einen Naturpool, den Teich. Aber ich fürchte, sie haben es nicht verstanden. Und auch die Rasenflächen, die ich als Tennisplätze ausgegeben habe, werden ihnen nicht genügen.« Dann senkte sie den Kopf. »Fritz und Dawid haben ihr Gepäck genommen und es weggebracht.«

»Wohin?«

»Nun, wohl in den Keller oder auf den Dachboden. Erstmal sollte es weg sein«, wisperte Frederike. »Denn die Zwillinge erwarten Suiten. Jede eine. Mit Badezimmer oder so. Jedenfalls dachte ich, ich dachte, wenn sie acht Wochen hierbleiben, könnten sie ja in der Mansarde anfangen und sich dann vorarbeiten ... als Sommergäste.« Frederike senkte wieder den Kopf.

Die Mamsell lachte laut heraus. »Sie haben euch beleidigt?«

»Landjunker«, hauchte Frederike.

»Großer Gott, dass ich das noch einmal erleben darf. Die beiden sind wirklich so etepetete, wie du es schilderst?«

»Vermutlich sind sie noch schlimmer.« Frederike schaute sie schüchtern an. »Ich finde nicht, dass sie privilegiert behandelt werden sollten.« Nun schob sie das Kinn vor. »In der Mansarde sind doch auch Gästezimmer ...«

»Stimmt. Das sind kleine und stickige Zimmer. Das mag für eine oder zwei Nächte reichen, aber nicht für acht Wochen.« Sie hustete und grinste dann. »Normalerweise. Sie wollen ein Schwimmbecken und Tennisplätze?«

»Ja, und Unterhaltung so wie im Reich, so wie in Berlin.«

»Da sind wir aber nicht. Hier ist nicht Berlin. Nun gut. Ich werde sehen, was ich machen kann. Danke, du kleine Landjunkerin.« Sie lächelte breit. »Geh zu Schneider und lass dir etwas Leckeres geben, sag, ich hätte es angeordnet und für deine Geschwister auch.«

»Und Dawid? Er hilft.«

»Ei, dann hat er ebenfalls eine Belohnung verdient. Holt sie euch.« Die Mamsell lachte nun laut heraus. »Dass ihr so schnell eure Stellung und das Gut verteidigt, hätte ich nicht gedacht, aber es gefällt mir.«

Kapitel 10

Die Sommerzwillinge, wie die beiden von Frederike nur noch genannt wurden, waren entsetzt, ihr Gepäck nirgendwo aufzufinden, als sie ins Haus kamen.

Stefanie erwartete sie schon in der Diele und ihre Augen schienen immer größer zu werden, je länger sie die beiden musterte.

»Herzlich willkommen auf Fennhusen«, sagte sie.

»Wo sind unsere Zimmer?«, erwiderte Emma seufzend. »Ich muss dringend baden, meine Haare machen und mich umziehen.«

»Wo sind unsere Koffer, doch hoffentlich schon auf den Zimmern?«, fragte nun auch Frieda.

»Fritz und Dawid haben das Gepäck genommen.« Frederike räusperte sich. »Sie haben es ins Haus gebracht.«

»Wo sind Fritz und Dawid denn?«, fragte die Mutter.

»Schneider hat sie zu den Krebsreusen geschickt«, erklärte die Mamsell.

»Ich will jetzt sofort baden«, rief Emma. »So dreckig war ich noch nie in meinem Leben. Und ich will frische Sachen anziehen.«

»Wann kommen die Bengel denn wieder?«, fragte Frieda mit Tränen in den Augen. »Wann soll denn das Mädchen unsere Koffer auspacken, die Sachen lüften und plätten? So können wir doch nicht rumlaufen.«

Frederike musterte die beiden. Emmas Hose war bis zu den Waden voller Schlamm, sie war beim Teich ausgerutscht. Und Friedas Seidenstrümpfe waren zerrissen, als Gerta sie in die Beeren geführt hatte. Die feinen Schuhe der beiden waren wohl kaum noch zu retten.

Mutter und die Mamsell sahen sich amüsiert an. »Mamsell, lassen Sie den Badeofen anheizen. Ich werde euch Kleidung rauslegen, Mädels. Und morgen fahren wir zum Schuster und lassen euch vernünftiges Schuhwerk machen.«

»Vernünftig? Das waren meine besten Schuhe, er wird sie doch wohl wieder hinbekommen«, schniefte Emma.

»Ich fürchte, damit ist der hiesige Schuster überfordert. Hier trägt niemand Schuhe, die mit Stoff bezogen sind«, sagte die Mutter. »Und da ihr eine Weile bleibt, werdet ihr euch ein wenig anpassen müssen.«

»Du darfst zuerst baden«, sagte Frieda und stöhnte auf. »Ich muss mich ein wenig hinlegen. Wo müssen wir denn hin?«

»Ich zeige es Ihnen, gnädiges Fräulein.« Die Mamsell ging voran zur Treppe.

Frederike wollte ihnen folgen, doch die Mutter hielt sie zurück.

»Wo sind die Koffer?«, fragte sie ernst. »Du weißt es, das sehe ich dir an.«

»Entweder auf dem Dachboden oder im Keller«, gestand Frederike und senkte den Kopf.

»Gut«, sagte die Mutter.

Frederike sah sie erstaunt an, ihre Mutter lächelte.

»Die beiden Fatzkes werden sich noch ganz schön umgucken, das Leben in der Provinz ist anders als in der Stadt, aber sie werden sich anpassen müssen. Zumindest für einige Wochen. Dazu gehört ganz sicher auch, dass sie lernen, zu warten.« Sie zwinkerte ihrer Tochter zu. »Aber von jetzt an lasst ihr die Sommerzwillinge in Ruhe und ärgert sie nicht mehr. Es wird schon so genug geben, was ihnen missfallen wird.«

Von oben kam ein spitzer Schrei, dann hörten sie Fußgetrappel auf der Treppe, und schon bald standen Emma und Frieda wieder aufgelöst vor ihnen.

»Das kann nicht dein Ernst sein, Tante Stefanie«, rief Emma.

»Dort werde ich ganz sicher nicht schlafen«, heulte Frieda.

Die Mutter schüttelte fragend den Kopf und schaute zur Treppe. Die Mamsell war den beiden langsam gefolgt und zuckte mit den Schultern.

»Ich fürchte«, sagte die Mamsell, »unsere Gäste sind nicht mit der Wahl des Zimmers einverstanden, gnädige Frau. Da wir in den nächsten Tagen einige Besucher haben werden, blieb mir nichts anderes übrig, als den gnädigen Fräulein das große Mansardenzimmer zu geben. Immerhin stehen dort zwei Betten.«

»Ich brauche meine Ruhe«, sagte Frieda, »und ich kann nicht in so einem kleinen und stickigen Raum schlafen, schon gar nicht zusammen mit meiner Schwester. Das ist unwürdig.«

Die Mutter zog die Augenbrauen hoch.

»Und es ist gar kein Badezimmer dabei«, beschwerte sich Emma.

»Doch«, sagte Frederike. »Das Badezimmer ist auf der ersten Etage. Und dort sind auch noch zwei Torfklos.«

»Torfklos.« Emma klang so, als würde sie gleich ersticken. »Ich will sofort nach Hause. Auf der Stelle.«

»Ihr dürft heute baden. Alle beide. Außerdem stehen euch Krüge und Waschschüsseln zur Verfügung. Jeden Morgen werdet ihr warmes Wasser bekommen. Mamsell, ich nehme an, dass auch zwei Nachttöpfe zur Verfügung stehen?«

»Natürlich, Gnädigste. Ich habe für alles sorgen lassen.«

»Dann ist es ja gut«, sagte die Mutter und wandte sich ab. »Und nun geht, ich habe noch einiges zu tun.«

»Wohin sollen wir gehen?« Frieda schüttelte den Kopf. »Du musst uns doch erst andere Zimmer zuweisen, Tante Stefanie.«

»Habt ihr die Mamsell nicht gehört? Im Moment stehen keine weiteren Zimmer bereit, wir werden jeden Platz für die anderen Gäste brauchen.«

»Ich will nach Hause«, schluchzte Emma. »Ich will sofort nach Hause.«

»Was ist hier los?« Verärgert kam Onkel Erik aus seinem Büro. »Wer macht hier so ein Theater?«

»Das sind Emma und Frieda, unsere Sommergäste aus Berlin«, erklärte die Mutter. »Sie sind heute angekommen und es gab ein paar Verwirrungen.«

»Verwirrungen?« Onkel Erik runzelte die Stirn.

Die Zwillinge gingen zu ihm, reichten ihm die Hand und knicksten.

»Guten Tag, Onkel Erik.«

Er nahm zwar die Hände, schüttelte dann aber den Kopf. »Wie seht ihr denn aus? Seit ihr vom Bahnhof aus gelaufen? Geht euch waschen und umziehen.«

»Das geht nicht.« Jetzt schniefte Emma wieder. »Unsere Koffer sind verschwunden.«

»Und außerdem können wir nicht in der Absteige schlafen, die uns zugewiesen wurde. Da gibt es auch gar kein Badezimmer«, sagte Frieda. »Du wirst das ändern, nicht wahr, Onkel Erik? Bitte!«

»Absteige? Verschwundene Koffer? Steff, was geht hier vor?«

»Nichts, mein Lieber, was dich beschäftigen müsste. Die Koffer wurden nur versehentlich weggebracht. Leider können wir den beiden erst einmal nur das große Mansardenzimmer anbieten, da die anderen Gästezimmer schon verplant sind.«

»Was ist an dem Mansardenzimmer auszusetzen? Ich nehme an, dass es gereinigt wurde und dass auch die Betten frisch bezogen sind?« Er sah die Mamsell an.

»Natürlich, gnädiger Herr.«

»Aber es ist unter dem Dach und wir sollen uns das Zimmer teilen«, rief Frieda.

»Davon wird die Welt ja nun nicht untergehen«, entgegnete Onkel Erik. »Nun macht euch frisch und zieht euch um, ich denke, es wird bald Essen geben.«

»Wir haben aber nichts anzuziehen …«

»Steff, kümmere dich um die Kinder und halt mir bitte diesen Lärm vom Leibe. Ich habe zu tun.« Er nickte ihnen zu und ging wieder in sein Büro, dessen Tür mit einem lauten Knall ins Schloss fiel.

»Aber Onkel Erik …«, hauchte Emma.

»Ihr habt ihn gehört. Nun husch nach oben. Jeder von euch hat zwanzig Minuten im Bad. In einer Stunde wird gegessen. Eure dreckige Kleidung könnt ihr Leni, meinem Mädchen, geben.«

»Wer ist denn unser Mädchen?«, fragte Frieda.

Die Mutter sah sie nur kurz an, antwortete aber nicht. Frederike lachte leise.

»Du kommst mit mir mit«, sagte die Mutter streng zu ihrer Tochter. Kleinlaut folgte Frederike ihr in den Salon. Dort blieb die Mutter lauschend stehen. Noch kurz hörten sie die Zwillinge lamentieren, doch dann gingen sie wohl nach oben.

»Wir suchen jetzt die Koffer. Und dann werden sie zu ihnen gebracht. Ich möchte, dass ihr nett zu unseren Gästen seid, egal, wie sie sich benehmen. Hast du das verstanden?«

Frederike nickte ergeben.

Eine Stunde später rief der Gong zum Essen. Der Tisch im Esszimmer war bereits verlängert worden. Fritz kam gerade rechtzeitig, seine Haare und die Hände noch feucht. Die Mutter sah ihn mit hochgezogenen Augenbrauen an, doch er zuckte nur grinsend mit den Schultern.

»Die Köchin hat uns zu den Reusen geschickt«, entschuldigte er sich.

»Das weiß ich schon.«

Frederike sah verstohlen zu den Zwillingen. Die Koffer waren gefunden und nach oben gebracht worden, Leni hatte den beiden beim Auspacken und Verstauen der Sachen geholfen. Beide Mädchen trugen nun ärmellose Kleider ohne Taille in schillernden Farben, die bis knapp zum Knie gingen. Frieda hatte ein Stirnband angelegt, Emma trug eine Feder über dem Ohr.

Onkel Erik sah sie entgeistert an, räusperte sich ein paar Mal. Dann suchte er den Blick der Mutter, schließlich schaute er fragend zu Tante Edeltraut. Die Mienen der beiden Frauen waren undurchdringlich. Aber Frederike meinte, es in ihren Augen blitzen zu sehen.

Tante Martha jedoch schaffte es kaum, ihren Mund zu schließen. Sie ging auf die beiden Mädchen zu, reichte ihnen die Hand. »Ich bin Martha von Himmelsfeld, eine Freundin der Familie und auch Sommergast. Kinder, ihr solltet schnell nach oben laufen und euch etwas Ordentliches anziehen. Zumindest eine Jacke oder ein Tuch holen. So holt ihr euch sonst noch den Tod und es ist auch für uns andere nicht sehr erquicklich, so viel Haut zu sehen, da bekommt man ja vom Anblick schon das Frieren.«

»Danke!«, sagte Onkel Erik erleichtert. »Das wollte ich auch gerade sagen. Sputet euch, Kinder, die Suppe wird gleich serviert.«

»Wir sollen uns umziehen?« Emma konnte es nicht fassen.

»Ein Tuch oder eine Jacke reicht fürs Erste. Morgen werden wir uns mit eurer Garderobe beschäftigen«, sagte Stefanie. »Wir wollen ja nicht, dass ihr euch hier verkühlt.« Sie schob die beiden sanft, aber bestimmt in Richtung Treppe.

»Wir wollen doch mal hoffen, dass sie auch etwas Anständiges zum Anziehen dabei haben«, murmelte Onkel Erik.

»Müssen wir jetzt warten, bis sie wieder runterkommen?«, fragte Fritz. »Ich habe Hunger.«

»Leck Salz, dann hast du Durst.« Gerta schob ihm das Salzfass zu.

»Heute Abend warten wir«, sagte Onkel Erik. »Es ist ihr erster Abend bei uns, und sie sollen sich wohlfühlen.«

Die Kinder sahen sich an und verkniffen sich das Lachen.

»Ich glaube nicht, dass sie sich wohlfühlen werden«, meinte Tante Edeltraut leise. »Sie sind so ganz anders und wahrscheinlich haben sie auch etwas ganz anderes erwartet.«

»Ja.« Gerta nickte und zog die Stirn kraus. »Eine Suite wollen sie. Was ist das überhaupt?«

»Grundgütiger«, murmelte Tante Edeltraut.

»Und einen Pool und Tennisplätze«, fügte Frederike hinzu.

»Sie haben auch nach dem Nachtleben gefragt«, sagte Fritz und feixte. »Ich habe ihnen gesagt, dass hier jeden Abend der Teufel los ist …«

»Im Hühnerstall, wenn der Fuchs sich anschleicht.« Frederike konnte kaum an sich halten. »Ich habe ihnen einen Naturpool versprochen.«

»Wo soll der denn sein?«, wollte Tante Martha wissen.

»Na, der Teich«, riefen Fritz und Gerta gleichzeitig.

»Still, Kinder. Ich höre sie kommen«, sagte die Mutter und seufzte. »Mit den beiden werden wir noch so manches Tänzchen haben, fürchte ich.«

Der Rest des Abends verlief ohne weitere Vorkommnisse. Die Sommerzwillinge hielten sich verschüchtert zurück, aßen aber mit großem

Appetit. Nach dem Essen entschuldigten sie sich rasch und flohen auf ihr Zimmer.

»Entweder heulen sie sich in den Schlaf oder sie planen ihre Flucht«, mutmaßte Fritz, dann drehte er sich zu seinem Onkel um: »Hans fragte, ob ich heute Abend noch Mutters Stute reite, sie ist in den letzten Tagen nicht viel bewegt worden.«

»Mach das, Junge.«

»Dann darf ich auch noch reiten«, jubilierte Gerta und rannte ihm hinterher.

Frederike hatte es sich angewöhnt, ihren Dups in den frühen Morgenstunden zu bewegen. Dafür stand sie extra eine Stunde eher auf. Tagsüber waren sie im Moment zu beschäftigt und am Nachmittag, wenn endlich Zeit für ihn gewesen wäre, war es zu heiß und zu staubig auf dem Reitplatz. Nach der Gesellschaft würde sie sicherlich wieder mehr Zeit haben, hoffte sie und ging in die Küche. Hier herrschte, drei Tage vor der Gesellschaft, Hochbetrieb.

Gerade war das Feuer unter dem großen Topf wieder angefacht und der Kessel mit Wasser gefüllt worden. Zwei der Mädchen spülten im Hof die Krebse, die Fritz und Dawid aus den Reusen geholt hatten, am Brunnen in einem großen Sieb aus.

Neugierig schaute Frederike ihnen zu, aber Lore schob sie zur Seite.

»Mach dich nicht breit, sondern nützlich«, sagte Lore.

»Was soll ich denn tun?«

Lore zuckte mit den Schultern. »Gibt genug Arbeit, frag einfach die Köchin, die wird schon was wissen.«

Die Köchin saß zusammen mit der Mamsell am Tisch im Erker, dort, wo sie ihre Bücher führte. Frederike ging zu ihnen, trat von einem Fuß auf den nächsten. Die Köchin schaute auf.

»Hast du verjessen, wo der Abtritt ist, Marjellchen?«, fragte sie. »Oder warum lunkerst du hier so herum?«

»Ich wollte fragen, ob ich helfen kann?«

»Jetzt noch?« Die Köchin runzelte die Stirn. »Musst du nicht gleich ins Bett?«

»Fritz und Gerta dürfen noch reiten, also darf ich sicher auch noch aufbleiben …«

»Du bist ein süßes Gusselchen. Aber wenn du schon fragst, du kannst den Mädchen mit den Krebsen helfen. Die erste Fuhre is schon im Topf und muss gleich gepult werden. Frag Ilse.«

»Danke, Frau Schneider.« Frederike wandte sich um und suchte das erste Küchenmädchen. Sie stand am Herd und rührte mit einem großen Schöpflöffel in einem riesigen, dampfenden Topf, fischte die nun krebsroten Schalentiere aus dem kochenden Wasser in eine Schüssel. Die beiden anderen Mägde standen daneben, hielten den Korb mit den inzwischen gewaschenen Flusskrebsen. Diese krabbelten lebhaft herum, es knisterte und wimmelte nur so.

»Die leben ja noch«, rief Frederike entsetzt.

»Ei sicher.« Inge lachte. »Die kommen ja ganz frisch ausm Wasser.«

»Und jetzt?«, hauchte Frederike.

»Jetzt werden sie in das kochende Wasser geschmissen, was denn sonst?«

»Lebendig?«

»Mach dir nich ins Hemd, Marjellchen, das dauert nich lange, die sind sofort dod. Das sin doch Krebse, die ham keen Jehirn.«

Trotzdem musste sich Frederike auf die Lippen beißen, als die Mädchen den Korb mit den krabbelnden Krebsen in das kochende Wasser leerten. Für einen Moment schien es noch höher aufzukochen. Wie gebannt schaute Frederike auf den Herd.

»Das kocht jetzt«, sagte Inge. »Auch wenn du nicht hinschaust. Aber die gekochten Krebse pulen sich nicht von alleine. Willste helfen oder nich? Dann komm.«

Die gekochten Krebse wurden wieder in den Hof und zum Brunnen gebracht, mit kaltem Wasser abgeschreckt und landeten dann auf dem langen Arbeitstisch unter den Fenstern.

»Haste schon mal Krebse gepult?« Inge drückte ihr ein scharfes, kleines Messer in die Hand.

»Nur am Tisch, mit Krebsbesteck«, gab Frederike zu. Sie nahm das

Messer und schaute zu den beiden Küchenmädchen, die sich eilig ein noch dampfendes Schalentier nach dem anderen nahmen, es mit einem kleine, spitzen Messer aufschnitten, geschickt das Fleisch aus dem Panzer lösten, die Schale auf die eine Seite, das Fleisch in eine Schüssel warfen und dann eilig das nächste Tier nahmen und auslösten. Frederike versuchte, es ihnen gleich zu tun, aber so schnell und geschickt wie die beiden war sie nicht.

»Komm«, sagte Inge mitleidig. »Nimm dir die Scheren. Du musst die Großen auftrennen und dann das Fleisch mit einer Nadel herauspulen. Kannst du das?«

»Sicher!« Frederike gab ihr Bestes, aber es war eine unangenehme Arbeit, und schon bald hatten die scharfen Scheren in ihre Finger geschnitten. Außerdem hatte sie das Gefühl, dass sie sich ungeschickt anstellte, die Mädchen neben ihr waren sehr viel schneller.

»Das machst du wirklich gut«, sagte die Köchin, die plötzlich hinter Frederike stand. Sie klang tatsächlich erstaunt.

»Nein!« Frederike ließ die Hände sinken. Sie wies zu Lore und Inge. »Ich kann gar nicht zusehen, so schnell sind die beiden. Und ich habe das Gefühl, ich lasse zu viel Fleisch in den Panzern, bekomme gar nicht alles heraus.«

»Ei, Marjellchen, das is nich schlimm. Du bemühst dich, und das alleine zählt. Du hilfst. Schau, wir nehmen die Panzer, die du gepult hast, und werden sie mörsern, zermahlen. Dann setzen wir sie mit Butter an, seihen sie ab und binden sie mit Mehl zu einer Krebsbutter. Ich würde sonst noch Krebsfleisch hinzufügen, aber das brauchen wir nun nich.«

»Und was wird mit dem Fleisch gemacht?«

»Ei, wir haben ein jutes Sparjeljahr, wir werden Sparjelsalat mit Flusskrebsfleisch reichen. Und etwas Sülze werde ich auch damit zubereiten.«

Sie ging zum Herd, wo ein weiterer großer Kessel dampfte. »Hier koche ich die Schwarte, die Fieße, Knochen und Hirn vonnem Schwein, was wir jeschlachtet ham, das jibt eine jute Gelatine. Dort drieben habe ich Sudfleesch und Jemüse, daraus machen wir schöne Fleeschsülze, noch heute Nacht. Dann fielle ich sie in Formen und stelle sie in den Eiskeller bis übermorjen. Die Hiehner legen auch jut, wir kiennen also alles vorbereiten, so dass deene Mutter ein schönes Fest haben wird.«

»Wenn ich erwachsen bin, werde ich mir überlegen, was ich von den Leuten fordere«, sagte Frederike.

»Werd du erst eenmal erwachsen.« Die Köchin lächelte. »Ei, und dann seehn wir weiter. Jetzt hast du awwer jenuch jetan, und nun geh du mal ins Bett.«

»Ich könnte noch helfen.« Frederike sah sich um, niemand in der Küche schien Feierabend zu machen. Gemüse wurde geputzt, Gläser ausgekocht, Geschirr gespült. In jeder Ecke war jemand, der etwas tat. Sie fühlte sich wohl hier, auch wenn es immer laut und hektisch zuging. Hier hatte Frederike das Gefühl, dazuzugehören, mehr als oben, in den Salons.

»Helfen kannst du morgen wieder, Marjellchen. Jetzt ist mal gut. Nimm dir noch ein Glas vonner kalten Milch und ein paar Plätzchen. Deine Jeschwister sind aufm Hof, denen kannst du auch etwas mitbringen. Un morgen kommste wieder. Wir sind noch lange nich fertich.«

Die Köchin hatte recht. In den nächsten zwei Tagen schien es in der Küche nur so zu brodeln. Die nächsten Gäste kamen, und das Leben auf dem Gut veränderte sich. Die Tischzeiten wurden strikt eingehalten und waren viel formeller. Vorher hatten sowohl die Mutter als auch Onkel Erik darüber hinweggeschaut, wenn eines der Kinder sich zum Abend nicht umzog, doch das war nun nicht mehr gestattet. Alle mussten sich für den Abend fein machen, mussten auch anschließend noch mit im Salon sitzen, jedoch hatten die Kinder zu schweigen. Das war nicht nur ungewohnt, es war auch schrecklich langweilig. Die Sommerzwillinge plauderten sich um Kopf und Kragen – allerdings ignorierten sie Frederike und ihre Geschwister vollkommen. Stefanie wollte Onkel Erik schon zum Dorfarzt schicken, weil er sich so oft verzweifelt räusperte. Immerhin hatten die beiden Berlinerinnen ihre Garderobe modifiziert. Sie waren nicht bereit, alle Kleidungstücke über den Sommer einzumotten, nahmen aber einige der Umschlagtücher und Jäckchen von Mutter und Tante Edeltraut dankbar an. Auch den einen oder anderen nicht sittsamen Saum ließen sie auslassen, was natürlich für Leni und Hilde Mehrarbeit bedeutete. Das Rattern der Nähmaschinen ging bis in die Nacht und Frederike verfluchte die beiden eitlen Schwestern. Doch vor der großen Gesellschaft wollte sie keinen Unfrieden mehr stiften. Danach, das schwor sie sich, würden die beiden ihr blaues Wunder erleben.

Auch wenn die Zwillinge nicht mehr täglich von ihrer baldigen Rückreise nach Berlin sprachen, merkte man doch, wie abfällig sie alles auf dem Gut betrachteten. Das Haus, das Bad, das Essen, der Salon – selbst das Wetter erschien ihnen schlecht, dabei zeigte sich der Sommer von seiner besten Seite.

Vielleicht lag es an ihrer Abschätzigkeit, dass Frederike und ihre Geschwister sich plötzlich heimischer fühlten auf dem Gut. Sie hatten das Gefühl, ihre neue Heimat gegenüber der Kritik verteidigen zu müssen.

Möglicherweise lag es aber auch daran, dass sie in den letzten Monaten so viel vom Gutsleben mitbekommen und gelernt hatten, dass Fennhusen nun ihr Zuhause geworden war.

Frederike konnte sich jedenfalls nicht vorstellen, wieder nach Potsdam zurückzukehren und in der Stadt zu leben.

Kapitel 11

Das Haus füllte sich und die Aufregung stieg. Am Mittwochmittag fuhr Hans zum Bahnhof, um die von Larum-Stil abzuholen. Frederike konnte ihn überreden, sie mitzunehmen. Sie hatte Thea nun mehr als ein halbes Jahr nicht gesehen. Wie würde das erste Treffen seitdem sein? Frederike hibbelte auf dem Kutschbock, bis Hans sie streng ansah.

»Willste, dass die Pferde steigen? Ei, nu beruhig dich mal.«

Ja, dachte Frederike und senkte den Kopf. Ich sollte mich beruhigen. Was, wenn Thea das Gut genauso abschätzig betrachtet wie die Sommerzwillinge? Dann kann Thea nicht mehr meine beste Freundin sein. Aber wie würde ich das Gut sehen, wenn ich aus dem Reich käme, aus Vorpommern, und jetzt hier in der Provinz zu Gast wäre? Fände ich es nicht auch lächerlich provinziell? Wird Thea den Zauber sehen, den das Gut für mich inzwischen hat? Das galt es abzuwarten.

Obwohl es heiß war, wurden Frederikes Finger entsetzlich kalt und sie klemmte ihre Hände zwischen die Knie.

»Haste Muffensausen?«, fragte Hans leise. »Wegen deiner Freundin?«

»Woher weißt du das?«, wollte Frederike erstaunt wissen.

»Na, ich kann doch Gedanken lesen, Marjellchen.« Er lachte leise, tätschelte dann ihre Schulter. »Wusstest du das nicht? Nene, Marjellchen, ich hab dich beglupscht die letzten Wochen, du hast dir verändert. Isso.«

»Ich habe mich verändert?« Doch sie wusste, dass es stimmte. Sie war von einem Stadtkind zu einem Gutshauskind geworden. Ihr lagen das Gut, die Leute und das Gesinde am Herzen. Aber dennoch wollte sie mit Thea befreundet bleiben, ihr die Reize des Gutslebens begreiflich machen. Ob ihr das gelingen würde? Sie schaute sich um: das Storchenpaar, das in dem großen Nest auf der Scheune brütete, stakste mit großen, gemächlichen Schritten über die feuchten Wiesen.

»Ist deine Freundin, die wir abholen, nicht wahr? Und wennse deine Freundin ist, wirdse dich verstehen. Vielleicht nicht gleich, aber dann. Glaub mal dran, Marjellchen.« Hans lenkte den Landauer vor den Bahnhof, in der Ferne konnte man schon das Stampfen der Dampflok hören. Die Wagonette, die ihnen gefolgt war, blieb hinter ihnen stehen.

Frederike holte tief Luft. Wie würde Thea alles sehen und einschätzen? Vor einigen Monaten war Frederike selbst hier am Bahnhof angekommen – vorher waren sie immer Gäste gewesen, doch nun hieß es bleiben. Inzwischen war das Gut ihre Heimat und ihr Zuhause geworden. Doch Thea würde nur ein Gast sein.

Der Zug fuhr dampfend und fauchend in den Bahnhof ein. Frederike musste sich abwenden, das Taschentuch vor die Nase halten.

Die Zugtüren wurden geöffnet, die Passagiere stiegen aus.

»Du gütiger Himmel, sind wir endlich da?« Das war die grelle Stimme von Maria von Larum-Stil. Frederike kannte »Tante Maria« schon immer, denn sie war Mutters beste Freundin. Zwar schrillte auch ihr die Stimme in den Ohren, aber es klang so wunderbar vertraut, so herrlich bekannt und ein wenig wie zu Hause, wie früher, dass sie sich tatsächlich über den Klang freute. Hans riss entsetzt die Augen auf, aber Frederike stürmte auf die Besucher zu.

»Tante Maria! Endlich seid ihr da!« Sie umarmte die überraschte Frau, drängte sich dann an ihr vorbei und dort war Thea. Frederike fiel ihrer Freundin um den Hals, packte sie, tanzte mit ihr über den Bahnsteig. »Du bist da, du bist da, du bist da!«, jubelte sie.

Thea fiel in ihr Lachen ein. »Endlich, endlich, endlich.«

Die beiden Mädchen blieben abrupt stehen, sahen sich an. Das war nicht nur ein Treffen der Blicke, sie musterten sich. Natürlich hatten sie sich geschrieben, aber Briefe von und in die Provinz dauerten unendlich lange, manchmal sogar Wochen. Früher hatten sie sich fast täglich gesehen, das war nur wenige Monate her, aber es fühlte sich viel länger an, eher wie Jahre.

»Du … hast dich verändert«, sagte Thea nachdenklich.

»Du dich zum Glück nicht. Dich zu sehen, ist wie ein Stück Heimat zu haben.« Frederike atmete tief ein. »Ich bin so froh, dass du da bist.«

»Ist es so schrecklich für dich hier?«, fragte Thea flüsternd.

Frederike musste darüber erst einmal nachdenken, dann schüttelte sie den Kopf. »Mein Leben hat sich verändert, alles hier ist anders. Schrecklich – nein, das ist es nicht. Aber wirklich grundlegend anders.«

»Das klingt aber schrecklich. Wirklich. Was hat sich verändert? Was ist denn alles?«

»Ach, ich bin eine dumme Gans. Das Leben ist eben nicht so wie in Potsdam oder gar Berlin, aber uns geht es gut. Und du bist hier. Das ist das Beste daran, ich kann dir meine neue Welt zeigen. Ich habe ein Pony, das heißt Dups und ist das beste Pony der Welt.« Sie nahm ihre Freundin bei der Hand und ging mit ihr zum Landauer. Das Gepäck der Gäste wurde in die Wagonette eingeladen und Tante Maria saß abwartend in der Kutsche. Ihre Miene verriet nichts Gutes.

»Dauert das immer so lange?«, nörgelte sie.

»Die Zugfahrt war furchtbar«, erzählte Thea. »Heiß und stickig war es. Wir durften die Fenster nicht öffnen, als wir dann durch Polen fuhren, mussten sogar die Vorhänge geschlossen werden. Und es war so warm. Nirgends gab es etwas zu trinken. Die Fahrt dauerte ewig. Mutter wird froh sein, wenn sie endlich angekommen ist, denn sie hat sich wirklich auf die Tage hier gefreut.«

»Wann fahrt ihr denn wieder?« Frederike traute sich kaum, diese Frage zu stellen. Sie wusste, dass die von Larum-Stil eigentlich nur für die Feier angereist waren, aber sie hoffte, ihr Aufenthalt würde über zwei Tage hinausgehen.

»Wie lange dauert das denn noch?«, fragte Tante Maria. Ihr Mann, Onkel Heinrich, hatte mit leidendem Gesichtsausdruck neben ihr Platz genommen. Er sprach nie viel, das mochte daran liegen, dass Tante Maria ihn kaum zu Wort kommen ließ.

»Es dauert so lange, wie es dauert«, brummte er nun. »Lass mal die armen Leute ihr Werk tun, auch sie können nicht hexen.«

»Ich dachte, Erik hätte ein Automobil.« Tante Maria rümpfte die Nase.

»Hat er.« Frederike nickte eifrig.

»Und warum ist er dann nicht damit gekommen, uns abzuholen?«

»Oh, er ist die ganzen letzten Tage mit dem Inspektor unterwegs. Es geht wohl um die Ernte.« Frederike zog die Stirn kraus und versuchte sich daran zu erinnern, was Onkel Erik gesagt hatte. Aber es wollte ihr nicht einfallen. »Irgendwie ist es für irgendetwas zu trocken und für anderes noch zu feucht. Glaube ich zumindest.«

Tante Maria verdrehte die Augen. »Bauerndinge. Erik wird sich doch nicht wirklich damit beschäftigen?«

»Das wird er vermutlich müssen.« Onkel Heinrich schaute sich um. »Wir waren doch schon mal hier, nicht wahr, Mimi?« Er nannte seine Frau so.

»Vor dem Krieg, als Stefanie den Ersten von Fennhusen geheiratet hat. Viel verändert hat sich nicht.«

Frederike zuckte innerlich zusammen. Sie konnte die Ablehnung von Tante Maria spüren. Verstohlen sah sie Thea an, doch ihre Freundin lächelte und nahm ihre Hand.

»Du fühlst dich hier wohl?«, fragte sie flüsternd.

Frederike nickte. »Ja, schon.«

»Sieh an, da staunt der Laie und der Fachmann wundert sich.« Thea grinste. »Solange du dich wohlfühlst, ist doch alles knorke. Und Mama wird sich auch wieder beruhigen, wenn sie gebadet hat und das Essen auf dem Tisch steht.«

Tante Maria warf ihrer Tochter einen strengen Blick zu, dann versuchte sie freundlich zu lächeln. »Ein Bad wäre wirklich wundervoll.«

»Die Mamsell hat schon alles vorbereitet. Man muss immer nur aufpassen, dass die Sommerzwillinge sich nicht ins Badezimmer schleichen und es belegen. Ich glaube, sie würden am liebsten darin wohnen wollen.«

»Wer sind die Sommerzwillinge? Ich kenne gar keine Familie mit Namen Sommer?«, fragte Tante Maria.

»Es sind Verwandte von Onkel Erik aus Berlin, Emma und Frieda von Eulenhorst. Gerade achtzehn und so mondän, ihr glaubt es nicht«, erzählte Frederike. Tante Maria und Thea beugten sich vor, es gab doch nichts Besseres als ein wenig Klatsch. »Sie tragen Kleider, die nur ein wenig breiter als ein Gürtel sind, haben die Haare kurz und sind entsetzt, dass hier niemand Wasserwellen legen kann.«

»Von Eulenhorst? Die kenne ich«, sagte Tante Maria. »Sie ist im Krieg verwitwet und sucht nun Trost in den neuen Clubs. Ich habe unglaubliche Geschichten über sie gehört.«

»Was denn?« Thea zog die Augenbrauen hoch.

»Mimi, doch nicht vor den Kindern.« Onkel Heinrich zog ein silbernes Etui hervor und reichte seiner Frau eine Zigarette. »Entspann dich, immerhin sind wir hier auf Urlaub. Das Wetter ist fein und ich freue mich auf die Gesellschaft.«

Frederike staunte. Sie hatte noch nie so viele zusammenhängende Sätze von ihm gehört.

Tante Maria nickte, zündete sich eine Zigarette an. »Du hast ja recht, Dickerchen.« Sie blies den Rauch aus, ohne inhaliert zu haben. »Lass uns lieber die Zeit hier genießen. Es ist ja auch furchtbar freundlich von Steff und Erik, dass sie uns auf länger eingeladen haben, aber bei der Anreise …«

»Wie lange bleibt ihr denn?«, fragte Frederike wieder und hielt gespannt die Luft an.

»Nun, mal sehen. Direkt zurück fahre ich jedenfalls nicht.« Tante Maria lehnte sich zurück und bestaunte die Landschaft.

Frederikes Herz klopfte, so als wäre dort ein kleines Tier gefangen und versuchte verzweifelt, auszubrechen. Sie würden länger als zwei Tage bleiben, vielleicht sogar länger als eine Woche. Wie göttlich. Endlich könnte sie wieder Zeit mit Thea verbringen, nicht nur Stunden, sondern Tage. Sie konnte es noch immer nicht wirklich fassen, als sie durchs Dorf und dann schließlich zum Gut fuhren.

»Da vorne ist die Kirche, daneben die Dorfschule«, erklärte sie ihrer Freundin.

»Du gehst zur Dorfschule?«, fragte Tante Maria indigniert.

»Nein, wir haben einen Hauslehrer. Herr Obermann.«

»Ich dachte schon. Das hätte ich allerdings Steff auch nicht zugetraut.«

»Wo sind die Kinder?«, fragte Thea und schaute sich neugierig um.

»Auf dem Feld. Jetzt gerade hat die Erntezeit begonnen und sie müssen helfen. Auch wir mussten das.« Frederike streckte ihre inzwischen schrundigen Hände vor, die sie am Morgen noch mühsam geschrubbt hatte, so dass sie wenigstens sauber waren.

»Ihr musstet … was?« Erschrocken starrte Thea auf Frederikes Hände. »Hast du in Scherben gegriffen?«

»Nein, es sind Dornen, die die Hände aufreißen. Ich habe Beeren gepflückt. Oder Äste, an denen man hängenbleibt. Die ganz frühen Frühkartoffeln habe ich auch ausgegraben, wir haben für sie spezielle Beete mit viel Dung als Frostschutz. Außerdem musste ich den Stall ausmisten, Disteln aus den Weiden ziehen und Unkraut jäten.«

»Um Gottes Willen«, sagte Tante Maria leise. »Aber … das geht doch nicht. Kind, du armes, armes Kind. Du musst hier arbeiten? Und deine Mutter lässt das zu?«

»Wir alle mussten das in den letzten zwei Wochen.« Frederike empfand einen gewissen Stolz. »Fritz und Gerta auch. Fritz war mit den Burschen unterwegs, Gerta und ich mit den Mädchen im Haus und den Leuten im Garten. Wir mussten fast alle Posten durchlaufen.«

»Jeden Tag?«, hauchte Thea entsetzt.

»Ja, die letzten zwei Wochen. Dafür wurde der Schulunterricht ausgesetzt. Wir hatten eine Stunde länger Mittagspause als die Leute und nachmittags unseren Reitunterricht. Aber mitarbeiten mussten wir jeden Tag.«

»Wofür denn? Will Erik euch quälen?« Tante Maria drückte ihr Taschentuch gegen den Mund.

»Sei nicht albern, Mimi.« Onkel Heinrich schüttelte den Kopf. »Erik macht das als Erziehungsauftrag. Die Gören müssen lernen, was es bedeutet, ein Gut zu bewirtschaften und zu führen. Sie leben schließlich davon.«

»Du befürwortest das, Heinrich?« Tante Maria brachte die Worte kaum heraus.

»Natürlich. Nur so lernen sie es. Und jetzt lasst uns die letzten Meter schweigend genießen.« Er seufzte laut auf.

Thea biss sich auf die Lippen, aber ein kleines Kichern war doch zu hören. Frederike atmete erleichtert auf, als der Landauer vor dem Haus zu stehen kam. Auf der Treppe warteten schon die Mutter und Onkel Erik, um die Gäste zu begrüßen.

»Mimi! Endlich!« Die Mutter eilte die große Treppe hinunter, fiel ihrer Freundin in die Arme. Onkel Erik folgte ein wenig langsamer, schlug Onkel Heinrich kräftig auf die Schultern.

»Habt ihr die Reise schließlich geschafft? Magst du einen Obstler? Oder lieber einen Whisky? Ich habe beides.«

»Da ich gehört habe, dass man sich für das Bad in Listen eintragen muss, nehme ich erst den Obstler, dann den Whisky und dann ein Bad. Meine Frau wird bis dahin wohl damit fertig sein.«

Er spricht, dachte Frederike wieder überrascht. Mehrere zusammenhängende Sätze. Hab ich das vorher nie erlebt, oder hat er sich verändert? Sie wusste es nicht. Aber sie hatte auch keine Zeit, nachzudenken, denn Thea nahm ihre Hand.

»Zeig mir dein Pony.«

»Jetzt? Willst du nicht erst dein Zimmer sehen und auspacken?«

»Auspacken? Das wird doch wohl eins der Mädchen für mich machen. Nein, das Zimmer sehe ich noch früh genug. Zeig mir dein Pony. Darf ich es reiten?«

Stimmt, dachte Frederike, du musst nichts auspacken, das wird Ilsa machen, oder Inge oder Lore. Eins der Mädchen wird dafür abgestellt werden. Thea weiß nicht, wie viel Arbeit das ist. Doch dann strahlte Thea sie an und Frederike lief los.

»Ich zeig dir Dups und Fips. Fips ist Gertas Pony. Fritz reitet inzwischen immer Mutters Stute, da Mutter ja nicht mehr reiten kann.«

»Hab ich gehört«, sagte Thea und breitete die Arme aus, lief jauchzend über den Hof. »Juchhu! Wir sind hier!«

Erstaunt lief Frederike ihr hinterher. »Was freust du dich denn so? Fehlen dir fünf Pfennig am Groschen?«

»Es ist so wunderschön hier, das siehst du gar nicht. Die Luft ist rein, die Sonne strahlt vom blauen Himmel. In Berlin ist dagegen alles verpestet. Und raus kann man auch nicht mehr wirklich. Vor dem Krieg war das anders, sagen alle zu allem – ich kann mich nicht erinnern. Aber hier scheint das Leben einfach weiterzugehen. Ist das nicht so?« Inzwischen hatten sie den Stall erreicht und Thea ließ sich auf die Strohballen fallen, die in der Stallgasse lagen. »Und jetzt erzähl mir alles über die Sommerzwillinge. Ich habe das Gefühl, du scheinst sie nicht zu mögen?«

»Das sind affektierte Bohnen, und die wissen gar nicht, wie gut sie es haben.« Frederike senkte den Kopf. »Ich habe eine Wette mit Fritz laufen, dass sie keine acht Wochen hierbleiben. Am ersten Tag hätte ich fast schon gewonnen, aber Onkel Erik hat alles beiseite gestrichen und keine ihrer Klagen zugelassen.« Sie seufzte. »Seitdem schicken sie sich mehr oder weniger.«

»Die kriegen wir klein.« Thea lachte. »Wenn ihr das wollt, mache ich mit.«

»Ehrlich?«

»Wirklich. Das ist doch so klar wie Kloßbrühe. Aber ich … hätte auch ein Anliegen«, sagte Thea nun leiser.

»Du? Hier?«

»Ja.« Thea nickte. »Vater möchte zehn Tage hierbleiben und der Weimarer Republik entfliehen. Mutter will wieder in die Stadt, so schnell es geht. Ich würde natürlich länger hierbleiben wollen. Wir müssen Vater unterstützen.«

»Deinen Vater? Onkel Heinrich? Oh …« Frederike seufzte. »Ich kenne ihn nur ohne Meinung.«

»Er hat sich verändert.«

»Dann werden wir alles dafür tun, dass deine Mutter es so angenehm wie möglich hat.«

»Und die Sommerzwillinge werden das Gegenteil erleben.«

»Das ist ein Wort. Schlag ein.« Frederike lachte und hielt ihrer Freundin die Hand hin.

»Und wo ist denn Dups?«, fragte Thea, dann kreischte sie begeistert auf. »Hektor! Hektor, dich gibt es noch?« Sie kraulte den Hund, der neben ihr aufgetaucht war und seine feuchte Nase in ihre Hand gebohrt hatte, hinter den Ohren.

»Natürlich gibt es ihn noch.« Frederike lachte. »Da vorne steht Dups. Es ist das liebste Pony der Welt. Hast du Reitkleidung?«

»Ich? Wo soll ich die denn herhaben?«

»Ich leihe dir meine. Die müsste passen.«

Es war ein herrlicher Tag für Frederike. Sie und ihre Geschwister waren nach einigen Wochen Mitarbeit im Gut in die verdienten Ferien entlassen worden und jetzt stand das Fest an. Ein wenig bedauerte Frederike, dass sie nun nicht mehr den Leuten helfen konnten, aber die Zeit mit Thea zu verbringen, war umso schöner.

Das Wetter spielte mit, es waren wunderschöne, heiße Sommertage.

Thea nahm ihre ersten Reitstunden auf der geduldigen Dups, während Gerta auf Fips neben ihr trabte, Fritz und Frederike über dem Gatter hingen und lustige Kommentare abgaben.

Die Sommerzwillinge hatten Onkel Erik dazu gebracht, dass Hans, der Stallmeister, ihnen Reitunterricht gab.

»So können wir die Zeit hier wenigstens etwas nutzen«, seufzte Emma.

Hans seufzte auch. Er hätte die Zeit sicher besser verbringen können, aber nun musste er sich mit den beiden Fräulein herumschlagen. Doch er trug es mit Gelassenheit. »Erbarmen, wenn die mal reiten lernen, dann bin ich der Teufel«, sagte er leise und nahm sich ein Stück Kautabak. »Nur mal gut, dass die Stute sonne Liebe is. Ich hätte die Gören ja schon längst innen Staub geworfen an ihrer Stelle.« Er schaute in Richtung Teich: Daneben wurde gerade das große Zelt aufgestellt und seit ein paar Tagen bauten die Zimmerleute eine Art niedrige Plattform, worauf getanzt werden sollte. Feuerstellen waren errichtet worden und Bänke wurden aufgestellt. »Ei, einfacher wäre es gewesen, sie hätten die Scheune ausgefegt, so wie wir es zum Erntefest tun. Aber die Gnädigste will es ja mondän haben – eine Gartenveranstaltung.« Er spuckte den Kautabak aus und schaute zum Himmel. »Ob das denn mal gut geht?«

Frederike schaute auch nach oben, aber der Himmel war klar, nur ein wenig diesig – doch das mochte am Staub liegen, dachte sie.

»Was soll denn nicht gut gehen?«, fragte sie nach.

Die Sommerzwillinge und auch Thea und Gerta brachten die Pferde zurück zum Stall. Alle lachten und waren fröhlich.

»Jetzt gehen wir schwimmen!«, rief Fritz.

»In eurem Naturpool?«, fragte Emma zurück und rümpfte die Nase. »In den Teich kriegen mich keine zehn Pferde.«

»Du musst ja nicht mit«, sagte Frederike. »Aber das Badezimmer ist belegt, da ist jetzt Tante Maria, und das wird dauern, bis sie es wieder freigibt.« Sie lächelte. Hans stieß sie in die Seite.

»Marjellchen«, flüstere er, »übertreib's mal nicht.«

»Lass mich mal machen«, flüsterte sie zurück und unterdrückte ein Grinsen.

»Schnell, lasst uns die Badesachen holen! Der See ruft!« Sie lief zum Haus und schaute nur kurz über die Schulter zurück. Fritz folgte ihr und auch Gerta, nachdem sie ihr Pony dem Stallknecht übergeben hatte. Eigentlich waren sie dazu verpflichtet, die Pferde nach dem Reiten selbst zu versorgen, aber nun, wo die Gäste da waren, galten andere Regeln.

Die Zwillinge schauten ihnen verblüfft hinterher. »Hey!«, rief Emma. »Ihr werdet doch nicht wirklich im Teich schwimmen gehen?«

»Und ob.« Thea hatte gerade noch Dups zum Stall gebracht, strich sich nun die verschwitzten Locken aus der Stirn. »Das wird eine grandiose Abkühlung. Einfach phänomenal!« Sie rannte den anderen hinterher.

Alle zogen sich schnell um, nahmen die Badelaken und waren wie ein Blitz wieder aus dem Haus, lachend und kreischend. Die Zwillinge standen in der Diele und schienen immer noch zu überlegen.

»Das Bad ist belegt«, erklärte die Mutter ihnen. »Da wir aber in den nächsten Tagen so viele sein werden, haben wir noch zwei Zinkwannen in die unbenutzten Mansardenzimmer gestellt. Da wir dort keine Badeöfen haben, muss jemand das Wasser nach oben bringen – das wird dauern. Deshalb werden die Wannen auch nur immer zu einem Viertel befüllt. Warmes Wasser werdet ihr natürlich jederzeit nach Bedarf auf euren Zimmern im Krug haben, eine Waschschüssel habt ihr ja auch. Ich denke, ihr versteht das. Nächste Woche sind wir ja quasi wieder unter uns. Aber, um ehrlich zu sein, ist es hier auf dem Gut nicht üblich, dass täglich gebadet wird. Das versteht ihr sicher.«

»Es ist nicht üblich …?« Frieda verdrehte die Augen. »Wir waren reiten, wir sind staubig, verschwitzt und in einer Stunde soll es Essen geben, aber es gibt kein Badezimmer? Wie soll das gehen, Tante Stefanie?«

»Die Kinder sind alle im Teich. Das Wasser ist klar und kühl – eine gute Erfrischung. Wenn ihr euch beeilt, schafft ihr es sicher noch, eine Runde zu schwimmen und euch dann umzuziehen und adäquat zum Essen zu erscheinen.« Die Mutter nickte ihnen freundlich zu und ging dann in ihr Schreibzimmer, um mit der Mamsell die letzten Dinge zu besprechen.

Frederike war stehen geblieben und hatte das Gespräch mit angehört. »Warum wollt ihr denn nicht in den Teich?«, fragte sie nun.

»Das ist doch nicht sauber«, meinte Emma.

»Und mit Seife waschen können wir uns da auch nicht.«

»Doch.« Frederike hielt ihr ein Stück Seife entgegen. »Machen wir auch – anschließend im Hof am Brunnen. Das Wasser ist zwar kalt, aber klar. Nun ziert euch nicht so, ihr seid doch keine Memmen, oder?« Sie zwinkerte ihnen zu und lief dann den anderen nach.

Der Teich war recht groß, im vorderen Teil flach und schlammig, doch hinten zu den Wiesen hin, wo es tieferes Gewässer gab, hatte Onkel Erik einen Steg bauen lassen. Gespeist wurde der Teich durch einen kleinen Bach, das Wasser war kalt, aber frisch und klar. Auf dem Gut gab es einige Fischteiche, die im Winter abgelassen wurden, dazu gehörte der kleine See, wie er genannt wurde, nicht. Dennoch gab es auch hier Forellen, einige Hechte und andere Fische, Molche und Frösche. Libellen zogen ihre Kreise und Wasserläufer bevölkerten die Uferregionen.

Alle Kinder hatten ihre Handtücher auf die Wiese fallen lassen, die gerade erst gestern geschnitten worden war. Es war eine harte Arbeit für die Burschen gewesen, das Gras mit der Sense zu mähen und es danach zusammenzurechen, aber die Arbeit hatte sich gelohnt. Frederike ließ ihr Handtuch fallen und sprang mit einem lauten Juchzen in das kalte Wasser. Fritz und Gerta drehten schon ihre Runden, und warfen sich einen kleinen Ball zu. Frederike tauchte in die kühle Tiefe, ließ das Leben auf dem Gut für einen Moment hinter sich. Zu viele Gedanken sammelten sich in ihrem Kopf, aber jetzt wollte sie die nächste halbe Stunde nur Spaß haben, ohne nachzudenken.

»Hier komme ich!«, hörte sie Theas Stimme und kurz danach ein großes Platschen. Ihre Freundin schwamm zu ihr.

»Was glaubst du, kommen die Sommerzwillinge oder nicht?«, fragte Frederike skeptisch.

»Sie kommen.« Thea legte sich auf den Rücken und strampelte mit den Füßen. »Sie werden kommen.« Dann richtete sie sich im Wasser wieder auf. »Hast du einen Plan?«

»Ich habe einen.« Fritz war zu ihnen geschwommen und paddelte um sie herum, ein fettes Grinsen im Gesicht. »Ich habe Molche und kleine Frösche gefangen. Unser Gärtner Christov hat mir zwei Ringelnattern gegeben.«

»Und?« fragte Thea verblüfft.

»Nun«, erklärte Frederike, »sollten die Zwillinge zum See kommen, werden wir sie im Wasser beschäftigen, während Fritz die Frösche, Molche und Schlangen in ihren Handtüchern verteilen würde.«

»Ihr seid phänomenal. Ich freu mich schon auf die Schreie und ihre Gesichter.« Thea lachte laut auf.

»Was ist so lustig?«, fragte Gerta neugierig und kam zu ihnen geschwommen.

»Nichts!« Frederike warf Thea einen warnenden Blick zu. Gerta war einfach noch zu klein und zu naiv, sie würde es nicht verstehen und sich nachher verplappern.

Just in dem Moment tauchten die Sommerzwillinge am See auf. Fritz pfiff leise. »Juter Jott«, murmelte er.

Frederike stieß ihn in die Seite. »Nicht anstarren«, flüsterte sie.

»Hat die Welt schon mal so etwas gesehen?«, flüstere Fritz zurück, »die zeigen ja mehr Haut als Stoff. Mutter wird sterben, wenn sie das sieht.«

»Dann solltet ihr das verhindern, falls ihr nicht Vollwaisen werden wollt.« Thea lachte und tauchte unter, bevor Fritz sie zu fassen bekam.

»Na warte«, sagte er nur und tauchte hinter ihr her.

Frederike bekam ihn gerade noch am Fuß zu fassen. »Käbbeln könnt ihr noch in den nächsten Tagen, aber jetzt musst du dich um unsere Probleme kümmern«, zischte sie ihm ins Ohr. »Du hast höchstens zehn Minuten, dann müssen wir alle raus und uns fürs Essen umziehen.«

Fritz sah sie an und lachte. »Du bist die Beste.« Er schwamm ans Ufer, nahm sein Handtuch, trocknete sich nur kurz ab und verschwand dann in Richtung Stall.

Frederike schwamm zu den Zwillingen. »Ist es nicht herrlich?«

»Ja«, sagte Emma und klang tatsächlich überrascht. »Das Wasser wirkt gar nicht schmutzig.«

»Und es ist so erfrischend«, sagte Frieda und drehte sich auf den Rücken, ließ sich treiben.

»Ich finde es toll hier«, meinte Gerta. »Und ich versuche immer zu vergessen, dass die großen Karpfen unter uns schwimmen.«

»Wie groß sind die denn?« Frieda schloss die Augen, genoss sichtlich die Erfrischung.

»Der alte Karpfen, der hier lebt, wird fast zwei Meter haben, sagen die Leute. Manchmal sieht man ihn, wenn er nach oben steigt, um etwas zu fressen. Er ist riesig und sehr geschickt. Er frisst sogar Ratten, die ins Wasser rutschen.« Frederike versuchte, ganz unschuldig zu klingen. Es gelang ihr gut.

»Was?« Emma sah sie erschrocken an. »Beißt der?«

»Nur, was er bekommt. Ratten und so«, sagte Gerta.

»Gibt es hier noch mehr Viehzeug?« Frieda riss die Augen wieder auf, schwamm hektisch zum Steg.

»Frösche, Molche, Schlangen. Aber nur ganz wenig davon ist giftig.« Frederike biss sich auf die Lippen.

»Schlangen? Hier gibt es Schlangen?«, schrie nun Emma und folgte ihrer Schwester.

Frederike linste zum Ufer. Fritz lief gebückt zurück zur Scheune, anscheinend hatte er seine Beute verteilt.

»Die Schlangen sind gar nicht so schlimm«, sagte Thea, »es sind die Frösche. Da sind welche aus Australien eingeschleppt worden. Giftfrösche. Wenn man sie anfasst, stirbt man einen schrecklichen Tod. Mit Krämpfen und so. Hat mein Vater gesagt.«

»Hier? Die gibt es hier?«, fragte Gerta entsetzt.

»Nur ganz selten.« Frederike bewunderte den Einfallsreichtum ihrer Freundin und zwinkerte ihrer Schwester zu. »Ich glaube nicht, dass wir uns Sorgen machen müssen.«

»Das glaube ich auch nicht«, sagte Thea und drehte sich auf den Rücken, streckte die Arme weit aus. »Allerdings waren die Kammmolche hier immer schon heimisch. Man erkennt sie an ihrem roten Bauch.«

»Die habe ich auch schon gesehen«, rief Gerta. »Die sind hier überall.«

»Sind die giftig?«, hauchte Emma.

»Und wie«, sagte Frederike, stieß sich vom Ufer ab und tauchte Gerta unter, bevor diese etwas sagen konnte.

»IGITT!«

»OH NEIN!«

Die Zwillinge waren schneller aus dem Wasser, als man hätte bis zehn zählen können.

»Warum habt ihr das nicht vorher gesagt?«, kreischten sie und liefen zum Haus.

»Wo wollt ihr denn hin?«, fragte Fritz und sprang vom Steg ins Wasser.

Gerta tauchte prustend wieder auf, sah, dass die drei anderen quietschend lachten und schaute sie verwundert an. »Was ist denn jetzt mit den Giftfröschen?«, wollte sie wissen.

»Die leben in Australien. Oder Afrika. Weit weg«, erklärte Thea.

»Aber du hast gesagt, dass jemand welche hierher gebracht hat.«

»Man kann viel erzählen.« Thea stupste sie an. »Wir wollten die Sommerzwillinge doch nur ein wenig foppen.«

»Es gibt hier doch keine giftigen Tiere?« Gerta war immer noch verunsichert.

»Natürlich nicht, Dummerchen.« Frederika schwamm zum Ufer. »Wir sollten uns jetzt aber fertigmachen, bald gibt es Essen.«

»Ihr habt mich angelogen. Pfff.« Gerta zog eine Schnute.

»Wir haben die Sommerzwillinge veräppelt.« Auch Fritz schwamm zum Steg und zog sich hoch. »Und wehe, du verrätst es ihnen …«

»Sie wird gar nichts sagen müssen, das werden die Zwillinge schon tun. Es wird sicher ein amüsantes Essen.« Frederike nahm ihr Handtuch, ging zum Pumpbrunnen und wusch sich noch einmal kurz mit dem eiskalten Wasser ab, dann rubbelte sie sich trocken.

Kapitel 12

Als der erste Gong durchs Haus tönte, hatte Frederike sich gerade angezogen und kämmte sich die Haare.

»Ich schaffe es nicht«, jammerte Gerta, die für ein paar Tage in Frederikes Zimmer gezogen war, damit sie noch mehr Platz für Gäste hatten. Die beiden Mädchen genossen die gemeinsame Zeit, obwohl Frederike feststellte, dass sie sich an ihr eigenes Zimmer inzwischen gewöhnt hatte.

»Was denn?«

»Die dusseligen Knöpfe. Warum müssen wir uns denn heute schon herausputzen? Meine Haare werde ich nicht trocken bekommen.«

»Mach dir keine Gedanken, Mama wird etwas schief gucken, Onkel Erik wird sich räuspern und dann werden sich alle dem Essen und den Gesprächen zuwenden. Und vergiss nicht, ab heute gilt eisern: Kinder am Tisch …«

»… stumm wie ein Fisch«, beendete Gerta den Satz.

Eilig half Frederike ihrer Schwester dabei, das Kleid zuzuknöpfen. Sie hatten mehrere neue Kleider bekommen, einige hatte die Schneiderin aus dem Ort genäht, andere hatte Tante Maria aus Berlin mitgebracht. Diese mussten noch geändert werden und lagen deshalb unten im Leutezimmer, wo Leni ihre Nähmaschine aufgestellt hatte.

Gerta schaute in den Spiegel. »Meine Haare«, seufzte sie.

»Jetzt wissen wir, warum Mutter es uns noch nicht erlaubt hat, die Haare abzuschneiden. Ein nasser Zopf ist immerhin noch ein Zopf. Ein nasser Bubikopf sieht aber eher aus wie ein Wischmopp.« Sie nahm den grobzinkigen Kamm, kämmte die Haare ihrer Schwester durch und flocht ihr einen Zopf im Nacken. Der Gong schlug das zweite Mal.

Sie schlüpften in die Schuhe, ohne die Bänder zu schließen und eilten die Treppe hinunter. Gerulis öffnete just in diesem Augenblick die doppelte Schiebetür zum großen Salon, wo heute Abend schon der Esstisch aufgebaut worden war. Fritz kam auch die Treppe heruntergerannt, stoppte in der Diele und fuhr sich noch einmal mit den Fingern durch das Haar.

Die Mutter und Onkel Erik begrüßten die Gäste, den Kindern schenkten sie kaum einen Blick. Der Raum war voller als Frederike erwartet hatte. Einige der engeren Nachbarn, die auch Gäste der Feier beherbergten, waren mit diesen schon heute Abend zum Gut zum Essen gekommen. Plötzlich schlug Frederikes Herz schneller – sie entdeckte den schneidigen Ax von Stieglitz an Onkel Eriks Seite. Sollte Ax nicht erst morgen kommen? Und war er Gast bei den Nachbarn oder auf ihrem Gut? War er vielleicht sogar einer der Hausgäste? Die Anzahl der eingeladenen Personen und der Ort ihrer Unterbringung hatten sich fast täglich geändert, so dass Frederike irgendwann aufgehört hatte, sich damit zu beschäftigen.

»Wer ist der Kerl mit dem eitlen Schnurrbart, den du so anstarrst?«, fragte Thea, die ebenfalls mit noch feuchten Haaren neben ihr auftauchte.

»Ax von Stieglitz«, flüstere Frederike. »Ist das nicht ein schöner Mann?«

»Er ist alt, er muss schon Mitte zwanzig sein.« Thea grinste. »Du wirst dich doch nicht für so einen alten Knacker interessieren?« Sie kicherte und schaute sich dann um. »Hast du die Sommerzwillinge schon gesehen?«

Auch Frederike schaute sich nun um. »Nein.«

Nach und nach nahmen die Gäste am Tisch Platz und endlich durften sich auch die Kinder an das Ende der inzwischen viel längeren Tafel setzen. Zwei Plätze blieben frei – die von Frieda und Emma.

Die Mutter schaute verärgert auf die leeren Plätze und rief Frederike mit einem Wink zu sich. »Wo sind sie?«, zischte sie.

Frederike zuckte mit den Schultern. »Ich weiß es nicht. Sie waren mit uns schwimmen, sind aber schon vor uns aus dem Teich und wieder ins Haus.«

»Na gut.« Mutters Stirn blieb bewölkt, aber dann wurde die Suppe aufgetragen.

»Grundgütiger«, seufzte Thea und leckte sich über die Lippen. »Eure Köchin ist fantastisch. Ich habe lange nicht so eine gute Spargelcremesuppe gegessen.«

»Es ist Spargel aus eigenem Anbau«, erklärte Fritz. »Wir halten die Spargeldämme bei schlechtem Wetter unter Tuchplanen warm, so dass er dennoch schießen kann. Das Tuch ist gewachst, so dass es nicht durchnässt.«

»Du kleiner Besserwisser.« Thea schüttelte den Kopf. »So genau wollte ich das gar nicht wissen. Und dass der Rahm in der Suppe von euren Kühen stammt, brauchst du mir nicht auch noch zu sagen. Bin ja nicht blöd.«

Fritz' Wangen wurden feuerrot und er senkte den Kopf.

»Da«, wisperte Gerta, als die Suppe abgetragen wurde. »Emma und Frieda.«

Sie alle schauten zur Tür, aber Frederike blickte auch zur Mutter, die erst gar nicht bemerkte, dass die beiden endlich erschienen waren.

»Grundgütiger«, hauchte Thea.

Fritz pfiff leise.

»Das gibt Ärger«, raunte Gerta.

Die Sommerzwillinge trugen ärmellose Kleider, die keine Taille hatten und mit Pailletten besetzt waren. Beide Mädchen waren auffällig geschminkt, und wie sie es geschafft hatten, ihre kurzen Haare in Wellen zu legen, konnte Frederike sich nicht erklären.

Emma trug eine Federboa um die Schultern, Frieda eine Pelzstola. Mutter und Onkel Erik würden die beiden umgehend auf ihr Zimmer schicken, da war sich Frederike sicher. Doch bevor sie den Gedanken zu Ende gedacht hatte, stand Ax von Stieglitz auf. »Guten Abend, die Damen«, sagte er und schaute Onkel Erik an. »Diesen reizenden Besuch hast du mir noch gar nicht vorgestellt.«

Auch die drei jungen Nachbarssöhne standen auf, um Emma und Frieda zu ihren Plätzen zu geleiten.

Frederike hätte sterben mögen.

Sie hielt es bis zum Hauptgang aus, dann entschuldigte sie sich und ging auf ihr Zimmer, aber niemand schien ihren Aufbruch zu bemerken. Immerhin hatte Mutter ihr zugenickt.

Hektor sprang auf, als sie durch die Halle ging, und folgte ihr nach oben. Er leckte ihre Hände und die Tränen von ihrem Gesicht und kuschelte sich ganz dicht an sie. Frederike war froh, den Hund zu haben, er tröstete sie. Sie kam sich so albern vor. Albern, dass sie gedacht hatten, die Zwillinge zu demütigen, albern auch, dass sie gehofft hatte, Ax von Stieglitz hätte sie bemerkt und ihr vielleicht später etwas Aufmerksamkeit geschenkt. Aber das war so vermessen gewesen, genauso wie ihr Verhalten Frieda und Emma gegenüber kindisch war. Die beiden waren Hausgäste und Frederike und die Geschwister sollten dafür sorgen, dass sie sich wohlfühlten und nicht, dass sie Angst hatten und schlecht wegkamen.

In den nächsten Tagen werde ich alles anders machen, nahm sich Frederike vor.

Ohne dass geklopft wurde, stieß jemand die Tür zu ihrem Zimmer auf. Thea, Gerta und Fritz stürmten herein.

»Was ist mit dir?«, fragte Gerta besorgt. »Bist du krank?«

»Du siehst scheußlich aus.« Thea schüttelte konsterniert den Kopf.

»Ich habe dir Nachtisch mitgebracht und ich bin mir sicher, Frau Schneider hat auch noch Reste …« Fritz hielt ihr eine Schüssel mit Creme und frischen Erdbeeren hin.

»Ach, Fritz. Danke.« Frederike stiegen wieder die Tränen in die Augen.

»Wenn du nicht magst, esse ich sie«, sagte er flink.

»Das lässt du man.« Gerta nahm ihm die Schüssel ab, reichte sie Frederike und setzte sich neben sie auf das Bett. Thea und Fritz zogen sich die Stühle heran.

»Was war denn los?«, wollte Fritz nun wissen.

»Mir ist wohl die ganze Aufregung der letzten Tage auf den Magen geschlagen«, log Frederike und aß gierig die süße Creme.

»Das sieht man«, sagte Thea trocken.

»Hat denn niemand etwas zu den Zwillingen gesagt?«, fragte Frederike nun. »Mutter oder Onkel Erik? Tante Edeltraut?«

Die drei anderen schüttelten den Kopf.

»Die Zwillinge haben nach den Giftfröschen und den Schlangen gefragt, aber alle haben nur gelacht«, erzählte Gerta.

»Alle fanden die Vorstellung höchst amüsant«, fügte Fritz hinzu, »dass es hier giftige Tiere aus dem fernen Ausland geben sollte.«

»Und die Sommerzwillinge waren so clever, mitzulachen«, sagte Thea düster. »Wir haben auf ganzer Linie verloren.«

»Ab jetzt müssen wir einfach nett zu ihnen sein, sie sind schließlich unsere Gäste.« Frederike gab Fritz die Schüssel zurück, ein Drittel hatte sie für ihn übrig gelassen. Er zwinkerte ihr zu. »Danke.«

»Psst«, flüsterte Gerta plötzlich, die Ohren wie ein Luchs hatte. »Da kommt jemand die Treppe hoch.«

»Es sind mehrere. Frauen«, meinte Fritz.

»Wie willste das denn erkennen?«, fragte Thea abschätzig.

»Absätze. Hör doch das Klack-Klack.«

»Fritz hat recht.« Frederike schlich sich zur Tür. »Sie gehen nach oben in die Mansarde.« Vorsichtig öffnete sie die Tür. Zum Glück hatte Gerulis alle Scharniere ölen lassen, vorher hatte ihre Tür nämlich gequietscht. »Oh, Tante Edeltraut mit den Sommerzwillingen.«

»Die kriegen jetzt Saures, wetten?« Fritz lachte leise.

»Glaubst du? Am Tisch sind die beiden doch nur bewundert worden.« Frederike schnaubte.

»Von den weibstollen Männern«, meinte Thea. »Alle anderen, auch meine Eltern, waren eher sprachlos. Wie kann man so zu einem Abendessen kommen? Mit nackten Schultern und Knien. Sie haben doch noch nicht einmal Seidenstrümpfe getragen. Skandalös!«

Auch Gerta war zur Tür geschlichen, schlüpfte nun durch den Spalt in den Flur und huschte zur Treppe. Klug, wie sie war, hatte sie vorher ihre Schuhe ausgezogen. Die anderen taten es ihr nach.

»Seid ihr des Teufels fette Beute?«, hörten sie von oben Tante Edeltrauts Stimme. Die Tante klang sehr erbost. »Haben wir euch nicht gesagt, wie ihr zu Tisch erscheinen müsst? Hat euch eure Mutter keine Manieren beigebracht?«

»In der Stadt trägt man das so«, sagte Emma trotzig.

»Man muss schließlich mit der Zeit gehen«, fügte Frieda hinzu.

»Was in der Stadt ist, interessiert mich nicht. Hier möchten wir gesittet essen und dass ist nicht möglich, wenn alle jungen Männer geifernd eure nackte Haut beschauen.«

Thea stieß Frederike und Fritz an.

»Morgen ist ein wichtiger Tag für meine Schwägerin und meinen Bruder. Und keiner von uns möchte, dass ihr ihnen diesen Tag durch dieses unmögliche Gebaren verleidet. Ab jetzt gilt für euch das, was ich, Tante Stefanie und Onkel Erik sagen, und zwar immer. Ihr werdet euch anständig kleiden und ihr werdet pünktlich zum Essen erscheinen, so wie alle anderen auch. Ansonsten dürft ihr gerne in den nächsten Wochen mit den Leuten zusammen unten essen.«

»Was seid ihr nur für Hinterwäldler?«, rief Emma aus. »Das ist nicht zu ertragen. Wir sind junge Frauen, die sich tatsächlich der Mode gemäß kleiden. Mutter hat die Stücke mit uns ausgesucht und gekauft. Sie billigt es.«

»Deine Mutter ist mit ihren Gedanken oft ganz woanders, die Arme.« Nun klang Tante Edeltraut wieder freundlich, aber es war eine Freundlichkeit, die täuschte. »Sie interessiert sich wohl mehr für so manchen Flascheninhalt, als für Sitten«, fügte sie süffisant hinzu.

Frederike sog zischend den Atem ein.

»Das ist unsagbar gemein, Tante Edel«, sagte nun Frieda empört. »Unsere Mutter ist eine moderne Frau. Sie bewegt sich in den Künstlerkreisen von Berlin und nicht fernab von aller Welt, so wie ihr. Ich wette ihr tragt im Winter auch noch lange, gestrickte Schlüpfer und habt keine Ahnung, wie man den Shimmy tanzt. Wahrscheinlich kann sogar noch niemand den Foxtrott. Das wird ja morgen eine lahme Veranstaltung werden.« Sie redete sich immer mehr in Rage.

»Ob lahm oder nicht, soll nicht deine Sorge sein.« Tante Edeltraut wurde nun wieder streng. »Du bist nicht die Gastgeberin, sondern nur Besuch. Außerdem seid ihr beide noch minderjährig und es steht uns frei, euch an dem Fest teilnehmen zu lassen oder nicht.«

»Ich will nach Hause!«, heulte Emma auf einmal los. »Ich will sofort nach Hause. Das hält ja hier keiner aus. Dieses winzige Zimmer, kein Komfort, elende Regeln – wie soll man sich hier erholen?«

»Und dann auch noch diese frechen Blagen, die uns anlügen und in Panik und Schrecken versetzen. Wir hätten in dem kalten Wasser durchaus einen Herzanfall bekommen können, als sie uns von diesen giftigen Tieren erzählt haben«, jammerte Frieda ebenfalls.

»Dass ihr darauf hereingefallen seid, zeigt doch nur, wie unreif ihr seid.« Tante Edeltraut lachte leise. »Wer nimmt denn so etwas ernst?«

»Also wirklich!« Frieda war sehr empört, während Emma im Hintergrund heulte wie die Hunde bei Vollmond.

»Kinder, nun benehmt euch. Zieht euch um. Wir haben seit gestern in aller Eile ein paar Sachen für euch zusammengesucht. Dort liegen sie ja.«

»Das haben wir gesehen. Und du glaubst wirklich, dass wir so etwas anziehen?«, fragte Frieda schnippisch.

»Entweder das oder ihr lasst euch während der Feierlichkeiten nicht mehr sehen.«

»Ich will nach Hause. Sofort!«, heulte Emma auf.

»Das kann ich mir vorstellen. Aber das geht nicht. Deine Mutter hat mir vor ein paar Tagen gekabelt. Sie ist unterwegs ins Osmanische Reich – wohl nach Istanbul. Und sie hat mir ausdrücklich untersagt, euch alleine nach Berlin zu lassen. Wer von euch beiden Schätzen hatte ihr denn gekabelt und sich über eure Sommerfrische bei uns beschwert?«

Frederike konnte förmlich sehen, wie Tante Edeltraut die Arme vor der mächtigen Brust verschränkte und das Kinn hob. »Du, Frieda?«

»Ich war es«, rief Emma nun schluchzend. »Ich will hier nicht noch wochenlang bleiben.«

»Das ist bedauerlich. Aber du wirst es nicht ändern können.«

Die Kinder hörten Schritte im oberen Flur und huschten zurück in Frederikes Zimmer. Schweigend lauschten sie dem Klack-Klack-Klack der Absätze von Tante Edeltrauts Schuhen.

»Oh nein«, wisperte Gerta erschrocken. »Sie kommt zu uns.«

»Contenance, meine liebe Gerta«, sagte Thea. »Sie wird uns schon nicht den Kopf abreißen.«

»Haltung bewahren«, zischte Frederike, »und Reue zeigen, das wirkt immer.«

Dann öffnete sich die Tür und Tante Edeltraut trat in den Raum. Sie sah die Kinder der Reihe nach mit einem stechenden Blick an. »Was habt ihr euch dabei gedacht?«

»Es tut uns leid …«, fing Frederike an.

»Das tut es nicht, Freddy. Also, was habt ihr euch dabei gedacht? Wolltet ihr, dass sie abreisen?«

Alle vier senkten den Kopf.

Tante Edeltraut lachte leise. »Das hättet ihr wohl gerne.« Sie seufzte auf, ging zu Frederikes Bett und setzte sich. Dann seufzte sie auf. »Leider ist das nicht so einfach.«

»Weil ihre Mutter in Imstambul ist«, murmelte Gerta.

»Istanbul, das liegt im Osmanischen Reich, am Bosporus«, erklärte Fritz dreimalschlau.

»Ihr habt also obendrein auch noch gelauscht? Lauscher an der Wand, hört seine eigene Schand. Habt ihr wenigstens mitbekommen, dass ihr die beiden auf den Tod erschreckt habt?«

»Kann so schlimm nicht gewesen sein«, sagte Frederike leise. »Immerhin konnten sie sich rausputzen wie die Pfauen.«

»Pfauen in der Mauser«, fügte Thea hinzu. »Und fast ohne schmückendes Federkleid.«

Tante Edeltraut erstaunte sie alle, denn sie lachte los. Haltlos und bis ihr die Tränen kamen, lachte sie. »Ihr seid unglaublich, Kinder«, sagte sie schließlich, nahm ein Taschentuch hervor und wischte sich über die Wangen und putzte sich laut die Nase. »Können wir uns auf etwas einigen?«

»Ganz bestimmt, liebe Tante Edel.« Gerta schmiegte sich an sie und die Tante legte den Arm um Gerta. »Du bist so ein süßer Spatz«, murmelte die Tante entzückt. »Also, ihr Lieben, ihr versucht über das Missbenehmen der Zwillinge hinwegzusehen. Ihr seid gute Vorbilder: höflich, pünktlich, sauber.« Dem letzten Wort maß sie mehr Bedeutung zu und sah Fritz streng an, der sofort seine Hände hinter dem Rücken versteckte. »Ihr müsst euch nicht mit ihnen beschäftigen. Nicht wirklich. Wenn ihr mit ihnen reiten gehen könnt oder etwas Harmloses veranstaltet und sie dabei sind, dann verschreckt sie nicht. Ob sie noch einmal hier im See schwimmen werden, halte ich im Moment für fraglich. Aber das ist nicht euer Problem. Doch«, und nun schaute sie jeden der vier nachdrücklich an, »gelogen wird hier nicht mehr. Niemand von euch wird lügen. Lügen haben kurze Beine und es gibt nichts Scheußlicheres!« Sie stand auf. »Habt ihr das verstanden?«

»Ja, Tante Edel!«, sagte sie fast unisono.

»Dann schickt euch jetzt.« Sie schaute auf ihre Uhr, die an einer kleinen, goldenen Kette an ihrem Gürtel hing. »Ihr dürft noch nach draußen, aber verratet es euren Müttern nicht. Alle Erwachsenen sitzen im Salon, sie werden sich nicht darum scheren, wenn ihr noch im Heu spielt. Aber zieht euch vorher um. Morgen ist die Gesellschaft. Ab mittags habt ihr anwesend zu sein – adrett gekleidet, sauber und vor allem … still!«

»Kinder am Tisch …«, seufzte Gerta.

»Ganz genau. Ihr dürft am Mittagsmahl teilnehmen, am Kaffee im Pavillon auf der Wiese, am Abendessen und eine Stunde, wenn der Tanz beginnt. Wenn ich euch nicht sehe, dürft ihr auch noch länger zuschauen, aber aus der Ferne oder nahezu unsichtbar. Wenn ihr euch morgen geschickt anstellt und den Leuten helft, die mehr als genug zu tun haben werden, wird euch sicher an nichts mangeln.« Sie zwinkerte ihnen zu. »Gute Nacht, Kinder.«

»Gute Nacht, Tante Edel!«

Sie warteten, bis die Tante die Treppe hinuntergegangen war und den Salon betreten hatte.

»Gehen wir noch raus?«, fragte Fritz, seine Augen leuchteten.

»Ich nicht«, sagte Frederike nach kurzem Nachdenken. »Ich muss ins Bett. Morgen wird ein langer Tag.«

»Ich bleib bei dir. Damit du nicht alleine bist.« Gerta gähnte herzhaft.

Fritz schaute Thea an, die beiden nickten sich zu.

»Dann sehen wir uns bei der Andacht in der Frühe!« Fritz und Thea verschwanden leise.

Frederike half ihrer kleinen Schwester, die komplizierten Knöpfe und Ösen zu lösen und kämmte ihre Haare, die immer noch feucht waren, aus. »Ich mach' dir einen lockeren Zopf. Dann können sie trocknen, verknoten sich aber nicht.«

»Darf ich bei dir im Bett schlafen?«, fragte Gerta müde.

Sie durfte. Obwohl auch Frederike sehr müde war, brauchte es, bis sie in den Schlaf fand. Heute hatte sie zum ersten Mal etwas sehr Unangenehmes gespürt – Eifersucht. Dabei war das völlig unbegründet. Warum sollten sich die jungen Männer für sie interessieren? Sie war erst elf, hatte kaum Brustknospen, ihre Hüften waren gerade, wie die von Fritz. Allein ihre langen Haare wiesen sie als Mädchen aus. In den letzten Wochen waren ihre Hände von der Arbeit schrundig geworden, ihre Haut hatte sich unvorteilhaft gebräunt – eine vornehme, elegante Blässe, so wie die Zwillinge, konnte sie nicht mehr vorweisen. Wie albern von mir, lachte sich Frederike selbst aus und schmiegte sich an ihre Schwester, der schon die Augen zugefallen waren, kaum hatte ihr Kopf das Kissen berührt. Hektor sprang zu ihnen ins Bett, schaute Frederike fragend an.

»Na gut, aber nur am Fußende«, sagte sie leise.

Der Hund drehte sich dreimal um sich selbst, ließ sich dann mit einem lauten und zufriedenen Seufzer nieder. Frederike schloss die Augen und lächelte. Die nächsten Tage würden sicherlich aufregend werden.

Und das waren sie auch. Am nächsten Morgen hielt Onkel Erik nur eine knappe Andacht. Der Raum schien zu knistern. Selbst die alte Köchin, die gemütliche Elise, die auf ihrem Altenteil mit kleinem Garten wohnte, aber immer wieder aushalf, wenn Not am Mann war, wirkte unruhig.

Sobald Onkel Erik das »Amen« gesprochen hatte, stoben die Leute davon, wie die Hühner, wenn der Marder ins Gehege kommt. Es gab noch unglaublich viel zu tun, auch wenn schon viel Vorarbeit geleistet worden war. Etliche Frauen aus dem Dorf kamen nach dem Frühmahl, um zu helfen. Die Burschen legten draußen letzte Hand an.

Staunend betrachtete Frederike den Holzboden auf der Wiese, der in aller Eile gezimmert worden war. Dort am See würde heute Abend getanzt werden. Daneben wurde ein großes Zelt errichtet und Bänke und Tische wurden herbeigeschleppt. Eine kleine Kapelle würde abends aufspielen, aber auch das Grammophon, das Mutter aus Potsdam mitgebracht hatte, würde zum Einsatz kommen. Neue Schellackplatten waren erst in der letzten Woche mit der Post gekommen.

Die ersten Gäste waren ja schon da – auch auf den Nachbargütern, wo einige einquartiert worden waren. Zwei der Nachbargüter lagen drei Stunden Fahrzeit entfernt – diese Gäste wurden schon zum Mittag erwartet. Aber einige andere reisten auch erst heute im Laufe des Tages an. Im Leutezimmer hing ein regelrechter Schlachtplan, wann der Landauer zum Bahnhof oder woanders hinmusste, ob die Wagonette gebraucht und wann weitere Gäste aus der Nachbarschaft erwartet wurden.

Ein weiterer Plan hing in der Küche. Die Köchin hatte akribisch aufgeschrieben, was wann wie und wo serviert werden würde. Dazu gab es einen Ablaufplan, welche Speisen wann und wo aufgetragen werden mussten. Der Eiskeller war bis an die Decke gefüllt, ebenso der kleine Eisschrank in der Küche und die Vorratskeller.

Sülze, Kuchen, Brot, Schinken, Wurst, Butter, Käse, vorgebackene Pasteten, geputztes Gemüse, pariertes Fleisch, angerührtes Speiseeis, Milchspeisen und allerlei andere Dinge waren in den letzten Tagen vorbereitet worden und mussten nur noch fertig zubereitet und angerichtet werden.

Zum Glück war reichlich Geschirr für alle Gänge und Gäste vorhanden, so dass nicht beständig und in aller Eile gespült werden musste, dennoch waren die Wasserkessel in der Küchenhexe gut gefüllt. Zwei Frauen aus dem Dorf würden den beiden Spülmädchen helfen. Ein riesiger Stapel an Küchentüchern lag bereit, um das Geschirr abzutrocknen. Zwei alte Bettlaken waren ausgekocht, getrocknet, geplättet und dann in handliche Stücke zerschnitten worden, um damit die Gläser zu polieren.

Gerulis, Hilde, Leni und die beiden Diener, die aus der Nachbarschaft ausgeliehen wurden, hatten sich jeder drei Paar weißer Stoffhandschuhe bereitgelegt. Sie würden sie beim Servieren der Speisen und Getränke tragen müssen. Die Küche war wie ein Bienenstock und im Leutezimmer ging es ebenfalls hektisch zu.

»Die Gnädige will noch Änderungen an ihrem Kleid«, jammerte Leni. »Was kann ich denn dafür, dass sie es inzwischen kaum noch tragen kann? Mehr Saum auslassen geht nicht, ich müsste Stoff in den Seiten einsetzen, aber wie sieht das denn aus und das schaffe ich bis heute Mittag nicht mehr.«

»Dir wird schon etwas einfallen. Der Gnädigste möchte von mir, dass ich alle fünf Paare seiner schwarzen Lederschuhe auf Hochglanz poliere. Bis zum zweiten Frühstück.« Gerulis räusperte sich. »Und natürlich soll ich den Herrensalon fertigmachen, alles überprüfen, selbst, ob in allen Zimmern genügend Kerzen sind. Die da oben haben vielleicht Vorstellungen!«

Frederike, die nach ihrem Morgenausritt in das Souterrain gegangen war, um zu fragen, ob sie helfen könne, fühlte sich nun wie ein Fremdkörper. Verschüchtert drückte sie sich an die Wand, wollte, so schnell es ging, die Treppe nach oben erreichen. Möglichst so, dass sie von keinem gesehen wurde.

»Freddy? Was machst du denn hier?«, fragte Leni, die aus dem Leutezimmer gestürmt kam. »Solltest du nicht oben sein?«

»Ich wollte helfen«, flüsterte Frederike beschämt.

»Uns?« Leni lachte. »Du bist so ein Zuckerstück. Aber du solltest oben sein, bei deiner Mutter. Die Gäste kommen bald.«

»Ich weiß, aber ich dachte, ich könnte euch noch …« Frederike biss sich auf die Zunge. In dem Moment, als sie die Worte ausgesprochen hatte, wusste sie, wie dumm sie waren.

Leni ging vor ihr in die Hocke, hob ihren Kopf an und sah ihr in die Augen. »Das ehrt dich wirklich sehr. Ich weiß das zu schätzen. Und alle anderen hier unten auch. Aber hier bist du uns zwischen den Füßen und das können wir nicht gebrauchen. Und es fällt auch das eine oder andere Wort, mancher Satz, der nicht nach oben gelangen sollte.«

»Ich bin keine Petze.«

»Das ist wahr. Dennoch – heute und morgen gibt es zwei Welten – oben und unten. Und das muss auch so sein.« Sie schaute Frederike ernst an. »Verstehst du das?«

Frederike nickte.

»Gut. Du kannst mir dennoch helfen. Schau bitte nach Gerta – ob sie richtig angezogen ist. Wenn du Hilfe mit ihren Haaren brauchst, dann klingele, aber falls du es ohne meine Hilfe schaffen würdest, wäre das für mich eine große Erleichterung.«

»Das schaffe ich schon.« Frederike richtete sich auf. »Soll ich auch nach den Zwillingen sehen?«

Leni lachte laut auf. »Die brauchen keine Hilfe, glaub mir, die versauen es auch ohne.« Sie schlug sich erschrocken die Hand vor den Mund. »Das hab ich nicht gesagt …«, flüsterte sie dann.

»Ich habe nichts gehört.« Frederike zwinkerte ihr zu und flitzte dann nach oben. Hektisch öffnete sie die Tür zur Halle, stürmte hinaus und wäre fast mit jemandem zusammengestoßen.

»Hoppla, wen haben wir denn hier?«, sagte eine tiefe Stimme amüsiert. Der Mann fing Frederike gerade noch rechtzeitig auf, bevor sie hingefallen wäre. »Nicht so eilig, meine junge Dame. Das schickt sich nicht.«

Es war Ax von Stieglitz, der scheinbar in der Diele auf jemanden wartete. Natürlich, der Gong hatte das erste Mal geläutet und gleich würde das Frühstück gereicht werden.

»Du bist doch die Kleine von Weidenfels, nicht wahr? Mein Vater hat deinen Vater gut gekannt«, sagte er lächelnd.

»Oh.« Frederike schnappte nach Luft. Nicht nur der Zusammenstoß war überraschend für sie gekommen: dass Ax von Stieglitz mit ihr sprach, nahm ihr fast den Atem. »Es tut mir leid«, stammelte sie. »Ich muss nach oben.« Schnell löste sie sich aus seinem stützenden Griff und lief zur Treppe.

»Gemach, junges Fräulein, gemach.« Ax lachte leise. »Es wäre zu schade, wenn Ihr Euch die schlanken Fesseln brechen würdet.«

Frederike fühlte sich, als hätte ihr jemand kochendes Wasser über den Kopf geschüttet. Ihre schlanken Fesseln? Er hatte ihre Beine betrachtet? Oh, du lieber Gott! Sie wischte sich mit beiden Händen über das heiße Gesicht und öffnete dann die Tür zu ihrem Zimmer. Unten erklang der zweite Gong. Das Frühstück würden die Erwachsenen alleine einnehmen – die Sommergäste und diejenigen, die bisher schon angereist waren. Alle Kinder würden etwas später im Kinderzimmer ihr Frühmahl bekommen.

Ob Emma und Frieda nun zu den Erwachsenen zählten, fragte sich Frederike kurz, doch dann sah sie Gerta, und alle anderen Gedanken waren wie ausgewischt. Ihre kleine Schwester lag auf dem Bett und weinte fürchterlich.

»Ist etwas passiert?« Frederike stürzte zu ihr und strich ihr über den Kopf und die Schultern. »Hast du dir wehgetan?«

»Nein, aber ich kann das nicht«, heulte Gerta.

»Was kannst du nicht?« Frederike setzte sich neben sie auf das Bett, zog die Schwester in die Arme und wiegte sie beruhigend hin und her.

»Mich alleine anziehen. Ich stell mich an wie ein Baby. Das ist mehr als peinlich, als hätte ich nicht fünf Pfennig zum Groschen.«

»Jetzt stell dich tatsächlich nicht an wie ein Baby, du bist nämlich keines. In ein paar Monaten wirst du sehen, wie Babys sind – verpackt in ihr Puckkissen. Sie sind rot und schreien und manchmal stinken sie, aber sonst sind sie süß. Du bist auch süß, steckst aber nicht mehr in einem Puckkissen, oder?«

»Nein«, sagte Gerta kleinlaut.

»Diese neuen Kleider sehen toll aus, aber sie sind blöd, wenn man sie alleine anziehen muss.«

»Genau.«

»Aber du bist nicht alleine.«

»Mutter hat gesagt, wir sollen das Personal nicht belästigen, die hätten schon mit den Gästen genug zu tun. Ich wollte es alleine schaffen und ich glaube, ich habe es kaputtgemacht – der Stoff ist gerissen.« Den letzten Satz flüsterte sie.

»Ernsthaft?« Frederike stand auf und nahm das Kleid hoch. Sie biss sich auf die Lippen. »Ja, du hast es zerrissen.« Sie knüllte das Kleid zusammen und warf es in die Ecke. Gerta riss die Augen auf. »Das war nicht dein einziges Kleid, Gerta«, meinte Frederike und öffnete entschlossen den Schrank, schaute durch die Kleider, die ordentlich auf den Bügeln hingen. »Dann nehmen wir eben dieses.«

»Das ist aus Musselin, nicht aus Leinen«, sagte Gerta ehrfurchtsvoll.

»Und?«

»Ich glaube nicht, dass Mutter will, dass ich das schon morgens trage.«

»Wirst du auch nicht. Wir ziehen uns jetzt unsere Tagkleider an, denn wir essen im Kinderzimmer, ohne Gäste. Die sehen wir erst zum Mittag und das ist dann feierlich genug, dass du auch dieses Kleid tragen darfst. Nach dem Essen ziehst du es wieder aus – bis zum Abend – dann ziehst du es wieder an. Und jetzt guck nicht wie ein Gänseküken, ich werde dir doch helfen.«

»Wirklich?«

»Ganz wirklich. Auch die Haare werde ich dir machen. Hast du dich schon gewaschen und die Zähne geputzt?«

Gerta nickte.

»Dann werde ich mich jetzt fertig machen. Ich stinke wie ein Otter.« Frederike lachte. Aber dann dachte sie über den Satz nach – sie roch nach Pferd und Stall und Pferdemist und vermutlich auch nach Schweiß. Ax von Stieglitz hatte sie aufgefangen und an sich gedrückt – er hatte alle diese Gerüche bestimmt wahrgenommen.

Ich bin die kleine Landjungfer, die Stieftochter, das Mädchen, das nach Stall riecht und Fesseln wie eine Stute hat. Gab es schlimmere Beurteilungen? Bestimmt, aber die gingen dann in Richtung Kröte. Das Wasser im Krug war inzwischen schon kalt, aber das störte Frederike nicht. Die beiden Badezimmer waren für die Kinder in den nächsten Tagen tabu, sie mussten mit Krug und Schüssel vorliebnehmen, doch das fanden sie nicht so schlimm – waschen an der Schüssel ging weitaus schneller. Und sie mussten danach keine Wanne auswischen – das verlangte die Mutter nämlich von ihnen, wenn sie badeten.

Die Sommerzwillinge würden sicherlich nicht putzen, dachte Frederike und füllte sauberes Wasser in die Schüssel, aber sie durften baden – nach einem akkurat ausgeklügelten Plan, den Mutter an die Tür des Badezimmers geheftet hatte.

Nachdenklich schaute Frederike sich im Spiegel an – die Haare hatte sie erst gestern eingeseift und gründlich gewaschen. Sie würde sie heute nur ordentlich durchbürsten und flechten. So eine schicke Kurzhaarfrisur wie die Zwillinge hätte sie auch gerne gehabt, modisch kinnlang oder bis zu den Schultern und mit Wasserwelle gelegt, aber das würde ihr Mutter nie erlauben. Sie löste den Zopf, bürstete die Haare aus – sie gingen ihr bis zur Hüfte. Stroh und Staub lösten sich aus den Locken, Frederike ließ die Bürste sinken, biss sich in die Innenseite der Wange. Wenn sie jetzt die Haare auswusch, würde es ewig dauern, bis sie getrocknet wären, selbst bei diesem herrlichen Wetter. Natürlich konnte sie auch die noch feuchten Haare flechten und aufstecken, aber das Gefühl, einen feuchten, schweren Schwamm am Hinterkopf zu tragen, war nicht besonders angenehm.

»Gerta, gib mir mal die Schere«, sagte Frederike nachdenklich und kämmte die Haare nach vorne über die Schultern.

»Die Nagelschere? Was willst du damit? Leni hat doch erst vor drei Tagen unsere Finger kontrolliert.«

»Die große Schere.«

»Was hast du vor, Freddy?«, fragte Gerta verwundert.

»Nun gib schon«, sagte Frederike ungeduldig. Wenn sie jetzt zögerte, würde sie es nie machen. Sie nahm Gerta die Schere aus der Hand, zog einen Haarstrang hervor und schnitt ihn ab.

»Freddy!«, kreischte Gerta entsetzt. »Was machst du da?«

»Wonach sieht es aus?« Ein Büschel nach dem Nächsten fiel zu Boden und bildete eine Art Nest um Frederike.

»Was wird Mutter sagen?« Gerta konnte es nicht fassen. »Sie wird dich köpfen.«

»Da hat sie es jetzt ja leichter, meinen Nacken freizulegen.« Frederike kicherte. »Mutter wird es gar nicht merken. Schau, die Haare sind noch lang genug, dass ich sie hochstecken kann. Im Nacken zumindest. Jetzt kann ich sie aber waschen und trocknen, noch bevor der Tag zu Ende ist. Nach den Feierlichkeiten wird Mutter es natürlich bemerken und sie wird nicht begeistert sein – aber was wird ihr übrig bleiben, als mich zum Frisör zu schicken und mir eine ordentliche Kurzhaarfrisur verpassen zu lassen?«

»Genialer Plan, nur wird Mutter das nicht machen.«

»Sondern?«

»Haare wachsen wieder, wird sie sagen.« Gerta zuckte mit den Schultern. »Dann wirst du eben ein paar Wochen scheußlich aussehen, aber wen stört das schon? Uns nicht.«

Grundgütiger, dachte Frederike verzweifelt, Gerta hat recht. Für einen Moment wollte sie die Schere fallen lassen, aber nun hatte sie schon die rechte Seite abgeschnitten und das war auch keine Lösung. Beherzt griff sie wieder zur Schere.

Kapitel 13

»Irgendetwas ist mit deinen Haaren«, sagte Thea nachdenklich zu Frederike, als sie im Kinderzimmer am Tisch saßen, um zu frühstücken. Nach der Andacht, an der sie hatten teilnehmen müssen, waren die Kinder ganz schnell wieder nach oben gescheucht worden. »Ich komme nur nicht darauf, was.«

»Ich habe sie abgeschnitten«, wisperte Frederike ihrer Freundin zu. »Schulterlang.«

»Du hast … was?« Thea sah sie an, als hätte Frederike gerade seelenruhig einen Regenwurm verspeist anstatt einer Scheibe Weißbrot.

»Ich habe mir die Haare abgeschnitten.« Für einen Moment schwieg sie, dann fuhr sie fort. »Ich bräuchte deshalb gleich deine Hilfe. Es ist ziemlich schräg geworden. Alleine sollte man sich die Haare wohl doch nicht schneiden.« Fragend sah sie ihre Freundin an.

»Klar wie Kloßbrühe. Ich helfe dir.« Sie überlegte. »Und dann hilfst du mir.«

»Wobei?«

»Na, was du kannst, kann ich auch.« Thea grinste.

»Deine Mutter wird uns töten.«

»Deine auch.« Ungerührt nahm sich Thea eine weitere Scheibe von dem leckeren Weißbrot, bestrich sie dick mit Butter.

Das Kindermädchen warf ihr einen drohenden Blick zu. »Willst du platzen?«, fragte sie und zog die Augenbraue hoch. »Das ziemt sich aber nicht. Deine Butter sollst du so verwalten, dass wenig weit soll reichen.«

Thea verdrehte genervt die Augen. »Ja, Margit, weiß ich doch.«

»Dann halt dich auch dran.« Das Mädchen nahm das steinerne Butterfässchen und stellte es neben ihren Teller. »Es wird heute noch reichlich Essen geben und ich habe keine Lust, nachher Erbrochenes aufzuwischen, weil ihr nicht Maß halten könnt.« Streng sah sie von einem zum anderen.

»Ja, Margit«, seufzten alle in einem Atemzug.

Endlich war das Frühstück beendet und sie durften aufstehen. Thea zog Frederike mit sich in ihr Zimmer.

»Kommst du nicht?«, fragte Gerta Fritz. »Ich will zum Stall.«

»Ich will zeichnen«, sagte Fritz und blieb am Tisch sitzen.

»Geh mit deinen Geschwistern nach draußen«, maulte Margit ihn an.

»Mein Stiefvater möchte, dass ich Karten zeichne.« Fritz lächelte. Frederike hatte den Wortwechsel gehört, obwohl sie ihn kaum glauben konnte. Fritz blieb freiwillig drinnen und wollte zeichnen? Da steckte doch mehr dahinter. Sie machte kehrt und setzte sich neben ihn an den Tisch, den eines der Küchenmädchen gerade abräumte.

Margit sah die Kinder an, kniff die Augen zusammen. »Raus mit euch!«, zischte sie.

Fritz schüttelte ungerührt den Kopf. »Ich will zeichnen.«

»Ich auch«, sagte Frederike fröhlich, stand auf und holte Blätter und Stifte aus dem Regal.

Margit stemmte die Hände in die Hüften. Sie war neu auf dem Gut, erst seit ein paar Tagen da. Bisher hatten die Kinder wenig mit ihr zu tun gehabt, da sie mit der Familie essen durften und ansonsten ihre freie Zeit meist draußen verbrachten. Mutter hatte aber Wert darauf gelegt, dass Margit zu ihnen kam, und zwar vor der großen Gesellschaft, so dass die Kinder in den nächsten Tagen gut betreut werden würden. Doch irgendetwas musste Fritz sauer aufgestoßen sein, sonst wäre er sofort nach draußen gestürmt. Nur was?, fragte sich Frederike.

Fritz sah sie an, zwinkerte ihr zu, nahm dann ein Blatt Papier und zeichnete die Umrisse Ostpreußens darauf.

»Ihr geht jetzt nach draußen«, fauchte Margit. »Jetzt sofort.« Die Küchenmagd nahm das beladene Tablett und ging. Margit sah ihr kurz hinterher. »Und jetzt geht ihr auch. Los, fort mit euch.« Sie schwenkte die Hände, so als wolle sie Hühner verscheuchen.

»Ich möchte zeichnen.« Fritz sah zu Margit. Ihren Teller, das Brot und die Butter hatte die Magd nicht abgeräumt. Nun fiel es auch Frederike auf. Also deshalb sollten die Kinder sparsam mit der Butter sein.

»Frechheit«, murmelte sie so leise, dass es nur Fritz hören konnte.

Er nickte. »Das macht sie schon alle Tage so«, flüsterte er zurück.

»Na, ab jetzt aber nicht mehr.« Entschlossen nahm sich Frederike einen Stift und begann zu zeichnen.

»Ihr geht raus!« Fast heulte das Kindermädchen nun. »Verschwindet.«

»Gut«, sagte Frederike und stand auf. »Dann nehme ich das gleich mit in die Küche.« Sie wollte das Brot, den Teller und die Butter zusammenräumen.

»Nein!«, schrie Margit. »Lass das stehen. Was erlaubst du dir?«

»Deine Butter sollst du so verwalten«, singsangte Fritz leise.

Margit sah ihn an, ihre Augen schwammen plötzlich voller Tränen. Sie setzte sich hin und vergrub ihr Gesicht in den Händen, schluchzte laut.

Unsicher schaute Frederike zu Fritz, doch er zuckte nur mit den Schultern. »Ist wohl ein Frauenproblem«, sagte er, drehte sich um und verschwand. Am liebsten hätte Frederike es ihm gleichgetan. Thea wartete sicher schon ungeduldig auf sie in ihrem Zimmer und von draußen war Betriebsamkeit zu hören. Alles wurde für das Fest aufgebaut. Eigentlich gab es viele Dinge, die Frederike jetzt gerade lieber hätte tun wollen, als ein Kindermädchen zu trösten, aber das würde später zu ihren Aufgaben gehören, sollte sie jemals ein eigenes Gut führen.

»Margit?«, fragte Frederike unsicher. Wäre doch nur Mutter oder Tante Edeltraut hier, doch die beiden waren mit anderen Dingen beschäftigt.

Margit zog den Teller mit dem Brot und das Butterfass an sich, umschlang beides mit den Armen. »Weißt du, wie Wrucken schmecken?«, fragte sie heiser. »Wrucken gebraten, geröstet, gemahlen und gebacken, gekocht, getrocknet. Weißt du das?«

Wrucken, das waren Steckrüben, fiel Frederike ein.

»Ich habe Wrucken gegessen, getrunken, heruntergewürgt und ich habe immer von Brot und Butter geträumt. Nicht von Fleisch, sondern von einfachem Brot mit frischer Butter«, fuhr Margit leise fort. »Jahrelang.«

Frederike wusste nicht, was sie sagen sollte. Die Hungerjahre des Krieges hatte sie zwar mitbekommen, doch durch die vielen Pakete von den Gütern der Familie waren sie für sie und ihre Geschwister milde ausgefallen. Immer hatte es Brot, Butter und Kartoffeln gegeben, meist auch andere Lebensmittel. Aber einige ihrer Klassenkameradinnen hatten die Steckrüben verflucht, die so ziemlich jedes Lebensmittel ersetzen sollten.

»Aber es ist doch genug Brot und auch Butter da«, sagte Frederike verwirrt. »Du kannst dir doch nehmen, so viel du willst. Brot wird alle paar Tage frisch gebacken und gebuttert wird auch.«

»Du verstehst das nicht«, sagte Margit dumpf und öffnete die Arme. »Ich weiß, dass es die Dinge hier gibt, aber mein Körper will es nicht glauben.«

»Das sollte er aber.« Frederike schüttelte den Kopf. »Der Krieg ist vorbei. Dann schmier dir doch noch ein Brot oder zwei.« Sie nickte ihr zu, verließ dann den Raum. Sie würde darüber mit Mutter reden müssen, doch erst nach dem Fest.

Thea wartete schon ungeduldig in ihrem Zimmer auf Frederike. »Wo warst du denn noch so lange?«

»Ich musste etwas klären.«

Thea sah sie neugierig an. »Nun mach schon«, sagte sie schließlich. »Zeig mir deine Frisur.«

Frederike zog die Nadeln heraus, schüttelte die Haare. Sie traute sich nicht, einen Blick in den Spiegel zu werfen.

»Phänomenal«, staunte Thea. »Du siehst ganz anders aus.«

»Ja?«, fragte Frederike nach.

»Doch, ja.« Thea biss sich auf die Lippen.

»Sieht es gut aus?«

»Eher wie der Putzmop. Setz dich mal.« Thea zog den Hocker unter der Frisierkommode hervor und griff nach ihrer Bürste. Sie kämmte Frederikes Haare. »Schlecht ist es nicht, aber ein wenig schief.«

»Schief ist englisch und englisch ist modern«, seufzte Frederike und wagte endlich, einen Blick in den Spiegel zu werfen. Überrascht stellte sie fest, wie verändert sie aussah. Die Haare waren rechts etwas länger als links, auf beiden Seiten reichten sie bis knapp zu den Schultern, doch ihr Gesicht wirkte anders, runder, weiblicher. »Oh!«

»Das möchte ich auch«, sagte Thea und klang entschlossen. »Aber zuvor müssen wir deine Haare noch begradigen.« Sie räusperte sich. »Aber ich weiß nicht, wie man das macht.«

»Du nimmst den Kamm und schneidest daran entlang.«

»Und woher weißt du das?«

»Ich habe in Potsdam zugesehen, als die Friseuse bei Mutter war und einer ihrer Freundinnen die Haare geschnitten hat.«

»Du durftest dabei sein?«

»Natürlich nicht«, Frederike kicherte, »aber auch dort haben die Türen nicht richtig geschlossen. Ich habe durch den Spalt gespäht. Mutter wollte sich das ansehen, fand die kurzen Haare dann aber scheußlich.« Sie seufzte laut auf. »Deshalb musst du darauf achten, nicht zu viel abzuschneiden. Ich muss die Haare immer noch hochstecken können, dann sieht man es nicht so.«

»Man bemerkt es schon, es sieht anders aus.«

»Heute und morgen wird sie es vermutlich nicht bemerken, da ist sie mit anderen Dingen beschäftigt.«

»Stimmt und meine Mutter auch. Also auf zur Tat.« Entschlossen nahm Thea Schere und Kamm.

Nach einer halben Stunde waren beide Mädchen halbwegs zufrieden mit dem Ergebnis. Ganz gerade waren die Haare zwar immer noch nicht, aber durch die leichten Naturwellen fiel es kaum noch auf.

»Und jetzt ich«, sagte Thea. Sie setzte sich auf den Hocker und löste ihre Haare, die wie große Wogen über ihren Rücken fielen. Frederike nahm die Bürste, strich ein paar Mal durch die Lockenpracht.

»Bist du dir wirklich sicher?«, fragte sie dann.

»Na klar. Was du kannst, kann ich doch wohl auch.«

»Du hast viel schönere Haare als ich.«

»Freddy, nun mach schon!«

»Gut.« Frederike nahm Theas Haare im Nacken zusammen und flocht sie wieder zu dem dicken Zopf.

»Was machst du? Du sollst sie abschneiden!«, beschwerte sich ihre Freundin.

»Das werde ich, aber so geht es einfacher. Ich werde erst den Zopf abschneiden – den kannst du dann immer noch als Haarteil benutzen.«

»Genial. Du bist einfach genial«, lobte Thea sie.

Es dauerte eine gute Stunde, bis die beiden zufrieden waren, dann eine weitere, bis sie die besten Aufsteckmethoden heraushatten.

»Und jetzt schnell nach unten«, rief Frederike und nahm ihre Freundin bei der Hand.

Schon bald würden die ersten aushäusigen Gäste eintreffen. Zu Mittag war inzwischen ein leichter Imbiss im Garten geplant, an dem auch die Kinder teilnehmen durften. Frederike wusste nicht mehr, wie oft Mutter gemeinsam mit Tante Edeltraut, der Mamsell und der Köchin die Planungen umgeworfen und neu erstellt hatte. Gefühlt sicherlich zwanzig Mal. Nun würde es nachmittags Kaffee und Kuchen geben und ab fünf das Menü im Haus serviert werden. Nach langem Hin und Her gab es einen Kindertisch, etwas entfernt von der großen Tafel. Die Schiebetüren waren alle geöffnet, die Tische verlängert und zusammengeschoben worden – sie reichten nun vom vorderen Salon bis hinten zum Gartenzimmer. Hilde plättete gerade die Leinendecken auf den Tischen, so dass niemand die Falten sehen würde. Dazu war Zeitungspapier unter das Leinen geschoben worden. Immer wieder brachte ein Küchenmädchen ein neues Plätteisen aus dem Souterrain, wo die gusseisernen Geräte auf dem Herd erwärmt wurden. Hilde wischte sich stöhnend den Schweiß von der Stirn, es war drückend heiß, obwohl alle Glastüren offen standen.

Thea und Frederike schlichen sich nach unten, ins Souterrain. Dort dampfte und kochte es. Stapelweise wurde das Geschirr nun nach oben getragen. Kleine Teller kamen nach draußen in das Zelt, wo der Imbiss gereicht wurde.

Käthe, ein Mädchen aus dem Dorf, das kaum älter war als Frederike, stand an der Eismaschine und drehte unablässig an der Kurbel. Im Innenraum befanden sich Sahne und Fruchtpüree, außen war zerstoßenes Eis eingefüllt worden, welches immer wieder erneuert wurde. Unter der Maschine hatte sich schon Wasser gesammelt. Trotz der harten Arbeit zwinkerte Käthe ihnen zu und schob den Aufnehmer mit dem Fuß weiter in die Pfütze.

»Das riecht hier unten immer so lecker«, sagte Thea und zog Frederike mit sich zum Herd, aus dem eines der Küchenmädchen gerade die Tassenkuchen holte.

»Finger weg«, sagte die Köchin barsch.

Frederike kannte den Tonfall. Auch wenn Schneider meistens eine sehr gnädige, eine nachsichtige und den Kindern des Hauses wohlwollende Köchin war, gab es Momente, wo man lieber Fersengeld geben sollte.

Sie huschten durch den Hinterausgang nach draußen, liefen vorbei an den Gemüsebeeten durch die Obsthecke nach vorne zum See, an dessen Seite das Zelt und die niedrige Holzplattform aufgebaut worden waren. Dort drehte gerade Franz, einer der Hausdiener, an der Kurbel des Grammophons. Ein Charleston erklang. Thea und Frederike sahen sich begeistert an.

»Das wird ein Bockbierfest!«, meine Thea. »Und das hier, in der Provinz.«

»Bockbierfest?« Emma war neben ihnen aufgetaut und gähnte lauthals. »Doch nicht hier.«

»Findest du das nicht phänomenal?«, fragte Thea verblüfft.

»Es ist langweilig, wie alles hier in der Provinz. Im Reich wäre es anders.«

»Was denn genau?«, fragte Frederike und stemmte die Fäuste in die Hüften.

»Na, alles.« Emma lächelte.

»Das Essen?«

»Genau, das Essen.«

»Was würde es denn bei euch geben?«, wollte Frederike wissen.

»Nun, wir würden ein ordentliches mehrgängiges Menü servieren. Hier haben wir ja manchmal nur Kartoffeln und Soße bekommen. Oder Krebse und Salat.«

»Und bei euch zuhause in Berlin gibt es jeden Tag ein mehrgängiges Menü?«, fragte Thea verblüfft. »Bei uns nicht unter der Woche. Da müssen eure Eltern schon sehr reich sein.«

»Über Geld spricht man nicht.« Emma wandte sich ab und stakte davon.

»Sie lügt und gibt an«, stieß Frederike wütend hervor.

»Weiß ich doch, Süße, ärgere dich nicht.« Thea schaute sich um. »Wo sind Fritz und Gerta?«

»Keine Ahnung, vielleicht im Stall?«

Sie gingen um das Zelt herum in Richtung der Stallungen, als sie plötzlich die Stimme von Theas Mutter hörten.

»Es ist rustikal, aber schön. Fühlst du dich hier wohl, Steff?«

»Ja, ich fühle mich angekommen, mehr, als ich jemals geglaubt hätte.«

Thea stieß Frederike in die Seite, legte den Zeigefinger auf ihre Lippen. Beide Mädchen blieben wie angewurzelt an der Zeltwand stehen, hinter der ihre Mütter miteinander sprachen.

»Ich fühle mich auf Fennhusen sehr wohl, obwohl es gedauert hat und ich mit Edel so manchen Machtkampf austragen musste, aber jetzt sind wir Freundinnen«, sagte Stefanie. »Für die Kinder ist es das Beste, hier auf dem Familiengut groß zu werden, die Traditionen mitzubekommen und mit dem Bewusstsein aufzuwachsen, zu einer großen Gutsfamilie zu gehören.«

»Schön und gut, aber was ist mit Freddy?«, fragte Tante Maria leise.

»Freddy wird ihren Weg gehen müssen. Wir werden sie unterstützen, aber natürlich hat sie keine Ansprüche.«

»Steff! Du hast Frederik von Weidenfels abgöttisch geliebt! Sie ist seine Tochter!«

»Ach, Mimi, ich war ein Kind, als ich ihn geheiratet habe, kaum erwachsen und voller Flausen im Kopf. Was wusste ich damals schon von Liebe? Nichts. Und meine Eltern, Gott habe sie selig, haben mich machen lassen. Das werde ich Freddy ersparen. Sie wird sich vermählen müssen, gut vermählen müssen, denn ein Erbe hat sie nicht mehr, aber ich werde darauf achten, dass die Verbindung vernünftig ist«, sagte Stefanie mit Nachdruck. »Ich denke jetzt schon über potentielle Kandidaten für sie nach.«

Die beiden Frauen gingen weiter. Thea sah ihre Freundin skeptisch an. »Sollen wir deine Geschwister suchen? Oder sollen wir irgendwo hingehen, wo wir alleine sind?«

Mit dir bin ich nicht alleine, dachte Frederike. Und ja, eigentlich wäre ich jetzt gerne ganz woanders – auf dem Heuboden, im Keller oder gar auf dem Mond, auch wenn dort niemand hinkommt. Vielleicht gerade deshalb … Theas mitleidiger Blick versetzte ihr einen Stich. Ihre Mutter hatte ihr doch versichert, dass sie einen ganz besonderen Stellenwert in ihrem Herzen hatte. Und jetzt das: sie guckte sich schon nach Bewerbern um. Wollte sie sie loswerden?

Ich bin doch erst elf Jahre alt, dachte Frederike und war bestürzt und überrascht zugleich. Ich möchte mich vorläufig noch nicht binden. Das kann Mutter doch nicht ernst gemeint haben? Ich bin doch kein Zuchtpferd, das man schon als Fohlen verkauft.

Wie taub ging sie weiter am Zelt entlang und bis zu den Remisen. Dort lag Hektor und schien auf sie gewartet zu haben. Vom Heuboden erklang das fröhliche Juchzen von Fritz und Gerta. Thea schaute nach oben, man sah ihr an, wie sehr sie mit sich kämpfte – hier war die traurige Freundin, dort oben die fröhlichen Spielkameraden.

»Geh nur«, sagte Frederike und nahm Hektor in den Arm, drückte ihn an sich. Er bohrte seine weiche und warme Hundeschnauze in ihr Ohr.

»Wirklich?«, fragte Thea unsicher.

»Wirklich!«, erwiderte Frederike fest. Ihre Freundin lief zur Treppe, die zum Heuschober führte.

»In zwei Stunden wird es Essen geben«, erinnerte Frederike sie. »Dann dürft ihr kein Stroh in den Haaren oder der Kleidung haben.«

»Verstanden, Kommandant!«, rief ihr Thea lachend zu und kletterte die Leiter nach oben.

Frederike drückte Hektor noch einmal an sich. »Lass uns spazieren gehen«, flüsterte sie ihm dann zu.

Sie liefen um den See. Die Zeit alleine mit dem Hund tat Frederike gut, auch wenn sie ihre Gedanken nicht ganz sortiert bekam.

Als sie zum Gutshaus zurückkehrte, scheuchte gerade eine entsetzte Leni Gerta, Fritz und Thea zurück zum Haus.

»Voller Staub, Heu und Spelzen! Was denkt ihr euch eigentlich? Euch fehlen doch viele Pfennige zur Mark, dass ihr euch an einem solchen Tag so dreckig macht. Husch, auf die Zimmer. Waschen müsst ihr euch mit kaltem Wasser.«

»Können wir nicht kurz in den Teich springen?«, fragte Fritz und meinte es durchaus ernst.

»Bist du des Teufels fette Beute?«, herrschte Leni ihn an. »Was glaubst du denn?«

»Ich glaube, dass wir dann sauber und erfrischt sind.« Fritz zwinkerte ihr zu.

»Das ist eine phantastisch gute Idee«, juchzte Gerta.

»Aber bis ihr eure Badesachen angezogen habt …«, sagte Leni zweifelnd.

»Wer braucht denn Badesachen? Wenn du Seife und Handtücher bringst, reicht das doch.« Plötzlich konnte Frederike wieder lachen. Sie schlüpfte aus ihrem Kleid, ließ nur die Unterwäsche an, nahm Anlauf und sprang in den Teich. Das Wasser war kalt und zuerst hielt sie wie im Schock die Luft an, aber dann stiegen die kleinen Luftbläschen an ihr hoch und langsam tauchte sie wieder auf, genoss die Erfrischung an diesem heißen Tag. Die anderen taten es ihr nach.

»Na, so etwas!«, sagte Leni und schlug die Hände über dem Kopf zusammen. »Na, so etwas!« Doch dann lief sie zurück ins Haus und holte ihnen Seife und Handtücher.

Frederike schwamm bis zum anderen Ufer, merkte erst gar nicht, dass ihr Thea gefolgt war.

»Wie geht es dir?«, fragte ihre Freundin atemlos, als sie sie endlich erreicht hatte.

»Wieso?«

»Weil … ich meine … deine Mutter … hat dich das nicht getroffen?«

»Schon«, gab Frederike zu. »Aber ich habe darüber nachgedacht. Sie meint es gut.«

»Sie will dich verschachern.« Thea spuckte aus. »Nur weil du keine Mitgift hast.«

»Kann sein.« Frederike legte sich auf den Rücken, streckte Arme und Beine von sich, ließ sich treiben. »Aber ich muss es ja nicht mitmachen.«

»Wie meinst du das?«

»Sie mag Bewerber für mich aussuchen, aber ich muss ja keinen annehmen. Tante Edel lebt hier auch auf dem Gut und Onkel Erik hat mir gesagt, dass mein Zuhause immer hier wäre.«

»Würdest du das wollen?« Thea klang überrascht.

»Das weiß ich doch jetzt noch nicht.« Frederike drehte sich um, schwamm zurück zum Steg. »Aber vielleicht kommen ja heute einige zukünftige Bewerber. Ich werde meine Augen offen halten.« Sie lachte und zog sich am Steg hoch.

»Du bist unglaublich, Frederike von Weidenfels. Und ich bin stolz, deine Freundin zu sein.«

»Du lieber Himmel«, rief Stefanie. »Wer war das? Wer hat euch das angetan?« Sie war plötzlich am Ufer aufgetaucht, als die Kinder sich abtrockneten. »Sicherlich die Zwillinge, Emma oder Frieda? Wer von den beiden war es?« Ihre Stimme klang laut und entsetzt.

»Wer war was?«, traute sich Thea verwirrt zu fragen.

»Eure … Haare!« Stefanie schnappte nach Luft.

Frederike und Thea sahen sich betroffen an. Die Haarnadeln hatten sich im Wasser und durch das Abrubbeln mit den Handtüchern gelöst.

»Das war ich«, sagte Frederike nun. Der Gedanke, die Schuld auf die

Sommerzwillinge zu schieben, war verlockend, aber ungerecht. Frederike schob die Unterlippe vor. »Man kann immer noch eine Aufsteckfrisur machen, aber so ist es viel praktischer. Unsere Haare trocknen schneller, sind viel schneller gekämmt ...«

»Ihr seht aus wie Affen.« Stefanie war fassungslos. »Wie kannst du das tun? An diesem Tag? Vor den Gästen?«

Frederike sah sich um. »Ich sehe hier keine Gäste«, erwiderte sie trotzig.

»Liebe Tante Stefanie«, sagte Thea mit dem ihr eigenen Augenaufschlag, dem kaum einer widerstehen konnte. »Wir werden uns anziehen und frisieren. Falls wir dann nicht deiner Prüfung standhalten, werden wir uns von deinem Fest fernhalten und im Haus bleiben.«

»Bist du von allen guten Geistern verlassen?«, zischte Frederike.

»Warte ab«, flüsterte Thea zurück.

Stefanie schnaufte, dann verschränkte sie die Arme vor der Brust. »Nun gut. Wascht euch, zieht euch an. Ich will euch beide sehen, bevor ihr meinen Gästen unter die Augen kommt. Solltet ihr so unmöglich aussehen wie jetzt, bleibt ihr im Haus.« Sie drehte sich um und ging davon.

»Phänomenal«, sagte Fritz und schlug Thea anerkennend auf die Schulter. »Du bist eine Pfundsfrau. Vielleicht sollte ich dich heiraten.«

Thea lachte auf. »Du? Mich? Nie im Leben.« Sie nahm ihr Handtuch und lief zum Haus. »Komm, Freddy, wir müssen uns beeilen.«

Eine Stunde später wurde der Mittagsimbiss serviert. Stefanie hatte tatsächlich noch die Zeit gefunden, das Aussehen der Mädchen zu kontrollieren. Frederike und Thea hatten sich alle Mühe gegeben, ihre Haare so im Nacken hochzustecken, dass man nicht bemerkte, dass sie abgeschnitten waren. Die Blicke von Stefanie waren kritisch, aber schließlich nickte sie.

»Man sieht es kaum«, gestand sie. »Ich billige eure eigenmächtige Handlung nicht und das wird sicherlich noch ein Nachspiel haben, aber dennoch erlaube ich euch, an dem Fest teilzunehmen, so ihr euch denn benehmt.« Ihr Blick wanderte streng von der einen zur anderen. »Sollte ich ein Wort der Klage vernehmen, sei es von den Gästen oder gar von den Leuten, werdet ihr für die nächsten zwei Tage auf eure Zimmer verbannt. Habt ihr mich verstanden?«

Die beiden Mädchen nickten mit gesenktem Kopf. Sobald aber Stefanie den Raum verlassen hatte, strahlten sie sich an.

»Und jetzt«, sagte Frederike, »gehen wir nach unten. Vielleicht finden wir ja unsere Zukunft.«

»Heute? Hier?« Thea lachte. Dann wurde sie wieder ernst. »Vielleicht hast du ja sogar recht, auch wenn ich nicht daran glaube.«

»Ich auch nicht«, kicherte Frederike und stieß sie in die Seite. »Aber manchmal muss man auf das Beste hoffen und auf das Schlimmste gefasst sein.«

»So schlimm kann es ja nicht werden, wenn ich an das denke, was eure Küche vorbereitet hat.« Thea öffnete die Tür und die beiden flitzten nach unten.

Der größte Teil der Gäste war schon angekommen, die Wagen reihten sich an der Auffahrt entlang. Die meisten kamen mit Landauern, nur wenige hatten ein Automobil.

Mutter und Onkel Erik standen an der Treppe zum Haus und empfingen die Gäste. Auf der Wiese vor dem Haus waren zwei Mädchen mit Tabletts und servierten den Champagner. Gerulis leitete die Gäste weiter zum Zelt, wo es den Mittagsimbiss gab. Eine klare Brühe mit Einlage wurde in kleinen Tassen gereicht, dazu gab es kalten Braten, Sülze und Pastetchen. Hier und dort waren kleine Tischchen mit Stühlen aufgebaut worden, es wirkte alles sehr mondän und zwanglos. Die Kinder durften sich unter die Gäste mischen.

»Da, schau mal«, sagte Thea. »Da sind die vier Jungs von den von Hermannsdorf.«

»Und?«

»Freddy, tu nicht so unschuldig. Vielleicht ist dein Zukünftiger dabei.« Thea lachte.

»Oder deiner.« Frederike schnaufte empört. Dann sah sie sich um.

Eigentlich waren nur wenige der Nachbarn eingeladen worden. Nur die nächsten, deren Güter nicht mehr als zwei Fahrstunden entfernt lagen, und beste Freunde der Eltern. Die Meisten hatten ihre Kinder mitgebracht. Von ihrem Alter bis Mitte zwanzig war alles da und plötzlich verstand Frederike die Wichtigkeit solcher Ereignisse – man traf sich nicht nur, um miteinander zu feiern und Neuigkeiten auszutauschen, es war auch eine Art Börse, eine Börse der Zukunft. Es wurde gehandelt, Geschäfte wurden vereinbart, Allianzen geschlossen, politische Dinge abgesteckt. Und Partnerschaften wurden arrangiert – nicht nur solche des Handels, sondern auch Ehen, gleichgültig, wie weit in der Zukunft sie auch liegen mochten.

Auf solchen Festen lernte man seinesgleichen kennen – ein »von und zu« würde nur jemanden aus seinem Stand heiraten. So war es immer schon gewesen und so würde es bleiben.

Mutter, wurde Frederike plötzlich klar, hatte dieses Fest, diese Gesellschaft, nicht nur deshalb ins Leben gerufen, weil sie sich hier einführen wollte als die neue Baronin von Fennhusen, sie tat es auch für Frederike, Gerta, Fritz und die Kinder, die noch kommen mochten. Wobei es die von Fennhusen-Kinder deutlich einfacher hatten als Frederike. Frederike gehörte nicht wirklich dazu und sie hatte nichts, wodurch sie für andere Erben und Familien interessant war – kein Land und keine Mitgift. Sie musste durch etwas anderes punkten. Doch was könnte das sein?

Sie blickte über die Gäste, sah sich das eine oder andere Gesicht an. Manche kannte sie, andere nicht. Ihr Blick blieb an einem markanten Profil hängen. Für einen Moment schien auch er sie anzusehen, lächelte – Ax von Stieglitz. Aber dann wandte er sich einer jungen Dame zu, die zu seiner Rechten stand und munter plauderte.

Mutter hatte gesagt, dass sie schon jetzt nach einem geeigneten Mann für Frederike Ausschau hielt. Von Stieglitz war sicherlich nicht dabei. Er war schon Mitte zwanzig, fast fünfzehn Jahre älter als Frederike. Bis sie in ein heiratsfähiges Alter kam, wäre er schon längst Vater, das waren müßige Gedanken.

»Freddy?«, flüsterte plötzlich Fritz neben ihr. »Hast du schon die Häppchen probiert, die Schneider gemacht hat? Für uns hat sie einen eigenen Teller in der Diele versteckt. Komm schnell, bevor alle anderen dran waren.« Er nahm ihre Hand und zog sie mit sich.

Der Tag, auf den alle so lange gewartet, der so oft geplant, die Planung umgeschmissen, alles neu geplant worden war, schien wie im Fluge zu vergehen.

Gäste kamen, wurden begrüßt und bewirtet. Dann wurde das große Menü im Haus aufgetragen. Es war grandios und Frederike glaubte, noch nie so gut gespeist zu haben.

Anschließend ging man in den Hof. Rund um das Zelt waren Kerzen und Fackeln angezündet worden, obwohl es jetzt erst dämmerte. Die Kapelle spielte auf, es wurden Walzer und Foxtrott getanzt, die Verwegenen wagten sich auch an den Charleston und den Shimmy.

Zwanzig Kinder waren sie wohl – im Alter von Gerta bis zu den Sommerzwillingen –, die am Rande des Festes zusahen. Die Zwillinge allerdings waren mittendrin, genossen die Aufmerksamkeit und Beachtung. Sie fühlten sich erwachsen, was sich aber schnell änderte, da sie zu oft von der Bowle kosteten.

»Gleich«, wisperte Fritz verzückt und ließ kein Auge von den Zwillingen. »Gleich kippen sie um.«

»Warum?« Frederike hatte wohl bemerkt, dass die Tanzschritte der beiden immer unsicherer, ihr Lachen immer lauter geworden war, aber sie konnte sich keinen Reim darauf machen.

»Sie haben mir immer wieder gesagt, dass ich ihre Gläser füllen soll«, erklärte Fritz und grinste diabolisch. »Das habe ich auch gemacht und jedes Mal Kartoffelschnaps dazugetan. Die sind gleich am Ende.«

»Das hast du gemacht?«, fragte Thea und klang fast ehrfürchtig. »Clever. Vielleicht heirate ich dich doch.«

Frederike lachte. »Das wäre schön. Mein Bruder und meine beste Freundin. Aber lasst uns in zehn Jahren darüber sprechen.«

»Frühestens«, sagte Fritz und wischte sich über die Stirn. Sie saßen auf der Veranda, Gerta war eingeschlafen und auch einige andere der jüngeren Gäste zeigten deutliche Anzeichen von Müdigkeit.

»Wir haben oben auf dem Speicher einen Raum mit Notbetten für uns Kinder«, sagte Frederike. »Dort gibt es auch einen kleinen Imbiss. Ich zeig' euch gerne den Weg dorthin.«

Ob es die Betten oder der Imbiss waren, der die Meisten nach oben führte, oder ob alle einfach müde waren, wusste Frederike nicht. Sie und Thea blieben schließlich alleine zurück und beobachteten das Fest. Um Mitternacht gab es ein kleines Feuerwerk, das Onkel Erik besorgt hatte. Danach sammelten die Gäste ihre Kinder ein und verließen einer nach dem andern das Gut. Nur die Hausgäste und die nächsten Nachbarn feierten noch weiter. Stefanie selbst, deren Schwangerschaft nicht mehr zu übersehen war, hatte sich zurückgezogen. Die Sommerzwillinge mussten, so wie Fritz es prophezeit hatte, schon viel früher ins Bett getragen werden, sie erlebten das Feuerwerk nicht mehr, obwohl sie sich so sehr darauf gefreut hatten. Der Schnaps hatte gewirkt.

Die Köchin hatte noch eine Mitternachtssuppe vorbereitet und später gab es noch einen kleinen Imbiss für diejenigen, die immer noch weiterfeiern wollten.

Irgendwann verabschiedete sich auch Thea gähnend, aber Frederike wollte bis zum Schluss ausharren. Sie stützte ihre Arme auf das Verandageländer und sah den Tanzenden zu. Den Charleston und den Shimmy wollte sie auch unbedingt erlernen. Später, wenn sie groß war. Mit der Melodie von »Ausgerechnet Bananen« im Ohr schlief sie dann doch im Sitzen ein.

»Komm, meine kleine Zuckerschote, wach auf«, weckte sie Onkel Erik sanft. »Das Fest ist vorbei. Zeit, ins Bett zu gehen.«

Erschrocken sah Frederike ihn an. »Was? Wie?«

»Du musst ins Bett«, sagte Onkel Erik leise. »Komm, ich helfe dir.« Er grinste. »Komm.«

Verschlafen ließ sich Frederike von ihm in ihr Zimmer bringen. Ihr Bett hatte Gerta schon vorgewärmt, die sich dort breitgemacht hatte.

Frederike überlegte nur kurz und kroch dann zu ihrer Schwester unter die Decke. Es war ein aufregender Tag gewesen. Eng an ihre Schwester gekuschelt, die nach Seife und Kind roch, schlief sie ein. Die Melodien der Tänze verfolgten sie bis in die Träume.

TEIL ZWEI

Ostpreußen, Gut Fennhusen, 1928

Kapitel 1

»Danke, Hans!« Frederike stieg aus dem Landauer aus und blieb einen Moment vor dem Gutshaus stehen. Vor zwei Jahren, mit siebzehn, war sie nach Bad Godesberg ins Internat der Gartenbauschule für höhere Töchter gezogen und hatte nur wenige Ferienwochen und die Feiertage auf dem Gut derer von Fennhusen verbracht. Nun kehrte sie wieder zurück in den Schoß der Familie. Vor acht Jahren war sie mit ihrer Mutter und ihren beiden Halbgeschwistern hierhergezogen und schnell waren das Gut und die Leute zu ihrer Heimat geworden. Der Abschied vor zwei Jahren war ihr schwergefallen, umso mehr, da sich die Familie stetig vergrößerte. 1921 hatte die Mutter eine kleine Tochter, Irmi, zur Welt gebracht. So, wie Frederike Fritz und Gerta, ihre anderen Halbgeschwister, liebte, liebte sie auch dieses kleine rosa Bündel, das nach Kräften schrie und vor Freude glucksen konnte. Und nur ein Jahr später kam eine weitere Halbschwester – Gisela, die alle nur Gilusch nannten. 1924 dann konnte Onkel Erik endlich seinen eigenen Stammhalter in die Arme schließen – den kleinen Erik. Und letztes Jahr war Albrecht geboren worden. Er wurde, das wusste Frederike aus den Briefen, Ali genannt. Sie hatte ihn Weihnachten das erste und bis dato letzte Mal gesehen. Damals lag er noch eng gepuckt in der Wiege, doch nun würde er sicher schon fast anfangen zu krabbeln. »Freddy, da bist du ja!« Onkel Erik kam mit ausgebreiteten Armen die Eingangstreppe herunter. »Deine Mutter ist gerade im Kinderzimmer, aber sie kommt gleich.« Er wirkte schon fast zerknirscht. »Wir freuen uns sehr, dass du wieder hier bist.«

Frederike lehnte sich an ihn. Onkel Erik war nur ihr Ziehvater, aber sie liebte ihn von ganzem Herzen. Solange sie denken konnte, war er für sie und ihre Geschwister da gewesen, wie ein leiblicher Vater. Auch jetzt, wo er und die Mutter eigene Kinder hatten, hatte sich sein Verhalten nicht geändert. »Ich habe euch so vermisst, Onkel Erik. Das Leben in Bad Godesberg war zwar schön und ich bin euch dankbar, dass ich die Ausbildung machen durfte, aber hier ist so viel passiert …« Frederike schniefte leise.

»Mein liebes Kind, ich neige auch dazu, sentimental zu werden, aber lass uns das aufheben, bis wir mit deiner Mutter zusammensitzen.« Onkel Erik grinste, nahm sie am Ellenbogen und führte sie zum Haus. »Ich muss dir leider auch eine traurige Mitteilung machen«, sagte er leise.

Frederike blieb stehen. »Was?«

Onkel Erik senkte den Kopf. »Hektor ist tot.«

»Oh.« Frederike schaute über ihre Schulter in den Hof. Sie hatte Hektor in der großen Diele erwartet, aber da würde er nun nicht mehr sein. Aber schon bei ihrem letzten Besuch war der Hund fast zu schwach gewesen, um mit ihr über die Felder zu gehen.

»Er ist fast sechzehn geworden, ein stolzes Alter für einen Hund.« Onkel Erik räusperte sich. »Wir haben Welpen, du kannst dir gerne einen aussuchen, wenn du willst.«

Frederike schüttelte den Kopf. Hektor war ihr treuer Freund und Begleiter gewesen, sie konnte sich nicht vorstellen, dass ein anderer, beliebiger Welpe seinen Platz einnehmen könnte. »Als Nächstes nehme ich einen Wolf«, sagte sie kaum hörbar und lachte dann traurig. »Hektor war alt, aber er hatte hier ein wunderbares Hundeleben. Er war hier glücklich, so wie ich auch.«

Onkel Erik drückte sie. »Einen Wolf kannst du nicht zähmen.«

»Was ist mit Dups?« Frederike zog die Schultern hoch und wappnete sich auf eine weitere traurige Nachricht.

»Dups und Fips geht es prima. Sie werden gemächlicher, aber für die Kinder ist das gerade richtig. Irmi lernt gerade reiten und auch Gilusch sitzt gerne auf den Ponys. Für dich dürften sie beide inzwischen zu klein sein.« Er trat einen Schritt zurück. »Bist du in den letzten Monaten tatsächlich noch gewachsen? Mir scheint es so.«

Frederike lachte. »Nur ein wenig und das an Stellen, die bei der Größe des Pferdes keine Rolle spielen.«

Onkel Erik nahm ihre Hand und führte sie weiter ins Haus.

Weihnachten war Frederike das letzte Mal hier gewesen, jetzt war Juni. Sie hatte überlegt, zu Ostern nach Hause zu fahren, aber obwohl inzwischen die Beschränkungen gelockert worden waren, kam die Fahrt durch den polnischen Korridor doch immer noch einer kleinen Weltreise gleich. Sie hatte die Feiertage lieber zum Lernen genutzt und eine Einladung von Freundinnen angenommen, die ebenfalls auf der Schule waren und aus Bayern kamen. Die Mutter der beiden war verwitwet und ein rechter Haudegen, doch im Inneren ihres Herzens eine gütige Frau. Die Freundschaft zu den beiden Mitschülerinnen war Frederike sehr wichtig geworden. Überhaupt hatte sie sich durch die zwei Jahre in Bad Godesberg von den engen Familienbanden abgenabelt. Doch nun, als sie in der Halle des Gutshauses stand, war es fast so, als wäre sie nie weg gewesen. Am liebsten wäre sie sofort ins Souterrain gestürmt, zur Mamsell und zur Köchin, hätte den Brutkasten der Puten und Hühner inspiziert, alle begrüßt und sich im Leutezimmer mit süßem Brot und anderen Leckereien verwöhnen lassen.

Doch dazu musste später Zeit sein, denn Mutter kam die Treppe heruntergerannt.

»Freddy, meine Freddy, endlich bist du wieder da«, rief sie und umarmte ihre älteste Tochter herzlich. Dann trat sie einen Schritt zurück. »Du bist noch mal gewachsen, scheint es mir. Gut siehst du aus. Und herzlichen Glückwunsch zur bestandenen Prüfung.«

»Ach«, sagte Onkel Erik verlegen, »natürlich. Das hatte ich ganz vergessen. Aber ich habe Champagner für uns kaltstellen lassen, so dass wir auf deinen Abschluss nachher anstoßen können.«

»Echten Champagner?« Frederike konnte es kaum glauben.

»Natürlich, es war doch auch eine echte Prüfung, nicht wahr?« Mutter lachte laut auf. »Aber erst gibt es Essen. Du hast dein altes Zimmer, ich hoffe, das Gepäck ist schon nach oben gebracht worden. Brauchst du Hilfe beim Auspacken? Leni würde dir sicher gerne zur Hand gehen.«

»Das schaffe ich wohl alleine.« Frederike lächelte, dann sah sie sich fragend um. »Wo sind denn alle?«

»Ich bin hier!«

Frederike fuhr herum und konnte gerade noch ihre Schwester Gerta auffangen, die ihr entgegenstürmte. »Freddy, Freddy, Freddy!«, rief sie. »Ich habe dich so vermisst!« Die Fünfzehnjährige strahlte Frederike an. »Endlich bist du wieder da.«

»Ich klinge jetzt wie Oma Luisa, aber du bist in dem halben Jahr tatsächlich gewachsen.« Frederike grinste.

»Ich auch?«, quietschte Irmi, die nun zusammen mit Gilusch in die Halle gelaufen kam.

Frederike beugte sich zu ihr und küsste sie auf beide Wangen. »Wo sind denn deine Zähne hin? Hast du sie dir ausgeschlagen?«, neckte sie ihre kleine Schwester.

»Ne, die sind ausgefallen, einfach so.« Irmi grinste sie breit an und zeigte stolz die große Lücke. »Werde doch jetzt ein Schulkind.«

Gilusch hatte vor lauter Aufregung Schluckauf bekommen. »Nächstes Jahr darf ich auch in die -Schule. Aber reiten -kann ich jetzt schon. Hans – hat es mir beigebracht. Er sagt – ich sei ein Naturtalent, so wie – du.« Sie trat von einem Fuß auf den anderen und redete wie ein kleiner Wasserfall.

Frederike lachte laut auf. »Oh, es ist so wunderbar, wieder hier bei euch zu sein«, rief sie aus. »Ist Fritz auch schon da?«

»Nein, er kommt erst in zwei Tagen«, erklärte Onkel Erik.

Frederikes Halbbruder Fritz besuchte seit einem Jahr eine höhere Schule in Potsdam. Frederike und Fritz hatten die mittlere Reife hier auf Fennhusen erworben, mussten jedoch eine Prüfung ablegen, die bewies, dass sie das Unterrichtsmaterial genauso erarbeitet hatten wie auch Schüler öffentlicher Schulen. Gerta würde die Prüfung im nächsten Jahr ablegen und dann auch eine höhere Schule besuchen. Wo, wusste sie jedoch noch nicht.

Der Hauslehrer Obermann war nur bis 1924 auf dem Gut geblieben, danach folgte eine junge Lehrerin, Fräulein Hansen, die immer noch die von-Fennhusen-Kinder unterrichtete, wobei Gerta im Moment die alleinige Schülerin war. Fräulein Hansen hatten Frederike und Fritz es zu verdanken, dass sie die Prüfungen zur mittleren Reife ohne größere Probleme bestanden, unter Lehrer Obermann mit seinen Macken und veralteten Ansichten wäre es ihnen vermutlich nicht gelungen.

Nachdenklich stieg Frederike nun die Treppe nach oben. Sie sog den vertrauten Geruch nach Bohnerwachs, Sommerstaub und den Düften, die aus der Küche im Souterrain kamen, ein. Es roch nach Zuhause.

Aus dem Kinderzimmer hörte sie das fröhliche Glucksen eines Säuglings und das Lachen des Vierjährigen, doch bevor sie ihre jüngeren Brüder begrüßte, wollte sie sich erst frisch machen.

Langsam öffnete sie die Tür zu ihrem Zimmer. Schmerzlich vermisste sie Hektor, der sie sonst immer begleitet hatte, sobald sie einen Fuß auf den Boden des Gutes setzte und der so manche Nacht eng an sie gedrückt in ihrem Bett geschlafen hatte. Das Zimmer sah aus wie immer. Ob die Mutter oder die Mamsell den Strauß mit den Sommerblumen auf den Tisch gestellt hatte? Die Kanne mit dem Waschwasser auf der Waschkommode war frisch befüllt, das Wasser dampfte sogar noch. Saubere Handtücher waren bereitgelegt worden und auch ein Stück Seife, die die Köchin selber siedete und presste. Sie fügte der Seife Kräuter oder duftende Blüten bei und Frederike hatte dafür gesorgt, einen ausreichenden Vorrat mit nach Bad Godesberg nehmen zu können. Manch eine ihrer Mitschülerinnen hatte sie um diese duftende Seife beneidet.

Ihr großer Koffer stand neben dem Bett, die beiden Teppichtaschen daneben. Es hatte sich einiges an Gepäck in diesen zwei Jahren angesammelt. Frederike öffnete den Koffer, nahm sich frische Wäsche heraus, schlüpfte dann aus der verschwitzten und staubigen Kleidung. Einen Moment überlegte sie – wie viel Zeit mochte noch sein, bis es Essen gab? Das Leben auf dem Gutshaus hatte seinen eigenen Rhythmus, in den sie erst wieder hineinfinden musste.

Zaghaft klopfte es an der Tür.

»Freddy?«, hörte sie Gerta fragen, »Darf ich hereinkommen?«

»Was ein Glück«, sagte Frederike und öffnete die Tür schwungvoll. »Sag, wie lange dauert es noch, bis es Essen gibt?«

Verblüfft schaute Gerta die ältere Schwester an. »Oh, du liebe Güte – ist das etwa Seide? Was für schöne Wäsche du trägst.«

Frederike konnte das Kichern nicht unterdrücken. »Ja, das ist Seide. Das haben mir meine Freundinnen geschenkt. Aber nun sag schon, wann gibt es Essen?«

»Die Köchin wird dir sicher einen Imbiss machen, wenn du so hungrig bist. Bald kommen die ersten Schnitter und die Küche bereitet sich schon darauf vor, deshalb wird es sicher noch dauern, bevor der Gong läutet. Du weißt doch, in den ersten Tagen der Ernte geht alles immer Drunter und Drüber.«

»Das heißt, ich könnte noch schwimmen gehen?«

»Willst du? Darf ich mitkommen?« Gertas Augen leuchteten.

»Du musst mich doch nicht um Erlaubnis fragen, du bist doch hier zuhause, genau wie ich.«

Eigentlich bist du hier noch mehr zuhause als ich, dachte Frederike nachdenklich, doch diesen Gedanken, der sie seit Wochen quälte, schob sie jetzt schnell zur Seite.

»Ich zieh mich nur schnell um.« Gerta lief jubelnd aus dem Zimmer. »Wir treffen uns am Steg.«

Früher waren sie immer in ihrer Unterwäsche im Teich schwimmen gegangen. Nur wenn besonders prüde Sommergäste auf dem Gut waren oder sie zur Sommerfrische an die See fuhren, hatte die Mutter darauf bestanden, dass sie Badekleider trugen. Diese Kleider, die meist noch bis zum Knie gingen und manchmal sogar aus drei Stücken bestanden – Hose, Oberteil und Rock, sogen sich voll Wasser und ließen das unbeschwerte Schwimmen kaum zu.

Frederike erinnerte sich daran, dass sie und Gerta oft im Wasser zumindest den hinderlichen Rock ausgezogen hatten und ihn heimlich wieder überstreiften, bevor sie ans Ufer stiegen.

Inzwischen besaß Frederike einen schicken einteiligen Badeanzug, der zwar bis zu den Oberschenkeln ging, aber deutlich enger anlag als die Badebekleidung vor einigen Jahren. Wie sehr hatte sie immer ihren Bruder beneidet, der schon früher einen knappen Badeanzug tragen durfte.

Schnell zog sie sich um, nahm ein Handtuch und ein Stück Seife, dann lief sie nach unten und durch das Gartenzimmer hinaus. Rechts lag der Obst- und Gemüsegarten, links waren, versteckt hinter den Beerenhecken, die Hühnerhäuser. In der Ferne hörte sie die Störche klappern.

Jetzt hatte sie immer noch nicht ihre kleinen Brüder begrüßt und war auch noch nicht in der Küche bei der Mamsell und der Köchin gewesen. Doch das hatte Zeit, schließlich würde sie nicht mehr nach Bad Godesberg zurückkehren. Und schon stand die große Frage, die sie bewegte, wieder im Raum. Was würde aus ihr werden? Sie gehörte nicht zum Gut. Onkel Erik hatte sie zwar aufgenommen, wie auch Fritz und Gerta, aber rechtlich war er ihr nicht verpflichtet. Sie war keine von Fennhusen, sondern eine von Weidenfels. Doch ihr Vater war ein fünfter Sohn eines dritten Sohnes gewesen, sie hatte daher kein nennenswertes Erbe erhalten. Das bisschen, was ihre Mutter für sie angelegt hatte, war durch den Krieg und den Zusammenbruch des Kaiserreiches verloren gegangen. Sie war eine mittellose junge Frau mit schlechten Aussichten.

Die einzige Möglichkeit, die sie hatte, war zu heiraten. Aber wer würde das tun? Sie war keine »gute Partie«, so wie es Gerta einmal sein würde, oder Irmi und Gilusch.

Irgendwo, so hoffte sie, würde sich ein Weg für sie auftun. Ihre Ausbildung hatte sie gemacht, um ein Gut führen zu können, doch Fennhusen würde es nicht sein. Aber nun tauchte der Teich vor ihr auf. Die Wiese war gemäht worden, es roch herrlich nach frischem Gras und Sommerflieder, der zwischen den Weiden am Ufer wuchs. Auf der Remise klapperte das Storchenpaar, das jedes Jahr dort brütete. Frederike warf das Handtuch auf den Steg, lief dann bis zum Wasser und sprang beherzt hinein. Im ersten Moment musste sie die Luft anhalten, doch dann genoss sie die Kühle.

»Bist du schon da?« Gerta stieß die Holzpantinen von den Füßen, ließ ihr Handtuch neben das ihrer Schwester gleiten und lief an das Ende des Stegs.

»Ich bin schon im Wasser, bei den giftigen Fröschen und Schlangen.«

Frederike drehte sich auf den Rücken und strampelte mit den Füßen, so dass das Wasser bis auf den Steg spritzte.

Gerta lachte laut auf, ging ein paar Schritte zurück, nahm Anlauf und sprang dann in den Teich. Sie tauchte nach Luft schnappend wieder auf. »Erbarmung, ist das kalt«, seufzte sie.

»Erbarmung ... oh, wie habe ich diesen Ausdruck vermisst.« Frederike stieß sich ab, schwamm in langen Bahnen zur anderen Seite.

»Und wir haben dich vermisst.« Gerta holte schnell auf. »Und Fritz. Gut, dass er für die Ferien nach Hause kommt. Ohne euch ist es so ... anders hier.« Sie biss sich auf die Lippen. »Ich mag die Kleinen, aber sie sind eben noch klein.«

»Nächstes Jahr gehst du weg«, sagte Frederike nachdenklich.

»Ja, aber erst nächstes Jahr. Und ich weiß gar nicht, ob ich die höhere Schule besuchen will. Schule ist irgendwie wie die Hühnerstange im Stall – lang und beschissen.«

»Gerta!«, rief Frederike entsetzt aus, lachte aber dann. »Onkel Erik würde dir den Mund mit Seife auswaschen.«

»Wohl kaum. Du weißt gar nicht, wie er sich in der letzten Zeit äußert. Immer wenn er mit Besuch im Herrenzimmer sitzt, fallen lauter unflätige Worte.«

»Woher weißt du das? Bist du dabei?«

»Woher wusstest du immer, was die Erwachsenen geredet haben? Na, woher?« Gerta drehte sich auf den Rücken und grinste.

»Wusste ich doch gar nicht«, log Frederike.

»Und du hast auch nie in der Diele hinter dem Ohrensessel gehockt?«

»Woher ... weißt du das?« Frederike sah sie erstaunt an. »Und überhaupt, was ich gemacht habe, musst du ja nicht nachmachen. Lass dich jedenfalls nicht erwischen.«

»Bist du erwischt worden?«

»Ein paar Mal. Von der Mamsell oder Leni. Sie haben mich aufs Zimmer geschickt, aber nichts den Eltern gesagt.« Frederike lachte leise, doch dann wurde sie wieder ernst. »Mit wem bespricht Onkel Erik sich denn?«

»Mit anderen Gutsherren, alle sind sehr nervös wegen der politischen Lage. Das Meiste, was sie sagen, versteh ich nicht.«

»Und deshalb wäre es gut, wenn du eine höhere Schule besuchst. Außerdem macht es Spaß.«

»Lernen ist nichts für mich.« Gerta stöhnte auf. »Ich glaube, Fräulein Hansen verzweifelt an mir. Wenn der Inspektor nicht wäre, wäre sie wahrscheinlich schon längst wieder über alle Berge.«

»Fräulein Hansen und der Inspektor haben ein Tüdeldü?«

»Ich glaube schon. An ihren freien Tagen nimmt er sie mit nach Graudenz oder nach Bromberg. Oder sie fahren über die Felder in eine Wirtschaft oder so.«

»Wie entzückend.«

»Ich hoffe, sie bleibt«, sagte Gerta nachdenklich. »Jetzt, wo Irmi und Gilusch auch Unterricht bekommen sollen. Ich mag Fräulein Hansen.«

Frederike schaute über die Weiden zum Horizont, die Sonne stand schon tief. »Wir müssen zurück. Gleich gibt es sicher Essen. Ich habe auch die Jungs noch nicht begrüßt und unten bei den Leuten war ich auch noch nicht.« Sie schwamm zum Steg und zog sich mit einer geschmeidigen Bewegung hoch.

»Wow!«, rief Gerta aus. »Du hast aber einen feschen Badeanzug. Oh, ich beneide dich.«

»Ich war mit Annchen und Lottchen einkaufen. Ihr Bruder Werner hat alles bezahlt. Die Familie ist unfassbar reich und es war mir so peinlich, aber sie haben darauf bestanden. Wäsche, Kleidung, sogar den Haarschnitt haben sie bezahlt.« Sie schüttelte die schulterlangen Haare aus.

»Mutter würde mir nie so eine Kurzhaarfrisur erlauben«, sagte Gerta und hievte sich ebenfalls auf den Steg, wrang ihre fast hüftlangen Haare mit den Händen aus. »Seit dem Drama, als du dir damals die Haare abgeschnitten hast, ist das ein Tabuthema.«

»Das werden wir ändern, Süße, glaub mir«, sagte Frederike und ging zum Brunnen im Hof. Das Wasser war noch kälter als das im Teich, aber sehr klar. Schnell seifte sie sich ein, wusch sich dann ab. Gerta tat es ihr nach.

»Ich liebe die Seife unserer Köchin, sie riecht für mich nach Zuhause«, schwärmte Frederike.

»Findest du?« Gerta sah sie verblüfft an.

»Vielleicht musst du auch erst einmal weggehen, um zu erkennen, was hier alles schön ist. Ich hätte es auch nicht gedacht, aber es sind eher die Kleinigkeiten, die ich vermisst habe.« Bibbernd rieb sich Frederike trocken. »Gerüche, wie der Pfeifenrauch von Onkel Erik, oder der Geschmack der Soße, die die Köchin immer zu den Kartoffeln macht, das Klappern der Störche in der Dämmerung. Das Gefühl, das wir haben, wenn wir morgens mit den Leuten die Andacht halten. Diese Dinge.«

»Dir fehlen wohl fünf Pfennige auf den Groschen, dass du so etwas vermisst.« Gerta lachte.

»Ach«, sagte Frederike lächelnd, »du wirst das auch erkennen, warte nur ab.« Sie schwang den Pumpenschwengel für ihre Schwester, die sich schneller wusch, als eine Maus über den Hof huschen konnte.

»Katzenwäsche?«, lachte Frederike.

»Das Wasser ist so kalt und übermorgen ist eh Badetag.« Gerta schlang das Handtuch um sich und lief zum Haus. »Hilfst du mir gleich mit den Haaren?«, fragte sie über ihre Schulter zurück.

»Ja.« Frederike zog das alte Badekleid, dass sie im letzten Moment im Schrank entdeckt hatte, über ihren Kopf, dann ging sie zum Seiteneingang und hinunter ins Souterrain. Wenigstens kurz wollte sie die Leute begrüßen. Doch unten im Flur blieb sie unschlüssig stehen. Früher war sie hier ein- und ausgegangen, hatte sich den Leuten fast näher gefühlt als ihrer Familie, der »Herrschaft«. Aber das schien lange her zu sein.

»Was machst du denn hier?«, fragte ein piepsiges Stimmchen. Irmi kam gerade aus der Küche, wischte sich mit dem Handrücken den Mund ab.

»Und du? Du hast genascht.« Frederike spürte ein seltsam frohes Gefühl in ihrem Bauch. Irmi und Gilusch nahmen nun den Platz ein, den Gerta, Fritz und Frederike früher gehabt hatten. Sie durften hier unten naschen und Wärme und Geborgenheit erfahren, die Nähe zu den Leuten, die das Gut am Laufen hielten. Frederike selbst würde bald eine andere Position innehaben, wenn alles gut ging. Diese Erkenntnis machte sie wehmütig.

Die Küchentür schwang auf und Frau Schneider, die Köchin, stand plötzlich vor ihr. Sie schien noch dicker geworden zu sein, aber ihre saubere und gebügelte Schürze hielt den Körper wie eh und je zusammen.

»Erbarmen, wenn das nich meine Freddy ist«, sagte sie und drückte Frederike an ihre wogenden Brüste. »Oh, heilijer Jeist, wie scheen, dass du wieder hier bist! Kimm, kimm, ich hab sicher was Leckeres fier dich.«

»Frederike, wie schön«, erklang nun auch eine andere Stimme – es war die Mamsell, die der Köchin aus der Küche gefolgt war. »Grundgütiger, warst du etwa schwimmen?« Sie stemmte die Hände in die Hüften.

»Du warst schwimmen? Im See? Ohne mir Bescheid zu geben?«, rief Irmi und zog einen schmollenden Flunsch.

Frederike wusste gar nicht, wem sie als Erstes antworten sollte.

»Ja, ich war schwimmen.« Sie beugte sich zu Irmi. »Wir haben doch noch den ganzen Sommer, um gemeinsam im See zu plantschen.« Dann sah sie die Köchin und die Mamsell an und plötzlich standen Tränen in ihren Augen. »Es ist schön, zuhause zu sein.«

»Mag sein, aber in einer halben Stunde gibt es Essen. Bis dahin solltest du dich in einen besseren Zustand gebracht haben, denn so kannst du nicht am Tisch erscheinen«, meinte die Mamsell streng.

»Beeil dich. Ich habe dein Lieblingsessen gekocht, als ich gehört habe, dass du kommst. Und als Nachtisch gibt es Erdbeereis.«

»Für mich auch?« Irmi hüpfte auf und ab.

»Für alle, meine Süße. Aber nur, wenn du das Gesicht, deinen Hals und die Hände gewaschen hast.« Die Köchin grinste.

»Mach ich!« Wie ein geölter Blitz lief das Mädchen nach oben.

»Es hat sich alles verändert und ist doch gleich geblieben«, sagte Frederike verwirrt.

»Ja, das stimmt. Aber trotzdem sollte es gleich Essen geben, die Herrschaft wartet schon.« Die Mamsell zwinkerte Frederike zu, schob dann die Köchin in die Küche. »Wir sind auch morgen noch hier und freuen uns, wenn du uns besuchen kommst. Doch jetzt solltest du dich umziehen, mein Kind.«

»Zu Befehl.« Frederike schlug lachend die Hacken zusammen und lief dann ihrer Schwester nach die Treppe nach oben.

Schnell machte sie sich fertig, zog ein gesittetes Kleid an, fasste die Haare im Nacken zu einem kleinen Knoten zusammen, soweit es die Kürze erlaubte, besah sich noch mal kurz im Spiegel und ging dann zu Gerta.

Ihre Schwester saß am Frisiertisch und starrte in den Spiegel.

»Ich will die Haare auch kurz haben«, seufzte sie. »Und ich möchte schicke Wäsche tragen dürfen.«

»Das wirst du ganz sicher.« Frederike nahm die Bürste und kämmte ihrer Schwester die langen Haare. Dann drehte sie Strähne für Strähne geschickt ein und steckte sie hoch. Die so erzeugten flachen Locken legten sich wie ein schmaler Hut um Gertas Kopf. Der erste Gong ertönte und Frederike musste sich beeilen, doch bevor der Gong ein zweites Mal schlug, war sie fertig.

»Und?«, fragte sie ihre Schwester lächelnd.

»Phänomenal! Wo hast du das gelernt?«

»An der Schule. Der Coiffeur war zu teuer für die Meisten von uns, deshalb haben wir uns gegenseitig frisiert. Und Annchen ist eine Meisterin, was Frisuren angeht.«

»Aber die Familie hat doch Geld, hast du erzählt.«

»Geld haben kommt von Geld halten. Sie sind sehr bescheiden und sparsam die meiste Zeit. Nur wenn ihr Bruder kommt und sie einlädt, gönnen sie sich was. Sie wenden sonst sogar die Manschetten und Kragen ihrer Blusen.«

Schnell eilten die beiden auf den Flur und zur Treppe. Doch vor dem Kinderzimmer blieb Frederike stehen. »Geh schon mal vor, ich möchte eben noch ganz kurz zu den Jungen. Ich habe sie noch gar nicht begrüßt und nachher schlafen sie sicher schon.«

»Aber beeil dich, ich glaube, wir haben Gäste.« Gerta lief die Treppe hinunter.

Gäste, dachte Frederike enttäuscht. Sie hatte gehofft, an diesem Abend die Familie für sich haben zu können. Aber natürlich würde sie in den nächsten Monaten genug Zeit hier auf dem Gut mit ihnen verbringen.

Sie klopfte an die Kinderzimmertür, öffnete sie dann. Als Mutter damals mit ihnen auf das Gut gezogen war, brauchten sie kein Kinderzimmer. Vielleicht noch für Gerta, doch Gerta war es gewohnt, mit ihnen zusammen zu essen. Bei den Kleinen war das anders. Manchmal durfte Irmi mit am Tisch im Esszimmer sitzen, aber meistens aßen die Kinder hier oben mit ihrem Kindermädchen. Das Mädchen hatte ein Zimmer links mit direktem Anschluss und die Säuglingsschwester ihre Stube rechts auf der anderen Seite des Raumes – auch mit einer Tür zum Kinderbereich.

Als Irmi geboren wurde, hatte Onkel Erik die alten Familienspielsachen vom Dachboden geholt – ein riesiges Puppenhaus, eine dampfbetriebene Eisenbahn und zwei große Schaukelpferde. Mutter hatte nur mit dem Kopf geschüttelt, das Spielzeug ins Souterrain bringen und gründlich säubern lassen – der Staub und die Spinnweben von Jahrhunderten schienen auf ihnen zu liegen, was natürlich nicht stimmte.

Dann hatte Gerta das Puppenhaus bekommen und Fritz die Eisenbahn. Nur die Schaukelpferde kamen in das große und damals noch leere Kinderzimmer. Die Familienwiege der von Fennhusens wurde abgeschliffen, neu lackiert und ausgestattet.

Als Gilusch geboren wurde, bekam Irmi eines der kleinen Betten, die sich auch auf dem riesigen Dachboden fanden. Und so ging das weiter. Inzwischen standen drei kleine Betten in dem Zimmer, noch schlief Ali in der Wiege, aber das vierte Bett stand schon in der Scheune beim Zimmermann, der es aufarbeitete.

Die Kinder, die Kinderfrau und die Säuglingsschwester bekamen ihr Essen dann, wenn die Leute unten auch aßen – vor der Familie. Sie saßen alle noch am Tisch, als Frederike die Tür öffnete.

»Oh, ich störe beim Essen«, sagte Frederike und wollte schon umdrehen.

»Freddy, nein, komm zu uns!«, riefen Irmi und Gilusch gleichzeitig.

»Freddy!« Klein Erik strahlte sie glücklich an. Er war ein ruhiges, liebes Kind, ganz anders als seine lebendigen Schwestern. »Oh, Freddy!« Vor lauter Aufregung bekam er Schluckauf – das Einzige, was er mit Gilusch gemeinsam hatte. Frederike schaute die beiden Erzieherinnen fragend an.

»Kommen Sie nur zu uns, gnädiges Fräulein«, sagte Anna, das Kindermädchen, eine Frau aus dem Dorf, die schon Gerta betreut hatte.

»Aber liebe Anna, du musst mich doch nicht siezen.« Frederike lachte auf.

»Erbarmung. Doch, doch, Sie sind jetzt erwachsen, da giehiert sich das so.« Anna lächelte.

»Nein. Nein!« Frederike schüttelte entschieden den Kopf. »Für dich bleibe ich Freddy.« Sie kniete sich neben Klein-Erik und umarmte ihn. Er roch nach Seife und Kleinkind, so herrlich frisch wie eine gemähte Wiese.

»Für mich bleibst du auch meine Freddy«, wisperte er und drückte seine weiche Wange an ihren Hals. »Oh, wie schön, dass du wieder da bist. Jetzt bleibst du aber?«

»Vorläufig schon. Und morgen früh habe ich Zeit nur für dich.« Sie sah zu Anna und zog die Augenbrauen fragend hoch.

Anna nickte.

»Wo ist der kleine Ali?«

»Der schläft schon«, erklärte die Säuglingsschwester, Fräulein Siebling. Mutter hatte sie nach Eriks Geburt aus Berlin engagiert. Die Schwester aus Graudenz, die sie vorher gehabt hatten, hatte sich mit einem der Vorarbeiter verheiratet. Das würde mit der Siebling nie passieren – sie schaute abfällig auf die Arbeiter und strebte nach Höherem. Vor zwei Jahren, als Erik aus dem Gröbsten heraus war, hatte sie schon gehen wollen. Doch dann wurde Mutter wieder schwanger. Die

Schwangerschaft endete früh mit einer Fehlgeburt. Danach jedoch kündigte sich recht schnell Ali an und die Siebling blieb.

Frederike schlich sich zur Wiege, die in der Ecke stand, doch diese war leer.

»Er schläft in meinem Zimmer im Bett, bis alle anderen auch schlafen. Es ist zu unruhig hier im Kinderzimmer für ihn«, erklärte die Siebling und rümpfte die Nase. »Ich habe Ihrer Mutter immer wieder erklärt, dass das so nicht mehr geht, aber sie will ja nicht hören. Die großen Mädchen brauchen eigene Zimmer.«

»Ich bekomme mein Zimmer«, sagte Irmi und verschränkte die Arme vor der Brust. »Und Gilusch auch. Das hat Papa doch versprochen. Aber erst nach der Ernte. Die Ernte geht immer vor, hat er gesagt.«

Kluges Kind, dachte Frederike und grinste. »Und da hat dein Papa auch ganz recht. Ich muss gehen, der Gong hat schon zum zweiten Mal geschlagen. Aber morgen sehen wir uns.« Sie drückte ihre Geschwister und eilte dann nach unten.

Kapitel 2

»Müller als Reichskanzler«, sagte Fritz von Hermannsdorf, einer ihrer näheren Nachbarn. Sein Gut lag nur zwei Stunden zu Pferd entfernt. »Was soll man davon halten?«

Frederike hatte sich gerade eben so in das Esszimmer mogeln können. Zwar saßen schon alle zu Tisch, aber die Suppe war noch nicht aufgetragen worden. Sie saß ihrer Mutter gegenüber, die ihr zuzwinkerte.

»Gerta hat mir gesagt, dass du noch bei den Kleinen reinschaust«, wisperte Stefanie ihrer Tochter zu und lächelte.

Hilde servierte die Suppe. »Schön, dass du wieder da bist«, flüsterte sie Frederike zu.

Es gab Rinderbouillon mit Eierstich und Markklößchen und schon der Duft ließ Frederike das Wasser im Mund zusammenlaufen. Es war eine ihrer Lieblingssuppen, und niemand konnte sie so gut kochen wie die Köchin.

»Ernst Scholz wäre keine Alternative«, sagte nun eine sonore Stimme, die Frederike kannte. Überrascht schaute sie nach links. Tatsächlich, Ax von Stieglitz war ebenfalls zu Gast.

»Wir werden abwarten müssen, wie das Kabinett aussieht. Bisher haben wir ja noch nicht einmal eine stabile Koalition«, meine Onkel Erik seufzend. »Und davon hängt viel für uns ab.«

»Mit der Wirtschaft geht es doch bergauf«, meinte Albert von Husen-Wahlheim, ein weiterer Nachbar.

»Da habe ich so meine Zweifel«, meinte Onkel Erik düster. »Es mag so aussehen, aber der große Knall kommt noch.«

»Die Schweinepreise sinken weltweit, Weizen wird sicherlich folgen. Ich fürchte, es kommt zu einer Agrarkrise, aber weder Hindenburg noch Stresemann sehen das. Stresemann tut natürlich alles, um die Versailler Verträge endlich abzumildern, aber da habe ich kaum Hoffnung«, meinte Ax von Stieglitz.

»Sei nicht so pessimistisch. Stresemann weiß, was er tut, und ich glaube an ihn, was das angeht. Allerdings macht mir Hindenburg und seine Kamarilla Sorgen«, meinte Onkel Erik.

»Mein Lieber«, sagte Mutter nun und lächelte Onkel Erik an. »Haben diese Gespräche nicht Zeit bis nachher, bei eurem Cognac und der Zigarre?«

»Liebe Frau von Fennhusen, wie konnten wir uns nur so vergessen?«, sagte von Hermannsdorf und wirkte entsetzt. »Natürlich werden wir diese langweiligen Gespräche später am Kamin fortsetzen.«

»Wie läuft denn bei euch die Ernte?«, fragte von Husen-Wahlheim.

Die Mutter seufzte leise und warf Frau von Husen-Wahlheim einen verzweifelten Blick zu. Diese zuckte nur mit den Schultern.

»Haben Sie wieder polnische Schnitter?«, fragte sie Mutter dann. »Letztes Jahr waren wir so unzufrieden mit den Schnittern, aber es sind ja kaum andere Arbeiter zu bekommen.«

»Wir haben fast die gleiche Kolonne wie in den letzten Jahren«, antwortete die Mutter. »Mit ihnen waren wir bisher im Großen und Ganzen zufrieden.«

Die Gespräche bei Tisch drehten sich um die Güter, das Wetter, die Ernten und Missernten, um Pferde und natürlich um Nachbarn und Bekannte.

Frederike hörte nur mit einem Ohr zu, sie ließ die Gespräche an sich vorbeiplätschern, genoss es nur, wieder im Kreise der Familie, im vertrauten Esszimmer und bei ihren Lieblingsspeisen, die die Köchin für sie zubereitet hatte, zu sitzen.

»Das Menü ist ein wenig ungewöhnlich«, stellte Frau von Hermannsdorf überrascht fest, nachdem ein zweiter Fischgang serviert wurde. »Aber es schmeckt natürlich wie immer hervorragend.«

»Schneider, unsere Köchin, hat sich wohl etwas überschlagen«, sagte die Mutter und lachte leise. »Zudem hat sie sich auch nicht an den besprochenen Plan gehalten. Dies sind alles Lieblingsgerichte meiner ältesten Tochter, die heute erst aus Bad Godesberg zurückgekehrt ist.«

»Aber natürlich, Frederike, wie schön, dass du wieder hier bist. Sicherlich nur vorübergehend?«

Frederike zwang sich, zu lächeln. Wie es mit ihr weitergehen sollte, wusste sie ja selbst nicht. Doch ihre Mutter wechselte geschickt das Thema und das Essen ging vorbei, ohne dass Frederike mit einer weiteren unangenehmen Frage konfrontiert wurde.

Nach dem Essen zogen sich die Damen, darunter jetzt auch Frederike und Gerta, in den kleinen Salon zurück, während die Männer ins Gartenzimmer gingen, um dort eine Zigarre zu genießen.

Die Frauen fanden allerhand interessante Themen, die sich allerdings fast nur auf das Familienleben anderer bezogen. Doch Frederike saugte all die Informationen darüber, wer wen geheiratet, wo welche Kinder geboren worden waren und wer gestorben war, wie ein Schwamm in sich auf. So gelangte sie am schnellsten auf den neuesten Stand.

Gerta allerdings verabschiedete sich schon bald. Sie sei müde, sagte sie und Frederike wusste, dass ihre Schwester log. Sie wollte bestimmt lauschen.

Nach einer guten Stunde fanden die Paare wieder zusammen und es wurde noch ein Gläschen Sherry für die Damen und Cognac für die Herren gereicht.

»Ich habe Sie eine ganze Weile hier nicht gesehen«, sprach Ax von Stieglitz Frederike an. Sein Vater, ein enger Freund von Onkel Erik, war schon vor einigen Jahren gestorben, und deshalb hatte Onkel Erik von Stieglitz unter seine Fittiche genommen.

Meistens hatte von Stieglitz Frederike bei seinen Besuchen auf Gut Fennhusen so gut wie gar nicht zur Kenntnis genommen. Manchmal hatte er sie geneckt, so wie jemand seine junge Nichte necken würde. Frederike hatte nicht damit gerechnet, dass er sie nun ansprechen würde.

»Ich war ja auch nicht da«, antwortete sie und hätte direkt darauf im Erdboden versinken mögen. Warum fiel ihr keine intelligente, nette, forsche Antwort ein? Sie spürte, wie das Blut in ihre Wangen stieg und die Haut brannte. Doch von Stieglitz schien das nicht zu bemerken.

»In der Tat. Sie waren in einer Gartenbauschule? Irgendwo im Westen?«

»In Bad Godesberg, das liegt bei Bonn.«

»Aber warum Gartenbau? Und warum dort?« Er sah sie an und wirkte überraschend interessiert.

»Gartenbau ist eigentlich eine trügerische Bezeichnung. Wir haben Haushaltswesen gelernt, Vorratshaltung, wie man einen großen Obst- und Gemüsegarten anlegt und pflegt und solcherlei Dinge mehr.«

»Ah, verstehe. Perfekt, um ein Gut leiten zu können. Aber hat das bisher nicht Ihre Tante hier gemacht? Als Unterstützung Ihrer Mutter?« Er sah sich suchend um. »Lebt Ihre Tante nicht mehr auf Fennhusen?«

»Tante Edeltraut ist mit ihrer besten Freundin zur Sommerfrische an der See. Sie kommt nächste Woche wieder.«

»Dann werden Sie sich wohl auf lange Sicht woanders ein Betätigungsfeld suchen müssen, nicht wahr?«, sagte er und zwinkerte ihr zu.

Was zum Kuckuck will er mir damit sagen? Doch bevor Frederike ihn fragen konnte, hatte von Stieglitz sich schon Onkel Erik zugewandt.

Immer noch war das Hauptthema die Politik. Überall klang Sorge heraus, dabei waren die Arbeitslosenzahlen endlich gesunken und auch der Export lief wieder besser.

»Wir Landwirte haben es gut«, meinte Onkel Erik. »Vielleicht bricht die Wirtschaft wieder zusammen, aber immerhin werden wir unsere Familien immer ernähren können.«

»Vollkommen richtig«, meinte von Hermannsdorf. »Da geht es den Arbeitern schlechter. Dennoch sehe ich es nicht so pessimistisch wie Sie, guter von Fennhusen. Um eine große Koalition werden wir nicht herumkommen, doch das ist auch gut so.«

»Die Amerikaner haben dieses Jahr doch das Deutsche Vermögen, das bei ihnen eingefroren war, wieder freigegeben, das ist ein gutes Zeichen. Warum glaubst du, dass eine weitere Krise kommen wird, Erik?«, fragte die Mutter.

»Weil die Landwirtschaft Probleme hat. Ohne das Nothilfeprogramm, das im Frühjahr beschlossen wurde, sähe es für etliche kleine Güter und Bauern schlecht aus. Auch wir merken doch, dass die Preise fallen.«

»Das letzte Jahr war eine Katastrophe – zu nass und zu kalt. In manchen Regionen wurden die Ernten durch Unwetter vernichtet«, sagte von Stieglitz. »Viele Landwirte haben daraufhin die Viehzucht erhöht, aber weltweit sinken die Preise für Fleisch. Außerdem exportieren wir kaum Agrargüter.«

»Dazu kommen die hohen Kredite, die einige von uns aufgenommen haben«, sagte von Husen-Wahlheim.

»Nach der Entschuldung infolge der Inflation waren Investitionen unabdingbar«, meinte Onkel Erik. »Du weißt doch selbst, wie schwer es ist, Schnitterkolonnen zu bekommen, die noch bezahlbar sind. Und natürlich müssen wir mit der Zeit gehen und uns anpassen. Dampfmaschinen werden mehr und mehr die einfachen Lohnarbeiter ersetzen, aber die Maschinen kosten viel Geld.«

»Dafür sind sie effizienter«, schob von Stieglitz ein.

»Wenn sie denn funktionieren. Mit meiner Dreschmaschine habe ich nur Ärger.« Von Hermannsdorf seufzte.

»Mit den Schnittern auch«, fügte seine Frau hinzu. »Letztes Jahr haben sie mehr gesoffen als gearbeitet und die Unterkünfte … daran mag ich gar nicht denken. Man sollte meinen, dass sie eher in den Schweinestall gehörten, denn in Häuser.« Sie rümpfte die Nase.

»Arbeiter kosten Geld, Maschinen auch. Doch wer sich jetzt hoch verschuldet hat, wird es schwer haben«, sagte Onkel Erik düster.

Mutter zog die Augenbrauen hoch.

»Albert, ich will ja nicht drängen«, sagte Frau von Husen-Wahlheim, die bisher kaum das Wort ergriffen hatte. »Aber wir sollten nach Hause …«

»Natürlich, meine Liebe.«

»Ich lasse die Wagen vorfahren.« Onkel Erik läutete nach Gerulis.

Frederike schwirrte der Kopf nach diesem langen Abend. Onkel Erik und Ax von Stieglitz blieben noch im Raucherzimmer, nachdem die Gäste gegangen waren, Mutter begleitete Frederike nach oben.

»Ich hatte auf einen ruhigeren ersten Tag für dich gehofft«, sagte die Mutter und das Bedauern war ihr anzuhören, »aber Erik möchte sich im Moment viel mit den anderen austauschen. Er macht sich große Sorgen.«

»Ich versteh' das nicht. Sie sagten doch, dass es der Wirtschaft besser geht, die Arbeitslosigkeit gesunken sei.«

»Das stimmt wohl, aber der Landwirtschaft geht es schlecht. Es gibt immer schnellere Schiffe, die immer größer werden. Es gibt immer schnellere Bahnverbindungen. Auch andere Länder produzieren Weizen – auf größeren Feldern und zum Teil schon industrialisiert, mit Maschinen, die schneller und effizienter arbeiten als Menschen. Und die einfach auch mehr leisten können. Diese Agrarprodukte werden importiert, denn trotz der Fahrt von Australien bis nach Europa ist der Weizen immer noch billiger als der, den wir produzieren.«

»Was wird passieren?«

»Schon jetzt stehen etliche unserer Freunde und Bekannten am Rande des Ruins. Sie haben sich verschuldet und können die Kreditraten nicht mehr tilgen, weil die Preise einknicken. Noch versucht der Staat das aufzufangen, aber es könnte der Anfang einer großen Krise sein.« Sie blieb stehen und umarmte ihre Tochter. »Ich bin so dumm. Es ist dein erster Abend seit langem hier und ich quatsche dich mit Problemen und Sorgen voll. Das tut mir so leid.« Sie rückte ein wenig von Frederike ab, sah sie an. »Morgen werden wir Zeit füreinander haben, ja?« Sie küsste ihre Tochter und ging dann den Flur links herunter, zum Kinderzimmer.

Egal, wie lange sie Besuch gehabt hatte oder aus gewesen war, Mutter schaute immer noch nach den Kindern, bevor sie zu Bett ging. Das hatte sie früher schon gemacht, als Frederike noch klein gewesen war, und sie hatte diese Angewohnheit nie aufgegeben. Für Frederike war dies ein tröstlicher Gedanke. Sie war nun groß und fast erwachsen, aber Mutter würde immer für sie da sein, da war sie sich sicher.

Sie ging in ihr Zimmer, löste die Haarnadeln, zog sich aus und schlüpfte in ihr Bett, das so herrlich nach frisch gewaschenen Laken und Gras roch, wie Zuhause eben. Nur Hektor fehlte ihr jetzt. Die warme Hundeschnauze und die tiefen, ruhigen Atemzüge hatten ihr immer Sicherheit gegeben.

Vielleicht, dachte sie, bevor sie einschlief, vielleicht schau ich mir morgen ja doch mal die Welpen auf dem Hof an.

Am nächsten Morgen weckte Leni Frederike herzlich.

»Ich bringe heißes Wasser. Oder soll ich Ihnen ausnahmsweise schnell ein Bad einlassen? Der Badeofen ist ja angeheizt.«

Frederike rieb sich die Augen, erst hatte sie Mühe, sich zurechtzufinden, doch dann wurde ihr klar, dass sie wieder auf Fennhusen war. Sie schaute auf den Wecker und stöhnte auf – es war kurz nach sechs. So früh hatten sie noch nicht einmal im Internat aufstehen müssen.

»Guten Morgen, Leni. Darf ich dich bitten, dass du mich nicht siezt? Ich bin doch immer noch die Freddy. Und bitte sag das auch noch mal den Leuten. Ich komme mir ja sonst ganz fremd vor.«

»Das schickt sich aber nicht.«

»Papperlapapp. Warum ist der Badeofen angeheizt?«, wollte Frederike neugierig wissen. »Und das so früh am Morgen?«

»Nun, das war so«, sagte Leni und verschränkte die Arme vor der Brust. »Wir mussten ja immer das heiße Wasser in Eimern hochtragen und dann in die ganzen Krüge für die Zimmer füllen. Einmal hatten wir Besuch, jemand sehr Hochrangiges, ich weiß nicht mehr, wer es war, aber er ist wohl im Kabinett oder bei der Landvolkbewegung. Jedenfalls bestand er auf seinem warmen Bad am Morgen. Jeden Morgen.«

»Grundgütiger, er ist sicher mit den Sommerzwillingen verwandt.«

Leni lachte. »Mag sein. Jedenfalls stellte Hilde dann fest, dass der Wasserspeicher genügend heißes Wasser nicht nur für das Bad, sondern auch für die Krüge auf den Zimmern produziert. Und es ist einfacher, jeden Morgen als Erstes den Badeofen anzuheizen, als das Wasser unten auf dem Herd zu erwärmen und es dann in Eimern hochzuschleppen. Und seitdem muss das Küchenmädchen als Erstes den Badeofen befeuern, bevor sie noch den Herd in der Küche anheizt.«

»Phänomenal. Eine ganz großartige Idee. Wenn das so ist, würde ich gerne baden. Ich brauch auch nicht viel Wasser.« Frederike grinste.

»Ich lasse Wasser in die Wanne, aber nicht wundern – ich lege einen Waschlappen unter den Einlauf, dann hört man das Plätschern nicht so, der gnädige Herr wird ja immer sparsamer.« Schnell eilte Leni aus dem Zimmer und war bald darauf schon wieder zurück. »Brauchst du gleich Hilfe beim Frisieren und Ankleiden?«, fragte sie.

Beschämt schaute Frederike zu ihrem Koffer und den zwei Reisetaschen, die sie gestern gar nicht ausgepackt hatte. »Nein«, sagte sie. »Ich muss nur etwas Passendes finden.«

»Kein Problem, während du in der Wanne bist, werde ich schnell die Sachen auspacken und alles, was gebügelt oder gedämpft werden muss, nach unten bringen. Ist auch Schmutzwäsche dabei?«

»In der kleinen Teppichtasche.«

»Und Flickwäsche?«

Frederike schüttelte den Kopf. »Nein, die habe ich alle in Ordnung gebracht.«

»Du?«

»Natürlich, das gehörte zum Unterricht. Auch wir höheren Töchter sollen diese Arbeiten bewerkstelligen können. Ich kann auch einkochen und sogar eine relativ passable Mahlzeit zubereiten.«

»So was! Nun aber flott, zur Andacht musst du pünktlich unten sein.« Leni öffnete den Koffer und begann ihn auszuräumen. »Handtücher liegen bereit.«

Frederike sprang aus dem Bett und eilte aus dem Zimmer. Fast wäre sie mit dem verschlafenen Ax von Stieglitz zusammengestoßen, der den Gang herunter kam. Er war wohl in dem Bad gewesen, das am unteren Ende des Flures lag.

»Guten Morgen«, rief sie ihm fröhlich zu, raffte ihr Nachthemd zusammen und lief, ohne auf eine Antwort zu warten, zum Badezimmer. Erst da sackte sie in sich zusammen und schlug die Hände vor das

Gesicht – sie war ungewaschen, ungekämmt und praktisch unbekleidet. Hätte sie nicht ihren Morgenrock nehmen können, bevor sie ihr Zimmer verließ? Aber sie hatte gar nicht damit gerechnet, jemandem zu begegnen. Und sie hatte völlig vergessen, dass von Stieglitz zu Gast bei ihnen war.

Nun ist es auch egal, befand sie, ich kann es nicht rückgängig machen. Das Wasser stand schon handhoch in der Wanne und Frederike tauchte vorsichtig einen Finger hinein. Es war nicht zu heiß, also zog sie sich aus und stieg in die Wanne. Wie herrlich das war – warmes Wasser, die duftende Seife und diese angenehme Ruhe, das Badezimmer für sich alleine zu haben. Sie ließ sich in das Wasser gleiten, stellte es noch nicht ab. Ein wenig mehr wäre sicherlich noch in Ordnung, aber ganz leeren wollte sie den Boiler nicht. Sie war sich sicher, dass die Mädchen das warme Wasser später auch zum Putzen noch gebrauchen konnten.

Früher hatte der Wassertank des Badeofens auch mit Eimern befüllt werden müssen, doch vor ein paar Jahren hatte Onkel Erik einen Wasserturm hinter dem Haus bauen lassen, so dass sie nun fließendes Wasser im Haus hatten, solange der Speicher genügend gefüllt war.

In Bad Godesberg hatte es überall in den Häusern fließendes Wasser gegeben, sogar Wasserspülung in den Toiletten gab es dort. Doch von diesem Komfort waren sie hier meilenweit entfernt. Noch nicht einmal Elektrizität hatten sie bisher überall hier, obwohl sich Onkel Erik sehr dafür einsetzte, dass endlich großflächig Leitungen gelegt werden sollten. Das Problem war die Lage im Polnischen Korridor. In Graudenz und Bromberg hatte der Fortschritt schon längst Fuß gefasst, aber die strengen Vorschriften machten es den ostpreußischen Gütern schwer, Anschluss zu finden. Immerhin hatten sie inzwischen in Fennhusen Elektrizität und sogar auch einen Telefonanschluss. Aber es gab auch Dorfbewohner, die sich darüber beschwerten und die Masten, an denen die Kabel bis zum Gut geführt wurden, als Verschandlung der Landschaft und zum Teil sogar als gefährliches Teufelszeug verurteilten.

Im Haushalt gab es einige elektrische Geräte – einen Staubsauger zum Beispiel, der aber so viel Krach machte, dass die Mamsell ihn nur einsetzen ließ, wenn die Herrschaft außer Haus war. Strom gab es bisher auch nur in der unteren Etage. Frederike fand das elektrische Licht dort sehr praktisch, aber es ersetzte die Petroleumlampen nicht vollständig.

Jetzt genoss sie das Bad, wusste aber, dass sie nicht allzu viel Zeit hatte. Um sieben würde ihr Stiefvater die Andacht halten und Anwesenheit war Pflicht. Ein wenig bedauerte sie es, aus der Wanne steigen zu müssen, aber sie freute sich auch auf den Tag. So viele Leute hatte sie noch nicht begrüßt.

Schnell trocknete sie sich ab und schlüpfte dann wieder in ihr Nachthemd. Ganz vorsichtig öffnete sie die Tür und spähte auf den Flur. Niemand war zu sehen, doch hinter den Türen rührte sich etwas – ihre Eltern, Geschwister und auch der Hausgast machten sich fertig für die Andacht. So schnell sie konnte, eilte Frederike zu ihrem Zimmer. Leni war nicht mehr da, aber der Koffer und die beiden Teppichtaschen waren ausgepackt worden. Auf dem Bett lag ein schönes Tageskleid, eine ihrer Strickjacken und auch saubere Wäsche. Schnell kleidete Frederike sich an, dankbar dafür, dass Leni ihr alles bereitgelegt hatte. Dann kämmte sie sich die Haare. Sollte sie sie wieder hochstecken und somit vortäuschen, dass sie länger waren? Frederike entschied sich dagegen. Ihre Mutter würde es sowieso bald durchschauen. Noch einmal sah sie in den Spiegel, dann ging sie nach unten.

»Du duftest so gut«, flüsterte ihr Gerta zu.

»Guten Morgen«, erwiderte Frederike grinsend. »Das ist die gute Seife des Hauses.«

»Dann müsste ich ja auch so duften.« Gerta runzelte die Stirn.

»Nicht, wenn du es nur bei einer Katzenwäsche am Brunnen belässt.«

»Guten Morgen«, unterbrach Onkel Erik das Geplänkel. »Heute Morgen ist die Losung: ›Ach Herr, siehe, du hast Himmel und Erde gemacht durch deine große Kraft und durch deinen ausgereckten Arm, und es ist kein Ding vor dir unmöglich‹. Jeremia 32,17.« Er schaute kurz auf und in die Runde. Wie immer standen sie in der großen Halle im Kreis – das Hauspersonal und die Herrschaft vereint. »Der Lehrtext des heutigen Tages«, fuhr Onkel Erik fort, »ist: ›Wir setzen unser Vertrauen nicht auf uns selbst, sondern auf Gott, der die Toten auferweckt, der uns aus Todesnot errettet hat und erretten wird.‹ 2. Korinther 1,9–10.«

Frederike sah sich verstohlen um. Die Mamsell schien nicht gealtert zu sein, die Köchin jedoch schon. Ihre Haare waren in den letzten Jahren grau geworden. Gerulis, der erste Diener, hatte immer schon alt gewirkt, doch nun war sein Rücken gebeugt. Wie lange würde er noch arbeiten können, fragte sich Frederike. Sie sah vertraute und neue Gesichter. Zuletzt war sie Weihnachten zu Besuch, das war nur sechs Monate her, doch schien es wie eine Ewigkeit zu sein. Auch war sie da nur ein paar Tage auf dem Gut gewesen, und an den Festtagen lief sowieso alles anders als sonst. Jedenfalls fühlte sie sich zu fremd, um plötzlich wieder ein Teil der Familie zu sein. Wo war ihr Platz hier in dem Haushalt?

Ihr Blick wanderte weiter. Manche der Hausmädchen kannte sie nur flüchtig. Das würde sich sicherlich bald wieder ändern. Die kleine Irmi stand neben Mutter. Sie musste auch schon an der Andacht teilnehmen, durfte aber zur Belohnung auch mit ihnen im Esszimmer frühstücken und musste nicht zurück ins Kinderzimmer. Gilusch war noch zu jung, erst nächstes Jahr würde sie dann und wann zur Erwachsenentafel zugelassen werden. Irmi rieb sich verstohlen die Augen, gähnte. Dann sah sie auf und sah zu Frederike. Sie lächelten sich zu.

Wie schön es war, diese warmherzige Familie zu haben, dachte Frederike. Ihre Mutter war ganz in die Worte von Onkel Erik vertieft, schien es. Sie hatte zumindest den Kopf gesenkt und die Hände gefaltet. Vielleicht aber, dachte Frederike und musste grinsen, denkt sie auch über die Menüs der nächsten Tage nach und was sie nachher mit der Mamsell besprechen muss. Nur jetzt hat sie Ruhe und Muße dazu.

Neben Mutter stand der Hausgast, Ax von Stieglitz. Ein stattlicher Mann, groß gewachsen mit einem gepflegten Schnauzer, das Haar adrett nach rechts gescheitelt und ordentlich gekämmt, ganz anders als vorhin im Flur, wo es ihm wild um den Kopf gestanden hatte. Er blickte andächtig auf den Boden, hatte die Hände ebenfalls gefaltet und schien der Losung zuzuhören.

Wie lange wird er unser Gast sein? Wie lange war er schon hier? Für gewöhnlich kam er nur für ein oder zwei Tage, dann fuhr er wieder nach Sobotka, auf sein Gut. Er züchtete Trakehner, eine wunderbare Pferderasse. Onkel Erik hatte zwei Stuten aus von Stieglitz' Zucht und liebäugelte seit einiger Zeit mit einem Hengst, der allerdings einerseits nicht besonders preiswert, und andererseits auch nicht gut zu handhaben war, hatte Mutter ihr geschrieben. Mutter war entschieden gegen den Kauf, schließlich hatten sie eigene Trakehner, allerdings keinen Zuchthengst mehr.

Ax von Stieglitz war häufig zu Gast auf dem Gut, vermehrt in den letzten Jahren, aber Frederike hatte bisher dennoch wenig bis gar keinen Kontakt zu ihm gehabt. Sie wusste, dass ihr Stiefvater ihn schätzte, fast liebte wie einen Sohn oder wenigstens wie einen Neffen. Auch Mutter hielt hohe Stücke auf von Stieglitz. Dennoch gab es etwas wie ein dunkles Geheimnis, etwas Rätselhaftes, was ihn umgab. Manchmal wurde geflüstert, wenn sein Name fiel. Manchmal schaute Mutter auch nur weg, wenn über ihn gesprochen wurde.

Die Mamsell, dachte Frederike, die wird es wissen. Ich werde sie fragen.

Plötzlich, für Frederike völlig überraschend, weil sie den Worten Onkel Eriks nicht gefolgt war, wurde das Vaterunser gesprochen. Schnell faltete sie die Hände, sprach die Worte automatisch mit. Nach dem »Amen« löste sich die Versammlung auf. Die einen gingen in das Souterrain, die anderen in den Salon. Früher war Frederike nun mit Hektor auf den Hof gelaufen, nur kurz, denn der Gong zum Frühstück erfolgte bald. Doch nun hatte sie keinen Hund mehr. Dennoch trat sie auf den Hof und schaute sich um. Der Frühnebel lag über den Wiesen und dem Teich, in den Ställen war schon allerlei Betrieb und die Hühner gackerten laut, weil das Küchenmädchen ihnen die ersten Abfälle hinwarf.

Frederike wusste nicht so recht, wohin sie sich wenden sollte – in das

Souterrain zu den Leuten? Nein, die hatten jetzt genug zu tun und konnten sie nicht gebrauchen. In die Ställe? Bis sie dort war und nach dem Schweizer gesucht hatte, würde sicher schon der Gong ertönen. Wo war eigentlich Gerta? Sie schaute sich suchend nach ihrer Schwester um. Gerta saß im Sessel in der Diele. Sie hatte den Sessel so weit wie möglich zur Tür des Salons gerückt. Frederike lachte leise und ging wieder hinein.

»Du lauschst!«

Erschrocken fuhr Gerta hoch. »Nein! Um ehrlich zu sein, wollte ich noch einmal die Augen schließen.«

»Vor der Salontür?«

»Na ja, man weiß ja nie, ob man nicht doch etwas Interessantes mitbekommt.« Gerta biss sich auf die Lippen, zog dann ihre Strümpfe hoch. »Ich möchte bitte Strumpfhalter, wie du sie hast, und nicht mehr diese ollen Kniestrümpfe anziehen müssen.« Sie verzog das Gesicht.

»Vielleicht können wir beide ja Thea in Potsdam besuchen in diesem Sommer?«, meinte Frederike. »Das wäre doch nett. Dann könnten wir nach neuer Wäsche für dich gucken.«

»Tante Maria kommt her, weißt du das nicht?«

Frederike schüttelte überrascht den Kopf. »Davon hat Thea nichts gesagt. Sie meinte eigentlich, dass ich sie besuchen kommen sollte, und da wollte ich dich mitnehmen.«

Thea von Larum-Stil, Frederikes beste Freundin aus Kindertagen, war auch auf der Gartenbauschule in Bad Godesberg, jedoch eine Klasse unter ihr. Sie hatte jetzt Sommerferien und würde im Herbst in die Schule zurückkehren.

»Sie wird unser Sommergast sein.«

»Mit Thea und Onkel Heinrich?« Warum hatte Thea ihr das nicht gesagt?

»Soweit ich das gehört habe, kommt sie alleine«, sagte Gerta leise. »Irgendetwas mit ihren Nerven und Abstand haben und so.« Gerta senkte den Kopf. »Aber ganz genau habe ich das nicht verstanden.«

Frederike dachte über die Worte ihrer Schwester nach. Da schien es

Probleme zu geben, von denen sie noch nichts wusste und Thea ebenfalls nicht, sonst hätte es ihr die Freundin bestimmt gesagt.

»Wie lange ist von Stieglitz eigentlich schon hier und wie lange bleibt er noch?«, fragte Frederike ihre Schwester nun.

»Seit vorgestern ist er hier. Er will in zwei Tagen mit Onkel Erik in den Westen fahren, zu einer Versammlung von irgendeiner dieser Landwirtschaftsvereinigungen.«

»Der Landvolkbewegung?«

Gerta zuckte mit den Schultern. »Kann sein. Von Stieglitz ist oft hier in der letzten Zeit. Ich mag ihn, auch wenn er manchmal sehr steif wirkt. Er ist ja auch schon alt, Mitte dreißig mindestens.«

Frederike grinste. »Uralt.«

»Ja, findest du nicht?« Gerta sah sie erstaunt an.

Frederike wurde die Antwort erspart, denn nun ertönte der Gong zum Frühstück.

Wie immer, wenn Gäste da waren, fiel das Frühstück etwas üppiger aus als sonst. Auch wenn diesmal nur Ax von Stieglitz zu Gast war, hatte die Köchin dennoch zusätzlich noch Rührei, Würstchen und Speck gemacht. Dazu gab es Omelett, eine von Frederikes Leibspeisen. Hilde gab ihr ein besonders großes Omelett, das mit frischem Schnittlauch garniert war.

»Mit Gruß von der Köchin«, flüsterte sie Frederike zu.

Frederike konnte ein Grinsen nicht unterdrücken.

»Haben Sie Ihrer Köchin eine Gehaltserhöhung zugebilligt?«, fragte von Stieglitz die Mutter. »Normalerweise ist das Frühstück im Hause von Fennhusen immer sehr gut, aber für gewöhnlich nicht so üppig.«

Frederike senkte den Kopf und hätte sich beinahe an einem Bissen von dem köstlichen Omelette verschluckt.

»Ich denke, die Köchin hat ihre Gründe«, sagte die Mutter lächelnd und sah zu Frederike.

Ax folgte ihrem Blick und lachte leise. »Hausinterna. Das ist völlig in Ordnung und muss so sein. Ich kann mich durchaus nicht über die Küche und die Mahlzeiten hier beschweren, im Gegenteil.«

»Hast du schon die Zeitungen studiert heute Morgen?«, fragte Onkel Erik und klang auf einmal sehr ernst.

»Nur den Wirtschaftsteil, warum?«

»In Serbien und Kroatien brodelt es. Ich mache mir Sorgen. Was, wenn das auf Polen übergreift?«

»Das wird es nicht. Aber die Frage des Polnischen Korridors muss geklärt werden, und das weiß auch Löbe, der ja nun zum Reichstagspräsidenten wiedergewählt wurde.«

Frederike blendete die Unterhaltung zwischen den Männern aus. Es ging doch nur immer wieder um dieselben Themen. Das Reich, die Wirtschaft, die Politik, wie der Kaiser es hätte besser machen können und warum alle nach dem Krieg und den Versailler Verträgen verloren hatten. Frederike wandte sich der Mutter zu. »Ich würde in den Ferien gerne nach Berlin fahren und Thea und ihre Familie besuchen, zusammen mit Gerta. Was meinst du?«

Die Mutter zuckte wie getroffen zusammen. »Das ist … nun … ja … ähm …«, stotterte sie. »Eigentlich ist es eine gute Idee, aber Mimi kommt die Tage und wird unser Sommergast sein.«

»Oh, wie schön«, täuschte Frederike Überraschung vor. »Sie kommen zu uns.«

»Nun, nicht ganz.« Mutter räusperte sich. »Mimi kommt alleine.«

»Ohne Thea? Wieso?«

»Das erkläre ich dir später. Es kann auch sein, dass Thea noch nachkommt. Erst einmal besucht sie Verwandte.«

»Ich habe letzte Woche noch mit ihr gesprochen«, tat Frederike verblüfft. »Davon hat sie gar nichts gesagt. Wohin fährt sie denn?«

»Sie wird es noch nicht gewusst haben.« Wieder räusperte sich die Mutter. »Thea wird nach Bayern reisen. Aber vielleicht kann sie uns auf dem Rückweg besuchen. Das wäre ja ganz schön.«

»Da ist doch noch mehr«, sagte Frederike leise, aber eindringlich.

Die Mutter schaute sich um, beugte sich dann vor und wisperte: »Später, Liebes, nicht hier am Tisch.«

»Was machst du heute?«, sagte Irmi nun lauthals. Sie hatte ihren

Teller geleert und schob ihn beiseite. »Können wir zusammen reiten gehen? Und schwimmen? Und ich will mit dir in die Wälder und in die Ställe.«

»Irmi«, ermahnte Onkel Erik seine Tochter. »Immer ruhig mit den jungen Pferden.«

»Haben wir junge Pferde?« Irmi hüpfte fast von ihrem Stuhl.

»Das ist eine Redewendung, mein Kind. Frederike wird den ganzen Sommer und vermutlich noch länger hier sein, du hast also alle Zeit der Welt, mit ihr Dinge zu unternehmen. Das muss nicht alles heute oder morgen sein, mein Kind«, sagte Onkel Erik freundlich aber bestimmend. »Und jetzt essen wir. Kinder am Tisch …«

»… sind stumm wie ein Fisch«, fügte Irmi seufzend hinzu. »Aber ich habe doch aufgegessen und mehr möchte ich nicht.«

Onkel Erik biss sich auf die Lippe, um ein Grinsen zu unterdrücken. »Dann darfst du ausnahmsweise jetzt schon die Tafel verlassen.«

»Aber ich will doch …«

»Pscht«, unterbrach die Mutter sie. »Du hast gehört, was dein Vater gesagt hat. Du darfst jetzt gehen.«

Irmi runzelte wütend die Stirn, schnaufte, aber sie fügte sich. »Kommst du gleich?«, flüsterte sie Frederike zu, als sie an ihr vorbei ging.

Das Frühstück dauerte nicht mehr allzu lange. Auf Onkel Erik wartete der Inspektor, auf Mutter die Mamsell. In den nächsten Tagen würden die Sommergäste kommen, Tante Edeltraut und ihre Freundin Martha kehrten aus der Sommerfrische an der Ostsee zurück und vielleicht würde eine weitere Freundin von Tante Edeltraut auf Gut Fennhusen den restlichen Sommer mit ihnen verbringen wollen. Fritz kam zurück, die Schnitter wurden erwartet, es gab jede Menge zu planen und zu tun.

Nur Frederike fühlte sich verloren, sie hatte ihren Platz im Haushalt noch nicht wiedergefunden. Alle behandelten sie so, als ob sie auf der Durchreise wäre, so wie in den vergangenen zwei Jahren. Aber diesmal würde sie nach dem Sommer nicht in die Schule zurückkehren, sondern hierbleiben. Gerta war nach dem Frühstück sofort nach oben gelaufen, um sich umzuziehen, sie wollte ausreiten. Frederike wusste noch nicht einmal, ob es ein Pferd für sie gab. Deshalb schlenderte sie langsam über den Hof zu den Ställen. Die meisten Gesichter der Leute waren ihr noch vertraut, aber sie selbst fühlte sich fremd. Alle grüßten sie herzlich, Frederike grüßte zurück, ging aber mit forschem Schritt zu den Stallungen. Sie wollte sich auf kein Gespräch einlassen, dazu fühlte sie sich zu unsicher.

»Erbarmung. Das ist doch das große Marjellchen. Was machst du denn hier bei uns im Stall?« Der Schweizer strahlte ihr entgegen.

»Nun«, Frederike biss sich auf die Lippen. »Onkel Erik sagte, es gibt Hundewelpen?«

»Oh, Grundgütiger, ja. Dein Hektor is ja leider nich mehr. Aber klar, da sind neue Lorbasse, schau nur die Stallgasse hinunter, da links inner Box, da haben wir einen Wurf, und hinten, bei den Schafen im Stall, isn zweiter, der is aber nich so schön.« Er zwinkerte ihr zu und eilte die Stallgasse hinunter. Die Milchkühe waren gerade gemolken worden und sollten nun wieder auf die Weide.

Langsam ging Frederike an den Boxen entlang, schaute nach links und rechts, strich den Kühen, die sie mit ihren großen, sanften Augen anschauten, über die Nüstern. Links war die leere Box, mit Stroh gut ausgepolstert, in der die Hofhündin mit ihrem Wurf lag. Die Kleinen waren höchstens vier Wochen alt, jeder eine Handvoll Fell, die Augen zwar schon geöffnet, die Beine stämmig, aber sie tapsten unsicher herum und fiepten, als Frederike sich in das Stroh setzte.

»Na, ihr Feinen«, sagte sie sacht und nahm einen nach dem andern hoch, schaute ihn an und streichelte ihn. So hatte sie damals ihren Hektor gefunden, der auch von diesem Gut stammte. Sie waren zur Sommerfrische hier gewesen und die Hofhündin hatte, wie in jedem Jahr, geworfen. Frederike hatte sich jeden Welpen angeschaut, aber Hektor hatte ihr in die Nase beißen wollen. Er war frech, aber zugleich zärtlich gewesen, selbst seine Milchzähne hatte er nur sanft eingesetzt. Es war mehr ein Knabbern denn ein Beißen gewesen. Und er war ihr nicht mehr von den Fersen gewichen. Frederike hatte ihn gesehen und ihn sofort in ihr Herz geschlossen.

Aber ein ähnliches Erlebnis wollte sich nun nicht einstellen. Die Welpen waren süß und niedlich, aber es war keiner dabei, den sie als besonders empfand. Sie beobachtete die kleine Meute und fühlte sich plötzlich sehr einsam.

»Oh, störe ich, Fräulein Frederike?«, sagte Ax von Stieglitz leise, der unvermutet in der Stallbox aufgetaucht war. Er schien genauso verblüfft zu sein, Frederike hier zu sehen, wie sie ihn.

»Was machen Sie denn hier?« Frederike bemerkte den unverschämten Tonfall ihrer Frage erst, nachdem sie sie ausgesprochen hatte. »Ich meine, nein, Sie stören natürlich nicht«, stotterte sie.

Er lachte ein sympathisches, freundliches Lachen und hockte sich neben sie.

»Ich mag Hunde. Und nachdem ich von dem Wurf erfahren habe, komme ich jeden Tag vorbei und schau nach ihnen. Es sind entzückende Welpen.« Er sah sie nachdenklich an. »Ihr Hund ist tot, habe ich mitbekommen. Der alte Hektor.«

Frederike kam aus dem Staunen nicht heraus. Er wusste nicht nur ihren Namen, sondern auch den des Hundes und dass dieser gestorben war. Bis auf wenige Male hatte Frederike kaum ein Wort mit von Stieglitz gewechselt und dann waren es meist nur Belanglosigkeiten gewesen.

»Sie müssen ein ausgezeichnetes Gedächtnis haben«, sagte sie nachdenklich.

Von Stieglitz sah sie fragend an.

»Ach herrje!« Frederike lachte auf. »Mutter sagt mir, seit ich klein bin, ich solle nachdenken, bevor ich mein freches Mundwerk öffne. Ich habe es bisher noch nicht gelernt, aber ich arbeite an mir. Es tut mir leid.«

»Ich weiß gerade nicht, was Ihnen leidtut.« Er nahm einen der Welpen hoch, drückte ihn vorsichtig an sich, strich mit dem Daumen über den Kopf des Hundes. »Erklären Sie es mir?«

»Ich bin immer so vorlaut.«

»Wofür meinen Sie, sich entschuldigen zu müssen? Ich habe tatsächlich ein ganz gutes Gedächtnis. Ich habe früher als Kind gerne und viele Rätsel gelöst, da ich eine etwas schwache Lunge hatte und oft das Bett hüten musste.« Er senkte den Kopf. »Das wird es geschult haben, glaube ich. Namen und Gesichter kann ich mir gut merken. Und Ihren Hund, den alten Hektor, mochte ich sehr. Er hatte so einen gutmütigen Charakter. In der letzten Zeit hat er meist bei mir im Zimmer geschlafen, wenn ich zu Besuch war.«

»Das wusste ich nicht.«

»Wie auch? Sie waren ja nicht da.« Er grinste.

»Und dann ist er zu Ihnen gekommen?« Frederike konnte es kaum glauben.

»Ich denke, er war ein wenig einsam und hat Sie vermisst.«

Frederike biss sich auf die Lippen und versuchte, die Tränen zu unterdrücken. »Der Arme«, murmelte sie. »Ich hätte mich besser um ihn kümmern sollen.«

»Nicht doch. Es war ein Hund. Sicherlich ein besonderer Hund, aber Sie hätten ihn ja unmöglich mit in die Schule nehmen können.« Von Stieglitz setzte den Hund zurück zu den anderen, richtete sich auf und strich das Stroh von seinen Hosenbeinen. Dann reichte er Frederike die Hand. »Dort hinten bei den Schafen ist noch ein zweiter Wurf. Wollen wir sie uns anschauen?«

Frederike ließ sich von ihm hochziehen. »Ich wusste gar nicht, dass Sie so ein großer Hundenarr sind.«

»Ich mag Hunde, ja. Natürlich haben wir auch Hofhunde und Arbeitshunde auf dem Gut. Als ich jung war, hatte ich meinen ersten eigenen Hund, eine sehr nette Jagdhündin. Sie durfte bei mir im Bett schlafen. Gejagt hat sie höchstens Wollmäuse, sie war viel zu verspielt und ließ sich nicht richtig ausbilden. Mein Vater wollte sie töten, weil sie ja keinen Nutzen brachte, da hab ich sie genommen und sie hat mir das ihr Leben lang gedankt.« Er lächelte Frederike zu. »Sie war eine treue Seele, ähnlich wie Ihr Hektor, würde ich sagen. Ich hatte danach nie wieder so einen Hund.«

»Weil sie so ein Seelchen war?«

Sie gingen nebeneinander her, schauten sich hin und wieder an.

»Vermutlich auch deshalb. Ich habe an ihr gehangen und sie an mir. Sie hat mir in der Zeit meiner Kindheit viel Trost gegeben, war einfach immer da.«

»Genau wie Hektor für mich. Aber als es mit ihm zu Ende ging, war ich nicht für ihn da. Das macht mich sehr traurig.« Frederike schwieg für einen Moment. »Er fehlt mir, aber ich weiß nicht, ob einer der Welpen ihn ersetzen könnte.«

»Nein, das geht nicht. Ein neuer Hund ist ein neuer Hund – er wird anders sein, aber vielleicht auch ähnlich toll, nur mit seinem eigenen Charakter und Eigenschaften.«

»Nachdem Ihre Hündin gestorben ist, wie lange hat es gedauert, bis Sie einen neuen Hund aufgenommen haben?«

»Das sind jetzt … ich muss nachdenken, aber es sind wohl vierzehn Jahre und noch immer ist kein Ersatz in Sicht.«

»Sie haben seitdem keinen Hund mehr?« Frederike konnte es kaum fassen, vor allem nicht, nachdem sie gesehen hatte, wie vorsichtig und liebevoll er mit dem Wurf im Kuhstall umgegangen war.

»Damals fing der große Krieg an und alles hat sich verändert. Mein Vater starb, und ich musste bald die Leitung des Gutes übernehmen. Wir haben Pferde für die Armee gezüchtet und der Betrieb musste weiterlaufen.« Er schüttelte den Kopf. »Da war einfach keine Zeit für einen Hund.«

»Natürlich«, sagte Frederike leise. »Das verstehe ich. Der Krieg scheint schon so lange her zu sein, aber dennoch macht er sich in unserem Leben ständig bemerkbar.«

»Der Krieg ist erst seit zehn Jahren vorbei und schon droht uns weiteres Ungemach«, sagte von Stieglitz duster.

»So einen Krieg wird es nie wieder geben.« Frederike war davon überzeugt. So etwas Schreckliches konnte es nicht ein zweites Mal geben, auch wenn die Regierungen in Europa immer noch und immer wieder verstritten waren, aber so einen Krieg würde keiner mehr führen.

Sie hatten den Schafstall erreicht, der allerdings fast verwaist war, denn die Schafe und die Lämmer waren draußen in den Wiesen und auf den Weiden. Nur in einer der vorderen Stallungen gab es Bewegung, dort lag die Hündin mit ihren Welpen. Es war eine der Hütehündinnen, die scheuer waren als die Hofhunde. Sie sah knurrend zu ihnen hoch.

»Ganz ruhig«, murmelte von Stieglitz und ging langsam vor ihr in die Hocke. »Ganz ruhig, meine Süße. Wir tun dir nichts, wir wollen nur deine Kinder anschauen.« Er streckte eine Hand geballt als Faust vor. Die Hündin schnupperte daran, die Ohren angelegt und ein leises, aber deutliches Knurren kam ganz unten aus ihrer Kehle. Doch nachdem sie an der Faust gerochen hatte, schien sie sich zu entspannen.

»Wie haben Sie das gemacht? Lag das an der Faust? Hat sie Angst?«

»Wenn sie Angst hätte, würde sie dann nicht noch lauter knurren und aufstehen? Sie ist ja nicht böse, sie will nur ihre Kinder beschützen. Ich habe sie an meiner Hand schnuppern lassen, damit sie merkt, dass ich nichts Böses will. Die Faust habe ich gemacht, weil mir meine Finger viel wert sind.« Er lachte leise. »Beißt sie in die Faust, kann sie nicht so viel Schaden anrichten wie in dem Moment, in dem sie einen Finger erwischt.«

»Phänomenal. Darüber habe ich gar nicht nachgedacht.« Sie setzte sich neben ihn in das Stroh und streckte der Hündin auch die Faust entgegen. »Die Hofhündinnen haben mich immer ohne Probleme an ihre Welpen gelassen.«

»Weil es eben Hofhunde sind. Die Hütehunde sind anders, da muss man vorsichtig sein.«

»Sie haben richtig viel Ahnung von Hunden, ich bin sehr beeindruckt.« Vorsichtig nahm sich Frederike einen der Welpen. Der Kleine knurrte und fletschte die Zähne, beruhigte sich dann aber schnell wieder.

»Sie müssen mit dem Daumen über die Nase streichen bis hin zu den Augen, das beruhigt sie«, erklärte von Stieglitz und er hatte recht.

»Woher wissen Sie das alles?«

»Ich beschäftige mich damit.« Er räusperte sich. »Eigentlich beschäftige ich mich mehr mit ihren Vorfahren, mit den Wölfen. Ich halte ein Rudel in einem Gehege auf meinem Gut.«

»Haben Sie immer noch Ihre Wölfe?«

»Ja, im Moment sind es zwei junge Wölfinnen und ein Wolf. Ich habe sie als Welpen bekommen, ihre Eltern haben die Bauern erschossen und wollten die Kleinen ertränken, aber das konnte ich nicht ertragen, also habe ich sie aufgezogen.« Er lachte. »Anstrengende Monate, aber es hat sich gelohnt, finde ich zumindest. Natürlich sind das wilde Tiere, auch wenn sie handzahm wirken. Man darf nie vergessen, dass es eben keine Hunde sind und diese Tiere nicht seit tausenden von Jahren sozialisiert wurden. Es sind Raubtiere. Ich habe ihnen ein Gehege bauen lassen auf meinem Gut und dort leben sie jetzt.«

»Das ist … so unglaublich«, sagte Frederike und lachte. »Als ich gestern hierherkam und mir Onkel Erik mitteilte, dass Hektor gestorben ist, sagte er mir, dass ich mir einen neuen Welpen aussuchen dürfe. Und ich habe ihm geantwortet, dass nach Hektor für mich nur noch ein Wolf in Frage käme. Ich weiß zwar, dass einige der Gutshöfe gezähmte Wölfe haben und es auch Mischlinge zwischen Wölfen und Hunden gibt, aber dass Sie tatsächlich ein Wolfsgehege haben, wusste ich nicht. Einer der Nachbarn hatte früher Wölfe auf seinem Gut. Das Dorf hat sich gegen die Haltung gestellt, nachdem ein junger Wolf ausgebrochen war und einige Schafe gerissen hatte. Da haben sie alle erschossen.« Frederike senkte den Kopf. Sie hatte Mitleid mit den Tieren gehabt, aber auch die Dorfbewohner verstanden.

»Ich würde mich freuen, wenn Sie mich besuchen würden, Frederike. Dann kann ich Ihnen meine Wölfe zeigen und auch meine Pferdezucht.«

»Autsch!«, fuhr Frederike auf. Einer der Welpen hatte sie in den Arm gezwickt. »Du Frechdachs!« Sie nahm ihn hoch, sah ihn an. Es war ein Weibchen, gescheckt und mit ungewöhnlich hellgrauen Augen.

»Eine Schönheit«, sagte von Stieglitz, nahm ihr den Hund ab und betrachtete ihn. »Ein außergewöhnlicher Hund.« Er gab ihr den Welpen zurück. »Scheint so, als hätte er sie ausgesucht.«

Frederike legte die kleine Hündin zurück zu den anderen. »Mal sehen«, sagte sie nachdenklich. »Ich werde morgen wiederkommen.«

»Darf ich Sie begleiten? Ich möchte wissen, wie es ausgeht.« Wieder half er ihr hoch.

»Natürlich dürfen Sie. Sie scheinen ja oft hier zu sein … ach je, das war wieder schneller gesprochen als gedacht.« Frederike verkniff sich das Lachen.

»Im Moment bin ich tatsächlich oft hier. Es gibt viel zu bereden, zu bedenken in diesen Monaten. Dinge, die uns beunruhigen.«

»Sie machen sich tatsächlich Sorgen«, sagte Frederike leise und nachdenklich. »Glauben Sie wirklich, dass sich die wirtschaftliche Situation wieder verschlechtert?«

Sie waren aufgestanden und schlenderten zurück zum Gutshaus.

»Mir macht die politische Situation tatsächlich mehr Sorgen. Ich weiß, dass es einige Gutsbesitzer hier und auch in Norddeutschland gibt, die unter der wirtschaftlichen Situation sehr zu leiden haben. Ihrem Stiefvater und mir geht es da zum Glück besser, dennoch gibt es uns zu denken, wohin das Ganze führen wird. Wir würden uns allerdings eine stabile Regierung wünschen, und die haben wir nicht. Aber das sind alles keine Themen, die man mit jungen Mädchen besprechen sollte.«

Frederike blieb empört stehen und verschränkte die Arme vor der Brust. »Wieso denn nicht? Und ich bin kein junges Mädchen!« Sie schnaufte.

Überrascht sah von Stieglitz sie an. »Verzeihung«, murmelte er. »Ich habe das nicht beleidigend gemeint. Ich dachte nur, dass Sie sich für ganz andere Dinge interessieren und nicht für die Politik.«

»Für was denn, zum Beispiel?« Frederike strecke das Kinn vor.

»Nun ja … für Mode, Filme, solche Dinge«, stotterte er unsicher und wurde tatsächlich auch rot. Er schüttelte den Kopf und ging schnell weiter in Richtung Gutshaus. Frederike eilte ihm nach.

»Mode und Filme interessieren mich nur mäßig. Haben Sie hier einen Filmpalast gesehen? Oder ein Damenbekleidungsgeschäft? Hier gibt es den Kramladen und alle paar Wochen kommt Vincent, der Hausierer, vorbei. Er hat Tücher und andere Dinge auf seinem Karren, vor allem aber seltene Gewürze, Lebensmittel und Haushaltswaren. Man kann bei ihm Sachen aus dem Katalog bestellen, aber haben Sie das schon mal gemacht?« Frederike lachte wieder. »Die Sachen passen meist nicht und sehen auch ganz anders aus als auf den Bildern.«

»Ihre Familie wirkt aber immer sehr modisch gekleidet«, warf von Stieglitz ein.

»Das liegt an meiner Mutter und ihrer besten Freundin, Tante Maria. Sie wohnt in Berlin und drei- bis viermal im Jahr fährt Mutter dorthin. Tante Maria hat ihr vorher Kataloge der Warenhäuser geschickt, so dass Mutter schon einmal einen Überblick hat, und dann geht sie einkaufen. Für Dinge wie Schuhe oder Jacken dürfen wir auch anreisen. Das ist immer ein wahres Vergnügen, doch auch anstrengend, denn meine Mutter und Tante Maria organisieren das wie einen Feldzug.« Frederike lachte bei dem Gedanken daran. »Je mehr wir werden, umso anstrengender ist es. Wie eine Gänsefamilie laufen wir hinter ihnen her.«

»Das klingt aber auch lustig und nach einem schönen Familienereignis. Ich beneide Sie ein wenig um ihre große Familie. Ich habe nur zwei Vettern, aber wir stehen uns nicht sehr nahe.«

Sie waren inzwischen beim Gutshaus angekommen. Irmi saß auf der obersten Treppenstufe. Als sie Frederike erblickte, sprang sie auf und lief ihr entgegen.

»Da bist du ja endlich! Wo warst du denn nur? Ich habe dich überall gesucht. Du wolltest doch Zeit für mich haben. Was machen wir jetzt? Kommst du mit mir zum Stall?«, sprudelte es aus dem kleinen Mädchen heraus.

»Grundgütiger«, sagte Frederike und schmunzelte. »Musst du nicht zwischendurch mal Luft holen?«

Irmi sah sie erstaunt an. »Das geht doch automatisch. Bei dir etwa nicht?«

»Doch.« Frederike musste sich zwingen, nicht laut aufzulachen.

»Sehen Sie«, meinte Ax von Stieglitz und klang etwas traurig. »Das meinte ich. Ich hatte nie Geschwister, die mich sehnsüchtig erwartet haben.« Er nickte ihr zu und ging die Treppe hoch.

»Was wollte der denn von dir?«, fragte Irmi. »Der ist in der letzten Zeit oft bei uns zu Gast, weil er wichtige Dinge mit Papa besprechen muss. Aber worüber hat er mit dir geredet?«

»Über Hunde, hauptsächlich.«

»Hunde? Wirklich?« Irmi schüttelte den Kopf, so dass die Zöpfe flogen. »Ich hätte nicht gedacht, dass sich Leute in seinem Alter für Hunde interessieren. Außer dem Förster natürlich und dem Jäger, aber die brauchen die Hunde ja.«

»Und der Schäfer auch. Und die Mamsell kümmert sich immer um unsere Hofhunde.«

»Ja, das ist wahr. Die müssen auf uns aufpassen, die sind wichtig.« Irmi lächelte. »Die Hofhündin hat Welpen. Soll ich sie dir zeigen?«

»Ich hab' sie schon gesehen, Schätzchen. Aber bei den Pferden war ich noch nicht. Wollen wir zum Stall gehen?«

»Oh, vielleicht können wir ja zusammen ausreiten!« Irmi sprang aufgeregt um Frederike herum. »Wir fragen Hans, ob wir das dürfen.«

Irmi nahm ihre Schwester bei der Hand und zog sie mit sich über den Hof. Dabei plapperte sie ohne Unterlass. Gerade, als sie an der Remise vorbeigingen, drehte sich Frederike noch einmal um und schaute zurück zum Gutshaus. Von Stieglitz stand auf der obersten Treppenstufe und sah ihr hinterher.

Er schien wirklich einsam zu sein. Nicht immer betrachtete Frederike ihre wachsende Familie als Segen, doch tatsächlich gaben ihr die Geschwister und auch die Eltern Halt. Sie hatte ein Zuhause, immer jemanden, der ihr zuhörte, und Geborgenheit. Natürlich stritt sie sich manchmal mit Gerta oder Fritz, oder ärgerte sich über Irmi und Gilusch, die einfach in ihr Zimmer und an ihre Sachen gingen. Aber die Vorstellung, keine Geschwister zu haben, war schlimmer.

Von Stieglitz wohnte auf einem großen Gut, sein Vater war verstorben, was mit seiner Mutter war, wusste Frederike nicht. Doch irgendetwas machte ihn zu einem melancholischen Menschen. Ob es nur an seiner familiären Einsamkeit lag? Er hat auch Witz und Humor, hatte Frederike festgestellt. Warum war er noch nicht verheiratet, er war doch eine gute Partie?

Doch bevor sie weiter darüber nachdenken konnte, nahm Irmi ihre Aufmerksamkeit in Anspruch.

»Hans, können wir reiten?« Irmi ließ Frederikes Hand los und lief dem Stallmeister entgegen. »Freddy möchte mit mir ausreiten. Das dürfen wir doch, oder?«

»Hast du deine Mutter gefragt?« Hans sah das Mädchen skeptisch an, dann lächelte er Frederike zu. »Ei, hab mich schon gewundert, wie lange es dauert, bist du innen Stall kommst, Marjellchen. Hab nen hübsches Stütchen für dich. Wir ham sie erst seit ein paar Wochen, aber sie macht sich wirklich gut. Ich hoffe, nächstes Jahr wird se uns ein perfektes Fohlchen schenken. Sie steht hinten inner vorletzten Box.«

»Wo ist denn Dups?«, fragte Frederike und schaute in die ersten Boxen.

Hans lachte. »Erbarmung, ei sicher, willst nach deinem Pony schauen. Na, das steht da, wo es immer steht.«

Frederike konnte schon das fröhliche Wiehern ihres früheren Ponys hören. Dups war inzwischen schon neunzehn, aber das sah man ihr kaum an. Voller Freude stupste sie sie mit dem Kopf an, schnaubte fast zärtlich.

»Sie gehört jetzt mir«, sagte Irmi und stemmte die Hände in die Hüften.

»Das weiß ich ja, Irmikind.« Frederike lachte. »Aber früher war sie mein Pony und das hat sie nicht vergessen.«

»Ich will mit dir ausreiten.«

Frederike sah zu Hans, der Stallmeister zuckte mit den Achseln. »Ei, wenn es die Gnädigste erlaubt?«

»Wir gehen zum Haus und fragen. Müssen uns sowieso umziehen.« Frederike ging die Stallgasse hinunter und schaute sich die kleine Stute an. Sie war tatsächlich eine Schönheit. »Ist da Araberblut mit drin?«, fragte Frederike Hans.

»Erbarmung, das will ich wohl meinen. Aber keine Sorge, die ist janz lieb.«

»Ich habe keine Angst.«

»Ne, Freddy, du wohl nicht, hattest du noch nie nicht.« Er klopfte ihr auf die Schulter. »Dann geht mal die Gnädigste fragen, ich lass dann mal die Pferde striegeln.«

Frederike sah ihn überrascht an. »Ich musste das früher immer selbst machen.«

»Erbarmung, stimmt, Marjellchen. Aber da machen wir heute eine Ausnahme.« Er zwinkerte ihr zu.

»Schnell! Lass uns Mutter fragen, bevor es zu heiß wird. Komm schon, Freddy«, rief Irmi und rannte los.

»Langsam, mach nicht die Pferde scheu.« Frederike konnte das Lachen nun nicht mehr unterdrücken.

»Das Marjellchen ist gut, sehr sattelfest, fast wie du damals. Und nun geh, damit das noch was wird heute.« Hans schob sie grinsend den Stallgang hinunter.

»Ich will auch mit Freddy ausreiten!« Gilusch zog einen Flunsch und kreuzte die Arme vor der Brust.

»Das darfst du noch nicht, du bist noch nicht so sicher im Sattel«, trumpfte Irmi auf. »Das sagt Hans immer wieder.«

»Wenn du darfst, darf ich auch!« Gilusch schluchzte auf.

»Wenn ihr Theater macht, darf keiner von euch reiten«, sagte die Mutter streng und verdrehte die Augen.

»Das ist aber unfair. Ich kann schon gut reiten und Freddy ja auch. Warum sollen wir nicht zusammen ausreiten, nur weil Gilusch heult wie ein Baby?«

»Nicht frech werden, Fräulein.« Mutter warf ihr einen eisigen Blick zu.

»Hans sagt, dass Irmi sehr sattelfest ist«, sagte Frederike. »Und morgen reite ich dann mit dir auf dem Platz, Gilusch, und wir üben zusammen. Was meinst du, meine Süße?«

»Das ist gemein. Warum darf Irmi Dinge und ich nicht?«

»Weil du noch zu klein bist.« Gerta war in das Gartenzimmer vor der Veranda gekommen, in dem die Mutter jetzt während der heißen Sommertage ihre Korrespondenz führte. »Ich weiß, wie du dich fühlst, ich war auch oft zu klein für Sachen, die Freddy und Fritz schon machen durften. Aber sei gewiss, irgendwann darfst du es auch.«

»Ich will … aber jetzt«, schluchzte Gilusch.

»Ich möchte, nicht ›ich will‹«, verbesserte die Mutter ihre Tochter seufzend. »Wenn Hans meint, dass du noch nicht bereit bist, mit auszureiten, dann ist das so. Keine weitere Diskussion.« Mutter schaute Freddy und Irmi an. »Ihr dürft ausreiten. Bleibt aber nicht zu lange weg, es gibt heute früh Mittagessen. Morgen kommen zwei Sommergäste und die Leute haben noch viel zu tun.«

»Und ich?«

Frederike dauerte Gilusch, die wie ein kleines Häufchen Elend dastand: Die Tränen liefen ihr über die Wangen, die Mundwinkel waren nach unten gezogen.

»Wenn wir wiederkommen, gehe ich im See schwimmen. Magst du mitkommen?« Frederike sah die Mutter fragend an, diese nickte fast unmerklich und lächelte dankbar.

»Schwimmen? Ja! Darf ich, Mutter?«

»Natürlich. Falls ihr alle zum Essen wieder trocken, sauber und angezogen seid. Und nun lasst mich meine Arbeit tun.« Sie nahm das Haushaltsbuch und schlug es seufzend auf.

Frederike und Irmi eilten nach oben in ihre Zimmer, um sich die Reitsachen anzuziehen.

»Hast du deine Badesachen auch schon?«, fragte Frederike und hielt das Handtuch mit dem Badeanzug hoch. »Ich nehme sie direkt mit, dann brauche ich nachher nicht mehr nach oben …«

»Natürlich.« Irmi huschte zurück in ihr Zimmer. »Warte auf mich!«

Die Pferde waren schon gestriegelt und gesattelt, als sie am Stall ankamen.

»Ei, ich wusste, dass es die Gnädigste erlaubt. Pass ein bisschen auf die Vorderhand der Stute auf, Freddy.« Hans half Irmi in den Sattel.

»Und treibt es nicht zu dolle, es wird bald zu heiß.« Er schlug Dups freundlich mit der flachen Hand auf die Flanke und das Pony setzte sich gemächlich in Bewegung.

»Lass uns zum Wald reiten«, rief Irmi.

»Warte. Ich möchte erst eine Runde über den Hof drehen, um ein Gefühl für das Pferd zu bekommen«, bat Frederike ihre Schwester. Doch sehr schnell merkte sie, dass das Pferd wirklich gut zu handhaben war. Irmi war schon vorgeritten, aber Freddy holte sie rasch ein. Als sie vom Hof ritt, sah sie Gilusch in Reitkleidung zum Stall rennen. Vermutlich würde die Sechsjährige wenigstens ein paar Runden auf dem Platz drehen und üben wollen.

Gemächlich ritten sie die Allee entlang. Die alten Linden und Eichen bildeten ein Dach über dem staubtrockenen Weg. Die Stute zuckte nervös zusammen, aber Dups trottete gelassen über das Pflaster.

»Lass uns ein Wettrennen machen«, schlug Irmi vor und gab Dups die Sporen.

»Nur bis zur Kurve.« Frederike nahm die Zügel auf. »Dann los!«

Die beiden Pferde hoben die Köpfe, schwangen die Hufe, schnaubten laut und liefen.

Frederike beugte sich über den Hals der Stute und sog den Duft des Pferdeschweißes vermischt mit dem der trockenen Böden und des Weizens, der rechts und links von der Allee in der Sonne stand, in sich auf. So roch der Sommer. Ein wenig nach Staub, nach Getreide, nach trockenem, süßen Gras. Die Luft schien in der Hitze der langsam hochziehenden Mittagssonne zu knistern. Morgens hatten noch die Störche über den Seen und Bächen geklappert, doch nun hielt die Natur inne, duckte sich unter der Hitze, die sich nur für wenige Wochen wie eine Decke über das Land legte.

Der Sommer war immer zu kurz, aber dafür intensiver als anderswo, dachte Frederike, während sie ihren Körper an den des Pferdes schmiegte, sich mitnehmen ließ, ein Rausch der trappelnden Hufe. In Bad Godesberg war der Himmel kleiner, der Horizont näher. Es wurde im Winter nicht so kalt, aber im Sommer auch nicht so heiß. Bad Godesberg hatte nie so einen Duft der Jahreszeiten gehabt, nie die Intensität der Natur.

Hier möchte ich immer und immer und immer leben, dachte Frederike. Hier bin ich glücklich. Und dann hörte sie den lauten, spitzen Schrei. Erschrocken riss sie die Augen auf. Dups und Irmi waren kurz hinter ihr. Frederike zügelte behutsam die Stute, schaute sich um. Wer hatte da so geschrien?

Dann sah sie das zweite Pony, Fips, das ihnen folgte. Es war reiterlos und schien voller Panik zu sein. Fips war doch Giluschs Pony, oder nicht? Früher hatte es Gerta gehört, aber Gerta war schon längst zu groß für Fips geworden.

»Fang ihn ein, Irmi und beruhige ihn«, rief Frederike und wendete die Stute. Sie ließ sie zurücktraben. Dann sah sie das Bündel am Straßenrand, fast schon im Graben, der zu dieser Zeit kein Wasser führte.

»Gilusch?« Frederike sprang vom Pferd, ließ die Zügel einfach los. Sie kannte die Stute nicht, wusste nicht, ob diese weglaufen oder schnell scheuen würde, und es war ihr auch egal. Dort lag ihre kleine Schwester im trockenen Gras und rührte sich nicht. Frederikes Herz war eine Trommel, laut und schnell, wie bei den Jazzmusikern, die sie in Berlin gehört hatte. Sie konnte kaum schlucken, ihre Kehle war wie zugeschnürt und trocken.

»Gilusch?« Frederike sank neben ihrer Schwester auf die Knie. »Gilusch?«

Das Mädchen stöhnte auf. Immerhin war sie am Leben, dachte Frederike erleichtert. In der Schule hatten sie auch Erste Hilfe gelernt, doch nun schien alles Wissen vergessen zu sein. Was musste sie machen? Etwas mit der Seitenlage, aber was? Nervös berührte Frederike sacht die Schulter ihrer kleinen Schwester. Gilusch hob den Kopf, Tränen standen in ihren Augen.

»Aua«, jammerte sie.

»Wo tut es weh? Beweg dich nicht, sag mir nur, wo es weh tut«, fragte Frederike eindringlich.

»Mein Kopf, mein Arm.«

»Kannst du dich bewegen?« Langsam beruhigte Frederike sich. Es gab eine Reihenfolge, die sie befolgen musste – das Unfallopfer war ansprechbar – das war schon einmal gut. Vorsichtig drehte sie Gilusch auf den Rücken. Der linke Arm war völlig verdreht, wahrscheinlich gebrochen, Blut sickerte durch die Reitjacke.

Verdammt, dachte Frederike verzweifelt, was mach ich denn jetzt nur?

Gilusch jammerte. Ihr Gesicht war bleich, die Augen presste sie zusammen.

»Kannst du deine Beine bewegen?«, fragte Frederike.

»Es tut weh«, stieß Gilusch hervor, die Tränen liefen ihr über das Gesicht.

»Gilusch?« Irmi hatte Fips eingefangen und war zu ihnen geritten. Jetzt sprang sie ab, ließ die Zügel fallen. »Ist das Gilusch?«, fragte sie mit einem hohen, unsicheren Stimmchen. »Ist das wirklich Gilusch?«

»Ja, sie ist gestürzt.« Frederike sammelte sich. »Du steigst auf Dups und reitest zurück zum Gut. Sie sollen die Wagonette anspannen und den Doktor anrufen. Ich glaube, Gilusch hat den Arm gebrochen.«

»Ja, ja. Ich reite, so schnell ich kann.« Irmi war kreidebleich geworden.

Frederike stand auf, nahm ihre kleine Schwester in den Arm. »Beruhige dich. Es wäre fatal, wenn du jetzt auch einen Unfall hättest.«

»Ich bin schuld«, weinte Irmi los. »Sie wollte so gerne mit, war neidisch auf uns.«

»Irmi, jetzt geht es nicht um Schuld, die trage ich genau wie du. Es geht darum, schnell Hilfe für Gilusch zu holen. Schaffst du das?« Zweifelnd sah sie ihre Schwester an.

»Ja.« Irmi nickte. »Ja, ich mach das.«

Zum Glück weideten alle drei Pferde gemütlich am Wegrand, waren nicht weggelaufen. Irmi schnappte sich Dups, während Frederike schnell die Stute und Fips an einem Strauch anband. Dann schwang sich Irmi in den Sattel, griff die Zügel und trieb das Pony an.

»Pass auf dich auf«, rief ihr Frederike besorgt hinterher. Sie fühlte sich ganz zerrissen. Hätte sie lieber Hilfe holen sollen? Aber Irmi mit der kleinen, verletzten Gilusch zurückzulassen, war ihr nicht richtig erschienen. Schnell eilte sie wieder zu dem Mädchen.

»Gilusch?« Sie kniete neben ihr nieder und nahm ihre rechte Hand, den linken Arm traute sie sich nicht, anzufassen. Gilusch stöhnte leise, manchmal wimmerte sie.

»Es tut weh.«

»Das glaube ich, aber gleich kommt Hilfe, ich habe Irmi zum Gut geschickt.«

»Oh nein!« Gilusch riss die Augen auf. »Das geht nicht. Mutter darf es nicht erfahren.«

»Nun, sie wird es erfahren. Aber mach dir darum keine Gedanken.« Frederike zog ihre Reitjacke aus, faltete sie zusammen und schob sie Gilusch unter den Kopf. »Ist das so besser?«

»Mein Arm tut so weh.«

»Den hast du dir wohl gebrochen.«

»Fips kann nichts dafür. Geht es ihr gut?« Gilusch versuchte, aufzuschauen.

»Bleib bloß liegen. Ja, Fips geht es gut, ihr scheint nichts passiert zu sein. Was ist denn überhaupt geschehen?«

Gilusch hatte wieder die Augen geschlossen. Hektisch schaute Frederike auf den Brustkorb der Kleinen. Zum Glück senkte und hob sich dieser regelmäßig.

»Ich wollte mit«, flüsterte Gilusch dann. »Ich wollte mit euch mit. Nie darf ich mit, dabei bin ich ja kein Baby mehr, so wie Erik oder Ali. Ich bin schon fast groß und im Herbst komme ich in die Schule.«

»Natürlich bist du fast groß.« Vorsichtig streichelte Frederike ihr über die Stirn. Was konnte sie sonst tun? Wie konnte sie ihrer Schwester nur helfen? Tränen stiegen ihr in die Augen. Da sie die Älteste war, hatte sie nie solche Erfahrungen gemacht wie Irmi und Gilusch oder auch Gerta. Frederike war immer die Erste gewesen, die irgendetwas gedurft hatte. Aber Mutter hatte nie viel Unterschied zwischen ihr, Gerta und

Fritz gemacht. Sie hatten in Potsdam gelebt, ohne Säuglingsschwester und Kinderfrauen. Es gab ein Mädchen, das sich auch um sie gekümmert hatte, aber nicht so, wie das hier auf dem Gut üblich war. Frederike konnte sich kaum an Essen erinnern, die sie im Kinderzimmer hatte einnehmen müssen. Zumindest kein Frühstück oder Mittagessen. Wenn abends Gäste da waren, durften die Kinder in der Küche bei der Köchin und den Mädchen essen. In Potsdam gab es auch nur eine Köchin, keine Mamsell. Das Leben damals, fiel ihr nun auf, war sehr viel einfacher, aber auch viel entspannter gewesen.

Als sie auf das Gut zogen, hatte Frederike alles getan, um sich anzupassen. Sie durften nicht mit den Leuten essen und manchmal auch nicht mit den Erwachsenen, dann wurden sie ins Kinderzimmer geschickt. Es gab zwar damals ein Mädchen, das sich um ihre Sachen kümmerte, aber eine Kinderfrau hatten sie nie gehabt. Irmi und Gilusch wuchsen anders auf, die Trennung war viel stärker. Aber so war das üblich. Alle Freundinnen von Frederike hatten Kinderfrauen gehabt. Sie alle waren eigentlich in den Kinderzimmern groß geworden, hatten erst spät und nur häppchenweise am Leben der Erwachsenen teilhaben dürfen. Thea hatte ihre Mutter jahrelang fast immer nur nach dem Nachmittagskaffee für eine Stunde gesehen. Da hatten sich dann ihre Eltern mit Thea beschäftigt. Frederikes Mutter war anders gewesen, was daran liegen mochte, dass sie in erster Ehe sehr früh verwitwete und ohne große Mittel dastand, bis Egbert von Fennhusen sie ehelichte, aber dann auch schnell im Krieg fiel und sie das zweite Mal zur Witwe ohne Güter machte. Erst bei Onkel Erik hatte sie in die Rolle der Gutsfrau hineinfinden müssen. Und die kleinen Kinder wuchsen ganz anders auf, was auch dem veränderten Leben hier auf dem Gut geschuldet war.

Fritz, Gerta und ich sind mehr oder weniger verwildert aufgewachsen, wurde Frederike nun klar.

»Es tut so weh«, jammerte Gilusch wieder. »Und ich habe so Durst.«

Frederike schaute sich suchend um. Natürlich hatten sie nichts mitgenommen – weder Wasser noch Proviant. Sie stand auf und lief zum

Graben, ganz unten gab es noch ein dünnes Rinnsal. Frederike tauchte ihr Halstuch in das kühle, klare Wasser, lief zurück zu Gilusch und benetzte ihr die Lippen.

»Mehr!«, bettelte die kleine Schwester.

Wie oft sie in den Graben geklettert und dann wieder nach oben gekraxelt war, wusste Frederike nicht mehr, es schien eine endlose Zeit gewesen zu sein. Doch dann hörte sie endlich das Trappeln von Hufen und die eisenbespannten Reifen der Wagonette auf dem staubigen Pflaster.

»Hü!«, rief Hans und Frederike spürte die Erleichterung – endlich kam Hilfe.

Kapitel 3

»Marjellchen, Marjellchen«, murmelte Hans nur und hob das wimmernde Mädchen auf. Sie schrie, als er ihren Arm berührte. »Tut mir leid, muss aber sein, nicht?« Er bettet sie in die Wagonette, auf die er eine alte Strohmatratze gelegt hatte, wo auch immer er die so schnell herbekommen hatte. Dann schaute sich Hans um. »Komm mit der Stute und Fips nach«, sagte er zu Frederike. »Deine Mutter weiß inzwischen Bescheid und wird den Arzt gerufen haben. Aber Erbarmung, die Kleine wird überleben, da schwör ich drauf.«

»Sie blutet«, wisperte Frederike. »Und zwischendurch ist sie immer mal wieder ohnmächtig.«

»Gut so, dann spürt sie den Schmerz nicht.« Hans nickte ihr zu und schwang sich auf den Kutschbock und ließ die lange Peitsche in der Luft knallen.

Frederike band die Stute und Fips vom Strauch los, stieg auf ihr Pferd und gab ihm die Sporen. Ihr Herz schlug schnell, aber schwer wie eine große Glocke – ihr ganzer Oberkörper schien unter den Schlägen zu vibrieren. Gilusch, ihre kleine Schwester, die süße, die freche, die vorwitzige Gilusch. Frederike erinnerte sich an Abende, an denen die Eltern aus waren und sie den Mädchen eine Gute-Nacht-Geschichte vorgelesen hatte. Es war immer Gilusch gewesen, die sich an sie gekuschelt hatte. Irmi saß lieber im Bett, die Puppe eng an sich gedrückt, und lauschte der Geschichte. Aber für Gilusch waren die Worte nicht wichtig, sie brauchte die Nähe.

Tausend kleine Szenen fielen Frederike ein. Wie sie zusammen schwimmen gewesen waren, Verstecken im Heu gespielt hatten, wie entsetzt und traurig Gilusch war, als die Katze tote Babys zur Welt gebracht hatte. Der Weg zum Gut war nicht lang, so weit waren sie ja noch gar nicht geritten. Am Liebsten hätte sich Frederike über den

Hals des Pferdes gebeugt, die Zügel lockergelassen und es angetrieben, doch die arme kleine Fips kam nicht so schnell hinterher.

Gilusch musste sich heimlich davongeschlichen haben. Konnte sie wirklich schon ihr Pferd satteln? Hatte keiner der Stallburschen das mitbekommen? Sie war ihnen gefolgt, nicht, weil sie ungehorsam war, sondern, weil sie Teil von ihnen sein wollte. Sie war auch Frederikes Schwester, wollte auch Zeit mit ihr verbringen.

Ich hätte mit den Mädchen auf dem Platz reiten sollen, mit beiden, warf sich Frederike vor. Natürlich war Gilusch enttäuscht, weil sie nicht mit ihnen ausreiten durfte. Und natürlich hatte sie versucht, dem Verbot zu entkommen. Wie oft hatten Fritz, Gerta und Frederike Verbote missachtet? Und wie oft hatte es niemand gemerkt? Einmal hatte sich Fritz übel am Bein verletzt, als sie unerlaubt die Schnitterhäuser betreten hatten. Aber da war alles gut gegangen.

Oh bitte, lieber Gott, lass Gilusch nicht zu schwer verletzt sein, wünschte sich Frederike. Sie bog auf den Gutshof ein, hörte hinter sich auf der Chaussee einen knatternden Wagen. Das war sicher der Arzt.

Sie ritt zum Stallvorplatz und sprang vom Pferd. Dort wartete schon einer der Stallburschen. Hans hatte ihr eingetrichtert, das Pferd nach einem solchen Ritt noch trocken zu reiten, es abzusatteln, trockenzureiben und in die Box oder auf die Weide zu bringen. Heute war aber nicht die Zeit dafür. Sie nickte dem Burschen kurz zu, sie wusste noch nicht einmal seinen Namen. Vor zwei Jahren, bevor sie nach Bad Godesberg gegangen war, hatte sie alle und jeden auf dem Hof gekannt. Aber nun waren alte Gesichter verschwunden und neue dazugekommen.

Du bist erst seit gestern wieder hier, sagte sie sich. Du musst nicht alles in ein paar Stunden aufholen. Und jetzt ist erst einmal Gilusch wichtig. Sie lief zum Gutshaus, vorbei an der Remise und an den Gewächshäusern. Rechts von ihr der See, links der Gemüse- und Obstgarten. Der Wagen des Doktors fuhr vorne vor, während sie das Gutshaus auf der Rückseite erreichte und die Treppe zur Veranda hochlief.

Eines der Mädchen staubte die Regale im Gartenzimmer ab.

»Was ist mit Gilusch?«, rief Frederike ihr zu. Das Mädchen zuckte erschrocken zusammen.

»Wie meinen, gnädiges Fräulein?«, stammelte sie.

Woher sollte sie auch wissen, was passiert ist, schalt sich Frederike. Das Gut war ein großer Wirtschaftsbetrieb, den viele kleine Rädchen zum Laufen brachten. Dieses Stubenmädchen war eins der ganz kleinen Rädchen und sie hatte sicher noch nicht mitbekommen, dass sich ein Unfall ereignet hatte. Frederike eilte weiter, durch den kleinen Salon bis in die Diele, dort blieb sie stehen, versuchte keuchend zu Atem zu gelangen. Die Diele war voller Menschen und erst hatte Frederike Schwierigkeiten, zu erkennen, was los war. Es wirkte alles hektisch und es war laut. Dann wurde ihr klar, dass nicht der Doktor, sondern Tante Edeltraut mit ihrer besten Freundin Martha nach ihrem Aufenthalt an der See auf das Gut zurückgekehrt waren. Das Gepäck wurde hereingebracht, es gab viel Aufruhr, aber wo war Gilusch? Frederike schaute von einer Seite zur anderen – dort stand die Mamsell. Sie huschte zu ihr.

»Was ist mit Gilusch?«, fragte sie atemlos. »Wie geht es meiner Schwester? Wo ist der Arzt?«

»Freddy!« Die Mamsell nahm sie in die Arme, drückte sie an sich. »Das ist ja alles so furchtbar«, schluchzte sie. »So schrecklich!«

Frederike hatte das Gefühl, jemand würde ihr mit eiskalter Hand über den Rücken streichen. »Gilusch?«, presste sie hervor. »Was ist mit ihr …?«

»Sie haben sie in den kleinen Salon gebracht«, sagte die Mamsell. »Wir warten auf den Arzt.«

Ein weiteres Auto fuhr auf den Hof. Frederike eilte zur Tür, die Mamsell an ihrer Seite.

»Kommen Sie, Doktor. Schnell.« Die Mamsell führte ihn zum kleinen Salon, Frederike huschte hinter ihnen in den Raum. Sie hatten Gilusch auf den Tisch gebettet und ihr die Reitstiefel ausgezogen.

Mutter saß bleich daneben und hielt Giluschs rechte Hand. Frederikes kleine Schwester hatte die Augen geschlossen, das Gesicht war ganz weiß und ihr Atem ging schnell, aber flach. Sie atmete noch, immerhin. Frederike schlich sich in die Ecke, keiner schien sie zu bemerken.

»Was ist passiert?« Der Doktor trat an den Tisch, Mutter stand auf.

»Sie ist vom Pferd gefallen«, sagte Onkel Erik, seine Stimme klang seltsam gequetscht. »Sie hat sich den linken Arm wohl gebrochen.«

Der Doktor zog die Uhr aus der Westentasche und kontrollierte Giluschs Puls. »War sie bei Bewusstsein?«

»Ja, immer wieder kurz. Wir haben den Arm abgebunden.« Mutter weinte.

Der Doktor untersuchte Gilusch. Er tastete den linken Arm ab, öffnete ihre Lider, schaute in ihre Augen, hörte sie ab, strich dann über ihre Beine und Rippen. Immer wieder flackerten Giluschs Augenlider, aber sie öffnete die Augen nicht, sondern stöhnte und wimmerte leise.

»Ich werde ihr eine Schmerzspritze geben und dann müssen wir sie nach Graudenz in das Krankenhaus bringen. Der Arm ist gebrochen, das muss operiert werden und zwar schnell, damit sie den Arm nicht verliert.«

»Sie könnte den Arm verlieren?« Mutter schlug die Hand vor den Mund und Frederike schloss entsetzt die Augen.

»Wenn wir nichts unternehmen, dann schon«, meinte der Doktor. »Aber das Krankenhaus in Graudenz ist gut. Ich werde mitfahren und auch Sie sollten mitkommen. Haben Sie die Pässe griffbereit?«

Graudenz lag im Polnischen Korridor, um dorthin zu gelangen, mussten sie die Grenze überqueren.

»Natürlich.« Mutter eilte zu ihrem Schreibtisch.

»Sie sollten auch genügend Geld mitnehmen.«

»Ich weiß.« Mutter versuchte, sich zu fassen. »Wie transportieren wir sie?«

»In meinem Wagen auf der Rückbank.« Der Doktor zog eine Spritze auf. »Das ist Morphium, sie wird schlafen und keine Schmerzen haben, das verspreche ich Ihnen.« Er injizierte die Spritze in Giluschs Arm, kurz darauf wurden ihre Atemzüge tiefer und ruhiger. »Sehen Sie.« Der Doktor drehte sich um und lächelte der Mutter aufmunternd zu. Dann griff er wieder in seine Tasche, nahm ein Fläschchen hervor. »Trinken sie diese Tinktur, die wird Ihre Nerven beruhigen.«

»Werde ich bei meiner Tochter bleiben können?«, fragte die Mutter, nahm das Fläschchen und sah es skeptisch an.

»Ich denke, dass wird sich zumindest für eine Nacht einrichten lassen.« Er nickte. »Trinken Sie das ruhig, es ist gut für Ihre Nerven. Wenn Sie aufgeregt sind, können Sie Ihrer Tochter nicht beistehen und Gilusch wird sie brauchen.«

Onkel Erik hatte kurz den Raum verlassen, kehrte nun mit einem Umschlag zurück, den er der Mutter diskret gab. »Soll ich mitkommen?«, fragte er voller Sorge.

»Nein, du musst hierbleiben. Ich muss schnell noch Sachen packen.«

»Gnädige Frau, ich würde so schnell wie möglich aufbrechen wollen. Vielleicht könnte jemand das Kind zum Auto tragen und es auf den Rücksitz betten? Sie können sich die Sachen ja bringen lassen.«

Mutter nickte, ging zur Wand und zog die Klingel für die Mamsell und für den Stallmeister.

Der Doktor beugte sich wieder über Gilusch. »Ich brauche ein schmales Brett und saubere Leinenbinden, um den Arm zu fixieren. Es ist zwar ein offener Bruch, aber die Blutungen sind nur mäßig. Dennoch müssen wir uns eilen.«

Die Mamsell klopfte, trat ein. »Gnädigste?« Sie schaute zum Tisch.

»Mamsell, wir brauchen saubere Binden und ein schmales Brett, das auch so sauber wie möglich sein sollte. Außerdem sollte eines der Mädchen für mich und Gilusch einen Koffer packen – Wäsche, Nachtwäsche, Handtücher und Kleidung. Mindestens für …«, sie sah den Doktor unsicher an, »zwei Tage?«

»Mindestens«, sagte er. »Lieber für drei.«

»Also für drei Tage, sonst kann ja auch noch jemand frische Wäsche bringen.«

»Ich rufe von Stansleben an. Sie haben ein Stadthaus in Graudenz«, fiel Onkel Erik ein. »Da kannst du sicher unterkommen.«

»Mamsell, die Burschen sollen eine Trage bringen und Polster, wir müssen Gilusch in den Wagen des Herrn Doktor verfrachten, und zwar so sanft wie möglich.«

»Gut, Gnädige Frau, ich kümmere mich um alles.« So schnell die Mamsell gekommen war, so schnell war sie auch wieder verschwunden.

»Mutter.« Erst jetzt machte sich Frederike bemerkbar. Die Mutter fuhr erschrocken herum. »Soll ich mitkommen nach Graudenz?«

Für einen Moment schien die Mutter zu überlegen, doch dann schüttelte sie den Kopf. »Nein. Bleib du hier und übernimm das Tagesgeschäft zusammen mit der Mamsell. Edeltraut ist zwar auch wieder da, aber sie wird ein, zwei Tage brauchen, um sich hier einzurichten und wieder anzukommen. Es kommen noch mehr Sommergäste und für die muss alles vorbereitet werden, auch das Gutsgeschäft muss weiterlaufen, die Ernte und diese Dinge. Ich wollte die Schnitterhäuser kontrollieren, das musst du jetzt machen.«

»Es tut mir so leid, Mutter«, sagte Frederike leise. »Ich wollte das nicht.«

Die Mutter sah sie prüfend an, dann schüttelte sie den Kopf, nahm Frederike in die Arme. »Du kannst nichts dafür, gar nichts. Gilusch war schon immer ein Dickkopf und sehr heißblütig. Sie konnte noch nie hören und nun muss sie die Rechnung dafür tragen. Ich hoffe, die Rechnung wird nicht zu schwer.« Ihre Schultern sackten nach unten und diesmal war es Frederike, die tröstete und umarmte.

»Natürlich mache ich das, Mutter. Ich kümmere mich um alles.«

»Das hoffe ich, du solltest es in den letzten zwei Jahren gelernt haben. Die Schule war teuer genug.« Stefanie von Fennhusen richtete sich auf, straffte die Schultern und drehte sich um. Ihre letzten Worte waren wie Ohrfeigen für Frederike gewesen. Ohne abzuwarten, bis ihre Schwester abtransportiert wurde, eilte Frederike nach draußen. Sie fror, eine Eiseskälte, die von innen kam. Frederike fühlte sich schuldig an dem Unfall ihrer kleinen Schwester und jetzt spürte sie auch noch die immense Verantwortung, die ihr die Mutter übertragen hatte. Mutter mochte gesagt haben, dass Frederike nicht schuldig war, aber anscheinend dachte sie anders darüber. War es eine Strafe oder eine Chance, sich zu beweisen? Frederike spürte eher die Strafe hinter den Worten der Mutter. Sie setzte sich auf die obere Stufe der Veranda und umschloss ihre Knie mit den Armen, musste sich selbst umarmen und sich Trost spenden.

Hinter ihr im Haus brodelte es – das Personal lief wie aufgescheuchte Hühner hin und her, Anweisungen wurden gegeben, es war ein wahrer Aufruhr.

Ich müsste dort drinnen sein, dachte Frederike. Ich müsste mit der Mamsell sprechen, mit der Köchin und Gerulis. Ich müsste langsam aber zielstrebig die Zügel in die Hand nehmen, um wenigstens die Küche und den Haushalt zu führen. Und was ist mit meinen Geschwistern? Mit Irmi und den Jungen? Mit Gerta? Ich müsste an ihrer Seite sein, sie stützen und sie trösten. Das wäre jetzt meine Aufgabe, Mutter hat sie mir übertragen. Aber ich kann nicht. Meine Gliedmaßen sind schwer wie Blei, ich fühle mich nicht fähig, einen Schritt zu gehen. Wie könnte ich? Ich bin zurück auf das Gut gekommen und habe eine Katastrophe ausgelöst. Ich trage die Verantwortung dafür und kann sie gleichermaßen nicht tragen. Am liebsten würde ich mich verkriechen, dachte Frederike.

Gerulis kam die große Treppe heruntergeeilt. »Der Wagen vom Doktor!«, rief er. »Jetzt sofort vorfahren!« Dann rannte er, ohne auf Frederike zu achten, wieder ins Haus.

Mutter kam, auch sie schien Frederike nicht zu beachten. Sie trug eine kleine Tasche, sah sich immer wieder um. Zwei der Knechte trugen eine improvisierte Trage, die in aller Eile zusammengezimmert worden war und auf der Gilusch lag, vorsichtig die Treppe hinunter. Onkel Erik folgte der Prozession. »Ich komme nach«, sagte er zu Mutter.

Frederike schaute zum Haus: In der Eingangstür stand Irmi, klein und verloren. Vermutlich sollte sie eigentlich im Kinderzimmer sein. Frederike raffte sich auf, es war keiner da, der sie trösten würde, aber sie konnte Irmi Trost spenden.

»Komm zu mir, Süße«, sagte sie leise. Irmi sah sie zuerst erschrocken an, dann rannte sie zu ihrer großen Schwester und umarmte sie.

»Ich fühle mich so schlecht, Freddy, so furchtbar schlecht. Warum haben wir Gilusch nicht mitgenommen? Das hätten wir doch tun können. Aber ich wollte etwas mit dir alleine machen. Und ich wollte mich größer und älter fühlen als sie. Und sie kann noch nicht so gut reiten – vielleicht wird sie es nie mehr können, wenn sie ihren Arm verliert«, schluchzte Irmi.

»Beruhige dich.« Frederike sah die Chaussee entlang, hinter der Staubwolke her, die der Wagen des Doktors hervorrief. Sie waren auf dem Weg in die Klinik und dort würde Gilusch geholfen werden, daran mussten sie glauben. »Alles wird gut.« Sie sagte es auch zu sich selbst. Und es musste alles wieder gut werden.

»Glaubst du wirklich?« Irmi sah zu ihrer großen Schwester hoch. Ihre Augen waren eine einzige Frage und voller Unsicherheit.

Ich muss jetzt Stärke zeigen, sagte sich Frederike, obwohl sie nicht wusste, woher sie sie nehmen sollte. »Ja, natürlich. Und jetzt gehst du ins Kinderzimmer, bitte. Sag Anna und Fräulein Siebling, was sich zugetragen hat, und dass Mutter mit Gilusch auf dem Weg nach Graudenz ins Hospital ist.«

»Sie werden mit mir schimpfen«, sagte Irmi mutlos und senkte den Kopf.

»Wieso?«

»Weil sie immer mit mir schimpfen, wenn etwas mit Gilusch ist. Und diesmal ist es richtig schlimm.« Irmi sackte in sich zusammen.

Frederike unterdrückte ein Seufzen. »Dann gehen wir jetzt gemeinsam hoch.«

»Du kommst mit?« Irmi drückte Frederikes Hand. »Ehrlich?«

»Ja, sicher.«

»Du bist einfach phänomenal!«

Als sie ins Haus gingen, kam ihnen Gerulis entgegen. Er trug einen kleinen Koffer. Ihm folgte Onkel Erik, der sich umgezogen hatte und nun eilig versuchte, Manschettenknöpfe an seine Hemdsärmel anzubringen, was ihm nicht gelingen wollte.

»Verdammt!«, fluchte er und blieb in der Diele stehen, versuchte es erneut.

»Lass mich das machen.« Frederike ließ Irmis Hand los, ging zu ihrem Stiefvater und befestigte rasch die Knöpfe in den Manschetten seiner Hemdsärmel.

Onkel Erik sah sie an, seine Stirn war gefurcht und die Sorgen, die er hatte, waren ihm anzusehen. Doch für einen Moment hellten sich seine Gesichtzüge auf.

»Danke, Freddy. Ich bin so nervös.«

»Ich auch«, sagte Frederike kaum hörbar. »Und ich fühle mich schuldig …«

»Das musst du nicht, mein Kind.« Er nahm ihren Kopf in beide Hände, küsste sie auf die Stirn. »Gilusch war schon immer ein Wildfang. Das hat mit dir nichts zu tun. Danke, dass du da bist. Ich fahre jetzt nach Graudenz, ihr werdet das hier schon meistern, das weiß ich.« Dann eilte er an ihr vorbei, und bald darauf war das Knattern des Motors von seinem Wagen zu hören.

»Papa fährt auch nach Graudenz?«, fragte Irmi und folgte Frederike nach oben.

»Ja, er will bei Mama und Gilusch sein.« Muss ich mich jetzt auch um den Inspektor kümmern, fragte sich Frederike und versuchte, den Kloß, der sich in ihrem Hals bildete, zu unterdrücken.

»Wenn Papa und Mama da sind, wird alles gut. Sie werden auf Gilusch aufpassen«, sagte Irmi erleichtert.

»Das stimmt.« Frederike öffnete die Tür zum Kinderzimmer und der kleine Erik stürmte ihr entgegen.

»Was ist passiert?«, rief er.

»Nichts Schlimmes«, log Frederike. Sie schaute Irmi streng an. »Nicht wahr?« Dann beugte sie sich zu ihrer kleinen Schwester. »Mach ihm keine Angst«, wisperte sie. »Ich verlass mich auf dich.«

Irmi hob stolz den Kopf. »Natürlich.«

Nachdem Frederike ein paar Worte mit dem Kindermädchen gewechselt hatte, ging sie wieder nach unten. In der Diele stand schon die Mamsell.

»Freddy, wie ist das jetzt mit dem Essen? Sollen wir es servieren?«, fragte sie.

»Ist das Essen fertig?«

»Ja, wir könnten sofort den Gong schlagen.«

»Essen beruhigt. Dann lassen sie doch bitte dazu läuten«, sagte Frederike erleichtert. Sie eilte nach oben, zog sich rasch um und wusch sich Hände und Gesicht. Innerhalb von wenigen Stunden schien sich ihr Leben komplett verändert zu haben, und die Last der Verantwortung wog schwer. Doch Mutter erwartete von ihr, dass sie sich kümmerte, und die Mutter wollte sie nicht enttäuschen.

Der Gong schlug das erste Mal. Als Frederike in die Diele kam, stand dort Tante Edeltraut bei der Mamsell. Sie ging zu ihnen, unsicher, was sie sagen, wie sie sich verhalten sollte. Mutter hatte ihr die Verantwortung übergeben, aber wer wusste das schon, außer sie selbst? Und wie würden die Leute das auffassen?

Tante Edeltraut kam ihr entgegen, umarmte sie herzlich. »Mein liebes Kind, wie schrecklich, was heute passiert ist. Ich hoffe, du weißt, dass ich immer für euch da sein werde und auch alles tun werde, um dich zu unterstützen.«

Frederike schloss die Augen, dann stutzte sie. Was wusste Tante Edeltraut? Sie löste sich aus der Umarmung, ging einen Schritt zurück.

»Danke.«

»Deine Mutter hat vor ihrer Abreise mit mir gesprochen, nur ganz kurz natürlich. Sie erwartet, dass du den Haushalt übernimmst.« Tante Edeltraut räusperte sich. »Und mein Bruder erwartet es auch.« Wieder räusperte sie sich, nahm Frederikes Arm und zog sie in die Ecke der Diele. »Sie meinen, sie hätten das Geld für deine Schule gezahlt, und nun sollte sich das auch bezahlt machen. Ich kann nur vermuten, dass beide unter Schock standen.«

Frederike wusste immer noch nicht, was sie antworten sollte, überhaupt konnte sie die Tante nicht einschätzen. Wie meinte sie ihre Worte?

»Ja«, sagte sie nur.

»Mein Bruder ist manchmal ein so großer Kindskopf und meine Schwägerin, verzeih mir die Worte, auch.« Sie nickte heftig. »Natürlich kannst du nicht auf einmal dieses Gut führen – die Schule, die das gewährleistet, muss erst noch erfunden werden. Das ist kompletter Unfug.« Sie lächelte Frederike zu. »Ich habe Jahre gebraucht, bis ich es konnte, deine Mutter hat auch einige Zeit damit verbracht, die Gutsführung zu lernen. Inzwischen, das muss ich ihr zugestehen, kann sie es wirklich gut. Aber von heute auf morgen geht das natürlich nicht. Zum Glück haben wir eine hervorragende Mamsell. Mit ihr habe ich schon gesprochen. Gleich sollten wir uns zusammensetzen und alles Weitere planen. Wir werden dir helfen und dich unterstützen, so gut es geht.«

»Aber Mutter …«

»Deine Mutter muss das gar nicht erfahren. Sie wird sowieso genug andere Dinge haben, um die sie sich einen Kopf machen muss.« Tante Edeltraut drückte Frederike wieder an sich. »Ich verspreche dir, wir werden das hinbekommen.«

Der Gong tönte das zweite Mal. In diesem Moment stürmte Gerta die Treppe von draußen hoch in die Diele. Sie sah verschwitzt aus, die Haare in Unordnung, die Wangen gerötet.

»Sag Mutter, dass ich gleich komme«, rief sie Frederike zu. »Huhu, Tante Edel, schön, dass du wieder da bist.« Fast wie ein Blitz hechtete sie, immer zwei Stufen auf einmal nehmend, die Stufen in die obere Etage empor und hätte beinahe Tante Martha umgerannt.

»Gute Güte«, seufzte Tante Edeltraut und ging zur großen Eingangstür. Sie spähte mit zusammengekniffenen Augen hinaus, wandte sich dann zu Frederike. »Wer ist der junge Kerl, mit dem sie unterwegs war?«

»Kerl? Ich weiß von keinem Kerl. Wie kommst du denn auf so etwas?«, fragte Frederike verblüfft.

»Das rieche ich drei Kilometer gegen den Wind. Meinst du, sie sähe so aus, wenn sie Gartenarbeit verrichtet oder Socken gestopft hätte?« Tante Edeltraut grinste. »Man mag es mir heute nicht mehr ansehen, aber ich war auch mal jung und habe mich mit den Söhnen der anderen Güter im Blaubeerwald getroffen. Wir waren damals aber noch sehr züchtig, nicht so, wie das in der heutigen Zeit ist. Allein schon eure Kleidung.« Sie schnalzte missbilligend mit der Zunge.

»Ich finde die heutige modische Kleidung sehr schick, muss ich sagen. Auch wenn wir das nicht mehr tragen sollten, Edel. Deiner Nichte stehen die kurzen Kleider.« Martha war zu ihnen getreten und umarmte Frederike nun. »Hallo, mein Kind. Ich hoffe, es geht dir gut«, sagte sie milde. »Kaum bist du hier, lastet schon so eine große Pflicht auf deinen Schultern.«

»Wir werden sie gerecht verteilen und sie mit Freddy tragen, meine Gute. Und nun lasst uns essen, Gerulis ist schon ganz nervös, weil wir nicht Platz nehmen.« Tante Edeltraut kicherte.

Das Essen begann sehr ruhig. Gerta kam zehn Minuten zu spät, ihre Wangen waren immer noch gerötet. Immerhin hatte sie sich umgezogen und die Haare gerichtet. »Wo ist denn Mutter?«, fragte sie erstaunt. »Und Onkel Erik? Überhaupt, was seid ihr alle so still? Hast du nichts von deiner Sommerfrische zu erzählen, Tante Edel?«, fragte Gerta lachend.

»Mutter und Onkel Erik begleiten Gilusch ins Hospital«, sagte Frederike ernst. »Gilusch hatte einen Unfall und muss operiert werden.«

Gerta ließ das Besteck klirrend fallen. »Oh nein. Was ist passiert?« Ihre gerade noch sanft geröteten Wangen wurden blass.

Frederike senkte den Kopf. »Ich bin mit Irmi ausgeritten. Mutter hatte Gilusch verboten, mit uns mitzukommen. Sie ist wohl noch nicht so sicher im Sattel. Aber Gilusch hat sich wohl über das Verbot hinweggesetzt und ist uns auf Fips gefolgt. Was genau passiert ist, weiß ich nicht. Sie ist gestürzt und hat sich den Arm gebrochen.« Frederike senkte den Kopf, kämpfte vergeblich gegen die Tränen an.

»Sie dürfen sich keine Vorwürfe machen«, sagte Ax von Stieglitz mit sanfter Stimme. Er saß am Ende des Tisches, dort, wo er immer saß. Keiner hatte auf ihn geachtet, doch das schien ihm nichts auszumachen.

Frederike schoss das Blut in die Wangen. Ich hätte wenigstens ein paar Worte mit ihm wechseln müssen, dachte sie voller Pein. Wie soll ich das Gut leiten, wenn ich noch nicht mal eine Mittagsmahlzeit hinbekomme?

»Wirklich, Sie dürfen sich nichts vorwerfen. Ihre kleine Schwester hat unüberlegt gehandelt. Das machen Kinder wohl. Haben Sie früher nicht auch mal Sachen gemacht, die verboten aber verlockend waren? Ganz bestimmt haben Sie das, Fräulein Frederike, aber es ist nie etwas Schlimmes passiert. Sie hatten Glück, so wie wir alle.« Er schaute in die Runde.

»Das stimmt, Schätzchen. Wir haben alle früher als Kind, und auch später«, Tante Edeltraut warf Gerta einen eindringlichen Blick zu, »Dinge getan, die wir besser gelassen hätten. Daran war niemand schuld, nur wir selbst.«

Gerta hatte die Serviette genommen und presste sie vor ihr Gesicht. »Mir ist der Appetit vergangen«, hauchte sie.

»Der Appetit kommt beim Essen«, sagte Tante Martha fröhlich und nahm sich noch einmal Kartoffeln und Soße. Versuch es einfach. Je weniger Drama wir aus der Sache machen, umso leichter ist es für alle.«

»Martha, manchmal bist du so klug.« Auch Tante Edeltraut nahm sich nach.

Frederike sah Ax von Stieglitz dankbar an, doch auch er widmete sich seinem Essen und schien ganz in Gedanken versunken zu sein.

Ein wirkliches Gespräch kam nicht mehr auf. Gerta entschuldigte sich vom Tisch, sobald es eben ging. Auch von Stieglitz ließ diesmal die Nachspeise aus und verließ den Raum.

Der Tisch war für acht gedeckt worden, aber drei Teller waren leer geblieben. Eigentlich hätte auch Irmi mit ihnen speisen dürfen, doch Frederike hatte es besser gefunden, sie in der Obhut des Kindermädchens zu lassen.

Nun erhoben sich alle vom Tisch. Frederike blieb unsicher stehen, als Hilde den Tisch abräumte.

»Komm mit in den kleinen Salon«, sagte Tante Edeltraut sanft.

»Aber das ist Mutters Zimmer.«

»Das stimmt. Dort sind die Bücher und die Notizen deiner Mutter. Wir müssen den Überblick über die nächsten Tage bekommen. Vielleicht kommt sie schon morgen oder übermorgen zurück und kann das Heft wieder in die Hand nehmen, vielleicht aber auch nicht. Und deshalb sollten wir uns einen Überblick verschaffen.«

»Es kommt mir … falsch vor«, sagte Frederike zögerlich. »Schließlich sind es ihre Sachen.«

»Es sind die Bücher vom Gut, mein Kind, nicht ihre privaten Aufzeichnungen, glaub' mir. Ich habe lange mit ihr die Buchhaltung gemacht. Intime Dinge werden wir da nicht erfahren.« Tante Edeltraut lachte auf und nahm Frederikes Arm. »Habt ihr auch Buchhaltung auf der Schule gelernt?«

Frederike war dankbar für die scheinbar lockere und unbefangene Art der Tante. Sie wusste tief in sich, dass das zum Teil nur gespielt war, denn Tante Edeltraut hatte den höchsten Respekt vor Eigentum und Privatsphäre und erwartete das auch von anderen.

»Buchhaltung war eines der Fächer«, sagte Frederike. »Es war nie mein Lieblingsfach, aber ich weiß, wie wichtig es ist.« Sie ließ sich von Tante Edeltraut in den kleinen Salon führen, in das Zimmer ihrer Mutter, vor dem sie so oft verborgen hinter dem großen Ohrensessel gehockt hatte, um zu lauschen.

Tante Edeltraut wies ihr den Platz an dem Sekretär zu und zog sich selbst einen Stuhl vom Tisch heran. Frederike schaute sich unsicher um. Noch vor wenigen Stunden hatte ihre schwerverletzte Schwester auf dem Tisch gelegen, blutige Kleidung hing in Fetzen vom Tisch, Decken, Schüsseln mit heißem Wasser und Verbandsmaterial waren herbeigeschafft worden. Davon sah man nun nichts mehr. Ein leichter medizinischer Geruch lag in der Luft – reiner Alkohol, der zum Desinfizieren gebraucht worden war.

»Ich kann das nicht.« Frederike ließ sich auf Mutters Stuhl vor dem Sekretär sinken, stöhnte leise auf.

»Doch, das kannst du«, beschwichtigte Tante Edeltraut. »Du hast nämlich gar keine Wahl.«

Es klopfte an der Tür und die Mamsell trat ein. Sie deutete einen Knicks an, aber Tante Edeltraut winkte ab und zog einen Stuhl an ihre Seite.

»Liebe Mamsell, wie geht es Ihnen?«, fragte sie freundlich und klopfte auf den Stuhl neben sich.

Die Mamsell räusperte sich. »Gnädiges Fräulein«, sagte sie gequetscht und drückte ihr Haushaltsbuch an sich.

»Mamsell, ich bin und bleibe die Freddy für Sie, wenn ich darum bitten darf«, meinte Frederike. »Wir haben eine Ausnahmesituation und werden versuchen, sie so gut es uns gelingt, zu meistern.«

Tante Edeltraut nickte ihr anerkennend zu. »So ist es. Was liegt für heute und morgen an?«

Die Mamsell setzte sich, schlug ihr Buch auf. »Heute Nachmittag kommt der junge Herr, Fritz. Er muss vom Bahnhof abgeholt werden. Hans weiß schon Bescheid. Sein Zimmer ist gerichtet.«

»Fritz kommt heute«, sagte Frederike und fühlte sich auf einmal erleichtert. Fritz war manchmal noch ein Kindskopf, und mit der Gutsführung hatte er bisher nichts am Hut, aber allein, dass er da sein würde, erfüllte Frederike mit Freude.

»Außerdem kommt heute noch ein Sommergast aus Berlin. Die Gräfin von Larum-Stil. Sie kommt mit dem Abendzug an und muss natürlich abgeholt werden. Ihr Zimmer ist soweit auch schon vorbereitet.«

»Maria kommt alleine?«, fragte Tante Edeltraut überrascht. »Ohne Familie?«

Die Mamsell senkte betreten den Kopf. »Dazu kann ich nichts sagen.«

Frederike sah Tante Edeltraut an. »Ja, sie kommt wohl alleine. Für den Transport vom Bahnhof ist gesorgt?«, fragte sie dann die Mamsell.

»Natürlich.«

»Kommen noch weitere Sommergäste?«, wollte Tante Edeltraut wissen.

»Diese Woche nicht.«

»Was ist mit den Schnittern und Erntehelfern?«, fragte Frederike nach.

Tante Edeltraut schaute überrascht auf. »Dass du daran denkst …«

»Dafür war ich doch auf dieser teuren Schule«, antwortete Frederike trocken.

Tante Edeltraut lachte laut auf.

»Tatsächlich sind die Schnitterhäuser noch nicht ganz fertig. Die Arbeiter kommen im Laufe der Woche, ich werde mich verstärkt darum kümmern«, sagte die Mamsell und machte sich eine Notiz in ihrem Haushaltsbuch.

»Gut. Ich werde die Häuser morgen Nachmittag kontrollieren«, sagte Frederike und machte sich ebenfalls eine Notiz. »Steht genug Essen für die Arbeiter bereit?«

»Die Köchin wollte morgen einen weiteren Backtag einlegen und vierzig Brote auf Vorrat backen. Wir haben genügend Speck, da wir vor einem Monat geschlachtet haben, und auch Gemüse sollte reichlich vorhanden sein. Im Ledigenhaus wird es jeden Abend eine warme Mahlzeit und Brot geben, die Arbeiter in den Schnitterhäusern bekommen nur eine Vesper auf den Feldern, ansonsten müssen sie sich selbst versorgen, so wie immer.«

»Gut«, meinte Frederike.

Die Mamsell räusperte sich. »Wir müssen noch die Essen im Haus besprechen. Für heute Abend ist schon alles geplant.« Sie sah Frederike an. »Die Köchin fragt aber, ob sie das Essen umstellen soll, da ja deine Eltern nicht hier sind und es mit den drei Gästen und der Familie nur sieben Personen statt neun sind. Sie hatte Rehrücken geplant, aber der liegt noch auf Eis. Deine Mutter liebt Rehrücken, und vielleicht wäre das eine gute Mahlzeit, wenn sie wieder hier ist?«

»Was für eine Alternative hat die Köchin?«

»Rehkeule oder Ragout. Dein Vater hat vor zwei Wochen einen kapitalen Bock geschossen, er ist nun gut abgehangen. Außerdem hätten wir natürlich Schweinefilet, Schinken oder auch Huhn.«

»Brathähnchen«, sagte Frederike und leckte sich über die Lippen.

»Ich liebe die Brathähnchen von unserer Köchin. Und Fritz liebt sie auch. Wenn die Köchin das machen würde?«

Die Mamsell nickte lächelnd. »Davon gehe ich aus.«

»Gut. Falls Onkel Erik morgen wieder aus Graudenz zurück ist, können wir morgen den Schinken machen«, schlug Frederike vor und machte sich eine Notiz.

»Eine wunderbare Idee. Dann können wir morgen früh in die Pilze gehen«, meinte Tante Edeltraut.

»Und wenn er nicht kommt?«, wollte die Mamsell wissen.

»Ich kann mir nicht vorstellen, dass er länger als einen Tag wegbleibt, zumal er doch auch am Wochenende mit Graf von Stieglitz nach Schleswig-Holstein zu einer Versammlung der Landjunker fahren wollte.« Frederike rieb sich über den Nacken. »Aber wenn er tatsächlich noch nicht kommt, könnte die Köchin ja Reste verwerten und ein Ragout machen. Oder ist das zu einfach? Schließlich sind ja noch Tante Martha, Tante Maria und auch der Graf da.«

»Die Ragouts der Köchin sind auch für Gäste gut genug«, meinte Tante Edeltraut. »Wir sind ja kein Hotel hier.«

»Was müssen wir sonst noch bedenken?«, fragte Frederike und schaute in die Unterlagen ihrer Mutter, aus denen sie jedoch nicht so recht schlau wurde.

»Nächste Woche ist große Wäsche, bevor die anderen vier Sommergäste kommen«, sagte die Mamsell. »Aber bis dahin ist noch Zeit. Am Wochenende sollten eigentlich Nachbarn kommen, doch denen werden wir wohl der Situation wegen absagen müssen.«

»Ich werde mit ihnen sprechen«, sagte Tante Edeltraut. »Gibt es eine Namensliste?«

»Natürlich.« Die Mamsell reichte ihr ein Blatt.

»Nun, das sind ja nur die von Hermannsdorf und die zu Himmelhausen, das dürfte kein Problem sein. Ich werde sie vorwarnen, aber vielleicht ist ja alles nicht so dramatisch, wie es gerade aussieht, und alle kommen bald wohlbehalten wieder nach Hause.« Tante Edeltraut nickte der Mamsell zu.

»Falls es noch etwas gibt, was ich bedenken müsste …«, sagte Frederike unsicher.

»Es wird sich alles fügen. Wir wollen hoffen, dass unsere Gilusch nicht zu schwer verletzt ist und sich alles zum Guten wendet«, sagte die Mamsell. »Mach dir nicht zu große Gedanken.«

Kapitel 4

Frederike lehnte sich zurück, nachdem die Mamsell den Raum verlassen hatte. Ihr schwirrte der Kopf. Gleich würde Fritz ankommen, etwas später Tante Mimi. Sie hatte noch nichts von Gilusch gehört, aber als Frederike auf die Uhr schaute, bemerkte sie, dass der Transport gerade erst Graudenz erreicht haben konnte. Auf der einen Seite schien die Zeit zu rasen, auf der anderen zog sie sich wie Kautschuk. Frederike schaute wieder in Mutters Bücher, verstand die Aufzeichnungen immer noch nicht wirklich.

»Mein liebes Kind«, unterbrach Tante Edeltraut ihre Gedanken. »Werde nicht trübsinnig. Fast alles wird sich fügen, wie die Mamsell schon sagte. Es ist dir hoch anzurechnen, dass du den Haushalt weiterführst, aber keiner kann erwarten, dass du es ad hoc perfekt beherrschst.«

»Danke, Tante Edel.« Frederike seufzte erleichtert auf. »Ich weiß gar nicht, wie ich das alles meistern soll.«

»Du musst nicht alles meistern und du bist nicht alleine.« Tante Edeltraut setzte sich auf und straffte die Schultern. »Aber es gibt eine Sache, über die müssen wir noch reden.«

»Das Essen am Wochenende?«, fragte Frederike.

Tante Edeltraut schüttelte den Kopf. »Nein. Über Gerta.« Sie kniff die Augen zusammen.

»Gerta?« Frederike sah sie verblüfft an. »Was ist mit ihr?«

»Das hoffte ich, von dir zu erfahren.«

»Ich verstehe nicht …«

»Du hast sie doch vorhin gesehen.« Tante Edeltraut sah Frederike an, als wäre mit diesem Satz alles gesagt.

»Ja, natürlich. Sie ist zu spät zu Tisch gekommen. Ich werde mit ihr reden.«

»Liebes Kind, du musst deine Schwester davor bewahren, dass sie einen großen Fehler begeht.«

»Fehler?«

Tante Edeltraut schlug die Hände zusammen. »Ja, natürlich. Meinst du, ich weiß nicht, was sie macht? Ich war auch mal jung.«

»Was macht sie denn?«, fragte Frederike ehrlich verblüfft.

»Nun tu doch nicht so unschuldig. Sie trifft sich heimlich mit jemandem. Schneider meint, es wäre einer der Nachbarjungen, aber die Mamsell befürchte, dass es jemand aus dem Dorf ist.«

»Was?« Frederike legte die Hand auf den Mund. Und plötzlich erkannte sie, dass Tante Edeltraut recht haben musste. Gertas gerötete Wangen, das zerzauste Haar, ihr plötzliches Interesse an modischer Kleidung und daran, sich zurechtzumachen. Da steckte natürlich ein Junge dahinter, wie hatte sie das übersehen können?

»Ich werde mit ihr reden«, sagte Frederike resolut und war von dem Ton ihrer Stimme selbst überrascht. »Weiß Mutter davon?«

Tante Edeltraut zuckte mit den Schultern. »Das kann ich nicht sagen, aber die Mamsell meint, es ginge schon ein paar Wochen so. Möglicherweise hat deine Mutter unterdessen mit ihr gesprochen, aber wir alle wissen ja, dass Gerta wie ein junges Pferd ist.«

Frederike stand auf, strich ihren Rock glatt. »Nun, wir werden sie davon abhalten, Dummheiten zu machen.«

»Gut.« Auch Tante Edeltraut erhob sich. »Die Bohnen müssen geerntet werden, darum kümmere ich mich.« Zielstrebig ging sie zur Verandatür und öffnete diese. Sie holte einmal tief Luft und ging dann nach draußen.

Vorsichtig schloss Frederike Mutters Haushaltsbuch, strich über den Einband aus grünem Leinen, der schon recht abgegriffen war. In ihrem Kopf kreisten Fragen, auf die sie keine Antwort wusste, die Angst um Gilusch, die ganze Aufregung des Tages steckte noch in ihren Knochen.

Ich werde mich um alles kümmern, dachte sie, ich muss mir nur einen Plan machen.

Als Erstes musste sie darüber nachdenken, wie sie mit Gerta reden sollte, ohne dass ihre Schwester sich ihr verschloss. Es war viel, was plötzlich auf ihren Schultern lastete, aber sie hatte keine Wahl, Mutter und Onkel Erik verließen sich auf sie. Wie sollte sie das bloß alles schaffen? Ihre Kehle wurde eng. Ich brauche frische Luft, dachte sie. Außerdem sollte ich den Gemüsegarten in Augenschein nehmen, davon verstehe ich wenigstens etwas. Entschlossen folgte sie ihrer Tante über die Veranda nach draußen.

Staub tanzte im Sonnenlicht über den Hof, überall war die Betriebsamkeit des Gutes zu spüren. Hans spannte die Wagonnette an, er würde Fritz vom Bahnhof abholen. Ich muss noch die Zimmer inspizieren, fiel Frederike ein. Doch anstatt umzukehren, ging sie weiter, vorbei an den Beerenhecken und hinüber zum Gemüsegarten. Die Frühbeete waren geöffnet worden, ein Bursche jätete leidenschaftslos zwischen den Erbsen und Möhren Unkraut. Das Küchenmädchen schnitt Kräuter ab und legte sie in einen Korb.

Wenn Gerta sich wirklich mit einem Jungen traf, hätte sie mir das nicht erzählt?, wunderte sich Frederike. Doch wann hätte sie das tun sollen? Sie hatten bisher kaum Zeit gehabt. Außerdem hatte sie gemerkt, dass sich Gerta weiterentwickelt hatte. Ihre Schwester war ihr nicht mehr so vertraut wie früher.

Und ich habe mich auch verändert, gestand sich Frederike ein. Hoffentlich finden wir wieder die alte Nähe.

Frederike ging an den Beeten entlang zum hinteren Teil des Gartens, wo sich Tante Edeltraut und Tante Martha über die Bohnenstangen beugten. Beide trugen Strohhüte und bunte Halstücher. Eigentlich hätte sich Frederike zu ihnen gesellen und ihnen helfen sollen, doch das Durcheinander in ihrem Kopf war immer noch zu groß, sie brauchte Zeit, um sich zu sortieren. Also bog sie nach links ab, wo hinter dem Kartoffelacker die Mischobstwiese begann. Dort unter der großen Eiche saßen Gerta und Irmi. Gerta schien der kleinen Schwester etwas zu erzählen, vielleicht las sie ihr auch aus einem Buch vor, so genau konnte Frederike es nicht erkennen. Was mache ich nun, dachte sie. Dann gab sie sich einen Ruck und ging entschlossen auf die beiden zu. Besser jetzt als nie, dachte sie.

»Hallo, ihr zwei.« Tatsächlich hatte Gerta das alte Märchenbuch auf dem Schoß, aus dem ihnen schon die Mutter vorgelesen hatte.

Überrascht schauten die Schwestern auf. »Hast du schon Nachricht aus Graudenz?«, fragte Gerta.

Frederike schüttelte den Kopf. »Irmi, Leni sagte, dass die Putenküken schlüpfen.«

»Wirklich? Da will ich dabei sein.« Irmi sprang auf und lief eilig davon.

»Ich muss mit dir reden«, sagte Frederike und setzte sich neben Gerta auf die Bank unter dem Baum.

»Das klingt ernst.« Gerta verzog das Gesicht. »Hat die Mamsell gepetzt?«

»Dann stimmt es also. Wer ist es?«

»Es ist doch egal. Es ist Sommer, wir sitzen in der Provinz, alle sind wegen der Politik besorgt. Ich bin jung und möchte ein wenig Spaß haben.«

»Gerta!« Frederike war entsetzt. »Wer ist es?«

Gerta senkte den Kopf. »Es ist nichts Ernstes«, murmelte sie. »Wir verbringen nur ein wenig Zeit miteinander.«

»Wer? Der Sohn der von Olechnewitz'?« Die von Olechnewitz waren die nächsten Nachbarn, ihr Gut lag nur etwa eine Stunde entfernt, wenn man über die Felder ritt.

Gerta schüttelte den Kopf. Ihre Wangen glühten und sie vermied es, Frederike anzusehen.

»Wer dann? Einer der von Hermannsdorfs oder etwa der Kleine von Husen-Wahlheim?«

»Es spielt doch keine Rolle, wer es ist.«

»Doch, das tut es. Nun sag schon!«

»Dawid«, wisperte Gerta.

Frederike runzelte die Stirn. Sie konnte sich an keinen Dawid erinnern. Vielleicht war es aber jemand, der zur Sommerfrische hier war. »Welcher Dawid?«

»Dawid. Du weißt schon … der Sohn des Schweizers.«

»Was?« Frederike konnte es nicht fassen. »Der Dawid? Aber er gehört zu den Leuten.«

»Na und? Ist er deshalb weniger Mensch als wir?«, fragte Gerta trotzig.

»Darum geht es doch gar nicht, Gerta.« Frederike wusste nicht, was sie sagen sollte. »Du kannst doch nichts mit einem von den Leuten anfangen. Was hast du dir dabei gedacht?«

»Wir mögen uns. Und wir verbringen gerne Zeit zusammen. Er war früher Fritz' Freund, wir haben immer miteinander gespielt. Du doch auch!«

»Das war früher, Gerta. Da waren wir Kinder. Und selbst wenn wir mit ihnen gespielt haben, gab es doch Unterschiede zwischen ihnen und uns.«

»Ja, sie mussten viel mehr helfen und arbeiten. Sie haben keine Pferde und auch niemanden, der ihnen das Bett macht. Dawid weiß viel mehr über das Leben, als du und ich zusammen. Er ist so beeindruckend erwachsen und keineswegs so blasiert, wie zum Beispiel Ethel von Husen-Wahlheim.«

»Kein anderer Mensch ist derartig blasiert wie Ethel.« Frederike verdrehte die Augen. »Menschenskind, Gerta, du bist gerade sechzehn, du bist viel zu jung für derlei Dinge.«

»Es ist doch nichts … passiert«, sagte Gerta leise.

»Grundgütiger, das will ich doch hoffen. Was, wenn Mutter oder Onkel Erik es erfahren?«

»Was gibt es da zu erfahren? Ich verbringe manchmal Zeit mit Dawid. Er ist jetzt hier Stallbursche. Wir bewegen zusammen die Pferde und so. Das weiß Mutter.«

»Sie weiß es? Was hat sie dazu gesagt?«

Wieder senkte Gerta den Kopf. »Nichts. Was soll sie dazu sagen?«

»Es missfällt ihr nicht?«

Nun sah Gerta endlich Frederike an. Sie seufzte. »Mutter hält mich immer noch für das kleine Mädchen. Wahrscheinlich hat sie die Vorstellung, dass ich nur wenig älter als Irmi und Gilusch bin – jedenfalls verhält sie sich so mir gegenüber. Sie will nicht erkennen, dass ich fast erwachsen bin und meine eigenen Entscheidungen treffen kann.«

Erwachsen? Frederike stockte der Atem. Sie war drei Jahre älter als Gerta und dennoch traute sie sich nicht zu, weitreichende Entscheidungen, die ihr Leben angingen, selbst zu treffen. Vor allem nicht Entscheidungen dieser Art.

»Bist du in ihn verliebt?«, fragte sie leise.

»Ein wenig, glaube ich.«

»Ach, Gerta.« Frederike biss sich auf die Lippen. Was sollte sie ihrer Schwester sagen? Wie sollte sie mit dieser Situation umgehen? »Es ist nur eine Schwärmerei, glaub mir«, sagte sie schließlich.

»Was weißt du davon denn schon?«, antwortete Gerta schnippisch. »Du hast doch gar keine Ahnung, oder warst du schon einmal verliebt?«

»Und dir fehlen fünf Pfennige zur Mark, wenn du dich in einen Stallburschen verliebst.«

»Warum?« Gerta war aufgesprungen und stemmte die Hände in die Hüften.

»Denk doch an deine Zukunft, falls du eine haben willst. Mit einem Stallburschen wird das ja wohl eher nichts. Du bist noch ein halbes Kind, wenn du jetzt Unfug machst, verbaust du dir den Rest des Lebens.«

»Ich bin kein halbes Kind mehr und du hast mir gar nichts zu sagen. Vielleicht brenne ich ja mit Dawid durch und gehe mit ihm nach Amerika, das ist nämlich sein Traum. So!« Sie streckte Frederike die Zunge heraus und stapfte wütend davon.

Soviel dazu, dass du erwachsen bist, dachte Frederike und musste beinahe schmunzeln. Doch sie machte sich auch Sorgen um ihre Schwester, die nicht überblickte, was sie gerade tat, da war sich Frederike sicher. Allerdings hatte Gerta bei einer Sache recht – Frederike war noch nie wirklich verliebt gewesen. Romantisches und Herzensdinge waren ihr bisher fremd, auch wenn die Mädchen nachts im Internat geflüstert und gekichert hatten und die große Liebe das Hauptthema gewesen war. Auf verschiedenen Festen hatte Frederike natürlich auch die Söhne der Nachbarn und Freunde der Familie getroffen. Sie hatte mit ihnen getanzt und manches charmante Wort gewechselt. Aber dass sie sich für jemanden mehr als freundschaftlich interessierte, konnte sie nicht behaupten. Wie mochte das wohl sein, fragte sie sich und bedauerte plötzlich, dass Gerta wütend davongegangen war. Was empfand Gerta für diesen jungen Mann, dass sie sogar darüber nachdachte, mit ihm davonzulaufen? Frederike würde mit ihrer Mutter darüber reden müssen, diese Art von Verantwortung konnte sie nicht allein tragen. Oder sollte sie sich Tante Edeltraut anvertrauen? Vielleicht wüsste ihre Tante ja eine Lösung. Denn eines war klar – falls niemand Gerta Einhalt gebot, würde sie den größten Fehler ihres Lebens machen. Außerdem wussten ja auch wohl die Leute schon von dem Techtelmechtel. Gerüchte machten auf dem Land schnell die Runde. Nicht auszudenken, wenn andere Familien davon erfahren würden – Gertas Ruf wäre für immer ruiniert.

Langsam ging Frederike zurück zum Haus. Gleich würde Fritz kommen, vielleicht konnte sie mit ihm über Gerta sprechen. Sie hatte ihren Bruder zuletzt an Weihnachten gesehen, das war mehr als ein halbes Jahr her. Vermutlich hatte auch er sich verändert, war erwachsener geworden. Am Meisten fürchtete sie sich davor, dass sich die Familie zerstreiten würde.

Als sie an der Remise vorbeiging, kam ihr Ax von Stieglitz entgegen. »Haben Sie schon nach den Welpen geschaut?«, fragte er freundlich.

»Ich fürchte, dafür fehlt mir momentan die Einstellung.«

»Sie klingen sehr betrübt«, sagte er. »Haben Sie schon Neuigkeiten aus Graudenz?«

»Noch nicht, aber vielleicht hat es ja inzwischen einen Anruf gegeben. Ich wollte gerade ins Haus gehen, muss auch noch die Zimmer überprüfen, denn mein Bruder sollte gleich eintreffen.«

»Ich weiß, Sie haben im Moment eine Menge zu tragen. Deshalb habe ich überlegt, dass ich abreise.«

»Aber Sie wollten doch mit meinem Stiefvater nach Holstein zum Treffen der Landvolkbewegung fahren.«

»Nun, ich würde vorausreisen. Ich bin mir sicher, dass Ihr Stiefvater nichts dagegen hätte. Ich möchte Ihnen hier nicht noch mehr zur Last fallen.«

»Lieber Herr von Stieglitz, Sie fallen uns keineswegs zur Last.«

Er lächelte. »Zu freundlich von Ihnen, aber ich merke, dass die Stimmung im Haus angespannt ist, was nicht nur an dem Unfall ihrer kleinen Schwester liegt.«

»Angespannt?« Überrascht blieb sie stehen. »Wie kommen Sie darauf?«

»Ich bin zwar ein Mann, aber nicht völlig unsensibel.« Er schmunzelte. »Die Blicke Ihrer Tante weiß ich sehr wohl zu deuten. Zudem hört man so dies und das …«

»Oh nein. Gerta!«

Von Stieglitz nickte. »Es ist ein denkbar ungünstiger Zeitpunkt für Ihr Fräulein Schwester, sich aufmüpfig zu verhalten.«

»Ich bitte Sie«, flehte Frederike, »lassen Sie von dieser unglückseligen Geschichte kein Wort anderen gegenüber verlauten. Es ist ja schon peinlich genug, dass Sie es mitbekommen haben.«

Von Stieglitz lachte auf. »Ich kenne so gut wie keine Familie, in der es nicht das eine oder andere kleine Drama gegeben hat. Besonders dann, wenn die jungen Fräulein glauben, erwachsen zu werden und Herzenswallungen zu empfinden. Meist legt sich das schnell wieder.«

»Ist das so?«

Er nickte und lächelte. »Nichts, worüber Sie sich wirklich Sorgen machen müssten.«

Frederike atmete erleichtert aus. »Das beruhigt mich zumindest ein wenig. Ich weiß nicht recht, wie ich damit umgehen soll.«

»Ihre Eltern werden das sicherlich lösen. Ich würde empfehlen, Ihre Schwester für ein paar Wochen zu Verwandten in die Sommerfrische zu schicken. Dort wird sie andere Eindrücke sammeln und ihre Gefühlswelt wird sich normalisieren.«

»Das wäre uns allen zu wünschen.«

»Kennen Sie das denn gar nicht? Hatten Sie in dem Alter keine romantischen Anwandlungen und Schwärmereien?«

Frederike ging nachdenklich schweigend weiter.

»Verzeihen Sie mir, falls die Frage zu intim gewesen ist. Ich wollte Sie nicht bedrängen.«

»Oh nein, Herr von Stieglitz, das haben Sie nicht. Ich musste nur nachdenken und kann es verneinen. Als ich sechzehn war, war meine Stute das Wichtigste in meinem Leben. Und natürlich mein Hund.«

»Reizend«, sagte er.

Sie hatten das Haus erreicht und stiegen die Treppe empor.

»Frederike!« Tante Edeltraut eilte ihr aufgeregt entgegen. »Erik hat angerufen. Gilusch musste operiert werden, aber der Arzt meinte, dass der Arm ganz sicher wieder heilen wird.«

»Gott sei's gedankt.« Frederike spürte die Anspannung von sich weichen, als ob jemand einen Strick, der um ihre Brust gebunden war, gelockert hätte.

»Sie hat auch eine Gehirnerschütterung, Schürfwunden und einige Prellungen. Doch all das wird heilen. Innere Verletzungen schließt der Doktor aus. Mein Bruder wird heute noch zurückkehren. Deine Mutter bleibt die nächsten Tage bei Gilusch in Graudenz.«

»Sehr gut.«

Sie konnten das Herannahen einer Kutsche hören.

»Das wird Hans mit Fritz sein. Entschuldigt mich, ich habe sein Zimmer noch nicht inspiziert.« Frederike lief zur Treppe.

»Ich aber. Es ist alles in Ordnung und zu meiner Zufriedenheit«, beruhigte Tante Edeltraut sie und klingelte nach der Mamsell. »Zu Fritz' Begrüßung und darauf, dass der Unfall vergleichsweise glimpflich ausgegangen ist, könnten wir doch alle gut ein Schlückchen gebrauchen.« Sie zwinkerte Frederike zu. »Die Köchin hat frischen Eierlikör gemacht.«

Mit dem Abendzug kam Tante Mimi und kurz darauf kehrte auch Onkel Erik zurück. Hans parkte das Automobil in der Remise, während der Hausherr sich schnell frisch machte und umzog. Sie hatten mit dem Essen auf ihn gewartet.

»Welch ein Tag«, sagte Onkel Erik erschöpft, nachdem er Fritz und Mimi begrüßt hatte, und ließ Leni die Suppe auftragen.

»Bist du gut durchgekommen?«, fragte Ax von Stieglitz.

Onkel Erik schüttelte den Kopf. »Die Grenzkontrollen werden immer schlimmer. Zum Glück hat der Doktor eine Ausnahmegenehmigung und konnte schnell passieren. Mich haben sie eine Stunde lang aufgehalten.«

»Vielleicht wäre es besser, wir würden mit dem Zug durch den Korridor fahren und nicht mit dem Automobil«, meinte von Stieglitz nachdenklich.

»Darüber habe ich auch schon nachgedacht, den Gedanken allerdings wieder verworfen. Ich möchte auf dem Weg Freunde im Korridor besuchen und ihre Einschätzung der Lage erfahren, bevor wir zu dem Treffen der Landvolkbewegung gehen.«

Von Stieglitz nickte. »Wir haben beide Passierscheine, es müsste also möglich sein.«

»Warum tust du dir das an, Erik?«, wollte Tante Mimi wissen. »Glaubst du, dass ihr etwas an der politischen Situation ändern könnt?«

»Wir werden es zumindest versuchen. Wir sind eine Republik und es ist unsere Pflicht, dass wir uns für unser Land einsetzen.«

»Alles vergebens, meint Heinrich. Die Parteien sind untereinander viel zu zerstritten und es wird keine große Koalition mehr geben.«

»Doch natürlich wird es die geben.« Ax von Stieglitz sah Mimi erstaunt an. »Wieso meint Ihr Mann das?«

»Wie geht es Heinrich eigentlich?«, fragte Onkel Erik. »Ich dachte, ihr wolltet gemeinsam kommen?«

Tante Mimi senkte den Kopf, ihre Wangen verfärbten sich.

»Schneider hat sich heute mal wieder selbst übertroffen«, sagte Tante Edeltraut laut. »Meinst du nicht auch, Erik?«

»Für die Brathähnchen von Schneider könnte ich töten«, sagte Fritz lachend und nahm sich einen weiteren Schlegel.

Maria von Larum-Stil warf Tante Edeltraut einen dankbaren Blick zu. Unauffällig Tischgespräche zu lenken, gehörte wohl auch zu den Aufgaben einer Gutsfrau, dachte Frederike und seufzte. Es gab so viele Dinge, die bedacht, getan, geplant und überprüft werden mussten. Und ihre Mutter machte es inzwischen mit leichter Hand, so dass es fast gar nicht auffiel.

Nach dem Essen ging Frederike noch hinunter in die Küche.

»Ei, da iss ja unser Marjellchen«, sagte die Köchin. »Erbarmung, hat das Essen jeschmeckt?«

»Wie immer vorzüglich. Danke, Schneider.«

»Wir hams schon jehört, Gilusch ist außer Jefahr.«

»Ja, Mutter und Gilusch werden vermutlich Anfang der nächsten Woche zurückkehren können.«

»Das ist wunderbar«, sagte nun die Mamsell, die aus ihrem Zimmer zu ihnen in die Küche gekommen war.

»Onkel Erik und von Stieglitz haben beschlossen, schon morgen Mittag aufzubrechen.« Frederike schaute die Mamsell an. »Und da Mutter nicht da ist, sollten wir das Essen am Wochenende absagen.«

Die Mamsell nickte.

»Da wir bis zur Rückkehr meiner Mutter nur ein kleiner Kreis sind, brauchen wir auch keine aufwendigen Menüs in den nächsten Tagen.«

»Un die Baronin?«, fragte die Köchin. »Ei, die is doch ooch noch da.«

»Tante Mimi wird sich sicher mit einfachen Speisen zufriedengeben. Ich glaube nicht, dass sie hier ist, um jeden Tag ein mehrgängiges Menü zu essen.«

Die Mamsell und die Köchin warfen sich einen wissenden Blick zu.

»Was ist mit dem Baron? Wissen Sie da etwas?«, fragte Frederike neugierig.

»Erbarmung, er hat wohl ein Fistanöllchen mit sonner Tänzerin in Berlin«, flüsterte die Köchin Frederike zu. »Die Gnädigste hat ihr empfohlen, einfach drieber hinwechzusehen. Ei, sowat is wie eine Kinderkrankheit, nur dat Männer dat innem jewissen Alter bekommen.«

Erstaunt sah Frederike sie an.

»Nicht alle Männer«, beruhigte die Mamsell sie. »Aber einige wohl schon.«

Als Frederike später im Bett lag, schwirrte ihr der Kopf vor lauter Dingen, über die sie nachdenken musste. In den Romanen von Hedwig Courths-Mahler war das mit der Liebe erst schwierig, aber dann lösten sich alle Probleme immer in Wohlgefallen auf. Die Liebenden heirateten und waren glücklich bis an ihr Lebensende. Offensichtlich war das im wahren Leben anders. Zuerst war es schwierig, überhaupt jemanden zu finden. Frederike war sich nicht sicher, ob Mutter und Onkel Erik eine leidenschaftliche und romantische Beziehung gehabt hatten, als sie heirateten. Vielmehr schien es ihr so, als sei es eine vernünftige Entscheidung der Familie gewesen. So waren Fritz und Gerta versorgt und auch das Gut blieb, als Fideikommiss, in der Familie. Ganz sicher verbanden Mutter und Onkel Erik eine tiefe Zuneigung und Vertrautheit, aber reichte das?

Tante Mimi und Onkel Heinrich hatten sich vor mehr als zwanzig Jahren auf einem Ball getroffen und sich auf der Stelle unsterblich ineinander verliebt, so hatte Mutter es erzählt. Tante Mimi war damals mit einem anderen Mann verlobt gewesen, hatte die Verlobung, gegen den Willen ihrer Familie, gelöst und Heinrich geheiratet. Aber im Laufe der Jahre mussten diese Gefühle verloren gegangen sein, denn solange Frederike zurückdenken konnte, waren sie nie so liebevoll und vertraut miteinander umgegangen, wie Mutter und Onkel Erik es taten.

Ax von Stieglitz hatte gesagt, dass es in fast jeder Familie jemanden gab, der sich unschicklich verliebte. Unschicklich war die Verbindung zwischen Mimi und Heinrich nicht, aber unglücklich schien sie inzwischen zu sein.

Und was war mit Gertas Schwärmerei für Dawid? War das tatsächlich etwas, was nach ein paar Wochen vorbei sein würde? Akzeptabel war diese Verbindung in keinem Fall. Wer hatte schon jemals davon gehört, dass sich eine Frau aus ihrem Stand in einen der Leute verliebte?

Aber alles änderte sich zurzeit rasant, auch die Gesellschaft. Seit zehn Jahren durften Frauen wählen, immer mehr Frauen, auch aus höheren Schichten, waren berufstätig. Das feudale Leben des Adels gab es nicht mehr und es war nur eine Frage der Zeit, bis sich auch das Leben auf den Gütern verändern würde.

Wie oft hatte Frederike den kontroversen Diskussionen gelauscht, die über den Fortschritt geführt wurden. Maschinen und Industrie eroberten die Arbeitswelt. Auch Onkel Erik hatte sich zwei Dampfmaschinen angeschafft, die die Feld- und Erntearbeit beschleunigten und erleichterten. Aber dadurch gingen Arbeitsplätze verloren, auch wenn ein paar wenige neue geschaffen wurden. Selbst im Haus war das so. Neue Geräte und Maschinen ersetzten die fleißige Arbeit vieler Frauen aus dem Dorf. Frederike hatte neulich in einem Katalog ein elektrifiziertes Bügeleisen gesehen. Ob solche Sachen irgendwann einmal auch Einzug im Gutshaus halten würden? Sie konnte es sich nicht vorstellen.

Trotz all dieser Veränderungen blieb eine Verbindung zwischen Gerta und einem der angestellten Burschen aber undenkbar. Frederike würde morgen mit Tante Edeltraut darüber sprechen, Gerta wegzuschicken.

Langsam kam sie zur Ruhe, für fast alle Probleme würde es Lösungen geben. Und das Beste war, dass Gilusch wieder gesund werden würde.

›Als ich sechzehn war, war meine Stute das Wichtigste in meinem Leben. Und natürlich mein Hund‹, hatte sie zu Ax gesagt. Romantische Schwärmereien waren ihr unbekannt, hatte sie behauptet. Aber stimmte das auch wirklich? Wenn sie jedoch ehrlich war, war sie von Ax von Stieglitz immer schon fasziniert gewesen. Aber auf eine romantische Art? Sie war sich nicht sicher. Frederike freute sich jedes Mal, wenn sie ihn sah. Und noch mehr, wenn er mit ihr sprach. Dann kribbelte es in ihrem Bauch so, als ob sie ihr Pferd zum Sprung sammelte und es dann mit gefühlter Leichtigkeit über die Hecke setzte. War das eine Schwärmerei? Oder sogar Verliebtheit? Oder mochte sie ihn einfach nur? Plötzlich fehlten ihr die Mitschülerinnen aus dem Internat. Mit ihnen hätte sie diese Fragen besprechen können, hier hatte sie niemanden, um über solche Sachen zu reden. Aber vielleicht, hoffte sie, würde Thea ja doch noch nach Fennhusen kommen.

Kapitel 5

Am nächsten Morgen nach dem Frühstück traf sich Frederike wieder mit Tante Edeltraut und der Mamsell in Mutters Zimmer. Die Mamsell legte den Bericht des Gärtners vor – es war Erntezeit im Garten und sie mussten beschließen, was eingekocht, eingelegt oder getrocknet werden sollte. Die Vorräte würden den Winter über reichen müssen.

»Vincent müsste in den nächsten Tagen zum Gut kommen«, sagte die Mamsell. Vincent war der Hausierer, der alle paar Wochen mit seinem Kutschwagen auftauchte. Er hatte immer die wichtigsten Haushaltsdinge dabei, nahm aber auch Bestellungen auf und lieferte sie aus. Um diese Zeit war sein Wagen voller Einmachgläser, Gelierzucker, Gummiringe und Klammern, Essig und Salz. Außerdem hatte er einen Schleifstein dabei, den er mit einer Kurbel drehte. Darauf wartete die Köchin jedes Mal schon sehnsüchtig und brachte ihm sämtliche Küchenmesser zum Schärfen. Die Köchin kaufte dann auch immer eine Schachtel mit Pflaster, denn erfahrungsgemäß wurden diese nach dem Schärfen der Messer vermehrt gebraucht. Vor allem die Küchenmädchen, die noch nicht so viel Erfahrung hatten, verletzten sich oft.

Jedes Jahr fingen zwei Mädchen aus dem Dorf ihre Ausbildung in der Küche an. Zwei Jahre dauerte die Lehre, dann gingen sie entweder zu einem anderen Gut oder heirateten. Manchmal blieb auch eines der Mädchen, wenn sich eine der älteren Mägde vermählte. Die Mamsell und die Köchin hatten einen guten Ruf und Mädchen, die auf Fennhusen gelernt hatten, waren begehrt.

Auch diesmal wieder hatte die Mamsell eine Liste mit Dingen, die sie bei Vincent kaufen wollte. Salz und Öl gehörten dazu, ebenso Streichhölzer, Petroleum und Kerzen. Sie reichte sie Frederike. »Deine Mutter hat die Listen immer abgesegnet, denn schließlich muss das auch bezahlt werden«, erklärte die Mamsell. Frederike schwirrte schon wieder der Kopf, als die Mamsell sich erhob, ihr zunickte und ging. Wieder blieb Frederike mit Tante Edeltraut zurück.

»Ich habe mit Gerta gesprochen«, sagte Frederike und versuchte ihrer Stimme einen festen Klang zu geben.

»Gut!«

»Es gibt tatsächlich einen jungen Mann, der ihr wohl Flausen in den Kopf gesetzt hat.«

»Wer ist es?«

»Ein Junge aus dem Dorf, einer der Söhne des Schweizers. Wir haben früher zusammen gespielt.«

»Gute Güte, tatsächlich?«

»Ja, er war ein Freund von Fritz.«

»Nein, ich meine, sie hat tatsächlich mit so jemandem angebandelt? Das ist ja furchtbar.«

»Ich dachte, es wäre vielleicht gut, wenn wir sie für ein paar Wochen zur Verwandtschaft in die Sommerfrische schicken würden. Vermutlich löst sich ihre Schwärmerei dann in Luft auf.«

»Das ist eine wunderbare Idee. Ich werde es gleich mit meinem Bruder besprechen. Vielleicht kann er sie ja direkt mitnehmen, wenn er nachher mit von Stieglitz abreist.«

»Wüsstest du denn jemanden, der sie so überraschend aufnehmen würde?«

»Wenn man einen entsprechenden Brief schreibt, wird sich wohl niemand dagegenstellen. Wer will schon einen solchen Skandal in der Familie? Wie kommt Gerta bloß auf solche abstrusen Gedanken?«

»Dawid hat sie mit seinen Zukunftsplänen umgarnt, könnte ich mir denken. Er will nach Amerika auswandern.«

»Das kann er tun, besser heute als morgen. Hier auf dem Gut kann er jedenfalls nicht bleiben«, sagte Tante Edeltraut resolut.

Dawid würde das Gut verlassen müssen, natürlich. Das war Frederike bislang nicht bewusst gewesen, als sie Tante Edeltraut seinen Namen genannt hatte. Nun trug sie die Mitverantwortung für sein

Schicksal. Auch Gerta hatte die Tragweite ihrer Handlung ganz sicher nicht überdacht. Was würde sie empfinden, wenn sie es erfuhr? Hoffentlich würde es sie dazu bringen, zukünftig überlegter zu handeln und sich nicht auf solche Eskapaden einzulassen.

Sie, als die Gutsangehörigen, waren verantwortlich für ihre Leute und das in jeder Hinsicht. Ihr Wohl hatte immer im Vordergrund zu stehen, denn ohne sie waren die Gutsbesitzer nichts. Das hatte ihnen Onkel Erik immer wieder eingebläut, und auch auf der Gartenbauschule war dies ein Thema gewesen.

Ich werde mit Gerta darüber sprechen müssen, sagte sie sich.

Doch bevor es dazu kam, ließ die Köchin Frederike in die Küche bitten.

»Erbarmung, Freddy, wir missen was besprechen«, sagte sie in ernstem Tonfall und bat Frederike an ihren Tisch, der im Erker der Küche stand. Dort hatte sie ihre Haushalts- und Kochbücher.

Frederike hielt den Atem an, es würde doch nicht schon wieder um Gerta gehen?

Ächzend setzte sich die Köchin auf die Bank und zeigte auf den Stuhl, der neben dem Tisch stand. »Ei, setz dich, Freddy.«

»Was ist passiert?«

»Ei, es geht sich um das Irmichen, das Marjellchen.«

»Hat sie etwas angestellt?«

»Se hat es sicher nich bös jemeint, das Marjellchen. Se is ja noch kleen.« Die Köchin strich sich mit ihrem großen, karierten Taschentuch über die Stirn. »Awwer se kann dat nich machen, nich?«

»Was denn?«, hakte Frederike nach, die immer noch keinen Schimmer davon hatte, was die Köchin meinte.

»Ei, die Putenkieken sollten ja schliepfen. Zwee sin jestern schon jeschliepft.«

Stimmt, erinnerte sich Frederike. Irmi hatte unbedingt dabei sein wollen. Es waren immer aufregende Augenblicke, wenn die kleinen, feuchten Küken mit ihrem Schnabel ein winziges Loch in die Schale pickten und nach und nach aus der weißen, harten Hülle auftauchten.

Puten aufzuziehen war nicht einfach, aber die Köchin hatte ein Händchen dafür. Drei Mal am Tag kontrollierte sie die Brutmaschine, die mit Petroleum geheizt wurde. Über der Flamme war ein kleiner Behälter aus Blech, der immer mit Wasser gefüllt sein musste. Je nachdem, wie hoch die Temperatur war, die eine bestimmte Gradzahl nicht über- aber auch nicht unterschreiten durfte, wurde Wasser nachgefüllt und die kleine Petroleumflamme justiert. Die Brutmaschine bediente die Köchin, und nur sie alleine. In dem oberen Fach lagen die wertvollen Eier der Puten, manchmal kamen auch Enten- oder Gänseeier dazu. Jedes Ei war gekennzeichnet und wurde täglich von der Köchin inspiziert und gewendet. Manche Eier waren faul oder taub, die entsorgte sie schnell. Sobald die Küken geschlüpft waren, mussten sie besonders behandelt werden. Eine Woche blieben sie noch in der Brutmaschine, dann kamen sie in ein spezielles Gehege im Hinterraum, der durch einen kleinen Ofen beheizt wurde. Erst wenn die Putenküken kräftig genug waren, kamen sie in den Geflügelstall.

Puten brachten mehr Fleisch als Gänse und waren pflegeleichter, sobald sie die ersten, kritischen Wochen überstanden hatten. Doch bis dahin musste ihnen eine Menge Arbeit und Aufmerksamkeit zuteil werden.

Allen Kindern auf dem Gut war von klein auf immer und immer wieder erklärt worden, dass sie sich nur zusammen mit der Köchin der Brutmaschine nähern durften. Das alles ging Frederike durch den Kopf. Sie sah die Köchin an. »Was hat Irmi gemacht?«

Die Köchin schüttelte den Kopf. »Erbarmung, se is eenfach anne Brutmaschine jegangen un hat se aufjemacht. Ei, dat Marjellchen meinte wohl, dat die Kieken so sieß sein und dat sindse ooch. Awwer nun sindse dod, weil de Flamme erloschen is.«

Frederike schlug die Hand vor den Mund. »Tot? Alle?«

»Ei nu, die beiden Kieken sind dod und wat vonne Eier noch jut is, weeß ich noch nich. Awwer es sieht nich jut aus. Erbarmung, deene Mutter wird mich töten.«

»Das wird sie natürlich nicht. Haben Sie schon mit Irmi gesprochen?«

Die Köchin schüttelte den Kopf. »Habse noch nich jesehen. Erbarmung, ich hab ja jenuch zu tun.«

»Und die toten Küken, wo sind die?«

»Habse anne Seite jelecht. Inne Kammer.«

»Gut, dann hole ich jetzt Irmi. Sie soll sehen, welchen Schaden sie angerichtet hat, auch wenn es sicher keine böse Absicht war.«

»Erbarmung, nee, dat gloob ich ooch nich, awwer ihr habt dat doch ooch nie jemacht, wart immer brav un habt jeheert, wenn ich was jesacht habe.« Die Köchin machte ein betroffenes Gesicht. »Ei, dat Marjellchen hattes sicher nich bös gemeint.«

»Bestimmt nicht.« Frederike schob den Stuhl zurück und stand auf. Sie ging nach oben. Aus dem linken Flügel, dort, wo ihres und Gertas Zimmer waren, hörte sie laute Stimmen, aber darum konnte sie sich jetzt nicht kümmern. Stattdessen öffnete sie die Tür zum Kinderzimmer. »Irmi?«

Die kleine Schwester saß am Tisch und malte. Klein-Erik lief auf Frederike zu. »Spielst du mit mir?«

»Gehst du mit mir schwimmen oder reiten?«, fragte Irmi erwartungsvoll.

»Erik, Schätzchen, ich spiele später mit dir. Jetzt muss ich etwas mit Irmi besprechen.«

»Immer nur Irmi«, maulte der kleine Junge enttäuscht.

»Ich verspreche dir, dass ich auch Zeit für dich finden werde.« Frederike seufzte leise. Wann sollte sie all die Dinge erledigen, für die sie nun zuständig war?

»Besprechen? Ich will schwimmen oder reiten.« Irmi stampfte auf.

»Kinder, die was wollen …«, sagte Frederike. Früher hatte sie diese Sprüche gehasst, aber langsam verstand sie, dass dahinter ein Sinn stand. »Komm, wir gehen zu Schneider in die Küche. Sie will dir etwas zeigen.«

»Sind noch mehr Putenküken geschlüpft?« Irmi sprang von einem Bein auf das andere.

»Warte ab.«

Irmi hörte die Strenge in Frederikes Stimme und blieb stehen.

»Ist etwas mit Gilusch?«

»Nein. Gilusch geht es besser. Dein Vater hat heute Morgen mit Mutter telefoniert.«

Sie gingen weiter nach unten. Als sie in der Diele waren, blieb Irmi abermals stehen. »Warum sagst du eigentlich immer ›dein Vater‹? Und warum nennst du ihn Onkel Erik? Es ist doch auch dein Vater und nicht dein Onkel. Wir sind doch Schwestern.«

Überrascht sah Frederike sie an. Tat Irmi nur so oder wusste sie es wirklich nicht?

»Wir sind Schwestern, so wie du und Gerta auch. Aber wir drei haben alle verschiedene Väter.«

»Aber meine Mutter ist auch deine Mutter?«

Frederike nickte.

»Dann ist es ja gut. Dann sind wir wirklich Schwestern.«

»Wir sind Halbschwestern, Irmi.«

»Nein, nur die Mutter zählt, hat Hans gesagt. Als ich ihn gefragt habe, wer der Vater der Welpen im Stall ist. Er meinte, jeder könnte der Vater sein, wichtig ist nur die Mutter.« Irmi grinste breit.

»Lass das bloß niemanden hören«, sagte Frederike erschrocken. »Du willst doch nicht, dass Mutter einen schlechten Ruf bekommt und unsere Herkunft in Frage gestellt wird?«

»Aber sie ist doch unsere Mutter, warum sollte sie einen schlechten Ruf bekommen?«

Frederike beugte sich zu ihrer kleinen Schwester. »Wo leben wir?«

»Hier.«

»Und was ist das hier?«

»Ein Gut. Warum fragst du so alberne Fragen?«

»Wie heißt das Gut?«

»Fennhusen.« Irmi erkannte schließlich, dass dies wohl ein ernstes Thema war.

»Richtig. Dies ist das Gut derer von Fennhusen. Dein Vater ist ein von Fennhusen. Menschenkinder bekommen die Namen ihrer Väter, deshalb ist es wichtig, zu wissen, wer der Vater ist. Bei Krethi und Plethi mag das anders sein, aber in unserer gesellschaftlichen Schicht ist die Herkunft sehr wichtig. Du bist eine von Fennhusen, so wie deine Geschwister auch. Selbst Gerta und Fritz sind von Fennhusen.«

»Aber du nicht?«

»Nein. Ich bin eine von Weidenfels – so hieß mein Vater.«

»Du bist trotzdem meine liebe große Schwester«, sagte Irmi mit fester Stimme.

Frederike musste den Kloß der Rührung, der plötzlich in ihrem Hals steckte, herunterschlucken. Wie einfach und ehrlich doch die Welt für Kinder war. Je älter man jedoch wurde, umso komplizierter schien sie zu werden. Jetzt musste die liebe große Schwester der süßen Kleinen eine Lektion erteilen.

Frederike nahm die Hand ihrer Schwester und stieg mit ihr in das Souterrain.

»Ich liebe die Küche«, schwärmte Irmi. »Hier riecht es immer so lecker. Und meist sind alle so freundlich, vor allem Schneider.«

Das könnte sich jetzt ändern, dachte Frederike. Sie führte Irmi an dem großen Herd vorbei bis zum Tisch der Köchin. Diese saß immer noch dort und sah ihnen mit ernstem Blick entgegen.

»Erbarmung, Irmichen«, sagte die Köchin streng, »hab ich dir nich immer jesacht, dat du nie ohne mich an die Putenkieken darfst?«

Irmi war vor dem Tisch stehen geblieben. Sie zuckte bei den Worten der Köchin zusammen und fasste Frederikes Hand fester, ihr Blick wanderte zur Nische, wo die Brutmaschine geschützt stand.

»Hab nur ganz kurz noch einmal die süßen Küken ansehen wollen. Wollte wissen, ob noch mehr geschlüpft sind. Ich meine, das eine Ei hätte auch schon Risse.«

»Was hat die Köchin zu dir gesagt?« Auch Frederikes Stimme klang nun streng und ernst.

»Ich soll nicht alleine an die Brutmaschine«, flüsterte Irmi betreten.

»Hast du dich daran gehalten?«

Irmi schüttelte den Kopf.

»Ei, die Petroleumlampe is ausjejangen, Marjellchen. Und nu sindse doot, die Kieken.« Schneider stand auf, ging in die kleine Vorratskammer und kam mit den beiden toten Küken zurück. Sie hielt sie Irmi vor die Nase.

Das Mädchen schluchzte auf. »Das … das war ich nicht«, stotterte sie. »Ich habe sie nur mit der Fingerspitze gestreichelt.«

»Du hast die Brutmaschine aufgemacht, obwohl es dir verboten war, Irmi. Und dadurch ist die Petroleumflamme erloschen, die die Eier und Küken wärmt. Verbote werden nicht zum Spaß erteilt«, sagte Frederike. »Du bist schuld am Tod der Küken.«

»Oh nein.« Irmi schlug die Hände vor das Gesicht. »Das wollte ich nicht.«

»Dat gloob ich dir, Marjellchen, awwer mach dat nie wieder!« Schneider drehte sich um und brachte die Küken zum Abfall.

»Sie können sie doch nicht wegschmeißen«, schrie Irmi entsetzt auf.

»Ei, sicher dat.« Erstaunt sah die Köchin sie an.

»Nein. Bitte nicht. Ich will sie beerdigen.«

»Nun gut.« Die Köchin nahm eine kleine Schachtel aus dem Regal und legte die Küken hinein, dann reichte sie Irmi die Schachtel. »Awwer von jetzt an hörst du immer, Marjellchen, verstanden?«

Irmi nickte, die Tränen liefen ihr über die Wangen.

»Komm.« Frederike ging voran zur Treppe, die in den Gemüsegarten führte. Hinter dem Gewächshaus gab es einen kleinen Flecken, an dem sie schon immer Tiere begruben. Im Laufe der Zeit war ein richtiger Tierfriedhof daraus geworden. Frederike und Gerta hatten damit begonnen – zuerst hatten sie tote Frösche und Libellen würdevoll beerdigt, selbst kleine Kreuze hatten sie dafür gebastelt. Aber nach einiger Zeit waren nur noch Haustiere dort begraben worden. Auch Hektor lag dort, wie Frederike nun feststellte. Auf der Grabstelle stand ein Kreuz mit seinem Namen.

»Wer hat ihn begraben?«, fragte sie mit belegter Stimme.

»Hans«, antwortet Irmi, die immer noch schniefte. »Vater hat ihn darum gebeten, aber da hatte er es schon längst getan.«

Schweigend gruben die beiden ein kleines Loch und legten die Schachtel hinein, dann schütteten sie es wieder zu.

»Du musst etwas sagen«, meinte Irmi traurig.

»Sag du etwas.«

»Liebe Küken, es tut mir leid«, schniefte Irmi. »Das habe ich nicht gewollt. Aber jetzt werdet ihr wenigstens nicht zum Sonntagsbraten.«

Frederike musste sich das Lachen verkneifen.

Für einen Moment schwieg Irmi und schien nachzudenken, dann senkte sie den Kopf und sagte leise: »Amen.« Sie schaute zu ihrer Schwester auf. »Meinst du, das war so in Ordnung? Als der Miezi gestorben ist, hat Fritz eine viel längere Rede gehalten, aber mir will nichts mehr einfallen.«

»Ich denke, für die Küken reicht es. Das hast du gut gemacht. Und jetzt gehst du in die Küche und fragst Schneider, was du tun kannst, um das wiedergutzumachen.«

Irmi verzog das Gesicht. »Dann werde ich Bohnenfäden ziehen müssen.«

»Wahrscheinlich. Und während du das tust, sagst du dir immer wieder, dass du darauf hören sollst, was die Erwachsenen sagen.«

»Ja, Freddy.«

Sie gingen zurück zum Haus. Irmi nahm direkt den Hintereingang, der zur Küche führte, während Frederike außen herum und die große Treppe hochging. Hans fuhr gerade mit dem Automobil, das auf Hochglanz poliert worden war, vor und einer der Burschen trug Gepäck herunter. Für einen Moment blieb Frederike stehen und betrachtete das Treiben. Die Koffer wurden hinten auf dem Wagen und auf dem Trittbrett verschnürt. Ein Küchenmädchen brachte einen Proviantkorb und der Bursche erschien mit weiteren Koffern.

So viele Sachen nimmt Onkel Erik doch sonst nicht mit, dachte Frederike verblüfft. Auch Ax von Stieglitz reiste gewöhnlich nicht mit viel Gepäck. Doch dann hörte sie die aufgebrachte Stimme ihrer Schwester Gerta.

»Das kannst du nicht machen, Onkel Erik«, schrie sie. »Ich werde nicht mitfahren.«

»Wir diskutieren das nicht, Fräulein«, war die harsche Stimme von Onkel Erik zu hören. Er zog Gerta, die sich sträubte, die Treppe hinunter.

»Du kannst nicht einfach so über mich bestimmen. Ich möchte das mit meiner Mutter besprechen.«

Onkel Erik blieb stehen und funkelte sie wütend an. »Es gibt nichts zu besprechen. Ich habe eine Entscheidung getroffen. Punkt.«

»Onkel Erik«, flehte Gerta nun. »Bitte, lass mich hierbleiben. Ich verspreche auch, dass ich mich ab jetzt fügen werde.«

»Das wirst du und deshalb fährst du jetzt zur Sommerfrische zu meiner Cousine.«

»Bitte, bitte nicht. Gut Poppelsdorf ist der ödeste Platz der Welt.« Nun presste Gerta die Augen zusammen, als sie sie wieder öffnete, schimmerten Krokodilstränen darin.

»Hör auf!«, sagte Onkel Erik scharf. »Komm jetzt.« Er ließ Gertas Handgelenk nicht los.

Gerta schnaubte. Als sie an Frederike vorbei kam, zischte sie: »Petze, Petze ging in den Laden, wollt für 'nen Sechser Käse haben …«

»Es tut mir leid, Gerta«, sagte Frederike.

»Wer's glaubt, wird selig, wer's nicht glaubt, kommt auch in den Himmel.« Gerta spuckte die Worte fast aus.

»Hör auf!« Onkel Erik fasste fester zu, zog sie weiter.

»Ihr seid alle so gemein!« Mit lautem Heulen verschwand Gerta auf der Rückbank.

»Liebe Frederike.« Frederike zuckte zusammen, sie hatte bei dem Radau gar nicht gemerkt, dass Ax von Stieglitz neben ihr stand.

»Ich hatte gehofft, dass wir noch miteinander würden reden können, aber nun müssen wir doch eiliger aufbrechen, als gedacht. Vielleicht sehen wir uns ja demnächst wieder.«

»Das wäre schön.«

»Und falls Sie sich nicht für einen der Welpen entscheiden können, sollten Sie auf mein Gut kommen und sich die Wölfe ansehen.« Er zwinkerte ihr zu.

»Ich fürchte, ein Wolfjunges würde mein Stiefvater nicht gestatten. Haben Sie eine gute Reise.«

»Bis bald.«

* * *

Das Mittagessen fiel klein aus. Es gab Hühnerragout aus den Resten vom gestrigen Brathähnchen und dazu frisches Gemüse. Irmi durfte mit bei ihnen essen, was sie ganz stolz machte.

»Kinder am Tisch …«, ermahnte Tante Edeltraut sie jedoch und kontrollierte, ob das Mädchen sich auch ordentlich die Hände gewaschen hatte. Erst dann durfte Irmi sich setzen.

Im ganzen Haus duftete es nach frischem Brot.

»Steht irgendetwas an?«, fragte Fritz verwundert. »Oder hatten wir kein Brot mehr?«

»Die ersten Schnitter kommen nächste Woche«, erklärte Frederike. »Ich muss die Häuser noch kontrollieren«, sagte sie leise zu sich selbst.

»Und was war das für ein Theater mit Gerta?«

»Gerta hat sich entschieden, deine Großtante in Poppelsdorf zur Sommerfrische zu besuchen«, sagte Tante Edeltraut und lächelte freundlich.

»Freiwillig?« Fritz konnte es kaum glauben. »Nach Poppelsdorf? In die Einöde?«

»Ja. Aus Gründen.«

»Erzählst du es mir nachher?«, flüsterte Fritz Frederike fast lautlos zu. Sie hatten gelernt, von den Lippen des anderen abzulesen, um bei den Schulstunden oder auch bei Tisch zu kommunizieren. Frederike nickte.

»Wir werden dieses Jahr viel Gemüse ernten können«, sagte Tante Edeltraut. »Der Gärtner ist sehr zufrieden. Das heißt aber auch, dass es viel zu tun gibt.« Sie sah zu Maria von Larum-Stil. »Gräfin, auch Ihre Hilfe wäre erwünscht«, sagte sie liebenswürdig.

»Natürlich.« Die Gräfin schaute etwas indigniert, nickte aber.

Tante Edeltraut hat eine sehr geschickte Art, die Fäden zu führen, stellte Frederike wieder fest.

Nach dem Essen ging Frederike in ihr Zimmer und zog sich um. Sie wollte die Schnitterhäuser kontrollieren und dazu eigneten sich die feinen Schuhe und das Sommerkleid nicht, das sie zum Essen getragen hatte. In der Gartenbauschule hatten sie für manche Arbeiten dicke Drillhosen getragen, die erschienen ihr gerade richtig für die heutige Aufgabe. Auch die groben Schnürstiefel zog sie über. Doch damit die vordere Treppe hinunter in die Diele zu gehen, schien ihr nicht schicklich, also ging sie zur Dienstbotentreppe, die direkt in das Souterrain führte.

»Wie siehst du denn aus?«, feixte ihr Bruder, als sie die Tür zur Küche öffnete. Er ließ sich von Schneider mit Leckereien verwöhnen und scherzte mit den Küchenmädchen.

»Ich will zu den Schnitterhäusern«, sagte Frederike.

»Oh, das klingt famos. Ich werde dich begleiten.«

Groß war Fritz geworden, männlich, fand Frederike. Er schien sich sogar schon rasieren zu müssen. Nebeneinander gingen sie in Richtung Felder, am See vorbei und bogen dann links ab auf den Weg, der zu den Unterkünften der Wanderarbeiter führte. Frederike erzählte ihm von Giluschs Unfall und weshalb Gerta weggeschickt worden war.

»Mit Dawid? Das ist ja fast unglaublich«, meinte Fritz verblüfft. »Er war schon immer ambitioniert, aber dass er gleich nach Amerika will?«

»Ein ambitionierter Stallbursche?« Frederike konnte sich das Grinsen nicht verkneifen.

»Tatsächlich, Freddy. Er hat sich heimlich das Autofahren beigebracht. Er will es mir zeigen.«

»Mit welchem Automobil?«

Fritz schmunzelte. »Wie viele Automobile gibt es denn auf dem Gut?«

»Zwei, und beide gehören Onkel Erik.«

»Wehe, du petzt das!« Er funkelte Frederike an. »Es gibt auch noch den Traktor, darauf hat Dawid zuerst geübt.«

»Er hat heimlich Onkel Eriks Automobil benutzt? Es ist nicht auszudenken, wenn da etwas passiert wäre ...«

»Es ist aber nichts passiert.« Fritz schnaubte. »Man muss ja nicht immer vom Schlimmsten ausgehen.«

»Es hätte aber ...«

»Du warst doch früher nicht so miesepetrig. Was ist bloß los mit dir?«

Frederike zuckte mit den Schultern. »Ich werde wohl erwachsen.«

»Erbarmung!«, sagte Fritz mit verstellter Stimme. »Sie wird erwachsen.«

Frederike drehte sich weg, damit er ihr Grinsen nicht sah, und beschleunigte den Schritt.

»Nun sei doch nicht gleich verschnupft, Schwesterchen«, sagte Fritz versöhnlich und holte sie wieder ein.

»Wie gut kennst du Dawid?«, wollte Frederike wissen.

Diesmal zuckte Fritz mit den Achseln. »Er war immer mein Freund. Das hat sich ein wenig verändert, seit ich auf der Kadettenschule bin. Aber ich hätte nie gedacht, dass er etwas für Gerta empfindet.«

»Und umgekehrt ebenso wenig. Wenn er Ambitionen hat, passt Gerta jedoch gut ins Bild.«

»Jetzt redest du so kandidel wie Tante Edel. Warum sollen sie sich nicht ineinander verliebt haben?« Fritz stupste sie in die Seite.

»Glaubst du wirklich, dass sie verliebt sind? Oder mag es nur eine Schwärmerei sein?«

»Was weiß ich denn?«, sagte Fritz nachdenklich. »Aber ich werde ihn fragen.«

Falls du noch Gelegenheit dazu hast, dachte Frederike, sprach es aber nicht aus. Sie wusste, Tante Edeltraut würde nicht lange fackeln, sondern Nägel mit Köpfen machen.

Kapitel 6

Erst nach einer Woche kehrte die Mutter mit Gilusch aus dem Spital zurück. Das Mädchen war blass, zeigte aber voller Stolz ihren eingegipsten Arm. Neidisch betastete Irmi den Gips, dann aber verzog sie mitleidig das Gesicht.

»Jetzt kannst du ja gar nicht mit uns schwimmen gehen, du Arme.«

»Kann ich wohl, nicht wahr, Mutter?« Gilusch stampfte auf.

»Nein, Kind, das wird nicht gehen. Erst, wenn der Gips wieder ab ist.« Die Mutter schickte die beiden hoch ins Kinderzimmer und gab dem Kindermädchen Anweisungen. »Gilusch soll weder toben noch laufen, sie soll jeden Tag mindestens zwei Stunden Mittagsschlaf halten und achte darauf, ob sie über Kopfschmerzen klagt. Das könnte eine Folge der Gehirnerschütterung sein und muss beobachtet werden.«

»Jawohl, gnädige Frau.«

»Sie wird Hilfe beim Waschen und Anziehen brauchen, soll sich aber nicht anstellen.«

»Anstellen?« Frederike bedauerte das kleine Mädchen. Es war sicherlich sehr unangenehm, bei diesem Wetter den harten und schweren Gips am Arm zu haben. Doch Mutter sah es eher pragmatisch. Sie ließ das Gepäck nach oben bringen, beauftragte das Mädchen die Wäsche auszusortieren, dann ging sie in ihr Zimmer.

»Freddy«, rief sie. »Komm zu mir und berichte.«

Frederike seufzte ergeben. Kurz überlegte sie, ob sie nicht Tante Edeltraut auch dazubitten sollte, aber die Mutter hatte nur nach ihr gerufen. Sie setzte sich auf die Kante des Stuhls neben dem Schreibtisch der Mutter.

»Und?«, fragte die Mutter. »Gab es etwas Besonderes?«

Frederike wusste nicht, wie sie Mutter die Geschichte mit Gerta beibringen sollte.

»Ein Stallbursche hat den Hof verlassen …«, stotterte sie unsicher.

»Dawid. Das weiß ich schon. Und auch, dass Gerta nach Poppelsdorf geschickt wurde. Und ja, ich weiß auch, weshalb.« Sie lächelte Frederike an.

»Ich habe dir aufgeschrieben, wie viele Pfund Bohnen, Erbsen und Gurken wir schon geerntet haben. Von der Köchin liegt eine Liste der eingeweckten Gläser vor. Es ist allerdings noch reichlich im Garten, wir werden ordentliche Vorräte anlegen können.«

Die Mutter schlug ihr Haushaltsbuch auf, sah nach Frederikes Eintragungen, nickte zufrieden.

»Die Köchin hat vierzig Sauerteigbrote für die Schnitter gebacken. Wir haben noch einen Sack Erbsen vom letzten Jahr aus dem Keller geholt – für die ersten Eintöpfe. Außerdem ist das Schlachtgut von letzter Woche vollständig verarbeitet.« Frederike überlegte. »Eine Sau ist gestorben. Noch versuchen sie, die Ferkel mit Maische zu füttern, aber der Stallmeister und der Inspektor meinen, dass sie die Ferkel wohl nicht durchbekommen.«

»Das werde ich nachher mit dem Inspektor besprechen. Wir könnten die Ferkel pökeln und später als Spanferkel verwenden, auch wenn es schade um den Wurf ist.«

Sie gingen nacheinander die Posten durch, die Frederike sorgfältig notiert hatte, besprachen die einzelnen Mahlzeiten und die Pläne für die nächsten Tage.

»Die ersten Schnitter sind schon da. Gerade rechtzeitig, meinte der Inspektor, da wir ja überraschend trockenes Wetter haben. Sie können schon mit dem Getreide anfangen«, sagte Frederike schließlich. »Ich hatte die Schnitterhäuser kontrolliert und den Zimmermann hingeschickt – in einem Haus waren die Dielen morsch, in dem anderen gab es keine Bettgestelle mehr.« Wieder überlegte Frederike, ob sie noch etwas vergessen hatte. »Vincent war hier. Die Mamsell und die Köchin haben einige Einkäufe getätigt. Auch das habe ich notiert und abgerechnet.«

»Das hast du alles sehr gut gemacht«, lobte die Mutter.

»Ich habe es nicht alleine geschafft. Ohne Tante Edeltraut wäre ich vermutlich untergegangen. Ihr gebührt Lob und Dank.«

»Ich kann mir vorstellen, dass dir Edel hilfreich zur Seite gestanden ist, aber das ist ihre Aufgabe hier auf dem Gut.«

»Und was wird aus Gerta?«, fragte Frederike leise.

»Darüber habe ich mir reichlich Gedanken gemacht und mit ihrer Tante Josephine geschrieben. Gerta wird bis zum nächsten Sommer auf Gut Poppelsdorf bleiben. Sie wird dort die Schule beenden und anschließend eine höhere Mädchenschule besuchen.«

»Aber Dawid ist doch weg.«

»Das ist richtig, aber ich will nicht, dass sie hier noch weitere Flausen in den Kopf bekommt. Bei Tante Josephine ist sie gut aufgehoben.«

Tante Josephine war eine strenge alte Dame aus preußischem Adel, die ihr Leben noch genauso gestaltete, wie während der Monarchie. Zudem gab es keine Kinder in Gertas Alter auf dem Gut. Gerta wird vermutlich vor Langeweile sterben, dachte Frederike bestürzt.

Die Mutter seufzte. »Es ist ärgerlich, dass Erik gerade jetzt verreisen musste«, sagte sie und stand auf. »Ich rechne fest damit, dass du mich weiterhin unterstützt. Schließlich musst du lernen, wie man ein Gut führt.«

Frederike zögerte, doch dann stellte sie die Frage, die sie schon lange beschäftigte. »Was wird aus mir, Mutter? Soll ich mich auf andere Güter als Mamsell bewerben? Oder als Gärtnerin?«

»Grundgütiger, nein!« Die Mutter setzte sich wieder. »Wie kommst du denn auf so etwas?«

»Nun, ich habe die Gartenbauschule besucht und abgeschlossen. Ihr habt mich doch nicht ohne Grund dorthin geschickt und irgendwann werde ich meinen Lebensunterhalt verdienen müssen.«

»Mein liebes Kind, du wirst noch eine Weile bei uns auf Fennhusen bleiben, aber ich bin voller Zuversicht, dass deine Zukunft auf einem anderen Gut liegt. Und zwar nicht als Gärtnerin.« Sie lächelte sanft. »Im Herbst wird es einige Erntebälle geben, im Winter werden wir

Jagden veranstalten, das habe ich schon mit Erik besprochen. Es sollte doch mit dem Teufel zugehen, wenn sich nicht der eine oder andere passende Verehrer für dich findet.« Sie zwinkerte Frederike zu. »Und nun geh, ich muss mit der Mamsell und dann mit dem Inspektor sprechen. Was hat die Köchin heute geplant?«

»Rehrücken. Sie hat ihn extra für dich auf Eis liegen lassen.«

»Wunderbar.« Stefanie beugte sich über ihre Bücher und Frederike verließ schnell den Raum.

Sie war froh, endlich die Verantwortung abgeben zu können. Langsam schlenderte sie über den Hof. In den letzten Tagen hatte sie keine Zeit gefunden, nach den Hundewelpen zu sehen. Sie ging zur Remise, zur Wurfbox der Hofhündin. In der einen Woche waren die Kleinen gewachsen und hatten sich verändert. Frederike setzte sich ins Stroh, mit etwas Abstand, und schaute sie an. Eines der Kleinen kam auf sie zu, kletterte auf ihren Schoß, drehte sich dreimal im Kreis und rollte sich dann zufrieden seufzend zusammen. Frederike lachte leise auf und kraulte den Hund hinter den Ohren. Er war grau mit schwarzen Flecken, hatte ziemlich breite Pfoten und würde sicherlich einmal sehr groß werden.

»Wirst du mein neuer Hund sein?«, fragte sie leise. »Hast du mich ausgesucht?« Sie empfand nicht die tiefe Zuneigung, die sie bei Hektor empfunden hatte. Aber damals, als Hektor ein Welpe gewesen war, war sie noch ein Kind und viel offener für solche Dinge. Jetzt überlegte sie, ob sie wirklich wieder einen Hund haben wollte, ob er in ihr Leben passte, ob sie Zeit für ihn erübrigen können würde. Gedanken, die Erwachsene hatten.

Plötzlich hörte sie ein leises Schniefen, das wohl vom alten Heuboden kam. Dort wurde heute jedoch kein Heu mehr gelagert, er diente nur noch als Abstellboden. Vorsichtig nahm sie den Welpen hoch, schaute bei der Gelegenheit gleich nach – es war eine Hündin. Hündinnen sahen weder die Mutter noch Onkel Erik gerne als Haustiere, denn sie wurden zwei Mal im Jahr läufig. Dann verdreckten sie das Parkett und außerdem waren die Rüden kaum zu bändigen. Weibliche Welpen wurden normalerweise sehr früh aussortiert und meistens ertränkt, genauso wie die überschüssigen Katzenjungen, die jedes Jahr zur Welt kamen. Bei den Katzen wurden aber die weiblichen Tiere bevorzugt, nur wenige Kater blieben auf dem Hof am Leben. Manchmal behielt Onkel Erik ein oder zwei Hündinnen und ließ sie decken. Aber das war selten. Onkel Erik selbst hatte zwei Jagdhunde, die im Haus lebten und die er verwöhnte. Der eine war ein Bracke und der andere ein Dackel. Mutter hatte jahrelang eine Pudelhündin besessen, doch die war irgendwann an Altersschwäche gestorben.

Frederike schaute in die Wurfkiste – es waren nur noch drei weitere Welpen da. Vielleicht hatte man die Hündin übersehen, vielleicht aber auch mit Absicht am Leben gelassen – sie wirkte kräftig und ihre Mutter war schon älter.

Der Welpe schmieg sich in Frederikes Armbeuge und so nahm sie ihn kurzerhand mit nach oben. Wer weinte dort und weshalb?

Auf dem Boden standen zwei alte Chaiseloungues, etliche Sessel und gepolsterte Stühle, einige Tischchen und mehrere Kommoden, die Mutter aussortiert hatte.

Auf dem einen Sofa saß Gilusch, die Beine angezogen, den Gipsarm steif von sich weggestreckt. Die Tränen liefen ihr über die Wangen und unablässig zog sie die Nase hoch.

»Ach herrje«, seufzte Frederike, setzte sich neben ihre kleine Schwester, zog mit der rechten Hand ein Taschentuch hervor und legte den Hund wieder in ihren Schoß, wo er weiterschlief, als hätten sie sich gar nicht bewegt. »Was ist denn?«

»Ni – ichts«, schniefte Gilusch, nahm das Taschentuch und putzte sich lauthals die Nase.

»Veräppeln kann ich mich alleine.« Frederike legte ihren Arm vorsichtig um die kleine Schwester und zog sie sachte an sich. »Mir kannst du es doch sagen.«

»Es ist Sommer. Alle können alles machen – schwimmen, laufen, reiten – nur ich nicht. Ich habe diesen blöden Gi-hi-hipsarm.« Sie schluchzte wieder auf.

»Ich verstehe, dass das schwer für dich ist, aber du kannst es nicht ändern.«

»Wa-ha-heiß ich doch.«

»Dann musst du es so nehmen, wie es ist, und das Beste daraus machen.«

»Wie denn? Ha-ha-hattest du schon mal einen Gi-hi-hips?«

»Nein«, gab Frederike zu.

»Es juckt und ich kann nicht kratzen.«

»Das klingt schlimm.« Frederike überlegte. »Lass mich mal sehen.« Sie schaute sich den Gipsarm an. »Wo juckt es denn?«

»Überall«, seufzte Gilusch und putzte sich wieder die Nase. »Es ist fürchterlich.«

Frederike sah sich um. Dann nahm sie vorsichtig die Hündin hoch, legte sie auf Giluschs Schoß und stand auf. »Pass' auf sie auf.« Sie ging die steile Treppe nach unten und suchte nach einigen dünnen, aber festen Strohhalmen. Außerdem nahm sie noch zwei dünne Stäbe mit und stapfte wieder nach oben. »Lass uns einmal schauen, ob wir dir hiermit wenigstens etwas Linderung bereiten können.« Ganz langsam schob sie einen der Strohhalme unter den Gips und bewegte ihn hin und her.

»Oh ja!« Gilusch lächelte. »Das hilft schon. Schubbere ein bisschen fester, bitte.«

Ganz vorsichtig stocherte sie mit den Halmen unter die eine Seite des Gipses.

»Ich möchte ihn abnehmen und mich ganz lange und feste überall kratzen«, jammerte Gilusch.

»Du willst doch wieder reiten, nicht wahr?«

»Natürlich.«

»Und schwimmen?«

Gilusch nickte.

»Und toben?«

»Sicher!«

»Dafür brauchst du zwei gesunde Arme.«

»Der Kaiser konnte auch reiten, dabei war seine eine Hand verkrüppelt, das hat mir Fräulein Hansen erzählt.«

Frederike unterdrückte ein Grinsen. »Willst du einen verkrüppelten Arm?«

»Nein«, gab Gilusch zu.

»Dann wirst du den Gips aushalten müssen.«

Das kleine Mädchen vergrub seufzend ihr Gesicht in das Fell des warmen Hundebabys. Der Welpe leckte ihr die salzigen Tränenspuren von den Wangen.

»Das kitzelt«, lachte Gilusch nun. »Wie heißt der Hund?«

»Es ist eine sie und sie hat noch keinen Namen. Möchtest du ihr einen geben?«

»Darf ich?« Gilusch schaute den Welpen an. Er hatte eine breite Schnauze, riesige Tatzen, sein Fell hatte eine grau-schwarze Zeichnung und die Rute war buschig.

»Sie sieht gar nicht aus wie Hexe.« Hexe hieß die Hofhündin, der große Liebling des Schweizers und der Köchin, denn Hexe hielt erfolgreich die Marder und großen Ratten vom Hof, die gerne das Geflügel rissen und sich an den Molkereiprodukten gütlich taten. Aber Hexe war ein wendiger, schlanker Hund mit braun-grauem Fell ohne Zeichnung.

»Nein«, sagte Frederike amüsiert. »Die Welpen gleichen eher ihrem Vater, das wird wohl Zeus von den von Husen-Wahlheims gewesen sein. Jedenfalls gleichen sie einem Bernhardiner.«

»Das stimmt, Freddy. Sie sehen aus wie Zeus. Zeus war auch so etwas wie der Kaiser, oder? Ein mächtiger Mann, den es jetzt nicht mehr gibt.«

Frederike lachte laut auf. »Nein, Zeus war ein griechischer Gott.«

»Zeus ist Gott?«

»Es war ein griechischer Gott.« ›Das verstehst du noch nicht‹, wollte sie anfügen, erinnerte sich aber plötzlich daran, wie sehr sie diesen Satz früher gehasst hatte. Wenn jemand etwas nicht versteht, sollte man es ihm erklären, fand sie. »Wir wissen, es gibt nur einen Gott.«

»Ja, das sagt der Pfarrer auch jeden Sonntag. Heißt Gott Zeus mit Vornamen?« Gilusch schaute sie mit großen Augen an.

»Nein, Gilusch, Gott hat keine Namen. Die Griechen früher, vor vielen, vielen Jahren …«

»Als es noch die Monarchie und den Kaiser gab?«, unterbrach Gilusch sie wieder.

»Lass mich doch erst einmal ausreden, Gisela von Fennhusen!«, sagte Frederike inzwischen ungeduldig, dann sammelte sie sich. »Das war lange, lange, bevor es den Kaiser gab. In ganz frühen Zeiten, da gab es ein Volk in Griechenland – das ist ein Land im Süden.«

Gilusch wollte wieder etwas sagen, aber Frederikes Blick hielt sie davon ab.

»Dort lebten die alten Griechen«, Frederike stockte, sah Giluschs fragenden Blick. »Nein, sie waren nicht alt, aber das Volk gibt es heute nicht mehr so, verstehst du? Die Griechen heute sind anders.«

Gilusch nickte zögernd.

»Dieses Volk wusste noch nicht, dass es Gott gibt.«

»Was?«

»Sie wussten es nicht und glaubten an andere Götter.«

»Aber … aber … es gibt doch nur einen Gott …«

»Stimmt. Manche Menschen wissen aber Dinge nicht, dafür können sie gar nichts. Niemand hat es ihnen gesagt.«

»So wie die alte Köchin glaubt, dass Elektrizität gefährlich ist?«

»Genau so.« Frederike nickte erleichtert. »Die alte Köchin weiß es einfach nicht besser. Die Griechen hatten eben diese Götter – eine ganze Familie – und einer davon war Zeus. Er war, wenn ich mich richtig erinnere, der oberste Gott.«

»Es gab mehrere Götter?«

»Ja, Zeus war der Vorgesetzte …«

»So wie der Inspektor?«

»Eher wie dein Vater«, sagte Frederike nachdenklich. »Derjenige, der alles zu sagen hat. Aber er hatte Abteilungen – da gab es einen Gott, der war für die Post zuständig, ein anderer für das Wetter und so. Ganz genau weiß ich das nicht mehr. Aber du kannst ja Fräulein Hansen fragen.«

»Vater ist wie ein griechischer Gott?« Gilusch klang plötzlich ehrfürchtig.

»Nein. Oder vielleicht doch. Der Vergleich hinkt.«

»Vater hinkt doch gar nicht. Hat Zeus gehinkt? War er verkrüppelt wie der Kaiser?«

»Das weiß ich nicht«, gab Frederike auf. »Also, Zeus war ein griechischer Gott – in den Sagen, das ist so etwas wie Märchen.«

»Phhh!«, machte Gilusch nun. »Das weiß ich doch. Das hättest du doch gleich sagen können, dass es um Sagen geht. Die liest uns Fräulein Hansen oft abends vor. Sie sagt, dass es Geschichten sind, die gar nicht wahr sind. Also gab es Zeus gar nicht.« Gilusch zog einen Flunsch.

»Zeus gibt es immer noch, er ist der Bernhardiner von den von Husen-Wahlheims«, erklärte Frederike erschöpft. »Der Hund hat den Namen aus diesen Sagen.«

»Gut. Und wie nennen wir sie jetzt?«

»Darauf wollte ich hinaus«, stellte Frederike erleichtert fest. »Zeus hatte etliche Nachkommen, also der griechische Gott. Der Zeus der von Husen-Wahlheims bestimmt auch. Willst du sie danach nennen?«

Gilusch sah den Hund an. »Wie hießen die denn?«

»Ich weiß nicht mehr alle Namen, so gut habe ich im Unterricht nicht aufgepasst«, gestand Frederike.

»Freddy!«, sagte Gilusch empört, lachte aber dann.

»Ich weiß noch, dass seine Töchter Persephone, Aphrodite, Helena und Athene hießen. Dann noch Klio und Thalia. Es gab noch mehr, aber die Namen waren kompliziert und ich habe sie mir nicht gemerkt.«

Gilusch schaute den Welpen an. »Wie würdest du sie nennen?«

»Vermutlich würde ich einen Namen wählen, den man abkürzen und gut rufen kann. Helena, der gefällt mir gut. Helena – da könnte man Leni draus machen.«

»Sie sieht nicht nach einer Leni aus«, sagte Gilusch nachdenklich. »Aber wohl nach einer Helena. Ich denke, sie ist Helena.« Der Welpe schaute auf, als Gilusch den Namen aussprach. »Siehst du?«, strahlte die Kleine. »Sie ist eine Helena.«

»Offensichtlich.« Frederike drückte die kleine Schwester sanft an sich. »Nun hast du ihr einen Namen gegeben.«

»Darf … ich sie behalten?«, flüsterte Gilusch. »Es ist doch dein Welpe, nicht wahr? Aber ich … ich hätte sie so gerne.«

»Es ist nicht mein Welpe.« Frederike schluckte. Fast wäre Helena Hektors Nachfolgerin geworden, aber im Besten Fall suchten sich Hunde ihre Besitzer aus und diesmal war die Wahl auf Gilusch gefallen. Die Hündin leckte wieder über Giluschs Gesicht. »Ich spreche mit Onkel Erik und ich bin mir sicher, du darfst sie behalten. Aber lass sie nicht dein Gesicht ablecken, und wenn sie es doch tut, lass es Mutter nicht sehen.« Frederike grinste.

»Wirklich? Sie ist jetzt mein Hund?«

Frederike nickte.

Eine Stunde später stand sie vor ihrem Stiefvater in dessen Büro.

»Gilusch möchte einen von Hexes Welpen haben. Ich denke, das ist eine gute Idee. Mit dem Hund wäre sie den Sommer über beschäftigt, er würde sie davon ablenken, dass sie weder schwimmen, reiten noch toben kann.« Sie knetete ihre Hände. »Es ist allerdings ein Weibchen.«

»So, so«, sagte Onkel Erik und lehnte sich zurück. Vor ihm auf dem Schreibtisch stapelten sich Briefe und Unterlagen. »Eine junge Hündin für Gilusch also. Ich dachte, du würdest den Welpen nehmen«, er räusperte sich, »deshalb ist er überhaupt noch da.«

Frederike schluckte.

»Nun setz dich doch, Kind«, meinte Onkel Erik und nahm ein Zigarillo aus dem silbernen Etui.

»Ich möchte dich nicht aufhalten.«

Erik von Fennhusen lachte auf. »Ich bitte dich, du hältst mich doch nicht auf. Es geht um dich und Gilusch, das ist immer wichtiger als die Preise für den Weizen und das Gedeihen der Kühe.«

Überrascht nahm Frederike vor dem großen Schreibtisch Platz. Doch sie wusste nichts zu antworten.

»Nachdem dein Hektor gestorben war, hatte ich fest damit gerechnet, dass du sofort einen der Welpen aus den beiden Würfen nimmst. Das hast du aber nicht. Und nun soll Gilusch die kleine Hündin bekommen? Sie wäre auch mein Favorit gewesen, warum willst du sie nicht?«

»Du kennst die Welpen?«, fragte Frederike verblüfft.

»Ich kenne fast jedes Tier hier auf dem Gut, von dem Geflügel und den Schafherden mal abgesehen. Ich kenne die Kühe mit Namen, weiß, welche Hunde wir haben, auch die Hof- und Hütehunde, auch bei den Katzen habe ich einen groben Überblick. Die Pferde kenne ich noch besser. Was erstaunt dich daran? Ich bin fast jeden Tag auf dem Gut unterwegs. Und ich weiß, dass du ebenso fleißig und zuverlässig bist und dich für die Tiere interessierst. Noch bist du nicht so lange zurück, aber wahrscheinlich kennst du mindestens die Hälfte der Namen der Kühe und alle der Pferde.«

Frederike grinste. »Könnte sein«, sagte sie nur.

»Jedenfalls«, fuhr Erik von Fennhusen fort, »sind wir stolz auf dich, wie gut du das Gut betreut hast, während wir weg waren.«

»Danke«, sagte Frederike verblüfft.

»Aber selbst wenn nicht, hättest du dir einen neuen Hund verdient. Ein Leben ohne Hund ist möglich, aber recht sinnlos. Warum willst du die Hündin nicht?«

»Weil Gilusch sie in ihr Herz geschlossen hat. Die beiden haben sich gesucht und gefunden, scheint es mir. Für Gilusch wäre es die famoseste Ablenkung. Ich würde ihr auch helfen, den Hund zu erziehen.«

Onkel Erik nickte schweigend, zog an seinem Zigarillo.

»Ich kann mir die anderen Welpen ja auch noch einmal anschauen«, sagte sie hilflos, weil sie nicht wusste, was ihr Stiefvater von ihr wollte. »Vielleicht ist ja ein anderer dabei …«

»Ich hätte diese Hündin für dich ausgesucht. Sie ist kräftig, scheint gewitzt zu sein. Die anderen übriggebliebenen Welpen sind schon vermittelt, aber wenn du wirklich einen aus dem Wurf willst, steht es dir, als Gutstochter, frei, ihn auszuwählen. Der Wurf ist gefragt – ein Mix zwischen Hexe und Zeus begehrt. Es ist schon ihr zweiter Wurf und der Erste hat alle Erwartungen erfüllt – große, starke Hofhunde, die auch noch flink sind, Ratten und Marder hassen. Ich würde jedes Jahr davon einige loswerden.«

»Darf Gilusch dennoch Helena behalten?«

»Du hast sie Helena genannt?« Onkel Erik lachte laut auf.

»Ich habe Gilusch von Zeus und seinen Kindern erzählt, sie hat den Namen ausgesucht. Ich finde, er passt.«

»Gilusch soll sie haben, die kleine Helena. Aber sie soll sie auch erziehen. Ich möchte keinen Störenfried im Haus haben, der Schuhe annagt und Essen klaut.«

»Ich werde Gilusch dabei helfen, das verspreche ich.«

»Und was ist mit dir? Willst du keinen Hund mehr?« Er sah sie fragend an.

»Doch, schon … aber Hektor war etwas Besonderes für mich.«

»Das ist der erste Hund immer. In meinem Leben habe ich unzählige Hunde gehabt, aber an den Namen meines ersten Hundes erinnere ich mich immer noch. Er hieß Mattes – so hieß er schon, als ich ihn bekam. Es war eine wilde Mischung, kein Rassetier.« Onkel Erik senkte nachdenklich den Kopf. »Er war damals mein bester Freund.«

Frederike hielt den Atem an, sie spürte, dass dies ein sehr inniger Moment war, an dem sie teilhaben durfte.

»Dein erster Hund war Hektor. Ich habe Hans angewiesen, ihn zu begraben.«

»Ich weiß, ich habe das Grab gesehen. Es hat mich sehr berührt.«

Onkel Erik zog schweigend wieder an seinem Zigarillo. Frederike merkte, dass er etwas von ihr erwartete, aber was?

»Ich habe mir die beiden Würfe angeschaut und ja, ich hätte gerne wieder einen Hund. Vielleicht wäre Helena die passende Hündin für mich, aber für Gilusch ist sie wichtiger … weißt du, wie ich das meine?«

»Das verstehe ich. Ich habe noch einen anderen Hund im Blick, der zu dir passen könnte. Auch ein Weibchen, eine Bracke von einem befreundeten Züchter. Sie ist gerade ein Jahr alt und beherrscht schon die Grundkommandos, ein idealer Jagdhund.«

»Ein Jagdhund?« Frederike sah ihn verblüfft an. »Was soll ich mit einer Bracke?«

»Das sind schöne Hunde, findest du nicht?« Er beugte sich zur Seite, streichelte Pluto, seiner Bracke, über den Kopf. »Treu, anhänglich, gute Jäger.«

»Aber ich … ich …«, stotterte Frederike. »Ich bin doch keine Jägerin.«

»Die Saison startet bald. Wenn die ersten Felder abgeerntet sind, wird die Jagdsaison eingeläutet. Wir haben diesmal drei Jagden vorgesehen, werden bei den Nachbarn und auch bei Bekannten zur Jagd sein. Deine Mutter hat viele Einladungen angenommen in diesem Jahr, da sie ja auch endlich wieder mitreiten kann.« Er lächelte Frederike zu. »Und du bist natürlich auch dabei.«

Natürlich, dachte Frederike und plötzlich wurde ihr klar, worum es ging. Im Frühjahr und im Sommer bestimmte die Aussaat, das Werfen der Jungtiere und dann die Ernte das Leben auf einem Gut. Im Herbst entspannte sich die Lage. Der Ertrag wurde eingefahren, Bestände gesichert und aufgefüllt. Aber dann kamen die Jagden und die Erntebälle. Bei diesen Anlässen wurden Verbindungen aufgefrischt, verstärkt, neue geknüpft. Und es war die Zeit der Heiratsmärkte. Man traf sich, unternahm Dinge miteinander – gerade im Herbst und Winter. Natürlich kannte sie die Söhne der Nachbarn, aber auf den Jagden und Bällen kamen auch entferntere Gutsbesitzer und ihre Sprösslinge. Es war wie eine Art Fohlenschau oder ein großer Viehmarkt. Frederike sackte in sich zusammen.

»Du brauchst auch ein adäquates Reitpferd. Ich hätte da eine junge Stute und einen noch jüngeren Hengst.«

»Diana und Lorbass?«, sagte Frederike.

Erik von Fennhusen strahlte. »Ganz genau. Die Stute ist ein wenig schwach auf der Vorderhand, aber ich denke, das kann man trainieren. Der Hengst ist noch jung.«

»Wie alt ist er denn?«

»Vier.«

Frederike wusste, dass sie Lorbass schon gesehen hatte, es war ein Hengst mit trakehnischer Abstammung. Nur die Pferde, die wirklich auf dem Hauptgestüt Trakehnen geboren wurden, durften sich Trakehner nennen. Alle anderen, die aus der Zuchtlinie entstanden, auch wenn sie reinrassig waren, wurden ›Ostpreußisches Warmblut‹ genannt. Onkel Erik, wie auch andere Gutsbesitzer, ignorierten diese Regel, wenn sie miteinander sprachen. Sie alle hatten Trakehner, egal, wo die Pferde geboren worden waren, wenn die Abstammungslinie stimmte.

»Lorbass ist noch keine vier, da bin ich mir sicher. Er ist im Herbst vor vier Jahren hier auf dem Hof geboren worden.«

»Alle Pferde haben am 1.1. Geburtstag, egal, wann sie in dem Jahr gefohlt wurden.«

»Das weiß ich doch.« Frederike dachte nach. »Du willst mir ein Pferd schenken? Wirklich?«

»Natürlich. Entweder Lorbass oder Diana, das kannst du dir aussuchen. Lass dir ruhig Zeit damit. Und ich hätte dann noch eine kleine Fortuna für dich, die Hündin. Damit wärst du ideal für die Jagd ausgestattet.«

»Da fehlt mir nur noch die passende Kleidung«, murmelte Frederike.

»Für die Kleidung«, sagte Onkel Erik, der ihre Worte wohl vernommen hatte, »ist deine Mutter zuständig. Sie wollte mit dir im Frühherbst, vor Saisonbeginn, nach Berlin fahren.«

Frederike schnappte nach Luft. Ein wenig kam sie sich vor, wie auf dem Verkaufsstand – nur, dass sie noch nicht passend hergerichtet worden war. Aber das schienen die Eltern ja geplant zu haben.

»Danke«, sagte sie.

»Soll ich Fortuna kaufen? Ich weiß, das wäre jetzt kein Herzenshund für dich, aber ich glaube, du würdest sie mögen. Ich möchte sie auch von Pluto decken lassen …«

»Ich … also … natürlich«, stammelte Frederike. Sie glaubte jetzt schon, dass sie die Hündin nicht lieben würde. Aber Fortuna würde auf dem Hof ein gutes Zuhause finden.

Vielleicht, dachte sie ein wenig verzweifelt, mag Fritz sie ja und will sie haben. Oder Gerta, wenn sie zurückkehrt.

Nachdem sie das Arbeitszimmer des Stiefvaters verlassen hatte, blieb sie für einen Moment verloren in der Halle stehen. Wohin soll ich jetzt gehen, fragte sie sich. Wo ist hier mein Platz? Doch dann sah sie Gilusch, die mit dem Welpen auf der Treppe saß und sie erwartungsvoll ansah.

»Hast du mit Vater gesprochen?«

»Du darfst Helena behalten.« Frederike ging zu ihr und nahm sie in den Arm. »Aber wir müssen sie erziehen.«

»Phänomenal«, hauchte Gilusch entzückt. Dann sah sie Frederike an. »Und du? Bekommst du auch einen Hund?«

»Ich werde wohl dem Schicksal folgen und der Fortuna huldigen müssen.«

»Das verstehe ich nicht.«

Frederike strich ihr durch das Haar. »Das musst du auch nicht.«

Kapitel 7

Eine Woche lang ritt Frederike abwechselnd den Hengst und die Stute. Lorbass war ihr zuerst riesig erschienen, aber er erwies sich als lammfromm, während die Stute öfters scheute und dazu neigte, auszubrechen. Frederike entschied sich für den Hengst, denn er war ausdauernd, hatte einen wunderbar ruhigen Gang und konnte herrlich springen.

Eines Tages Anfang Juli brachte Hans eine große Kiste vom Bahnhof mit.

»Was ist das?«, wollten die Kinder, die ihn neugierig umringten, wissen.

»Das ist für Freddy«, sagte er nur.

Frederike saß auf der Veranda und half Tante Martha Strümpfe zu stopfen. Verwundert blickte sie auf.

»Bist du dir sicher?«, fragte sie.

»Ja. Soll ich die Kiste öffnen?« Hans grinste.

»Ja!«, riefen Irmi und Gilusch, auch Klein-Erik stimmte mit ein und hüpfte über den Hof.

»Nun seid man ruhig«, beschwichtigte Hans sie und ging zum Schuppen, um Werkzeug zu holen.

»Was mag da drin sein?«, fragte sich Frederike, legte den Strumpf zurück in den Korb und stand auf.

»Eine Überraschung«, antwortete Onkel Erik, der, angelockt von dem Lärm, aus seinem Büro gekommen war. Er lächelte Frederike zu.

Hans hebelte die vordere Seite der Kiste auf. Ein leises Jaulen war zu hören, dann sprang ein mittelgroßer Hund aus der Kiste und schaute sich verwirrt um.

»Das ist Fortuna«, sagte Onkel Erik und klang stolz. »Sie kommt gerade rechtzeitig. Geh und hole Wasser für sie, Irmi.«

Irmi lief eilig zum Brunnen, an dem im Sommer immer ein paar Näpfe für die Hunde standen.

Frederike ging langsam auf die Hündin zu. Sie hatte hirschrotes Fell mit einem dunklen Mantel.

»Hallo, Fortuna«, sagte Frederike und ging vor dem Hund in die Hocke. Sie hielt ihm ihre Hand hin. Fortuna schnupperte daran, leckte dann Frederikes Finger ab. Irmi brachte das Wasser und der Hund trank gierig.

»Gefällt sie dir?«, wollte Onkel Erik wissen.

Frederike nickte. Sie sah die Hündin an, die ihren Blick erwiderte. Nein, das war nicht Hektor, aber dennoch schien es sofort eine Verbindung zwischen ihr und dem Tier zu geben. Vorsichtig kraulte sie die Hündin hinter den weichen Schlappohren.

»Warum bekommt Frederike ein Pferd und einen Hund?«, fragte Irmi schmollend. »Ich will auch so einen schönen Hund. Gilusch darf Helena haben und ich? Was bekomme ich?«

»Ein paar hinter die Ohren«, knurrte Onkel Erik, »wenn du so weiterquengelst. Es gibt genug Viecher auf dem Gut, du kannst auch einen der Welpen haben, wenn du dich ordentlich um ihn kümmerst.«

»Das willst du gar nicht, Irmi-Kind«, sagte Stefanie, die nun auch aus dem Haus gekommen war. »Denk an die Kaninchen, die du auch unbedingt haben wolltest.« Sie warf ihrer kleinen Tochter einen wissenden Blick zu.

Die Kaninchen waren im Kochtopf gelandet, erinnerte sich Frederike. Fritz, Gerta und sie hatten früher auch allerlei Tiere gehabt – Kaninchen, besonders Hühner, Katzen. Fritz und sie auch einen Hund. Gerta wollte nie einen haben. Um die Tiere hatten sie sich kümmern müssen – die Ställe ausmisten, die Tiere füttern und tränken. Die erste große Begeisterung war sehr schnell abgeflacht, als ihnen klar wurde, dass die Pflege der Tiere viel mehr Zeit in Anspruch nahm, als gedacht. Auch waren es keine Kuscheltiere, mit denen man spielen konnte. Doch Mutter und Onkel Erik hatten streng darauf geachtet, dass die

Kinder sich um ihre Tiere kümmerten. Auch Irmi hätte sich kümmern sollen, doch ihr Interesse ließ schon sehr bald nach.

Mutter war es irgendwann leid, Irmi jeden Tag erinnern zu müssen, deshalb wurden die Kaninchen geschlachtet und zum größten Teil eingeweckt.

»Da war ich noch klein«, sagte Irmi und stampfte wütend mit dem Fuß auf.

»Ja, das war letzten Herbst. Aber um dein Pony kümmerst du dich auch nicht so, wie du es solltest. Auch wenn Hans sich nicht beschwert, weiß ich es doch.« Mutter räusperte sich. »Bevor du einen Hund bekommst, musst du zeigen, dass du Verantwortung übernehmen kannst. Punkt.«

»Gilusch ist jünger als ich und sie ist diejenige, die ohne Erlaubnis ausgeritten ist«, jammerte Irmi.

»Gilusch hat daraus gelernt. Und falls nicht, ist der Hund weg, schneller als ihr gucken könnt. Ihr benehmt euch gerade wie verzogene Gören, so was will ich hier nicht haben.« Mutter holte tief Luft, ging dann zu dem Neuankömmling. Sie schaute die Hündin an, die mit wedelnder Rute und unsicher im Hof saß. »Ein wirklich schönes Tier«, sagte Stefanie leise und ging in die Hocke, kraulte Fortuna hinter den Ohren. Dann sah die Mutter Frederike an. »Du hast Glück mit ihr, das weiß ich.«

»Ich werde mich um sie kümmern«, sagte Frederike. »Als Erstes brauch ich einen Schlafplatz in meinem Zimmer für sie. Ist Hektors Körbchen noch irgendwo?«

»Er ist doch darin gestorben«, sagte Gilusch leise. »Und wir haben ihn mit seinem Körbchen beerdigt.«

»Einen Sarg für einen Hund zu bauen, wäre auch übertrieben«, meinte nun Fritz, der plötzlich aufgetaucht war. »Hallo«, sagte er sanft und ging zu Fortuna. »Wer bist du denn?« Er ließ sie an seiner Hand schnuppern, sah dann zu Onkel Erik. »Das ist eine Bracke, oder?«

»Ja.« Onkel Erik strahlte.

»Sie passt wunderbar zu Pluto. Die beiden werden unglaublich schöne Nachkommen haben.«

»Darauf zähle ich.« Onkel Erik nickte.

»Du hast sie für mich gekauft?«, fragte Frederike noch einmal nach. »Oder für dich zum Züchten?«

»Sie ist dein Hund. Dennoch hätte ich gerne den ein oder anderen Wurf von ihr mit Pluto.« Onkel Erik räusperte sich verlegen.

»Schön«, sagte Frederike. »Komm.« Sie nahm den Hund und ging mit ihm zum Haus. In der Diele traf sie die Mamsell, die das Esszimmer kontrollierte.

»Mamsell, ich brauche einen neuen Hundekorb und eine alte Decke. Wo finde ich das?«, fragte Frederike.

»Ich würde denken, dass wir so etwas in der Remise habe. Ansonsten frag den Stellmacher, sein Schwager ist der Korbmacher im Dorf. Und alte Decken haben wir reichlich.« Sie sah Fortuna an. »Na, bist du die Neue?«, fragte sie sanft.

»Das ist Fortuna«, erklärte Frederike und hörte den Stolz, der in ihrer Stimme mitschwang. »Eine reinrassige Bracke, ein Jagdhund.«

»Ein schöner Hund. Ist es deiner?«, pflichtete die Mamsell ihr bei.

Frederike nickte.

»Ich werde Schneider Bescheid geben, sie hat bestimmt einen Willkommensgruß für die Kleine. Wir wollen doch, dass sie sich hier schnell wohl fühlt.« Die Mamsell zwinkerte Frederike zu. »Und sicherlich hat sie auch Aufgaben zu erfüllen.«

Frederike seufzte. »Ja, vermutlich.«

Die Mamsell, die schon an der Tür nach unten war, drehte sich noch einmal um. »Aufgaben zu haben ist nicht immer das Schlechteste, auch nicht für einen Hund.« Sie blieb stehen, rieb die Hände aneinander. »Das gilt auch für dich, Freddy.«

»Das weiß ich und der Hund macht es mir deutlich.« Frederike wischte sich mit den Händen über das Gesicht. »Sie soll zur Jagd und ich auch. Sie soll Beute jagen und ich soll Beute sein. Sie soll prächtigen Nachwuchs bringen und ich … auch, irgendwann.«

Die Mamsell, die immer so distanziert tat, atmete tief durch, ging dann zurück zu Frederike. »Alles, was du gesagt hast, stimmt.« Sie umarmte sie. »Du wirst irgendwie Beute sein in der Jagdsaison. Aber du kannst versuchen, dich nicht zum Opfer zu machen.«

»Wie?«

»Indem du einfach du selbst bleibst. Du bist eine gute Partie …«

»Das stimmt nicht«, unterbrach Frederike sie. »Ich habe kaum Mitgift, ich bin keine von Fennhusen.«

»Du hast einen guten Namen, einen hervorragenden Leumund, eine Familie, die hinter dir steht, auch wenn es nicht deine leibliche Familie ist. Du bist eine gute Partie. Und du solltest dich nicht unter Wert verkaufen.«

»Aber verkaufen werde ich mich müssen.«

»Nein, Freddy.« Die Mamsell schüttelte den Kopf. »Das sollte niemand.«

»Aber ich sollte heiraten.«

Die Mamsell sah sie an. »Möchtest du das nicht?«

»Das weiß ich nicht. Ich möchte jemanden heiraten, den ich liebe, mit dem ich mein Leben lang zusammenbleiben will. Ich möchte nicht verschachert werden, wegen irgendwelcher Vorteile oder Allianzen.«

»Dann tu das. Es kann dich keiner zwingen. Steh zu deinen Gefühlen.« Die Mamsell drückte sie an sich. »Du wirst das können, das weiß ich.«

»Aber woher soll ich wissen, ob ich jemanden wirklich liebe?«, wisperte Frederike unglücklich.

Die Mamsell lachte leise. »Das weißt du, wenn es so weit ist. Ich wusste es auch.«

»Sie?«

»Natürlich. Auch ich bin ein Mensch, eine Frau, nicht nur die Mamsell. Aber der Krieg hat meine Träume zerstört. Ich hoffe, die Welt ist klüger geworden und du musst keinen Krieg mehr erleben.«

»Das hoffe ich auch.« Sie drehte sich um und ging zurück zur Eingangstür. »Komm, Fortuna.« Der Hund schaute sich erst unsicher um, folgte dann aber Frederike.

Beim Stellmacher bekam sie einen passenden Korb, und die Mamsell hatte ihr schon eine alte Decke in ihr Zimmer legen lassen. Dort standen auch ein gefüllter Wassernapf und eine Schüssel mit Fleischabfällen. Sie fütterte Fortuna, als es klopfte.

»Freddy, meine Liebe«, sagte Stefanie und setzte sich in den Sessel vor dem Fenster.

Frederike wartete ab, denn die Mutter war sicher nicht gekommen, um ihr dabei zuzusehen, wie sie den Hund fütterte.

»Du kannst sehr dankbar sein«, sagte Stefanie schließlich nachdenklich, »dass Erik dir diesen Hund gekauft hat.«

»Sie ist wirklich schön, aber Onkel Erik hat ja auch selbst für sie Verwendung.«

»Dennoch hat er sie vorrangig für dich gekauft. Du solltest in den nächsten Tagen mit ihr auf die Pirsch gehen, wenn du sie nächste Woche mitnehmen willst.«

»Was ist denn nächste Woche?«, fragte Frederike überrascht

»Die große Entenjagd am Mauersee.«

Natürlich, dachte Frederike. Jedes Jahr fuhren sie und etliche andere Gutsbesitzer an einem Wochenende im Juli nach Steinort. Dort lebte ein Teil der Familie von Lehndorff, die die Entenjagd ausrichtete. Sechs- bis siebenhundert Enten wurden am Samstag und dem darauffolgenden Montag meist geschossen. Es war ein großes Spektakel.

»Das ist schon nächste Woche?« Frederike war überrascht.

»Wir fahren alle hin«, sagte Stefanie fröhlich. »Auch Mimi, Edel und Martha.«

»Ich habe nichts anzuziehen.«

»Da geht es uns allen gleich«, meinte die Mutter lachend. »Wobei du schon recht hast, wir müssen deine Garderobe dringend aufstocken. Eigentlich wollte ich jetzt im Sommer mit dir für ein paar Tage nach Berlin fahren. Dann hättest du Thea besuchen können und wir hätten deine Kleidung für die Saison ergänzt. Nun hat das ja leider nicht geklappt.«

»Was wird denn aus Tante Mimi?«, traute sich Frederike zu fragen.

Stefanie runzelte die Stirn. »Ich weiß es noch nicht.« Dann lächelte sie. »Aber ich glaube, es gibt Hoffnung.«

Frederike hatte wohl mitbekommen, dass in den letzten Tagen der Briefverkehr von und nach Berlin deutlich zugenommen hatte, auch hatte es einige Telefonate gegeben, die Tante Mimi an dem zweiten Apparat, der in Onkel Eriks Büro stand, geführt hatte.

»Nun«, fuhr die Mutter fort, »bis nächste Woche werden wir keinesfalls nach Berlin fahren können, also habe ich Sachen aus dem Katalog bestellt und auch der Schneiderin im Dorf einige Schnitte und Stoffe gebracht. Ich denke aber, dass wir vor dem Erntefest ins Reich fahren. Auf dem Rückweg würde ich dann bei Josephine auf Gut Poppelsdorf vorbeifahren und nach Gerta sehen.«

»Gerta kommt nicht nach Steinort?« Frederike konnte sich die Entenjagd ohne ihre Schwester kaum vorstellen.

»Wo denkst du hin? Schlafende Hunde sollte man nicht wecken.« Sie schaute zu Fortuna, die zusammengerollt auf der alten Decke im Korb lag. »Wir wollen nicht, dass Gerta auf unnötig dumme Gedanken kommt, davon hatte sie ja schon reichlich und mehr wird nicht förderlich für sie sein.«

Frederike verkniff sich ein Grinsen.

»Wir werden unser Erntefest als Erste abhalten, Anfang September. Und bald darauf beginnen ja schon die Jagden.«

»Drei Jagden halten wir ab?«

»Nein, zwei – eine Schlepp- und eine Treibjagd. Zwischen den Jahren werden wir sicher noch auf Niederwild gehen. Aber so, wie es aussieht, werden wir in diesem Jahr an etlichen gesellschaftlichen Aktivitäten teilnehmen.« Stefanie sah zufrieden aus. »Fortuna hat schon eine gewisse Ausbildung erhalten. Sie ist ja auch fast ausgewachsen, dennoch solltest du vor der Entenjagd ihre Fähigkeiten überprüfen.«

»Wo werden wir wohnen?«

»Auf einem der Vorwerke. Ich glaube, die von Hermannsdorfs sind dort auch untergebracht.«

Die Entenjagd in Steinort war immer ein großes Ereignis, ein riesiges

Treffen vieler Familien, die ja auch oft untereinander verwandt waren. Man kam im Laufe des Samstages an, manche sogar schon am Freitag. Mittags traf man sich am See. Die Treiber waren mit hohen Gummistiefeln bekleidet und warteten am Ufer, während die Jagenden die kleinen Boote bestiegen und auf den See ruderten. Dann wurden die Enten aus dem Schilf getrieben, möglichst zu den Schützen. Es war immer ein vergnügliches Erlebnis, die wackeligen Boote zu beobachten und so mancher Schuss ging daneben. Auch kippte jedes Mal das eine oder andere Boot um, was zu großer Erheiterung beitrug.

Und auf dem Gut warteten schon die Mädchen aus dem Dorf auf die Enten, die in Windeseile gerupft und zerlegt wurden.

Mittags wurde zumeist ein deftiger Eintopf gereicht, am Abend gab es gebratene Entenbrust und Schlegel, getrunken wurde reichlich.

Am nächsten Tag wurde spätnachmittags im Herrenhaus gespeist. Letztes Jahr hatte Frederike zum ersten Mal an dem Diner teilnehmen dürfen, vorher war sie noch mit den anderen Kindern an den Katzentisch verbannt worden. Der Speisesaal war eine wahre Pracht und das Essen köstlich. Alles hatte geglitzert und gefunkelt, es war wie ein Sprung zurück in den Glanz der Kaiserzeit. Fennhusen war Frederike danach sehr klein und eher schlicht vorgekommen, wobei die Essen, die Mutter gab, sich nicht hinter den Speisen auf Gut Steinort verstecken mussten.

Wenn der Sommer es wohl mit ihnen meinte, wurde sogar eine große Tafel im Innenhof aufgebaut, Kronleuchter in die Bäume gehängt und Fackeln aufgestellt.

Montags gab es dann wieder eine kräftige Suppe und anschließend ging es zum zweiten Mal auf den See. Es war immer wie eine kleine Sommerfrische, fand Frederike.

Früher waren alle Kinder mit ein paar Kindermädchen zu einer seichten Bucht gebracht worden, wo sie herrlich schwimmen und spielen konnten. Seit zwei Jahren ging Frederike mit zur Jagd, obwohl sie am Ufer blieb und keines der Boote bestieg. Sie wollte auch nicht schießen, was auch nur wenige der Frauen taten, aber das Spektakel zu beobachten, war schon ein großer Spaß. Am Ufer wurden Bänke und

Tische aufgebaut, Sonnenschirme und manchmal auch Pavillons, es wurden Getränke und Speisen gereicht und man unterhielt sich.

Bis sie vierzehn oder fünfzehn waren, hatten die Kinder meist alle zusammen auf dem Heuboden geschlafen. Was für ein grandioses Spektakel das gewesen war – zwanzig Kinder, die sich Gruselgeschichten erzählten und Wettbewerbe veranstalteten.

Auch wenn das sonntägliche Essen im Herrenhaus immer eine großartige Veranstaltung war, waren Frederike doch die anderen Erlebnisse präsenter – das Toben und Spielen, das etwas unkonventionelle dieser Entenjagd. Gewiss zog man sich zum Essen um, aber Ballkleidung war verpönt.

»Wann fahren wir?«, fragte Frederike und ging in Gedanken ihre Garderobe durch.

»Samstag in der Früh, denke ich. Wir nehmen beide Wagen. Erik möchte eventuell schon am Sonntag zurückfahren, weil die Ernte gerade in vollem Gange ist, aber wir bleiben.« Stefanie strahlte ihre Tochter an. »Du dürftest auch mit jagen, wenn du wolltest.«

»Ich? Gott bewahre.« Natürlich hatte Frederike schießen gelernt und war zumindest auf der Pirsch keine schlechte Schützin, aber aus schwankenden Booten auf fliehende Enten zu schießen kam ihr nicht in den Sinn, da konnte sie sich nur blamieren.

»Zum Erntefest werden wir Gäste haben«, erklärte die Mutter nun.

Es hatte Frederike schon gewundert, dass die Mutter das Erntefest so betont hatte. Normalerweise wurde die letzte Fuhre eingefahren, dann fuhr die Gutsfamilie aufs Feld, wo alle eine Schleife aus Ähren an den Ärmel gesteckt bekamen. Außerdem war immer ein großer Erntekranz von den Schnitterfrauen gewunden worden, der den Winter über in der Halle hing. In der nach dem Dreschen leeren Kornkammer, die ausgefegt und mit Bänken und Tischen bestuhlt worden war, spielte am Abend die Blaskapelle auf. Es gab Kuchen, Herzhaftes und natürlich Bier. Zur Polka und zum Walzer schwangen alle das Bein. Die Gutsfamilie zog sich aber früh zurück – dies war das Fest der Angestellten, der Schnitter und der Leute.

»Nun, ich dachte, es wäre witzig, wenn wir ein wenig mit den Leuten feierten und uns dann ins Haus zurückziehen würden. Ein rustikales Fest. Durch das Grammophon brauchen wir keine Blaskapelle.« Stefanie lachte. »Nicht wahr?«

»Aber … was ist mit den Leuten? Sie wollen doch feiern?«

»Wir werden uns zwei Mädchen von den Nachbarn ausleihen, die von Olechnewitz' sind dieses Jahr erst ein wenig später dran. Sie haben mehr Winterweizen als wir gehabt. Mit der Mamsell habe ich das schon besprochen. Wir machen einen Cocktailabend – das ist ja gerade so chic! Es gibt nur Häppchen und Cocktails, keine Mahlzeit am Tisch, kein Diner. Mimi findet die Idee reizend.«

Frederike schluckte, ihr taten die Leute leid, die ja dennoch mehr Arbeit haben würden.

»Die Jagden wirst du ja sicherlich mitreiten?«, fragte Stefanie. »Ich habe gesehen, dass du dich für den Hengst entschieden hast.«

»Lorbass ist wundervoll. Ich muss ihn natürlich noch trainieren.«

»Hast du noch ein Reitkleid?«

»Bist du von Sinnen? Heute reitet niemand mehr im Damensattel.« Frederike lachte auf. »Wir haben neunzehnhundertachtundzwanzig, zehn Jahre nach der Kaiserzeit.«

»Nun, ich reite immer noch im Damensattel.« Stefanie klang fast beleidigt.

»Neue Reithosen werde ich auf jeden Fall brauchen.«

Stefanie nickte. »Ich spreche mit der Schneiderin und du schaust deinen Schrank durch. Für Steinort wirst du ja sicherlich noch etwas Passendes finden, für die Herbst- und Wintersaison werden wir sehen müssen.« Sie lächelte. »Deine Frisur ist übrigens entzückend und steht dir. Überhaupt hast du dich gut gemacht, was uns sehr freut.« Sie stand auf und nickte ihrer Tochter zu.

Ich bin, dachte Frederike, nachdem ihre Mutter gegangen war, also recht ansehnlich und somit besteht die Hoffnung, dass diese Saison nicht nur wildtechnisch ein großer Jagderfolg werden wird, sondern auch, was einen potentiellen Schwiegersohn angeht. Sie setzte sich neben den Hundekorb auf den Boden und kraulte Fortuna sacht hinter den Ohren. Eigentlich, gestand Frederike sich ein, war sie gespannt auf diesen neuen Lebensabschnitt und was er wohl bringen würde. Vor allem, wen er ihr vielleicht bringen würde. Sie ging die Nachbarsjungen und die Söhne der Freunde und Bekannten ihrer Eltern durch. Manch einen von ihnen hatte sie sicher schon ein paar Jahre nicht mehr gesehen.

Würde einer von ihnen ihr künftiger Gatte werden? Die Mutter hatte es jedenfalls so geplant.

Kapitel 8

»Wo sind deine Zöpfe, Freddy?«, fragte Ethel von Husen-Wahlheim, als sie sich an die langen Tische im Vorwerk von Steinort setzten. Nach und nach kamen alle Gäste zur Entenjagd auf das große Gut. Mutter und Tante Edeltraut machten sich noch frisch, Onkel Erik war direkt zum Haupthaus gegangen, um sich dort mit einigen seiner Freunde zu treffen. Ganz sicher würden sie über die Ernte, die Wirtschaft und Politik reden.

Aus dem großen Kessel wurde Bohnensuppe gereicht, dazu gab es frisches Brot. Es war herrliches Kaiserwetter und ein wenig beneidete Frederike die Kinder, die gleich zum Strand fahren und schwimmen gehen durften.

Lachend bezogen die Kinder Quartier auf dem Heuboden, während Frederike ein kleines Zimmer zusammen mit Tante Edel und Tante Martha zugewiesen bekommen hatte.

»Die Zöpfe sind ab«, gab Frederike lachend zurück. Sie hatte Ethel eine ganze Weile nicht gesehen und betrachtete ihn interessiert. Aus dem pickeligen Jungen, der immer mürrisch ausgesehen hatte, war ein stattlicher junger Mann geworden.

»Steht dir gut, im ersten Moment hätte ich dich fast nicht erkannt.«

Upps, dachte Frederike, ein Kompliment von Ethel? Oder meint er es ironisch?

»Ist deine Schwester auch da?« Ethel sah sich um.

»Gerta konnte leider nicht kommen.«

»Dafür sind viele andere hier. Ich habe eben schon Leni und Hubert gesehen. Die von Welfenburgs sollen auch noch kommen und natürlich die von Hermannsdorfs. Jemand hat vorhin bereits ein Grammophon in die Tenne gebracht, ich bin sicher, es wird ein lustiger Abend werden.«

»Ich musste daran denken, dass wir früher immer schwimmen gegangen sind. Irgendwie beneide ich die Kinder ja darum.«

»Wirst du mit schießen? Du bist ja eine leidlich gute Schützin.«

»Leidlich?« Frederike stieß ihn in die Seite. »Da ist er ja, der alte Ethel, hatte sich nur versteckt.«

Der junge Mann wurde rot. »Ja … ich war früher ziemlich …«, stotterte er.

»Wenn das nicht Ekel-Ethel ist«, sagte Fritz, der plötzlich hinter ihnen aufgetaucht war, und schlug ihm kräftig auf die Schulter.

»Fritz, du alter Husar. Wie geht es dir«, begrüßte ihn Ethel.

»Hervorragend. Wir haben Sommer, wir gehen auf die legendäre Entenjagd, die Sonne scheint und die Gesellschaft war bisher sehr angenehm. Ich habe vor, mindestens zehn Enten zu schießen.«

»Falls du nicht vorher im Wasser landest«, kicherte Frederike.

»Ich? Ganz bestimmt nicht.« Er schaute sich um, doch von der Familie war niemand zu sehen. Vorsichtig zog er einen silbernen Flachmann aus der Tasche und reichte ihn Ethel.

»Noch vor der Jagd trinken?«

»Nur ein Schlückchen, natürlich.«

»Die von Fennhusens sind auch da«, erscholl ein Ruf über den Hof. Gerald und Wilfried von Olechnewitz schlenderten auf sie zu. Beide trugen schon die Jagdkleidung – für die Entenjagd natürlich wesentlich legerer als bei einer Schlepp- oder Treibjagd zu Pferd.

Gerald hatte tatsächlich einen kleinen Oberlippenbart, während Wilfried genau wie Ethel und Fritz modisch glattrasiert war. Alle hatten die Haare streng gescheitelt und mit Pomade nach hinten gekämmt.

»Das kann doch nicht die bezaubernde Freddy sein«, neckte Wilfried sie.

»Ich glaube, ich bin es«, sagte Frederike lachend.

Fritz reichte den Flachmann herum, jeder nahm einen Schluck.

»Du auch.« Fritz drückte Freddy das Fläschchen in die Hand. Freddy trank, verschluckte sich und hustete.

»Grundgütiger«, japste sie. »Was ist das?«

»Kartoffelschnaps von Igor aus dem Dorf.« Fritz lachte.

»So etwas darfst du einer Dame aber nicht anbieten.« Wilfried klopfte Frederike sacht auf den Rücken. Dann zog er auch einen Flachmann aus der Hosentasche.

»Nein, nein«, unterbrach sie Ethel grinsend, bückte sich und zeigte einen mit Eis gefüllten Eimer, den er unter dem Tisch versteckt hatte und in dem eine Champagnerflasche stand. »Wir köpfen diese, bevor das Eis völlig geschmolzen ist.«

»Guter Ethel«, sagte Gerald anerkennend. »Wo hast du die denn her?«

»Aus unseren Vorräten. Sicherlich würde ich nicht unsere Gastgeber beklauen.«

»Hört, hört. Er hat sich wirklich verändert«, feixte Wilfried.

Sie öffneten den Champagner und tranken. Noch mehr der inzwischen erwachsen gewordenen Landjugend gesellte sich zu ihnen. Offensichtlich waren sie fast alle gemeinsam auf diesem Vorwerk untergebracht, wobei Frederike nicht an einen wirklichen Zufall glaubte.

Sie kannten sich von Kindesbeinen an, die einen länger, die anderen – so wie Fritz und sie – waren erst später dazugekommen. Es gab einige regelmäßige Sommergäste, die ihre Kinder mitbrachten und damit sozusagen auch zur Gesellschaft dazugehörten.

»Freddy«, holte Tante Edeltraut sie aus ihren Gedanken. »Ich habe dich überall gesucht. Nun, es ist so, da sind überraschend noch weitere Gäste gekommen. Deshalb sind Martha und ich zum Herrenhaus umgezogen. Du teilst jetzt dein Zimmer mit den Töchtern von Graf zu Eulenburg.«

»Lilly und Marlene sind hier?«, freute sich Frederike.

»In der Tat. Und nun müssen wir los, die Landauer und Wagonette stehen schon bereit.«

»Aber wo sind sie?«, fragte Frederike.

»Die Wagen? Vor dem Hof, wie immer.« Tante Edeltraut rümpfte schnuppernd die Nase. »Hast du etwa Alkohol getrunken?«

»Ich?« Frederike riss die Augen auf. »Um diese Uhrzeit? Noch vor der Jagd? Ich bitte dich, Tante Edel.«

»Es riecht so.« Tante Edeltrauts stechender Blick samt Nase wandte sich nun Fritz und den anderen zu. Sie schnüffelte wie ein Hund. »Ihr habt alle getrunken!«

»Mitnichten«, sagte Gerald Olechnewitz und trat zur Tante, hauchte sie an. »Einem der Mädchen ist vorhin eine Flasche reiner Alkohol hingefallen, den sie zum Schweizer bringen sollte. Eine Kuh hat wohl Euterfieber. Seitdem stinkt es im Hof, als lägen zehn besoffene Schnitter unter den Tischen.«

»Du liebe Güte«, sagte Tante Edeltraut. »Nun denn. Auf, auf, ihr Jungvolk. Es geht an den See. Hier wird man ja schon vom Geruch betrunken, zum Glück weht am Wasser immer eine leichte Brise.« Sie drehte sich um und ging steif zum Hofausgang, wo die Wagen warteten. Sie trug immer noch ein Kleid, das fast bis zu den Knöcheln ging, darüber einen leichten Mantel, der nur unwesentlich kürzer war. Der breite Strohhut vervollständigte ihre altbackene Garderobe.

»Ach herrje!«, seufzte Fritz. »Nun, wollen wir?«, fragte er die anderen. »Oder musst du dich noch umziehen?« Er sah Frederike an.

»Ich bin so weit.« Sie trug eine weite Bluse, deren Ärmel sie hochgekrempelt hatte und einen sportlichen Rock, der ihr gerade bis über die Knie ging, dazu feste Schuhe. »Nicht allzu schick, aber tauglich für die Entenjagd.«

»Ich finde, du siehst reizend aus«, meinte Wilfried. »Durchaus reizend.«

»Zu schmeichelhaft.« Frederike grinste, nahm ihren Strohhut und setzte ihn auf. Wie sehr sich die Jungs verändert hatten, stellte sie überrascht fest. Ob ihnen auch der Ernst der Lage klar war? Die Absicht, die hinter diesen Veranstaltungen stand?

Natürlich war das nicht der einzige Zweck. Man traf sich, um die politische Situation zu besprechen, über Preise zu diskutieren und zu schimpfen und die letzten Neuigkeiten auszutauschen. Was die Entenjagd in Steinort so besonders machte, war die Ungezwungenheit. Hier galt die strenge Etikette der großen Gesellschaften nicht.

Langsam folgte Frederike den anderen zu den Wagen. Sie schaute sich um und pfiff. Fortuna hatte unter dem Tisch gedöst. In den letzten Tagen war sie mit der Hündin jeden Morgen auf der Pirsch gewesen. Zweimal hatte Onkel Erik sie begleitet. Jetzt trat er zu ihr.

»Du wirst nicht schießen?«, fragte er.

»Ganz sicher nicht.« Frederike lachte. »Auf dem wackeligen Boot würde ich mich zum Gespött aller machen und wahrscheinlich sogar kentern. Das möchte ich mir und euch ersparen.«

»Schade. Ich glaube, du könntest es. Du bist eine sichere Schützin, das habe ich gerade letzte Woche noch mal gesehen.«

»Du hast mich nicht auf einem der Kähne beobachtet, sondern im Wald.«

»Das stimmt. Vielleicht sollten wir das mit den Kähnen üben?«, meinte Onkel Erik amüsiert.

»Lieber nicht, unser Teich ist nicht groß genug, wir würden nur die Leute amüsieren.«

Onkel Erik lachte laut auf. »Da magst du recht haben. Sei's drum. Kannst du mir deine Hündin ausleihen? Wie ich gesehen habe, apportiert sie gut, auch aus dem Wasser. Du könntest auch meinen Burschen machen, aber ich fürchte, das wäre für dich weniger lustig, als das, was dich an Programm und Gesellschaft am Ufer erwartet.«

»Ich leihe dir gerne meine Fortuna, und ja, ich glaube, sie wird es hervorragend machen. Was ist denn mit Pluto und Odin? Gut, Odin ist wasserscheu, aber Pluto doch nicht, oder?«

»Um ehrlich zu sein«, sagte Onkel Erik und trat näher an Frederike heran, legte einen Arm vertraulich um ihre Schulter, »hoffe ich, dass Fortuna ein gutes Bild abgibt und wir somit viele Interessenten für ihren ersten Wurf haben werden.«

Frederike musste schlucken. Dies war also auch eine Art Brautschau für den Hund. »Ach so«, brachte sie nur heraus. »Nun denn.« Sie pfiff noch einmal leise und Fortuna kam sofort zu ihr. »Dein Bursche nimmt sie?«

»Es ist Gregor, Hans' Sohn. Er hat viel Erfahrung mit Hunden. Schön wäre es trotzdem, wenn du nach den ersten Schüssen mit ihr zum Wasser kommen würdest. Sie scheint dich ja inzwischen anerkannt zu haben und auf dich zu hören.«

»Das werde ich tun.«

Onkel Erik grinste erleichtert. »Ihr Jungvolk werdet heute in der Tenne feiern, so hörte ich?«

Frederike nickte.

»Ich lasse in deinem Namen ein paar Flaschen dort hinbringen. Gekühlt, versteht sich.« Er zwinkerte ihr zu, ging dann mit strammem Schritt von dannen.

Ein paar gekühlte Flaschen Schaumwein, vielleicht noch etwas Gebranntes, um mich und Fortuna attraktiver zu machen, Frederike biss sich auf die Lippe. Aber so war das wohl.

Sie ging zur Ausfahrt, die meisten Wagen waren schon zum Ufer unterwegs. Doch einige ihrer Jugendfreundinnen waren noch dort. Lilly zu Eulenburg sah ihr freudig entgegen.

»Freddy! Wo ist Gerta?«

»Gerta ist verhindert«, sagte Frederike und umarmte die Freundin. »Schön dich zu sehen.«

»Seltsam, oder? Vor zwei Jahren gehörten wir noch zu den Kindern und schliefen auf dem Heuboden. Letztes Jahr konnte ich nicht kommen. Und nun haben wir ein gemeinsames Zimmer und gehen mit zur Jagd. Du hast schon einmal teilgenommen?«

»Letztes Jahr.«

»Und wie war das?« Lilly zog einen Fächer aus Straußenfedern aus ihrer Tasche und fächelte sich Luft zu. »Ich finde es so ungemein aufregend.«

»Ich muss gestehen, ich fand unsere Badenachmittage lustiger.« Frederike bestieg den Wagen. Ein Bursche hob Fortuna hoch.

»Ist das dein Hund?«, fragte Lilly und kraulte Fortuna hinter den Ohren.

»Ja.«

»Wirst du mit auf die Jagd gehen?«

Nein, wollte Frederike sagen, aber sie hatte ihrem Stiefvater versprochen, den Hund bei den ersten Schüssen zu begleiten. Sie würde nicht schießen, aber den Hund ins Wasser schicken, um die getroffenen Enten zu bergen.

»Ja, irgendwie schon.«

»Phänomenal, aber nichts anderes habe ich von dir erwartet«, sagte Lilly ehrfürchtig.

Frederike lachte auf. »Kein Grund, um irgendetwas Falsches zu denken.« Sie erklärte der Freundin ihre Rolle bei der Jagd.

»Aber bei der Schleppjagd ist das anders, da wirst du schießen? Ich weiß, wir haben eine Einladung auf Fennhusen im Herbst.«

»Da steht man ja nicht auf wackeligen Booten.«

»Wohl wahr.«

Der Nachmittag am See war lustig. Fortuna holte die geschossenen Enten vorbildlich aus dem Wasser, als hätte sie nie etwas anderes getan. Nur am Anfang ging Frederike mit, dann überließ sie Onkel Eriks Burschen den Hund.

Natürlich kenterte das eine oder andere Boot, zur Belustigung der Zuschauer, die am Ufer auf Stühlen und Bänken saßen und es sich bei Häppchen und gekühlten Getränken gut gehen ließen. Mutter und Tante Mimi, im Kreis ihrer Freundinnen, schienen viel Spaß zu haben. Die jüngeren Leute hatten sich etwas abseits positioniert. Nachdem alles mit Fortuna geklärt war, begab sich Frederike dorthin. Das bunte Treiben auf dem Wasser wurde mal freundlich, mal scharfzüngig kommentiert und jeder gelungene Schuss wurde bejubelt. Zwischendurch tauschte man Neuigkeiten aus, plauderte zwanglos. Ein wenig seltsam fühlte es sich an, denn obwohl man sich von Kindesbeinen an kannte, hatten sich die Grenzen verschoben. Es war wie ein gemächliches Abtasten, ein Herausfinden, wohin die Reise in das Erwachsenenalter wohl gehen mochte.

»Was machst du denn jetzt?«, fragte Marlene zu Eulenburg.

»Ich war auf der Gartenbauschule in Bad Godesberg«, erklärte Frederike.

»Auf einer Gartenbauschule? Wenn das Mal nicht interessant ist!«

»Das war es durchaus«, sagte Frederike lächelnd. Ihr war der spöttische Tonfall der Freundin nicht entgangen. »Und du?«

»Ich habe die Oberschulreife erlangt. Mutter meinte, das würde durchaus reichen, meine Ambitionen sind auch nicht weiterführend.«

»Weiterführend wohin?«

»Es gibt ja Frauen, die studieren nun. Sogar Jura und solche Dinge. Ich konzentriere mich lieber auf den Reitsport und harre der Dinge ...«, sie lächelte.

»Welcher Dinge?«, fragte Frederike nach, obwohl sie natürlich wusste, wovon Marlene sprach.

»Was die Zukunft bringen mag«, gab Marlene zurück. »Ich habe schließlich nicht nur einen Namen, sondern auch eine ordentliche Mitgift, wenn du verstehst.« Ihr Lächeln war süffisant.

»Das versteht sie ganz bestimmt«, sagte plötzlich eine vertraute Stimme hinter Frederike und jemand legte ihr die Hände auf die Schultern.

»Thea!« Frederike drehte sich um. »Ich fasse es nicht. Thea!«

Ihre beste Freundin grinste. »Tatsache, ich bin es.«

»Was machst du hier?«, fragte Frederike verblüfft.

»Vermutlich das Gleiche wie ihr – ich wollte mir die Jagd ansehen. Aber es scheint, als wäre ich zu spät gekommen, die Treiber kommen schon zurück. Sollen wir zum Haus gehen?« Thea zwinkerte ihr zu, dann wandte sie sich zu Marlene. »Du bist eine der Eulenburgs, nicht wahr? Ich bin Dorothea von Larum-Stil. Wir sind uns sicher schon mal begegnet.«

»Das sind wir.« Marlene lächelte eisig. »Irgendwann.«

»Vermutlich hier auf dem Heuboden«, sagte Frederike fröhlich. »Wo wir als Kinder immer geschlafen haben.« Sie stockte. »Wo schläfst du, Thea? Ich teile mir das Zimmer mit Marlene und Lilly.«

»Nein, das wurde umdisponiert. Wir teilen uns ein Zimmer, die beiden sind einen Flur weitergezogen, glaube ich. Aber es ist alles arrangiert.«

»Was?«, fragte Marlene empört. »Ich hatte schon ausgepackt. Und ich mag nicht noch einmal umziehen.«

»Vielleicht ist es Freddy, die umziehen musste. So genau habe ich das nicht verfolgt. Meine Zofe hat sich darum gekümmert. Sicherlich hat euer Personal das Seinige dazu beigetragen. Und nun sollten wir gehen und uns frisch machen, nicht wahr, Freddy?«

»Ich muss noch Fortuna holen«, sagte Frederike. »Sie ist bei den Burschen am Strand.«

»Dann begleite ich dich.« Thea winkte Marlene zu, nahm Frederikes Arm. »Grundgütiger«, flüsterte sie, »was für eine aufgeblasene Kuh.«

»Sie tut nur so«, kicherte Frederike. »Ich glaube, wir alle sind unsicher.«

»Aber einige sind arroganter als andere. Wer zum Teufel ist Fortuna?«

»Mein Hund, eine Bracke. Onkel Erik hat sie mir geschenkt.« Frederike blieb stehen und sah ihre Freundin an. »Und jetzt erzähl – was machst du hier? Ich habe im Leben nicht mit dir gerechnet.«

»Wir sind recht kurzfristig gefahren, Papa und ich. Er will sich hier mit Mutter versöhnen, falls das möglich ist. Ich dachte, ich greife die Gelegenheit beim Schopf und komme mit. Ich habe geweint, habe ihm weisgemacht, dass ich Mutter vermisse, da konnte er nicht ablehnen.« Thea lachte. »Ich hatte mich so auf zwei Wochen Sommerfrische in der Provinz gefreut und dann haben die beiden sich zerstritten.«

Frederike senkte den Kopf. Was sollte sie sagen?

»Dass Papa eine Geliebte hatte, weiß ich natürlich, es ist ja nicht die Erste«, sagte Thea wie beiläufig, nahm Frederikes Arm und zog sie weiter.

»Also wirklich«, stieß Frederike aus und folgte ihr zum Ufer. »Kannst du das so hinnehmen?«

»Nun, ich mag es auf dem Moralberg nicht, da ist es so kalt«, sagte Thea und lachte. »Ich würde mit Mama nicht verheiratet sein wollen, ehrlich gesagt. Sie ist meine Mutter und ich liebe sie natürlich, aber sie ist anstrengend. Papa sucht sich hin und wieder eine Abwechslung, so sehe ich das. Etwas, wo er sich entspannt. Diesmal hat er den Bogen überzogen und sich ein wenig verliebt. Das geht natürlich nicht und das hat er auch eingesehen.«

»Wie sachlich du das siehst. Wenn es dein Ehemann wäre, würdest du dann auch so tönen? Es hinnehmen?«

»Eine kleine Liebschaft? Ein Abenteuer?« Thea war stehen geblieben und sah Frederike nachdenklich an. »Ja, warum denn nicht? Bist das der Tod euch scheidet – wie langweilig ist das?«

»Wozu dann überhaupt heiraten?«

Thea lachte laut auf. »Willst du etwa einen Beruf ergreifen? Ich habe eine Freundin, die lernt nun Krankengymnastik – der Beruf der Zukunft für Frauen wie uns. Kein Studium, nicht Arzt, aber besser als Krankenschwester. Willst du so etwas?« Sie schüttelte den Kopf. »Ich will heiraten, ich will auch Kinder. Aber ich will keine langweilige Ehe führen.«

»Und du könntest akzeptieren, wenn dein Mann eine andere hat, so zwischendurch?«

»Wenn ich im gleichen Zuge auch einen anderen haben dürfte, warum nicht.« Thea warf den Kopf in den Nacken. »Das Leben ist so großartig und die Zukunft liegt vor uns.«

»Da ist Gregor mit Fortuna.« Frederike pfiff und der Hund kam zu ihr gerannt. Ihr schwirrte der Kopf. Ob Thea das wirklich so meinte?

»Oh, ist die niedlich. Und die gehört wirklich dir?« Thea ging in die Hocke und kraulte den Hund.

»Fortuna soll hier eingeführt werden. Onkel Erik erhofft sich jetzt schon Abnehmer für zukünftige Welpen von ihr und Pluto.« Sie seufzte. »Wir sind hier beide quasi auf dem Präsentierteller.«

»Das klingt dramatisch.«

Langsam gingen sie zurück. Der Lärm hatte sich gelegt, die Aufregung der Jagd lag aber noch in der Luft. Nicht nur Enten hatten die Treiber aufgescheucht. Frederike schaute nach oben. In großen Kreisen flogen die Störche, die auf dem Vorwerk brüteten, über das Gut.

»Dramatisch? Eher ergeben. Ich weiß ja, dass wir hier sind, um nach potentiellen Verehrern Ausschau zu halten.«

»Ja, das ist so spannend, findest du nicht?«

»Ich bin nicht wirklich davon überzeugt.«

»Aber du willst doch auch heiraten?«

»Ich habe vermutlich keine Wahl.«

»Ach herrje, das klingt ja schrecklich.« Thea nahm sie in den Arm. »Du musst es weder als deine Pflicht, noch als eine Strafe ansehen, sondern als ein spannendes Abenteuer. Wir werden uns nachher in Ruhe alle in Frage kommenden Kandidaten anschauen. Aber heute und hier musst du ja keine Entscheidung treffen. Auch nicht in den nächsten Wochen oder Monaten. Warte ab, ich bin davon überzeugt, dass du dich in dieser Saison unsterblich verlieben wirst.«

»Aber wird es der Richtige sein? Ich möchte etwas Beständiges.«

»Ich glaube, das wirst du auch bekommen. Und jetzt lass uns sehen, wo wir untergebracht wurden. Dann machen wir uns fertig und werden mit den anderen feiern. Das wird bestimmt lustig.«

Thea hatte natürlich recht.

In der Tenne spielte das Grammophon den Charleston. Die Ersten wagten sich auf die Tanzfläche.

»Dein Kleid ist ein Traum«, sagte Frederike nicht ohne Neid zu Thea.

»Es ist aus der letzten Saison. Eigentlich wolltet ihr ja nach Berlin kommen, um neue Kleider zu kaufen. Furchtbar, wie Papa das alles durcheinandergebracht hat.« Sie schaute Frederike an. »Aber dein Kleid ist doch nicht schlecht. Und für die Tenne reicht es allemal.« Sie zog ihre Freundin mit sich in das wilde Treiben.

Tatsächlich war es nicht so wichtig, was sie anhatten, denn, obwohl die Tenne ausgefegt worden war, staubte es sehr. Die kleinen Fenster ließen nicht viel Licht durch und die Petroleumlampen gossen nur Lichtpfützen auf den gestampften Boden.

Frederike tanzte den Charleston, Foxtrott und Onestep mit so ziemlich jedem der Jungen. Die Luft war gesättigt vom Zigarettenqualm, es war laut und stickig.

Irgendwann ging sie hinaus, um frische Luft zu schöpfen und nach Fortuna zu sehen. Der Hund lag im Dunkeln vor dem Gutshaus des Vorhofes und schlief. Der Hof war durch Fackeln erleuchtet, in der

Mitte wurde gerade ein Feuer entzündet. Frederike hockte sich neben Fortuna und streichelte ihr warmes und weiches Fell.

»Sie haben sich also entschieden«, sagte plötzlich eine Stimme hinter ihr. Erschrocken drehte sich Frederike um und spähte ins Dunkel.

»Allerdings ist es keiner Ihrer Welpen.«

»Ax! Sie haben mich erschreckt«, sagte sie erleichtert, als sie ihn erkannte. »Ich habe gar nicht gewusst, dass Sie da sind.«

»Ich bin im Herrenhaus untergebracht, dort gab es einen Imbiss und nun gepflegte Konversation. Ich wollte aber den schönen Abend zu einem Spaziergang nutzen und bin hierhergekommen.«

»Ach, wie nett.« Unschlüssig sah Frederike ihn an. Jemand hatte gerade eine neue Schallplatte aufgelegt. ›Ausgerechnet Bananen‹ schallte es aus der Tenne und die meisten sangen das beliebte Lied lautstark mit.

»Sollen wir hineingehen?«, fragte sie ihn. »Möchten Sie tanzen?«

Ax lächelte etwas gequält. »Nein, die Luft dort drin ist nichts für mich. Und diese modernen Tänze beherrsche ich auch nicht besonders gut.« Er schaute sich um. »Aber vielleicht kann ich uns etwas zu trinken besorgen?«

»Ach, eigentlich muss man nur herumwackeln«, sagte sie. »Es macht Spaß.«

Ax schüttelte den Kopf. »Ich vertrage den Staub nicht«, sagte er leise, fast schon bedauernd. »Tut mir leid.«

»Sie haben recht.« Frederike hakte sich bei ihm unter. »Die Luft dort drin ist fürchterlich. Dort drüben gibt es Getränke.« Sie führte ihn zu dem Tisch. »Ich fahr mit meiner Klara, in die Sahara«, sang Frederike leise das nächste Lied mit.

»Sie mögen diese Musik?«, fragte von Stieglitz und klang plötzlich distanziert.

»Sie nicht? Ich liebe diese Lieder, sie sind so lustig.« Frederike schaute ihn an. Sein Gesicht wurde von dem nun hoch lodernden Feuer im Innenhof beleuchtet.

Lag es an den Schatten, oder sah er tatsächlich so schlecht aus? Sein

Gesicht wirkte eingefallener als noch vor ein paar Wochen, es schienen dunkle Ringe unter seinen Augen zu liegen.

»Doch, die Lieder sind lustig«, sagte Ax nun und lächelte, dann drehte er sich um, hustete.

»Geht es Ihnen nicht gut?«

Ax schüttelte den Kopf, nahm zwei Gläser von einem Tablett, reichte Frederike das eine, trank aus dem anderen. »Ich hatte mich nur verschluckt«, sagte er heiser. »Erzählen Sie mir von Ihrem Hund. Eine Bracke?«

»Ja, eine Bracke. Onkel Erik hat sie gekauft und mir geschenkt.«

»Ich hätte schwören können, dass sie das Weibchen aus dem Hofwurf nehmen.«

»Den Hund hat Gilusch bekommen.«

Fragend zog Ax die Augenbrauen hoch.

»Meine kleine Schwester, die den Unfall hatte.«

»Oh ja, natürlich. Wie geht es ihr?«

»Besser, aber sie grämt sich, weil sie diesen Sommer an nichts teilnehmen kann.«

»Deshalb der Hund?«

Frederike nickte. »Außerdem«, fügte sie hinzu, »hatte Onkel Erik wohl schon ein Auge auf Fortuna geworfen, nur brauchte er einen Grund, sie zu kaufen. Und ich bin wohl der Grund.«

»Nicht der Schlechteste. Sie ist wunderschön.«

»Das werden ihre Welpen auch werden und darauf spekuliert Onkel Erik.«

»Sie wollten mich besuchen kommen. Ich habe noch zwei Wolfswelpen.« Er grinste.

»Was passiert mit ihnen?«

»Das Weibchen werden wir behalten, den Rüden nicht. Sie wissen, was mit Wölfen geschieht … sie haben ein schönes Fell.« Seine Stimme war leise geworden.

Frederike schlug die Hand vor den Mund. »Oh nein.«

»Ich kann sie nicht alle behalten.«

»Könnte man ihn nicht aussetzen?«

»Er hat nie gelernt, zu jagen«, sagte Ax nachdenklich.

»Kann man es ihm nicht beibringen?«

»Vielleicht, aber wer sollte schon die Zeit dafür aufbringen?«

»Natürlich. Eine dumme Idee von mir.«

»Hier bist du«, rief Thea, die aus dem Schuppen gestürmt kam und sich Luft zufächelte. »Ich dachte schon, du wärst verschwunden.« Sie stutzte, sah Ax an. »Wir kennen uns.«

»Ax von Stieglitz«, stellte er sich vor.

»Das ist meine Freundin Thea. Dorothea von Larum-Stil.«

»Sie sind die Tochter«, sagte er und holte dann tief Luft. »Verzeihung«, murmelte Ax verlegen.

»Die Tochter?«

»Nun, es gab ein wenig Tumult heute Nachmittag.« Er räusperte sich. »Ein kleines Drama.«

»Mama und Papa? Das habe ich befürchtet und bin deshalb sofort hierher.« Thea lachte, nahm sich ein Glas mit Champagner. »War es schlimm?«

Frederike beneidete sie um ihre Lockerheit, um ihre Nonchalance.

»Nun, die Gastgeber waren nicht erfreut, die Zimmer erneut aufteilen zu müssen. Ihre Eltern sitzen indes händchenhaltend im Salon. Zumindest war das so, als ich ging.« Er grinste.

»Unsere Gastgeber sind schon mit ganz anderen Katastrophen fertig geworden, das werden sie auch überleben.« Thea trank ihren Champagner mit einem Schluck aus und nahm ein neues Glas. »Sollen wir wieder tanzen gehen? Gleich spielen sie den Shimmy-Shimmy.«

»Ich muss zurück zum Haupthaus«, entschuldigte Ax sich. »Einen schönen Abend wünsche ich den Damen.«

»Verlaufen Sie sich nicht.« Thea nahm Frederikes Hand und zog sie mit sich.

»Bis Morgen!«, rief Frederike ihm hinterher.

Kapitel 9

»Du hast mit jedem getanzt«, sagte Thea am nächsten Morgen und räkelte sich auf dem Bett.

»Nicht mit jedem.«

»Doch, ich habe extra aufgepasst. Sogar mit Fritz hast du einmal getanzt.«

»Aber nicht mit Ax.«

»Mit dem alten Langweiler?« Thea richtete sich auf und schaute ihre Freundin an. »Für den hattest du schon immer ein Faible, schon früher, als wir noch Kinder waren. Habe ich nie verstanden.«

»Ich mag ihn, er ist nett.«

»Nett … pfff.« Thea ließ sich wieder nach hinten fallen. »Gerald ist aufregend. Und ein guter Tänzer. Und er hat eine hervorragende Zukunft vor sich.«

»Vermutlich. Aber ich weiß noch, dass Gerald früher immer Angst im Dunkeln hatte, deshalb kann ich ihn nicht für voll nehmen.«

»Und was ist mit Otto?«

»Hast du schon jemals ein längeres Gespräch mit Otto geführt?«

Thea lachte auf. »Nein, ich glaube nicht.«

Das Mädchen hatte warmes Wasser gebracht und Frederike wusch sich in der Schüssel. »Was ziehst du heute Nachmittag an, wenn wir im Herrenhaus dinieren?«

»Ich weiß noch nicht. Abendbekleidung ist vorgeschrieben. Ich habe zwei Kleider zur Auswahl dabei.« Thea sprang auf und holte die Kleider aus dem Schrank. Eins war aus tiefblauem Samt, mit Fransen von der Taille abwärts, das andere pfirsichfarben. Beide hatten einen höchst modischen Pfauenschweif.

»Oh!«, kreischte Frederike begeistert auf. »Die sind ja göttlich.«

»Ich finde sie eher langweilig. Was hast du dabei?«

Frederike öffnete ihren Schrank und nahm ein cremefarbenes Kleid heraus, das auf der linken Seite gerafft war.

»Halleluja«, seufzte Thea. »Ein Träumchen. Was hast du dazu?«

»Findest du das schön? Ich hätte lieber auch einen Pfauenschweif. Natürlich habe ich die passenden Handschuhe und einen Haarreif.«

»Ach«, winkte Thea ab. »Diese ganzen Modeerscheinungen werden überbewertet. Du glaubst doch nicht, dass die Männer schauen und denken: Oh, sie hat ein höchst modisches Kleid mit Pfauenschweif und diese hat nur eines, das an der Seite gerafft ist. Wenn du jetzt eine Krinoline tragen würdest, dann würden alle schauen. Ansonsten kommt es doch nur darauf an, ob dir der Schnitt steht.« Sie grinste. »Irma von Dings – ich kann mir ihren Namen nie merken, könnte dein Kleid nie anziehen. Sie sähe aus wie eine Wurst in geplatzter Pelle.«

»Also wirklich!« Frederike kicherte. »Wie kannst du so etwas sagen?«

»Weil es stimmt.« Thea gähnte. »Ich habe gar keine Lust auf diese Veranstaltung heute Abend. Und ist es richtig, dass wir uns heute Mittag schon im Herrenhaus einfinden sollen?«

»Nun, offiziell erst ab vier Uhr heute Nachmittag. Davor wird Tee serviert und wahrscheinlich ein Imbiss.«

»Wie außerordentlich langweilig. Ich erinnere mich, dass ich früher immer gerne hierhergekommen bin. Woran lag das nur?«

»Weil wir schwimmen waren, auf dem Heuboden geschlafen und Krebse gefangen haben. In den drei Tagen haben wir unsere Eltern so gut wie nie gesehen.«

»Eltern – das böse, böse Wort, was mich daran erinnert, warum ich so gar keine Lust auf das Diner heute habe.« Thea stöhnte auf. »Ich fürchte, ich bekomme eine Migräne.«

»Warum bist du dann überhaupt mitgekommen?«, fragte Frederike erstaunt.

»Wegen dir, du Zuckerpuppe«, lachte Thea auf. »Was glaubst du denn?«

»Wirklich?«

»Natürlich. Zum einen. Zum anderen wollte ich sichergehen, dass sich Mama und Papa tatsächlich vergeben. Und drittens bin ich hier, genau wie du, um zu sehen, was die Zukunft bringen könnte.«

»Und was siehst du?« Frederike setzte sich neben Thea auf das Bett.

»Bisher noch nicht viel. Aber die Saison fängt ja auch gerade erst an und wir haben Zeit.«

»Du mehr als ich«, sagte Frederike und war plötzlich bedrückt. »Du hast noch ein Jahr Schule vor dir. Und dann kannst du einfach abwarten, was passiert.«

»Du nicht?«

»Ich weiß nicht, ich fühle mich unwohl dabei. Ewig werde ich nicht auf dem Gut bleiben können, zumal noch mehr Geschwister nachgefolgt sind, die aber einen wirklichen Erbanspruch haben.«

»Irmi ist sieben, Gilusch gerade sechs. Die beiden Jungs stecken noch in den Windeln. Mach dir darüber keine Gedanken.«

»Ich kann sie aber nicht abstellen.«

Es klopfte an der Tür. »Sind die Damen schon wach?«, fragte Fritz. »Unten wird das Frühstück serviert.«

»Keine Andacht?« Frederike kicherte. »Darf ich ihm aufmachen?«, fragte sie Thea leise.

»Unbedingt.«

Frederike warf Thea den Morgenmantel zu, dann öffnete sie die Zimmertür. Fritz sah noch ein wenig verkatert aus, aber sein lustiges Grinsen brachte die zwei Grübchen auf seinen Wangen zum Vorschein.

»Wenn du Wert auf eine Andacht legst, musst du sie wohl selbst abhalten.«

»Gott bewahre.« Frederike musterte ihn. »Seit wann bist du schon wach?«

»Oh, ein paar der alten Knaben und ich sind gar nicht zu Bett gegangen. Das Feuer im Hof ist so gegen sechs heruntergebrannt gewesen. Da haben wir uns Handtücher geholt und sind zum See gelaufen und waren schwimmen. Das hat die Lebensgeister enorm in Schwung gebracht. Bis auf die von Wilfried. Ich vermute, er wird seinen Rausch im Uferschilf ausschlafen.«

»Grundgütiger, ihr habt ihn dort alleine zurückgelassen?«

Fritz zuckte mit den Schultern. »Was sollten wir tun? Ihn tragen? Wachzubekommen war er nicht.«

»Wie willst du den Tag überstehen?«, fragte Thea.

Er zwinkerte ihr zu. »Es gibt Mittel und Wege.«

»Kaffee«, meinte Frederike.

Thea und Fritz sahen sich an, fingen beide an, laut zu lachen.

»Du bist manchmal so wahnsinnig naiv, das liebe ich an dir, meine Süße«, meinte Thea. »Er wird eher eine Nase voll nehmen.«

»Was?«

»Ein wenig Koks, Schwesterchen. Das ist doch nicht ungewöhnlich. Alle machen das.«

»Kokain?«, flüsterte Frederike entsetzt.

»Hast du es noch nie probiert?« Thea schüttelte den Kopf. »Fritz, wir müssen wirklich etwas zu ihrer Entwicklung beitragen.«

»Grundgütiger, wenn Onkel Erik das mitbekommt …«

»Wie sollte er? Er ist im Herrenhaus und nimmt vermutlich ein opulentes Frühstück ein – was mich wieder daran erinnert, weshalb ich zu euch gekommen bin. Unten wird schon aufgetragen und danach dachten wir, gehen wir alle zum Strand. Was meint ihr?«

»Schwimmen? Eine herrliche Idee. Ich fürchte nur, ich habe gar keine Badesachen eingepackt.« Thea zuckte mit den Schultern.

»Ich aber. Sogar zwei Badeanzüge. Ich kann dir einen leihen.« Frederike nickte.

»Dann haben wir das ja geklärt. Wunderbar. Ich denke, die Köchin wird uns Brote einpacken, Getränke sind auch genug vorhanden und Willy hat ein Grammophon mit Kurbel dabei. Es ist für alles gesorgt, was einen vergnüglichen Tag verspricht.«

»Aber wir müssen doch nachher zum …«

»Das ist nachher, Freddy«, unterbrach Thea sie lachend. »Bis dahin ist noch viel Zeit.«

Sie verbrachten den Morgen am Strand und es war herrlich. Doch immer wieder schaute Frederike sich die jungen Männer an, die Federball spielten, schwammen oder einfach nur in der Sonne lagen. War einer dabei, den sie mehr mochte, als die anderen? Eigentlich gab es nur zwei, die herausstachen – aber diese beiden zeichneten sich durch ihre unsympathische Art aus. Frederike versuchte, ihre Gedanken abzustellen und den Tag einfach nur zu genießen. Die Sonne brannte heiß auf sie herunter und das Wasser des Sees war herrlich erfrischend. Im Hintergrund dudelte das Grammophon und immer wieder fanden sich Tänzer auf dem Strand, die wild die Beine und Arme schwangen.

»Was bin ich froh«, sagte Thea später, als sie auf ihrem Zimmer waren, »dass ich eine Kurzhaarfrisur habe. Die arme Marlene und die noch ärmere Käthe mit ihren langen Haaren – wie werden sie den Sand und das Gras daraus entfernen? Zeit, um sie zu waschen und zu frisieren haben sie nicht wirklich.«

»Wie recht du hast.« Frederike beugte den Kopf nach vorne und bürstete mit energischen Strichen den Sand heraus.

Draußen im Hof warteten schon die Wagen, um sie alle zum Herrenhaus zu bringen.

Schnell machten sich die beiden Freundinnen zurecht und halfen sich gegenseitig bei der Garderobe und dem Haarschmuck. Thea hatte das blaue Kleid gewählt und trug dazu einen Stirnreif mit Strasssteinen. An Frederikes Stirnreif waren zwei Federn befestigt. Die langen Handschuhe, die fast bis zur Achsel reichten, zogen sie an und jede von ihnen hatte noch einen kleinen Bolero. Falls es in der Nacht bei der Rückfahrt kalt werden sollte, wurden mit Fransen und Pailletten verzierte Umschlagtücher eingesteckt.

Auf der schaukeligen Fahrt durch die Eichenallee legte Thea ihren Kopf auf Frederikes Schulter. »Ich bin so müde.«

»Das macht die frische Luft.« Frederike gähnte. »Wie sollen wir bloß den Rest des Tages überstehen?«

»Lächelnd.« Thea schloss die Augen. »Und vielleicht mit einer kleinen Nase voller Schnee.«

»Niemals.« Eigentlich hatte Frederike die Fahrt durch die Allee genießen wollen. Die Eichen wölbten sich über den Weg, die Wagen kamen aus dem prallen Sonnenlicht in den kühlen Schatten dieser alten Bäume, die vor dreihundert Jahren gepflanzt worden waren. Ein magischer Ort, der etwas von einer Kathedrale hatte. Doch auch Frederike fielen kurzzeitig die Augen zu. Dann erklangen die Begrüßungsrufe und die Tritte der Pferde veränderten sich, als der festgestampfte Lehmweg in die Auffahrt zum Herrenhaus führte, wo feiner Kies lag. Die Steinchen spritzten hoch, schlugen an die Verschanzung der Wagen, ein wenig klang das wie Schrotkugeln.

Der Reihe nach hielten die Wagen vor der Eingangstür. Ein Diener half ihnen aus dem Landauer, dann gingen sie langsam einer nach dem anderen zum Haus. Am Eingang erfragte der erste Diener leise ihre Namen und nannte sie dann laut.

»Die Komtess Frederike von Weidenfels. Die Baroness Dorothea von Larum-Stil. Die Grafen Gerald und Wilfried von Olechnewitz«, sagte er mit durchdringender und monotoner Stimme. Rechts neben der Tür standen die Gastgeber. Frederike knickste, reichte ihnen die Hand und war froh, als sie endlich das Zeremoniell hinter sich gebracht und die Halle erreicht hatten. Dort ging Personal mit Tabletts voller Getränke herum.

Thea nahm sich ein Glas Champagner, Frederike einen Gin-Fizz.

»Bei Hof muss es noch schrecklicher gewesen sein«, hauchte Thea Frederike zu. »Hast du meine Eltern schon erblickt?«

»Noch nicht. Aber wir werden sie sicher nicht verpassen.« Frederike unterdrückte ein Kichern. »So, wie ich deine Mutter kenne. Sie weiß, wie man Aufmerksamkeit bekommt.«

»Es ist ihr angeboren, fürchte ich.«

»Dort ist meine Mutter.« Frederike sah ihre Freundin an. »Sehe ich ordentlich aus? Sitzt der Haarreif?«

»Selbstverständlich. Und sollte sie etwas daran auszusetzen haben, frag sie, wo deine Zofe ist. Wir mussten uns schließlich alleine zurechtmachen und ankleiden.«

»Ich hatte noch nie eine Zofe.«

»Nun, dann kannst du das deiner Mutter zum Vorwurf machen, sollte sie dein Aussehen kritisieren.« Thea grinste.

»Wir sind niederer Landadel«, flüsterte Frederike, nur Mutter hat ein eigenes Mädchen.«

»Immerhin.« Thea lächelte freundlich, nickte hierhin und dorthin, winkte kurz in eine Richtung.

»Gute Güte«, wisperte Frederike, während sie durch den Raum gingen. »Du kennst aber wirklich jeden hier, nicht wahr?«

»Mitnichten. Ich kenne so gut wie keinen, aber lächeln und grüßen kann man doch trotzdem.« Thea hielt inne. »Guten Tag«, sagte sie zu einer älteren Dame. »Nett, Sie wiederzusehen.«

»In der Tat, in der Tat«, murmelte die Frau, wandte sich dann ab. Die beiden Freundinnen gingen weiter.

»Ich habe keinen Schimmer, wer das war und sie weiß ganz sicher nicht, wer ich bin ...« Thea lachte fröhlich.

Nun blieb Frederike vor einem älteren Mann mit imposantem Backenbart stehen. »Guten Tag. Wie geht es Ihnen?«, fragte sie mit dem breitesten Lächeln, dass sie aufbringen konnte.

»Wunderbar. Danke der Nachfrage. Wie geht es Ihrem Vater?«, fragte er zurück.

Frederike räusperte sich. »Sehr gut.« Was hätte sie sagen sollen? Mein Vater ist schon länger tot, als ich auf der Welt bin? Das erschien ihr keine angemessene Antwort zu sein.

»Ist er hier?«, fragte der Backenbärtige und sah sich um.

»Nein, leider nicht.«

»Dann grüßen Sie ihn von mir.«

»Das werde ich tun.«

Thea zog sie weiter, kicherte in ihr Taschentuch. »Wunderbar. Bitte mach weiter so. Das wird ein phänomenaler Abend werden.«

»Ich fürchte, ich werde scheitern«, seufzte Frederike und kicherte dann. »Irgendwann werde ich etwas Unangemessenes sagen.«

»Was denn?«

»Grüßen Sie Ihren Vater«, sagte sie mit verstellter Stimme, fuhr dann normal fort: »Das werden Sie wohl eher können, als ich – oder so etwas.«

Thea lachte laut auf. »Oh, bitte, tu das. So etwas gibt einem solchen Ereignis die rechte Würze.« Abrupt blieb sie stehen. »Grundgütiger«, hauchte sie, »dort sind Mama und Papa.«

Frederike folgte ihrem Blick und zuckte zusammen. Tatsächlich standen dort Tante Mimi und Onkel Heinrich – engumschlungen und küssten sich.

»Wie können sie nur«, zischte Thea entsetzt. »Das ist ja schlimmer, als ihre Trennung. In aller Öffentlichkeit … ich fasse es nicht. Ich glaube, mir wird schlecht.«

»Contenance, Contenance«, sagte plötzlich Stefanie von Fennhusen neben ihnen und tätschelte Theas Schulter. »Ich werde mich kümmern.«

»Mögt ihr etwas zu trinken?«, fragte nun Onkel Erik. »Dort drüben wäre ein ruhiges Plätzchen.« Er nahm Theas Ellenbogen und führte sie in die Ecke, winkte einem der Burschen in der schicken Livree, die mit den Tabletts umhergingen. »Magst du noch einen Champagner?«, fragte Onkel Erik Thea und stellte ihr leeres Glas auf das Tablett.

»Mir wäre ein Schnaps gerade lieber«, wisperte sie.

»Ich kümmere mich darum«, sagte der Diener und nickte. »Und Sie?«, fragte er Frederike.

»Ich nehme noch einen von den Gin-Fizz.«

»Bring zwei Schnaps. Ach was, bring die ganze Flasche, wir werden sie brauchen«, meinte Onkel Erik brummig.

»Sehr wohl, gnädiger Herr.«

»Es ist mir so peinlich«, hauchte Thea.

»Hätte ich verpassen wollen, dass dir jemals etwas peinlich ist?«, sagte Frederike und stieß sie leicht in die Seite. »Nimm es nicht ernst.«

»Wie kann ich es nicht ernst nehmen? Du machst dir Gedanken um deine Zukunft und ob du jemals einen Gatten finden wirst? Sieh mich an – ich bin das Opfer von zwei sich völlig sittenlos und anstößig verhaltenen Elternteilen. Das wirst du nie erleben.«

»Zweifelsohne. Schließlich habe ich nur noch ein lebendes Elternteil. Nun krieg dich wieder ein, Thea«, versuchte Frederike ihre Freundin zu beruhigen.

»Es ist in der Tat eine Schande«, sagte Onkel Erik, den sie beide für einen Augenblick vergessen hatten. »Aber der Moment wird verstreichen und sicherlich wird es noch einen weiteren Fauxpas von jemand anderem geben.« Er sah sie an, zog die Augenbrauen hoch. »Immerhin sind sie miteinander verheiratet und nicht betrunken.«

»Dennoch … in aller Öffentlichkeit …«

»Seit Josephine Baker ist vieles möglich, auch wenn es nicht unserer Auffassung entspricht.«

Der Diener kam wieder, brachte eine Flasche Schnaps und ein paar Gläser auf einem Tablett. »Ist es so recht?«

»Wunderbar. Danke.« Onkel Erik nahm drei Gläser und füllte sie. »Prost, Mädchen.« Dann trank er sein Glas mit einem Zug leer. »Ich möchte dich gerne gleich unter vier Auge sprechen, Freddy«, sagte er ernst, nahm die Flasche und die anderen Gläser und ging zu Theas Eltern.

»Grundgütiger, was wird er wollen?«

»Sicherlich wird er dir den Umgang mit mir verbieten, Freddy. Nach dem, wie sich meine Eltern benommen haben, werden das alle tun«, seufzte Thea.

»Blödsinn. Außerdem kann er das nicht. Ich würde das nie zulassen.«

»Ach, ich bin ruiniert.«

»Solange deine Eltern sich nicht scheiden lassen, ist alles in Ordnung.«

»Es sieht jedenfalls nicht nach Scheidung aus.« Thea drehte sich um und zuckte zusammen. »Mama und deine Mutter kommen zu uns«, zischte sie Frederike zu.

»Onkel Erik hält derweil deinen Vater in Schach. Mit Schnaps. So trennt man also Turteltäubchen«, sagte sie grinsend.

»Hallo, meine Liebe!«, begrüßte Tante Mimi Thea überschwänglich. »Gut siehst du aus.« Sie küsste Thea rechts und links auf die Wangen, trat dann einen Schritt zurück. »Das Kleid ist neu? Gefällt mir. Très chic.«

Thea nickte. Stefanie hakte sich bei Mimi unter. »Lasst uns ein wenig an die frische Luft gehen«, sagte sie. »Bevor zum Essen geläutet wird.«

»Mama, fahren wir jetzt alle anschließend nach Fennhusen?«, fragte Thea.

»Ich denke doch.« Mimi schaute zu Stefanie. »So war es zumindest geplant.«

»Natürlich kommt ihr noch mit nach Fennhusen. Und danach fahren wir nach Berlin, Freddy und ich. Wir müssen sie dringend neu einkleiden. Ganz dringend.«

Frederike schaute an sich herab und kam sich plötzlich vor, als würde sie einen Kartoffelsack tragen. Thea hatte sich auf der anderen Seite bei Mimi eingehakt und die Drei gingen plaudernd durch das Gartenzimmer auf die große Terrasse hinter dem Haus. Frederike folgte ihnen langsam. Auf der Terrasse stand Ax von Stieglitz und unterhielt sich mit jemandem, den Frederike nicht kannte. Sie ging an ihnen vorbei, nickte Ax kurz zu.

»Liebes Fräulein Frederike«, rief er ihr hinterher. »Haben Sie schon geschaut, wo Sie am Tisch sitzen?« Er entschuldigte sich bei seinem Gesprächspartner und trat zu ihr.

»Nein, das habe ich noch nicht. Aber wir jungen Leute sitzen ja nicht mit Ihnen an der großen Tafel, sondern am Katzentisch.« Sie lachte.

Ax verzog das Gesicht. »Ich wusste nicht, dass ein Altersunterschied gemacht wird.«

»Oh ja, immer. Letztes Jahr durfte ich das erste Mal am Sonntag im Herrenhaus dabei sein. Es hatte geregnet und war sehr windig gewesen. Da haben wir den Katzentisch im Gartenzimmer aufgebaut bekommen. Aber sehen Sie«, sagte Frederike und zeigte auf den Rasen hinter dem Haus. Offensichtlich sitzen wir diesmal draußen.«

»Wie außerordentlich bedauerlich«, sagte von Stieglitz. »Letztes Jahr war ich nicht bei der Entenjagd dabei und davor …«

»Davor galt ich noch als Kind«, lachte Frederike. »Und durfte auf dem Heuboden schlafen und schwimmen gehen. Es war immer herrlich.«

»Das glaube ich gerne«, sagte Ax und klang plötzlich verlegen.

»Da bist du ja, Freddy.« Onkel Erik war neben ihr aufgetaucht. »Ich habe dich schon gesucht, wollte doch mit dir sprechen. Ax, entschuldigst du uns bitte?« Ohne auf eine Antwort zu warten, zog er Frederike an die Seite.

»Es geht doch hoffentlich nicht um die von Larum-Stil? Ich werde nicht wegen ihres peinlichen Verhaltens mit Thea brechen.«

»Was? Natürlich nicht.« Onkel Erik winkte ab. »Die beiden sind zwar manchmal schwer zu ertragen und hin und wieder ein Ärgernis, aber darum geht es nicht.«

»Worum dann?«

»Um Fritz. Mir ist zu Ohren gekommen, dass er und ein paar andere Jungs letzte Nacht ziemlich über die Stränge geschlagen haben.«

»Sie waren am Strand.«

»Nicht nur das. Sie haben ziemlich viel getrunken und auch vielleicht ... nun, andere Dinge ... zu sich genommen«, stammelte Onkel Erik.

»Oh.«

»Weißt du davon?« Er sah sie forschend an.

»Alle trinken bei solchen Anlässen zu viel, wohl auch Fritz.«

»Das ist bedauerlich, aber das meinte ich nicht. Es geht um das andere ... Zeug. Ich weiß, in manchen Kreisen ist das durchaus populär ...«

Frederike biss die Zähne zusammen. Sollte sie Fritz verraten? War es nicht sogar ihre Pflicht, ihrem Stiefvater die Wahrheit zu sagen? Auch sie missbilligte die Einnahme von bewusstseinsverändernden Substanzen, doch Thea schien das viel lockerer zu sehen. War sie einfach zu spießig und Thea viel fortschrittlicher und moderner?

Es widerstrebte ihr, Fritz bloßzustellen. Es musste eine andere Lösung geben. Plötzlich wusste sie, was sie zu tun hatte. Sie würde ihren Bruder erst einmal nicht verraten, sondern mit ihm reden und auch warnen, dass es Gerüchte gab.

»Davon weiß ich nichts, Onkel Erik«, sagte sie. »Aber wenn du möchtest, kann ich die Augen und Ohren aufhalten.«

»Vorzüglich, vorzüglich. Mit nichts anderem habe ich bei dir gerechnet.« Er schaute sich um, sein Blick suchte Stefanie. »Ah, da hinten ist deine Mutter. Ich denke, wir sollten zu ihr gehen. Amüsierst du dich gut?« Er nahm ihren Arm.

»Oh ja, durchaus.« Frederike überlegte. Vielleicht war dies ein guter Zeitpunkt, eine Frage zu stellen, die sie schon seit Längerem bewegte. »Onkel Erik, du bist doch gut mit Ax von Stieglitz befreundet?«

»Befreundet? Nun, ich würde das meinen, ja. Ich mag ihn sehr. Du etwa auch?« Er blieb stehen und sah sie überrascht an.

»Nicht auf diese Art«, beschwichtigte Frederike ihn. »Aber ich frage mich seit geraumer Zeit, warum so ein netter Mensch nicht verheiratet ist. Gibt es dafür einen Grund?«

»Hmm. Fragst du so etwas nicht besser deine Mutter?«

»Dann gibt es einen Grund? Ist er vielleicht … ich meine, hat er einen sehr guten Freund?« Frederike wusste, dass es Männer gab, die Männer liebten, so wie es Frauen gab, die mit Frauen zusammen waren. In Berlin gab es eine regelrechte Szene, hatte sie gehört. In manchen Kreisen war das sogar schick, obwohl es verboten war.

»Grundgütiger«, entfuhr es Onkel Erik. »Nein, das glaube ich nicht. Nein, wirklich nicht. Ax ist ein sehr empfindsamer Mensch. Ich möchte meinen, dass er einfach noch nicht die Richtige getroffen hat.«

Der Essensgong ertönte und unterbrach ihr Gespräch. Die ältere Generation strömte ins Haus, während die jungen Leute an dem Tisch auf dem Rasen Platz nahmen. Die Stimmung war nicht so ausgelassen, wie am letzten Abend, was auch sicher dem Schlafmangel einiger zuzuschreiben war, aber es war wieder lustig. Frederike unterhielt sich prächtig, dennoch ging ihr Ax von Stieglitz nicht aus dem Kopf. Wie traurig er gewirkt hatte, als sie ihm sagte, dass die jüngeren Leute hier draußen speisen würden. Ob er wohl auch Spaß haben mochte? Doch dann schob sie die Gedanken zur Seite.

Es gab acht Gänge und das Essen war einfach köstlich. Ein wahres Fest.

»Wie lange wir so etwas noch feiern werden?«, fragte Fritz nachdenklich, nachdem die Tafel aufgehoben worden war.

»Jetzt klingst du schon wie unsere Väter«, sagte Otto und zündete sich eine Zigarette an. Im Gegensatz zur Gesellschaft im Herrenhaus, teilte sich die Gruppe nicht. Im Haus zogen sich die Männer auf einen Whisky und eine Zigarre zurück, während die Frauen einen Sherry oder Port tranken.

Die jungen Leute würden schon bald in ihre Quartiere zurückgebracht werden. Für den nächsten Morgen war die zweite Entenjagd, diesmal auf der anderen Seite des Sees, angesetzt.

»Glaubt ihr wirklich, dass es einen großen Umbruch geben wird?«, wollte Gerald von Olechnewitz wissen.

»Ja, irgendwann wird es das alles hier nicht mehr geben. So eine Jagd ist fast schon anachronistisch«, meinte Fritz.

»Was ist mit dir los?«, fragte Thea lachend und setzte sich auf seinen Schoß, nahm ihm die Zigarette ab und inhalierte. »Bist du der große Pessimist?«

»Vielleicht bin ich einfach Realist«, sagte Fritz. »Ich glaube, sie lassen die Wagen vorfahren. Gehen wir jetzt noch mal zu unseren Gastgebern? Oder wie ist die Hofzeremonie?«

»Die Gastgeber werden uns am Eingang verabschieden.« Otto trat seine Zigarette aus. »Und dann können wir endlich wirklich feiern.«

»Ich fand es sehr schön hier«, sagte Frederike. »Und ich hoffe, wir werden uns noch oft hier sehen.«

»Noch ein paar Jahre«, meinte Otto und zwinkerte ihr zu, »und dann müssen wir drinnen sitzen. Lasst uns die Zeit bis dahin genießen.«

Auf dem Weg zu den Wagen, die aufgereiht in der Auffahrt zum Herrenhaus standen, suchte Frederike Ax von Stieglitz. Sie hätte schwören können, dass er noch einmal, und wenn auch nur kurz, mit ihr reden würde. Doch er war nirgendwo zu entdecken. Enttäuscht stieg sie in die Wagonette, setzte sich neben Fritz.

»Ich muss gleich mit dir sprechen«, wisperte sie ihm zu.

»Hast du ein Problem?«, fragte er besorgt.

»Ich nicht, aber du vielleicht.«

Einer nach dem anderen stieg ein und auf der Fahrt zu den Vorhöfen sangen sie alle die Lieder, die ihnen die Leute beigebracht hatten und die bei der Arbeit gesungen wurden.

»Land der dunklen Wälder
und kristall'nen Seen,
über weite Felder
lichte Wunder geh'n.
Starke Bauern schreiten
hinter Pferd und Pflug.
Über Ackerbreiten
streicht der Vogelzug.«

Und natürlich auch »Ännchen von Tharau«. Frederike war ganz warm ums Herz, so wehmütig und nostalgisch fühlte sie sich.

Kaum waren sie aber auf dem Hof angekommen, legte jemand in der Tenne eine Schellackplatte auf das Grammophon und Gershwins »Rhapsody in Blue« schallte über den Hof.

»Was musst du mit mir besprechen?«, fragte Fritz, nachdem er ihr vom Wagen geholfen hatte, und zog sie in eine Ecke.

»Onkel Erik fragte, ob du Kokain schnupfst. Er hätte es verlauten hören.«

Fritz verdrehte die Augen. »Ach Gottchen. Macht er sich etwa Sorgen? Dabei bin ich doch längst nicht mehr der Thronfolger auf Fennhusen, seit es Klein-Erik und Ali gibt.«

»Ich denke schon, dass er sich Sorgen macht, sonst hätte er mich nicht gefragt. Machst du dir Sorgen um die Zukunft?«

Fritz zündete sich erneut eine Zigarette an. »Ja. Ganz sicher.«

»Du wirst immer eine Heimat auf Fennhusen haben.«

»Darum geht es gar nicht. Die Frage ist, wie lange es Fennhusen und all das hier«, er deutete um sich, »überhaupt noch geben wird. Irgendwann kommen die Russen und werden uns alles wegnehmen.«

»Aber Fritz, das glaubst du doch nicht wirklich?«, fragte Frederike entsetzt.

»Und ob ich das glaube. Es mag noch zehn Jahre, vielleicht auch länger dauern, aber aufzuhalten ist es nicht.«

»Nimmst du deshalb Koks?«, wisperte sie.

Fritz lachte auf. »Nein, Schwesterlein. Und ich ›nehme‹ auch keine Drogen, jedenfalls nicht regelmäßig. Hier mal eine Nase, da mal eine Linie, das macht doch jeder. Sorg dich nicht.« Er zog an seiner Zigarette. »Wirst du es Onkel Erik verraten?«

Frederike schüttelte den Kopf.

»Braves Mädchen. Und nun lass uns den Abend genießen.«

Kapitel 10

»Kann ich die Liste noch einmal sehen?«, fragte Frederike ihre Mutter.

Es war Ende September und am nächsten Tag würden sie das Erntefest auf Fennhusen feiern. Diesmal würde es anders werden als sonst. Nicht nur die Lohnarbeiter, die Schnitter und die Leute würden feiern, es gab auch eine Gesellschaft im Haus. Stefanie hatte sich das ausgedacht und damit die Mamsell und die Köchin fast zur Kündigung getrieben. Doch nun schien alles geklärt zu sein.

»Die Leute haben fast gar keine Arbeit«, sagte Stefanie und klang stolz.

Da täuscht du dich, dachte Frederike, sprach es aber nicht aus. Die Sommergäste waren inzwischen abgereist, ihre Zimmer gereinigt, die Betten neu bezogen worden. Nur Tante Martha war noch da und es hatte den Anschein, als würde sie auch bleiben.

Tante Mimi, Onkel Heinrich und Thea waren nach der Entenjagd noch einige Tage auf Fennhusen geblieben, dann waren Stefanie und Frederike mit ihnen nach Berlin gefahren. Frederikes Wunsch nach einem Kleid mit Pfauenschweif hatte sich erfüllt und es war nicht nur bei einem Kleid geblieben. Ganz besonders liebte sie den mit Pelz verbrämten Mantel und den dazu passenden Topfhut aus weichem Filz. Doch dafür war es noch zu warm.

Im Hof hinter der Küche wurde von den Burschen eine Feuerstelle aufgebaut. Das Ferkel, das morgen dort gebraten werden sollte, war schon geschlachtet worden und hing im Eiskeller.

»Es wird so herrlich rustikal sein – Schweinebraten und Brot. Das Geschirr stellen wir auf einen Tisch und jeder darf sich bedienen. Wie bei den Leuten in der Scheune. Die Häppchen und Sandwiches bereitet die Mamsell schon heute vor – so hat sie morgen kaum etwas zu tun.«

Dazu äußerte Frederike sich nicht, sie hatte so einige Gespräche im

Leutezimmer mit angehört. Auch wenn sie keinen Tisch eindeckten, würde das zusätzliche Geschirr gespült werden müssen. Das Brot hatte die Köchin backen, und die Sandwiches belegen müssen. Zusätzlich zu dem Essen der Arbeiter für ihr Fest. Da half es auch nur wenig, dass Stefanie den Leuten auch zwei Ferkel spendiert hatte. Normalerweise gab es beim Erntefest nur einen deftigen Eintopf, Brot und natürlich jede Menge Kuchen.

Frederike studierte die Gästeliste. »Hat von Stieglitz eigentlich zugesagt?«, fragte sie.

»Ja, hat er.« Stefanie sah ihre Tochter an. »Ich schätze ihn sehr.«

»Ich mag ihn auch. Leider hatte ich in Steinort keine Gelegenheit mehr, mit ihm zu sprechen. Er hat mich jetzt schon mehrfach aufgefordert, ihn zu besuchen.«

»Davon sprach er zu mir und ich habe schon zugesagt. Wir werden Silvester auf Sobotka verbringen.«

»Tatsächlich? Ich dachte, du wolltest hier eine Gesellschaft geben.«

»Ich habe mich umentschieden, nachdem ich dieses reizende Angebot von ihm bekommen habe.« Sie zögerte kurz. »Es freut mich außerordentlich, dass du ihn magst. Er ist eine ausgezeichnete Partie.«

»So meinte ich das nicht, Mutter«, sagte Frederike lachend. »Er ist doch viel älter als ich.«

»Und? Viele Männer sind älter als ihre Frauen, daran ist nichts verkehrt.«

»Aber in seinen Augen bin ich doch sicher noch ein unreifes Küken, ein Backfisch.«

»Dann ist es an der Zeit, dass du dieses Bild änderst, Freddy.«

»Du willst doch nicht ernsthaft implizieren, dass ich mich um die Gunst von Ax von Stieglitz bemühen sollte?«

»Ich denke, er hat ein gewisses Interesse an dir. So erschien es mir zumindest in der letzten Zeit.«

»Warum ist er eigentlich noch nicht verheiratet? Er muss doch schon auf die vierzig zugehen.«

»Er ist Anfang dreißig, das ist noch kein Alter.« Nachdenklich schaute

Stefanie ihre Tochter an. »Er hatte einmal ein gewisses Interesse an einer jungen Dame, das ist jetzt schon einige Jahre her. Aber die Verbindung ist nie zustande gekommen. Warum, weiß ich nicht. Seitdem ist er, was romantische Dinge angeht, eher zurückhaltend.«

»Vielleicht will er sich ja gar nicht binden?«

»Dann sollte man ihn dazu bringen, seine Meinung zu ändern.«

Frederike lachte. »Wenn das so einfach wäre.« Sie nahm die Liste. »Ich gehe nach oben und überprüfe die Gästezimmer.«

Stefanie übertrug ihr immer mehr Aufgaben bei der Haushaltung. Frederike tat es gerne, so kam sie sich nicht überflüssig vor. Am Liebsten allerdings half sie Christov, dem Gärtner.

Nun aber stieg sie die Treppe nach oben. Die Tür zum Kinderzimmer stand auf, die Kinderfrau war mit den Kleinen draußen im Garten. Aus dem Kinderzimmer strömte der vertraute Geruch nach Puder, Creme und ganz leicht nach grüner Seife und Bleiche. Der Duft weckte Erinnerungen. Wie glücklich und manchmal auch unglücklich sie hier gewesen war. Langsam ging sie weiter.

Sollte Mutter recht haben? War Ax wirklich an ihr interessiert? Sie konnte es kaum glauben, aber der Gedanke beschleunigte ihren Puls. Sie mochte ihn, seine ruhige Art zu reden. Sie mochte sogar, wie er roch – leicht herb und dennoch süßlich – oft nach Pferd und Leder und der Pomade für sein Haar.

Aber jemanden mögen, reichte das? Oder war es sogar mehr an Gefühl? Wie fühlte sich Verliebtsein an? Und warum war seine Verbindung zu dem Fräulein gelöst worden? Irgendwie hatte es seltsam geklungen, so wie Mutter darüber sprach. Als ob es ein Ärgernis oder sogar einen Eklat gegeben hätte. Aber konnte das sein? Die Köchin hatte einmal ein Geheimnis angedeutet, das Ax' Gesundheit betraf. Doch krank wirkte er nicht. Er war schmal, aber drahtig. Er hatte ihr wohl gestanden, dass er hin und wieder Probleme mit den Bronchien hätte. Das kannte sie aus der Großstadt, aber auf dem Land? Das mochte es durchaus geben, aber war das ein Trennungsgrund? Frederike mochte das nicht glauben. Wenn man jemanden liebte, dann auch mit seinen Schwächen. Und wenn Ax schwache Bronchien hatte und zu Erkältungen neigte, dann war das doch kein Hinderungsgrund für eine Beziehung. Aber was wusste sie denn schon? Sie wusste noch nicht einmal sicher, wie es sich anfühlte, verliebt zu sein.

War sie es? Oder wollte sie es nur sein? Ihre Mutter schien die Verbindung zwischen Frederike und Ax zu befürworten, was es nur schwerer machte, denn wer wollte schon eine Bindung eingehen, die die Mutter für gut befand?

Ach, dachte Frederike, ich lasse es einfach auf mich zukommen. Sie überprüfte die Gästezimmer, machte sich Notizen auf dem kleinen Block, den sie nun immer in ihrer Rocktasche mit sich führte. In dem einen Zimmer fehlten die Handtücher, das andere hatte keinen Nachttopf, im Dritten war noch nicht einmal das Bett bezogen. Die Zeit drängte und sie eilte wieder nach unten, suchte die Mamsell.

»Ich bin zu früh«, sagte jemand, der in der Halle stand. Ein junger Mann, den Frederike nicht kannte.

Sie blieb stehen und sah ihn an. »Sie sind …?«

»Rudolph von Hauptberge, mein wertes Fräulein. Mögen Sie mich Ihrer Herrschaft melden?«

»Meiner … oh, natürlich.« Frederike unterdrücke ein Grinsen. »Selbstverständlich. Sofort.« Sie schaute sich um. Die Tür zum Zimmer ihrer Mutter war verschlossen. Aber Tante Edeltraut war sicher auf der Veranda. Schnell ging Frederike durch das Gartenzimmer nach draußen.

»Wir haben einen Gast, gnädige Frau. Er ist wohl unbemerkt und sehr früh erschienen«, sagte sie so laut, dass es noch in der Halle zu hören war. Zugleich zwinkerte sie Tante Edeltraut zu. »Er scheint mich für das Dienstmädchen zu halten«, flüsterte sie. »Ich finde das lustig.«

»Na, wenn du meinst«, flüsterte Tante Edeltraut zurück. »Wer ist es denn?«, fragte sie mit lauter Stimme.

»Ein von Hauptberge. Ich weiß gar nicht, ob er auf der Gästeliste steht.«

»Rudolph von Hauptberge«, sagte der junge Mann nun, der Frederike auf die Veranda gefolgt war. »Ich bin ein Vetter derer von Olechnewitz' und habe eine Einladung bekommen …«

»Hat Sie etwa unser Kutscher vom Bahnhof abgeholt?«, fragte Tante Edeltraut und schob ihre Brille auf dem Nasenrücken zurecht. »Das habe ich gar nicht mitbekommen?«

»Ich bin … mit meinem eigenen Automobil angereist«, stotterte der Gast. »Es steht noch in der Auffahrt, weil ich nicht wusste … wohin?«

»Sind Sie ohne Chauffeur und Diener gekommen?«, fragte Frederike überrascht.

»Ich fahre meine Wagen schon immer selbst. Und die von Olechnewitz' sagten, es wäre eine rustikale Veranstaltung, deshalb … ich habe gerade das Gefühl, dass ich nicht willkommen bin … ich … nun, soll ich wieder gehen?«

»Oh nein.« Plötzlich tat Frederike leid, dass sie Scharade gespielt hatten, ohne einen der Spieler einzuweihen. »Natürlich sind Sie willkommen. Wir haben nur einen unserer Familienspäße gemacht.«

»Bitte?«, fragte er verwirrt.

»Ich lasse Ihnen gerne Ihr Zimmer zeigen, wenn Sie mir noch ein wenig Zeit geben. Es ist noch nicht fertig.«

»Sind Sie die Mamsell? Ich hielt Sie für eines der Mädchen«, sagte er entschuldigend.

»Dies ist meine Nichte, Frederike von Weidenfels«, sagte Tante Edeltraut. »Und ich bin Edeltraut von Fennhusen.« Sie reichte ihm die Hand und lächelte. »Herzlich willkommen auf Fennhusen.«

»Großer Gott«, wisperte von Hauptberge. »Da bin ich ja in eine ganze Fetttonne gesprungen. Das tut mir sehr leid.« Er war feuerrot geworden und wusste offensichtlich nicht, wohin er schauen sollte.

Frederike lachte laut heraus. »Wie lustig. Bitte, es soll Ihnen nicht peinlich sein, ich habe sie schließlich in diese Verlegenheit geführt. Aber bisher hat mich noch niemand für eins der Mädchen gehalten.«

»Freddy neigt dazu, sich den Leuten anzuschließen. Irgendwann musste es zu so einer Verwechselung kommen. Möchten sie einen Likör? Unsere Köchin setzt ganz vorzüglichen Likör an.« Tante Edeltraut klingelte schon, ohne seine Antwort abzuwarten. Sie nutzte jede Gelegenheit, um ein Gläschen zu genießen.

»Lieber Himmel«, lachte nun auch von Hauptberge. »Da haben Sie mich ja gewaltig hinter das Licht geführt. Und danke, ich nehme gerne einen Likör.«

»Tatsächlich«, sagte Frederike, »sind Sie einen Tag zu früh. Das Erntefest ist erst morgen. Aber das macht gar nichts.«

Leni kam auf die Veranda. »Sie haben geklingelt, Gnädigste?« Neugierig sah sie zu dem Gast.

»Bitte bring uns doch ein Fläschchen von Schneiders Likör. Und vier Gläser«, sagte Tante Edeltraut. »Wir müssen etwas verdauen. Nicht wahr, meine Lieben?« Sie lächelte in die Runde.

»Sehr gerne.«

»Ist die Mamsell unten?«, fragte Frederike.

Leni nickte.

»Dann komme ich kurz mit. Und sag bitte Gerulis, dass er für eine Person mehr eindecken soll.«

»Natürlich, Gnädigste.«

»Bin gleich wieder da.« Frederike lächelte von Hauptberge zu.

»Ich glaube, ich werde vor Scham im Boden versinken«, meinte er.

»Tun Sie das nicht, die Böden hier sind meist lehmig, manchmal sandig und oft morastig. Es wäre eine Qual, Sie wieder herauszuziehen.«

Er lachte laut und endlich auch frei heraus. »Wie Sie meinen, Gnädigste.«

»Sie dürfen mich Freddy nennen.«

»Rudolph.« Er verneigte sich leicht. »Freunde nennen mich Dolphi.«

»Soso.« Frederike schluckte, folgte Leni dann ins Haus.

»Wer ist das denn?«, fragte Leni leise. »Den habe ich ja noch nie gesehen.«

»Ich auch nicht.« Frederike zog die Liste aus ihrer Tasche, überflog sie. »Aber er ist tatsächlich angemeldet. Allerdings steht hier, dass er bei den von Olechnewitz' nächtigt. Nun ist er aber hier. Der Dolphi.« Sie kicherte.

»Wir erwarten heute noch keine Gäste«, meinte Leni. »Da ist es kein Problem, ein weiteres Zimmer für morgen fertigzumachen und er bekommt eines von denen, die schon bereit sind.«

Frederike seufzte auf. »Bereit ist leider noch keines. Deshalb wollte ich auch mit der Mamsell sprechen. Allerdings fehlen in den Zimmern nur noch Kleinigkeiten, das sollte alles kein Problem sein.«

In der Halle trafen sie den ersten Diener, der mit einem Tablett voller Gläser zum Salon ging.

»Schön, dass ich Sie sehe und nicht klingeln muss, Gerulis«, sagte Frederike. »Wir werden heute Abend einen weiteren Gast haben.«

»Heute schon?«

»Er hat sich im Datum vertan, aber wir können ihn ja wohl schlecht wegschicken, nicht wahr? Für einen mehr wird Schneider sicherlich genügend zur Verfügung haben.«

»Das wird wohl so sein«, stimmte Gerulis ihr zu. »Ich werde alles Nötige veranlassen. Ist der Herr mit Personal gekommen?«

»Nein, er ist mutterseelenallein. Und er steht auch nicht auf der Übernachtungsliste, wohl ist er aber eingeladen für morgen Abend. Er ist ein Bekannter der von Olechnewitz'.«

»Vielleicht sollte man ihm den Weg zu deren Gut zeigen. Zu weit ist es nicht, er könnte noch vor dem Diner dort sein«, meinte Gerulis.

»Das könnten wir tun«, sagte Frederike grinsend, »aber höflich wäre es nicht. Er scheint ein netter Zeitgenosse zu sein. Ich lasse für ihn ein Zimmer fertigmachen und Sie decken für ihn ein.«

»Sehr wohl.« Gerulis grummelte vor sich hin, ging aber dann. Frederike sah ihm schmunzelnd hinterher. Wäre es nach Gerulis gegangen, hätte ›Dolphi‹ nun sicherlich das Gut verlassen müssen.

Sie ging hinter Leni her in das Souterrain. »Mamsell?« Die Mamsell war in ihrem Zimmer neben der Küche und kontrollierte die Bücher.

»Freddy, gut, dass du kommst. Hast du die Zimmer kontrolliert oder soll ich das noch machen?«

»Ich war oben.« Frederike zog ihren Notizblock hervor. »Im blauen Zimmer fehlen Handtücher, im Roten der Nachttopf und ein Wasserkrug und im Gelben sind noch nicht einmal die Betten bezogen.«

»Alles geht hier drunter und drüber«, seufzte die Mamsell. »Ich werde mich darum kümmern.«

»Nun ist es aber so, dass gerade schon ein Gast angekommen ist.«

»Wer?«

»Es ist ein Bekannter der Nachbarn, der von Olechnewitz'. Er ist erstens einen Tag zu früh, zweitens gar nicht als Übernachtungsgast geplant. Aber er steht mit Sack und Pack auf der Veranda und wird gerade einen Likör mit Tante Edel trinken.«

»Irgendetwas passiert ja immer«, stöhnte die Mamsell. »Wir werden ihn wahrscheinlich nicht wegschicken können?« Zweifelnd schaute sie Frederike an.

»Ich denke, das wird nun kaum möglich sein. Tante Edel hat ihn quasi schon eingeladen. Ich habe Gerulis angewiesen, für eine weitere Person einzudecken.«

»Nun gut, dann werde ich mich um alles Weitere kümmern. Weiß die Gnädigste schon davon?«

»Noch nicht.« Frederike zog die Schultern hoch. »Aber jetzt gleich.«

Die Mutter war im Hof und kontrollierte die Feuerstelle. Sie lächelte Frederike entgegen. »Alles sieht gut aus. Was ist mit den Zimmern?«

»Ich habe sie überprüft und der Mamsell gesagt, was noch gemacht werden muss.«

»Gut. Täusche ich mich, oder ist vorhin ein Wagen vorgefahren?«

»Richtig. Es ist ein Gast.«

»Wer? Wir erwarten doch heute niemanden.«

»Und diesen Gast haben wir erst recht nicht erwartet«, meinte Frederike. »Es ist ein Rudolph von Hauptberge, ein Freund der von Olechnewitz'-Jungen. Er muss etwas missverstanden haben, denn er steht mit seinem Koffer auf der Veranda.«

»Guter Gott, hast du ihn da stehen lassen?«

»Natürlich nicht. Er leistet Tante Edel Gesellschaft.« Frederike grinste.

»Vermutlich mit einem Likörchen.« Stefanie verzog gequält das Gesicht.

»Ich habe alles Nötige veranlasst.«

»Das machst du sehr gut, Freddy«, lobte Stefanie. »Dein Zukünftiger kann froh sein.« Sie zwinkerte ihr zu.

Frederike verdrehte die Augen. »Noch sehe ich keine Bewerber auf diesen Posten, Mama.«

»Das kommt schon noch. Gehen wir hinein, und ich begrüße unseren Überraschungsgast.«

Rudolph von Hauptberge saß gemütlich auf der Veranda zusammen mit Tante Edeltraut und Martha. Alle drei schienen sich köstlich zu amüsieren, die Likörflasche war schon zur Hälfte geleert.

»Herzlich willkommen«, begrüßte Stefanie den jungen Mann und stellte sich vor.

»Rudolph von Hauptberge. Mir scheint«, sagte er ein wenig verlegen, »dass ich die Einladung falsch verstanden habe und nun alles durcheinanderbringe.«

»Das ist nichts, was wir nicht lösen können«, sagte Stefanie lächelnd. »Wir freuen uns über jeden Gast.«

Die Mamsell war auf die Veranda gekommen und zuckte bei Stefanies Worten zusammen. Frederike musste ein Grinsen unterdrücken.

»Ihr Zimmer ist fertig, gnädiger Herr«, sagte die Mamsell. »Jette wird es Ihnen zeigen. Dann können Sie sich frisch machen, bevor der Gong zum Essen läutet.«

»Dankeschön.« Rudolph stand auf, nahm den kleinen Lederkoffer, den er mitgebracht hatte.

»Ich lasse einen Burschen das Gepäck hochbringen«, sagte Frederike.

»Um Gottes Willen, nein. Ich mache Ihnen schon genug Umstände und bin ja auch nicht mit einem Schrankkoffer angereist.« Er folgte Jette, einem der Mädchen.

»Ein reizender Kerl«, meinte Tante Edeltraut, nachdem Rudolph außer Hörweite war.

»Ja, sehr angenehm und witzig«, fügte Tante Martha hinzu. Die beiden sahen Frederike mit hochgezogenen Augenbrauen an.

»Was denn? Ich habe noch keine drei Sätze mit ihm gewechselt.«

»Das kannst du ja nachher tun, schließlich bleibt er ja.« Tante Edeltraut nickte zufrieden.

»Von Hauptberge – der Name sagt mir gar nichts«, meinte Stefanie.

»Ich bitte dich, liebe Schwägerin. Die von Hauptberges kommen aus Schlesien. Die Großtante dieses jungen Mannes ist die Mutter des roten Barons, Freiherr von Richthofen«, tadelte Tante Edeltraut sie.

»Ach … die sind das? Der Vater unseres Gastes ist der Mann, der seiner Frau dieses protzige Herrenhaus hat bauen lassen?«

»Ein sehr schönes Haus, modern. Als protzig würde ich es nicht bezeichnen.« Tante Edeltraut füllte die Likörgläser erneut, reichte Stefanie ein Glas. »Trink, das wird dich ein wenig beruhigen.«

»Vor dem Essen? Niemals«, lehnte Stefanie ab.

»Es könnte dir gut tun, meine Liebe. Und für Frederike könnte der Gast ein wahrer Gewinn sein.«

»Frederike könnte diesen Gast gar nicht brauchen«, gab Stefanie verletzt zurück. »Es könnte ja sein, dass sie noch andere Eisen im Feuer hat, die schon glühen.«

»Wer denn?«, fragte Tante Martha so direkt, wie es nun mal ihre Art war. »Sehen wir ihn morgen?«

»Ihr seid alle unmöglich«, empörte sich Frederike. »Es könnte ja sein, dass ich über meine Zukunft selbst bestimmen möchte.« Sie drehte sich um und lief auf den Hof und dann in Richtung Stall.

»Mach dich nicht dreckig, Freddy«, rief ihr Stefanie hinterher. »Und denk daran, dich rechtzeitig umzuziehen, bis zum Essen dauert es nicht mehr lange.«

Es könnte ja sein, dachte Frederike trotzig, dass ich gar nicht an dem Essen teilnehmen möchte. Genauso wenig, wie ich von euch verkuppelt werden will. In diesem Moment fand sie ihre Verwandtschaft einfach nur schrecklich und peinlich. Erst dieses Gerede um Ax von Stieglitz und nun wurde ihr quasi vorgeschlagen, sich Rudolph an den

Hals zu schmeißen. Beide mochten gute Partien sein, aber das war doch nicht alles, was zählte. Jedenfalls hoffte Frederike das. Sie ging zu der Box, in der Lorbass stand, und legte ihren Kopf an seine Stirn. Das große Tier schnaubte leise. Frederike sog den Duft ein, den er verströmte – nach seinem gesunden Schweiß, Heu und leicht süßlich roch er, wie ein frisch gepflügtes Feld nach einem Sommerregen. Sie liebte diesen Geruch.

Lorbass stupste sie mit der Nase an, so als wollte er sie auffordern, ihn zu satteln.

Jetzt einen langen Galopp über die Felder, dachte Frederike sehnsüchtig. Die Felder waren abgeerntet, die Ernte eingefahren. Nur da und dort stehen noch ein paar Hocken auf den Stoppelfeldern. Auch die Kepse, der Klee, der im Frühjahr als Erstes geschnitten worden war, zu großen Haufen am Rand der Felder aufgetürmt und den Sommer über getrocknet worden war, war inzwischen auf die Heuböden gebracht worden. Es duftete süßlich im Stall nach dem Klee, der im Winter verfüttert werden würde. Überhaupt war der Herbst die Jahreszeit der meisten Gerüche und Düfte, dachte Frederike. Die Hausstörche klapperten laut in ihrem Nest, das sie auf der Remise hatten. Lange würden sie nicht mehr klappern, die Jungstörche waren schon flügge und bald schon würden sie alle nach Afrika fliegen, um dort zu überwintern. Die ersten Singvögel hatten das Gut schon verlassen und sich auf ihre große Reise gen Süden gemacht. Bald würden die Wildgänse aus dem Norden eintreffen, die hier nur einen Zwischenhalt einlegten, bevor sie weiterzogen.

Weiterziehen, dachte Frederike sehnsüchtig, das möchte ich auch. Die Frage ist nur, wohin.

Wieder schnaubte Lorbass, fast schon auffordernd.

»Es geht nicht, mein Lieber«, sagte Frederike bedauernd. »Nicht jetzt und nicht heute. Aber ich werde meinen Wecker stellen und ganz früh aufstehen und mit dir über die Stoppelfelder galoppieren. Das verspreche ich dir.« Langsam ging sie zurück zum Haus, um sich für das Essen umzuziehen.

Kapitel 11

Sie hielt ihr Versprechen, stand schon um fünf auf, sattelte Lorbass und schwang sich auf seinen Rücken. Langsam verließ sie den Hof, ritt in Richtung Äcker. Der Tau lag wie eine feuchte Decke über allem, Nebelschwaden tanzten über die Felder, schienen sich in dem einen oder anderen Halm, der stehengeblieben war, zu verheddern.

Frederike beugte sich über den Hals ihres Hengstes, atmete den süßen Duft seiner Haut ein, der zugleich auch schwer war, wie ein Männerparfüm in Berlin. Sie hörte sein Keuchen, spürte seine angespannten Muskeln und seine Lust zu laufen. »Noch nicht«, flüsterte sie ihm zu und hielt die Zügel fest in den Händen. Als sie das Feld erreicht hatten, schaute sie sich um. Niemand war zu sehen, nur in der Ferne, am Waldrand, stand ein Rudel Rehe und schaute besorgt zu ihnen hinüber. Die Rehe interessierten sie in diesem Moment nicht. Frederike lockerte die Zügel und drückte die Hacken leicht in die Flanken ihres Pferdes. Er brauchte gar keine Aufforderung, lief los, mit weiten und regelmäßigen Sprüngen über das abgeerntete Feld.

Die Sonne tauchte über den Wäldern auf und alles, was vorher nur grau gewesen war, schien sich für einen Moment rot zu färben, bevor es farbig aufleuchtete. Strohgelb, die Erde darunter schwarz und duftend, die Bäume in einem satten Grün.

Frederike hob den Kopf und schloss für einen kurzen Moment die Augen, gab sich ganz den Bewegungen des Pferdes hin, der Wärme der ersten Sonnenstrahlen und dem Gefühl des Windes, der durch ihre Haare strich. Das Hämmern der Hufe auf dem trockenen Feld drang durch ihren Körper, war im Einklang mit dem Klopfen ihres Herzens. Sie öffnete wieder die Augen, zu lange sollte man sich solchen Empfindungen nicht hingeben, ihrem Vater hatte schließlich eine Unachtsamkeit beim Reiten den Hals gebrochen.

Frederike ritt im gestreckten Galopp bis zum Wald, dann zügelte sie Lorbass und ließ ihn umkehren. Das letzte Feld ging er im Schritt, Frederike klopfte lobend seinen dampfenden Hals.

»Das tat gut, mein Bester. Morgen früh werden wir das leider nicht machen können, denn die Nacht wird sicherlich lang werden.« Sie holte tief Luft. »Und vielleicht setzt mir die Familie noch einen weiteren potentiellen Verehrer vor.« Sie biss sich auf die Lippen.

Der Abend mit Rudolph von Hauptberge war äußerst vergnüglich gewesen. Er hatte Witz, aber auch Verstand. Mit Onkel Erik hatte er sich auf Anhieb verstanden, die beiden hatten viele gemeinsame Gesprächsthemen gefunden. Zugleich hatte er aber auch mit den Damen angenehme, aber nicht oberflächliche Konversation betrieben. Sie hatte den Abend genossen. Doch heute würde Ax kommen und dem Treffen sah sie mit Freude aber auch mit etwas klammen Gefühlen entgegen.

Ihre Mutter hatte sich recht deutlich dazu geäußert, was sie sich für Frederike wünschte – eine gute Verbindung. Und Ax von Stieglitz schien ganz oben auf ihrer Liste zu stehen.

Ax war Frederike vertraut, anders als Rudolph. Sie kannte ihn seit Jahren, wusste, dass er ein verlässlicher, offener und freundlicher Mensch mit einem trockenen Humor war. Gleichzeitig umgab ihn eine Wolke der Traurigkeit, die Frederike nicht verstand. Immer wenn sie ihn sah, verspürte sie das Bedürfnis, ihn zum Lachen zu bringen, oder ihm wenigstens ein Lächeln zu entlocken. Nicht immer gelang es ihr. Bei ihrem letzten Treffen am Mauersee schien er bedrückt gewesen zu sein. Heute wollte sie ihn lachen sehen und heute wollte sie mit ihm tanzen. Er hatte gesagt, dass er die neuen Tänze nicht beherrschte, aber der Charleston und der Shimmy würden vermutlich gar nicht gespielt werden. Foxtrott und Walzer gehörten eher zu den Tänzen, die auch ihre Mutter und Onkel Erik tanzten. In der Halle waren schon die Teppiche aufgerollt worden, das Grammophon stand poliert auf einem Tischchen, ein großer Stapel an Schellackplatten lag daneben.

Frederike lenkte Lorbass auf den Hof und zum Stall. Sie sattelte ihn ab, rieb ihn trocken und fütterte ihn dann. Noch einen Moment blieb sie stehen, lauschte auf das beruhigende Mahlen seiner Zähne, seinen ruhigen Atem und das leise Stampfen seiner Hufe im Heu.

Ich könnte auf ewig hier so stehen bleiben, dachte sie. Es ist so friedlich. Aber natürlich konnte sie das nicht. Die Pflichten im Haus warteten auf sie.

Vor der Andacht sollte sie sich waschen und umziehen.

Langsam ging Frederike zurück zum Haus. Im Hof kam ihr Fortuna entgegen. Onkel Erik hatte darum gebeten, dass Frederike die Hündin in dieser Woche nicht mehr zu Ausritten mitnahm. Sie war läufig und sollte jeden Moment in die Standhitze kommen. Das wollte Onkel Erik nicht verpassen, damit Pluto Einsatz zeigen konnte. Pluto war seit Tagen unerträglich und wich Fortuna kaum von der Seite. Frederike war froh, dass ihre Hündin dies eher gelassen nahm und ihn weder verbiss noch neurotisch reagierte, so wie es andere Hündinnen in der Läufigkeit taten.

Fortuna drückte sich an Frederike, wedelte wie wild mit der Rute. Schön, dachte Frederike belustigt, dass sich wenigstens einer so freut, mich zu sehen.

Sie eilte auf ihr Zimmer, wusch sich den Staub von der Haut und zog sich an. Gerade rechtzeitig wurde sie fertig. Als sie nach unten kam, versammelten sich alle zur Andacht, auch der Gast war schon dort.

»Wo waren Sie?«, flüsterte er ihr zu. »Ich habe Sie heute Morgen aus dem Haus schleichen sehen.«

Frederike zog die Augenbrauen hoch. »Sie überwachen mich?«

»Nein.« Er lächelte. »Es war eine eher zufällige Beobachtung, da ich früh heraus musste. Sie wissen schon.« Er senkte verlegen den Kopf.

»Ich hatte meinem Hengst versprochen, mit ihm auszureiten. Und für gewöhnlich halte ich Versprechen.« Frederike unterdrückte ein Grinsen.

Onkel Erik sah in die Runde, räusperte sich und Frederike senkte ergeben den Kopf.

»Die Losung des heutigen Tages ist …«, sagte Onkel Erik.

Nach der Andacht gab es ein einfaches Frühstück. Die Köchin hatte Klunkersuppe zubereitet, die mit Zimt und Zucker serviert wurde. Alle stürzten sich darauf, nur Rudolph von Hauptberge betrachtete die Suppe skeptisch.

»Das ist Klunkermus, eine Milchspeise mit Ei und Mehl und mit Birnenmus«, erklärte Frederike. »Eigentlich eine Arme-Leute-Speise hier in der Provinz. Aber ich verspreche Ihnen, dass es wirklich köstlich ist.«

»Es sieht nicht köstlich aus.«

»Wenn unser Gast das nicht will, darf ich dann seine Portion?«, fragte Irmi.

Rudolph lachte. »Ich probiere erst, bevor wir uns darum duellieren, gnädiges Fräulein.« Und er probierte tatsächlich, für Irmi blieb nichts übrig. Zum Glück hatte Schneider genug gekocht und alle konnten einen Nachschlag nehmen.

»Arme-Leute-Speise«, sagte Rudolph nachdenklich. »Wie kommt man auf so einen Namen? Das war durchaus lecker, wenn auch für mich ungewöhnlich.«

»Hier gehört Klunkersuppe und Klunkermus zu den heimischen Gerichten. So wie Kartoffeln mit Soße. Tatsächlich bekommen wir so etwas unter der Woche des Öfteren serviert. Eigentlich aber nur, wenn keine Gäste im Haus sind«, erklärte Frederike.

»Wo genau kommt Ihre Familie her?«, fragte Onkel Erik.

»Aus Schlesien. Dort haben wir ein Gut. Ich studiere allerdings in Potsdam und von dorther kenne ich auch Ihren Neffen und die Söhne der von Olechnewitz'«, erklärte Rudolph verlegen. »Wilfried hatte mich eingeladen und Fritz schien das für eine sehr gute Idee zu halten. Ich muss die beiden allerdings missverstanden haben und das ist mir entsetzlich peinlich.«

»Wieso?«, fragte Onkel Erik irritiert und schaute fragend zu Stefanie. Er hatte von dem ganzen Tohuwabohu am gestrigen Nachmittag nichts mitbekommen.

»Es ist wirklich alles geklärt, junger Mann«, sagte Tante Edeltraut und nahm sich eine weitere Portion der Milchsuppe. »Sie brauchen sich keine Gedanken zu machen.«

»Es ist mir trotzdem unangenehm.«

»Sie kennen Fritz?«, fragte Frederike überrascht. »Das wusste ich gar nicht.«

»Durch die von Olechnewitz'.«

»Wo ist er überhaupt«, wollte Tante Edeltraut wissen. »Sollte Fritz nicht hier sein?«

»Er kommt heute im Laufe des Tages«, sagte Stefanie.

»Weiß das die Mamsell? Ist sein Zimmer bereit?«, fragte Frederike, die nicht gewusst hatte, dass ihr Bruder heute kommen würde. »Er steht nicht auf der Liste, Mutter.«

»Natürlich steht er nicht auf der Liste, er ist ja Familie«, sagte Stefanie und klang fast beleidigt.

»Um diese Dinge könnt ihr euch ja später kümmern«, meinte Onkel Erik, der immer nervös wurde, wenn es Streitigkeiten um den Haushalt gab. »Ich muss jetzt gleich noch einmal mit dem Inspektor sprechen. Wann erwarten wir denn die ersten Gäste?«

»Gegen sechs, mein Lieber. Du hast den ganzen Tag Zeit. Schön wäre es nur, wenn du um sechs umgekleidet im Hof sein würdest, um alle zu begrüßen.«

»Haben wir keine weiteren Übernachtungsgäste außer diesem jungen Mann?«, fragte Onkel Erik verwirrt.

»Doch. Aber du musst sie nicht begrüßen. Ax kommt und noch zwei weitere gute Bekannte. Ansonsten werden wir nur die Nachbarn hier haben. Es wird ja auch kein Menü mit Speiseabfolge geben, sondern wir werden ein rustikales Fest feiern.«

»Und die Leute?«

»Lieber Erik«, seufzte Stefanie, »ich habe dir das schon etwa hundert Mal erklärt – die Leute feiern ihr Erntefest in der Scheune, fast so wie immer. Nur haben sie diesmal auch zwei Spannferkel, statt nur eines Eintopfes. Und wir und unsere Gäste werden ihre Feier mit eröffnen, eine oder zwei Polkas tanzen, ein Gläschen trinken und dann zurück zum Haus gehen. Auch wir haben ein Spanferkel, etwas Brot und so. Ein Bursche der von Olechnewitz' bedient den Grill und zwei von ihren Mädchen werden aufwarten.«

»Wieso? Haben wir kein Personal mehr?«

»Es ist ja nicht so, Erik, als hätten wir das nicht schon mehrfach durchgekaut«, sagte Tante Edeltraut nun indigniert, »soviel steht fest, aber offensichtlich lässt entweder dein Gehör oder deine Aufmerksamkeit nach, mein lieber Bruder. Unsere Leute, das Gesinde und die Schnitter feiern heute das Erntefest. Wir werden eine Stunde so tun, als ob wir das amüsant finden und uns dann hierher zurückziehen und unser eigenes Fest feiern. Damit unser hauseigenes Personal aber nicht belastet wird, hat deine Frau sich Leute von den Nachbarn ausgeliehen.« Sie räusperte sich. »Obwohl es natürlich ein – wie nennst du es noch?« – Sie warf Stefanie einen fragenden Blick zu, »rustikales Fest werden wird, kommen wir dennoch nicht ohne Personal aus. Deshalb werden wir von Leuten anderer Familien bedient.«

»Das ist zu kompliziert für mich«, seufzte Onkel Erik, »aber ihr macht das schon.« Er stand auf. Dann zögerte er. »Gibt es denn ein Mittagessen?«

»Eine Kleinigkeit, Onkel Erik«, beschwichtigte Frederike ihn. »Aber abends gibt es Spanferkel. Wir werden nicht verhungern. Und morgen wird alles seinen gewohnten Gang gehen.«

»Gott sei Dank. Ich mag keine Neuerungen.« Brummend verließ er den Raum.

»Ich auch nicht, jedenfalls nicht, wenn sie so neumodisch sind. Rustikal, hat man jemals davon schon gehört?«, murmelte Tante Edeltraut.

»Nun hab dich nicht so, Edel«, sagte Tante Martha und stand ebenfalls auf. »Frischer Wind ist nicht immer schlecht. Hier soll es doch nicht muffig werden, oder?« Sie lächelte. »Ich finde es aufregend und freue mich schon. Jeder, der in Spinnweben versauern will, kann ja nach Poppelsdorf gehen. Und jetzt sollten wir unser Tagwerk beginnen.«

»Ich fürchte, wir werden reichlich an Tagwerk haben.« Auch Tante Edel erhob sich, nickte allen zu und ging steif zur Tür.

»Du lieber Himmel.« Rudolph sah Frederike mit großen Augen an.

»Keine Sorge, das gibt sich schon. Eigentlich sollte dieser Tag wirklich nett werden, denke ich. Man muss vielleicht ein oder auch beide Augen zudrücken. Wir machen das das erste Mal, es wird sicherlich Hindernisse geben, aber die werden wir überwinden.« Auch Frederike stand vom Frühstückstisch auf. »Was haben Sie für den Tag geplant?

»Nichts.« Er zog den Kopf ein wie eine Schildkröte. »Ich dachte ja, dass meine Freunde, die von Olechnewitz' oder wenigstens Ihr Bruder hier sein würden ...«

»Das ist bedauerlich.« Frederike überlegte. Ihr Tagespensum war mehr als voll, einen Gast zu betreuen stand eigentlich nicht auf ihrer Liste.

»Was machen Sie denn?«

»Nun, ich werde jetzt in die Küche gehen und schauen, ob so weit alles bereit ist. Dann muss ich noch mal die Zimmer überprüfen, besonders das meines Bruders, der ja im Laufe des Tages kommen wird. Außerdem werde ich zur Scheune gehen und dort nach dem Rechten sehen.« Sie nahm ihren Block aus der Rocktasche, warf einen Blick darauf. »Heute Mittag habe ich einen Termin mit dem Gärtner. Wir wollen uns die Beete anschauen und besprechen, was wir für den Herbst noch pflanzen können. Auf einigen Beeten hatten wir Mehltau, die werden wir im nächsten Jahr anders bepflanzen müssen.«

»Sie sind mit Leib und Seele Gutsfrau«, sagte Rudolph bewundernd.

Frederike schaute ihn überrascht an. »Nein, das würde ich nicht sagen. Es gibt einfach nur Aufgaben, die erledigt werden müssen.«

»Wenn Sie das meinen Schwestern sagen, würden diese in Gelächter ausbrechen. Aber ich halte sie auf.« Rudolph erhob sich. »Meinen Sie, ich könnte Sie begleiten? Ich wäre auch stumm wie ein Fisch. Mich würde nur interessieren, wie der Ablauf auf so einem Gut ist.«

»Ich würde meinen, dass der Ablauf auf einem Gut aus Ostpreußen sich kaum von einem in Schlesien unterscheidet.«

»Aber ich kenne so einen Ablauf nicht.« Er lächelte und auf seinen Wangen zeigten sich zwei Grübchen. »Wir Kinder waren die ersten

Jahre nur im Kinderzimmer, danach war ich im Internat. Und meine Eltern halten sich in der letzten Zeit meist in ihrem Stadthaus auf. Der Inspektor kommt alle paar Wochen und erstattet Bericht über das Gut. Bei Ihnen scheint das ganz anders zu sein.«

»Das Gut ist unser Zuhause, aber auch unsere Verpflichtung«, sagte Frederike. »Reiten Sie gerne?«

»Natürlich.«

»Im Stall stehen einige Pferde, die dringend bewegt werden müssen. Von uns schafft es heute niemand. Vielleicht möchten Sie ja?«

»Würde Ihnen das helfen?«

»Es würde den Pferden helfen.« Frederike grinste. »Und uns entlasten. Sie müssen natürlich nicht. Haben Sie überhaupt Reitkleidung dabei?«

»Doch, tatsächlich habe ich mir Reitsachen einpacken lassen.« Er lachte auf. »Wenn ich Ihnen damit helfen kann, dann mache ich das gerne.«

Frederike wollte gerade antworten, als eine schrille Hupe durch die Allee schallte. Ein knatterndes Auto fuhr mit hohem Tempo die Auffahrt entlang, so dass der Kies nur so spritzte.

Frederike eilte in die Halle und öffnete die Eingangstür, Stefanie kam mit der Mamsell aus dem Gartenzimmer und sogar Onkel Erik spähte aus seinem Büro.

»Was zum Teufel ist hier los? Ich dachte, die Gäste kommen erst später?«, murrte er.

»Es sind Fritz und Otto«, rief Frederike aufgeregt. »Grundgütiger, was ist das für ein Wagen?«

»Ein Benz. Ein SSK«, antwortete Otto und sprang aus dem Wagen. »Fabrikneu!«

Rudolph war hinter Frederike aufgetaucht und ging nun die Treppe hinunter.

»Wahnsinn. Ein Prachtstück. Wie viel PS?« Die jungen Männer klopften sich gegenseitig freundschaftlich auf die Schultern und waren sofort in Fachgespräche vertieft. Auch Onkel Erik, der ja eigentlich jede Menge zu tun hatte, gesellte sich dazu.

Frederike schnappte ein paar Wortfetzen auf, mit denen sie allerdings nichts anzufangen wusste. Es ging um Felgen, Lederbezüge, Getriebe und andere merkwürdige Dinge. Sie begrüßte ihren Bruder und seinen Freund.

»Otto hat mich hierhergefahren, es ist doch recht, dass er bleibt?«, fragte Fritz.

»Natürlich.« Stefanie warf Frederike einen Blick zu.

Noch ein weiteres Zimmer, dachte Frederike und empfand Mitleid mit den Mädchen. Eigentlich war dies der Tag der Leute – sie feierten ihr Erntefest und sie sollten Zeit haben, sich entsprechend zurechtzumachen. Langsam ging Frederike die Treppe hinunter in das Souterrain, die Mamsell war schon vorgegangen.

»Wir brauchen noch ein weiteres Gästezimmer«, sagte Frederike. »Und auch Fritz' Zimmer muss fertiggemacht werden.«

»Ich vermute«, sagte die Mamsell und klang leicht verärgert, »dass die beiden jungen Herren auch noch zum Essen bleiben?«

»Ja.«

»Nun gut, ich werde mich um alles kümmern und hoffe, dass es keine weiteren Überraschungen dieser Art gibt.«

»Wie weit sind Sie mit den Vorbereitungen, Schneider?«, fragte Frederike.

»Ei, ich warte darauf, dass de Burschchen die Feuer anzienden und diese dann herunterbrennen, sodasse Ferkelchen übers die Glut kiennen. Ilse hat dann heite leider die Aufjabe, zu stehen daneben, und de drei Ferkelchen immer wieder mit Marinade zu iebergießen.«

»Wieso leider? Das klingt nicht nach einer anstrengenden Tätigkeit.«

Schneider drehte sich zu ihr um und stemmte die Fäuste in die ausladenden Hüften. »Erbarmung. Also wirklich, Freddy«, schimpfte sie. »Denk doch mal nach. Es sind zwei Feuerstellen – ei, eins anne Tenne und eins hier im Kiechenhof. Ilse muss laufen hin und her. Und dann anne Glut stehen und immer wieder überpriefen, wie der Gargrad is. Dann musse die Marinade darieber jießen, vorsichtich, damit nichts in Brand jerät. Ich wierde das nicht wollen machen. Heute wird es heiß.«

Die Köchin seufzte auf. »Was sicherlich wird haben viele Foljen heute Nacht.«

»Wieso das denn?«

»Erbarmung, bisse so naiv oder tusse nur so, Freddychen?«, fragte die Köchin. »Ei, nu isses warm, später isses heiß und de Männer werden trinken, wasses Zeuch hält. Ei, was glaubste wohl, wird passieren dann?«

Frederike senkte den Kopf. »Ja, natürlich.« Es hatte schon immer Prügeleien auf dem Erntefest gegeben, irgendwie schien das dazuzugehören. Und wenn es heiß war, wurde leider auch mehr Alkohol getrunken und er stieg schneller zu Kopf.

»Ei, inne letzte Jahre hat die Gädichste immer nachts noch Wunden versorcht, abba heute hamse ja selber Jäste.« Schneider schüttelte den Kopf, drehte sich wieder zum Herd um und rührte in einem Topf.

»Ich bin ja auch noch da. Und Tante Edeltraut und Tante Martha«, sagte Frederike und dachte kurz nach. »Wenn ich einen Vorschlag machen dürfte?«

Die Köchin drehte sich um. »Was fürn Vorschlach?«

»In der Schule haben wir besprochen, dass es manchmal auf Feiern zu bedauerlich viel Alkoholkonsum kommt«, sagte Frederike leise.

»Ei, sprich mit mir ohne all die schweren Wirter, Kindchen«, seufzte die Köchin. »Wie mittem Mensch.«

Frederike lachte. »Auf diesen Feiern wird oft viel zu viel gesoffen.«

»Das is mal wahr.« Die Köchin nickte.

»Und unsere Lehrerinnen haben uns einen Trick verraten – wir sollen den Alkohol mit Wasser strecken.«

Schneider schaute sie durchdringend an. »Erbarmung, awwer deine Lehrerinnen warn noch nie nimmer nich aufm Gut hier inne Provinz. Das kannste nich machen, die schmecken das, Freddychen, gloob mir.«

»Nicht die ersten Flaschen, nicht sofort, Schneider. Aber später am Abend schon.«

»Hmmm«, brummte die Köchin nachdenklich. »Nen Versuch isses wert.«

Inzwischen entzündeten die Burschen im Hof den Holzhaufen, den sie gestern aufgetürmt hatten.

»Erbarmung«, murmelte die Köchin. »Hoffentlich hamse jetrocknetes Holz jenommen.«

Schneider hatte Glück, das Holz schien gut durchgetrocknet zu sein, es qualmte zwar, aber nicht so wie bei grünem Holz.

Das Feuer loderte hoch auf, so dass Frederike schon Bedenken kamen.

»Das muss so sein«, beruhigte die Mamsell sie. »Es wird herunterbrennen und dann ist nur noch die Glut vorhanden.«

»Ich hoffe, Sie haben recht, Mamsell.« Frederike drehte sich zu ihr um. »Sind die Zimmer bereit?«

»Ich denke schon. Aber bitte«, sie zeigte zur Treppe. »Du solltest die Zimmer kontrollieren, deine Mutter erwartet es von dir. Und nimm deinen Block ruhig mit.« Die letzten Worte sagte sie in einem seltsamen Ton. Frederike schaute die Mamsell fragend an.

»Ich kann auch gerne mitkommen«, meinte die Mamsell.

»Ja, bitte, warum nicht.«

Langsam gingen sie die Treppe zur Halle hoch.

»Irgendetwas stimmt doch nicht, Mamsell.«

»Es stimmt alles.« Die Mamsell räusperte sich. »Ich fürchte nur, ich habe in manchen Dingen eine andere Meinung als die Gnädigste. Vor allem, was dich angeht«, fügte sie leise hinzu.

»Mich?« Frederike blieb stehen. »Habe ich etwas falsch gemacht?«

»Das ist es ja«, sagte die Mamsell. »Das hast du nicht. Ich habe schon einige Mädchen aus höherem Haus erlebt, und ich habe keines darunter gehabt, das so fleißig und gewissenhaft war, wie du.« Sie schnaubte wie der alte Bulle im Stall. »Du machst keine Fehler, egal, wie sehr deine Mutter es provozieren will.«

»Wie … wie meinen Sie das?«, fragte Frederike verwirrt.

»Was steht in deinem Block? Was hatte in den Zimmern gestern gefehlt?«

»Bettwäsche in einem Raum, ein Wasserkrug in dem anderen. Es waren nur Kleinigkeiten, Dinge, die die Mädchen schnell beheben konnten. Es gibt hier immer viel zu tun …«

»Das stimmt. Aber die Mädchen haben diese Dinge auf Anweisung vergessen. Manchmal passiert das, Kerzen oder Lampen fehlen, Öl ist nicht aufgefüllt, die Wasserkrüge und Waschschüsseln wurden zum Spülen nach unten gebracht und vergessen. Das passiert. Gestern aber solltest du auf die Probe gestellt werden, und das macht mich ärgerlich.« Sie senkte den Kopf. »Es steht mir natürlich nicht zu, mich in die Dinge der Familie einzumischen.«

»Oh.« Frederike biss die Zähne zusammen. So war das also. Mutter wollte sie überprüfen. Nun gut, dem würde sie sicherlich standhalten. Entschlossen ging Frederike durch die Halle und nach oben. Fritz kam ihr entgegen, er stürmte geradezu die Treppe hinunter, ein Handtuch um seinen Hals geschwungen.

»Wir gehen schwimmen, Freddy«, rief er. »Kommst du mit? Das Wetter ist herrlich, es gibt kaum etwas Besseres an so einem Tag zu tun.«

Sie hielt ihn am Ärmel fest. »Du hast dein Zimmer schon bezogen?«

»Natürlich. Die anderen auch. Kommst du mit? Die Jungs würde es sicher in Entzücken versetzen.« Er zwinkerte ihr zu. »Rudolph scheint ganz hingerissen von dir zu sein«, flüsterte er.

»Wie lange kennst du ihn eigentlich schon?« Frederike runzelte die Stirn.

»Kennen? Nun, er ist ein Freund der von Olechnewitz', ich würde nicht sagen, dass ich ihn kenne. Aber er ist famos. Ein wirklich lustiger Geselle.«

»Das habe ich schon gemerkt. Ich muss allerdings noch ein paar Dinge erledigen«, sagte Frederike. »Vielleicht komme ich später nach.«

»Nachher wollen wir mit Ottos Wagen eine Spritztour machen.«

»Ich glaube, das ist nun wirklich nichts für mich, da reite ich lieber aus.« Sie lachte auf. »Sind deine Freunde schon draußen?«

»Ich glaube schon, warum?«

»Weil ich die Zimmer noch kontrollieren muss. Otto und Rudolph waren nicht angekündigt, wir mussten zusätzliche Zimmer fertigmachen lassen.«

»Ein oder zwei mehr – was macht das schon?« Fritz lachte. »Sieh zu, dass du uns gleich Gesellschaft leistest. Wir warten auf dich.«

Frederike sah ihm hinterher, er sprang, immer zwei Stufen auf einmal nehmend, nach unten, lief durch die Halle und nach draußen.

»Er hat nicht Unrecht« sagte die Mamsell. »Du solltest mit den anderen da draußen sein.«

»Vielleicht. Aber ich will Mutter nicht die Genugtuung geben, dass ich meine Aufgaben nicht erfülle. Außerdem habe ich gleich noch einen Termin bei dem Gärtner.«

»Der Gärtner ist auch noch morgen und übermorgen da«, sagte die Mamsell. »Eure Gäste vermutlich nicht.«

»Aber …«

»Nichts aber. Ich werde die Zimmer kontrollieren. Und ich werde dem Gärtner Bescheid sagen, dass der Termin verschoben ist. Vermutlich erleichtert ihn das. Schließlich ist heute das Erntefest und er soll noch frisches Gemüse in die Tenne bringen.«

»Wirklich?«, fragte Frederike zweifelnd.

»Ganz sicher. Du solltest dich unter das junge Volk mischen und dich amüsieren. Nun mach schon.«

Dankbar drückte Frederike ihre Hand. Sie ging nach oben in ihr Zimmer, zog den Badeanzug an und ein leichtes Sommerkleid darüber. Dann nahm sie das Handtuch vom Ständer und ging.

Gerade als sie in der Halle war, öffnete sich die Tür von Mutters Büro.

»Freddy?«, sagte Mutter erstaunt. »Was hast du vor?«

Frederike sah an sich herunter und drehte das Handtuch in ihren Händen. »Wonach sieht es aus? Ich gehe schwimmen. Die Jungs sind schon am Teich.«

»Jungs?«

»Fritz und seine Freunde.« Frederike lachte. »Unsere Gäste.«

»Du willst wirklich jetzt schwimmen gehen? Nachher kommen die anderen Gäste. Ich rechne fast jede Minute damit, dass Herr von Stieglitz eintrifft.«

»Wie schön. Er kennt sich ja im Haus aus. Du kannst ihm sagen, dass wir am See sind, vielleicht möchte er sich zu uns gesellen.«

»Ich fände es besser. Wenn du ihn persönlich begrüßen würdest, Freddy.«

»Aber das werde ich doch. Sobald er am See ist, werde ich ihn persönlich begrüßen.« Frederike drehte sich um und lief nach draußen. Mutter schien wirklich viel an der Verbindung zu Ax zu liegen. So viel, dass es schon fast unangenehm aufdringlich wirkte.

An diesem Tag und Abend werde ich mich nicht mit diesen Dingen befassen. Ich will einfach nur das schöne Wetter und die Gesellschaft genießen, dachte Frederike. Sie wusste, ihre Mutter meinte es im Prinzip nur gut, doch auf diese Art und Weise geprüft zu werden, verletzte Frederike. Sollte ihre Mutter nicht inzwischen wissen, dass Frederike zuverlässig war?

»Da bist du ja«, rief ihr Fritz entgegen. »Komm rein, das Wasser ist herrlich.«

Frederike legte ihr Kleid ab und ging zum Steg. Das Holz war warm unter ihren Füßen und die Sonne schien von einem blitzblauen Himmel. Es schien, als wollte die Natur noch einmal alles aufbringen, was der Sommer zu bieten hatte. Doch in der Ferne war das Rufen der Wildgänse zu hören, die sich sammelten, um nach Süden zu ziehen. Bald schon würde der Herbst da sein und ihm würde ein eisiger Winter folgen.

Am Ende des Stegs blieb Frederike für einen Moment stehen und spürte die Sonnenstrahlen auf ihrer Haut, dann streckte sie ihren Körper und sprang kopfüber in das kalte Nass. Für einen kleinen Moment nahm ihr die Kälte den Atem. Sie ließ sich treiben, fühlte das Prickeln der Luftbläschen an ihren Armen und tauchte schließlich wieder auf. Mit langen Zügen schwamm sie zur Mitte des Sees.

»Fritz, deine Schwester ist eine echte Nixe«, sagte Otto und klang anerkennend.

Rudolph kraulte zu Frederike. »Ich dachte, Sie müssten noch so viel tun?«, neckte er sie.

»Das Wasser zu überprüfen, gehört auch zu meinen Aufgaben«, gab sie lachend zurück.

»Meine Schwester hat viele Pflichten auf dem Gut. Ich denke, sie hat sich eine Erholung verdient.«

»Ich weiß«, sagte Rudolph. »Sie hat mir davon erzählt und es hat mich erstaunt.«

»Unsere Mutter und unser Stiefvater legen großen Wert darauf, dass wir uns hier einbringen«, sagte Frederike. Sie schwamm noch eine Runde, kehrte dann zum Steg zurück, zog sich hoch und legte sich auf die warmen Holzbretter.

»Ich finde es bewundernswert, wie Sie das machen.« Rudolph stieg aus dem Wasser, schüttelte sich wie ein nasser Hund und setzte sich dann neben sie.

»Warum duzt ihr euch nicht?«, fragte Fritz erstaunt. »Seid ihr einander etwa noch nicht vorgestellt worden?«

»Nein.« Frederike kicherte. »Sind wir nicht.«

»Dies ist meine von mir und vielen anderen sehr verehrte Schwester Frederike von Weidenfels. Freddy, dies ist mein bedauernswerter Freund Rudolph von Hauptberge. Bedauernswert deshalb, weil er nur einen Opel ›Laubfrosch‹ fährt. Da kann er natürlich nicht mit Ottos Benz mithalten.«

»Wetttauchen?«, forderte Otto Fritz nun auf. »So wie früher – wer der kleinen Insel am nächsten kommt, ohne Luft zu holen?«

»Selbstverständlich. Start ist der Steg«, gab Fritz zurück.

»Dass euch Autos so wichtig sind.« Frederike setzte sich auf, um das Geschehen im Wasser verfolgen zu können. »Ich mag den ›Laubfrosch‹.«

»Gegen Ottos PS kann ich mit meinem Fröschlein nicht anstinken.« Rudolph lachte. »Aber das ist mir egal. Ich bin mobil, das ist das, was für mich zählt.«

»Mir reicht meine eine Pferdestärke«, lachte Frederike.

»Da fällt mir ein, dass du mich ja gebeten hast, die Pferde zu bewegen. Ich hatte es ganz vergessen«, gab Rudolph verlegen zu.

»Sie sind auf der Weide, das muss für heute reichen. Heute ist schließlich kein normaler Tag.«

»Auf die Plätze, fertig …« rief Otto, holte tief Luft, tauchte unter und stieß sich mit einer kräftigen Bewegung ab. Fritz folgte ihm.

»Otto hat gemogelt«, sagte Rudolph.

»Das tut er immer.«

»Ich finde so etwas nicht ehrenhaft.«

»Fritz weiß, dass Otto mogelt, er lässt sich trotzdem immer wieder auf solche Spielchen ein. Mein Bruder ist ziemlich gutmütig.«

»Ich kenne ihn noch nicht lange und auch noch nicht besonders gut, aber das hatte ich auch schon bemerkt und für gut befunden.«

Frederike sah Rudolph verstohlen an. Ihr gefiel der junge Mann mit seiner geraden Nase, seinen leuchtenden Augen und dem feschen Haarschnitt.

»Fritz holt auf«, sagte Rudolph. »Aber wie lange können die beiden tauchen?«

»Lange. Sie spielen dieses Spiel, seit wir Kinder waren.«

»Eure Kindheit hier muss herrlich gewesen sein.«

Otto tauchte zuerst auf, dann kam Fritz an die Oberfläche – knapp eine Kopflänge vor seinem Freund.

»Gewonnen«, keuchte Fritz und streckte den Arm in die Luft.

»Wer als Erster am Steg ist!« Otto drehte sich um und kraulte zurück zum Ufer.

»Er mogelt ja schon wieder. Fritz hatte ja gar keine Zeit …«

»Es ist nur ein Spiel«, Frederike lachte und streckte sich wieder aus. Sie schloss die Augen, hörte das Summen der Insekten auf der Wiese, das Platschen im Wasser und die Geräusche des Guts im Hintergrund.

»Unsere Kindheit hier mag schön gewesen sein, wenn man an die Tage denkt, die wir draußen verbringen konnten. Aber es war auch langweilig auf olympischem Niveau. Vor allem die Winter waren zum Teil sehr … eigen«, murmelte sie.

»Vermutlich war es einsam hier.«

»Einsam?« Frederike dachte nach. »Meine Freundin Thea würde das so beschreiben, denke ich. Wir haben es nicht so empfunden.«

Fritz und Otto hatten den Steg erreicht, Otto hatte diesmal gewonnen. Die beiden drehten um, um einen weiteren Schwimmwettbewerb auszufechten.

»Wir hatten einfach hier in der Provinz viele Dinge nicht, die im Reich inzwischen selbstverständlich sind. Es hat ewig gedauert, bis elektrische Leitungen und das Telefon installiert werden konnten. Viele der älteren Bauern und der Leute aus dem Dorf haben sich gesträubt, die Masten auf ihrem Land aufstellen zu lassen: Es sei Teufelswerk oder gefährlich. Manche denken heute noch so.« Frederike öffnete die Augen und stützte sich auf ihre Ellenbogen. »Es gibt hier keine Lichtspielhäuser in der Nähe, keine Theater oder gar Museen wie in Berlin, Potsdam oder Bad Godesberg. Manchmal kam ein Filmvorführer in das Gasthaus hier im Dorf. Das war immer ein besonderes Ereignis. Ich habe erst durch meine Zeit in Bad Godesberg erfahren, wie anders das Leben im Reich inzwischen ist. Hier scheint manchmal die Zeit stehen geblieben zu sein.«

»Es wirkt aber durchaus idyllisch.«

»Heute ganz bestimmt, wenn du aber im Herbst kommst, wenn die Stürme über das Land ziehen und die Straße zu einer matschigen Rutschbahn wird, sieht das anders aus.« Frederike grinste.

»Was ist dein Ziel im Leben? Möchtest du lieber im Reich leben? In einer großen Stadt?«

»Ich weiß gar nicht, ob ich das könnte. Ich glaube, dafür bin ich nicht gemacht. Aber man weiß ja nie, was im Leben so kommt.«

Die Burschen hatten das Feuer vor der Scheune angezündet. Plötzlich drehte der Wind und eine Wolke aus Rauch hüllte sie ein und Frederike sprang hustend auf.

»Das ist die Idylle des Landlebens«, sagte sie lachend und zog Rudolph mit sich in den Windschatten der Bäume am Ufer.

»Es brennt und du lachst? Sollten wir nicht helfen?« Rudolph klang leicht panisch.

»Sie haben die Holzstöße angezündet, über denen nachher die Spanferkel gegrillt werden. Offensichtlich ist doch noch grünes Holz darunter, sonst würde es nicht so qualmen. Die Köchin wird ihnen den Marsch blasen.« Frederike zog ihr leichtes Kleid über den Kopf. »Für mich wird es jetzt Zeit, zurückzugehen. Ich muss noch ein paar Dinge erledigen. Heute Mittag wird es nur eine leichte Mahlzeit geben, aber zur gewohnten Zeit.« Sie nickte ihm zu.

Als sie zum Haus kam, sah sie ein weiteres Automobil vor der Tür stehen. Gerulis ließ gerade das Gepäck nach oben bringen. Obwohl Frederike kaum Ahnung von den Vehikeln hatte, wusste sie doch, dass dieses Ax von Stieglitz gehörte. Ihr Herz legte einen Takt zu. Sie freute sich, ihn wiederzusehen – als guten Bekannten. Oder war es mehr? Auch Rudolph schien ein netter Mann zu sein. Aber war er interessiert? War überhaupt jemand an ihr interessiert und was zählte es? Musste sie nicht selbst wissen, was sie wollte? Es schien alles so unlösbar und schwer zu sein.

»Die Ferkel kommen jetzt auf das Feuer«, rief ihr Leni zu, die aus dem Souterrain kam. »Das ist so aufregend, findet ihr nicht?« Dann blieb Leni stehen. »Brauchen Sie Hilfe, Fräulein Freddy?«

»Nein«, sagte Frederike. »Das wird schon. Danke.«

Kapitel 12

»Es ist … ungewohnt«, meinte Ax von Stieglitz und fasste Frederikes Arm. »Ich habe schon an dem einen oder anderen Erntefest teilgenommen, aber dieses ist anders.«

»Weil es bei uns ist«, scherzte Frederike. »Hier ist alles etwas anders.«

»Nein, das meine ich nicht. Es ist die Atmosphäre, Sie sind mit ihren Leuten wirklich verbunden.«

»Und das meinte ich.«

Er sah sie an. »Da haben Sie recht, Freddy. Es liegt an ihrem Umgang mit den Leuten.« Er räusperte sich. »Wollen wir uns nicht duzen?«

»Ich dachte schon, du fragst nie«, lachte Frederike, wurde dann wieder ernst »Morgen werden sie uns hassen.«

»Sie? Wer ist das?«

»Die Leute natürlich. Ach, Ax, tu doch nicht immer so weltfremd.« Frederike lachte. »Das wirkt anfangs lustig, aber auf Dauer nicht. Du führst doch auch ein Gut und weißt, was es heißt.«

»Ich fürchte, ich führe eine Zucht und den Rest macht mein Inspektor, meine Liebe.« Er senkte den Kopf. »Warum sollten uns die Leute also hassen? Erkläre es mir, bitte.«

»Ach Gottchen, Ax. Sie werden doch heute Nacht feiern. Tanzen. Trinken. Feiern eben. Wie auf dem Erntefest üblich. Normalerweise fährt der Gutsbetrieb am nächsten Tag auf ziemlich kleiner Spur. Das wird auch morgen so sein, aber ganz klein geht nicht, zumindest nicht für die Leute und die Küche. Schließlich hat Mutter Gäste geladen«, wisperte sie ihm zu.

Der Vorarbeiter kam und band ein Ährengebinde um den Arm von Stefanie und Onkel Erik, dann spielte die Kapelle auf – eine Polka. Stefanie und Onkel Erik tanzten unter Applaus eine Runde in der Tenne, dann ging Onkel Erik auf den Vorplatz, wo die Ferkel über der Glut rösteten. Die Burschen hatten den ganzen Tag den Spieß über dem Feuer gedreht und die Ferkel waren herrlich knusprig geworden. Das Mädchen hatte, nach den Anweisungen der Köchin, alle halbe Stunde Marinade aus Gewürzen und Bier über die Ferkel gegossen und sie damit eingepinselt. Nun lagen sie auf einem großen Tisch und Onkel Erik wetzte das Messer an einem Schleifstock. Dann schnitt er das erste Ferkel an und alle jubelten. Onkel Erik gab das Messer an Hans weiter und suchte den Blick von Stefanie.

Stefanie von Fennhusen drehte sich um und schaute in die Runde. »Mein Mann und ich möchten uns ganz herzlich an diesem Abend bei allen Arbeitern, Schnittern und unserem Personal, ohne das wir nicht leben könnten, bedanken. Sie alle sollen heute hier feiern, ohne Sorgen und Nöte. Essen Sie, tanzen Sie, feiern Sie nach Herzenslust. Es ist angerichtet und das erste Schwein schon angeschnitten. Halten Sie sich nicht zurück, an diesem Abend ist kein vornehmer Anstand gewünscht, sondern eine glückliche und fröhliche Feier.« Sie hob den Arm. »Kapelle, einen Walzer, bitte.« Dann warf sie Frederike, Fritz und den anderen Gästen einen Blick zu, nahm den Arm von Onkel Erik und ging zur Mitte der Tanzfläche. Sie stellten sich in Positur und, als die drei Mann der Kapelle den Walzer anstimmten, begannen sie den Tanz.

»Jetzt wir«, sagte Frederike nach der ersten Runde und nahm Ax' Hand.

»Tanzen?« Er klang entsetzt.

»Nur eine Runde. Hab dich nicht so«, lachte Frederike.

»Ich kann nicht tanzen.« Ax drehte sich weg.

»Was?« Frederike konnte es kaum glauben. »Es ist doch nur ein Walzer.«

»Wollen wir?«, fragte Rudolph und packte ihren Arm. »Nun komm schon.« Er lachte ihr zu. »Eins und zwei und los«, zählte er den Takt mit, zog sie dann auf die Tanzfläche.

»Du lieber Himmel.« Frederike ließ sich von ihm führen, aber sie schaute immer wieder zu Ax, der wie ein begossener Pudel am Rand der Tanzfläche stand.

Einer der Arbeiter klatsche Frederike ab. Aus den Augenwinkeln sah sie, dass Fritz mit einem der Spülmädchen tanzte und Rudolph eins der Zimmermädchen aufforderte. Die Tanzfläche füllte sich, es war ein lustiges Treiben. Vielleicht eine halbe Stunde ging das so, dann verließen Stefanie und Onkel Erik die Tenne. Das war das Zeichen für den Aufbruch. Frederike reichte ihren Partner an Leni weiter und ging zum Scheunentor. Auch Fritz, Rudolph und Otto folgten ihnen.

Auf dem Rasen vor dem Gutshaus waren Tische und Bänke aufgebaut worden. Die von Olechnewitz' hatten zwei Mägde und einen Burschen mitgebracht, die nun die Bedienung übernahmen.

Auch hier drehte ein Bursche fleißig den Spieß mit dem Spanferkel über dem Feuer. Fritz und Rudolph fassten mit an, brachten das knusprige und duftende Tier zum großen Tisch, auf dem eine Metallplatte lag. Onkel Erik griff wieder zum Messer und schnitt große Stücke ab.

Sie füllten sich die Teller mit Schweinefleisch und Krautsalat und nahmen sich dicke Scheiben von dem köstlichen, noch warmen Brot, das die Köchin am Nachmittag gebacken hatte. Ein weiterer Tisch bog sich unter der Last der Kuchen, die die Frauen aus dem Dorf mitgebracht hatten.

»Darf ich dir etwas zu trinken bringen?«, fragte Ax Frederike.

»Gerne.« Dass er nicht hatte tanzen wollen, hinterließ ein seltsames Gefühl bei ihr, das sie jedoch nicht richtig einordnen konnte. Manchmal, dachte sie, machte Ax einen ungelenken Eindruck. Oder wirkte das jetzt nur so, da sie den direkten Vergleich zu Fritz und seinen Freunden hatte? Ax war um einiges älter als sie, vielleicht wirkte er deshalb manchmal steif, dabei war er vielleicht nur reifer und nicht mehr so unbeschwert, wie die Jungs. Schließlich trug er seit Jahren alleine die Verantwortung für das große Gut.

Und vielleicht konnte er wirklich nicht tanzen. Ich könnte es ihm ja beibringen, dachte Frederike amüsiert.

Entgegen aller Sorge, war das rustikale Fest ein voller Erfolg. Nach dem Essen wurden Cocktails in der Halle gereicht, das große Esszimmer war am Tag zuvor ausgeräumt und die Teppiche zusammengerollt worden. Als es dämmerte, spielte das Grammophon ohne Unterlass. Stefanie und Onkel Erik ließen sich dazu hinreißen, einen Charleston zu tanzen, aber auch Polka, Walzer und Foxtrott wurden gespielt.

Frederike konnte Ax nicht überreden, es wenigstens einmal auszuprobieren, aber er führte sie auf die Veranda, nachdem sie mehrere Tänze mit Rudolph und den anderen Jungs getanzt hatte.

»Es macht dir Spaß«, sagte er und schmunzelte.

»Oh ja, es ist sehr vergnüglich, aber auch anstrengend.«

»Champagner?« Die Mädchen der von Olechnewitz' gingen mit Tabletts durch die Räume, boten Getränke und die Häppchen an, die die Köchin vorbereitet hatte.

»Sehr gerne, ich hoffe, er ist eisgekühlt.« Durstig nahm sie das Glas, trank einen Schluck. »Warum tanzt du nicht?«

»Weil ich es nicht kann.«

»Man kann es lernen, es sieht viel schwieriger aus, als es ist.«

»Ich würde mich dazu hinreißen lassen, Walzer zu lernen«, sagte Ax leise, »damit ich ihn auf meiner Hochzeit mit der Braut tanzen kann.«

Frederike war froh, dass sie draußen standen. Ein paar Kerzen erhellten die Veranda nur mäßig. Ihre Wangen glühten plötzlich. Sie wartete darauf, dass Ax fortfuhr, doch er schwieg nachdenklich.

Bald schon kamen andere Gäste auf die Veranda, um frische Luft zu schnappen, und der magische, vertraute Moment war vorbei.

Es war weit nach Mitternacht, als die meisten Nachbarn abfuhren.

»Das war ganz wunderbar, Stefanie. So etwas werden wir auch machen – ganz rustikal«, hörte Frederike einige Male sagen.

Auch die Hausgäste verabschiedeten sich auf ihre Zimmer. Frederike blieb noch, um Mutter, Tante Edeltraut und Tante Martha zu helfen, aufzuräumen. Das war für gewöhnlich nicht ihre Aufgabe, aber sie hatten dem Personal versprochen, dass sie so wenig Arbeit wie möglich haben würden.

Frederike sammelte das Geschirr ein, das überall verstreut auf Tischen, Stühlen, selbst in den Regalen stand. Sie stapelte die Teller und Gläser im Speiseaufzug und schickte ihn dann nach unten, wo Tante Edeltraut alles in Empfang nahm und auf den Spültisch stellte. Natürlich würde das die Arbeit der Mädchen etwas erleichtern, aber spülen würden sie trotzdem müssen.

Nach einer Stunde hatten sie fast alles zusammengebracht und rollten die Teppiche wieder aus.

»Es war eine schöne Feier«, sagte Stefanie stöhnend, »aber ob wir uns das noch mal so antun sollten?«

»Die nächste Feier veranstalten wir, wenn uns das Personal zur Verfügung steht«, meinte auch Tante Edeltraut. »Aber es war eine erfrischende Abwechslung und auch den Gästen scheint es gefallen zu haben.«

Während die beiden Tanten schon müde nach oben gingen, löschten Frederike und ihre Mutter alle Kerzen und Lichter. Aus der Ferne konnte man immer noch die Kapelle in der Tenne hören, auch fröhliches Lachen und laute Stimmen klangen zu ihnen herüber.

»Bisher scheint es noch keine Schlägerei gegeben zu haben«, meinte Frederike.

»Das kommt noch.« Stefanie schmunzelte. »Das war bisher immer so.«

»Ich habe der Mamsell geraten, den Schnaps zu verdünnen. Ein Trick, den wir auf der Schule gelernt haben.«

»Dann bin ich mal gespannt, ob er funktioniert.« Stefanie schaute ihre Tochter an. »Du hast einige Zeit mit Ax verbracht. Habt ihr euch gut unterhalten?«

Frederike verdrehte die Augen. »Ja, haben wir. Aber um meine Hand hat er noch nicht angehalten, falls du das meinst.«

»Vielleicht solltest du ihn ein wenig mehr ermutigen und dafür Andere, wie Rudolph von Hauptberge, etwas distanzierter behandeln.«

»Ich mag Rudolph aber. Ich habe mich doch noch gar nicht für von Stieglitz ausgesprochen. Muss ich jetzt eine Entscheidung treffen?« Frederike spürte Wut, die wie ein Kloß in ihrem Magen saß.

»Weißt du, dieser Rudolph mag ganz nett sein, aber welche Zukunft kann er dir bieten? Irgendwann wird er vermutlich das Familiengut in Schlesien übernehmen, aber das kann noch dauern, denn noch hat er ja seine Studien nicht beendet. Otto wäre vielleicht ein Kandidat, aber auch er ist noch sehr jung und hat sich die Hörner noch nicht abgestoßen.«

»Otto?« Frederike war entsetzt. »Otto mag Fritz' Freund sein, aber er ist absolut indiskutabel.«

Stefanie lächelte. »Nun, wenigstens darüber scheinen wir ja einer Meinung zu sein. Morgen früh wird Ax wieder abreisen, aber wir werden ihn in diesem Jahr bestimmt noch häufiger sehen. Vielleicht kannst du ja bei den Gelegenheiten deine Einstellung prüfen.«

»Ich habe nicht wirklich das Gefühl, dass er mir den Hof macht.«

»Was auch daran liegen könnte, dass du dich so viel mit den anderen jungen Männern abgibst.«

»Ach, Mutter«, seufzte Frederike, pustete die letzte Kerze aus und ging dann nach oben.

Stefanie hatte recht. In den nächsten Wochen und Monaten trafen sie Ax mehrfach. Nach der Ernte kam die Jagdzeit. Schlepp- und Treibjagden wurden allerorts abgehalten und in diesem Jahr nahm Stefanie fast jede Einladung an.

Es gab tatsächlich noch andere Interessenten, die Frederike vorsichtig umwarben. Eigentlich war es eher ein langsames Herantasten und Abstecken von Interessen und Gemeinsamkeiten. Es war eine spannende und aufregende Zeit und für Frederike hätte das auch noch endlos so weitergehen können. Doch immer wenn ein möglicher Verehrer auf Fennhusen auftauchte, fand Stefanie etwas an ihm auszusetzen. Und tief in ihrem Inneren wusste Frederike, dass die Mutter es nur gut meinte und das Beste für sie wollte.

Ax blieb konstant höflich und freundlich, sie wurden immer vertrauter miteinander.

In zwei Tagen sollte eine Schleppjagd bei den von Olechnewitz' stattfinden. Stefanie saß in ihrem Büro, als Frederike durch die Halle ging.

»Freddy, kommst du bitte?«, rief Stefanie ihr zu.

»Mutter?« Frederike setzte sich auf den Sessel neben dem Schreibtisch der Mutter.

»Was ist mit deinen Reitsachen? Sind sie sauber und bereit für übermorgen?«

»Ich habe es noch nicht überprüft. Es waren zwei Knöpfe am Jackett abgerissen und ich hatte die Jacke in die Nähstube gegeben.«

»Meinst du nicht, du solltest das nächste Mal den Rock anziehen?«

»Und im Damensattel reiten? Niemals.« Frederike schüttelte den Kopf. »Ich weiß aber nicht, ob ich mitkomme zu den von Olechnewitz'«, sagte sie dann.

»Du musst, ich habe dich angemeldet. Sie erwarten uns.«

»Ich weiß, aber ich denke, Fortuna wird in den nächsten Tagen werfen und ich möchte sie nicht alleine lassen.«

»Das verstehe ich natürlich«, sagte Stefanie nachdenklich. »Dann ist das eben so. Erik wird sich freuen.«

»Worüber werde ich mich freuen?«, fragte er und kam durch die geöffnete Verandatür hinein.

»Ich denke, es dauert nicht mehr lange, bis Fortuna wirft.«

»Das ist allerdings außerordentlich erfreulich. Ich hoffe, alles geht gut.«

»Deshalb werde ich nicht mit zur Jagd bei den von Olechnewitz kommen«, sagte Frederike.

»Es sind nur eineinhalb Stunden zu Pferd und etwa 45 Minuten mit dem Wagen«, meinte Onkel Erik. »Jemand könnte bei dem Hund bleiben und dir telefonisch Bescheid geben.«

»Unfug, mein Lieber. Wenn wir mitten in der Jagd sind, kann niemand Freddy erreichen. Sie hat schon recht, sie sollte bei ihrem Hund bleiben, auch wenn es schade um die Gelegenheit ist.«

»Dann ist das ja geklärt«, sagte Frederike und erhob sich.

In ihrem Zimmer hatte sie eine große Kiste aufstellen lassen, die weich mit alten Decken ausgepolstert war. Seit ein paar Tagen ging Fortuna nur noch widerwillig vor die Tür, hielt sich am Liebsten in der Nähe des Kamins auf. Auch suchte sie Frederikes Nähe, war anhänglich wie nie zuvor. Frederike vertraute ihrem Hund, er war jung und gesund, dennoch war die erste Geburt immer ein Risiko. Und es ging nicht nur um Fortuna: Onkel Erik hatte schon etliche Bewerber für die Welpen.

Das Wetter war herbstlich geworden. Der erste Sturm hatte schon einige Blätter von den Bäumen geweht und zwei Tage Dauerregen hatten die Straßen in Matschwege verwandelt. Doch nun schien es noch mal aufzuklaren. Vielleicht würden sie einen goldenen Oktober haben. Morgens waren die Stoppeln auf den Feldern jedoch oft mit einer Puderzuckerschicht Raureif bedeckt und abends kam das Zimmermädchen und brachte glühende Kohlen aus dem Herd, um den kleinen gusseisernen Ofen in Frederikes Zimmer anzuheizen. Das war ein sehr ungewöhnliches Privileg, denn normalerweise wurden die Öfen in den Zimmern nur im tiefsten Winter befeuert. Doch für Fortuna war Onkel Erik bereit, eine Ausnahme zu machen.

Am nächsten Abend setzte sich Frederike, wie so oft in der letzten Zeit, in den Ohrensessel, der an ihrem Fenster stand. Fortuna lag in der großen Kiste und schlief. Frederike hatte einen Brief von Rudolph bekommen und freute sich darauf, ihn zu lesen.

Seit seinem Besuch im Spätsommer schrieben sie sich in unregelmäßigen Abständen. Meist waren die Briefe von ihm heiterer Natur, er erzählte Begebenheiten und Anekdötchen, die ihm widerfahren waren.

Eine Zeit hatte Frederike gedacht, dass ihre Korrespondenz ernsthafter und vertraulicher werden würde, aber das hatte nicht den Anschein. Vermutlich hatte ihre Mutter recht, die Jungs waren noch zu jung, um sich auf eine andere Ebene zu begeben. Dabei hatte es Frederike auch nicht eilig, nur wollte sie, bevor sie jemandem ihre Gunst schenkte, mehr von ihm erfahren.

Auch diesmal berichtete Rudolph nur belanglose Dinge, ohne dass sie eine tiefere Einsicht in seine Gedanken bekam. Enttäuscht legte sie den Brief zur Seite.

Fortuna war aufgestanden, streckte sich und ging zur Tür, wobei sie leise winselte.

»Sollen wir rausgehen?«, fragte Frederike und nahm den Mantel vom Haken. Auch wenn heute ein schöner Herbsttag gewesen war, wurde es nach Einbruch der Dunkelheit doch schnell kalt. Der Wind hatte aufgefrischt und heulte in den Ecken und unter der Dachtraufe.

Langsam und behäbig ging die Hündin nach unten. In der Halle kam Onkel Erik aus seinem Büro und wollte in den Salon gehen, wo das Feuer im Kamin prasselte und Stefanie mit einem Glas Port wartete. Er beugte sich vor und tätschelte Fortunas Kopf. »Nun, meine Gute, ist es bald so weit?«

»Ich denke schon«, sagte Frederike.

»Sollte es heute Nacht losgehen, hol mich dazu.«

»Ich dachte, ich lasse Hans kommen.«

»Ja, Hans, aber ich wäre auch gerne dabei.«

»Natürlich.« Frederike grinste. »Du kannst dann in die Küche gehen und Wasser kochen lassen, so wie bei Alis Geburt …«

»Machst du dich etwa über mich lustig?« Onkel Erik zog die Stirn kraus.

»Auf keinen Fall«, sagte Frederike so ernst wie möglich. »Komm, Fortuna, wir gehen raus.« Sie zwinkerte ihrem Stiefvater zu.

Onkel Erik lachte. »Ich mag deinen Humor, Freddy. Ich mag ihn wirklich.«

Fortuna lief einmal die Einfahrt hinunter und um das Rondell, das Stefanie vor dem Haus hatte anpflanzen lassen. Sie löste sich und lief sofort danach zurück zum Haus.

»Och, Fortuna, ein wenig Bewegung wird dir gut tun. Bis zum Stall schaffen wir es bestimmt.« Sie pfiff und Fortuna folgte ihr langsam.

In der Luft lag der Geruch der Kartoffelfeuer. Die Leute ernteten auf ihren Feldern, die sie zum Eigenbedarf bepflanzen durften. Die Meisten hatten hinter ihren Häusern nicht nur den Acker und den Gemüsegarten, sondern auch noch einen kleinen Stall, in dem sie oft ein Schwein und einige Hühner hielten.

Dies war der Geruch des Herbstes für Frederike, der Geruch ihrer Heimat. Jede Jahreszeit hatte einen anderen Duft, und nirgendwo roch es so wie hier, hatte sie festgestellt, als sie in Bad Godesberg war.

Sie ging zum Stall und nahm einen Apfel aus der Kiste, die neben dem Tor stand. Lorbass schnaubte, als er ihre Schritte hörte. Frederike war sich sicher, dass er sie erkannte. Sie hielt ihm den Apfel hin, genoss das Kitzeln seiner Tasthaare und der weichen Lippen und spürte seinen warmen Atem auf ihrer Haut. Er sah sie mit großen Augen an, beugte sich dann zu Fortuna, schnupperte an ihr und schnaubte erneut.

»Na, was sagst du?«, fragte Frederike. »Ist es bald soweit?«

Lorbass schien zu nicken und Frederike lachte leise. Sie gab ihm noch eine Schaufel Futter und schloss dann wieder die Tür seiner Box.

»Ei, was macht denn das Fräuleinchen Freddy hier?« Hans tauchte aus den Tiefen des Stalls auf.

»Ich habe Fortuna überredet, eine kleine Runde zu drehen, viel Lust hatte sie nicht. Und da dachte ich, ich könnte auch gleich bei Lorbass vorbeischauen.«

»Eine Schande ist es, dass du morgen nicht mitreitest bei der Jagd«, brummte Hans, hockte sich hin und strich Fortuna sanft über den geschwollenen Leib. »Aber recht haste, was Fortuna angeht. Die Lütten kommen bald. Heute Nacht oder morgen. Kannst mich immer rufen.«

»Wir haben noch mehr Jagden in diesem Herbst. Außerdem kann gerne jemand anderes Lorbass nehmen.«

»Das habe ich dem Gnädigsten schon vorgeschlagen. Er überlegt noch. Tät mich nicht wundern, wenn er auch hierbliebe, um die Geburt mitzuerleben.«

»Bitte nicht«, seufzte Frederike. »Er macht alle nervös.«

Hans lachte. »Weißt ja, wo de mich findest.« Er tippte an seine Mütze und ging zurück. Er bewohnte zwei Kammern über der alten Remise, die an den Stall anschloss.

Als sie wieder beim Haus waren, stieg Fortuna hechelnd die Treppen empor und legte sich in Frederikes Zimmer sofort in ihre Kiste. Ihr

Bauch hob und senkte sich. Frederike gab frisches Wasser in den Napf, setzte sich wieder in den Sessel und beobachtete ihre Hündin. Doch diese schlief. Nach einer Weile zog Frederike sich aus und ging auch zu Bett. Eine kleine Lampe auf der Kommode ließ sie brennen.

Als sie am Morgen aufwachte, lag Fortuna immer noch mit dickem Bauch in der Box aber hechelte stark.

»Es geht los, oder?«, fragte Frederike mitfühlend, kniete sich neben die Hündin und kraulte sie hinter den Ohren. »Keine Angst, ich bleibe bei dir. Und ich sage Onkel Erik nichts, er würde uns nur verrückt machen.«

Sie zog sich an und ging zur Andacht, die heute kürzer ausfiel als gewöhnlich. Das Auto war schon vorgefahren, die Pferde gesattelt. Mutter und Onkel Erik würden mit dem Wagen fahren, der zweite Stallbursche brachte die Pferde zu den Nachbarn. Er würde gemächlich querfeldein reiten und rechtzeitig zum Beginn der Jagd bei den von Olechnewitz' sein.

»Was macht Fortuna?«, fragte Onkel Erik beim Frühstück und häufte sich Rührei auf den Teller.

»Nichts«, log Frederike. »Bisher ist alles ruhig.«

»Seltsam. Ich hätte schwören können, dass sie in der Nacht wirft.«

»Es ist noch keins drin geblieben«, sagte Stefanie lakonisch.

»Ich wäre nur gerne dabei.«

»Dann bleib hier«, sagte Frederike wie beiläufig. »Vielleicht wirft sie heute, oder morgen oder übermorgen. Lange kann es nicht mehr dauern.«

»Pferde haben wenigstens den Harztropfen. Kommt der aus dem Euter, wird die Stute abfohlen«, sagte Onkel Erik und klang grimmig. »Nun gut. Ich möchte aber auch an der Jagd teilnehmen. Wir sind ja heute Abend wieder zuhause.«

Frederike lächelte still in sich hinein und nahm sich auch von dem Rührei. Nach dem Frühstück verließen Stefanie und Onkel Erik das Haus, Frederike winkte ihnen hinterher. Irgendwie war es seltsam, alleine im Haus zu sein, obwohl sie ja nicht wirklich alleine war. Irmi saß bei der Lehrerin im Schulzimmer, Gilusch und die beiden kleinen Jungs waren im Kinderzimmer bei ihrem Kindermädchen.

Aber Fritz war wieder zurück in Potsdam an der Kadettenschule, die beiden Tanten waren für zwei Wochen auf die Kurische Nehrung gefahren, und Gerta immer noch auf Poppelsdorf.

Gerta schrieb Frederike regelmäßig und beklagte sich. Gar jämmerlich klangen ihre Briefe. Über die Leidenschaft zu dem Stallburschen war sie längst hinweg und hätte sonst etwas dafür gegeben, um nach Fennhusen zurückkehren zu dürfen. Aber Mutter blieb eisern. Zumindest schien es nun so, als ob Gerta Weihnachten wieder im Schoß der Familie verbringen dürfte, was Frederike sehr freute.

Onkel Erik hatte die beiden Zeitungen, die er immer las – die Vossische Zeitung ließ er sich aus Berlin schicken, auch wenn sie immer einen Tag später ankam, und die Lokalzeitung – auf dem Tisch liegen lassen. Er hatte nur die Schlagzeilen überflogen. Jeden Morgen bügelte Gerulis die beiden Zeitungen nach alter Sitte zwischen zwei Blättern Papier – zum einen, um die Falten herauszunehmen, zum anderen wegen der Druckerschwärze, die oft unangenehm abfärbte, nach dem Bügeln aber fester war.

Frederike schenkte sich noch eine Tasse Kaffee ein, nahm die Zeitungen und ging nach oben in ihr Zimmer. Fortuna lag noch immer in der Box. Sie hatte seit gestern nichts mehr gefressen, selbst die frischen Hühnerherzen, eine ihrer Leibspeisen, waren unangetastet.

Die Hündin hechelte stark und ihr Bauch schien sich immer wieder zusammenzuziehen.

Frederike klingelte nach Leni und bat sie, Hans zu holen. Sie zog den Sessel vom Fenster näher an die Box und legte zwei Scheite Holz in den Ofen.

»Nun kommen deine Babys«, flüsterte sie dem Hund zu. »Hab keine Angst, ich bin bei dir.«

Fortuna leckte sich immer wieder und legte sich schließlich keuchend auf die Seite. In dem Moment, als es klopfte, trat der Kopf des ersten Welpen, noch umhüllt von der Fruchtblase, hervor.

»Geht es los?«, fragte Hans und trat ein.

»Ja. Der Erste ist schon fast da«, flüsterte Frederike. Sie kniete neben der Kiste und wartete ab. »Müssen wir helfen?«

Hans setzte sich neben sie auf den Boden, schüttelte den Kopf. »Sie muss jetzt die Fruchtblase aufbeißen und den Welpen lecken, damit er anfängt zu atmen.«

Als hätte Fortuna auf diese Anweisungen gewartet, tat sie, was Hans gesagt hatte. Voller Anspannung beobachteten Frederike und Hans den Welpen, nach kurzer Zeit fiepte er leise.

»Gott im Himmel«, stieß Hans erleichtert aus. »Einen haben wir.«

Die Nachgeburt kam und Fortuna fraß sie sofort auf.

»Du lieber Himmel« sagte Frederike.

»Das muss so sein, eigentlich solltest du das wissen«, beruhigte Hans sie. »Du bist doch nicht das erste Mal dabei, wenn ein Tier wirft.«

»Damit hast du recht, aber irgendwie habe ich den Gedanken daran verdrängt«, lachte Frederike.

Fortuna schob den Welpen an ihr Gesäuge, wo er sofort anfing zu trinken. Dann lehnte sie sich zurück.

Auch Frederike richtete sich auf und spürte die Anspannung von sich abfallen.

»Möchtest du einen Tee oder einen Kaffee, Hans?«, fragte sie. »Und hast du schon gefrühstückt?«

»Ein Kaffee wärs, und ich hatte bisher nur ein Brot.« Er zwinkerte ihr zu. »Sicher gibt es noch Reste?«

»Bestimmt.« Diesmal wollte Frederike nicht läuten, sondern selbst nach unten laufen. Bis der nächste Welpe kam, konnte noch Zeit vergehen. Doch Leni stand aufgeregt vor der Tür.

»Ist es soweit?«, fragte sie.

»Einer ist schon da. Bisher macht er einen guten Eindruck.«

»Wie schön.« Leni strahlte. »Wir haben gewettet, unten bei den Leuten, wie viele es werden.«

»Worauf hast du gesetzt?«, fragte Frederike lachend.

»Sechs. Sechs werden es bestimmt.«

Frederike schüttelte zweifelnd den Kopf. »Ich glaube, eher vier. Es ist ihr erster Wurf.«

»Sie ist kräftig und gesund.«

»Das stimmt. Könntest du uns noch eine Kanne Kaffee und für Hans etwas Frühstück bringen? Es ist doch bestimmt noch etwas da vom Rührei.«

»Ja, aber das ist doch nun kalt«, sagte Leni.

»Ich glaube kaum, dass Hans das stört«, meinte Frederike schmunzelnd.

Eine Weile später brachte Leni ein großes Tablett mit Kaffee, Brot, Butter und Marmelade. Unter einer Wärmehaube verbarg sich frisches, noch dampfendes Rührei.

Inzwischen war der zweite Welpe geboren, der Dritte machte sich gerade auf den Weg.

»Als ob sie das schon hundert Mal gemacht hätte«, lobte Hans Fortuna und schenkte sich Kaffee ein. Mit sichtlicher Wonne genoss er das Frühstück, während Frederike ihren Hund kaum aus den Augen lassen mochte.

Am späten Nachmittag kam der sechste und letzte Welpe zur Welt. Souverän nabelte die Hündin ihn ab, schob ihn zum Gesäuge und leckte ihn trocken. Allen sechs schien es gut zu gehen. Hans setzte sich neben die Kiste und nahm vorsichtig einen nach dem anderen hoch. »Wir haben vier Rüden und zwei Weibchen«, verkündete er stolz und setzte sie zurück in die Kiste. »Es kommt natürlich auf die nächsten zwei Tage an, aber mir scheint, alle werden überleben. Sie machen einen hervorragenden Eindruck.«

»Danke«, sagte Frederike erleichtert. »Möchtest du einen Eierlikör? Oder einen Schluck Champagner?«

»Ei, mir wäre ein Schnaps recht.« Hans lachte auf. »Wenn ich ihn nur tät kriegen.«

Frederike schaute zur Kiste. »Meinst du, ich kann sie für einen Moment alleine lassen?«

»Fortuna hat gefressen und vor allem hat sie getrunken. Die Lütten liegen am Gesäuge, Hexenmilch scheint ausreichend da zu sein. Natürlich kannst du sie alleine lassen. Sie macht nicht den Eindruck, als würde sie ihre Welpen auffressen, manche Hündinnen tun das beim ersten Wurf.«

Frederike schaute ihn erschrocken an.

»Aber unsere Fortuna nicht. Keine Sorge, Marjellchen.« Er schlug ihr auf die Schultern.

Gemeinsam gingen sie nach unten. Frederike schenkte Hans einen Whisky ein, den er sichtlich genoss, sie selbst nahm sich einen Sherry. Die Köchin hatte sie im Laufe des Tages immer wieder mit Essen versorgt. Das ganze Haus schien mitgefiebert zu haben.

Längst war es draußen dunkel geworden, und nachdem Hans sich verabschiedet hatte, nicht ohne ihr zu versichern, dass er jederzeit käme, sollte es Probleme geben, setzte sich Frederike, eingekuschelt in ihren mit Pelz verbrämten Mantel und einer Decke um die Beine, auf die Veranda. Sie wollte nur einen Moment die frische und klare Luft genießen, ein wenig zur Ruhe kommen. Der Tag war aufregend gewesen, die Luft in ihrem Zimmer warm und stickig, durchsetzt mit dem intensiven Geruch der Hunde und des Blutes. Sie hatte zwar immer mal wieder kurz das Fenster geöffnet, wollte aber auch nicht, dass die Welpen sich verkühlten.

Irgendwann musste sie eingenickt sein, denn sie wurde erst wach, als zwei Automobile die Einfahrt hochfuhren. Verwirrt blieb sie sitzen und lauschte.

»Gerulis«, sagte Mutter, »lassen Sie ein Gästezimmer fertigmachen. Wir haben genug gespeist, aber einen Drink nehmen wir noch.«

»Wo wollen Sie den Drink nehmen, gnädige Frau?«, fragte Gerulis.

»Brennt irgendwo der Kamin? Und lassen sie den Badeofen anheizen. Ich brauche ein heißes Bad und die Männer möchten sich sicher auch noch frisch machen nach dem langen Tag.«

»Im Gartenzimmer brennt der Kamin, aber es wäre kein Problem, auch den im Salon anzuzünden, gnädige Frau.«

»Das Gartenzimmer ist perfekt.«

Frederike zog die Knie an das Kinn, kuschelte sich noch tiefer in die Decke. Die Eltern hatten also einen Gast mitgebracht. Frederike war müde, wie gerädert, sie hatte weder die Lust noch den Elan, einem Gast zu begegnen. Ich werde, dachte sie, einfach so lange hier sitzen bleiben, bis sie ins Bett gehen.

Sie saß genau an der Tür vom Gartenzimmer auf die Veranda, die Tür war nicht verschlossen. Jemand zog die Vorhänge zu, wahrscheinlich Leni, ohne jedoch die angelehnte Tür zu bemerken. Auf das Feuer wurden noch ein paar Scheite gelegt. Es loderte auf und das sanfte Licht ergoss sich durch die Vorhänge bis auf die Veranda.

»Schön, dass Sie unser Gast für heute Nacht sind«, sagte Stefanie, die mit jemandem das Gartenzimmer betrat. »Was möchten Sie? Sicher einen Whisky, Sie trinken immer Whisky.« Stefanie lachte leise.

»Ja, gerne.« Es war die Stimme von Ax von Stieglitz. Warum war er hier und warum war er nicht bei den von Olechnewitz' geblieben, fragte sich Frederike.

»Wir freuen uns immer, wenn Sie zu Besuch sind. In den letzten Monaten noch mehr als früher.«

Eis klirrte in Gläsern, das satte Gluck-Gluck-Gluck erklang, das die bauchigen Karaffen hervorriefen, wenn man aus ihnen einschenkte.

»Ich bin gerne hier zu Gast. Fennhusen ist fast schon meine zweite Heimat. Aber ich fürchte, ich überanstrenge ihre Gastfreundschaft.«

»Mitnichten.« Stefanie lachte leise. »Ich nehme an, Sie sind aus Gründen hier. Und das ist auch gut so.«

»Natürlich bin ich aus Gründen hier«, sagte Ax und klang verlegen. »Doch ich weiß nicht, ob mein Ansinnen nicht vermessen ist.«

»Keinesfalls.«

»Sie wissen sicherlich Bescheid darüber, was mich davon abhält, meine Beziehung zu Frederike zu vertiefen.«

»Ja, ich kenne Ihre Bewegründe, lieber Ax. Ich halte sie für vernachlässigbar.«

»Sie wissen wirklich, was ich meine?«, fragte er leise. »Mit all den möglichen Folgen?«

»Das tue ich ganz und gar. Ich habe mit ihrer Mutter korrespondiert.« Stefanie räusperte sich. »Und ich halte die Gründe für vernachlässigbar. Erik und ich würden uns sehr freuen, wenn Sie ihr Interesse vertiefen würden. Wir sind da ganz bei Ihnen und würden alles dafür tun.«

»Sind Sie sich da sicher? Meine erste Verlobung scheiterte aus dem Grund. Ich konnte es der Familie nicht übelnehmen.«

»Lieber Ax, Sie sind doch so lange schon quasi ein Teil dieser Familie. Mein Mann schätzt Sie sehr und ich tue das auch. Ich will das Allerbeste für meine Tochter und ich sehe keinen Hinderungsgrund.«

»Oh«, meinte Ax und klang überrascht. »Oh, das freut mich. Ich werde darüber nachdenken. Danke schön und gute Nacht.«

Frederike wartete, bis sich die Tür hinter ihm geschlossen hatte und Stefanie alleine im Gartenzimmer war, dann stand sie auf, stieß die Tür auf und funkelte ihrer Mutter entgegen.

»Was ist es? Ich will es wissen!«

»Guter Gott!«, rief Stefanie erschrocken aus. »Wo kommst du denn her?«

»Ich habe auf der Veranda gesessen.«

»Und gelauscht? Das gehört sich nicht, Fräulein.«

»Ich wäre gegangen, hätte ich nicht meinen Namen gehört. Ihr habt über mich gesprochen und somit geht es mich sehr wohl etwas an. Was ist es, was Ax abhält, um mich zu werben?«

»Ich glaube nicht, dass ihn etwas abhält.« Stefanie drehte sich um.

»Oh, komm, Mutter, ich habe jedes Wort gehört. Meinst du nicht, du solltest ehrlich zu mir sein?«

»Es ist sein Alter«, sagte Stefanie leise. »Er macht sich Gedanken darüber, dass er zu alt für dich ist.«

»Wirklich?«, zweifelte Frederike.

»Wirklich. Er will dir ein Leben ermöglichen, wie es andere in deinem Alter haben – Reisen, Tanzen und diese Dinge. Er selbst findet nicht viel Gefallen daran, aber für dich würde er es in Kauf nehmen.«

»Sein Alter? Daran ist seine erste Verlobung gescheitert?«

»Daran und weil das Gut ein Fideikommiss ist. Gibt es keine Erben aus einer Ehe von Ax, fällt das Gut an die Familie zurück. Da ist noch ein entfernter Cousin, der es dann wohl erben wird. Und Ax macht sich Sorgen um die Zukunft seiner Frau.«

»Was, wenn es Erben gibt?«

Stefanie holte tief Luft und sah ihre Tochter an. »Solltest du ihn heiraten und ihm einen Sohn schenken, würde der Sohn alles erben.«

»Und eine Tochter?«

»Das müsste man überprüfen, aber Fideikommisse gehen über die männliche Linie, leider.«

»Was wäre dann mit mir? Ohne Sohn?«

»Oh, es gibt eine hohe Abfindung. Du wärst nicht mittellos.«

»Aber sein Alter hat die andere Familie von dieser Verbindung abgehalten?«

Stefanie nickte. »So ist es.«

Frederike war müde und erschöpft. Außerdem musste sie unbedingt nach Fortuna sehen. Sie nickte der Mutter zu und ging.

In ihrem Zimmer hockte Onkel Erik verzückt vor der Wurfkiste. »Sechs gesunde Welpen. Sieh sie dir an, sie sind perfekt.« Er stand auf, umarmte Frederike. »Danke.«

Frederike lachte auf. »Ich habe gar nichts gemacht, Fortuna hat es ganz alleine hinbekommen.«

»Ich weiß, aber du warst für sie da. Das schätze ich sehr. Und ich werde für dich da sein. Immer.«

»Wirklich?«

»Ja, das werde ich.«

Kapitel 13

Die Welpen überlebten die ersten beiden Tage. Nicht nur das: Sie wuchsen und gediehen prächtig. Gutsnachbarn und Freunde standen Schlange, Onkel Erik wäre doppelt so viele losgeworden.

»Eins der Mädchen behalten wir«, beschloss er.

»Ich will sie aussuchen«, sagte Irmi aufgeregt. »Bitte, darf ich eins haben?«

»Nein«, sagte Mutter. »Das sind Jagdhunde. Wenn du dich gut anstellst, kannst du nächstes Jahr einen von Hexes Welpen haben. Aber noch sehe ich das nicht.«

Irmi stampfte wütend auf.

»Fräulein«, ermahnte Onkel Erik sie streng.

»Ihr seid ungerecht«, schrie Irmi.

»Irmilein«, versuchte Frederike sie zu beschwichtigen. »Wir haben nur zwei Weibchen und es ist ganz klar, welchen von den beiden wir behalten. Da gibt es nichts auszusuchen.«

»Wieso?«

»Weil wir diejenige nehmen, die kräftiger und frecher als die andere ist. Dein Vater braucht den Hund nicht nur zur Jagd, er will auch weiter damit züchten.«

»Freddy hat es vollumfänglich verstanden«, sagte Onkel Erik zufrieden und lehnte sich zurück.

»Und dann ist es ganz klar, dass wir Venus behalten, denn sie ist die aktivere von den beiden. Hast du dir schon überlegt, wer die anderen bekommt?«, fragte Frederike. Inzwischen waren die Welpen sechs Wochen alt. Onkel Erik hatte einen Teil des Gartenzimmers abtrennen lassen, wo sie nun mit Fortuna lebten. Frederike fehlte ihr Hund nachts in ihrem Zimmer, aber die sechs Welpen waren auf Dauer zu unruhig und zu anstrengend geworden, vor allem, weil sie noch nicht stubenrein waren.

Im Gartenzimmer brannte seitdem immer der Kamin und die Familie hielt sich gerne dort auf, auch wenn es zugiger war, als im Salon. Aber das Treiben der putzigen kleinen Welpen war so nett anzuschauen und sie erfreuten sich daran.

»Wann verlassen denn unsere kleinen römischen Götter das Haus?«, wollte Frederike von ihrem Onkel wissen.

»In zwei Wochen. Sie fressen jetzt schon ordentlich. Fortuna beißt sie inzwischen immer öfter weg, es wird langsam Zeit, sie abzugeben.«

Jetzt war es Anfang Dezember, vor Weihnachten würden die Kleinen also abgegeben werden. Frederike sah es mit einem weinenden und einem lachenden Auge: Die Welpen waren zauberhaft, aber auch anstrengend. Und Fortuna merkte man inzwischen die Belastung an.

»Werden wir Fortuna bei der Niederwildjagd wieder einsetzen können?«, fragte Frederike zweifelnd.

»Ganz bestimmt.« Onkel Erik wandte sich Stefanie zu. »Wann sind die Termine?«

»Es gibt eine Hasenjagd kurz vor Weihnachten in der Nachbarschaft. Wir selbst haben eine am achtundzwanzigsten Dezember angesetzt, aber ich weiß noch nicht, ob wir sie wirklich abhalten.«

»Warum?«

»Über Silvester sind wir nach Sobotka eingeladen. Das ist eine ziemliche Reise zu der Zeit.« Sie zog die Augenbrauen hoch. »Ich würde es bevorzugen, mit dem Zug zu fahren.«

»Hmm«, brummte Onkel Erik. »Das können wir doch kurzfristig und nach Wetterlage entscheiden.«

»Ax hat uns, Freddy, Fritz und Gerta, Edel und Martha eingeladen. Mit einem Wagen würden wir sowieso nicht hinkommen«, gab Mutter zu bedenken.

»Das klingt ja fast nach einer Völkerwanderung. Muss das sein? Mitten im Winter? Können wir den Jahreswechsel nicht hier verbringen?«

»Er wünscht es sich sehr.« Stefanie warf Frederike einen fragenden Blick zu, aber diese senkte den Kopf.

In den letzten Wochen hatte Frederike Ax noch mehrfach getroffen.

Sie hatten auch angefangen, sich zu schreiben und der Tenor der Briefe war ein ganz anderer, als die lustigen Anekdötchen, über die Rudolph berichtete.

»Ax möchte einen Silvesterball ausrichten. Wir sind nicht die einzigen Gäste«, sagte Frederike. »Viele der Nachbarn – von ihm und uns – sind auch geladen.«

»Bis zu seinem Gut fährt man mindestens vier Stunden mit dem Automobil. Und die Zugverbindung ist schlecht. Ist das wirklich so eine gute Idee? Nur für eine Nacht?«

»Das ist es ja«, meinte Stefanie und klang zufrieden. »Er will, dass wir schon ein paar Tage früher anreisen und auch bis ins neue Jahr bleiben.«

»Er hat zwei ziemlich gute Jagdreviere … das wäre tatsächlich eine Überlegung wert. Dort gibt es noch Trappen.«

»Aber nicht in dieser Jahreszeit, Onkel Erik«, feixte Frederike.

»Da magst du recht haben. Dann müssen wir noch einmal im Frühjahr nach Sobotka fahren.« Er sah Stefanie an. »Muss das wirklich sein? So eine große Tour zwischen den Jahren?«

»In denke, es wäre in unser aller Interesse«, meinte Stefanie und sah wieder ihre Tochter an.

»Thea hat mich nach Berlin eingeladen. Darf ich fahren?«, wechselte Frederike schnell das Thema.

»Geht sie nicht noch zur Schule in Bad Godesberg?«

»Die Schule schließt für sechs Wochen Anfang Dezember und nimmt den Unterricht erst wieder im Januar auf.«

Frederike traute sich nicht, ihre Mutter anzusehen. Ihr war der Besuch bei ihrer besten Freundin wichtig. Sie musste unbedingt mit ihr in Ruhe reden, bevor sie alle nach Sobotka fuhren. Ax und sie waren sich immer nähergekommen und bestimmt würde er Silvester die entscheidende Frage stellen. Doch Frederike war sich noch nicht sicher, wie sie antworten sollte.

»Das passt eigentlich ganz gut«, sagte Stefanie nun leichthin. »Du fährst nach Berlin und auf dem Rückweg über Poppelsdorf und nimmst Gerta mit.«

»Gerta darf Weihnachten nach Hause?« Frederike konnte es kaum fassen.

»Aber natürlich. Weihnachten verbringen wir zusammen.« Stefanie lächelte. »Oder hättest du etwas dagegen, dass Frederike fährt?«

»Was?« Onkel Erik hatte sich schon wieder über die Vossische gebeugt und las voller Aufmerksamkeit einen Artikel. »Es sieht nicht gut aus«, murmelte er. »Wer weiß, was aus diesem Land noch werden wird.«

»Fritz meint, irgendwann bekommen die Russen Ostpreußen«, sagte Frederike leise.

»Vermutlich hat er recht. Möge es noch lange dauern.« Onkel Erik seufzte auf.

»Fritz könnte mit dir und Gerta zurückreisen«, meinte nun Stefanie. »Das hatte ich noch gar nicht bedacht. Das wäre aber ideal. So machen wir das.«

»Also darf ich Thea zusagen?«

Stefanie nickte. »Wann würdest du fahren wollen?«

»Nächste Woche? Dann haben wir noch vierzehn Tage bis Weihnachten.«

»Perfekt. Dann kann Fritz sich in Poppelsdorf mit euch treffen. Er kann sich einen Wagen leihen und euch nach Hause fahren.«

»Wir werden aber viel Gepäck haben.«

»Gerta macht nur Urlaub bei uns«, sagte Stefanie konstatiert. »Im neuen Jahr wird sie wieder nach Poppelsdorf zurückkehren und dort die Schule abschließen. Sie muss nicht ihr ganzes Hab und Gut mitbringen.«

Frederike, die vor dem Hundeauslauf, den der Schreiner gebaut hatte, auf einem dicken Kissen saß, richtete sich nun auf und streckte sich. »Bist du schon einmal mit Fritz im Automobil gefahren?«, fragte sie.

»Nein, wieso?«

»Das habe ich mir gedacht.« Frederike grinste. »Denn sonst würdest du nicht fragen. Ich weigere mich, länger als von hier bis zur Kirche mit ihm zu fahren. Selbst die Strecke würde ich nur zähneknirschend überstehen.«

»Erik?«, fragte Stefanie und klang besorgt. »Müssen wir uns Gedanken machen?«

»Was?« Onkel Erik beugte sich immer noch kopfschüttelnd über die Zeitung. »Ja, wir müssen uns Gedanken machen. Die politische Lage wird unerträglich und die wirtschaftliche ist auch nicht rosig.« Er schaute auf. »Oder was meintest du?«

»Schon gut«, murmelte Stefanie. »Wir werden das in Ruhe klären, Freddy.«

»Dann gehe ich jetzt in mein Zimmer. Ich werde Thea und Tante Mimi schreiben.«

Stefanie nickte nur.

Frederike ging die Treppe hoch in ihr Zimmer. Der Wind fegte über das Gut, trieb weitere schwere Wolken aus dem Norden heran. Die Umgebung lag unter einer dicken Schneeschicht. Doch die letzten Tage waren zwar eisig, aber auch sonnig gewesen und Mutter hatte die Chance genutzt und alle Teppiche nach draußen tragen lassen, wo sie kopfüber auf dem Schnee gelegen hatten und von den Mädchen aus dem Dorf zum Rhythmus ihrer Lieder ausgeklopft worden waren.

Frederike schaute aus dem Fenster. Auf einmal hatte sie auch wieder die traurigen und lustigen Lieder der Frauen im Ohr.

»Zogen einst fünf wilde Schwäne,
Schwäne, leuchtend weiß und schön.
Sing, sing, was geschah?
Keiner ward mehr geseh'n.«

Oder auch:

»Ging ein Weiblein
Nüsse schütteln,
Nüsse schütteln,
Nüsse schütteln,
alle Jungen

halfen rütteln,
halfen rütteln,
rums!«

Bei dem Gedanken an das Lied, musste Frederike schmunzeln. Es war eins der Lieblingsteppichklopferlieder, das die Mädchen immer wieder sangen und dann beim ›Rums!‹ schlugen sie alle gleichzeitig auf die Teppiche, dass es nur so staubte.

Sie ging in ihr Zimmer, in dem der kleine Ofen glühte, setzte sich an ihren Sekretär und nahm Briefpapier und Federhalter zur Hand, um Thea zu schreiben. Da entdeckte sie einen Brief, der wohl mit dem Mittagszug gekommen sein musste. Er war von Ax. Frederike liebte seine Briefe. Er schilderte sein Leben auf Sobotka, das sich seit dem Ende des großen Krieges verändert hatte und doch gleich geblieben war. Es lag nun in Polen und gehörte nicht mehr zum Reich. Die Ausfuhr der Pferde, die er züchtete, war somit schwieriger geworden, aber der Gutsbetrieb lief wie seit ehedem weiter.

Sie öffnete voller Spannung seinen Brief.

»Liebe Frederike«, schrieb er.

»die letzten Tage habe ich mit meinem Inspektor verbracht. Es mussten Abrechnungen erstellt und eine Bilanz des letzten Wirtschaftsjahres gezogen werden. Dinge, die mich, wenn ich ehrlich bin, langweilen. Wir hatten eine gute Ernte, aber die Kartoffel- und Roggenpreise sind derart gefallen, dass man eigentlich alles an das Vieh verfüttern sollte. Zum Glück haben wir große Speicher und können, zumindest, was einige Dinge angeht, abwarten. Die Kartoffeln will mein Inspektor zu Schnaps verarbeiten, aber dafür braucht es Destillerien. Diese müssen erst angeschafft werden. Nun gut, bevor ich die Kartoffeln den Wildschweinen gebe, sollen sie doch zu Schnaps werden, oder was meinst Du? Deine Meinung hierzu wäre mir wichtig, denn ich weiß, dass Du Dich intensiv mit dem Gutsleben und der Wirtschaft auseinandersetzt. Magst Du mir raten?

Weizen habe ich in das Reich verkaufen lassen, trotz der hohen Zölle und Steuern.

Es ist schon seltsam, wir gehörten immer zum Reich, aber der Versailler Vertrag macht uns zu Polen.

Nur gut, dass ich so gut bestellt bin, um entscheiden zu können, was ich mit meinen Erträgen mache, ohne auf den Erlös achten zu müssen. Meinen Vetter schmerzt das, denn er sieht nur die Ersparnisse schrumpfen und sein Erbe vergehen. Immer wieder schreibt er mir und meiner Mutter böse Briefe, die meist im Kamin landen.

Das, was mich wirklich umtreibt, und das weißt Du ja inzwischen, ist die Pferdezucht. Ich habe Wege gefunden, meine herrlichen Tiere ins Reich zu bringen und dort gewinnbringend zu verkaufen. Ganz legal ist das nicht, aber wen schert das schon? Dem Gut bringt es Einnahmen und dem Reich einen Gewinn, so will es mir scheinen.

Meine beste Stute wird im Frühjahr hoffentlich abfohlen. Auch wenn Du inzwischen Lorbass hast, ein exzellenter Hengst und ein wirklich gutes Reittier, würde ich Dir gerne das Fohlen schenken, sollte es gesund das Licht der Welt erblicken.

Du wirst die Stute ja bald sehen, darauf freue ich mich sehr.

Du merkst, ich versuche, meine Gefühle zu lenken, ihnen Worte zu geben, die eigentlich zu gering sind. Ich freue mich so auf Silvester, auf Deinen ersten Besuch hier auf Sobotka. Viel zu lange scheine ich schon darauf zu warten, und nun wird es endlich wahr.

Ich bin gespannt – nein, nervös, wie Du alles finden wirst. Wirst Du es mögen?

Die Leute sind schon in heller Aufruhr, so lange hatten wir hier schon kein großes gesellschaftliches Ereignis mehr und nun wird es fast ein Ball mit vielen Gästen. Aber so muss das sein. Ich möchte meine gesellschaftlichen Aktivitäten wieder aufleben lassen, zu lange habe ich sie vernachlässigt. Und dass ich das möchte, liegt an Dir, liebe Frederike.

Ich freue mich darauf, Dir das Haus und das Gut zu zeigen, die beiden Vorhöfe. Vor allem aber die Stallungen und meine geliebten Pferde.

Auch meine Mutter, die inzwischen sehr zurückgezogen lebt, freut sich, Dich endlich kennenzulernen. Ich habe ihr schon viel von Dir erzählt.«

Frederikes Bauch grummelte. Von Ax' Mutter wusste sie so gut wie nichts.

»Und ganz besonders freue ich mich darauf, Dir meine Wölfe zu zeigen, obwohl dieser Winter offensichtlich harte Tribute fordert. Zwei sind leider schon verstorben, aber ich hoffe, das Rudel noch halten zu können.

Was mich zu der Frage führt, wie es Fortunas Welpen geht? Ich hoffe, alle sind wohlauf. Einen kleinen Rüden nähme ich gerne, aber Erik hat sie wohl schon alle versprochen. Ich kann auch bis zum nächsten Wurf warten.

Nun sind es nur noch wenige Tage, bis wir uns wiedersehen und ich kann es kaum erwarten.

Ich hoffe, Dir geht es gut, Deine Familie ist gesund und munter und alle auf dem Gut sind wohlauf.

Ergebene und herzliche Grüße

Dein Ax«

Frederike faltete den Brief zusammen, drückte ihn an ihre Brust. Es waren keine leidenschaftlichen, keine aufregenden Zeilen, aber sie waren innig und aufrichtig. Dann legte sie den Brief in das Fach, in dem auch seine anderen Briefe lagen, und schrieb Thea.

* * *

Zwei Wochen später stand Frederike am Bahnhof.

»Grüß mir Mimi ganz herzlich«, sagte Stefanie. »Und habe viel Spaß. Sei nett zu Tante Josephine. Und streite dich nicht mit Fritz.«

»Ich sehe immer noch nicht, dass Gerta und ich mit ihm im Automobil nach Hause fahren«, meinte Frederike beklommen. »Ich möchte das wirklich nicht.«

»Ich finde, du stellst dich an.«

»Mutter!«, empörte Frederike sich. »Von Poppelsdorf bis hierher sind es hunderte von Kilometern.«

»Die Strecke ist Fritz jetzt schon mehrfach gefahren und nie ist etwas passiert.«

»Er hat einen guten Schutzengel«, murmelte Frederike.

»Nun, ich überlasse dir die Entscheidung«, sagte Stefanie. Der Zug fuhr langsam und stampfend in den Bahnhof ein. »Du kannst mir ein Kabel schicken oder mich anrufen, wenn du bei Tante Josephine bist.«

Frederike beugte sich vor und küsste ihre Mutter auf die Wangen. Wie immer roch Stefanie frisch nach Zitrone und süßlich, wie Milchspeise. Ein ganz eigener Duft, der nur zu Stefanie gehörte.

»Rein mit dir«, sagte die Mutter und rieb sich die Hände. Es war empfindlich kalt und ein Knistern lag in der Luft, das davon zeugte, dass die Temperatur noch weiter sank.

Frederike öffnete die Tür zum Abteil, hob ihren Koffer hinein und stieg ein. Sie setzte sich ans Fenster, strich das Kondenswasser weg, doch ihre Mutter hatte den Bahnsteig schon verlassen, bevor noch die Türen geschlossen waren. Der Schaffner pfiff und langsam setzte sich der Zug in Bewegung. Bis Graudenz schaute Frederike wie gebannt nach draußen. Alles war vereist und schneebedeckt, nur hin und wieder stieg der Rauch aus einer Kate zum Himmel. Die Wälder wirkten dunkel und verlassen. Ostpreußen befand sich in der Winterstarre. In Graudenz stiegen die polnischen Schaffner zu, überprüften die Pässe und das Gepäck, zogen die Vorhänge zu und verplombten die Abteile. Niemand konnte aus- und niemand konnte einsteigen, während sie durch den Polnischen Korridor fuhren. Frederike nahm das Buch, das sie gerade las, aus ihrer Tasche, und versuchte sich darin zu vertiefen. Doch es gelang ihr nicht. Immer wieder schweiften ihre Gedanken ab. Tue ich das Richtige, fragte sie sich. Hilfe und Antwort auf diese Fragen erhoffte sie sich von Thea.

Knapp hundert Kilometer führte die Strecke durch den Korridor, dann waren sie im Reich und die Türen wurden wieder geöffnet. Leute stiegen aus und andere ein, nur Frederike blieb sitzen. An den Bahnhöfen kamen Frauen zu den Wagons und boten Essen und Tee an. Davon nahm Frederike gerne.

Als sie schließlich Berlin erreichten, war es tiefe Nacht und Frederike fühlte sich wie gerädert.

»Da bist du!«, jubelte Thea und fiel ihr auf dem Bahnsteig um den Hals.

»Du bist hier? Um mich abzuholen?« Frederike konnte es kaum fassen.

»Natürlich. Wie konnte ich mir das entgehen lassen?« Thea lachte auf. »Du siehst jedoch aus, als wärst du eher unter dem Zug mitgefahren, als in ihm. Gute Güte. Hast du Hunger? Ich dachte, wir gehen essen.«

»Um diese Zeit?« Frederike versuchte, ein Gähnen zu unterdrücken.

»Wir sind in Berlin, hier bekommst du zu jeder Tag- oder Nachtzeit fast alles, was du begehrst.«

»Ein Bett wäre toll.« Frederike lächelte verlegen.

»Vorher noch ein Bad?«

»Ein wenig Wasser für eine Katzenwäsche würde mir reichen, wenn ich morgen früh baden dürfte.«

»Ich glaube, das kriegen wir hin.« Thea hakte sich bei ihrer Freundin ein. »Unser Wagen wartet vorne. Willst du wirklich gar nichts essen?«

Frederike schüttelte müde den Kopf.

»Wenigstens ein Häppchen? Ich verhungere.«

»Was immer du möchtest, aber nach der Fahrt ist mir der Appetit vergangen.«

»War es so schlimm?« Thea legte den Arm um ihre Schultern und drückte sie an sich.

Frederike überlegte. »Schlimm? Ich weiß nicht. Es ist jedes Mal seltsam, durch den Korridor zu fahren. Heute war es jedoch anders als sonst. Es herrschte eine komische Stimmung im Zug. Und als wir plombiert wurden, haben die Schaffner auch die Vorhänge zugezogen. Das haben sie schon lange nicht mehr gemacht. Es war irgendwie beängstigend. Als würde im Korridor etwas passieren, was wir nicht sehen sollen.«

»Vielleicht«, sagte Thea nachdenklich, »sprichst du mit Papa darüber. Er macht sich viele Gedanke um unsere Zukunft.«

»Onkel Erik auch. Er malt alles in ganz dunklen Farben. Meinst du, es wird etwas passieren?«

»Papa hofft, dass die Provinz wieder an das Reich angeschlossen wird.«

»Ein schöner Gedanke.«

Sie hatten das Automobil erreicht, das vor dem Bahnhof parkte. Der Chauffeur hatte Frederikes Gepäck schon verstaut und öffnete ihnen die Wagentür. Erleichtert ließ sich Frederike in die Polster sinken.

»Nun sag schon«, Thea stupste sie in die Seite, »bist du hier, um deine Aussteuer zu vervollständigen?«

»Er hat mich noch nicht gefragt«, seufzte Frederike.

»Aber er wird?«

»Das weiß ich nicht. Was das angeht, schweigt meine Kristallkugel. Warum fragst du?«

»Du bist doch meine Freundin und es geht um deine Zukunft. Das ist viel wichtiger, als langweilige Dinge wie Politik und Wirtschaft.«

Frederike schwieg nachdenklich.

»Jetzt bin ich fast ein wenig beleidigt«, sagte Thea und verschränkte die Arme vor der Brust. »Du kommst hierher und sprichst nicht mit mir.«

»Ich weiß nicht, was ich sagen soll, liebste Thea«, gab Frederike zu.

»Du rechnest mit seinem Antrag?«

»Mutter rechnet fest damit.«

»Und?«

»Und was?«

»Ach Freddy, nun tu doch nicht so, als hättest du einen Besen verschluckt. Willst du es?«

»Ich glaube, deshalb bin ich hier. Ich weiß es nämlich nicht. Es ist eine Entscheidung, die sehr weitreichend ist, sie betrifft den Rest meines Lebens.« Frederike setzte sich auf. Plötzlich war sie wieder hellwach. »Und ich finde es schwierig. Ich bin doch erst neunzehn Jahre alt, wie soll ich wissen, ob er der Mann ist, mit dem ich den Rest meines Lebens verbunden sein möchte.« Sie räusperte sich. »Ganz zu schweigen von den anderen Dingen, die zu einer Eheschließung dazugehören.« Sie schaute nach vorne, doch der Chauffeur schien sie gar nicht zu beachten. »Vielleicht sollten wir später über diese Dinge reden«, flüsterte Frederike dennoch.

»Max ist so gut wie taub«, winkte Thea ab. »Selbst wenn er Dinge hört, er ist es gewohnt, sie sich nicht zu merken. Ich glaube, er weiß mehr über die Familie, als ich.«

Frederike lachte. »Das ist wohl so mit dem Personal.«

»Du wirst Ax heiraten«, sagte Thea plötzlich. »Das wusste ich irgendwie schon immer, auch wenn ich oft gehofft habe, dass es nicht passiert, dass du jemand anderen triffst und dich unsterblich in ihn verliebst.«

»Woher wusstest du das?«

»Ich glaube, ich habe es gespürt. Da war schon immer etwas, das dich zu ihm hingezogen hat. Du warst von ihm fasziniert.«

»Ja, das ist wohl so.«

»Aber noch hat er dir keinen Antrag gemacht«, sagte Thea und klang hoffnungsvoll.

»Du bist gegen die Verbindung?«

Thea schnaufte. »Ich würde diese Dinge lieber mit dir im Salon besprechen. Am Kamin und bei einem Gläschen Champagner. Vielleicht noch ein paar der leckeren Häppchen unserer Köchin dabei. Und wenn es sein muss, auch mit einem Schnaps. Aber nicht hier im Automobil.«

»Wir sind doch gleich da, Fräuleins«, sagte plötzlich Max. »Und ik gloob, de Köchin hat noch Häppchen jemacht.«

Frederike und Thea sahen sich an. »Soviel dazu, dass er nichts hört«, wisperte Frederike, dann lachten beide los.

Kurze Zeit später saßen sie im Salon. Frederike hatte sich nur kurz frisch gemacht. Das Mädchen räumte ihre Sachen in den Schrank des wunderbar warmen Gästezimmers. Für einen Moment betrachtete Frederike sehnsüchtig das Bett mit dem dicken Plumeau, doch dann ging sie wieder nach unten.

Tante Mimi und Onkel Heinrich waren auch im Salon, sie trugen Abendkleidung.

»Wir wollten dich nur schnell begrüßen«, sagte Tante Mimi.

»Was macht die Familie?«, fragte Onkel Heinrich.

»Alle wohlauf.«

»Fein, fein. Wir hofften, dass ihr mitkommen würdet, doch Thea sagte uns, dass du zu müde wärst«, meinte Onkel Heinrich und stand auf.

»Ihr wollt noch … ausgehen?«, fragte Frederike verblüfft. »Um diese Zeit?«

»Jetzt beginnt doch erst das Nachtleben.« Tante Mimi kicherte und fummelte an ihrem Haarreif. »Sitz er richtig?«, fragte sie Thea.

»Perfekt, Mama.«

»Nun gut. Die Köchin hat euch noch etwas zu Essen hochgebracht, ein paar Pastetchen, glaube ich, und etwas Geflügelsalat. Falls ihr mehr braucht, klingelt einfach. Und bedient euch.« Sie wies auf das Tischchen mit den Getränken. Sie winkte ihnen zu und folgte Onkel Heinrich, der schon in der Tür wartete. Er reichte ihr den Pelzmantel und den dazugehörigen modischen Muff aus Fuchsfell. Dann verließen die beiden das Haus.

»Waren das wirklich deine Eltern oder hatte ich gerade eine Erscheinung?«, fragte Frederike.

»Sie waren es.« Thea ließ sich zurücksinken. »Es ist furchtbar. Seit Papas Tüdeldü im Sommer haben die beiden sich völlig verändert. Sie gehen aus, in Clubs und Tanzlokale, turteln wie die Tauben. Ich kann mir nie sicher sein, dass ich sie nicht treffe, wenn ich abends ausgehe. Zum Glück bin ich ja bald wieder in Bad Godesberg. Und danach – ich bleibe auf keinen Fall hier, wenn das anhält.«

»Mutter und Onkel Erik sind um diese Zeit für gewöhnlich schon im Bett. Wie wir alle eigentlich«, sagte Frederike nachdenklich.

»Hier gibt es keine morgendliche Andacht um sechs«, sagte Thea lachend. »Meine Eltern bevorzugen es, auszuschlafen. Sie haben die Tagesordnung verändert: Morgens gibt es Kaffee, Brot, Rührei und saure Heringe und solche Dinge – alles am Büffet. Man kann sich nehmen, wenn man will. Um zwei gibt es eine Art Tiffin – eine kleine Zwischenmahlzeit. Nachmittags dann nach englischer Manier Tee. Mutter findet das très chic. Und abends meist ein mehrgängiges Diner, falls sie nicht eingeladen sind.« Thea schüttelte den Kopf. »Es ist irgendwie alles viel anstrengender seitdem.«

»Das klingt aber doch eigentlich sehr entspannt«, meinte Frederike. »Und es ist doch schön, dass sich deine Eltern wieder vertragen haben.«

»Vertragen? Das klingt nach Kinderstube.«

»Wie würdest du es nennen? Ich glaube, wenn man lange mit jemandem zusammenlebt, gibt es immer mal Probleme, die man lösen muss. Und das scheinen sie ja geschafft zu haben.«

»Ach, Freddy, du bist so herrlich naiv.« Thea lachte und schenkte ihnen Champagner ein. »Bei Mutter ist alles ein Drama. Gutes Drama oder schlechtes, aber es muss aufregend sein. Im Moment ist es aufregend, dass sie mit Papa wieder ausgeht, wieder so tut, als wären sie frisch verliebt.«

»Du meinst, sie spielt das nur?« Frederike war ehrlich entsetzt.

»Ich vermute es. Denn so war es ja schon immer. Bald wird das aber langweilig sein und dann kommt das nächste Drama.«

Frederike streifte die Schuhe ab, zog die Beine an und kuschelte sich auf das Sofa. »Das wäre mir zu anstrengend«, sagte sie leise.

»Mir auch!« Thea steckte sich eine Zigarette an. »Möchtest du?« Sie hielt Frederike das Etui hin, doch ihre Freundin schüttelte den Kopf.

»Liebst du Ax?«, fragte Thea dann leise.

»Ja, das tue ich.« Und jetzt, als sie es aussprach, wusste Frederike, dass es wahr war. »Du hast recht, ich habe immer für ihn geschwärmt, schon als Kind. Ich weiß gar nicht mehr so genau, wieso. Vermutlich, weil er ein zahmes Wolfsrudel auf seinem Gut hält, das war so … romantisch, denk ich.« Frederike nippte an dem Champagner, sie wusste, mehr als ein Glas wäre zu viel. Schon jetzt stieg ihr der Alkohol zu Kopf.

»Aber das war eine Schwärmerei, Freddy. Ich habe früher für unseren Chauffeur geschwärmt – nicht Max, den, den wir davor hatten. Er hatte einen großartigen Schnauzbart und wirkte so … sicher, irgendwie. Er hat sich von nichts aus der Ruhe bringen lassen, noch nicht einmal von Mutter. Ich dachte, er wäre der tollste Mann der Welt und war mir sicher, dass ich ihn später heiraten würde.«

»Was ist passiert?«

»Ich wurde erwachsen.« Thea lachte auf. »Und ich stellte fest, dass meine Prioritäten sich verändert hatten. Außerdem war der Chauffeur verheiratet und schon längst Großvater.«

Frederike kicherte. »So alt ist Ax ja nun noch nicht.«

»Aber er ist um einiges älter als du«, gab Thea zu bedenken.

»Das ist auch seine Sorge.«

Thea zog die Augenbrauen hoch. »Woher weißt du das?«

»Ich habe zufällig ein Gespräch zwischen ihm und meiner Mutter mit angehört, wo er sich dazu äußerte.«

»Zufällig.« Thea räusperte sich, Frederike sah sie vernichtend an.

»Ich war auf der Veranda und sie im Gartenzimmer. Ich habe Mutter danach zur Rede gestellt. Ax hat sich wegen des Altersunterschiedes Sorgen gemacht, denn deshalb ist schon eine Verlobung auseinandergegangen. Die Familie wünschte die Beziehung nicht.«

»Und das glaubst du?«

»Du etwa nicht?« Frederike war verwundert.

»Ältere Männer und jüngere Frauen – das ist nicht ungewöhnlich. Umgekehrt wäre es vielleicht ein Skandal.«

»Wie gesagt, ich habe das Gespräch gehört. Wir haben darüber korrespondiert, über seine Gedanken, dass er zu alt für mich sein könnte.«

»Er hat es thematisiert, ohne dir einen Antrag gemacht zu haben?«

»Ich finde es gut, dass er vorher Grenzen absteckt und Dinge anspricht.«

Thea dachte nach. »Vermutlich hast du recht. Hätten Mama und

Papa das getan, wäre diese Ehe vermutlich nie geschlossen worden. Was wahrscheinlich für alle Beteiligte zum Vorteil gereicht hätte.«

»Außer für dich«, sagte Frederike lachend.

»Wieso?«

»Weil es dich dann gar nicht gäbe, liebste Thea.«

»Da hast du wohl recht.« Thea fiel in ihr Lachen ein.

Kapitel 14

Die Tage in Berlin waren schön und Frederike genoss die Zeit mit ihrer besten Freundin. Immer wieder redeten sie über die Zukunft und ihre Pläne, doch bei jedem Gespräch wurde sich Frederike sicherer, dass sie mit Ax glücklich werden würde.

»Im Sommer, wenn ich die Schule abgeschlossen habe, will Mutter mit mir nach Venedig reisen. Und danach nach Rom.«

»Nach Venedig«, schwärmte Frederike. »Dahin möchte ich auch einmal.«

»Du solltest es jetzt machen, bevor es zu spät ist.« Thea zwinkerte ihr zu.

»Wieso sollte es zu spät sein?«

»Ach Freddy, nun wirklich. Tu doch nicht so. Wenn du ihn heiratest, was wird dann zwangsläufig passieren? Kinder.«

»Oh mein Gott, das meinst du?« Frederike wurde rot. »Ich mag gar nicht … darüber nachdenken.«

»Ach herrje«, Thea setzte sich. »Hat deine Mutter mit dir noch nicht darüber gesprochen?«

Der Blick, den Frederike ihrer Freundin zuwarf, hätte töten können. »Hast du mit deiner Mutter darüber gesprochen?«

Thea verdrehte die Augen. »Ja. Sie hat so ein Aufklärungsbuch, das hat sie mir gegeben. Und überhaupt will sie immer mit mir darüber sprechen. Es ist so peinlich, du glaubst es nicht.«

»Ein Aufklärungsbuch?«, hauchte Frederike.

»Ja, ich zeig es dir, es ist in meinem Zimmer. Darin sind Bilder – von Männern und Frauen.«

»Nackt?«

Thea nickte.

»Grundgütiger.« Frederike schluckte. »Es ist ja nicht so, als wenn ich grundsätzlich nicht wüsste, wie Verhütung geht. Ich lebe auf einem Gut mit Rindern, Pferden, Hunden, Katzen und anderem Viehzeug. Und es ist auch nicht so, als hätte ich noch nie einen nackten Knaben gesehen, dazu habe ich zu viele Brüder. Aber … nun, die Vorstellung ist dennoch befremdlich.«

»Mutter behauptet, es könne wunderschön sein, wenn man den richtigen Partner hat.« Thea räusperte sich verlegen.

»Ist dein Vater der Richtige?«

»Das möchte ich gar nicht wissen. Es ist so schon unangenehm genug, dass sie mit mir über diese Dinge sprechen will.«

»Was fragt sie denn?«

»Ob ich schon geküsst hätte und wie ich es fand …«

»Hast du?«

»Du etwa nicht?« Thea sah ihre Freundin ungläubig an.

»Küsschen rechts und links auf die Wange … aber auf den Mund? Nein.«

»Noch nicht mal Ax?«

»Wo denkst du hin?«

»Kindchen, ich bin realistisch. Ich würde mich nie mit jemandem verloben wollen, den ich noch nicht richtig geküsst habe. Was, wenn er eine Zunge hat, die nass und groß wie ein Schwamm ist? Oder Lippen, so trocken wie die Wüste?«

»Thea …«, seufzte Frederike entsetzt. »Was hat denn seine Zunge … oh, du lieber Himmel, will ich das wissen?«

»Natürlich willst du das wissen. Kein richtiger Kuss ohne Zunge. Es klingt ekelig, aber es kann toll sein. Ich spreche aus Erfahrung. Und nein, frag nicht, darauf werde ich nicht antworten«, sagte sie lachend.

»Ich denke, ich werde es auf mich zukommen lassen müssen. Bisher fehlt ja auch der entscheidende Antrag.« Frederike senkte den Kopf.

»Und vorher solltest du nach Venedig, Rom und London reisen, meine Liebe.«

Frederike lachte bitter auf. »Unsere Reisen gehen zum Darß. Oder nach Heiligendamm. Oder zur Kurischen Nehrung. Dort verbringen wir ein paar Tage im Sommer. Lange können weder Mutter noch Onkel Erik das Gut verlassen.«

»Und dein Ax? Er ist oft auf Fennhusen.«

»Meist nur zur Durchreise. Er reist tatsächlich viel – nach Königsberg, Graudenz und auch nach Bromberg. Oft ist er auch in Berlin oder Niedersachsen. Er ist einerseits politisch sehr engagiert, andererseits für seine Pferdezucht unterwegs. Das Gut führt der Inspektor für ihn, soweit ich weiß.«

»Aber Reisen ins Ausland unternimmt er nicht?«

»Doch. Ich weiß, dass er letztes Jahr mehrfach in der Schweiz und auch am Gardasee gewesen ist«, sagte Frederike, die sich plötzlich so fühlte, als müsse sie Ax verteidigen.

»Am Gardasee soll es sehr schön sein. Da möchte ich auch einmal hin.«

»Ax hat mir geschrieben, dass er sich vorstellen kann, sein Leben zu verändern, wenn er die passende Partnerin getroffen hat.«

»Das solltest du dir merken, Liebchen, und darauf pochen. Bevor sich die vielen kleinen von Stieglitz einstellen.« Thea zögerte. »Kannst du dir vorstellen, Mutter zu sein? Kinder zu haben?«

Frederike überlegte. »Es wird wohl so kommen, wenn man heiratet. Auch du wirst doch heiraten …«

»Irgendwann vielleicht.«

»Gibt es niemanden …?«

»Bisher mag ich mich nicht festlegen. Vor einem Monat habe ich einen höchst amüsanten Herrn kennengelernt, er ist auch Agrarwissenschaftler oder wie sich die gelernten Gutsherren nun nennen. Oder er will es werden, er studiert das jedenfalls. Ein Wilhelm zu Mansfeld.«

»Und?«

»Nichts und. Er ist weitergereist nach England, weil sie dort viel modernere Dampfmaschinen haben. Vielleicht wird er sich bei mir melden, vielleicht auch nicht. Wer weiß das schon? Jedenfalls hat er noch zwei Brüder – einen Casper, daran erinnere ich mich, und einen weiteren, dessen Namen ich jedoch vergessen habe.« Sie grinste. »Vielleicht wäre einer der beiden ja etwas für dich?«

»Nein, Thea. Ich habe mich entschieden. Meine Gefühle für Ax sind aufrichtig und ehrlich.«

»Er muss dich nur noch fragen.«

»Wohl wahr.« Frederike stand auf und sah aus dem Fenster.

Erst heute hatte sie wieder einen Brief von Ax bekommen. Seine Handschrift zu sehen, die Zeilen zu lesen, lösten bei ihr Herzklopfen aus. Es war eine romantische Art der Liebe, die ja noch nicht einmal ausgesprochen war. Sich Gedanken über die Textur seiner Zunge zu machen, widerte sie an. Aber war sie naiv? Sollte sie diese Aspekte nicht mit in ihre Überlegungen einbeziehen?

»Wenn du einen Mann küsst … was fühlst du dann?«, fragte sie Thea zögernd.

»Oh, es kribbelt überall in mir. Ich möchte, dass er mich anfasst, mich berührt, ich möchte mit ihm verschmelzen«, schwärmte Thea mit geschlossenen Augen, dann sah sie auf, in Frederikes Gesicht. »Du wirst es erleben«, sagte sie und wusste wohl selbst, wie lahm das klang.

»Will ich das?« Frederike wurde bewusst, wie unsicher sie war. Dann dachte sie darüber nach. Sie wollte Ax nahe sein, ihn berühren, ihn schmecken und fühlen. Ja, sie konnte sich auch vorstellen, ihn zu küssen, sogar mit Zunge. Der Gedanke war auf einmal gar nicht mehr seltsam, nein, sie wollte es. »Ich bin so froh, dass ich hier sein darf, dass wir uns austauschen können. Das habe ich mir von diesem Besuch erhofft.«

»Ich hatte mir etwas anderes erhofft«, gab Thea zu. »Aber das weißt du wohl.«

»Wenn ich in einigen Jahren zu dir komme, und dir sage, dass ich unglücklich bin, weil Ax ein alter Knochen ist, dann darfst du zu mir sagen, dass du recht hattest und ich werde mit keiner Wimper zucken.«

»Das klingt nach einer guten Vereinbarung. Darauf einen Gin-Fizz?«
»Mindestens einen.« Frederike lachte laut auf.

* * *

Die letzten beiden Tage in Berlin nutzte Frederike vor allem, um neue Kleidung zu kaufen. Kleider, Schuhe, Jacken und Mäntel. Dabei legte sie Wert darauf, dass die Sachen robust und alltagstauglich waren. Thea lachte sie aus.

»Willst du ein Hausmütterchen sein, bevor du verheiratet bist? Ich bitte dich! Du hast ein Budget von deinen Eltern, schöpfe es aus. Kauf Haarreife, Federn, Schuhe, Handtaschen. Unterwäsche, wir müssen dringend seidene Unterwäsche für dich kaufen. Und welche aus Spitze. Und du brauchst Strumpfhalter, du wirst doch keine wollenen Strumpfhosen tragen wollen?«

»Vielleicht doch. Sobotka liegt ziemlich abseits. Keiner wird Federn oder Spitze an mir sehen.«

»Freddy, du musst umdenken, dich ändern. Diese Sachen kaufst du für dich und nur für dich. Solltest du in einem oder zwei Jahren im tiefsten Winter auf diesem einsamen Gut hocken, ziehst du sie an – seidene Unterwäsche, Strumpfhalter aus Spitze, darüber ein Kleid aus Samt. Dann der Haarreif mit Federn. Ein Täschchen aus Krokodilleder, etwas, das nicht jeder hat. Und dann bist du du – eine moderne, junge, eine modische Frau. So will ich dich sehen, einfach, weil du mir sehr am Herzen liegst.« Thea wischte sich verstohlen eine Träne aus dem Augenwinkel, konnte sich dann doch nicht mehr halten und fiel Frederike um den Hals. »Ich bin so zwiegespalten«, flüsterte sie in Frederikes Ohr. »Vielleicht bin ich auch nur neidisch, weil du so sehr weißt, was du willst. Weil du deinen Traummann schon gefunden hast und ich noch nicht einmal weiß, wo ich meinen suchen soll. Weil es deine Bestimmung ist, ein Gut zu führen und du es sicher wunderbar machen wirst. Weil uns unsere Wege jetzt trennen werden.« Thea hielt inne, sah ihre Freundin an. »Aber egal was ist, kauf diese Sachen, so unnütz sie zu sein scheinen. Mach es einfach für dich. Und für mich.«

Frederike biss sich auf die Lippen. »Daran ist nichts unnütz. Wann immer ich diese Sachen anschauen oder anziehen werde – ich werde an dich und deine Worte denken. Ich danke dir, weil sie mir zeigen, dass du wirklich meine Freundin bist. Du denkst an mich. Danke.«

Sie wollte mit dem Zug nach Poppelsdorf fahren, hätte aber zweimal umsteigen müssen und deshalb bestand Onkel Heinrich darauf, dass sie gebracht wurde. Max, der Chauffeur, sah es gelassen.

»Ich mache das«, brummte er nur und verstaute Frederikes Gepäck, das um einiges angewachsen war, im Wagen.

»Aber es hat geschneit«, gab Frederike zu bedenken. »Und die Straßen sind vereist.«

»Ist Winter, Fräulein.« Max grinste nur und hielt ihr die Tür auf. »Da ist das normal.«

Frederike verabschiedete sich von Thea und ihren Eltern. »Es war so schön, hier bei euch zu sein. Ich hoffe, wir sehen uns im Sommer, wenn ihr nach Fennhusen kommt.«

»Wir sehen uns doch schon in zwei Wochen«, sagte Tante Mimi und lachte. »Auf Sobotka zum Silvesterball.«

»Herrgottnocheinmal«, fluchte Thea. »Das sollte doch eine Überraschung sein, Mama.«

»Oh, wirklich?« Mimi kicherte nervös. »Na, das muss ich vergessen haben …«

»Sorg- und hirnlos wie immer«, murmelte Onkel Heinrich. »Grüß den alten Erik von mir, ich bin gespannt, wie er die jüngsten politischen Ereignisse einschätzt, aber ich werde es ja noch in diesem Jahr von ihm hören, so die Welt nicht vorher untergeht. Bis bald, mein Mädchen.« Er umarmte Frederike herzlich.

Frederike erstarrte. »Ihr kommt nach Sobotka?«

»Aber sicher doch, Schätzchen. Stieglitz hat uns eingeladen und Steff meinte, es sei eine gute Idee.« Tante Mimi lachte auf.

»Du willst nicht, dass wir kommen?«, fragte Thea besorgt.

»Doch, doch.« Frederike schluckte. »Es irritiert mich nur. Vielleicht, weil ich nichts davon wusste.«

»Na, jetzt weißt du es.« Onkel Heinrich schlug ihr auf die Schulter.

Zwei Stunden dauerte die Fahrt von Berlin nach Gut Poppelsdorf in der Mark Brandenburg für gewöhnlich, sie brauchten aber fünf. Es dämmerte schon, als sie ankamen. Frederike hatte das eine oder andere Mal die Augen schließen müssen, als Max Kurven nahm oder sich vor ihnen Schneewehen auftaten.

»Ein echt heftiger Winter«, murmelte Max nur, der das Automobil langsam, aber souverän lenkte. »Hatten wir lange nicht.«

Doch endlich erreichten sie das Gutshaus.

»Was bin ich froh, dass wir da sind«, seufzte Max. »Die Heimfahrt wird kein Zuckerschlecken.«

»Sie können jetzt nicht nach Hause fahren wollen.« Frederike sah ihn entsetzt an. »Es ist tiefste Nacht.«

»Was soll ich machen, Fräuleinchen? Muss doch zurück.«

»Aber bestimmt nicht sofort. Das wollen wir mal sehen.«

Frederike stieg entschlossen aus, Tante Josephine kam ihr entgegen. »Ich hatte dich schon mittags erwartet«, sagte die Tante und klang indigniert. »Das Essen ist inzwischen verkocht. Eine Schande.« Ein Tadel.

»Das Wetter und die Straßen …«, versuchte Frederike zu erklären. »Es war furchtbar.«

»Wetter gab es immer schon.« Tante Josephine drehte sich um und ging zurück zum Gutshaus. »Der Chauffeur kann etwas essen, bevor er heimfährt. Er soll sich im Gesindezimmer melden.«

»Tante Josephine … Max kann nicht heimfahren, nicht jetzt sofort!«, sagte Frederike.

»Wieso nicht?« Josephine blieb stehen.

»Weil … weil … wir haben fünf Stunden hierher gebraucht, die Straßen sind in einem schrecklichen Zustand, es schneit weiterhin und es ist Nacht!«

»Er ist der Kutscher, seine Aufgabe ist es, den Wagen zu fahren. Von A nach B, wie es uns beliebt.« Tante Josephine schnaufte erbittert auf. »Es hat sich schon viel verändert in den letzten Jahren, aber wie man Dienstboten führt, weiß ich. Das kannst du mir glauben. Und nun gehe ich zu Bett, wir sehen uns Morgen. Essen findest du im kleinen Salon. Gute Nacht.« Tante Josephine rauschte davon.

»So etwas!« Empört stemmte Frederike ihre Fäuste in die Hüften. »Das ist schon frech.«

»Freddy! Freddyfreddyfreddy!« Gerta kam um die Ecke geschossen und fiel ihrer Schwester um den Hals. »Liebste Freddy.«

»Gute Güte.« Frederike schob sie von sich. »Ich freue mich sehr, dich zu sehen, aber erwürgen musst du mich ja nicht gleich.« Sie lachte auf, drückte ihre Schwester an sich.

»Nimm mich mit«, flüsterte Gerta ihr zu. »Bitte, nimm mich wieder mit. Ich sterbe, wenn ich hier bleiben muss. Bitte, nimm mich mit.«

»Beruhige dich.« Frederike war von der heftigen Reaktion ihrer Schwester erschrocken, damit hatte sie nicht gerechnet. Alle wussten, dass Tante Josephine sehr speziell war, aber dass Gerta so darunter leiden würde, hatte Frederike nicht geahnt. Ihre Briefe hatten immer gleichmütig geklungen, so als hätte sie sich in ihr Schicksal ergeben.

Max, der von all dem nichts mitbekommen hatte, brachte die Koffer hoch ins Gutshaus. Erst einmal musste Frederike sich um sein Wohlergehen kümmern. »Wo ist die Mamsell oder der erste Diener?«, fragte sie Gerta.

»Ich bin die Mamsell.« Eine verhuschte Frau trat aus dem Schatten der Treppe in die Mitte der Diele. »Einen ersten Diener haben wir seit dem Tod des Gnädigsten nicht mehr. Das war vor dem großen Krieg.« Sie knickste vor Frederike.

»Wir sind etliche Stunden unterwegs gewesen. Es ist undenkbar, dass der Chauffeur heute noch die Strecke zurückfährt. Bitte richten Sie ihm ein Zimmer und bringen Sie ihm etwas zu essen.«

Die Mamsell schaute unsicher nach oben, dorthin wo Tante Josephine verschwunden war. Frederike sah ihren Blick.

»Ich übernehme die Verantwortung dafür, machen Sie sich keine Sorgen. Gibt es hier ein Telefon oder wird hier noch getrommelt?«, fragte sie müde.

»Natürlich haben wir ein Telefon«, sagte die Mamsell.

»Melden Sie ein Gespräch nach Berlin an und eins nach Gut Fennhusen – das liegt in der Provinz, in Ostpreußen. Bis es die zweite Verbindung gibt, wird es sicher dauern, aber ich bleibe so lange wach und warte. Die Gespräche sind wichtig.«

»Sehr wohl, gnädige Frau.« Die Mamsell zögerte. »Möchten Sie noch etwas essen?«

Frederike lachte auf. »Ist das ein Scherz? Ich bin hungrig wie ein Wolf, ich habe schließlich den halben Tag im Wagen gesessen und um mein Leben gefürchtet. Aber erst einmal müssen Sie Max versorgen«

»Für ihn war kein Zimmer vorgesehen … »

»Dann sorgen Sie dafür, dass nun eins bereitsteht.« Frederike drehte sich um und schaute nach oben. »Das Haus wirkt nicht so, als wäre es zu klein.«

In dem Moment kam Max wieder zurück in die Halle. »Ich werde jetzt wohl nach Hause fahren, gnädiges Fräulein«, sagte er leise.

»Aber bei meinem Leben nicht, Max. Sie fahren morgen früh heim, nicht eine Stunde früher und jetzt schon gar nicht.«

»Ihre Leitung nach Berlin steht. Welche Nummer möchten Sie anrufen?«, fragte nun einer der Burschen. »Das Telefon ist dort.« Er führte Frederike in den kleinen Salon. Frederike nannte ihm die Nummer der von Larum-Stil. Schon bald war die Verbindung hergestellt worden.

»Wir sind heile angekommen«, sagte Frederike zu Tante Mimi. »Allerdings gerade erst. Die Straßen sind eine wahre Katastrophe. Deshalb wird Max hier übernachten und erst morgen früh, ausgeschlafen und bei Tageslicht, zurückfahren.«

»Wird das denn gehen? Deine Tante Josephine war schon immer sehr eigen …«

»Natürlich wird das gehen.« Frederike schnaufte. »Ich werde sicher kein Menschenleben aufs Spiel setzen, nur weil jemand eigen ist.«

Bis die Verbindung nach Fennhusen hergestellt war, dauerte es tatsächlich eine Weile. Bevor Frederike etwas aß, überzeugte sie sich davon, dass Max in der Küche versorgt wurde und auch ein Zimmer für ihn hergerichtet war. Erst dann setzte sie sich an den Tisch.

Es gab eine dünne Kartoffelsuppe und matschige Kartoffeln mit brauner Soße. Das Essen schmeckte fad.

Erst jetzt hatte Frederike die Gelegenheit, Gerta genauer anzuschauen. Fast ein halbes Jahr hatte sie ihre Schwester nicht gesehen und in dieser Zeit hatte sich Gerta sehr verändert. Sie war dürr geworden, um ihren Mund lag ein verbitterter Zug, ihre Haut wirkte grau und das Haar stumpf.

»Grundgütiger«, murmelte Frederike, »bist du krank?«

Gerta schüttelte den Kopf. »Das Leben hier ist unerträglich«, sagte sie und Tränen füllten ihre Augen. »Bitte, nimm mich mit und sorg' dafür, dass ich nie wieder hierhin muss. Ich habe meine Lektion gelernt, das schwöre ich.«

»Du kommst nicht gut mit Tante Josephine aus?«

»Niemand kommt mit ihr aus«, schniefte Gerta. »Und jetzt im Winter ist alles noch viel schlimmer.« Sie zog ihre Jacke fest um sich.

Auch Frederike war kalt. Sie schaute sich um. Im Kamin glomm ein kleines Feuerchen, das allerdings nicht ausreichte, um den Raum zu erwärmen.

»Nach Tante Josephines Zimmer ist dies der wärmste Raum im ganzen Haus«, flüsterte Gerta.

Frederike schüttelte den Kopf, stand auf und läutete nach der Mamsell.

»Lassen Sie Holz nachlegen«, sagte sie zur Mamsell, als diese eintrat.

»Holz?«

»Natürlich. Es ist kalt.«

»Die gnädige Frau hält die Temperatur für ausreichend. Ich werde Ihnen eine Jacke holen.« Die Mamsell zögerte. »Wissen Sie schon, wie lange Sie bleiben? Die gnädige Frau hat dazu keine genaueren Angaben gemacht.«

»Nicht allzu lange«, sagte Frederike voller Überzeugung. »Wirklich nicht.«

»Lass uns morgen fahren«, wisperte Gerta, nachdem die Mamsell gegangen war. »Ich halte es nicht einen Tag länger aus.«

»Mutter hat dich im Herbst besucht, warum hast du ihr nicht gesagt, wie es dir geht?«

»Damals war es noch nicht so schlimm. Ich konnte mich viel draußen aufhalten, wenn ich meine Aufgaben erledigt hatte.«

»Du hast also fleißig für die Schule gelernt?«

»Der Hauslehrer kommt jeden Tag bis mittags. Er wohnt im Dorf. Nach dem Mittag musste ich im Haushalt mithelfen – Staubwischen, putzen, die Torfeimer leeren. Und dann hatte ich im Garten mitzuhelfen. Das war nicht einfach, aber immer noch besser als jetzt. Bei dem Wetter kommt der Lehrer meist nicht, es ist ihm zu mühsam, hoch ins Haus zu kommen.« Gerta putzte sich die Nase. »Ich muss dann schon morgens helfen. Holz auflegen, kehren und putzen. Wenn ich aber … wenn ich etwas mache, was sie nicht zufriedenstellt«, schluchzte Gerta, »sperrt sie mich in den Keller. Ohne Licht.«

»Gute Güte. Warum hast du Mutter nicht angerufen oder geschrieben?«

»Sie lässt mich nicht anrufen. Und geschrieben habe ich schon so oft, aber ich darf nicht ins Dorf und habe jetzt festgestellt, dass sie alle Briefe einbehalten hat – sie liegen in ihrem Zimmer.«

»Hat man so etwas jemals schon gehört?«, empörte sich Frederike.

»Ich will hier nicht mehr bleiben.« Gerta weinte haltlos. Frederike nahm sie in die Arme.

»Sch, sch«, versuchte Frederike ihre Schwester zu beruhigen. »Du musst nicht mehr bleiben. Ich nehme dich mit nach Hause.«

»Wirklich?«

Frederike nickte. Endlich hatte sie die Verbindung nach Fennhusen.

»Ist etwas passiert?«, fragte Onkel Erik besorgt.

»Ich bin auf Gut Poppelsdorf«, erklärte Frederike. »Die Fahrt war recht mühsam, aber alles ist gut gegangen.«

»Gut. Wie lange bleibst du? Fritz hat gekabelt, dass er erst ab Freitag kann. Er würde euch abholen.«

»Deshalb rufe ich an«, sagte Frederike. »Gerta und ich werden morgen schon abreisen. Wir nehmen den Zug von Potsdam aus, dann sind wir abends daheim.«

»Ich denke«, sagte Onkel Erik, »dass du deine Gründe dafür hast. Willst du deine Mutter sprechen?«

»Es reicht, wenn ich ihr morgen alles erkläre.«

Frederike war froh, dass es von Onkel Eriks Seite keinen Protest gab. Selbst wenn das so gewesen wäre, ihr Entschluss stand fest – weder sie noch Gerta würden länger als eine Nacht hier blieben.

Sie ging hinunter in das Gesindezimmer, wo Max mit den Leuten zusammensaß.

»Darf ich Sie kurz sprechen, Max? Würden Sie uns morgen früh nach Potsdam bringen? Es ist ein kleiner Umweg, aber …«

»Natürlich werde ich das. Was die Leute hier erzählen, ist haarsträubend. Sehen Sie zu, dass sie das Fräuleinchen hier wegbekommen. Sie wird nicht gut behandelt.«

Frederike nickte.

»Darf ich bei dir schlafen?«, fragte Gerta ängstlich, als sie schließlich nach oben in ihre Zimmer gingen.

»Natürlich.« Und so war es fast wie früher, als die beiden Schwestern aneinandergekuschelt im Bett lagen. Eine Weile erzählte Gerta noch von den schlimmen Erlebnissen, die sie mit Tante Josephine gehabt hatte, aber dann fielen ihr die Augen zu. Obwohl der Tag sehr lang und anstrengend gewesen war, konnte Frederike erst nicht zur Ruhe kommen. Hatte Mutter wirklich nichts von den Zuständen auf Poppelsdorf gewusst? Frederike konnte es kaum glauben.

Am nächsten Morgen weckte sie das Mädchen um fünf.

»Das ist hier so üblich«, erklärte Gerta und gähnte. »Tante Josephine lässt jeden Morgen in der kleinen Hauskapelle einen Gottesdienst abhalten. Er dauert mindestens eine Stunde.«

»Wer hält den Gottesdienst ab? Sie?«

»Pfarrer Heinrich. Er ist schon alt und Tante Josephine hat ihn hier aufgenommen. Früher hat er den Sprengel betreut.«

»Das wusste ich gar nicht. Mutter hat davon nichts erzählt.«

»Als sie hier war, war er seine Schwester besuchen, da hat Tante Josephine die Andacht gehalten, allerdings erst um sieben und sehr viel kürzer.«

»Der Pfarrer wohnt hier?«

Gerta nickte. »Er hat die beiden Zimmer im Türmchen. Dort wird auch geheizt. Ich hätte eigentlich eine Stunde früher aufstehen und dort die Öfen anfeuern müssen. Entweder hat das Mädchen mich nicht gefunden, weil ich bei dir geschlafen habe, oder Tante Josephine hat Anweisung gegeben, heute eine Ausnahme zu machen.«

»Die Verhältnisse hier sind ja schlimmer als im Mittelalter.« Frederike fühlte sich wie gerädert. Zu gerne hätte sie noch weitergeschlafen. Nun überlegte sie, die Decke über ihren Kopf zu ziehen und sich umzudrehen oder aufzustehen.

Ich sollte es erleben, befand sie. Ich sollte wissen, ob das stimmt, was Gerta erzählt.

Also schwang sie sich aus dem Bett, wusch sich kurz und zog sich dann an. Froh war sie, dass Tante Mimi ihr wollene Strumpfhosen eingepackt hatte, denn nicht nur das Wasser war kalt. Bibbernd folgte sie Gerta zur kleinen Kapelle, die neben dem Haus stand.

So wie Frederike es einschätzen konnte, waren alle Hausangestellten erschienen. Sie saßen mit gesenkten Köpfen in den Bänken. Von hinten, da wo der Kutscher und die Stallburschen waren, hörte man deutliches Schnarchen. Der alte Pfarrer, der tatsächlich sehr alt zu sein schien, hörte es wohl nicht mehr oder hatte sich damit abgefunden.

Bei den Andachten auf Fennhusen las Onkel Erik immer die Tageslosung und noch einen Vers aus der Bibel. Dann sagte er ein paar Sätze dazu, die die Leute nachdenklich machen sollten. Es ging ihm darum, den Glauben in den Alltag zu integrieren und dem Tag eine gute Nachricht mit auf den Weg zu geben.

Pfarrer Heinrich jedoch hielt eine Predigt, die über eine halbe Stunde dauerte, er verlas die Lesungsworte und Lieder aus dem Gesangbuch wurden angestimmt. Nur wenige der Leute sangen mit zitternden Stimmen mit. Atemwolken bildeten sich vor ihren Mündern, denn es war bitterkalt. Verstohlen sah sich Frederike um: Max, der Chauffeur, war nicht anwesend.

Hoffentlich schläft er noch, er wird alle Kraft und Konzentration für den Rückweg brauchen, dachte sie besorgt.

Nach dem Gottesdienst, der in der eisigen Kapelle tatsächlich über eine Stunde dauerte, gingen sie endlich wieder ins Haupthaus und das Frühstück wurde serviert. Zum ersten Mal, seit sie klein war, saß Frederike wieder ihrer Tante gegenüber.

»Nun, da bist du ja«, sagte Tante Josephine. »Du nimmst deine Schwester über die Weihnachtstage hoffentlich mit nach Hause. Wir möchten unsere Ruhe haben und die Feiertage angemessen begehen.« Sie sah Pfarrer Heinrich bedeutungsvoll an.

»Wie?«, fragte er und hielt sich die Hand an das Ohr. Er lächelte Frederike zu. »Ich höre nicht mehr so gut«, schrie er. »Aber Gott spricht dennoch zu mir.«

Frederike nickte nur, was hätte sie auch sagen sollen? Immer wieder überraschte es sie, dass schwerhörige Leute so laut brüllten. Aber vermutlich hörten sie sich selbst nicht mehr und glaubten, kein anderer täte es.

»Ich nehme Gerta mit, keine Sorge«, sagte sie nur.

»Wie lange bleibt ihr? Deine Mutter sagte etwas davon, dass dein Bruder am Donnerstag oder Freitag käme. Bleibt er etwa über Nacht?« Sie kniff die Augen zusammen.

Frederike schaute auf den Tisch. Es gab Brot, Rührei, Marmelade und gebratenen Speck, den sich aber der Pfarrer auf seinen Teller schaufelte.

»Keiner bleibt mehr über Nacht«, sagte sie und wusste, es wäre nutzlos gewesen, die Tante um Proviant zu bitten. Kurz überschlug Frederike ihre Finanzen. Mutter hatte ihr Geld mitgegeben, damit Frederike in Berlin ihre Ausgaben bestreiten konnte. Zum Glück hatte sie nicht alles ausgegeben. Dennoch war sich Frederike nicht sicher, ob ihr Geld für die beiden Zugkarten in die Provinz reichen würde. Zur Not müsste Onkel Erik ihnen etwas telegraphisch anweisen. Es war egal, sie würden nicht länger in diesem Haushalt bleiben.

»Wir fahren heute, jetzt gleich schon«, sagte Frederike so liebenswürdig, wie es ihr möglich war. »Ich hätte mich gerne noch länger mit dir ausgetauscht, aber die Wetterlage ist katastrophal. Es soll weiterhin schneien und Max, der Chauffeur der von Larum-Stil, fährt gleich zurück, er wird uns mitnehmen.«

»Er ist über Nacht geblieben?«, entrüstete sich die Tante. »Das hatte ich nicht angeordnet. Was nimmt sich der Kerl heraus?«

»Ich habe es angeordnet.« Frederike lächelte ihr zu und stand dann auf. »Du entschuldigst mich und Gerta? Wir müssen packen.«

Tante Josephine schnaufte nur und schaute zur Seite.

»Du bist so … anders«, sagte Gerta bewundernd. »Anders als früher. So souverän. Woran liegt das?« Sie eilten die Treppen nach oben. Je schneller sie hier weg waren, umso besser. Frederike hielt ein Mädchen auf, das nach unten ging.

»Sag bitte dem Chauffeur Bescheid, dass wir jetzt packen und dann herunterkommen. Und schick jemanden für das Gepäck.«

Das Mädchen knickste. »Jawohl, Gnädigste.«

Gerta sah sie entsetzt an. »Wann gedenkst du, zu fahren? Ich habe nichts gepackt.«

»Ich helfe dir. Oder hast du inzwischen Tonnen an modischer Kleidung angehäuft?«

Gerta lachte erleichtert auf. »Nein, wie auch?«

»Wir schauen schnell deine Sachen durch. Sei einfach ehrlich – was wirst du in der nächsten Saison noch tragen, was nicht? Alles, was du wahrscheinlich nicht mehr tragen wirst, kann hierbleiben.«

Nach Frederikes Vorgabe fiel es Gerta nicht mehr schwer, zu packen. Über ein halbes Jahr hatte sie auf Poppelsdorf gewohnt, aber sie nahm nur einen Koffer und zwei Taschen mit zurück nach Hause.

Bald schon standen beide Mädchen unten in der Halle. Der Bursche trug ihr Gepäck nach draußen und lud es auf den Wagen.

»Dann wollen wir mal wieder«, sagte Max und streifte die Lederhandschuhe über. »Ich habe nach Stullen gefragt, aber nur einmal und darauf hat keiner reagiert«, sagte er sehr laut. So laut, dass es vermutlich auch die Tante hören konnte, die aber in ihrem Salon blieb. »Ich war in vielen Häusern in dieser Republik. Es ist kein Vergleich zu den Häusern im Kaiserreich, leider, Gott segne den Kaiser. Zeiten ändern sich und auch Umstände. Aber dieses Haus ist das Schlimmste, was ich je erlebt habe. Möge Gott dafür sorgen, dass wir niemals hierher zurückkehren müssen.«

»Wohl wahr«, stieß Gerta aus.

»Geht schon einmal vor«, sagte Frederike und drehte sich zu der Mamsell um, die in der Ecke der großen Halle wartete. »Würden Sie bitte meiner Tante melden, dass wir abreisen?«

»Das weiß sie.«

»Und sie möchte sich nicht persönlich verabschieden?«, fragte Frederike noch einmal nach, nur um sicher zu sein.

Die Mamsell schüttelte den Kopf.

»Was für ein Glück«, sagte Frederike laut und folgte Max und Gerta nach draußen. Erleichtert bestieg sie den Wagen. Es hatte aufgehört zu schneien, die Landschaft leuchtete im Sonnenlicht auf. Alles schien von einer Eisschicht überzogen zu sein, wie aus filigranem Glas.

»Endlich«, murmelte Gerta und drückte Frederikes Hand. »Danke, dass du mich befreit hast.«

Frederike wusste darauf keine Antwort.

Schon in der Nacht hatte der Schneefall aufgehört. In den ersten Stunden des Tages waren der Schweizer, der Milcher und andere Wagen über die Straßen gefahren und hatten die pulvrige Schicht verfestigt. Es war immer noch kalt, aber der Schnee pappte jetzt zusammen und bildete einen soliden Straßenbelag.

»So lässt es sich fahren«, sagte Max grinsend.

Kapitel 15

»Trink!« Onkel Erik reichte ihr einen Krug. »Das wärmt dich auf.«

»Was ist das?«, fragte Frederike zweifelnd.

»Ein Eiergrog aus den letzten frischen Eiern.«

Frederike streifte die Schuhe ab, zog die Beine hoch und nahm den Steingutkrug. Sie schnupperte erst daran, trank dann vorsichtig. »Oh, das ist lecker«, sagte sie überrascht und lachte auf.

»Hast du das bezweifelt? Sollte ich getroffen sein?« Onkel Erik setzte sich neben sie auf das Sofa im großen Salon und reichte ihr eine der Decken, die im Korb hinter dem Sofa lagen.

Dankbar nahm Frederike die Decke und wickelte sich darin ein. Ihr war kalt, obwohl der Kamin brannte und das Feuer eine angenehme Wärme verbreitete. Es roch nach platzenden Fichtenzapfen und nach brennenden Harztropfen. Wintergeruch, dachte Frederike glücklich und schloss für einen Moment die Augen.

»Gerta kommt gleich herunter.« Stefanie hatte den großen Salon fast lautlos betreten und setzte sich nun in den Ohrensessel auf der anderen Seite des Kamins. »Ich habe gerade endlich eine Leitung nach Berlin bekommen, nach fast zwei Stunden: Der Chauffeur ist gesund und munter angekommen. Schon heute Mittag.«

»Ich hatte kein Geld mehr, um ihn zu entlohnen«, gab Frederike zu.

Stefanie lachte auf. »Manchmal bist du wirklich süß«, sagte sie. »Natürlich habe ich einen entsprechenden Betrag angewiesen.«

»Aber es war ja meine Entscheidung ...« Frederike zog die Decke noch enger um sich.

»Und es war eine richtige Entscheidung, nicht wahr, Steff?«, sagte Onkel Erik.

»Nun ja«, sagte Stefanie leise. »Gerta wäre regulär über Weihnachten sowieso nach Hause gekommen. Dann hätte man die Entscheidung auch fällen können. So hat man Tante Josephine vor den Kopf gestoßen.«

»Aber zu Recht!«, ereiferte sich Frederike.

»Manche Dinge im Leben muss man einfach aushalten«, sagte Stefanie und klang sachlich. »Auch über eine gewisse Zeit.«

»Wusstest du, wie es da ist?«, wollte Frederike wissen und spürte die Empörung in ihrem Hals. »Wusstest du, was Gerta ertragen musste auf Poppelsdorf?«

»Ertragen? Josephine ist eine Cousine der Familie. Du möchtest doch nicht implizieren, dass sie sich auf irgendeine Art falsch verhalten hätte?«

»Doch!« Frederike streifte die Decke ab und richtete sich auf. »Gerta war völlig außer sich und verschüchtert. Hast du schon mit ihr gesprochen?«

»Nur kurz.« Stefanie nippte an ihrem Glas, dann schaute sie Frederike an. »Du weißt, Gerta neigt zum Drama. Immer schon. Sie war nicht freiwillig auf Poppelsdorf und sie mag es schrecklich gefunden haben, aber ich würde ihre Erzählungen nicht auf die Goldwaage legen. Gerta übertreibt gerne und viel. Schon immer.«

»Ich war da!«, ereiferte sich Frederike. »Ich war doch da, Mutter. Es war kalt, unwirtlich. Tante Josephine war froh, mich loszuwerden. Sie wollte noch nicht mal dem Chauffeur eine Unterkunft gewähren …«

»Es ist im Moment kalt. Ein Gutshaus in Poppelsdorf zu bewirtschaften und zu heizen ist ganz anders als auf Fennhusen. Und du kennst doch Gerta, sie macht einen Elefanten aus einer Fliege.« Stefanie lachte freundlich. »Nimm sie nicht so ernst.«

»Wirst du sie etwa zurückschicken?« Frederike hätte sich beinahe an der Frage verschluckt.

»Nein«, sagte Stefanie nachdenklich. »Ich denke, ich werde sie in eine Mädchenpension in Potsdam schicken. Von dort aus kann sie die Schule besuchen.«

»Warum kann sie nicht hierbleiben?«

»Aus Gründen.«

Das war immer schon eine Antwort ohne Widerrede gewesen, auf die man gar nicht eingehen konnte. Frederike seufzte auf.

»Was ist mit dir?«, fragte Stefanie. »Bist du in dich gegangen und hast Entscheidungen gefällt?«

»Ja«, sagte Frederike lächelnd und stand auf. »Das habe ich. Gute Nacht.«

Sie verließ den Salon und wusste, dass sie mit ihrer Antwort die Mutter verletzt hatte.

Dass Weihnachten nahte, wurde Frederike klar, als sie am nächsten Morgen in die Küche kam. Inzwischen waren alle Welpen abgegeben worden und Fortuna schlief wieder im Korb in Frederikes Zimmer. Frederike wollte nur nach Fleischabfällen fragen, weil sie mit dem Hund auf die Pirsch gehen wollte und Leckereien brauchte. Doch der köstliche Duft langsam garender Pute stieg ihr in die Nase.

»Das ist der Weihnachtstruthahn? Wirklich? Jetzt schon?«, fragte sie verblüfft.

Die Köchin lachte. »In vier Tagen ist Heiligabend. Und bis dahin muss er fertig sein.«

Jedes Jahr wurde der beste Truthahn eine Woche vor Weihnachten geschlachtet. Die Köchin entbeinte ihn sorgfältig und am Stück – etwas, was nicht jede Köchin beherrschte. Der große Vogel blieb ganz, wurde mit einer köstlichen Farce gefüllt, wieder zusammengenäht und, in einem großen Küchentuch eingeschlagen, einen Tag lang langsam über Dampf gegart. Danach wurde er in der Kühlkammer auf ein Brett gelegt, mit einem zweiten Brett bedeckt und mit Gewichten beschwert. Heraus kam ein köstlicher, kalter Geflügelbraten, der, in dünne Scheiben aufgeschnitten, bis über die Feiertage reichte. Dazu gab es Honigschinken, der schon im Herbst gepökelt, eingelegt und dann in den Rauch gehängt worden war.

Die Köchin buk Brot und Kuchen und bereitete etliche kalte Speisen vor, die in der Kühlkammer und im Eisschrank auf ihren Auftritt warteten. An Heiligabend gab es kalten Truthahn und Brot mit allerlei eingelegten Leckereien.

Zu Weihnachten sollten nämlich auch die Leute freihaben und das Fest begehen können. Auch am 25. Dezember gab es noch von dem Puter, oft mit Cumberlandsoße und geröstetem Brot – eine einfache, aber köstliche Mahlzeit. Erst am zweiten Feiertag wurde wieder richtig aufgetischt.

Weihnachten war ein besonderes Fest – die Leute und die Kinder aus dem Dorf wurden von der Gutsfamilie beschenkt, und das geschah nach dem Gottesdienst in der Dorfkirche. Dann versammelten sich alle in der Diele des Gutes, wo der große Christbaum stand, die Leute sangen Weihnachtslieder, ein paar Kinder trugen Gedichte vor und dann war die Bescherung für die Leute. Frederike hatte das früher immer nur schwer ertragen, denn sie selbst bekamen erst anschließend ihre Geschenke.

Heute freute sie sich auf die Bescherung, auf die glücklichen oder doch wenigstens zufriedenen Gesichter des Personals und der Kinder aus dem Dorf. Es gab nur Kleinigkeiten, aber für die Leute war es etwas Besonderes. Die Kinder bekamen Stifte oder Radiergummi, Kleidungsstücke, Haarschleifen oder Socken. Das ganze Jahr über strickten Tante Edeltraut und Tante Martha Socken für die Bescherung.

Mutter und Onkel Erik achteten darauf, dass jeder der Hausangestellten etwas bekam, über das er sich wirklich freute. Für die Mamsell gab es das Lieblingsparfüm, für die Köchin eine feine Bluse, Gerulis bekam jedes Jahr eine Flasche Whisky. Er teilte sie sich genau auf, trank fast immer nur einen Fingerhut voll und so reichte die Flasche bis zum nächsten Weihnachtsfest. Das waren liebgewonnene Rituale. Für die Küchenmädchen gab es etwas Tand, Seidenstrümpfe oder Tücher.

In den Tagen vor Weihnachten arbeiteten die Hausangestellten vor, damit alles am Heiligen Abend erledigt war. Das Silber wurde geputzt, es wurde Staub gewischt und gebohnert. In der Küche wurde gebacken, gekocht, eingelegt und zubereitet.

Schon Anfang Dezember, als der Teich zufror, hatten die Männer die ersten neuen Eisblöcke geschnitten und zum Eiskeller gebracht. Die Kühlkammer im Haus war mit frischen Eisblöcken gefüllt worden, und die Köchin brachte eine Schüssel nach der anderen in die Kammer.

Am dreiundzwanzigsten Dezember wurde in der Diele der Weihnachtsbaum aufgestellt. Er war vier Meter hoch und reichte fast bis zur ersten Etage. Es duftete herrlich nach Tanne und Winter und aus dem Keller zog der Geruch der Pfefferkuchen hoch, die die Köchin buk.

Frederike und Gerta holten die Kartons mit dem Baumschmuck vom Dachboden.

Gerta sah wieder besser aus, sie hatte zugenommen und der bittere Zug um ihren Mund war verschwunden: Dennoch hatte sie sich verändert. Sie war ruhiger geworden, stiller und nachdenklicher.

»Ich freue mich auf Weihnachten«, sagte Frederike.

»Und bestimmt auch auf Silvester.« Gerta grinste und öffnete einen Schrank. »Hier sollten die Kartons sein«, sagte sie, »aber da sind sie nicht.« Sie öffnete den Nächsten. »Hier auch nicht.«

Der Dachboden zog sich über die gesamte Länge des Hauses. Er war vollgestellt mit alten Möbeln, Kisten und Kästen. Alles, was unten nicht mehr gebraucht wurde, aber zu schade zum Wegschmeißen war, landete hier oben. Als sie Kinder waren, war es für Frederike und ihre Geschwister ein Paradies gewesen. In den Schränken fanden sich Kleider aus dem letzten Jahrhundert, überall gab es etwas zu entdecken. Mutter hatte sie mehrfach erwischt und ihnen eine Standpauke gehalten, weil sie alles durcheinanderbrachten. Danach hatten sie die Sachen so gut wie möglich wieder weggeräumt, damit ihr Dachbodenbesuch nicht auffiel. Natürlich war dies nur eine Beschäftigung, vor allem an Regentagen, vom späten Frühjahr bis zum Herbst gewesen, denn danach war es einfach viel zu kalt hier oben. Durch die Schindeln und die Strohpuppen, die als kleine Isolierung auf die Dachlatten genagelt worden waren, rieselte der feine Schnee.

»Schau mal«, sagte Frederike lachend und zeigte auf den Boden. »Irmi und Gilusch haben den Zauber dieses Raumes wohl auch schon entdeckt.«

»Vielleicht sollten wir sie fragen, wo der Baumschmuck abgeblieben ist«, seufzte Gerta. »Ich finde ihn nicht. Aber schau …« Plötzlich wurde ihre Stimme weich. »Oh, schau mal, unser altes Puppenhaus. Warum haben das die Mädchen nicht unten?«

»Irmi hat ein neues Puppenhaus bekommen. Sogar mit kleinen elektrischen Lichtern. Unseres war wohl zu schäbig.« Fredrike kniete sich vor das dreistöckige Haus und schaute in die einzelnen Zimmer, die immer noch mit den filigranen Möbeln bestückt waren. Gerta hockte sich neben sie.

»Stundenlang haben wir damit gespielt, weiß du das noch?«

Frederike nickte und legte den Arm um die Schulter ihrer Schwester. »Ich muss viel an früher denken. Wie das war, als wir hierhergezogen sind. Es war alles so fremd und nun ist es vertraut. Ich bin hier zuhause.«

»Ja, aber du wirst gehen.« Es war eine Feststellung von Gerta, keine Frage.

»Irgendwann …«

»Mutter sagt, du wirst Ax heiraten.«

Frederike lachte empört auf. »Sagt Mutter das? Wie schön, dass sie alles besser weiß. Ax hat mich noch nicht gefragt.«

»Zweifelst du daran, dass er es tun wird?«

Frederike zuckte mit den Schultern. »Nicht alles, was man erwartet, trifft ein. Ax ist bemüht, aber noch … scheint er nicht entschlossen zu sein.«

»Ach komm, Freddy, er wird dich Silvester fragen. Das ist der perfekte Moment, meinst du nicht? Wenn wir alle auf Sobotka sind?«

»Möglich.«

»Wirst du ja sagen?«, fragte Gerta fast tonlos.

»Ich weiß es noch nicht.«

»Freddy!« Gerta stand auf, rieb sie die kalten Hände. »Wie kannst du das sagen? Du musst es doch wissen.«

Frederike stand auch auf, reckte sich. »Ich glaube schon, dass ich es tun werde, aber ein Rest Unsicherheit ist noch da. Ich bin froh, dass wir schon kurz nach Weihnachten nach Sobotka fahren und ich ihn dort erleben werde. Vielleicht gibt mir das das letzte Stück an Sicherheit, das mir jetzt noch fehlt.«

»Du kennst Ax seit Jahren. Und du warst immer schon in ihn verschossen. Woher kommen diese Zweifel?« Gerta schüttelte verblüfft den Kopf. »Ich dachte, dein Traum ginge in Erfüllung.«

»Vielleicht tut er es ja.« Frederike seufzte. »Ich kenne Ax schon lange als Freund von Onkel Erik. Ax war oft hier zu Gast. Ich war nie bei ihm zuhause, weiß nicht, wie er lebt, wie er sich da verhält. Was ist, wenn er … vielleicht … das ganze Schlafzimmer voller Geweihe hängen hat? Oder darauf besteht, dass man samstags schweigt?« Sie schüttelte den Kopf. »Das sind blöde Beispiele, aber mir scheint, ich kenne nur eine Seite von ihm. Er ist wie eine der Scherenschnittfiguren, die auf dem Jahrmarkt feilgeboten werden. Alle seine Facetten kenne ich nicht.«

»Erkennt man die nicht sowieso erst, wenn man zusammenlebt? Ich meine, wie willst du jemanden vorher wirklich kennenlernen? Schau dir Tante Mimi und Onkel Heinrich an. Sie hatten sich ineinander verliebt, und das muss sehr innig gewesen sein. Hätten sie aber gewusst, wie der andere nach Jahren ist, hätten sie vermutlich nie geheiratet.«

»Diese Aussage, liebste Gerta, trifft wohl auf mindestens die Hälfte aller Ehepaare zu, die ich kenne.« Frederike lachte auf. »Zu blöd, dass man nicht auf Probe heiraten oder es austesten kann.«

»Mutter und Onkel Erik scheinen glücklich zu sein«, meinte Gerta.

»Sie kannten sich zehn Jahre, als sie geheiratet haben. Und Mutter wusste schon immer, was sie wollte. Was mich zu unserer Aufgabe zurückbringt – wenn wir nicht bald die Kisten finden, wird es Ärger geben.«

»Dort drüben vielleicht.« Gerta ging um zwei alte Kommoden herum. »Ja, Mutter weiß, was sie will. Auch für uns.« Plötzlich klang Gerta müde.

»Möchtest du nicht nach Potsdam?«

»Alles ist besser als Poppelsdorf. Und vielleicht ist es auch besser, als hierzubleiben, unter ihren Argusaugen. Das wird sich zeigen.«

Frederike öffnete eine Schublade einer Kommode. »Hier ist Weihnachtsschmuck.«

»Hier auch.«

Sie sammelten die Kartons ein und brachten sie nach unten. In der großen Diele brannte inzwischen der Kamin und der Baum war aufgerichtet worden. Der Förster hatte den Baum schon vor drei Wochen gefällt, nachdem Onkel Erik ihn im Wald ausgesucht hatte. Die Köchin brachte Punsch und Pfefferkuchen. Irmi und Gilusch durften aufbleiben und beim Schmücken helfen.

Mutter öffnete die Tür zum großen Salon, setzte sich an den Flügel und spielte Weihnachtslieder, während die Kinder vorsichtig eine Glaskugel nach der anderen aus den Kartons nahmen und sie an den Baum hängten. Tante Edeltraut hatte sich den Sessel ans Kaminfeuer gezogen und gab Anweisungen.

»Dort fehlt noch eine Kugel«, sagte sie und zeigte auf einen Ast. »Und ihr müsst das Lametta ordentlicher verteilen.«

Auch Fritz, der inzwischen aus Berlin gekommen war, half mit. Er stand ganz oben auf der Leiter. »Wo ist der Engel? Der silberne Engel muss noch auf die Spitze.«

»Ich habe ihn!«, jubelte Gilusch und wollte zu ihm hochklettern.

»Hiergeblieben«, sagte Onkel Erik streng und hielt sie fest. »Wir wollen doch nicht, dass du fällst und einen weiteren Gipsarm bekommst.«

»Nein, Papa«, seufzte Gilusch. Sie gab den Engel an Fritz weiter und zog sich dann in einen der Sessel zurück, zusammen mit Helena, die fast schon zu groß war, um auf den Schoß genommen zu werden.

»Was hast du dir zu Weihnachten gewünscht, Gilusch?«, fragte Fritz und kletterte wieder auf die Leiter.

»Nicht viel.« Gilusch schob die Unterlippe vor. »Mir wollte nichts einfallen, denn Helena habe ich ja schon.« Sie legte die Arme um den jungen Hund und drückte ihr Gesicht in das dicke Fell.

Fritz sah Frederike an. »Da hast du etwas sehr richtig gemacht«, flüsterte er ihr fast tonlos zu und hob den Daumen.

»Und du, Irmi?«, fragte Gerta. »Was hast du dir gewünscht?«

»Eine neue Puppe, Schlittschuhe, denn die Alten sind so stumpf und schief, dass man nicht mehr damit laufen kann, einen modernen Puppenwagen, so wie sie das in der Republik haben …«

»Woher willst du wissen, was sie in der Republik haben?«, fragte Fritz.

»Na, Mama hat doch Kataloge«, sagte Irmi kopfschüttelnd. »Das weiß doch jedes Kind.«

Fritz lachte auf.

»Hier«, unterbrach Onkel Erik sie, er kam von oben, »hier sind die Kerzenhalter. Aber wo sind die Kerzen?«

»In der Küche. Ich hole sie«, bot sich Tante Martha an.

»Ich komme mit!«, rief Irmi. »Schneider hat sicherlich noch Leckereien.«

»Ich komme auch mit!« Gilusch schob den Hund von ihrem Schoß und sprang auf. Zu dritt liefen sie hinunter in das Souterrain.

»Einen lieben Gruß an die beste Köchin«, rief Fritz ihnen hinterher.

Frederike lachte leise. »Willst du auch mit nach unten?«

»Unsere liebe Schneider wird schon etwas hochschicken, da habe ich keine Zweifel, Schwesterchen.«

Mutter stimmte im Salon »Es ist ein Ros' entsprungen«, an und plötzlich wurde es Frederike ganz warm ums Herz. Es roch nach Pfefferkuchen und Tanne, der Baum war fast fertig geschmückt, nur die Kerzen fehlten noch. Sie schloss die Augen und sang leise mit. Dann hörte sie Fritz mit seinem Bass einstimmen. Ein warmer Schauer lief ihr über den Rücken.

Tante Martha und die beiden Kleinen kamen aus der Küche zurück. Sie brachten nicht nur die Kerzen, sondern auch ein Tablett voller Leckereien mit.

Gerta stellte sich neben Frederike und sie alle sangen:

»So singen wir all' Amen,
das heißt: Nun wird' es wahr,
das wir begehr'n allzusammen:

O Jesu, hilf uns dar
in deines Vaters Reich!
Darin woll'n wir dich loben:
O Gott, uns das verleih!«

Der letzte Akkord erklang und sie sahen sich an, Frederike, Fritz und Gerta. Sie gehörten zusammen, das fühlten sie in diesem Moment ganz besonders.

Die Mutter fing ein neues Lied an. Fritz stieg von der Leiter und gemeinsam gingen die Geschwister in den Salon.

Als der letzte Ton verklungen war, herrschte für einen kurzen Moment Stille, eine friedvolle, eine beseelte Stille.

Frederike wischte sich verstohlen eine Träne von der Wange und auch Fritz, der so abgeklärte und gleichmütige Fritz, nahm ein Taschentuch hervor und schnäuzte sich.

»So«, sagte Stefanie und legte die Hände in den Schoß. »Irmi und Gilusch – gute Nacht. Es ist schon längst Zeit, ins Bett zu gehen.«

»Oh, Mama«, bettelte Irmi, »Noch ein Lied. Bitte.«

»Ja, Mama, bitte«, sagte auch Gilusch.

Stefanie schaute ihre drei Großen an und auch sie nickten.

»Nun gut«, gab Stefanie nach und schlug einen Akkord an. »Welches?

»Es kommt ein Schiff geladen?«, sagte Tante Edeltraut.

»Ja! Das ist schön.«

Also sangen sie gemeinsam.

»Zu Bethlehem geboren
im Stall ein Kindelein,
gibt sich für uns verloren;
gelobet muß es sein.«

Stefanie spielte noch den Schlussakkord. »Jetzt aber ins Bett, ihr Süßen«, sagte sie zu den Kleinen. »Morgen können wir wieder singen, für heute ist es genug.«

»Aber die Kerzen …«, sagte Irmi. »Wir haben die Kerzen noch gar nicht aufgesteckt.«

»Ins Bett. Keine Widerrede.« Mutter zog die Augenbrauen hoch und sah die beiden an. Irmi nahm Giluschs Hand, die beiden gaben der Mutter einen Kuss auf die Wange und gingen nach oben ins Kinderzimmer, wo das Kindermädchen schon wartete.

Stefanie stand auf und ging zur Anrichte. »Möchtet ihr etwas trinken?«, fragte sie. »Erik? Einen Whisky?«

»Gerne, Liebes«, rief er aus der Halle, wo er immer noch die Kerzenhalter an den Baum steckte.

»Ich nehme auch einen Whisky«, sagte Fritz forsch. Frederike zuckte zusammen. Wie würde Mutter reagieren? Doch Stefanie zuckte mit keiner Wimper, schenkte ihm ein. »Freddy?«

»Einen Gin-Fizz?«

»Dann musst du Eis holen, hier ist keines mehr. Und Zitronensaft.«

Frederike lief nach unten in die Küche. Seit einiger Zeit gab es dort einen kleinen Eisschrank, zusätzlich zu dem Kühlraum und natürlich dem Eiskeller im Garten. In diesem Schrank gab es immer auch eine Schale mit zerstoßenem Eis für Getränke. Im Souterrain herrschte immer noch Betrieb. Die Köchin schöpfte gerade die Suppe ab, die sie noch angesetzt hatte und die über Nacht vor sich hin simmern würde.

»Ei, das war so schien, Freddy«, sagte sie und hatte Tränen in den Augen, »als Familie oben hat jesungen. Erbarmung, wir haben jelauscht.«

Frederike umarmte sie. »Ja, ich fand das auch. Ich habe ein ganz seltsames Gefühl. Wer weiß, wie und wo ich das nächste Weihnachtsfest verbringen werde …« Erst, als sie die Worte aussprach, wusste sie, was sie so sentimental gemacht hatte.

»Hier is doch dein Zuhause, Freddy«, sagte die Köchin. »Ei, selbst wenn binden du dich tust, kannste verbringen Feiertage be uns.«

Frederike atmete tief durch. Daran hatte sie gar nicht gedacht, aber der Gedanke stimmte sie froh.

»Ei, und weshalb hat man dich jeschickt in Kieche?«, fragte Schneider nun und schaute zur Spüle, wo die Mädchen das Geschirr vom

Abendessen abwuschen. »Macht das jerindlich«, sagte Schneider plötzlich streng. »Und lecht nen Zahn zu, oder wollte ihr morjen noch stehen hier? Ei, ihr misst noch polieren die Töpfe. Erbarmung, wir jehen nich, bevor nich Kieche is Tip-Top.«

Die beiden Spülmädchen und die Küchenhilfe knicksten, ohne von ihrer Arbeit aufzuschauen. »Jawohl, Fräulein Schneider«, sagten sie unisono, sahen sich dann an und unterdrückten ein Kichern.

Frederike aber lachte laut auf. »Sie haben sie gut unter Kontrolle.« Frederike wandte sich wieder der Köchin zu. »Ich brauche Zitronensaft, etwas Soda und Eis.«

»Gin-Fizz?«

»Ganz genau.«

»Fier die Gnädichste?«

»Eigentlich eher für mich. Vielleicht probiert Gerta auch. Mutter trinkt Sherry, Onkel Erik und Fritz nehmen wohl den Whisky.«

»Ei, und die Tantchen trinken Likör.« Die Köchin holte Eis aus dem Kühlschrank. »Erbarmung, hat jestoßen der Bursche vorhin. Jetzt wird er noch mal missen ran, brauch ich doch Eis fier Fischfarce.«

Frederike hob die Hände und schüttelte den Kopf. »Nein, dann trinken wir etwas anderes. Keinesfalls wird einer der Burschen jetzt noch einmal Eis schlagen.« Frederike drehte sich um und schaute durch die Küche. »Ich wünsche Ihnen allen einen schönen Abend. Und machen Sie nicht mehr zu viel. Morgen ist Weihnachten.« Dann lief sie wieder nach oben.

»Ich nehme auch einen Sherry«, sagte sie etwas atemlos.

»Was ist mit dem Gin-Fizz?«, wollte Gerta wissen.

»Die Eiswürfel hat die Köchin gerade erst verbraucht, der Bursche müsste jetzt Neue schlagen. Das wollte ich nicht.«

»Gut, dann einen Sherry.« Gerta ging zur Anrichte.

»Für dich nur einen ganz kleinen, Gerta«, sagte Stefanie und ging in die Diele. »Der Baum ist wunderschön geworden.«

»Wir müssen noch die Kerzen aufstecken«, sagte Tante Edeltraut.

»Und anzünden«, fügte Fritz grinsend hinzu.

»Nur ein paar«, sagte Mutter und schaute nach oben, ob die Kleinen auch wirklich im Kinderzimmer waren.

»Anzünden?«, fragte Gerta überrascht. »Aber sie werden doch erst morgen angezündet.«

»Ach ja«, sagte Fritz belustigt. »Letztes Jahr musstest du ja auch früher ins Bett und Alkohol hast du da auch nicht bekommen. Meine kleine Schwester wird groß.«

»Wir zünden immer ein paar Kerzen schon am Abend vorher an, nicht alle, aber ein paar. Die lassen wir dann herunterbrennen, essen Plätzchen und manchmal singen wir auch noch ein Weihnachtslied. Die Kerzen werden natürlich ausgetauscht, damit die Kleinen das nicht merken«, erklärte Frederike.

»So etwas. Da feiert ihr seit Jahren schon heimlich vor?«

»So könnte man es fast nennen.« Onkel Erik nahm die Kerzen aus der Kiste, kletterte auf die Leiter und bestückte die Kerzenhalter in den oberen Zweigen. Auch alle anderen nahmen nun Kerzen und bald schon war der Baum fertig.

»Nun darfst du«, sagte Onkel Erik und reichte Mutter einen langen Kienspan, den er in das Kaminfeuer gehalten hatte. Mutter stieg auf die Leiter, zündete hier und dort eine Kerze an und stieg langsam herunter. Von den etwa hundert Kerzen brannten jetzt zwanzig.

»Oh«, staunte Gerta. »Das ist wunderschön.«

Sie zogen sich die Sessel vor den Kamin, bewunderten den Baum und knabberten das leckere Gebäck. Und sie packten die letzten Geschenke für das Personal ein.

Das ist Familie, dachte Frederike glücklich.

Der nächste Morgen begann wie immer mit einer kurzen Andacht, dann gab es Frühstück. Irmi und Gilusch rutschten unruhig auf ihren Stühlen herum, ihre Augen leuchteten. Am Morgen hatten sie staunend vor dem fertig geschmückten Baum in der Diele gestanden. Alle Spuren hatten Frederike und Mutter noch in der Nacht beseitigt, so dass der Baum ganz jungfräulich aussah.

»Ich kann es kaum erwarten, bis all die Kerzen angezündet sind«, sagte Irmi. »Ich liebe Weihnachten.«

Gerta und Frederike warfen sich einen belustigten Blick zu, der allerdings auch ein wenig sentimental war. Sie konnten sich noch daran erinnern, wie sie sich früher gefühlt hatten, voller Vorfreude und Spannung.

Nach dem Frühstück wurde ein großer Tisch in die Diele getragen, dort baute Mutter mit den Tanten dann die Geschenke für die Leute auf.

Mittags gab es nur eine Suppe, dann zogen sie sich um. Über die feinen Kleider kamen die dicken Mäntel und sie schlüpften alle in feste Stiefel, denn zum Gottesdienst im Dorf lief die Familie. Auch Irmi und Gilusch kamen mit, die kleinen Jungen blieben mit dem Kindermädchen zurück.

Auch in der Kirche war ein Weihnachtsbaum neben dem Altar aufgebaut worden. Die Gutsfamilie hatte die Plätze oben auf der Empore und somit einen guten Überblick über die gefüllte Kirche.

Die Weihnachtsgeschichte wurde vorgelesen und selbst Irmi und Gilusch lauschten diesmal andächtig.

Nach der Aussegnung sangen sie alle zusammen »Stille Nacht, heilige Nacht« und Frederike konnte die Tränen der Rührung fast nicht zurückhalten.

Dann stapften sie durch den Schnee zurück zum Haus. Der Atem bildete Wölkchen vor ihren Mündern und Irmi und Gilusch wollten immer wieder loslaufen, doch die Mutter hielt beide fest an der Hand.

»Auch wenn ihr als Erste am Haus seid, wird es nicht schneller gehen«, ermahnte sie die Mädchen.

Nachdem sie ihre Stiefel und Mäntel abgelegt hatten, versammelten sie sich in der großen Halle. Das Feuer im Kamin brannte, die Kerzen am Baum leuchteten. Die Köchin hatte einen großen Topf Punsch gekocht, der, zusammen mit vielen Bechern, auf einem kleinen Tischchen an der Eingangstür stand. Jeder durfte sich davon nehmen.

Mutter setzte sich an das Klavier und alle, auch die Leute, die Tagelöhner und das Personal, stimmten gemeinsam Weihnachtslieder an.

Zwei Töchter des Zimmermanns trugen abwechselnd ein Gedicht vor, auch der jüngste Sohn des Schweizers hatte etwas einstudiert.

Irmi und Gilusch konnten es bald nicht mehr aushalten.

Endlich wünschte Onkel Erik allen ein frohes Weihnachtsfest und Mutter, Frederike und Gerta verteilten die Geschenke.

Die Leute bedankten sich und gingen nach Hause.

Das Personal, das im Haus wohnte – Gerulis, die Köchin, die Mamsell, Leni und zwei der Küchenmädchen, gingen hinunter in die Leutestube. Auch dort stand ein kleiner Tannenbaum.

Und endlich durften die Kinder in das Weihnachtszimmer. Im Gartenzimmer war alles festlich geschmückt worden und dort war auch der Gabentisch der Familie.

Reih' um durfte sich jeder eines seiner Geschenke nehmen und öffnen, die Kleinsten zuerst. Auch Ali und Klein-Erik waren dabei. Ali auf dem Arm des Kindermädchens. Ali hatte den meisten Spaß am raschelnden Geschenkpapier, Erik freute sich unbändig über ein rotes Blechauto, in dem er sitzen konnte.

»So etwas«, sagte Fritz lachend, »hätte ich früher auch gerne gehabt.«

Gilusch durfte neue Möbel für ihr Puppenhaus auspacken und Irmi bekam ein Bett mit echten Daunenkissen für ihre Lieblingspuppe. Dann war Gerta an der Reihe. Sie wählte das größte Paket und riss das Geschenkpapier ab – es war ein sehr teuer aussehender Lederkoffer.

»Öffne ihn«, sagte Stefanie lächelnd, die sehr wohl den enttäuschten Blick ihrer Tochter gesehen hatte. In dem Koffer lag ein Brief.

»Eigentlich«, sagte Onkel Erik, »ist der Brief ein zweites Geschenk und du müsstest jetzt eine Runde warten. Aber wir wollen mal nicht so sein …«

Gerta öffnete das Kuvert, las, sprang auf und fiel ihrer Mutter jubelnd um den Hals. »Wirklich? Wirklich? Du fährst mit mir nächsten Sommer eine Woche nach Italien?«

»Lies den Brief noch mal«, sagte Stefanie. »Es gibt eine Bedingung.«

»Ja, das habe ich verstanden. Ich soll die Schule abschließen. In Potsdam. Das werde ich, ich verspreche es.« Ihre Wangen glühten.

Und nun war Fritz an der Reihe. An seinem Platz lag eine Reihe von Päckchen und Paketen, aber man konnte erkennen, dass dies wohl Kleidungsstücke waren. Er runzelte die Stirn, nahm dann eine etwas merkwürdig aussehende Schachtel und öffnete sie. Darin waren ein Lederhelm und eine Schutzbrille. Unsicher schaute er sich um.

»Nun, auch dazu gibt es einen Zusatz. Ich werde ihn dir nachher zeigen«, sagte Onkel Erik.

Fritz schüttelte verwirrt den Kopf.

»Wo würdest du so etwas aufsetzen?«, fragte Stefanie und lachte leise.

»Im Auto natürlich. Otto hat so etwas und Rudolph auch. Aber ich habe ja gar kein eigenes Auto und so oft fahre ich nicht mit anderen …«

»Du hattest kein Auto«, sagte nun Onkel Erik leise.

»Was?« Fritz wich die Farbe aus dem Gesicht.

»In der Scheune steht ein ›Laubfrosch‹ für dich. Einen Sportwagen von Benz, so wie ihn Otto hatte, konnten wir uns nicht leisten.«

»Ein … Auto?« Fritz schaute von der Mutter zu Onkel Erik. »Für mich?«

Stefanie nickte. »Euer Vater hatte noch gewisse Anleihen einer Firma, die im Familienbesitz war und jetzt verkauft worden ist. Deshalb fallen die Geschenke für euch in diesem Jahr etwas größer aus. Erik meint, das Geld könnte bald wieder an Wert verlieren. So ist es gut angelegt. Auch die Reise ist schon bezahlt.«

»Das ist phänomenal. Ich weiß gar nicht, was ich sagen soll …« Fritz ging zur Mutter, küsste sie auf die Wange.

»Ein ›Danke‹ reicht.«

Frederike schluckte. Nun war sie an der Reihe. Sie wusste, sie würde weder ein Auto noch eine Reise bekommen.

Ich habe Lorbass und Fortuna in diesem Jahr bekommen, sagte sie sich. Beide waren ja nicht umsonst gewesen und Onkel Erik hat sie gekauft und sie mir geschenkt. Ich darf nicht undankbar sein und das will ich auch nicht.

Auch an ihrem Platz lagen einige Päckchen. Eins stach heraus – es war mit anderem Papier umwickelt. Sie griff danach.

»Freddy, natürlich darfst du auswählen, was du als Erstes auspackst«, sagte Mutter, »ich würde dich aber bitten, etwas anderes zu wählen und dies Geschenk später zu öffnen.« Sie räusperte sich.

Nun gut, dachte Frederike und spürte, dass ihre Enttäuschung wuchs, auch wenn sie das gar nicht wollte. Unschlüssig sah sie auf den Gabentisch. Dort lag ein flaches, dünnes Paket. Das nehme ich jetzt, dachte sie, und ich werde mich freuen, auch wenn es nur Seidenstrümpfe sind. Sie griff nach dem Päckchen und schaute kurz zu ihrer Mutter. Stefanie nickte.

Vorsichtig löste Frederike die Schleife und zog das Band ab. Ein Samtetui kam zum Vorschein, die Ränder abgestoßen und der Samt fleckig. Frederike biss sich auf die Lippe, versuchte, keine Miene zu verziehen. Vorsichtig entriegelte sie die silberne Schnalle und öffnete das Kästchen. Darin lag eine Perlenkette mit den dazu passenden Ohrringen.

»Das ist die Kette meiner Urgroßmutter«, sagte Stefanie leise und trat neben sie. »Seit Generationen wird sie von Mutter auf Tochter vererbt. Es war meine Lieblingskette, aber ich finde, es wird Zeit, dass du sie bekommst.«

Frederike schaute ihre Mutter an. Tatsächlich hatte Mutter am heutigen Abend anderen Schmuck umgetan, normalerweise trug sie zu festlichen Gelegenheiten immer die Perlen.

»Das ist … deine Perlenkette?«, stotterte Frederike gerührt.

»Jetzt nicht mehr, jetzt gehört sie dir.«

Frederike wusste, wie sehr die Mutter, die sonst meist recht uneitel daher kam, diesen Schmuck liebte. Sie konnte kaum fassen, dass Stefanie ihn ihr geschenkt hatte.

»Bist du dir sicher?«, flüsterte Frederike.

Stefanie nickte und wischte sich eine Träne aus den Augen. »Ja. Du sollst sie haben und immer daran denken, wie sehr ich dich liebe, wenn du sie anlegst.«

»Danke, Mama.«

Kapitel 16

Das letzte Päckchen, dasjenige, dass sie eigentlich hatte zuerst öffnen wollen, nahm Frederike mit in ihr Zimmer. Keiner hatte es weiter beachtet und niemand hatte gesehen, dass sie es unausgepackt in ihre Tasche gesteckt hatte. Das Geschenk war von Ax.

Noch nie hatte sie zu Weihnachten ein Geschenk von einem Mann, der nicht zur Familie gehörte, bekommen. Jetzt legte sie es auf ihr Bett. Im Ofen glomm das Holz, die Petroleumlampe verbreitete ein warmes Licht. Frederike zog die Vorhänge zu. Dann nahm sie die alte Samtschatulle, strich vorsichtig mit den Fingerspitzen darüber und legte Kette und Ohrstecker hinein.

Schließlich setzte sie sich auf ihr Bett und zog die Schleife von dem kleinen Paket ab. Es schien ein Buch zu sein, aber auch noch ein kleines Kästchen befand sich darin. Unter dem Geschenkband steckte ein Brief, den Frederike nun öffnete.

»Liebe Frederike,

ich wünsche Dir fröhliche und besinnliche Weihnachten. Du wirst die Feiertage im Kreis der Familie feiern, was ich mir sehr schön vorstelle«, schieb er.

»Auf Sobotka ist Weihnachten immer eher trist, auch wenn die Leute es für sich begehen. Ich gehe mit ihnen zur Kirche, meine Mutter teilt einige Gaben aus. Sie ist nur noch selten hier auf dem Gut, vielleicht ist es dies das letzte Jahr, denn sie findet die Anreise sehr beschwerlich.

Aber ich will Dich nicht mit meinen familiären Angelegenheiten langweilen, sondern zu meinem eigentlichen Anliegen kommen. Anbei findest Du ein Buch, das Du eventuell schon gelesen haben könntest. Es ist »Der Steppenwolf« von Hermann Hesse und von ihm persönlich signiert. Das Buch liegt mir sehr am Herzen. Solltest Du es schon gelesen haben, wäre mir an einem Austausch darüber sehr gelegen. Ansonsten magst Du es vielleicht noch lesen – was allerdings kein Zwang ist. Hesse liegt nicht jedermann.

Es gibt einige Aspekte, die mich an ihm, seinem Leben und seinen Texten berühren. Mehr davon, wenn wir uns persönlich sehen, was ja hoffentlich bald sein wird.

Außerdem schicke ich Dir noch eine Kleinigkeit und hoffe, Du findest mich damit nicht zu aufdringlich.«

Frederike legte den Brief zur Seite und schlug das Geschenkpapier auseinander. Sie hatte schon viel von dem Buch gehört, es aber noch nicht gelesen. Nun nahm sie es neugierig hoch, öffnete es. Tatsächlich hatte der Autor es signiert.

Dann nahm sie das kleine Kästchen, öffnete es auch. Darin war eine sehr feine, schon ältere, goldene Taschenuhr an einer filigranen Kette. War eine Uhr schon Schmuck? Oder war es ein Gebrauchsgegenstand? Schmuck von einem Mann geschenkt zu bekommen, mit dem man bisher nur gut bekannt war, war etwas gewagt.

Sie las weiter.

»Diese Uhr gehörte meiner leiblichen Mutter, die ich nie kennenlernen durfte. Dazu muss man sagen, dass sie ein Faible für Uhren hatte, dies ist bei weitem nicht das einzige Erbstück dieser Art, was ich besitze.

Zeitmesser haben aber für mich eine besondere Bedeutung, denn Zeit ist kostbar und vergeht viel zu schnell.

Ich hoffe, Du freust Dich über dieses kleine Präsent.

Mit aufrichtig herzlichen Grüßen und der Vorfreude auf unser Wiedersehen,

Dein Ax.«

Zeit ist kostbar, was für ein wahrer Satz, dachte Frederike und nahm vorsichtig die Uhr aus dem Kästchen. Ein wunderschönes Stück, sicher mehr Schmuck als Gebrauchsgegenstand, aber wer als Frau trug heute schon eine Taschenuhr? Die Mamsell hatte eine – schlicht und mit großen Ziffern. Sie steckte in ihrer Schürze. Doch Frederike trug so gut wie nie eine Schürze. Man konnte die Uhr auch mit einer feinen Nadel anstecken, aber auch das passte nicht zur heutigen Mode. Dennoch war es eine schöne Uhr. Vorsichtig steckte Frederike den kleinen Schlüssel in das Loch, zog die Uhr auf und stellte sie auf die richtige Zeit. Sie würde sie in Ehren halten.

Zweimal an diesem Tag hatte sie Erbstücke geschenkt bekommen, beide Geschenke berührten sie.

Zudem hatte sie noch weitere Bücher und außerdem Kleidung bekommen wie ihre Geschwister auch. Es war ein sehr schönes Fest gewesen. Fritz hatte auf dem Hof einige Runden in seinem Laubfrosch gedreht, Klein-Erik hatte sein Tretauto in der Diele ausprobiert. Gerta hatte mit Irmi und Gilusch ein neues Puzzle begonnen. Nur Ali hatte die Feier friedlich verschlafen.

Sie hatten sich von dem kalten Buffet genommen, das schon mittags vorbereitet worden war.

Morgen würde ein ruhiger Familientag werden, übermorgen waren sie bei den Nachbarn eingeladen. Und dann musste schon gepackt werden. Heute ist Montag, überlegte Frederike. Am Freitag ging es für gut eine Woche nach Sobotka. Für Sonntag war dort eine Hasenjagd angesetzt. Frederike hatte beschlossen, Lorbass mitzunehmen. Auch die Pferde von Mutter und Onkel Erik würden am Donnerstag in den Zug verladen und nach Sobotka gebracht werden.

Voller Begeisterung hatte Fritz davon gesprochen, mit dem neuen Auto hinzufahren, aber Frederike war sich sicher, dass Onkel Erik es ihm ausreden würde.

Heute in einer Woche war der Silvesterball auf Sobotka. Frederike wusste, dass Ax dem nicht ohne eine gewisse Sorge entgegensah.

»So ein Fest hat es schon seit Jahren nicht mehr auf dem Gut gegeben«, hatte er ihr gestanden.

»Du musst es doch nicht abhalten«, hatte sie entgegnet.

»Ich will es aber«, hatte er lachend geantwortet.

Auch Tante Mimi, Onkel Heinrich und Thea würden kommen. Zudem noch etliche ihrer Nachbarn und Bekannten. Und es wurde allseits angenommen, dass Frederike und Ax am Jahresübergang ihre Verlobung bekannt geben würden.

Noch hat er mich nicht gefragt, dachte Frederike und schloss die Augen. Ob er es wirklich tun wird?

Am nächsten Tag schneite es ohne Unterlass. Erst am späten Nachmittag hörte es auf. Irmi, Gilusch und Klein-Erik hatten brav mit ihren Spielsachen im Salon gespielt, doch gegen Nachmittag wurden sie unruhig.

Auch an diesem Tag hatte es nur eine Suppe gegeben, ansonsten kalte Speisen, die die Köchin nur aus der Kühlung holen musste. Dadurch fehlte etwas die Struktur, die ihre Tage ansonsten hatten. Morgens waren sie zum Gottesdienst im Dorf gewesen, doch wegen des heftigen Schneefalls hatten sie die Kinder nicht mitgenommen, die deshalb durchaus nicht traurig waren.

»Es hat aufgehört, zu schneien«, sagte Frederike, die mit Fortuna eine Runde am See entlanggelaufen war und kurz im Stall nach Lorbass geschaut hatte. »Dürfen wir Schlittschuhlaufen?«, fragte sie Stefanie.

»Oh ja! Bitte Mutter!«, riefen die beiden Mädchen.

»Ich will auch mit!« Klein-Erik lief zu Frederike, nahm ihre Hand. »Darf ich auch?«

Stefanie sah die Kinder unschlüssig an. »Es dämmert schon, gleich ist es dunkel.«

»Dann nehmen wir Fackeln mit zum See«, sagte Onkel Erik, der lesend am Kamin gesessen hatte. »Ein wenig Bewegung und frische Luft wird uns allen guttun.«

Irmi hatte neue Schlittschuhe bekommen. Für Gilusch waren die Alten ihrer Schwester neu geschliffen und mit frischen Riemen versehen worden. Klein-Erik bekam die Eisgleitsohlen, die jedes Kind der Familie schon einmal gehabt hatte.

Sie zogen sich um und machten sich auf zum See. Onkel Erik hatte Fackeln aus der Scheune geholt und rammte sie nun in die Schneewehen am Ufer. Fritz und Gerta holten große Reisigbesen, um die Eisfläche zu fegen. Mutter schob den Kinderwagen, in dem Ali schlief. Das

Kindermädchen hatte schnell noch eine Wärmflasche unter die dicke Daunendecke geschoben.

Fritz nahm Irmi, Frederike Gilusch bei der Hand, Gerta kümmerte sich um Klein-Erik. Sie jauchzten und lachten, glitten über das Eis. Es war ein magischer Moment. Doch lange hielten sie es nicht aus, die Temperaturen fielen noch weiter.

Mutter ging mit den Kleinen ins Haus, Frederike schnallte sich ihre Schlittschuhe ab und folgte Onkel Erik in den Stall. Nur Fritz und Gerta hielt es noch auf dem See.

Frederike rieb sich die Hände, ihre Finger waren trotz der wollenen Handschuhe taub.

»Was macht Lorbass?«, fragte Onkel Erik.

»Ihm geht es gut, er vermisst nur die Bewegung. Heute wollte ich nicht ausreiten und hab ihn nur ein wenig auf der Koppel bewegt.«

»Ich wusste, er ist bei dir in guten Händen«, lobte ihr Stiefvater sie. »Um Mutters Stute mache ich mir Sorgen. Sie scheint ein wenig zu lahmen.«

»Wolltest du sie nicht decken lassen?«

»Sie hat nicht aufgenommen. Leider. Wir haben vier trächtige Stuten, das nächste Jahr könnte gut werden.« Er gab Lorbass einen der schrumpeligen Äpfel, die in der Tonne im Gang lagerten. Dann schaute Onkel Erik Frederike an. »Bist du sehr enttäuscht?«

»Wieso?«, fragte Frederike überrascht.

»Wegen der Geschenke … ich hoffe, du fühlst dich nicht ungerecht behandelt.«

»Grundgütiger, nein!« Frederike lächelte. »Ich weiß, dass es Mutter einiges an Überwindung gekostet hat, mir den Schmuck zu geben.«

»Er steht dir zu, du hättest ihn sowieso irgendwann geerbt«, sagte Onkel Erik leise.

Darüber musste Frederike nachdenken. Dann nickte sie. »Das stimmt wahrscheinlich. Aber Mutter hat ihn mir jetzt gegeben. Sie hat ihn mir geschenkt, das ist etwas anderes, als ihn zu erben. Sie hätte ihn auch behalten und die nächsten Jahre und Jahrzehnte tragen können und ich weiß, dass sie es gerne getan hätte. Aber sie hat ihn mir gegeben. Das macht es zu einem besonderen Geschenk, zu einem sehr kostbaren.«

»Ich bin froh, dass du das so siehst.«

Die nächsten Tage vergingen wie im Flug und ehe Frederike es sich versah, saßen sie auch schon im Zug, um nach Sobotka zu fahren. Fritz hatte davon abgesehen, seinen neuen Laubfrosch auf der Strecke auszutesten, es war einfach zu kalt dafür.

Irmi war die Einzige, die sich nicht freute, die Kinder blieben nämlich auf Fennhusen und durften nicht mitkommen.

»Das ist gemein!«, beschwerte sie sich kurz vor der Abreise bei Frederike. »Sogar dein Lorbass darf mit und ich muss hierbleiben.«

»Du bist ja nicht alleine: Gilusch, Erik und Ali sind ja auch noch da.«

»Das sind ja auch alles Babys«, schmollte Irmi beleidigt.

»Tante Edeltraut und Tante Martha aber nicht.«

»Nein, die sind uralt und langweilig.«

Frederike unterdrückte ein Lachen. »Aber die Köchin bleibt auch hier und ich weiß, sie wird euch in den nächsten Tagen mit Leckereien nur so mästen. Pass bloß auf, dass du nicht platzt«, sagte Frederike.

»Meinst du, sie macht uns Eiserkuchen?«

»Ganz sicher. Und süße Holundersuppe mit Eischneeklößen. Ich habe gesehen, dass sie Baiser macht, und es wird sicher auch Karamell geben. Das darfst du aber Mutter nicht verraten. Wir werden bestimmt nur langweilige Häppchen auf Sobotka bekommen.«

»Wirklich? Willst du dann nicht hierbleiben?«

»Ich kann nicht, Irmi. Ich habe versprochen, dass ich komme.«

»Ich weiß.« Irmi schob die Unterlippe vor. »Aber du kommst doch wieder zurück?«

»Natürlich. Wieso sollte ich nicht?«

»Leni hat gesagt, dass du Ax heiratest.«

»Hat sie das?«

»Alle sagen das. Und ich finde es traurig, dass ich bei deiner Hochzeit nicht dabei sein darf. Du bist doch meine Schwester.«

Frederike lachte auf. »Irmi-Kind, ich werde doch jetzt nicht heiraten. Falls ich aber heirate, dann bist du dabei, das verspreche ich dir.«

»Ganz bestimmt?«

»Versprochen.«

Daran musste Frederike nun denken, als sich der Zug langsam und schnaufend in Bewegung setzte. Alle schienen die Erwartung zu haben, nein, sie schienen sich sicher zu sein, dass es zu einer Verlobung kommen würde. Natürlich sprach Vieles dafür, auch das Weihnachtsgeschenk von ihm war in Mutters Augen ein untrügliches Zeichen gewesen.

Was aber, wenn er diesen letzten Schritt nun doch nicht ging? All diese Erwartungen ihrer Familie wurden plötzlich zu einer Last. Und wie sollte sie ihm gegenübertreten, sich verhalten?

Sei einfach du selbst, versuchte sie sich zu sagen. Vergiss die Erwartungen, mach dir keine Gedanken darüber. Doch egal, wie oft sie sich das sagte, es half nichts. Bohrend waren die Zweifel, die Unsicherheit wurde immer größer, je näher sie Sobotka kamen. Gerta und Fritz spielten Karten, Onkel Erik las Zeitung, und Mutter schien zu dösen. Frederike wischte die beschlagene Scheibe ab und schaute nach draußen. Die verschneite Landschaft zog an ihr vorbei. Fortuna lag zu ihren Füßen und schlief. Hund müsste man sein, dachte Frederike.

In der dritten Klasse saßen Leni, die ihnen beim Ankleiden helfen würde, und Fridjov, einer der Stallburschen. Er würde sich um die Pferde und das Gepäck kümmern.

Hoffentlich, dachte Frederike, überstehen die Pferde die Zugfahrt ohne Probleme. Für Lorbass war es das erste Mal, dass er mit dem Zug fuhr. Am liebsten wäre sie zu ihm gegangen, doch das war natürlich nicht möglich, die Tiere waren hinten in einem Güterwagen untergebracht.

Sie schloss die Augen und versuchte, zur Ruhe zu kommen. Es würde sich schon alles finden. Und außerdem würde sie Thea sehen, zumindest das war gewiss.

Als sie endlich ankamen, dämmerte es schon. Auf dem Bahnsteig war es laut und hektisch. Onkel Erik versuchte den Überblick über das Gepäck zu behalten, während Fritz nach hinten geeilt war, um dem Burschen mit den Pferden zu helfen.

»Schön, dass du da bist!«, sagte jemand hinter Frederike, die versuchte, ihren aufgeregten Hund an der Leine zu halten. Überrascht drehte sie sich um, es war Ax. Er lächelte sie an und auf einmal fiel alle Anspannung von Frederike ab. Wie hatte sie sich nur all diese Gedanken machen können? Natürlich würde alles gut werden.

»Wie war die Fahrt?«

»Lang. Das Abteil war überhitzt, aber an den Fenstern zog es.« Frederike lachte. »Doch das ist jetzt egal, denn wir sind hier.«

»Ax!«, rief Onkel Erik erfreut. »Schön, dass du uns persönlich vom Bahnhof abholst.«

»Ist das alles euer Gepäck?«, fragte von Stieglitz. »Meine Burschen werden es zum Haus bringen. Auch mein Stallmeister ist gekommen und kümmert sich um eure Tiere. Es ist eine gute Idee, dass du Lorbass mitgebracht hast. Er wird sich auf der Jagd prächtig machen.«

Frederike verzog das Gesicht. Ein lautes Wiehern war zu hören, das war zweifelsohne ihr Pferd. »Ich glaube, Lorbass sieht das anders. Es scheint, als hätte ihm die Zugfahrt nicht gefallen. Schon das Einladen heute Morgen war eine Katastrophe.«

»Er wird sich beruhigen, glaube mir.«

Ax begrüßte Stefanie und Gerta, half dann bei der Organisation und wenig später saßen sie in den Wagen.

»Wie weit ist es bis zum Gut?«, wollte Frederike wissen und tätschelte Fortuna, die ihren Kopf auf Frederikes Knie gelegt hatte.

»Eigentlich nur eine halbe Stunde, aber auf dem Weg sind etliche Schneeverwehungen. Ich hoffe, dass nicht noch mehr Schnee fällt und wir die Jagd verschieben oder gar absagen müssen.«

Konzentriert lenkte er das Automobil über die Straßen. Die Pferde waren auf einen Lastkraftwagen verbracht worden. Es beruhigte Frederike, dass Fridjov mit ihnen mitfuhr. Er konnte ganz wunderbar mit den Tieren umgehen.

»Ich nehme an, dass ihr alle müde und hungrig seid?«, fragte Ax.

»Hungrig auf jeden Fall«, antwortete Fritz lachend.

»Die Badeöfen sind gefüllt und angeheizt. Wir haben leider nur ein Badezimmer, aber ich habe Wannen in eure Zimmer bringen lassen.«

»Danke, Ax, das ist sehr freundlich«, sagte Stefanie.

»Sind schon andere Gäste da?«, wollte Gerta wissen.

»Nein, ihr seid die Ersten. Die Mamsell hat einen kleinen Imbiss vorbereiten lassen. Ich werde gleich wieder zurück zum Bahnhof fahren, um die von Larum-Stil abzuholen. Die von Olechnewitz' kommen erst morgen, genauso wie die von Hermannsdorf. Sie werden auf dem Vorwerk wohnen.«

»Dann werden wir heute Abend mit den von Larum-Stil zusammen speisen?«, fragte Frederike.

»Ja. Die Köchin versucht, sich selbst zu übertreffen. Ich hoffe, es gelingt ihr.« Ax lächelte.

»Ich bin ja mal gespannt, welch ein Drama die von Larum-Stil diesmal im Gepäck haben«, meinte Onkel Erik.

»Also wirklich, mein Lieber«, tadelte Stefanie ihn.

»Wieso, er hat doch recht«, sagte Fritz lachend. »Sie sind immer für eine Überraschung gut.«

»Was sagt deine Mutter zu dem ganzen Spektakel?«, fragte Frederike und spürte die Nervosität in ihrem Magen.

»Meine Mutter ist gestern abgereist, nicht ohne herzliche Grüße zu hinterlassen. Ihr wäre das alles zu viel geworden, fürchtete sie.«

Frederike war einerseits erleichtert, denn sie hatte der ersten Begegnung mit etwas Sorgen entgegengesehen, andererseits war sie auch enttäuscht. Ax hatte nie viel von seiner Familie erzählt, das machte sie so geheimnisvoll.

Ax lenkte den Wagen durch ein großes Tor in eine Allee. Die schneebedeckten Bäume schienen ein Dach über dem Weg zu bilden. Am Ende der Allee stand ein großes Herrenhaus. Eine breite Treppe führte zum Eingang des Haupthauses, das im Stil der klassischen Renaissance gebaut worden war. Vier große, von Wein umrankte Säulen trugen das

Vordach. Symmetrisch zu beiden Seiten waren große Anbauten angefügt worden. Die Fenster waren erleuchtet und warfen ihr warmes Licht auf den Schnee.

Frederike hielt den Atem an. Sie hatte zwar gewusst, dass Sobotka ein großes Gut war, aber nicht geahnt, wie herrschaftlich es sein würde.

In der Halle warteten die Mamsell, eine hagere Frau mit strengem Blick, der erste Diener, der das Gegenteil von ihr zu sein schien – er hatte ordentlichen Leibesumfang und lächelte freundlich, hinter ihnen aufgereiht die Burschen und Hausmädchen.

»Sie sind nervös«, hatte Ax Frederike zugeflüstert, als sie das Haus betraten.

»Weil es so lange schon keine Gesellschaft mehr gab?«

Ax nickte.

»Jakub, Mamsell, das sind unsere ersten Gäste, die von Fennhusen und Frederike von Weidenfels. Bitte zeigten Sie ihnen ihre Zimmer und tun Sie alles für ihr Wohlergehen. Ich fahre jetzt zurück zum Bahnhof.«

Ein reges Gewusel entstand in der Halle, als die Koffer aus den Wagen geholt und den einzelnen Personen zugeordnet wurden. Leni übernahm diese Aufgabe. Die Mamsell wies die Mädchen an, den Gästen die Zimmer zu zeigen. Eine imposante Treppe führte nach oben in den ersten Stock. Sie wurden im rechten Flügel untergebracht. Frederike hatte damit gerechnet, dass sie sich ein Zimmer mit Gerta teilen würde, aber dem war nicht so.

»Sie haben das blaue Zimmer«, sagte das Mädchen zu Frederike, öffnete die Tür und knickste. Das Zimmer hatte nicht zufällig diesen Namen – blaue Samtvorhänge, blaue Polstermöbel, ein Bettüberwurf aus blauem Brokat. Alles wirkte sehr harmonisch. In der Ecke war ein kleiner Ofen, der zu glühen schien, daneben stand ein Paravent – dahinter verborgen eine Wanne aus Emaille.

»Falls Sie baden möchten, bringe ich Ihnen heißes Wasser, gnädiges Fräulein«, sagte das Mädchen.

»Das wäre wunderbar.«

»Möchten Sie etwas trinken? Tee, Kaffee oder ein anderes Getränk?

Der gnädige Herr hat Ihnen Gin-Fizz bereiten lassen, dort in dem Kühler auf dem Tisch.«

»Ein Traum.« Frederike lachte. »Ich hätte gerne einen Napf mit Wasser für meinen Hund.« Sie ließ Fortuna von der Leine. Der Hund lief schnuppernd durch den Raum.

»Vielleicht möchten Sie nach dem Ablegen noch unten in den Salon gehen, während ich Ihr Bad vorbereite und Ihre Sachen auspacke? Im Salon gibt es eine Kleinigkeit zu essen.«

»Wie heißt du?«

»Milla. Ich werde in den nächsten Tagen für Sie zuständig sein.«

Frederike konnte es kaum fassen, sie hatte eine eigene Zofe.

»Nun, ich denke, ich werde meinen Koffer selbst auspacken, während du das Bad bereitest.«

»Wie Sie wünschen. Gibt es etwas, das gewaschen, gedämpft oder gebügelt werden muss?«

»Grundgütiger, ich hoffe nicht.«

»Der Bursche wird sicher gleich Ihren Koffer bringen«. Milla nahm ihr den Mantel ab.

»Danke.«

Wie luxuriös alles wirkte, Frederike war ganz überwältigt.

Nachdem der Bursche ihren Koffer abgestellt hatte, räumte sie ihre Sachen in den Schrank und nippte dabei am Gin-Fizz. Er hatte sich gemerkt, dass sie Gin-Fizz mochte. Und er hatte gewusst, das Blau ihre Lieblingsfarbe war. Nun ja, dachte Frederike und grinste, vielleicht war das ja auch nur ein Zufall.

Es klopfte und Milla schleppte zwei große Kannen Wasser herein, füllte sie in die Wanne. Dann verließ sie wortlos wieder das Zimmer, kehrte kurze Zeit später mit den nächsten zwei Kannen wieder.

»Musst du bis nach unten, um das Wasser zu holen?«, fragte Frederike besorgt.

»Oh nein, gnädiges Fräulein. Wir haben hier oben zum Glück zwei Badeöfen. Einer ist beim Gnädigsten und einer in dem anderen Bad, welches aber jetzt für Ihre Eltern reserviert ist.«

»Dann ist ja gut.« Frederike schaute prüfend in die Wanne, sie war etwa zwei Handbreit hoch gefüllt. »Das sollte reichen, ich will ja kein Vollbad nehmen.«

»Wirklich?«, fragte Milla zweifelnd. »Nein«, sagte sie dann und lächelte. »Einmal gehe ich noch.«

Kurze Zeit später saß Frederike in der Wanne, tauchte den Waschlappen in das angenehm warme Wasser und wusch sich. Sie schloss die Augen, beugte sich vor und drückte den Waschlappen über ihrem Nacken aus. Ein herrliches Gefühl.

Es klopfte. »Ich bin es. Gerta. Darf ich hereinkommen?«

»Ich bin in der Wanne.«

»Egal.« Gerta öffnete die Tür. »Oh«, sagte sie staunend. »Das ist ein wirklich schönes Zimmer.«

»Wie ist deins?«

»Auch schön. Etwas kleiner und in Grün.« Gerta lachte. »Mutter und Vater haben ein Zimmer in Rot- und Goldtönen, Fritzens ist eher braun und beige.«

»Wie heißt denn Fritz Zimmer?«

»Das weiß ich gar nicht. Vermutlich ›Das braune Zimmer‹.«

»Klingt deprimierend.«

»Aber es ist groß und schön eingerichtet.«

»Hast du schon ein Bad genommen?« Frederike griff nach dem Handtuch.

»Ich warte noch darauf, dass das Mädchen meine Wanne füllt. Fritz hat schon – man hört ihn singen.«

»Warst du unten?«, wollte Frederike neugierig wissen.

»Ja. Es ist traumhaft schön hier, wenn es auch etwas angestaubt wirkt. Die Möbel sind alle aus dem letzten Jahrhundert. Aber die Häppchen waren lecker. Nicht ganz so lecker, wie das, was Schneider macht, doch durchaus essbar.«

»Auf unsere Schneider lassen wir nichts kommen«, lachte Frederike. Sie zog ihren Morgenrock an und trat hinter dem Paravent hervor.

»Ziehst du jetzt schon Abendkleidung an?«, fragte Gerta.

»Nein. Ich will noch schnell in die Stallungen und nach Lorbass sehen. Sind die von Larum-Stil schon da?«

»Ich glaube nicht.«

»Weißt du denn, wann es Essen geben wird?« Sie schaute auf die Uhr.

»Gegen acht, sagte man unten.«

Bis dahin hatte sie noch fast zwei Stunden Zeit.

»Dann hüpf schnell in dein Zimmer und genieß dein Bad. Husch-Husch, Schwesterlein.« Lächelnd schob Frederike sie aus dem Zimmer. Sie nahm eine Drillichhose, dicke Strümpfe, einen warmen Pullover und zog schließlich ihren Mantel und die Stiefel an. Bevor sie sich aus dem Raum schlich, schaute sie erst vorsichtig den Gang hinunter. Alle schienen beschäftigt zu sein. Auch hier musste es eine Dienstbotentreppe geben, die direkt nach unten führte, mutmaßte Frederike. Und richtig, am Ende des Flurs gab es eine Tür, die in ein enges Treppenhaus führte. Langsam stieg Frederike hinunter, Fortuna folgte ihr. Hier im Treppenhaus gab es noch kein elektrisches Licht und sie hatte vergessen, eine der Petroleumlampen aus ihrem Zimmer mitzunehmen. In der Halle hatte es Glühlampen gegeben.

Wie unachtsam von Ax, dachte Frederike. Gerade das Dienstbotentreppenhaus wurde zu jeder Tages- und Nachtzeit benutzt. Auf Fennhusen war, nach der Halle und dem Salon, das hintere Treppenhaus einer der Orte gewesen, wo Onkel Erik elektrisches Licht hatte anbringen lassen. Das würde sie Ax auch empfehlen. Von unten konnte sie einen Lichtschein sehen und darauf tastete sie sich an der rauen Wand zu.

Schließlich hatte sie das Souterrain erreicht. Irgendjemand würde ihr doch sicherlich sagen können, wo die Stallungen waren. Aber es war auf den ersten Blick niemand zu sehen. Dieses Haus war ganz anders aufgebaut als das Gut in Fennhusen. Frederike war die Hintertreppe des rechten Flügels hinuntergegangen, dort, wo ihr Zimmer war. Hier unten gingen Türen vom Flur ab, aber Wirtschaftsräume schienen dies nicht zu sein. Der Flur führte zur Hausmitte, unter das Haupthaus und

Frederike folgte dem Weg. Sie hatte es sich so einfach vorgestellt: Ich gehe nach unten, frag' nach den Stallungen und schaue nach Lorbass und den anderen Pferden. Doch plötzlich war sie in dunklen Kellergewölben ohne Orientierung.

Doch endlich hörte sie Stimmen, aufgeregte Stimmen, Fußgetrappel und Motorengeräusche, die dumpf klangen.

»Die Gäste!«, rief jemand.

Die von Larum-Stil waren da, realisierte Frederike, als sie in die Diele der Wirtschaftsräume kam. Nach hinten lag die Küche, von dort kamen unterschiedliche Düfte, Dampf und Qualm.

»Pass doch auf, du Idiot!«, schimpfte jemand. »Du bringst es fertig und lässt Wasser anbrennen.«

»Es tut mir leid, Wollny.«

»Für dich bin ich immer noch FRAU Wollny!«, herrschte die Stimme ihn an.

Wollny, das musste die Köchin sein, dachte Frederike und grinste. Da sie sonst keinen sah, öffnete sie beherzt die Tür zur Küche. Dampf schlug ihr entgegen, es herrschte rege Betriebsamkeit und summte wie in einem Wespennest im Spätsommer.

Frederike wartete, bis die Dampfschwaden abgezogen waren, sah sich neugierig um. Die Küche mochte doppelt so groß sein wie die auf Fennhusen. Es gab zwei große Kochstellen, die beide befeuert wurden. Eine vor Kopf und eine mittig in dem großen Raum. Außerdem gab es einen großen Tisch, über dem die Kupfertöpfe, Schüsseln und Pfannen hingen. In einem Holzgestell auf dem Tisch standen Eier. Überall war jemand dabei, etwas zu machen – an den Herden wurde gerührt, gewendet, gekocht und gebraten. Am Tisch wurde Teig geknetet, Teller befüllt und Platten angerichtet. Es war hektisch und Nervosität lag in der Luft. Frederike spürte, hier störte sie nur. Vorsichtig ging sie zurück, doch jemand stieß mit voller Wucht von hinten gegen sie und schupste sie in die Küche. Fortuna bellte laut auf.

»Cholerny!«, fluchte die Person. »Was du machen hier in Tür? Steh nicht rum! Und wo kommt her Hund?«

»Ich … ich …«, stotterte Frederike, »ich wollte nur …«

Es war Jakub, der erste Diener, der sie umgerannt hatte. Er schaute sie mit großen Augen an. »Sie sind eine von den Gästen, nicht wahr?«

»Frederike von Weidenfels.«

»Ach Gottchen. Auch das noch.« Er wurde ganz blass.

»Ich wollte nur wissen, wo die Stallungen sind.« Frederike war wieder aufgestanden, klopfte sich den Staub von der Hose. »Damit ich nach meinem Pferd sehen kann.«

»Wir züchten seit dreihundert Jahren Pferde in dieser Familie«, sagte nun eine Frau, die plötzlich neben Frederike aufgetaucht war. »Wir wissen also, wie man mit den Tieren umgeht.«

»Seit dreihundert Jahren?«, fragte Frederike nach und verkniff sich das Lachen. Du siehst so aus, als wärest du von Anfang an dabei gewesen, dachte sie.

»Richtig. Seit Jahrhunderten gehören Pferde zu dieser Familie. Trakehner.«

»Davon habe ich gehört«, sagte Frederike und lächelte. »Mein Pferd ist noch gar nicht so alt. Und es ist seine erste Reise. Deshalb würde ich gerne nach ihm schauen. Wo sind die Stallungen?«

»Achtzehnhundertdreiundneunzig erwarb Eduard von Stieglitz dieses Gut. Er erweiterte das Wohnhaus durch zwei Anbauten«, dozierte die Frau mit ernster Stimme.

Wenn Frederike es nicht besser gewusst hätte, hätte sie sie für Ax Mutter gehalten. Aber die Kleidung verriet sie – es war die Mamsell des Hauses.

»Seine Frau Luise legte die Gärten rund um das Haus mit viel Verstand und Geschmack an. Sie sind herausragend. Alle Monarchen der letzten Epochen haben die Gärten hier bewundert« dozierte die Mamsell weiter.

»Wie schade, dass es seit zehn Jahren keine Monarchie mehr in Deutschland gibt«, meinte Frederike ironisch.

»Das stimmt. Das ist wirklich, wirklich wahr.« Die Mamsell nickte. Ironie schien sie nicht zu erkennen, denn plötzlich wurde sie freundlich. »Die Stallungen liegen hinter den Gärten, gnädiges Fräulein. Das ist bestimmt ein Kilometer zu gehen und das bei dem Wetter …«

»Wissen Sie«, sagte Frederike leise, »Ich habe zwar nur ein Warmblut mit Trakehner Abstammung, aber ich hänge an ihm, ich werde diesen Marsch auf mich nehmen. Außerdem täte es dem Hund gut.«

Erst jetzt schien die Mamsell die Bracke wahrzunehmen. Sie hockte sich hin, nahm Fortunas Kopf in die Hände. »Du bist aber eine Schöne. Du bist eine ganz besonders Schöne. Bezaubernd.« Sie stand wieder auf, nickte Frederike zu. »Ich kann verstehen, dass Sie nach Ihren Tieren schauen wollen. Ich kann aber auch versichern, dass wir uns hier vorzüglich um sie kümmern werden. Um alle Tiere.« Sie reckte den Kopf. »Wollny? Wir brauchen Sandknochen für diese bezaubernde Fähe. Ein wirklich schönes Tier.«

»Ei sicher, Mamsell. Jetzt sofort?«

»Nein!« Frederike biss sich auf die Lippen. »Ich würde wirklich gerne nach Lorbass sehen – meinem Pferd. Nicht, weil ich nicht glaube, dass sich keiner um ihn kümmert. Es ist eher so, dass ich eine Glucke bin, was meine Tiere angeht. Und Fortuna täte der Auslauf nach der langen Bahnfahrt gut. Danach nimmt sie gerne jeden Knochen, den sie kriegen kann.«

»Oh, natürlich.« Die Mamsell konnte tatsächlich lächeln, stellte Frederike fest. Sie war verbittert, aber vielleicht gar keine so schlechte Person, wie es der erste Anschein glauben ließ. »Paul, komm und bring das Fräulein zu den Stallungen.«

Ein junger Bursche erschien, er sah müde aus. »Bis zu den Stallungen? Jetzt?«, fragte er.

»Jetzt. Und nimm eine gute Lampe mit.«

»Wenn mir jemand den Weg sagt, finde ich das alleine«, meinte Frederike und fühlte sich schuldig. »Ich will keine Arbeit machen.«

»Nun«, die Mamsell lächelte. »Er kann Sie zu den Stallungen bringen oder Holz hoch tragen.« Sie schaute Paul an.

»Ich hole nur meine Jacke«, murmelte der Junge.

»Den Weg finde ich wirklich alleine«, beteuerte Fredrike abermals.

»Aber das wollen Sie nicht«, sagte Paul, der plötzlich in Mantel und Stiefel wieder neben ihr stand. »Hier gibt es Wölfe.«

»Ja, im Gehege, davon habe ich gehört.« Frederike grinste. »Wo müssen wir lang?«

Paul führte sie nach draußen. Der Wind pfiff eisig um das Haus, der Schnee knirschte unter ihren Stiefeln, die Temperatur fiel weiter. Das bedeutete aber auch, dass es nicht mehr schneien würde. Paul hatte zwei Laternen dabei und stapfte voraus. Frederike hielt kurz inne und legte den Kopf in den Nacken, zwischen den Bäumen und Wolken funkelten die Sterne. Vor zwei Tagen war Vollmond gewesen, nun nahm er wieder ab.

»Kommen Sie?«, fragte Paul. »Es geht hier entlang.«

»Was ist so schlimm daran, Holz nach oben zu tragen?«, fragte Frederike, als sie ihn eingeholt hatte.

»Oh.« Er schaute sie an. »Wollen Sie das wirklich wissen? In Konversation bin ich nicht gut.«

»Ist das so?« Frederike lachte auf. »Mir scheint, genau das kannst du. Reden ohne etwas preiszugeben.«

»Der Pfarrer, der uns unterrichtet, meint, ich könne es nicht.« Paul räusperte sich. »Holz holen bedeutet nicht nur das …«, sagte er zögernd.

»Das habe ich mir schon gedacht. Was bedeutet es noch?«

»Eigentlich steht es für alles, was den Zimmerdienst betrifft.« Paul zögerte. »Das kann viel oder wenig sein. So genau wissen wir das nicht, weil wir lange schon keine Gesellschaft im Haus hatten. Seit Wochen macht uns die Mamsell verrückt.«

»Ach herrje, und das nur wegen uns. Das tut mir leid.«

»Mir nicht. Ich glaube, für den Gnädigsten ist es höchste Zeit. Er ist nett, wissen Sie?« Paul schaute Frederike an.

»Ja«, sagte sie, »das ist er.«

Schon bald sahen sie Lichter durch die Stämme der Bäume leuchten. »Sind das die Stallungen?«

»Ja, daneben sind die Scheunen und dahinter die Häuser der Tagelöhner und der Leute, die nicht im Haus wohnen.«

»Ihr seid viel Personal.«

»Nein, das sind wir nicht. Eigentlich gibt es nur die Mamsell, Jakub, den ersten Diener, die Köchin, Milla, ein Spülmädchen und mich. Ich bin für alles zuständig – Holz hacken, Torfeimer rausbringen, Wasser pumpen, Schweine füttern, Ofen anfeuern – was so anfällt.«

»Aber in der Halle waren doch …«

»… viel mehr«, fiel ihr Paul ins Wort. »Richtig. Anders würden wir es heuer gar nicht schaffen.« Er schnaufte und Atemwölkchen bildeten sich vor seiner Nase. »Das sind Mädchen aus dem Dorf, Töchter der Tagelöhner. Und Söhne der Arbeiter. Sie haben Kleidung und ein wenig Schulung bekommen. Bis auf Milla hat aber noch niemand jemandem aufgewartet.«

»Weiß euer Herr das?«

Paul lachte laut auf. »Er hat es veranlasst und ich glaube, er hat mehr Muffensausen deshalb als wir.«

Frederike kicherte. »Gut zu wissen.«

»Da sind die Stallungen. Hier sind die Pferde untergebracht.« Paul zog das große Tor zur Seite.

»Ich danke dir.« Frederike nahm einen Geldschein aus der Tasche. »Zurück finde ich alleine.«

»Aber … ich … das …«, stotterte der Junge.

»Das geht schon in Ordnung. Lass mir nur eine Lampe hier.«

»Danke, Gnädigste.« Paul nahm den Geldschein, drehte sich um und verschwand.

Kapitel 17

Der Bursche hatte das Tor nur einen Spalt breit aufgezogen, nur soweit, dass Frederike ohne Mühe hineinschlüpfen konnte. Fortuna, die den Marsch durch den Schnee ausgiebig genossen hatte, stürmte vor in die Stallgasse. Auch diese war größer als auf Gut Fennhusen, doch hier stand ebenfalls eine Kiste mit Äpfeln am Eingang. Frederike nahm sich einen davon, ging dann langsam in den Stall, die Lampe hoch erhoben.

»Lorbass?«, rief sie leise. Hinten links aus einer Box war ein lautes Brummen zu hören, gefolgt von einem leisen Wiehern. Das war ihr Pferd, Frederike erkannte es sofort. Sie ging zur Box, in der Lorbass unruhig tänzelte. Als sie die Tür öffnete, schnaubte er laut. Sie gab ihm den Apfel, den er genüsslich kaute. Er beruhigte sich.

»Alles ist gut, mein Lieber«, flüsterte sie ihm zu. »Ich weiß, die Fahrt war sehr aufregend für dich und fast schon bedauere ich es, dich mitgenommen zu haben. Übermorgen gehen wir auf die Hasenjagd, hier durch die verschneiten Wälder und über die Felder. Du wirst es lieben, das weiß ich.« Je länger sie mit ihm sprach, desto ruhiger wurde er.

Auf einmal hörte sie Schritte in der Stallgasse. »Freddy?«, rief Ax.

»Ich bin hier.«

»Ich habe mir schon gedacht, dass ich dich bei den Pferden finde.«

»Ich musste nachschauen, wie es Lorbass geht. Es war schließlich seine erste Zugfahrt.«

Ax trat in die Box, betrachtete das Pferd. »Es scheint, als hätte er es gut überstanden.«

»Er hat sich beruhigt. Als ich kam, machte er noch einen nervösen Eindruck. Hoffentlich lässt er sich für die Rückfahrt verladen.«

»Ein tolles Tier. Du kannst ihn auch einfach hierlassen.« Ax grinste.

»Das könnte dir so passen.« Frederike lachte auf. »Müssen wir zurück?«

Ax schüttelte den Kopf. »Ich habe gerade die von Larum-Stil abgeholt, sie werden sich in Ruhe frisch machen und auspacken lassen. Wir haben noch ein wenig Zeit.« Er musterte sie. »Du hast dich warm angezogen, das ist gut.«

»Was hast du vor?«

»Ich will dir die Wölfe zeigen.«

»Jetzt?«

Ax nickte. Er nahm ihre Hand. »Komm. Es ist nicht so weit bis zum Gehege, wenn wir eine Abkürzung nehmen.« Er griff nach der Petroleumlampe, während Frederike die Box hinter ihnen schloss.

»Schlaf gut, Lorbass«, sagte sie und folgte Ax. »Wie viele Wölfe sind es?«

»Leider nur noch drei. Ich hatte einmal fünf. Aber der Alphawolf hat seinen Rivalen getötet und eine Fähe ist gestorben.«

»Haben sie Namen?«

Ax grinste. »Ja, natürlich.«

Frederike blieb unschlüssig stehen. »Was ist mit Fortuna? Kann sie mitkommen?«

Ax zögerte. »Ich nehme oft meinen Alf mit, aber er kennt den Geruch der Wölfe und sie kennen ihn. Er wartet dann vor dem Gehege. Vielleicht wäre es besser, Fortuna würde im Stall bleiben. Hier ist es warm. Kann sie bei Lorbass in der Box bleiben? Und wir holen sie auf dem Rückweg wieder ab?«

»Natürlich.« Frederike brachte Fortuna zurück in die Box. »Bleib«, sagte sie und der Hund legte sich ergeben hin. Schnell lief Frederike die Stallgasse zurück, Ax wartete und schloss hinter ihr die Tür zum Stall. Er nahm einen Eimer, der davor stand.

»Was ist das?«

»Fleischabfälle. Normalerweise füttere ich, oder einer meiner Burschen, sie gegen Mittag. Aber ich hatte gehofft, dass du heute bei der Fütterung dabei sein würdest.«

»Wie heißen sie denn nun?« Frederike hatte die Lampe genommen und war froh, dass sie ihre dicken, gefütterten Stiefel mitgebracht hatte. Sie stapften durch den Wald, allerdings schien dies ein Trampelpfad zu sein, der regelmäßig benutzt wurde, denn der Schnee lag hier nicht so hoch.

»Den Alphawolf habe ich Cantaloup genannt. Die erste Fähe heißt Blandine. Und die zweite, noch verbliebene Fähe Valentina.«

»Cantaloup, der Singwolf«, lachte Frederike.

»Er kann heulen wie ein Weltmeister, wirklich. Blandine steht ihm aber in nichts nach.«

Stramm schritten sie durch den Wald. Ax hatte wieder Frederikes Hand ergriffen.

»Es sind also nur noch drei?« Es war so kalt, dass die Haut auf Frederikes Wangen sich zusammenzog.

»Leider. Aber die Ranzzeit beginnt vermutlich im Februar. Ich hoffe, Blandine nimmt noch einmal auf und wirft.«

»Warum?«

»Weil … weil es herrliche Tiere sind. Und sich zu paaren gehört zu ihrem Lebenszyklus. Genau dafür leben sie – einen Partner zu finden und mit ihm eine Familie zu gründen.« Ax Stimme wurde seltsam rau. »Wie die meisten von uns Menschen auch.«

Schweigend gingen sie weiter. Frederike wartete darauf, dass er fortfuhr, aber das tat er nicht.

Das, dachte sie beklommen, war es, was ich befürchtet hatte. Vielleicht will er mich doch nicht als seine Gefährtin. Und nun sucht er einen Weg, um es mir zu erklären.

»Da vorne ist das Gehege. Ich habe etwa eineinhalb Morgen vom Hochwald abtrennen lassen. Durch das Gehege fließt ein Bachlauf, es gibt zwei Hügel, sie haben ein abwechslungsreiches Gelände. Im Sommer setze ich oft Niederwild im Gehege aus, dass mein Jäger mit Netzen fangen lässt. Jetzt im Winter muss ich natürlich füttern.« Er stellte den Eimer ab, griff nach der Lampe und hängte sie an einen Haken, der wohl zu diesem Zeck an einer der Kiefern hing.

»Eineinhalb Morgen Wald? Das ist eine Menge, die dir verloren gehen.«

»Dieses Stück ist kein Nutzwald, dazu taugt es nicht.« Ax lachte. »Weißt du, mein Urgroßvater hat Sobotka erworben und einige Zeit später das Nachbargut dazu gekauft. Das gesamte Majorat umfasst etwa neuntausend Morgen, zweitausend davon sind Wald, die meisten Nutzwald. Mir tut dieses Gehege nicht weh.«

»Neuntausend Morgen?« Frederike hatte nicht geahnt, wie groß Sobotka wirklich war, auch wenn immer alle von der Größe gesprochen hatten.

Ax nahm den Eimer und öffnete die Tür, die in das Gehege führte. »Du kannst draußen warten, wenn dir das lieber ist«, sagte er. »Von dort drüben aus müsstest du sie sehen können.«

»Wie gefährlich ist es?«, fragte Frederike zweifelnd.

»Es sind Raubtiere, auch wenn ich ihnen vertraue und glaube, dass sie mir nichts tun. Wenn du Angst hast, bleib lieber weg, sie riechen die Angst.«

»Hab' ich nicht.« Frederike streckte das Kinn nach vorne und folgte ihm in das Gehege.

»Schließ die Tür.«

Sie gingen etwa drei Meter weit. Ax pfiff laut auf beiden Fingern. Es dauerte nicht lange, dann hörten sie Rascheln im Gebüsch.

»Dort sind sie«, sagte Ax leise. »Du kannst ihre Augen sehen, wenn du genau hinschaust.«

Erst konnte Frederike nichts entdecken, doch dann sah sie drei Paar Augen, die gelblich aus dem Dunkeln zu leuchten schienen. Sie hielt den Atem an. Langsam kam ein Augenpaar näher.

»Das ist Blandine, die Leitwölfin«, sagte Ax, nahm ein Stück Fleisch aus dem Eimer und warf es etwa zwei Meter weit weg.

Mit gesenktem Kopf, Schritt für Schritt und schnuppernd kam die Fähe auf sie zu. Kurz vor dem Fleischstück blieb sie stehen, schaute Ax an.

»Nimm ruhig.« Er warf ein weiteres Fleischstück. Die Wölfin packte das Fleisch, zog sich wieder ins Gebüsch zurück. Ax leerte den Eimer aus und ging zwei Schritte zurück, Frederike blieb an seiner Seite.

»Sie wittern dich. Ein neuer Duft, das macht sie unsicher.«

»Ich habe vorhin gebadet«, sagte Frederike gespielt empört.

»Oh nein, so meinte ich das nicht. Bitte, nimm das nicht persönlich. Die Nasen von Wölfen sind sehr empfindlich …«

»Ach Ax«, unterbrach ihn Frederike lachend. »Ist doch schon gut. Das war nur ein Scherz. Schau, da kommen sie.« Fasziniert beobachtete sie die drei Wölfe, die nun, immer noch misstrauisch, nacheinander zum Fleischhaufen schlichen.

»Sind sie sonst anders? Ich meine, kommen sie zu dir? Lassen sie sich anfassen?«

Ax nickte. »Warte hier.« Gemächlich ging er zu den Wölfen, für einen Moment hielten sie inne, doch dann fraßen sie weiter. Er hockte sich etwas abseits von ihnen hin, wartete ab. Die Fähe schlang das letzte Stück hinunter, schaute sich um. Dann ging sie zu ihm, rieb ihren Kopf an seinem Arm. Er kraulte sie hinter den Ohren.

Frederike hatte natürlich schon Wölfe gesehen, entweder in den Wäldern aus der Ferne oder erschossen. Dann hatte der Jäger stolz das tote Tier in den Hof gebracht. Sie hatte sich immer davon ferngehalten, weil ihr die Tiere leidtaten. Natürlich waren Wölfe ein Ärgernis für die Schäfer, denn sie rissen die Schafe und Ziegen. Aber inzwischen hatte die Zahl der Wölfe drastisch abgenommen. In manchen Jahren sah man noch nicht einmal mehr Spuren im Schnee von den scheuen Tieren.

Doch nun war sie von der imposanten Größe der Wölfe überrascht. Sie waren schlank, langbeinig und wirkten in ihren Bewegungen sehr elegant.

Auch der Wolf kam nun zu Ax. Die kleine Fähe leckte noch die letzten Reste auf, bevor sie den beiden anderen folgte. Alle drei umringten ihn, schnupperten an seinen Händen und leckten sie. Sie verhielten sich nicht anders als Hunde, nur, dass sie sehr viel größer waren.

Ax stand auf und hielt die Hände ausgestreckt und nach oben erhoben von sich. Frederike grinste, das war ihr Zeichen für Fortuna, dass es nichts mehr gab. Tatsächlich trollten die Wölfe sich, einer nach dem anderen verschwand wieder ins Gebüsch.

Ax drehte sich um, nahm den Eimer und kam zu ihr. »Jetzt kennst du meine Wölfe.«

»Nein, ich habe sie gesehen, aber ich kenne sie nicht.«

Es raschelte und wieder hörte sie die knirschenden Schritte eines Tieres auf dem Schnee. Etwas stupste sie an. Es war die Leitwölfin, die neben Frederike stand. Sie schob ihre Nase in Frederikes Hand, schnupperte.

»Hallo, Blandine«, sagte Frederike leise und ging in die Hocke. Die Wölfin roch an ihr, sah sie kurz an, drehte sich um und trabte davon.

»Ein wölfischer Ritterschlag«, sagte Ax und klang beeindruckt. »Ich glaube, sie mag dich.«

»Weil sie mich nicht gebissen hat?« Frederike richtete sich wieder auf.

»Weil sie zu dir gekommen ist. Vielleicht hätte Valentina das gemacht, eventuell auch Cantaloup, aus Neugierde, aber Blandine ist sehr speziell. Ich habe noch nie gesehen, dass sie von sich aus beim ersten Mal zu jemandem gekommen ist.«

»Sie ist wunderschön.«

»Ich bin froh, dass du so empfindest. Die meisten Leute haben Angst vor ihnen oder finden sie abstoßend.« Er nahm ihre Hände in seine, schaute sie an. »Ich liebe diese Wölfe.« Ax stockte. »Und ich liebe auch dich. Möchtest du dich mit mir für den Rest unseres Lebens um die Wölfe kümmern und Pferde züchten? Ich fürchte, zu viel mehr tauge ich nicht.«

Frederike senkte den Kopf, schluckte, dann sah sie Ax wieder an. »Ist das ein Antrag?«, fragte sie flüsternd.

»Oh. Natürlich.« Ax biss sich auf die Lippen. »Soll ich mich niederknien?« Er klang unsicher und griff in seine Manteltasche, zog ein kleines Kästchen hervor. »Dies ist der Verlobungsring meiner Mutter …«

»Ich … oh … ich glaube, ich bin sprachlos«, stotterte Frederike.

Ax hielt ihr immer noch das Kästchen hin, wich aber ein Stück zurück. »Habe ich mich verschätzt? Ich dachte, unsere Zuneigung wäre gegenseitig.«

Bevor er noch weiter zurückweichen konnte, nahm Frederike die

Schatulle und öffnete sie. Im diffusen Licht der Petroleumlampe sah sie einen dünnen Goldreif mit einer Perle. Sie zog ihre Handschuhe aus, stopfte sie in die Manteltasche und streckte Ax ihre Hand entgegen.

»Du hast dich nicht verschätzt.«

»Wirklich nicht?« Er sah sie an, als hätte sie ihm gerade etwas Unglaubliches erzählt.

»Oh Ax!« Nun konnte Frederike nicht mehr die Haltung bewahren. Sie klappte die Ringschatulle wieder zusammen, steckte sie in die andere Manteltasche und trat auf ihn zu. »Ich liebe dich, seit ich dich das erste Mal gesehen habe. Da war ich elf Jahre alt und habe deine Ankunft auf Fennhusen heimlich verfolgt. Du hast mich jahrelang nicht wahrgenommen und wenn, dann nur als Kind, als Beiwerk der Familie. Nun erfüllst du meinen sehnlichsten Traum, soll ich jetzt vor dir knien?«

»Nein!« Ax grinste, zog sie an sich, schaute sie an und dann küsste er sie. Erst leicht und vorsichtig, dann leidenschaftlicher. »Ich liebe dich!«

Sie küssten sich, hielten sich umarmt, wollten miteinander verschmelzen, doch aus dem Dickicht drohte ein dumpfes Knurren.

»Jetzt ist Blandine eifersüchtig, fürchte ich«, sagte Ax und löste sich aus der Umarmung. »Wir sollten gehen.«

Als sie das Gehege verließen, schaute sich Frederike noch einmal um. Die Wölfin war ihnen gefolgt, sah ihnen hinterher.

Du wirst meine Freundin werden, dachte Frederike. Ich werde alles dafür tun.

Auf einmal erklang Pferdegetrappel aus dem Hohlweg, der zu dem Gehege führte.

»Was ist das?«, fragte Frederike überrascht.

»Die Kutsche. Hier ist mit dem Automobil kein Durchkommen.« Ax senkte den Kopf. »Ich hatte Jakub angewiesen, einen Wagen zu schicken, wenn wir nicht innerhalb einer halben Stunde zurück wären.«

»Du hast das geplant?«, fragte Frederike verblüfft. »Und was, wenn ich ›Nein‹ gesagt hätte?«

»Dann wären wir beide froh, wenn wir schnell zurück im Haus wären, oder nicht?«

»Du hast befürchtet, dass ich ›Nein‹ sage?«

»Frauen … egal, was man sagt …« seufzte Ax.

Frederike lachte auf. Dann nahm sie die Schatulle aus ihrer Manteltasche und öffnete sie. »Du musst mir den Ring noch anstecken.«

»Bist du dir sicher, dass du mich heiraten willst?«

»Ax von Stieglitz, ich sage es hier und jetzt und für allemal – ich möchte dich heiraten. Ja. Es gibt nichts, was ich lieber tun würde.«

Ax lachte auf, nahm den Ring und schob ihn auf ihren Finger. »Er passt«, sagte er überrascht. »Er passt ja. Ich hatte befürchtet, dass er zu weit ist.«

»Heißt das, ich habe dicke Finger?«, scherzte Frederike und küsste ihn.

»Nein, um Gottes Willen. Er hätte ja auch zu eng sein können …«

»Dann wäre ich definitiv zu dick«, sagte Frederike und lachte.

»Frauen«, seufzte Ax. »Egal, was man sagt … es ist verkehrt.« Er stimmte in ihr Lachen ein, packte sie und drehte sich mit ihr im Kreis. »Du ahnst gar nicht, wie glücklich du mich machst.«

»Gnädigster?«, rief der Kutscher. »Sind Sie hier?«

»Das sind wir.« Ax nahm die Laterne vom Haken am Baum, führte Frederike zur Kutsche.

»Sollen wir es direkt verkünden?«, fragte Ax eifrig.

Doch Frederike überlegte. »Ich liebe dich«, sagte sie wieder und küsste ihn. »Ich liebe dich wirklich. Aber weißt du, dass meine Mutter nichts sehnlicher erwartet als unsere Verlobung?«

Ax sah sie fragend an.

»Ax, ich möchte dich heiraten, weil ich dich liebe«, versuchte Frederike zu erklären. »Und nicht, weil meine Mutter es für eine gute Idee hält.«

»Das will ich doch hoffen. Auch wenn ich froh bin, dass wir ihre Zustimmung haben.«

»Aber … weißt du, kannst du dich erinnern, als die Jagd bei den Nachbarn von uns war? Als Fortuna geworfen hat? Da warst du unser Gast und du hast ein Gespräch mit Mutter geführt.«

Ax hustete verlegen. »Du hast es mit angehört? Das wusste ich nicht.«

»Ich war auf der Veranda. Ich habe danach mit Mutter gesprochen. Sie hat mir erklärt, warum du Zweifel hattest, um mich zu werben.«

»Hat sie das …« Ax war blass geworden. »Wirklich? Und es macht dir nichts aus?«

»Ach Ax«, lachte Frederike. »Das ist doch albern. Natürlich bist du älter als ich. Das hat mich aber noch nie gestört. Ich bin viel jünger als du – das schien mir immer ein größerer Hinderungsgrund.«

»Der Altersunterschied?«

»Mutter hat mir erklärt, dass er dir Sorgen macht, aber das muss er nicht.«

Ax stieß den Atem aus. »Gut. Ich weiß, du bist noch jung. Ich werde nie Charleston mit dir tanzen oder Onestep, das solltest du wissen.«

»Das weiß ich, sonst hättest du es ja schon getan.« Frederike lachte.

»Mich stört es nicht, wenn du tanzt. Auch wenn wir verheiratet sind, darfst du das weiter ausleben.« Er kniff die Lippen kurz zusammen, lächelte dann. »Zumindest, wenn ich dabei bin.«

»Gut zu wissen.«

»Aber du bist jung, du möchtest Dinge erleben und das sollst du. Unsere Hochzeitsreise soll nach Venedig gehen. Und danach würde ich gerne mit dir nach Afrika auf Safari gehen, was hältst du davon?«

»Venedig? Afrika? Ich weiß gar nicht, was ich sagen soll?«

»Das Wichtigste hast du schon gesagt, es war dein ›Ja‹, meine Liebste.«

Der Wagen hielt vor dem Gutshaus.

»Ich möchte, dass wir es noch für uns behalten und meine Mutter noch ein wenig zappeln lassen«, bat Frederike.

Ax lachte laut auf. »Dein Wunsch ist mir Befehl. Das finde ich amüsant. Überhaupt dachte ich, dass die Silvestergesellschaft der beste Zeitpunkt wäre, um es zu verkünden. Vielleicht sogar um Mitternacht?«

»Perfekt.« Noch einmal küssten sie sich im Dunkeln der Kutsche, dann öffnete Ax die Tür. »Denk daran, den Ring zu verstecken, deine Mutter ist nicht blind.«

Frederike kicherte und zog den Ring ab, steckte ihn in die Schatulle.

»Ein wenig tut es mir leid, der Ring ist wunderschön.« Dann schreckte sie auf. »Ich habe Fortuna vergessen, sie ist noch im Stall.«

»Kutscher?«, rief Ax. »Bring das Pferd zurück in die Stallung, reib es gut ab und hol den Hund, der in der Box von einem der Besucherpferde ist.«

»Sehr wohl, gnädiger Herr.«

»Und jetzt geh, mein Schatz, gleich gibt es Essen.« Ax küsste sie ein weiteres Mal, schob sie dann in das Licht des Eingangs.

Frederike fühlte sich, als hätte sie eine Flasche Champagner getrunken, sie war wie beseelt. Ax hatte um ihre Hand angehalten, er wollte sie tatsächlich ehelichen. Und er wollte mit ihr reisen. Obwohl sie seinen Antrag erhofft hatte, war es nun, da es geschehen war, doch etwas anderes. Sie konnte es noch gar nicht fassen. Außerdem hatte er sie geküsst. Thea hatte recht gehabt. Ein richtiger Kuss war etwas Besonderes.

Dies wird mein Haus sein, dachte sie staunend und ging die Treppe langsam nach oben. Dies wird meine Heimat werden, mein Zuhause. Ich werde es dazu machen. Aber mit Ax an meiner Seite wird mir alles gelingen.

Das Essen lief an ihr vorbei, sie nahm es nur wie in Trance wahr.

»Geht es dir nicht gut?«, fragte Stefanie Frederike nach dem Essen.

»Ich glaube, ich bin einfach nur müde. Der Tag war lang und anstrengend und übermorgen ist die Jagd.« Frederike schaute in die Runde. »Ich will nicht ungesellig sein, würde mich aber gerne zurückziehen.«

»Das machst du nicht«, zischte Stefanie kaum hörbar. »Das ist unhöflich und was soll Ax von dir denken?«

»Er wird es verstehen, Mutter. Das nehme ich zumindest an.« Frederike erhob sich, legte ihre Serviette auf den Tisch. »Gute Nacht allerseits.«

»Wir sehen uns morgen, Freddy!« Thea winkte ihr zu.

Ax lächelte sie an, nickte kaum merklich. Geh nur, schien er ihr zu sagen. Er stand auch auf. »Wollen wir anderen in den Salon gehen?«

* * *

Am nächsten Morgen klapperten schon früh die Eimer auf dem Flur. Frederike grinste. Man merkte, dass dies Personal nicht geschult war, sie machten Lärm wie eine Herde Rinder.

Gute Hausangestellte waren schwer zu bekommen, das war hier sicher nicht anders als bei ihnen in der Provinz. Zumal das Haus hier riesig war, viel größer als Gut Fennhusen. Wahrscheinlich brauchte man ein ganzes Heer an Bediensteten, um es in Schuss zu halten. Frederike würde sich irgendwann einen Überblick über die Räumlichkeiten verschaffen und dann gemeinsam mit Ax überlegen müssen, welche Zimmer man regelmäßig brauchte.

Eine große Gesellschaft mit Gästen, die über mehrere Tage blieben, war eher die Ausnahme. Heute war noch ein Tag, den sie zwanglos verbringen würden. Frühstück, Spaziergang, zweites Frühstück, vielleicht ein kleiner Ausritt. Kartenspiele, Gespräche, Mittagessen, ausruhen, eventuell Schlittschuhlaufen, Kaffee, einen Drink zur Dämmerung, Essen, weitere Gespräche und nettes Zusammensein. Auch würden später noch andere Gäste ankommen. Morgen erst war der Tag der Jagd. Er würde früh starten und bis abends würden sie unterwegs sein. Zwischendurch gab es sicher irgendwo einen heißen Eintopf. Abends dann das große Essen mit allen. Meistens endeten diese Abende früh, weil die Jagd anstrengend war. Und am Tag darauf war schon Silvester.

Frederike schloss noch einmal die Augen, drehte sich im Bett herum. Es war unruhig auf dem Flur, aber das störte sie nicht. Ein wenig sorgte sie sich, ob sie ihr Geheimnis würden bewahren können? Falls es nicht gelang, war es nicht tragisch, aber sie wollte doch Mutters Gesicht am Silvesterabend wirklich genießen.

Ich bleibe einfach im Bett, dachte Frederike, und schlafe bis zur Hasenjagd.

»Bis du schon wach?«, flüsterte es an ihrer Tür.

Frederike stöhnte, dann richtete sie sich auf. »Komm ruhig herein Thea.«

»Ich wusste, dass du schon wach bist.« Thea setzte sich zu ihr auf das Bett, sah ihre Freundin neugierig an.

»Ich denke, jedermann ist wach, so, wie die da draußen klappern und lärmen.« Frederike grinste.

»Mama wird sich furchtbar aufregen.« Thea zog die Augenbrauen hoch. »Und?«, fragte sie dann.

»Es ist nichts Neues, dass sich deine Mutter aufregt.«

»Das wollte ich nicht wissen«, sagte Thea. »Nun komm schon. Erzähl!«

»Was soll ich erzählen?« Frederike ließ sich zurücksinken, zog die Decke bis zum Kinn.

»Ich dachte, es gäbe etwas zu erzählen.« Thea schob die Unterlippe vor. »Du warst gestern Abend so seltsam.«

»Ich war müde.«

»Und das ist alles? Hast du mit Ax gesprochen?«

Frederike zögerte. Es brannte ihr auf den Lippen, Thea von gestern zu erzählen, aber Thea fiel es immer schwer, sich zurückzuhalten. Ganz sicher würde sie tratschen, auch wenn sie es gar nicht wollte. Es würde ihr einfach herausrutschen.

Wieder klopfte es leise an der Tür.

»Freddy?« Diesmal war es Gerta. »Darf ich hereinkommen?« Sie wartete nicht auf die Antwort, sondern schlüpfte in das Zimmer.

»Guten Morgen, Thea«, sagte sie fröhlich und hüpfte auf das Bett. »Rutsch mal«, herrschte sie Frederike lachend an. »Ich will unter die Decke.«

»Ich auch!«

Die Mädchen kicherten.

»Jemand von euch könnte ja auch eben mal ein Holzscheit in den Ofen schieben«, meinte Frederike, die aber dann selbst aufstand und den Ofen befeuerte. Schon bald breitete sich eine wohlige Wärme in dem Zimmer aus.

»Hat er sich erklärt?«, wollte Gerta wissen.

»Wer?«, fragte Frederike wie beiläufig, obwohl sie natürlich genau wusste, wen ihre Schwester meinte.

»Nun komm schon«, hakte auch Thea nach.

»Nein, hat er nicht«, log Frederike und war froh, dass sie vor dem Ofen hockte. »Ihr beide seid echte Schätzchen. Da müssen wir mal nicht zur Andacht in den frühen Morgenstunden und ihr schmeißt mich aus dem Bett, obwohl ich noch hätte schlafen können.« Sie versuchte, so beleidigt wie möglich zu klingen.

»Er hatte ja auch gestern keine Gelegenheit«, mutmaßte Gerta, ohne auf Frederike einzugehen. »Er hat uns abgeholt, dann euch, Thea, und dann musste er sich wohl um Gutsdinge kümmern. Auf jeden Fall war er plötzlich verschwunden.« Gerta zog die Stirn kraus. »So wie du auch. Wo warst du?«

»Ich war in den Stallungen und habe nach Lorbass gesehen. Er war nach der Fahrt wirklich unruhig. Ich glaube, Zug zu fahren missfällt ihm.«

»Ach so«, sagte Thea und kuschelte sich zu Gerta unter die Decke. »Nettes Zimmer hast du hier. Das ganze Haus gefällt mir, obwohl es ein bisschen gammelig wirkt.«

»Gammelig?« Erstaunt drehte sich Frederike um. »Wie meinst du das?«

»Na, Paravents, hinter denen Zinkwannen stehen, in den Ecken und Winkeln ist es ein wenig staubig. Wir sind im anderen Flügel untergebracht. Ich meine, dort riecht es sogar etwas muffig.«

»Es gab schon ewig keine Gesellschaften mehr auf Sobotka. Ich nehme an, der linke Flügel wurde nur für die Gäste geöffnet. Da hätte man schon im Vorfeld ordentlich lüften können.«

Gerta lachte laut auf. »Ein wenig klingst du schon, wie die künftige Hausherrin.«

»Bewahre.« Frederike räusperte sich.

»Wir müssen eine Möglichkeit finden, damit er heute Zeit mit dir verbringt«, sagte Thea nachdenklich. »Sonst wird das nie etwas mit euch beiden. Wenn nicht jetzt, wann sollte er sich dann erklären?«

»Vielleicht will er es ja gar nicht«, sagte Frederike leichthin.

»Das glaube ich nicht. Er veranstaltet das ganze Spektakel doch nur für dich.«

»Hoffentlich ist es das wert«, seufzte Gerta und schloss wieder die Augen. Zog die Decke noch höher.

»Wie meinst du das?« Frederike nahm den Morgenmantel vom Haken.

»Na ja, das Essen gestern ging so eben. Richtig umwerfend war es nicht. Die Köchin sollte sich auf jeden Fall steigern.«

»Ich bin auf das Frühstück gespannt«, sagte Thea.

Frederike schaute auf die Uhr. »Bis dahin dauert es aber noch. Ihr habt mich jetzt wach gemacht«, sagte sie entschieden. »Ich werde mit Fortuna zum Stall gehen und Lorbass vor dem Frühstück noch bewegen. Kommt ihr mit?«

»Ich glaube, dir fehlen fünf Pfennige zur Mark. Ich gehe doch nicht im Dunkeln zu einem Stall, ohne vorher etwas gegessen zu haben.«

»Na, dann mach es dir hier bequem.« Frederike hatte den Krug mit dem Waschwasser an den Kamin gestellt, die Eisschicht, die sich über Nacht darauf gebildet hatte, war inzwischen geschmolzen. Sie goss das Wasser in die Waschschüssel, zog sich aus und wusch sich.

»Du machst das wirklich?«, fragte Thea überrascht.

»Verlass dich darauf«, sagte Gerta und lachte. »Für ihr Pferd würde sie sogar durch den Sturm laufen.«

»Ich bleibe hier. Für nichts und niemanden würde ich um diese unchristliche Zeit das Haus verlassen.«

»Jedem das Seine«, sagte Frederike und schlüpfte in ihre Reitsachen. »Wir sehen uns beim Frühstück.« Sie pfiff und Fortuna, die vor dem Kamin auf einer Decke gelegen hatte, stand zögernd auf.

»Nun sei kein Mädchen wie die beiden in meinem Bett«, lachte Frederike. Die Hündin streckte sich, folgte ihr dann. »Bis später, Mädels!«

»Du bist unglaublich, Freddy«, rief Thea ihr hinterher.

Frederike hätte gerne noch einmal die Augen geschlossen, aber jetzt, wo sie wach war, schien es ihr eine gute Idee zu sein, wirklich zum Stall zu gehen. Diesmal ging sie die große Treppe hinunter. Auf einem Tisch neben der Eingangstür standen einige Lampen, eine davon nahm sie sich. Auch im Erdgeschoss, aber noch mehr im Souterrain, herrschte hektische Betriebsamkeit. Sachen wurden hin und her getragen, es wurde geschimpft, gerufen, gescholten.

Frederike taten die Leute leid. Ax hätte langsam anfangen sollen – ein paar Nachbarn einladen für ein Diner, zwei Übernachtungsgäste, die am nächsten Tag wieder fuhren. Anders als auf Fennhusen gab es hier keine eingespielte Zusammenarbeit, die Leute waren auf die Schnelle zusammengewürfelt worden, und die Mamsell sicherlich hoffnungslos überfordert mit allem.

Wenn sie auf Fennhusen größere Gesellschaften ausrichteten und Personal von anderen Gütern ausleihen mussten, klappte es trotzdem meist gut, weil jeder der Leute vom Haus wusste, was er zu machen hatte. Hier schien niemand etwas zu wissen.

Frederike war hin- und hergerissen, wollte schon nach unten eilen, um ihre Hilfe anzubieten, aber noch war das nicht ihr Platz. Sie war ein Gast und hatte bei den Leuten nichts zu suchen. Und wenn sie jetzt hinunterging und besserwisserisch wirkte, hätte sie für alle Zeit bei ihnen verloren.

Es ist, dachte sie sich, wichtig, den Leuten später klarzumachen, dass es nicht ihr Fehler war, wenn etwas in den nächsten Tagen schiefging. Es war Ax' Fehler, er hatte sie überrannt und überfordert mit dieser Gesellschaft. Man musste das so verkaufen, dass die Leute getröstet waren, Ax aber gleichzeitig nicht an Ansehen verlor. Das schien ihr fast unmöglich.

Vielleicht, dachte sie dann, unke ich aber auch nur, und alles läuft gut. Dann habe ich mir umsonst Sorgen gemacht.

Es war stockdunkel draußen und die Petroleumlampe leuchtete nur bis zu dem Rondell vor dem Haus.

Gestern war sie aus der Küche, aus dem Hintereingang des Hauses gekommen und von dort zusammen mit dem Burschen durch den Wald zu den Stallungen gegangen. Jetzt musste sie den Weg alleine finden. Langsam ging sie um das Haus. Viele Fenster waren schon erleuchtet. Wo mochte Ax' Zimmer sein und was tat er gerade? Andacht hielt er nicht, auch wenn er das Ritual auf Fennhusen mochte und darüber nachdachte, es auf Sobotka einzuführen. Frederike war gar nicht wild darauf, denn an so manchem Morgen wäre sie lieber eine halbe Stunde länger im Bett geblieben. Doch durch die Andacht hatte man einen gemeinsamen Tagesanfang mit dem Personal.

Ich muss nun alles aus einem anderen Blickwinkel sehen, wurde Frederike bewusst. Sie hatte das Haus umrundet und wäre fast in eines der Mädchen gerannt, das gerade aus der Küche kam.

»Ham se sich verlaufen, Gnädigste?«

»Noch nicht. Ich suche den Weg zu den Stallungen.«

»Da hamse Glück, da willich och hin. Na, denn kommse ma mit. Hamsen Gaul mitjebracht?«

Frederike grinste, das Mädchen nahm anscheinend kein Blatt vor den Mund. »Ja, ich habe meinen Gaul mitgebracht und nach dem will ich jetzt sehen.«

»Findich jut. Man muss sich umme Tiere och kümmern. Macht awwer nich jeder.« Das Mädchen sah Frederike neugierig an. »Sie sind ausse Provinz, oder?«

»Gut Fennhusen, Ostpreußen«, bestätigte Frederike.

»Ach Herrjemineh! Sindse etwa DIE?« Das Mädchen blieb stehen.

»Die was?« Frederike schmunzelte.

»Die Zukünftije.«

Frederike winkte ab. »Sie meinen meine Schwester, denk ich.«

»Jottseidank.« Das Mädchen atmete erleichtert auf, ging mit forschem Schritt weiter. »Wollte ja nicht gleich nen schlechtes Bild machen, nich wahr?«

Frederike brannten tausend Fragen auf den Lippen, aber sie traute sich nicht, sie zu stellen. Schweigend stapften sie nebeneinander durch den Schnee.

»Awwer«, sagte das Mädchen plötzlich, »ihre Schwester, wirdse ihn heiraten?«

»Wen?«

»Na, unsern Gutsherrn.«

»Ich glaube nicht, dass meine Schwester ihn heiraten wird.« Frederike hatte sich ihre eigene Falle gegraben und wusste es.

Das Mädchen blieb stehen. »Schande. Das issne Schande, sach ich Sie. Das is nich jerecht. Er war ja krank, awwer nu isser wieder jesund.«

»Er war krank?« Frederike hielt die Luft an.

»Ei, sicher. Er hatte es mitte Lunge.«

»Schwindsucht etwa?«

»Das würd ich nich wolln sajen nich. Is auch schon länger her. Da war er wirklich krank. Und seitdem isser ein bisschen schwach auffe Brust, aber Schwindsucht? Ne, das glaub ich nie nimmer nich, da wär er ja schon tot.« Sie dachte kurz nach, nickte dann und stapfte weiter.

Frederike folgte ihr langsam. Ax war des Öfteren krank, er hatte ihr gesagt, dass er schwache Bronchien hätte, aber sie hatte sich nie darüber Gedanken gemacht. Manche Leute bekamen Schwindsucht und wurden geheilt. Es gab dafür auch Kurorte. Ein Freund der Familie hatte Schwindsucht als Kind gehabt, war aber jetzt ganz gesund. Eine Freundin von Tante Edeltraut hatte ebenfalls Schwindsucht gehabt, hatte als gesund gegolten, aber die Krankheit war nach Jahren wiedergekommen und hatte sie dahingerafft.

Grundsätzlich galt Schwindsucht aber als eine Krankheit der ärmeren Schichten, und je mehr Frederike darüber nachdachte, umso abwegiger erschien es ihr, dass Ax sie haben könnte.

Endlich kamen die Stallungen in Sicht. »Lauf, Fortuna«, rief Frederike erleichtert. »Lauf und such Lorbass.«

Kapitel 18

»Ist er krank?« Der Gedanke hatte Frederike keine Ruhe gelassen.

Am Morgen hatte sie ihr Pferd bewegt, danach gab es Frühstück, dann hatte Stefanie sie fast gezwungen, mit Thea, Tante Mimi und Gerta einen Ausritt zu machen.

»Außer uns müssen alle Pferde vom Hof nehmen, Pferde, die sie nicht kennen.« Stefanie hatte sie streng angesehen. »Du weißt, wie das ist. Vor allem auf einer Jagd. Und Lorbass würde die Bewegung guttun.«

Nach dem Ausritt hatten sich alle zurückgezogen. Dann war Mutter mit Mimi in ihr Zimmer verschwunden, und jetzt, kurz vor dem Abendessen, hatte Frederike sie in ihrem Zimmer aufgesucht und zum Glück alleine angetroffen.

»Ist Ax krank?«, fragte sie wieder und verschränkte die Arme vor der Brust.

»Hat er sich dir endlich erklärt?«, fragte Stefanie und strahlte.

»Nein, Mutter. Und darum geht es auch gar nicht. Ich habe heute Gerüchte gehört und will wissen, ob sie stimmen. Ist Ax krank? Hatte er Schwindsucht?«

»Wie kommst du auf so abwegige Gedanken, mein Kind?« Stefanie schnaufte. Dann nahm sie die langen, schwarzen Handschuhe, die bis zu ihren Oberarmen reichten, aus der Schublade und zog sie an. »Hilfst du mir mit dem Schmuck? Ich weiß nicht, wo Leni ist, eigentlich sollte sie mir beim Ankleiden zur Seite stehen.«

»Ich hoffe, Leni hilft unten, denn das Personal scheint überfordert«, sagte Frederike grimmig, trat dann hinter ihre Mutter und schloss die Kette in Stefanies Nacken. »Ist er denn nun krank?«

»Sieht er krank aus?« Stefanie schaute in den Spiegel.

»Manchmal«, sagte Frederike zögernd.

»Er trägt viel Verantwortung, das lastet auf seinen Schultern.« Wieder schnaufte Stefanie ungehalten. »Wenn du den ganzen Tag reitest und unterwegs bist, hat er keine Chance, dich zu fragen.«

»Du wolltest, dass ich mit den von Larum-Stil die Pferde ausprobiere, Mutter«, sagte Frederike empört.

Stefanie dachte kurz nach, lachte dann auf. »Du hast recht. Dann mach es heute Abend wieder gut. Widme dich ihm.« Sie schaute ihre Tochter an. »Damit er sich dir erklären kann.«

»Mutter! Also wirklich.« Frederike drehte sich um. »Ich komme mir vor wie auf der Viehauktion. Du wartest nur darauf, dass ein Angebot für mich abgegeben wird.«

»Es tut mir leid, dass du das so empfindest«, sagte Stefanie leise und zupfte die Handschuhe zurecht. »Wenn du dich anders verhältst, wäre das vielleicht nicht mehr nötig.«

»Mutter?« Frederike drehte sich um. »Ich bin also auf einer Viehauktion?«

»Bedauerlich, dass du das so siehst. Ich möchte nur das Beste für dich.« Stefanie rauschte aus dem Zimmer.

Eine wirkliche Antwort auf ihre Frage hatte Frederike nicht erhalten. War Ax krank? Eigentlich sprach nichts dafür. An dem Abend vor der Jagd unterhielt er die Gesellschaft blendend, auch den Jagdtag überstand er ohne eine sichtbare Schwäche. Sie hatte ihn in den letzten beiden Tagen immer nur im Vorübergehen gesehen, hatte ihm verstohlen hier und da die Hand gedrückt und ihn einmal im Stall heimlich geküsst. Zeit, um sich zu unterhalten oder gar wichtige Fragen zu stellen, hatten beide nicht gehabt.

* * *

Der Silvestertag fing träge an. Inzwischen hatte das Personal, wahrscheinlich auch wegen der sehr lautstarken Beschwerde von Tante Mimi, eine Möglichkeit gefunden, etwas lautloser die Eimer am frühen Morgen zu leeren, Wasser nach oben zu bringen und alle anderen Tätigkeiten zu verrichten, ohne dass es klang, als würde eine Herde aufgescheuchter Pferde durch das Haus traben.

Frederike drehte sich sogar noch einmal im Bett um, nachdem ihr eines der Mädchen warmes Wasser zum Waschen gebrachte hatte.

»Stell den Krug an den Ofen«, murmelte sie nur. »Und leg noch einmal Holz nach.«

»Sehr wohl, gnädiges Fräulein.«

Bald schon strahlte der kleine Ofen Wärme aus. Das Zimmer hier war um einiges gemütlicher als ihr Zimmer auf Fennhusen. Die Fenster schlossen besser und der Abzug vom Ofen war tadellos. Heute war also der große Tag. Frederike überlegte, welches Kleid sie am Abend anziehen sollte. Sie hatte verschiedene Kleider mitgenommen, war sich aber nicht ganz sicher, welches passender war.

Sie stand auf, öffnete den Schrank und holte beide Kleider heraus. Das eine war aus pfirsichfarbener Seide, lief hinten in Falten zusammen und endete in einer kleinen Schleppe. Es hatte einen Brokatbesatz, einen tiefen Rückenausschnitt und ein rundes Dekolletee. Es fiel weich und elegant. Dazu würde sie schwarze Handschuhe tragen und ein Diadem.

Das andere Kleid war aus blauem Chiffon, lief in vielen kleinen Zipfeln aus und hatte hauchdünne Träger. Dazu hatte sie farblich passende Samthandschuhe und ein Haarband mit zwei Pfauenfedern.

Sie mochte das Blaue lieber, wusste aber nicht, ob es nicht etwas zu gewagt war.

Ich könnte Thea fragen, dachte sie. Aber heute Abend wird Ax unsere Verlobung bekanntgeben und im nächsten Jahr werde ich heiraten, es wird Zeit, dass ich meine Entscheidungen selbst treffe.

Sie ließ die beiden Kleider am Schrank hängen und zog sich an. Das Frühstück wurde heute ausnahmsweise im kleinen Salon serviert. Die Schiebetüren zwischen Esszimmer und großem Salon waren schon geöffnet worden, die Teppiche wurden zusammengerollt. Draußen fuhr ein Auto vor, es waren die Musiker, die Ax für den Abend engagiert hatte.

In der Küche liefen die Vorbereitungen auf Hochtouren. Gestern waren frischer Fisch und Austern geliefert worden. Heute brachte der Jäger die abgezogenen Hasen der Jagd. Die Köchin würde sie spicken und braten.

Frederike ging in den kleinen Salon. Ihre Mutter und Tante Mimi, Frau von Olechnewitz und Onkel Erik saßen am Tisch. Auf der Anrichte waren Platten mit Käse, Aufschnitt, Pasteten und Obst angerichtet, jeder konnte sich selbst nehmen. Rührei wurde warmgehalten, es gab auch Würstchen und Speck. Dazu frisches, duftendes Brot und süße Butter.

Frederike hatte keinen rechten Hunger, sie nahm sich nur eine Tasse Kaffee. »Guten Morgen.«

Stefanie sah ihre Tochter an. »Willst du nichts essen?«

Frederike schüttelte den Kopf.

»Du wirst doch nicht krank werden?«, fragte nun Tante Mimi besorgt.

»Wer wird krank?« Fritz ging zielstrebig zur Anrichte, nahm sich einen Teller und belud ihn. »Köstlich«, murmelte er. »So sollten wir ab jetzt auf Fennhusen auch das Frühstück reichen.«

»Kommt gar nicht in Frage«, meinte Onkel Erik. »Es macht mich schon ganz nervös, dass wir hier keine morgendliche Andacht halten und dann diese Art von Buffet, das ist doch viel zu unruhig. Ich möchte lieber mit allen am Tisch sitzen.«

»Das kannst du nächstes Jahr wieder machen«, meinte Gerta, die hinter Fritz aufgetaucht war.

»Du bist übrigens gestern hervorragend geritten, Fritz«, lobte Onkel Erik, dann sah er Gerta an. »Nächstes Jahr, das klingt so lange hin, dabei sind es nur noch ein paar Stunden.« Er schmunzelte.

»Was ist nächstes Jahr?«, fragte Thea, die nun auch den Raum betrat.

»Wer weiß das schon«, seufzte Frederike. Sie ging zum Fenster und sah hinaus, nippte an dem Kaffee, der heiß und stark war.

»Hattet ihr ein Gespräch?«, fragte Stefanie leise und besorgt, und trat neben Frederike. »Du gefällst mir gar nicht. Mach dir keine Gedanken, wenn Ax dich nicht heiraten will, dann ist das so. Ich hatte zwar den Eindruck, aber er ist sicher nicht der einzige Kandidat.«

»Mutter!«, sagte Frederike genervt. »Nun lass mich doch endlich in Ruhe mit dem Thema. Ich werde es dir schon sagen, wenn es etwas zu besprechen gibt.«

»Guten Morgen«, sagte Herr von Olechnewitz mit sonorer Stimme. »Hat jemand Herrn von Stieglitz gesehen?«

»Heute noch nicht«, meinte Onkel Erik. »Ist etwas?«

»Der Stallmeister steht in der Halle und fragt nach ihm.«

»Ist etwas mit den Pferden?« Frederike bedauerte, dass sie heute Morgen ein Jumperkleid angezogen hatte statt direkt ihre Reitkleidung – Hose und Pullover. In Kleid und mit Spangenschuhen konnte sie nicht zum Stall gehen. Sie stellte ihre Kaffeetasse ab, lief nach oben.

»Wo willst du hin?«, rief ihr Stefanie nach, Frederike antwortete nicht.

Es ist doch hoffentlich nichts mit den Pferden, dachte Frederike nervös und spürte einen Klumpen in ihrem Bauch. Schnell zog sie sich um, rannte nach unten, wo Ax neben dem Stallmeister in der Halle stand. Ax war sehr blass.

»Was ist passiert?«, fragte Frederike.

»Wir haben Probleme mit einem Hengst.«

»Lorbass?«

Ax sah sie an. »Reg dich nicht auf«, versuchte er sie zu beruhigen.

»Es ist Lorbass?«

Ax nickte. Frederike wartete gar nicht auf weitere Erklärungen, sondern lief direkt los.

»Ich komme mit, ich muss nur meinen Mantel holen …«

Das hörte sie kaum noch, lief hinaus und stapfte mit großen Schritten durch den Schnee.

»Es ist nicht so schlimm«, sagte der Stallmeister atemlos, er war ihr direkt gefolgt und hatte sie schon an der Ecke des Hauses eingeholt. »Glaub ich. Ne leichte Kolik. Vermutlich.«

»Verdammt!«

»Der Bursche führt ihn schon durch die Stallgasse, gnädiges Fräulein, isn wirklich schönes Tier, wasse da ham.«

Frederike antwortete nicht, legte noch einen Schritt zu. Der Stallmeister konnte mühelos mithalten. »Wollte Sie nicht beunruhigen … deshalb hab ich erst ma mit dem Herrn gesprochen.« Er klangt fast so, als würde er sich entschuldigen.

»Was hat er denn?«

»Der Herr?«, fragte der Stallmeister verwirrt.

»Nein! Lorbass!«, spuckte Frederike aus. »Mein Pferd.«

»Ei nun, der schwitzt, tritt sich gegen den Bauch, rammt den Kopf nach hinten … und will sich immer hinlegen.«

»Das klingt schlimm.« Frederike rannte nun fast. »Mein armer Lorbass.«

»Is nich das erste Pferd mit na Kolik, Gnädigste.«

»Aber es ist meins!«, fauchte Frederike.

Endlich hatten sie den Stall erreicht, Frederike schob die Tür auf. Lorbass lag keuchend auf dem Boden, der Stallbursche stand hilflos daneben, er hatte fast Tränen in den Augen.

»Der kommt nicht mehr hoch … ich habe alles probiert. Er flehmt die ganze Zeit, tritt um sich. Ist halt ein Großer …« Der Bursche stand an der Wand, hielt sich fern von Lorbass.

»Er muss aufstehen«, drängte Frederike. Sie ging zu ihrem Hengst, der sie mit blutunterlaufenen Augen ansah, die Nüstern geweitet, die Lippen hochgezogen. »Mein Gott«, flüsterte sie. »Es ist zu spät.«

Der Stallmeister trat neben sie. »Wir richten ihn auf, gehen mit ihm.«

Frederike nickte. »Versuchen können wir es.« Beruhigend redete sie auf Lorbass ein, legte ihre Hand an seinen Hals. Doch der Schweiß wurde kalt und Lorbass streckte die Beine von sich. Frederike wusste, was das bedeutete. Sie schloss die Augen. »Oh nein!«

»Er stirbt«, sagte der Stallmeister leise. »Es tut mir leid.«

»Ich will ihn erlösen. Das kann noch eine Stunde dauern, eine Stunde Schmerzen, eine Stunde Qualen … das hat er nicht verdient«, schluchzte sie.

Der Stallmeister stand auf, ging zur Sattelkammer und kam kurz darauf mit einer Pistole zurück. Er hielt sie Frederike hin.

»Wollen Sie das machen?«

»Es ist mein Pferd. Ich werde ihn erlösen.« Frederike nahm die Pistole, drückte ab.

Sie hatte den Schuss genau gezielt, Lorbass war sofort tot.

»Oh Gott.« Frederike gab die Pistole zurück an den Stallmeister. »Was habe ich getan?«

»Sie haben Gnade walten lassen«, sagte er leise und ruhig, nahm sie in den Arm und hielt sie fest. Das war zwar gegen alle Konventionen, aber Frederike spürte, dass er genau wusste, was sie fühlte, und diese Gefühle mit ihr teilte.

»Freddy? Ich habe einen Schuss gehört?« Ax kam in die Stallgasse, sah Lorbass. »Verdammt!«, fluchte er leise, ging zu Frederike. Der Stallmeister schob sie in Ax Arme.

»Verzeihung«, murmelte er, »ich wollte nich …«

»Alles gut.« Ax nickte, drückte Frederike an sich.

»Ich habe ihn getötet.«

»Nein, Freddy, du hast ihn erlöst. Er wäre so oder so gestorben.«

»Warum?«

»Das weiß man nie nicht, gnädiges Fräulein«, sagte der Stallmeister. »Mag einiges zusammengekommen sein – vielleicht is unser Futter nen anderes, dann die Jagd gestern, Pferde können da empfindlich sein.«

»Ich weiß. Weiß ich alles.« Frederike löste sich aus der Umarmung, ging zur Stalltüre. Die Tränen liefen nur so.

»Freddy …«, sagte Ax hilflos.

Frederike schaute sich nicht um, streckte nur die Hand abwehrend nach hinten, schüttelte den Kopf. »Ich muss jetzt alleine sein …« Wohin sollte sie gehen? Vom Haus aus kamen Onkel Erik und von Olechnewitz zum Stall geeilt. Mit keinem von beiden wollte sie sprechen. Sie wollte mit niemandem sprechen. Also lief sie in den Wald hinein und folgte dem Trampelpfad. Die Tränen liefen und liefen. Ihr geliebter Lorbass … sie hatte ihn zwar erst seit einigen Monaten gehabt, ihn aber sofort in ihr Herz geschlossen. Es war ein wunderbares Pferd gewesen, das beste, das sie bisher geritten hatte. Und nun war er tot.

Heute Morgen, dachte Frederike, hatte ich ein schlechtes Gefühl, ein unsicheres Gefühl. Ich habe es auf die Verlobung geschoben und darauf, dass mir eine Unke ins Ohr gesetzt worden war. Jetzt weiß ich, dass es Lorbass war. Ich hätte direkt nach ihm schauen sollen. Es war alles zu viel für ihn – die Zugfahrt, der neue Stall, das Futter … und dann die Jagd gestern, wo er alles gegeben hatte. Es war die reine Freude gewesen, ihn zu reiten. Und nun ist er tot.

Sie weinte und weinte. Wie kann ein Jahr nur so schrecklich enden, wo es doch so gut enden sollte? Es ist meine Schuld, ich wollte es perfekt haben und ich wollte Mutter ihr Drängen heimzahlen. Das eine hatte nichts mit dem andern zu tun, und im Prinzip wusste Frederike das auch, aber es fühlte sich eben so an. So schrecklich voller Schuld.

Sie stapfte fast blind durch den Schnee, folgte dem Pfad, der an einem hohen Zaun endete. Natürlich, hier war das Wolfsgehege. Frederike wischte sich über die Augen, ihre Lippen waren schon ganz rau und aufgerissen, aber das nahm sie nur wie durch einen Vorhang wahr.

Langsam schob sie den Riegel hoch, öffnete das Tor, trat ein. Die Wölfe waren sicher irgendwo in dem Gehege, aber nicht hier vorne. Frederike schloss das Tor, sah den großen Baumstamm links von ihr. Er schien sie einzuladen, und dort setzte sie sich hin.

Hier kann ich zur Ruhe kommen, hoffte sie und schloss die Augen. Hier sucht mich niemand.

Sie erinnerte sich an all die schönen Tage mit Lorbass, wie sie ihn das erste Mal unsicher aufgesessen hatte, damals hatte seine Größe ihr sehr imponiert.

Ich wusste damals nicht, dachte sie und musste fast lächeln, dass er so ein Lämmchen ist. Groß, aber brav.

Der erste Ausritt mit ihm, als sie die Zügel lockergelassen hatte, seine Hufe über die staubige Erde gedonnert waren und sie ihre Nase beinahe in seiner Mähne vergraben hatte. Der süß-herbe Geruch von

Pferdeschweiß und Staub nach einem Ausritt. Sein Nickern, wenn sie in den Stall kam, sein leises, zufriedenes Brummen, wenn sie ihn striegelte und putzte.

All das war jetzt vorbei. Sie würde ihn nie wieder wiehern hören. Ihn nie wieder reiten.

Plötzlich fühlte sie etwas neben sich, es strahlte Wärme aus. Eine kalte, nasse Nase schob sich in ihre Hand, ein leises und beruhigendes Brummeln war zu hören.

»Fortuna? Wie kommst du denn hierher?« Frederike schaute überrascht auf und sah in die bernsteinfarbenen Augen der Wölfin. Ihr Blick hatte etwas Tröstliches, Verstehendes, auch wenn das Tier bei Tageslicht noch viel größer wirkte, fast doppelt so groß, wie Fortuna.

Aber es war nicht die Leitwölfin, da war sich Frederike sicher. Die Leitwölfin war breiter, hatte einen dunkleren Mantel gehabt. Dieser Wolf war eher silberfarben mit einer dunklen Mütze.

»Du bist Valentina, nicht wahr?«, fragte Frederike leise. Die Wölfin leckte ihre Hand ab, schaute sie noch einmal an und trabte dann zurück in das Dickicht. In keinem Moment hatte Frederike Angst empfunden, tatsächlich schien es ihr so, als hätte der Wolf gespürt, dass sie Trost suchte und den hatte sie gefunden. Frederike erhob sich. Die Wolken standen tief am Himmel, schienen sich in den Wäldern zu verfangen und in den Baumwipfeln hängen zu bleiben. Es war kalt und roch nach frischem Schnee.

Sie verließ das Gehege, schloss das Gatter wieder und ging langsam zurück zum Stall, ganz gefangen in ihren Gedanken. Vorhin war sie geflüchtet, aber jetzt wollte sie noch einmal in Ruhe von Lorbass Abschied nehmen.

Der Bursche verkroch sich verlegen, als sie die Stalltür öffnete. Es roch nach Pferden, nach Heu und Staub, und es roch auch nach Blut. Die Stallgasse war nass, sie hatten die Stelle schon gewischt, aber der Geruch hing immer noch in der Luft.

Die anderen Pferde waren unruhig. Frederike ging langsam zu Lorbass Box, doch die war leer.

»Wir haben ihn nach hinten gebracht, in den Hof hinter den Ställen«, sagte der Bursche leise und klang verlegen. »Ich habe wirklich alles …«

Frederike hob die Hand, schüttelte den Kopf. Sie wollte keine Erklärungen hören. Der Bursche wies ihr schweigend den Weg. Lorbass lag auf der Seite, und wenn man nicht genau hinschaute, sah er so aus, als würde er sich gleich auf den Rücken wälzen, mit den Beinen strampeln und sich dann wieder aufrichten. Sie hatte ihn in den Hinterkopf geschossen, ein glatter, sauberer und schneller Tod.

Er hätte nicht überlebt, er hätte sich vielleicht noch Stunden gequält und wäre dann, wahnsinnig vor Schmerzen, gestorben, sagte sich Frederike. Alle vernünftigen Worte waren in ihrem Kopf, aber das Herz tat ihr weh. Sie hatte ihren treuen Freund getötet.

»Du hast ihn erlöst.« Onkel Erik saß auf einem Heuballen neben der Scheune. Erschrocken fuhr Frederike herum. »Du hast das Richtige getan. Hättest du fünf Minuten länger gewartet, hätte ich es gemacht. Das wäre vielleicht besser für dich gewesen, mein Mädchen.« Er stand auf und nahm sie in die Arme.

»Für mich, aber nicht für ihn.« Frederike spürte die Wärme und die Anteilnahme ihres Stiefvaters, fühlte sich geborgen und konnte sich schniefend und schluchzend fallen lassen.

»Ja. Ich kenne kaum einen Menschen, der so tapfer ist, wie du es heute warst. Ich bin sehr stolz auf dich, Frederike«, murmelte Erik. »Es ist kalt«, sagte er dann leise und zog sie mit sich. »Lass uns zum Haus gehen.«

»Ich glaube nicht, dass ich heute noch irgendwen sehen will«, gab Frederike zu.

»Das verstehe ich, aber du wirst es müssen, alleine schon für unseren Gastgeber.« Erik schwieg kurz. »Du könntest dich natürlich auf deinem Zimmer einschließen, aber wie würde er sich dann fühlen? Ich habe vorhin mit ihm gesprochen, er war außer sich vor Sorge und wollte dich suchen.«

»Aber er hat es nicht getan.«

»Nein, ich habe ihn davon abgehalten. Sonst hätte er es.« Erik zögerte. »War das ein Fehler von mir? Wäre das vielleicht eine Gelegenheit gewesen …?«

»Gelegenheit?« Frederike blieb stehen. »Wofür?«

»Nun, ähm, deine Mutter hat gewisse Erwartungen …«

»Du meinst also, wenn Ax mich gefunden hätte, in Trauer und in Tränen aufgelöst, dann wäre es eine gute Gelegenheit für ihn gewesen, um meine Hand anzuhalten?«

Erik ging nachdenklich weiter, drehte sich zu ihr um. »Wenn ich es recht überlege, wäre es das wohl nicht.«

»Gut! Ich dachte schon, ich müsste allen der Familie einen gewissen Grad an Verständnis absprechen, aber du hast mir gerade das Gegenteil bewiesen.« Sie hakte sich bei ihm ein. »Ich werde nie wieder ein Pferd mit auf ein fremdes Gut nehmen«, sagte sie dann leise. »Die Fahrt war zu viel für ihn.«

Erik schüttelte den Kopf. »Dann hätte er die Kolik schon vor drei Tagen bekommen. Es ist wahrscheinlich die Mischung gewesen – Zugfahrt, anderer Stall, anderes Futter, hier wird mehr Hafer gegeben als bei uns, und dann die Jagd.« Erik seufzte laut auf. »Es ist eine Schande, weil er ein guter Hengst war, aber keiner von uns ist daran schuld.« Schweigend gingen sie weiter. »Was machst du nun?«, fragte Erik, als sie vor dem Haus waren.

»Ich …« Frederike zögerte. Am Liebsten hätte sie sich verkrochen, aber das ging nicht. »Ich werde ein Bad nehmen.«

Erik blieb stehen, schaute sie an. »Wie ist das mit dir und Ax?«

Frederike wich seinem Blick aus.

»Liebst du ihn?«

»Ich glaube schon«, flüsterte sie.

»Er liebt dich, das weiß ich.«

»Woher?«

Erik grinste. »Er hat es mir gesagt. Mehr als einmal. Aber er hat Bedenken, um dich zu freien.«

»Welche?«

»Er hält sich für zu alt.«

»Ist das alles?« Frederike sah Erik eindringlich an. »Wirklich?«

»Was bewegt dich, Kind?« Erik runzelte die Stirn.

»Eins der Mädchen sagte, er hätte vielleicht Schwindsucht. So klang es jedenfalls.«

»Schwindsucht.« Erik wandte sich ab und schüttelte den Kopf. »Diese Nachrede verfolgt Ax sein Leben lang. Seine Mutter ist an Schwindsucht gestorben, jedes Mal, wenn er sich nur räuspert, wird ihm die Krankheit wieder angedichtet. Deshalb ist auch seine Verlobung vor Jahren gescheitert.«

»Nicht wegen seines Alters?«

»Das mag auch eine Rolle gespielt haben, aber was hat das mit dir zu tun? Hat er dich gefragt und du hast abgelehnt?«

»Ich habe ›ja‹ gesagt«, gestand Frederike. »Aber Mutter soll es noch nicht wissen. Nicht bis nachher, wenn Ax es verkündet.«

»Herzlichen, herzlichen Glückwunsch.« Erik umarmte und küsste sie. »So nimmt das Jahr doch noch einen guten Abschluss. Du weißt, Ax ist wie ein Sohn für mich und egal welchen Nachnamen du trägst, du bist meine Tochter.«

»Ist das dann nicht so etwas wie Inzest, wenn ich Ax heirate?«

Erik sah sie verblüfft an. »Blutsverwandt seid ihr ja nicht. Oder?«

»Nein. Aber sag es Mutter trotzdem noch nicht.«

»Zweifelst du etwa noch?«

Frederike lächelte. »Ich nicht, aber Mutter. Und sie darf noch ein wenig zappeln.«

Das Bad tat Frederike gut. Diesmal ließ sie die Wanne ordentlich füllen. Immer wieder kehrten ihre Gedanken zu den schrecklichen Momenten im Stall zurück und Tränen liefen über ihre Wangen.

Ich habe ihn erlöst, sagte sie sich immer wieder. Ich habe ihn von seinen Schmerzen erlöst, er wäre sowieso gestorben.

»Freddy?« Ax klopfte an ihre Tür. Er klang sehr besorgt. »Wie geht es dir?«

Schnell zog sie ihren Morgenrock über und ließ Ax hinein. Sie sah ihn an, zuckte mit den Schultern und biss sich auf die Lippen und versuchte, die Tränen wegzublinzeln. Von unten erklangen schon die ersten Töne der Kapelle und ein Wagen nach dem anderen fuhr vor, die Gäste begannen, das Haus zu füllen.

»Ich habe nicht viel Zeit«, entschuldigte Ax sich, nahm sie tröstend in die Arme. »Ich wollte dir nur sagen, wie leid mir das mit Lorbass tut.«

Frederike fand keine Worte, schluchzte nur leise.

»Möchtest du hier oben bleiben?«, fragte Ax sanft. »Ich würde es verstehen.«

Frederike schüttelte den Kopf. »Mutter würde mir das nie verzeihen. Gib mir noch ein bisschen Zeit, damit ich mich sammeln kann, aber dann werde ich herunterkommen. Geh du, deine Gäste warten.«

»Es sind unsere Gäste, auch wenn sie es noch nicht wissen.« Ax lächelte. »Freddy, du weißt, dass ich dich liebe. Ich werde versuchen, alles für dich zu tun. Ich möchte dich glücklich machen.«

»Ich weiß.«

Sie schob ihn zur Tür, denn sie wusste, gleich würde er ihr ein neues Pferd anbieten, aber den Gedanken konnte sie in diesem Moment nicht ertragen.

Frederike wählte das blaue Kleid und Milla half ihr beim Ankleiden.

»Ist echt traurig, das mit Ihrem Gaul«, sagte Milla. »Aber der Gutsherr hat genug andere Gäuler, er wird es Ihnen bestimmt ersetzen.«

»Manche Dinge lassen sich nicht so einfach ersetzen«, meinte Frederike.

»Nun, heute Abend werden Sie aber fein feiern, das wird sicher lustig, und dann vergessen Sie all die traurigen Gedanken.«

Hoffentlich gelingt mir das, dachte Frederike skeptisch. Doch dann wurde ihr bewusst, dass der heutige Abend wirklich ein Wendepunkt in ihrem Leben sein würde. 1929 würde ein wundervolles Jahr werden. Sie würden heiraten, nach Venedig reisen … Ihre ganze Zukunft lag greifbar vor ihr. Dass sie ein seltsames Gefühl dabei hatte, war sicherlich normal. Ein wenig kribbelte es in ihrem Bauch, ein unangenehmes Kribbeln. Doch das würde sicher auch bald verschwinden.

Noch einmal bürstete sie ihre Haare, zog die Handschuhe bis an die Oberarme. Dann straffte sie die Schultern und ging nach unten.

Charleston, Onestep und Polka wurde gespielt, die kleine Kapelle legte sich ins Zeug. Immer wieder wurde Frederike zum Tanz aufgefordert. Ax nickte kaum sichtbar und lächelte ihr ermutigend zu.

Nach zwei Stunden wurde in der Halle Punsch angeboten. In aller Eile wurden in den großen Räumen die Teppiche wieder ausgerollt, Tische und Stühle aufgestellt und eingedeckt, während sich die Gäste erfrischten. Die Musiker zogen sich ins Souterrain zurück, wo auch sie eine verdiente Erfrischung und etwas zur Stärkung bekamen.

Frederike hatte sich, so wie einige andere auch, ihren Mantel bringen lassen und trat auf die Veranda. Es hatte ganz leicht begonnen zu schneien, wie Puderzucker, den jemand über die Landschaft streute.

Thea griff ihren Arm. »Wie geht es dir?«

Frederike zuckte mit den Schultern. »Das Leben geht weiter, hat meine Großmutter immer gesagt.«

»Und? Hat er sich schon geäußert? Zu dumm, dass er nicht tanzt.«

»Du meinst, ob er um meine Hand angehalten hat?« Frederike grinste. »Das hat er tatsächlich.«

»Große Güte! Wirklich?« Thea sah sie überrascht an. »Was hast du geantwortet? Wann war das?«

»Vor ein paar Tagen schon, meine Liebe. Und natürlich habe ich angenommen.«

»Und du hast nichts gesagt?« Thea boxte sie leicht in die Seite. »Wie gemein.«

»Du hättest bestimmt nicht stillgehalten.«

»Wie fühlt es sich an?«

»Bisher … ich weiß nicht, es ist noch so unwirklich. Ich gehe durch die Räume und denke darüber nach, dass dies bald mein Heim sein wird. Wirklich fassen kann ich es noch nicht.«

»Bist du so richtig, richtig glücklich?«

Frederike dachte nach. War sie es? Dann nickte sie. »Ja, das bin ich.« Sie nahm das Kästchen mit dem Ring aus ihrer Manteltasche, streifte den Ring über ihren Finger.

Der Gong läutete und sie stellten sich in der Halle auf, der erste Diener öffnete die großen Türen zum Salon. Die Tafel war festlich gedeckt, das Silber blitzte im Kerzenlicht, die polierten Gläser schienen zu funkeln.

Ax betrat den Raum und drehte sich zu seinen Gästen um.

»Ich freue mich sehr, dass ich mit Ihnen und Euch die letzten Stunden dieses Jahres verbringen kann. Ich hoffe, Ihr amüsiert euch gut. Nach dem Essen kann wieder getanzt werden, und um Mitternacht werden wir natürlich auf das neue Jahr anstoßen, das hoffentlich ein gutes, glückliches und gesundes werden wird.« Er suchte Frederike, winkte sie zu sich. »Für mich wird es ein wunderbares Jahr werden, denn ich werde diese entzückende Frau heiraten.« Er zog Frederike an seine Seite und küsste sie.

Für einen Moment war es ganz still, doch dann überschlugen sich die Glückwünsche. Jeder wollte ihnen die Hand schütteln, mit ihnen anstoßen.

»Wann hat er den Antrag gemacht?«, flüsterte Stefanie ihrer Tochter zu. »Vorhin?«

»Vor ein paar Tagen schon, Mutter.«

»Und du hast nichts gesagt. So etwas!« Stefanie war entrüstet.

»Ich wollte diesen Augenblick haben, vor allen. Vielleicht findest du das ja albern, aber ich habe es mir sehr gewünscht.«

»Herzlichen Glückwunsch!«, sagte Onkel Erik. »Ist das nicht wundervoll?« Er zog Ax zu sich. »Mein Junge, du weißt, du bist für mich wie ein Sohn und nun heiratest du meine Stieftochter. Ich wünsche euch beiden ein langes und erfülltes Leben in Glück.«

»Wann«, fragte Stefanie, »soll die Hochzeit denn stattfinden?«

»Im Frühsommer, dachte ich«, sagte Ax. »Aber nun sollten alle ihre Plätze einnehmen, die Küche möchte schicken.«

Frederike saß neben Ax. Immer wieder schaute sie ihn an und konnte es noch nicht wirklich fassen. Sie würden heiraten. Der Prinz ihrer Kindheit würde ihr Mann werden.

Von dem Essen bekam sie vor lauter Aufregung und Glückseligkeit kaum einen Bissen herunter.

»Ja«, bestätigte Ax immer wieder lachend. »Wir werden im Frühsommer heiraten. Und natürlich wird es ein großes Fest geben.« Hin und wieder nahm er ihre Hand und drückte sie.

Dann wurde abgetragen, die Tische wieder zur Seite geschoben und die Kapelle nahm ihre Plätze ein. Es war fast Mitternacht. Alle schauten auf die große Kaminuhr, die letzten Sekunden wurden heruntergezählt.

»Prosit, Neujahr!«

Ax küsste Frederike. »Unser Jahr hat begonnen«, flüsterte er ihr zu. »Du machst mich zum glücklichsten Mann der Welt, und ich hoffe, ich kann dir etwas von diesem Glück zurückgeben.« Er nahm sie fest in beide Arme. Die Kapelle begann zu spielen – den Kaiserwalzer. Plötzlich zog Ax Frederike in die Mitte des Raumes und begann, mit ihr zu tanzen. Elegant schwang er sie in die Runde.

Frederike wäre fast gestolpert, doch dann fand sie in den Takt.

»Du … du tanzt?«

»Ich habe extra Stunden genommen, ich wollte dich überraschen.«

»Das ist dir gelungen«, sagte sie und wäre vor lauter Glück fast geplatzt.

Kapitel 19

In den nächsten Monaten fuhr Frederike häufig mit dem Zug nach Posen, wo sie vom Kutscher abgeholt und nach Sobotka gebracht wurde. Manchmal begleitete Stefanie ihre Tochter. Es gab viel vorzubereiten, viel zu planen. Die Hochzeit war für Ende Mai angesetzt.

Doch das schönste Erlebnis war im April der Besuch in Berlin bei den von Larum-Stils.

Sie fuhren mit dem Zug über Potsdam, besuchten Gerta, die dort inzwischen in einer Pension wohnte und die Schule besuchte. Gerta durfte mit ihnen nach Berlin fahren.

Tante Mimi hatte ihre Schneiderin bestellt, Champagner auf Eis gelegt und von der Köchin Häppchen machen lassen. Einige Musterbücher brachte die Schneiderin mit, und zuerst gingen sie die Bücher durch.

»Ich möchte ein klassisches Brautkleid haben«, sagte Frederike. »Schlicht, aber elegant.«

»Wunderbar, das passt auch am besten zu Ihnen«, meinte die Schneiderin und zog eines der Musterbücher hervor. »Schauen Sie mal hier.«

Gemeinsam blätterten sie durch das Musterbuch.

»Das finde ich schön«, sagte Thea. »Ärmellos, vorne kurz und hinten mit einem Pfauenschwanz.«

»Genau so etwas möchte ich nicht«, sagte Frederike. »Das ist mir zu modisch. Ax ist da etwas konservativ.«

»Es ist dein Brautkleid, nicht seins«, meinte Gerta.

»Aber ich bin seine Braut.«

»Ich hätte hier noch etwas anderes – es ist ein schlichtes Kleid mit einem Volant an der Seite.«

Frederike brauchte nicht lange überlegen. »Das gefällt mir gut. Nur hätte ich gerne lange Ärmel.«

Sie diskutierten noch ein wenig hin und her, dann nahm die Schneiderin Maß. Danach holte sie verschiedene Stoffquadrate aus ihrer großen Tasche. Nach einigen Überlegungen entschied Frederike sich für Seide und Organza, auch der Schleier sollte aus Organza sein.

In drei Wochen würden sie zur Anprobe wiederkommen. Es hatte den ganzen Nachmittag und den halben Abend gedauert, aber Tante Mimi war immer noch voller Schwung. Sie leerte das letzte Glas Champagner und sprang dann auf.

»Mach dich frisch, Steff«, sagte sie fröhlich. »Wir gehen jetzt in den Club.«

»Jetzt noch?« Stefanie schaute auf die Uhr.

»Das Nachtleben fängt doch jetzt erst an«, lachte Mimi. »Nun komm schon. Dafür darfst du morgen auch ausschlafen.«

»Ich weiß gar nicht, wann ich das letzte Mal ausgeschlafen habe.«

»Sei dir sicher, Tante Stefanie, dass Papa morgen keine Andacht abhalten wird.« Thea grinste. Heinrich hatte sich den ganzen Tag nicht zuhause blicken lassen. Das wäre ein Frauentermin, hatte er gemeint und wollte nicht stören.

Gerta war schon vor einigen Stunden wieder nach Potsdam gefahren, denn sie musste am nächsten Tag zur Schule gehen.

Thea wartete, bis ihre Mutter und Stefanie die Wohnung verlassen hatten, dann sah sie Frederike erwartungsvoll an. »Und wir? Sollen wir uns auch ins Nachtleben stürzen?«

»Das würde Mutter nicht erlauben.«

»Sie erfährt es ja nicht, Freddy.«

Frederike schüttelte dennoch den Kopf. »Ich bin wirklich müde. Es ist alles so aufregend, aber auch anstrengend.«

»Hast du deine Aussteuer zusammen?«

»Mutter will noch neue Laken und Handtücher kaufen. Ansonsten brauche ich nicht viel. Auf Sobotka ist doch schon alles da.«

»Ja, aber willst du nicht eigene Sachen haben?«

Frederike zuckte mit den Schultern. »Mir sind andere Dinge wichtiger.« Sie lehnte sich zurück und verschränkte die Arme vor der Brust. »Aber das werde ich in Ruhe mit Ax klären müssen.«

»Was denn?«

»Die Mamsell zum Beispiel. Sie nimmt mich nicht ernst. Und ich glaube, sie ist auch keine gute Haushälterin, jedenfalls nicht so, wie unsere Mamsell. Entweder wird sie sich verbessern oder sie muss gehen. Die Köchin wird auf jeden Fall gehen müssen, das habe ich schon mit Ax besprochen.«

»Oh, wirklich?«

»Als Mutter nach Fennhusen kam, hatte sie einen harten Stand beim Personal. Sie war am Anfang sehr unerfahren, dass stimmt, aber sie hat sich auch lange nicht durchgesetzt. Deshalb hat das Personal sie nicht ernst genommen. Später hat Tante Edel sie unterstützt und ihr gezeigt, wie der Haushalt zu führen ist.« Frederike fuhr leiser fort. »Ich werde aber keine Tante Edel auf Sobotka haben. Und ich möchte von Anfang an ernst genommen werden.«

»Ich bewundere dich. Ich weiß nicht, ob ich ein so großes Gut führen könnte.«

»Respekt vor der Aufgabe habe ich auch, aber Ax wird immer an meiner Seite sein und mich unterstützen, da bin ich mir gewiss.«

»Es ist so … seltsam, dich jetzt über ihn sprechen zu hören«, sagte Thea nachdenklich. »Es klingt schon so vertraut und voller Liebe.«

Frederike lachte. »Seit unserer Verlobung hat sich viel zwischen uns verändert. Tatsächlich ist da mehr Vertrautheit, sicherlich auch ganz viel Zuneigung und Liebe, aber es ist noch mehr – wie ein Band, das uns verbindet. Ich kann es nicht erklären.«

»Du musst sehr glücklich sein.«

»Das bin ich auch. Und neugierig auf das, was kommen wird.«

»Hast du keine Angst vor … der ersten Nacht?«, fragte Thea flüsternd.

»Nein, Angst habe ich nicht. Ich weiß, Ax wird sehr einfühlsam sein.«

»Es ist alles so aufregend. Ich kann es kaum erwarten. Und eure Hochzeitsreise?«

»Wir werden zwei Tage nach der Hochzeit nach Venedig fahren. Ich kann es immer noch kaum glauben. Venedig muss traumhaft sein.«

»Ich würde zu gerne mitkommen«, sagte Thea lachend.

»Ich glaube nicht, dass das eine gute Idee wäre.«

* * *

Drei Wochen später fuhren Stefanie und Frederike wieder nach Berlin. Die Schneiderin hatte das Kleid genäht, jetzt gab es die erste Anprobe. Frederike zog das Kleid an, stellte sich auf einen Hocker. Kritisch umkreiste die Schneiderin sie, steckte hier und dort etwas ab, zeichnete mit Schneiderkreide auf, wo eine Naht ausgelassen oder verändert werden musste.

Tante Mimi hatte einen großen Spiegel in den Salon bringen lassen, und immer wieder schaute Frederike sich an. Das Kleid war genauso wie sie es sich vorgestellt hatte.

Was würde Ax dazu sagen? »Wunderschön«, sagte Stefanie zufrieden und zupfte noch ein wenig am Saum. »Es gefällt mir sehr gut. Du wirst eine traumhafte Braut sein, mein Kind.«

Auch Thea war begeistert. »Ich kann es kaum erwarten«, sagte sie.

»Wie steht es mit der Planung?«, wollte Mimi wissen.

»Nach einigen Gesprächen wird Schneider eine Woche vor dem Fest nach Sobotka reisen. Sie nimmt Lore, das erste Küchenmädchen mit. Lore ist schon ein paar Jahre bei uns und hat alles von Schneider gelernt«, erklärte Stefanie.

»Und Lore wird meine Köchin werden«, sagte Frederike stolz. »Sie und Schneider werden das Menü kochen.«

»Weißt du schon, was es gibt?«

»Eine Consommé Medici, dann Parfait von der Gänseleber, Weichsellachs und holländische Sauce.« Frederike überlegte.

»Garnierter Wildrücken«, half Stefanie ihr weiter.

»Champignons, Pfirsich Florida und schließlich noch Käse und Gebäck«, vervollständigte Frederike das Menü.

»Das klingt hervorragend.« Thea leckte sich über die Lippen. »Und wenn Schneider das kocht, wird es auch hervorragend schmecken. Wie bist du die alte Köchin losgeworden?«

»Ich habe Ax einfach darum gebeten, und er hat ihr dann gekündigt. Die Mamsell hat angedroht, das Haus nun auch zu verlassen, was mir ja recht wäre.«

»Es ist jedoch schwierig, eine gute Mamsell zu finden«, sagte Stefanie. »Und vor allem wirst du gerade in der ersten Zeit jemanden brauchen, der die Abläufe und das Gut kennt.«

»Deine Mutter hat nicht Unrecht«, meinte auch Tante Mimi. »Und du musst ja nicht alles übers Knie brechen. Wie lange werdet ihr in Venedig bleiben?«

»Drei Wochen.« Frederike strahlte. »Es wird ganz wunderbar werden.«

»Ich habe meine Reise mit Gerta nach Venedig verschoben, wir wollen dem jungen Glück nicht über den Weg laufen.« Stefanie lachte.

Eine Woche vor der Hochzeit packten die Köchin und das erste Küchenmädchen ihre Sachen. Sogar den Schleifstab nahm Schneider mit, dazu noch einen großen Korb mit Gewürzen und anderen Dingen.

»Sobotka ist ein großes Gut«, sagte Frederike lachend. »Mit einem Küchengarten, der bald doppelt so groß ist wie unserer.«

»Ei, das mag sein«, sagte die Köchin. »Doch weeß ich, ob se haben de Dingje, die ich brauche tu? Ich werde kochen dein Hochzeitsmahl und es soll sein perfekt, Marjellchen.«

»Das schätze ich sehr, Schneider. Danke.«

Lore war sehr aufgeregt, denn schließlich zog sie mit Frederike nach Sobotka. Der Abschied von den Leuten fiel ihr schwer und war tränenreich, auch wenn sie sich auf die neue Position freute.

»Wir ziehen nicht nach Übersee«, sagte Frederike. »Und du wirst den Kontakt von Fennhusen sicher nicht verlieren. Ganz bestimmt kannst du alle einmal besuchen kommen, wenn ich in die Heimat fahre.«

Lore nickte, wischte sich die Tränen von den Wangen. »Ei, weiß ich schon«, sagte sie. »Erbarmung, ich bin halt noch nie nicht weggezogen in meinem Leben und jetzt so weit ... das fühlt sich seltsam an.«

Frederike wusste nur zu genau, was Lore meinte. Auch wenn sie sich auf die Ehe mit Ax freute, auf die wunderschöne Zeit, die sie haben würden, ein flaues Gefühl im Magen blieb.

Als sie nach Bad Godesberg zur Schule gegangen war, war es anders gewesen. Damals hatte sie gewusst, dass sie zurückkommen würde. Doch ihre Zeit auf Fennhusen war nun endgültig vorbei.

In Frederikes Zimmer sah es aus wie Kraut und Rüben, überall standen Kisten und Körbe. Einiges wollte sie mitnehmen, anderes würde auf dem Dachboden eingelagert werden.

Auch sonst herrschte im Haus ein reges Treiben. Alle würden mit nach Sobotka fahren, selbst das Kindermädchen mit Irmi und Gilusch. Nur Klein-Erik und Ali würden mit der Säuglingsschwester daheimbleiben.

In der Diele stapelten sich die Koffer. Immer wieder wurde eins der Mädchen auf den Dachboden geschickt, um einen weiteren zu holen. Dieser musste dann erst gesäubert werden und auslüften.

Die Mamsell schien zum Glück einen unendlichen Vorrat an Lavendelsäckchen zu haben, damit der zum Teil muffige Geruch der jahrelang unbenutzten Koffer nicht in die Kleidung überging.

»Ich habe nichts anzuziehen«, jammerte Tante Martha. »Nichts, was diesem Ereignis gerecht werden würde.«

»Dann fahr morgen mit mir nach Berlin, wenn ich mein Brautkleid abhole. Dann kannst du dir noch etwas kaufen«, schlug Frederike ihr vor.

»Das wäre wirklich zu überlegen.«

Frederike wusste, dass Tante Martha es nicht machen würde, denn sie hatte es ihr jedes Mal vorgeschlagen, und immer hatte Martha das Angebot kurzfristig abgelehnt.

»Wir machen es«, sagte Tante Edeltraut resolut. »Ich habe nämlich gerade mein bestes Kleid anprobiert, aber ich muss sagen, es passt mir nicht mehr. Das liegt wohl nur an Schneiders gutem Essen«, seufzte sie.

»Wir sollten die neuen Kleider Schneider vom Lohn abziehen.« Sie zwinkerte Frederike zu.

»Wirklich? Du fährst mit nach Berlin?«, fragte Martha ungläubig.

»Natürlich. Warum denn nicht? Frederike ist quasi meine Nichte und die erste meiner Nichten, die heiratet. Ich sollte zu dem Anlass etwas Besonderes tragen. Das Kleid kann ich ja dann für die nächsten Hochzeiten aufbewahren.«

»Du bist so klug«, sagte Martha. »Natürlich machen wir das. Wir fahren nach Berlin.«

»Wunderbar«, sagte Stefanie und klang erleichtert. »Dann kann ich ja hierbleiben und alles Weitere beaufsichtigen. Diese zwei Tage würden mir ansonsten sehr fehlen. Ich weiß gar nicht, wo die Zeit geblieben ist.«

»Das ist wie Weihnachten«, murmelte Tante Edeltraut. »Das kommt ja auch immer überraschend.«

Am nächsten Morgen brachte Hans sie zur Bahn. Noch einmal würde Frederike von Fennhusen in die Republik fahren. Danach würde sie auf Sobotka wohnen. Es gab ganz viele ›das mache ich jetzt das letzte Mal hier‹, wurde Frederike klar. Ein wenig machte es sie traurig, gleichermaßen freute sie sich unbändig auf ihre Zukunft.

Tante Martha und Tante Edeltraut hatten darauf bestanden, in der ersten Klasse zu fahren. Mutter nahm oft auch die zweite Klasse. Als der Zug an der Grenze verplombt und die Vorhänge zugezogen wurden, musterte Tante Edeltraut Frederike.

»Hast du eigentlich Angst?«, fragte sie leise.

»Wovor?« Frederike sah sie überrascht an.

»Vor der Ehe.«

Frederike wusste nicht, was sie antworten sollte. »Nein. Warum?«

»Sie meint die körperlichen Aspekte«, sagte Tante Martha trocken.

Überrascht schaute Frederike von einer zur anderen. »Ich weiß schon, was Geschlechtsverkehr ist.« Sie räusperte sich. Wie kamen die beiden altjüngferlichen Tanten denn auf dieses Thema? Und wollte sie es mit ihnen diskutieren?

»Nun, du weißt, was es ist. Das ist gut. Hast du Angst?« Tante Edeltraut lächelte.

»Ein wenig«, gestand Frederike.

»Musst du nicht«, sagte nun Tante Martha. »Vor dem ersten Mal nimmst du diese Creme und reibst dich damit unten gut ein, dann wird es flutschen.« Sie kicherte. »Und nicht besonders weh tun.« Sie reichte Frederike einen Tiegel.

»Unten?«

»Natürlich. Da, wo ES passiert«, kicherte Tante Edeltraut.

»Woher …? Ich meine … wieso wisst … ihr so etwas?«

»Wir waren auch einmal jung.«

»Man mag es heute kaum glauben.«

Die beiden sahen sich an und lachten.

»Und auch damals gab es junge Männer.«

»Ich war verlobt, Martha fast …«, Tante Edeltraut nickte. »Und es war Krieg. Alle waren zuerst euphorisch. Die Männer haben sich in Scharen freiwillig gemeldet, wollten für Kaiser und Vaterland kämpfen.«

»Wir dachten ja alle, dass sie bald wieder zuhause sein würden«, ergänzte Martha. »Wer konnte ahnen, dass der Krieg das Ende vieler Träume, Hoffnungen und der Monarchie sein würde?«

»Aber als wir das wussten, war es zu spät. Jedoch hatten wir auf unsere Hoffnungen gesetzt.« Tante Edeltraut räusperte sich. »Du verlässt Fennhusen in zwei Tagen und wirst dieses Geheimnis ja hoffentlich mit dir nehmen.«

»Natürlich.« Frederike hatte tausend Fragen im Kopf, gleichzeitig aber keine Worte dafür.

»Warum«, fragte sie dann schließlich doch, »habt ihr nicht später noch einmal … jemanden gesucht? Weil eure Beaus, die im Krieg geblieben waren, eure große Liebe waren?«

»Du liebes bisschen, nein«, lachte Tante Edeltraut. »Wie kommst du denn auf so eine absurde Idee?«

»Wir haben natürlich immer Ausschau gehalten, aber es war keiner mehr da. Alle Männer in unserem Alter waren verheiratet oder sind gefallen. Die wenigen anderen waren vernachlässigbar. Sie hatten alle einen Spleen. Deine Mutter hat mit Erik wirklich Glück gehabt. Uns war das nicht gegeben.«

»Manchmal bin ich ganz froh darum«, sagte Tante Edeltraut. »Vielleicht hätten wir ansonsten auch eine Schar Kinder um und einen nörgelnden Ehemann neben uns. Wenn man sich so manche Ehen anschaut, weiß man nicht, was man davon halten soll.«

»Bei dir und Ax«, sagte Martha voller Enthusiasmus, »wird das sicherlich anders.«

»Ganz bestimmt!« Frederike nickte entschieden.

»Das meinen wir auch. Er ist wirklich ein netter Mann, leider zu jung für uns.« Tante Edeltraut lachte wieder. »Und jetzt sollten wir uns ein Likörchen genehmigen.« Sie zog eine Flasche und Gläser aus ihrer Tasche. Die Fahrt nach Berlin wurde Frederike nicht lang, die beiden Tanten erzählten manche Döntjes und Anekdoten.

Diesmal ging Frederike in das Atelier der Schneiderin. Letzte Änderungen wurden vorgenommen, das Kleid war wunderschön geworden und entsprach ganz und gar Frederikes Vorstellungen. Glücklich nahm sie es, eingehüllt in Seidenpapier und in einen festen Karton verpackt, mit zu den von Larum-Stils. Auch die beiden Tanten waren bei ihrer Tour durch die Berliner Kaufhäuser erfolgreich gewesen.

»Wir sollten öfter hierherfahren«, sagte Tante Martha und ließ sich auf das Sofa fallen.

»Wenn es nicht so anstrengend wäre«, seufzte Tante Edeltraut.

»Unser Zug geht morgen in aller Frühe«, Frederike gähnte. »Wir fahren über Potsdam, da wird Gerta zusteigen. Übermorgen fahren wir alle nach Sobotka.«

»Und in Sobotka wird dein neues Leben beginnen«, sagte Tante Edeltraut. »Mimi, darauf müssen wir anstoßen!«

Thea würde direkt aus Bad Godesberg kommen, wo sie gerade ihren Abschluss machte. Auch Fritz würde selbstständig anreisen, er freute sich schon auf die lange Fahrt in seinem Laubfrosch.

Frederike hatte mehrere lange Listen vor Augen. Gästelisten, Packlisten, Listen mit Abfahrt- und Ankunftszeiten, Menülisten und etliches mehr.

Eigentlich hatte sie sich ihre Hochzeit entspannter und romantischer vorgestellt, aber der Prinz ihrer Kindheitsträume war gerade gefangen im Gutsunternehmen und musste dort viel regeln.

In weniger als einer Woche werden wir in Venedig sein, sagte Frederike sich. Dort werden wir alle Zeit der Welt nur für uns haben. Der Gedanke war nicht nur verlockend, er war auch tröstlich.

Endlich, schließlich, war alles gepackt, das Meiste erledigt und getan, das Gepäck aufgegeben. Es ging los, und Frederike stieg zu Hans auf den Kutschbock des Landauers, Fortuna legte sich zu ihren Füßen.

»Ei, du wirst uns wohl besuchen kommen, Marjellchen?«, fragte Hans besorgt.

»Erbarmung, Hans, wie könnte ich nicht?«, fragte sie lachend. »Meine Familie lebt hier auf Fennhusen. Es wird meine Heimat bleiben.«

»Ei, das ist gut.« Er schnalzte, und die Pferde liefen los. Frederike drehte sich um. Sie sah das Haus. Dort oben war ihr Zimmer gewesen, dort waren die Kinderzimmer und das Klassenzimmer, in denen Obermann sie unterrichtet hatte. Das Schlafzimmer ihrer Eltern ging nach hinten raus. Aber dort war Fritz' Zimmer, der Blauregen war bis zum Dach gewachsen und war über die Jahre immer dicker geworden, fast ein Baum. Fritz hatte das genutzt und war oft daran heruntergeklettert. Sie fuhren auf die Allee, und das Haus wurde immer kleiner. Rechts lag der Garten, links die Stallungen. Der See blinkte durch die Bäume hindurch. Wie viele glückliche Stunden hatte sie hier auf Fennhusen verbracht? Sie mochte lieber an die schönen als an die schlechten Stunden denken.

Sie fuhren die Allee entlang, dort lagen die Schnitterhäuser, dahinter begannen die Äcker der Dörfler. Und dann schließlich kamen sie zum Dorf.

Es war Ende Mai, in den Gärten blühte es schon, und auch das erste Gemüse war angepflanzt worden und trieb aus.

Die Störche waren aus dem Süden zurückkehrt und hatten ihre riesigen Nester auf den Dächern wieder bezogen. Sie klapperten laut, fast klang es so, als würden sie Frederike Beifall klatschen. Dabei besangen sie eigentlich nur ihre Wiederkehr und balzten um den neuen Partner. Für eine Saison würden sie ein treues Paar werden, dann würden sie sich trennen und in den Süden reisen.

Ich trete meine Reise an, um mit meinem Partner den Rest meines Lebens zu verbringen, dachte Frederike. Ax. Mit ihm würde sie glücklich werden. Für immer und ewig. Vielleicht singen die Störche mir ja ein Abschiedslied?

Der Abschied am Bahnsteig wurde kurz, denn sie waren knapp in der Zeit. Der Zug stand schon stampfend da und das ganze Gepäck musste noch verladen werden. Es gab ein großes Tohuwabohu, wer wo einzusteigen hatte, denn auch einige vom Personal fuhren mit. Diesmal waren wenigstens keine Pferde dabei, dachte Frederike und musste an Lorbass denken. Immer noch betrauerte sie sein Ende und hatte es bisher nicht geschafft, sich ein neues Pferd auszusuchen, auch wenn Onkel Erik ihr fast wöchentlich eins angeboten hatte. Es fühlte sich einfach nicht richtig an, und es gab genügend Pferde auf Fennhusen, die bewegt werden mussten.

Schließlich konnte der Schaffner das Signal geben, und sie fuhren los. Stampfend und keuchend setzte sich der schwere Zug in Bewegung. Noch einmal konnte Frederike einen Blick auf das Dorf und die Kirche werfen. Sie fuhren an den Äckern vorbei, auf denen die Saat gerade keimte. Frederike schloss die Augen. Es war ein Abschied für immer. Sie würde zu Besuch kommen, aber ihr Leben würde sich endgültig verändern.

Die Ankunft auf Sobotka gestaltete sich ähnlich hektisch. Onkel Erik hatte auf alle Koffer mit Kreide Nummern geschrieben und zählte nun durch. Bevor er sich nicht sicher war, dass alles Gepäck aus dem

Zug geräumt war, durfte der Schaffner nicht das Signal zur Abfahrt geben.

»Mein Liebling«, begrüßte Ax Frederike und zog sie in den Schatten der Bahnhofshalle. Er sah sie an. »Nun endlich ist es so weit. Freust du dich?« Ax klang unsicher.

»Natürlich freue ich mich. Es ist alles nur so hektisch.« Frederike hob lachend die Arme. »Wir hätten davonlaufen und heimlich heiraten sollen.«

»Was sich nicht schickt.«

»Was aber viel einfacher gewesen wäre.« Frederike schüttelte den Kopf. »Als würden sie hier alle einziehen und nicht nur ich …«

»Es sind nur ein paar Tage, dann fahren wir nach Venedig. Nur du und ich.« Ax zog sie an sich, küsste sie.

Erschrocken wich Frederike zurück. Er war blass, das war ihr schon bei der Begrüßung aufgefallen, aber er fühlte sich auch heiß an. »Bist du krank?«

»Ein kleiner Infekt. Das gibt sich wieder.« Ax lächelte beruhigend. »Es war so viel zu tun. Ich hatte mich verkühlt, aber keine Zeit, es auszukurieren.«

»Bis übermorgen musst du gesund sein.«

»Das werde ich.«

Die Familie hatte den kompletten rechten Flügel bekommen. Ax hatte ein Zimmer im linken Flügel bezogen.

»Ich dachte«, erklärte Ax und lachte verlegen, »wir machen das Blaue Zimmer zu unserem Schlafzimmer. Es ist eines der schönsten Zimmer im Haus. Dafür braucht es ein wenig Umbau, den ich schon in die Wege geleitet habe und der während unserer Reise nach Venedig vorgenommen werden sollte.« Er lächelte.

»Umbauten?«

»Nun, ein Ankleidezimmer für mich mit …«, er räusperte sich, »Bett. Falls du dich manchmal unwohl fühlst und alleine schlafen möchtest.« Er sah sie an. »Wir haben nie über Kinder gesprochen …«

Frederike runzelte die Stirn. »Muss man über Kinder reden?«, fragte sie verunsichert.

»Ob du welche möchtest?«

»Wir heiraten doch … und … und … und«, sie wusste nicht, was sie sagen sollte. »Möchtest du Kinder?«, fragte sie dann.

Ax nickte. »Ja, sehr gerne sogar. Wenn du das auf dich nimmst?«

»Du wirst es mir ja nicht abnehmen können.« Frederike kicherte, nahm seine Hand. »Natürlich möchte ich Kinder von dir. Was ist das für eine Frage? Wenn man verheiratet ist, kann man das doch auch gar nicht verhindern.«

»Doch, das kann man.«

»Grundgütiger! Ax!« Frederike lachte auf und zog ihn weiter die Treppe hoch. »Ich glaube, das will ich gar nicht wissen.« Sie schüttelte den Kopf. »Also ich schlafe im blauen Zimmer, welches du noch umbauen willst?«

»Genau. Es wird ein Ankleidezimmer für mich geben und ein Bad, nur für uns beide. Ist das in deinem Sinne?«

»Das klingt phänomenal.«

Am nächsten Tag trudelten die Gäste ein und einiges von Frederikes Kisten. Sie wies die Burschen an, sie irgendwo zu lagern, es machte keinen Sinn, die Sachen auszupacken, wenn das Zimmer ohnehin verändert werden würde. Es war ein Kommen und Gehen, fast schon wie auf dem Bahnsteig. Einige Gäste waren auch in den Vorwerken und bei Nachbarn untergebracht.

Irgendwann fand Frederike trotzdem Zeit, in die Küche zu gehen.

»Nun, Schneider, wie ist es hier?«, fragte sie lächelnd.

»Ei, das ist mal eine Kiche. Hab gesehen so was noch nie. So groß un so jeräumich. Und de Jarten is ne Pracht. Ei, wenne hier nich jelücklich wirst, dann wees ich es ooch nich«, lachte die Köchin.

»Hast du dich schon eingelebt?« Frederike sah Lore fragend an.

»Ei, ein bisschen. Die Leute sind anders als bei uns, aber damit musste ich ja rechnen.« Sie grinste schief.

»Wenn irgendetwas ist, du dich nicht wohlfühlst oder wenn du Probleme hast, scheue dich nicht, mich anzusprechen. Auf Fennhusen ist immer eine Stelle für dich frei. Du musst nicht hier leben, nur weil ich es tue. Und das meine ich ganz ehrlich.«

»Danke, Gnädigste.« Lore knickste. »Ich werde es mir merken.«

* * *

Am nächsten Tag schrak Frederike noch vor dem Morgengrauen auf, die Lerche war gerade erst erwacht und trällerte. Dies war ihr Hochzeitstag.

Sie setzte sich im Bett auf und dachte nach. Gab es etwas, was sie vergessen hatte?

Ax und Onkel Erik hatten den Ehevertrag zusammen entworfen, Mutter hatte ihn unterschrieben, denn Frederike war noch keine einundzwanzig Jahre alt und somit noch nicht mündig. Mutter, als ihre gesetzliche Vertreterin, würde auch das Ehedokument mit unterschreiben müssen.

Heute Mittag würden sie zur Kirche fahren, dort würde das Gelübde gesprochen werden. Gemeinsam würden sie nach Sobotka fahren, essen und dann feiern. Die kleine Musikkapelle aus dem Dorf, die schon am Silvesterabend für Tanzmusik gesorgt hatte, würde wieder da sein.

Und dann, irgendwann, würden Ax und sie sich hier in das Zimmer zurückziehen und ihre Hochzeitsnacht begehen. Leider ging die Zugverbindung nach Venedig erst übermorgen und nicht sofort.

Frederike lehnte sich zurück. Sie würde heute das Zimmer erst verlassen, wenn es zur Kirche ging. Ax sollte sie vorher nicht sehen. Er würde mit der Familie und den Freunden vorfahren.

Langsam wachte das Haus auf. Viel leiser als noch zum Jahreswechsel wurden die Torfeimer nach unten getragen, die Krüge mit dem warmen Wasser auf den Zimmern verteilt.

»Guten Morgen, Gnädigste«, hörte Frederike eines der Mädchen am Nachbarzimmer sagen. »Brauchen Sie Hilfe beim Ankleiden?«

»Seit Jahren nicht mehr«, fauchte Tante Edeltraut zurück. Sie war schon immer ein Morgenmuffel gewesen.

Frederike lauschte den Geräuschen. Die Familie stand auf, zog sich an, ging hinunter zum Frühstück. Milla kam, um ihr aufzuwarten. Sie brachte ein Tablett.

»Mit besten Grüßen von der Köchin.«

Es gab Kaffee und frisches, leichtes Weißbrot, ein weichgekochtes Ei, etwas Rührei mit Speck, außerdem Hagebuttenmarmelade vom letzten Jahr aus Fennhusen. Frederike liebte diese Marmelade, wusste sie noch einmal mehr zu schätzen, seit sie die mühselige Herstellung kannte.

»Brauchen Sie noch etwas?«, fragte Milla.

»Ich fürchte, ich kann gar nichts essen. Das darf die Köchin nicht erfahren, denn an den Leckereien liegt es nicht. Nur an meinem Magen.« Frederike schenkte sich Kaffee ein, heiß und stark, so wie sie ihn mochte.

»Ich soll das so zurückbringen?«, wollte Milla unschlüssig wissen.

»Lieber nicht. Hast du Hunger?«

»Ich? Immer.«

»Dann lang zu.« Frederike lachte auf. »Bitte.«

»Wirklich?«

»Ja.«

»Die Gnädigste hätte das nie gestattet«, sagte Milla und stopfte das Rührei in ihren Mund, als gäbe es kein Morgen.

»Die Gnädigste ist wer?«

»Na, dem Gnädigsten seine Mutter. Bis nach heute Mittag, falls Sie ›ja‹ sagen, dann sind sie ja die Gnädigste.«

»Du kennst Frau von Stieglitz?«

»Na sicher!«

Frederike hatte Ax Stiefmutter bisher nur einmal kurz getroffen, die alte Dame war sehr distanziert gewesen. Eigentlich hätte sie heute auch dabei sein sollen, doch gestern hatte sie sich per Kabel entschuldigt. Ihr war nicht danach, zu kommen.

Vermutlich, dachte Frederike belustigt, werde ich nie Probleme mit meiner Schwiegermutter bekommen, weil ich sie einfach nie treffen werde. Es gibt sicher schlimmere Schicksale.

Den Vormittag verbrachte sie in dem Zimmer, räumte auf und um, einfach, um sich zu beschäftigen. Viel hatte sie nicht auspacken lassen, das Meiste ging sofort weiter nach Venedig und der Rest blieb in den Kisten, bis sie sich wirklich einrichten würden.

Milla brachte Badewasser, füllte die Wanne fast bis zum Rand und gab ein Fläschchen Essenz dazu. »Das ist von ihrer Köchin, hat sie selbst gemacht. Das soll gut tun.«

Plötzlich duftete es nach Sommer, nach Ringelblumen, Lavendel und Linde. Ein kleiner Hauch Honig schien auch noch dabei zu sein. Frederike setzte sich in die Wanne, schloss die Augen. Es war herrlich. Sie badete in aller Ruhe, trocknete sich ab. Milla kam, um ihr beim Anziehen zu helfen.

Es klopfte. »Liebes, darf ich hereinkommen?«, fragte Stefanie. Sie wartete nicht auf die Antwort, sondern trat ein.

»Ich möchte«, sagte Stefanie, »dass du heute das Diadem deiner Urgroßmutter trägst.« Sie streckte Frederike eine Schachtel entgegen.

»Wirklich?«

»Ja. Erben wird es Gerta, aber du solltest es heute tragen.«

Frederike hustete. Dann schüttelte sie den Kopf. »Schau mal«, sagte sie und wies auf den Frisiertisch. Dort lag ein Kranz aus frischen Blumen. »Die Blumen haben Gerta, Irmi und Gilusch heute Morgen gepflückt und zu dem Kranz gewunden. Ist das nicht zauberhaft von ihnen? Und so symbolträchtig? Den werde ich über dem Schleier tragen.«

»Aber das Diadem deiner Urgroßmutter …«

»Gehört jetzt schon Gerta und nicht mir«, sagte Frederike und lächelte. »Wir sehen uns in der Kirche.«

Die Wagen fuhren los, die Leute liefen hinterher, Frederike konnte den Zug von ihrem Fenster aus beobachten. Dann waren alle außer Sichtweite. Milla legte vorsichtig den Schleier über Frederikes Kopf und setzte den bunten Kranz auf.

»Sie sehen bezaubernd aus«, sagte das Mädchen und gab ihr den Brautstrauß.

»Dann geht es jetzt los.« Frederike atmete noch einmal tief durch.

Unten in der Halle wartete Onkel Erik, er war ihr Brautführer. Es war ihm wichtig gewesen, er wollte es sein.

»Du bist … so wunderschön«, staunte er.

Sie fuhren zur Kirche, und warteten vor dem Portal, bis die Orgel einsetzte. Mit den ersten Klängen führte Onkel Erik sie zum Altar. Irmi und Gilusch liefen voraus und verstreuten Blüten. Ax sah ihr entgegen. Er lächelte.

»Du bist die schönste Frau der Welt«, flüsterte er ihr zu.

»Willst du, Frederike Wilfried von Weidenfels den hier anwesenden Alexander von Stieglitz ehelichen, ihn ehren, in guten wie in schlechten Zeiten …?«, fragte der Pfarrer.

Frederike zögerte nicht. »Ja, ich will!«

Ax war blass, er hatte dunkle Ringe unter den Augen und seine Haut glänzte ungesund. Frederike machte sich Sorgen.

Der Pfarrer wiederholte seine Litanei.

»Ja, ich will!«, sagte auch Ax und hustete.

»Hiermit erkläre ich euch für Mann und Frau …«

Der Pfarrer sah sie an und Ax beugte sich vor, küsste Frederike. Der Kuss war sanft, ohne Leidenschaft.

Unter rauschender Orgelmusik schritten sie gemeinsam durch das Kirchenschiff. Wieder streuten Irmi und Gilusch Blumen. Eigentlich hätte sie überglücklich sein sollen, doch Frederike fühlte sich wie taub, da war etwas, was nicht stimmte. Etwas, was sie beunruhigte. Sie wusste aber nicht, was.

Vor der Kirche blieben sie stehen und plötzlich führte einer der Burschen ein Pferd um die Ecke und brachte es vor dem Brautpaar zum Stehen. Es sah aus wie Lorbass, nur die Blesse auf der Stirn war ein wenig anders.

»Das ist Kobold«, erklärte Ax. »Ein Dreijähriger. Er ist aus der gleichen Mutter und vom selben Vater wie Lorbass. Ich habe danach gesucht und ihn gefunden. Und ich möchte ihn dir zur Hochzeit schenken.«

Frederike schnappte nach Luft. »Ich weiß nicht … Danke, Ax. Ich liebe dich!« Sie küsste ihn. »Du machst mich so glücklich.«

Er lächelte schief. »Hoffentlich.«

Sie fuhren zurück zum Haus. Es gab zunächst einen Aperitif, ein paar Häppchen und dann wurde das Diner serviert. Das Essen war köstlich.

Ax war den ganzen Abend über sehr ruhig und zurückhaltend. Manchmal ging er nach draußen, um frische Luft zu schnappen, machte ihr aber ein Zeichen, dass sie bei den Gästen bleiben sollte.

Nach dem Digestif schien es ihm besser zu gehen. Er tanzte einen Walzer mit Frederike, nachdem die Halle freigeräumt worden war und die Kapelle aufspielte.

»Ich habe nur Walzer gelernt und geübt«, gestand er ihr. »Keinen Charleston und keinen Onestep. Du darfst aber gerne tanzen.«

»Liebling, wie findest du mein Kleid? Du hast dich dazu noch nicht geäußert.« Frederike biss sich auf die Lippen.

»Es ist traumhaft. Wunderschön. So wie du. Es ist meine erste Hochzeit«, sagte er leise und lachte. »Ich wusste nicht, dass ich mich dazu hätte äußern sollen.«

»Jede Frau möchte gelobt und bewundert werden, Schatz, ich auch.«

»In Zukunft werde ich das immer berücksichtigen.« Sie sahen sich an und lachten.

»Weißt du«, gestand dann Frederike, »das Kleid ist schön, es ist mein Traum von einem Brautkleid und die Schneiderin hat alle meine Wünsche erfüllt. Allerdings kann man in dem Kleid nicht tanzen. Schon gar keinen Charleston.«

»Möchtest du dich umziehen?«, fragte Ax.

Frederike sah auf die Uhr, der Abend war zwar schon fortgeschritten, aber bis zur Mitternacht würde es noch dauern. »Ich möchte mich mit dir zurückziehen. Am Liebsten würde ich jetzt schon mit dir nach Venedig fahren.«

»Leider geht das nicht.« Ax drückte sie an sich. »Wir können erst übermorgen nach Venedig fahren, vorher gibt es keine vernünftige Verbindung.«

»Ich weiß«, antwortete Frederike leichthin.

»Aber ich habe mir gedacht, dass dich die Vorstellung, noch zwei weitere Nächte mit allen in diesem Haus zu verbringen, nicht glücklich machen würde. Ich möchte mit dir alleine sein. Ganz alleine. Deshalb«, sagte er und lächelte, »habe ich uns ein Zimmer in Posen im Hotel reserviert. Unser Gepäck ist schon im Wagen. Wir können sofort fahren.«

Frederike sah ihn an, schüttelte verblüfft den Kopf. »Woher kennst du mich so gut?«

»Freddy, ich kenne dich, seit du elf bist.« Ax lachte. »Aber ich habe noch nie das Bett mit dir geteilt ...«

»Dann wird es vermutlich Zeit.« Frederike küsste ihn.

Die Gäste und die Familie bildeten ein Spalier, als Frederike und Ax zum Wagen liefen. Rosenblätter und Reis wurden über sie geschüttet, Glückwünsche gerufen.

Im Wagen angekommen lehnte sich Ax keuchend zurück, hustete. Seine Stirn war schweißnass.

»Du bist krank.« Frederike sah ihn besorgt an.

»Ein leichter Sommerinfekt, nichts, worüber du dir Gedanken machen musst. Das geht vorbei.«

Noch nie hatte Frederike ein Hotelzimmer mit einem Mann geteilt. Als sie die Anmeldung mit ›Frederike von Stieglitz‹ unterschrieb, war es ungewohnt und seltsam. Aber Ax ließ ihr keine Zeit, nachzudenken. Ihre Sachen, die wenigen, die sie für zwei Nächte brauchten, waren schon ausgepackt.

»Ich habe alles herbringen lassen«, sagte Ax. »War das in Ordnung?«

»Du bist phänomenal! Danke!«, jubelte Frederike und fiel ihm um den Hals. Sie küssten sich. Aus dem kurzen und hektischen Kuss wurde ein warmer, sanfter Kuss. Frederike öffnete ihren Mund, spürte seine Zunge, schmeckte ihn. Sie schloss die Augen und gab sich dem Gefühl ganz hin. Ihr Magen kribbelte wie nach einem Glas Champagner, das sie auf einmal getrunken hatte. Ihr wurde warm und sie wollte ihn spüren, seine Haut, seine Haare in ihren Fingern.

Langsam zogen sie sich aus, küssten sich dabei, hielten sich fest.

So ist das also, dachte Frederike. So muss das sein, das ist Begierde. Kurz nur dachte sie an den Tiegel, den ihr Tante Edeltraut gegeben hatte. Sie brauchte ihn nicht.

Ax drängte sie zum Bett, zog auch ihre Unterwäsche aus, strich über ihre Haut. Es war nicht peinlich, nein, sie wollte seine Hände spüren. Sie wollte ihn anfassen und angefasst werden. Wieder küssten sie sich, verschmolzen ineinander, Mund auf Mund, Herz an Herz, dazwischen nur die erregte Haut. Langsam schob sich Ax zwischen ihre Beine, sie spürte seine heiße und pulsierende Erregung, öffnete sich für ihn.

Doch dann hustete er. Hustete und hustete, er rollte zur Seite, griff nach einem Taschentuch, presste es auf seinen Mund.

»Soll ich deinen Rücken klopfen?«, fragte Frederike hilflos.

Ax drehte sich weiter weg, schob sie mit der linken Hand von sich. »Geh!«, keuchte er, hustete wieder, würgte. »Geh.«

»Was ist los?« Frederike war aufgesprungen, hatte ihren Morgenrock ergriffen, der über dem Stuhl lag, und ihn angezogen. »Was ist mit dir?«

Wieder hustete Ax, es klang furchtbar, als würde er sein Inneres nach außen stülpen. »Geh!«

»Ich rufe einen Arzt, ja?«

Ax schüttelte den Kopf.

Frederike öffnete das Fenster. »Komm, schöpfe nach Luft, dann wird es besser.«

Ax drehte sich auf den Rücken, streckte die Arme von sich, sein Atem ging schwer. »Verdammt«, flüsterte er und schloss die Augen. »Verdammt.«

Frederike näherte sich wieder vorsichtig, kniete sich auf das Bett, fasste ihn an. Er glühte.

»Du bist krank. Du hast Fieber.«

Ax schwieg.

»Ich rufe den Arzt.«

»Nein, das tust du nicht, Freddy. Keinen Arzt von hier.« Er holte stoßweise Atem. »Es gibt da einen Spezialisten in Berlin. Den rufen wir morgen an.«

»Morgen? Du bist jetzt krank. Du hast Fieber und Atemnot … du hast vielleicht eine Lungenentzündung. Das muss behandelt werden.«

Ax atmete laut ein und aus, dann schaute er Frederike an. »Ich bin krank, aber es ist keine Lungenentzündung.«

»Sondern?«, fragte sie kaum hörbar.

»Es ist Tuberkulose.« Ax schloss die Augen und zog die Decke über sich.

»Schwindsucht?«

Er nickte schwach. »Ich hatte es als Kind und galt als geheilt, aber es ist wieder ausgebrochen, scheint mir. In den letzten Wochen wurde es schlimmer und schlimmer, aber ich wollte es nicht wahrhaben, wollte dich heiraten und endlich glücklich werden.«

Frederike schluckte, biss sich auf die Lippen. »Du wusstest es?«

»Ich habe es vermutet, Freddy, aber ich wollte es nicht wahrhaben.« Er drehte den Kopf zur Seite. »Es tut mir so unendlich leid. Wir können die Ehe annullieren lassen.«

»Bist du verrückt?« Frederike legte sich neben ihn, hielt ihn fest. »Es gibt einen Arzt, dem du vertraust?«

»Doktor Werner in Berlin. Ja, ich vertraue ihm.«

»Ich rufe ihn an. Jetzt.«

»Du wirst ihn erst morgen erreichen.« Ax lächelte schwach.

»Dann morgen. Er wird dich behandeln.«

»Er wird mich nach Davos schicken.«

»In den Luftkurort?«

Ax nickte. »Davon verspricht er sich viel.«

»Dann glauben wir daran.« Frederike zog die Decke über sie beide, kuschelte sich an seinen fieberklammen Körper und versuchte, ihn zu wärmen.

All ihre Hoffnungen und Gedanken um die Zukunft waren wie eine Seifenblase zerplatzt.

Am nächsten Morgen ging es Ax noch schlechter, das Fieber war gestiegen, er bekam kaum Luft.

Frederike meldete ein Gespräch nach Berlin an und eines nach Sobotka.

Die Leitung nach Berlin würde dauern, das wusste sie. Nach einer Viertelstunde stand aber die Verbindung zum Gut. Frederike fragte nach ihrer Mutter.

»Guten Morgen«, sagte Stefanie heiter. »Wie geht es den Turteltäubchen?«

»Mutter, Ax hat Tuberkulose. Ihm geht es schlecht.«

Stefanie schwieg, sie schwieg lange.

»Hast du es gewusst, Mutter?«, fragte Frederike endlich leise.

»Ich wollte immer nur das Beste für dich, Frederike, das musst du mir glauben.«

»Du hast es gewusst?«

»Man kann es heilen … manchmal.«

»Du hast es gewusst und mich in das offene Messer laufen lassen? Weil du das Beste für mich willst?« Frederike schnaufte. »Du hast mich mit einem viel älteren Mann, der sehr krank ist, verheiratet, weil es das Beste für mich ist? Mutter? Ernsthaft? Oder wolltest du mich loswerden?«

»Wie kannst du so etwas sagen? Ich wollte dich nie loswerden, sondern dich gut verheiraten. Sobotka ist eine Goldgrube, vor allem mit der Pferdezucht. Mach etwas daraus. Es ist jetzt dein Gut.«

»Mutter …«, hauchte Frederike fassungslos. »Wie kannst du nur?«

»Ich denke an dich, Kind, auch wenn du das jetzt nicht siehst. Du hast ein großes Gut. Du wirst es erst verstehen, wenn du selbst Kinder hast.«

»Und wie soll ich die bekommen?« Frederike lachte verbittert auf. »Ich kann nicht glauben, dass du mich so verkauft hast.« Dann legte sie auf.

Am Abend kam der Spezialist aus Berlin. Frederike hatte ihn morgens erreicht und beschworen zu kommen. Sie würde alle Kosten tragen.

»Es geht ihm nicht gut«, sagte Doktor Werner besorgt, nachdem er Ax untersucht hatte.

»Was kann man machen?« Frederike konnte immer noch nicht fassen, wie sich ihr Leben innerhalb von Stunden verändert hatte.

»In Davos gibt es einen Fachmann. Ich habe ihrem Mann jetzt etwas gegeben, was das Fieber senken sollte. Sobald es ihm besser geht, sollte er nach Davos gebracht werden.«

»Gibt es die Chance auf eine Heilung?«

»Die gibt es immer. Man sollte die Hoffnung nie aufgeben. Niemals. Egal, worum es geht. Ich wünsche Ihnen alles Gute, Frau von Stieglitz. Und Sie können alle guten Wünsche gebrauchen.«

Niemals die Hoffnung aufgeben, sagte sich Frederike und brachte Ax nach Davos. Ihre Hochzeitsreise nach Venedig sagte sie ab.

Aufgeschoben ist nicht aufgehoben. Ax wird wieder gesund werden. Er hat es einmal geschafft und wird es wieder schaffen. Und dann beginnt unser gemeinsames Leben.

Ich muss nur daran glauben.

* * *

Ende

Nachwort

Dies ist ein Roman, eine Fiktion, eine Geschichte, die ich mir ausgedacht habe.

Dennoch beruht diese Fiktion auf realen Personen.

Frederike von Weidenfels hat es nie so gegeben, allerdings gab es Wilfried von Plato – sie war die Mutter von Gebhard Gans Edler zu Putlitz.

Herr zu Putlitz ist der Schirmherr des Putlitzer Preises, den die 42er-Autoren seit Jahren vergeben. Wie es zu dem Namen und dem Preis kam, kann man auf der Internetseite der 42erAutoren lesen.

Es mag 2013 gewesen sein, zu der jährlichen Preisverleihung unseres Vereins, als ich lange mit Gans zu Putlitz im Pfarrgarten saß, und er mir die faszinierende Geschichte seiner Mutter erzählte.

Ein enger und sehr herzlicher Kontakt entstand. Ich erfuhr immer mehr und mehr über die Familie und natürlich fragte ich: »Kann ich darüber ein Buch schreiben?«

Die Familie stimmte zu. Allerdings habe ich fast alle Namen verfremdet und verändert.

Dieses Buch beruht deshalb auf einer wahren Geschichte. Viele Dinge sind so passiert und geschehen. Noch mehr habe ich allerdings dazuerfunden.

Das Gut Fennhusen gab es, aber es hatte einen anderen Namen. Sobotka gab es auch und das Wolfsrudel existierte tatsächlich.

Frederike war in Bad Godesberg auf der Gartenbauschule und hat dort ihren Abschluss gemacht.

Es gab all die Kinder auf Fennhusen.

Die Entenjagd am Mauersee war legendär, es wurden auch jedes Mal etwa 700 Enten geschossen. Das Fest und die Gelage darum herum habe ich erfunden. Es könnte aber so stattgefunden haben.

Ich habe viel recherchiert, aber auch einiges ausgedacht – man möge es mir verzeihen.

Tatsächlich hat Wilfried/Frederike Ax geheiratet. Und tatsächlich litt er an Tuberkulose. Ihre Mutter, die ihr zu der Ehe riet, wusste es – Frederike hat es ihr nie verziehen.

Ich habe die Bücher von Marion Gräfin Dönhoff gelesen, sie haben mir gute Einblicke in das Leben damals und dort gegeben. Noch informativer war »Der grüne Baum des Lebens« von Clara von Arnim. Ganz besonders geholfen hat mir aber »Bei den ›Edlen Gänsen‹ zu Tisch« von Gisa und Bernhard von Barsewisch.

Natürlich habe ich auch wieder viele Informationen von Fachleuten erhalten, und dennoch werden sich Fehler eingeschlichen haben – dafür trage ich alleine die Rechnung.

Ich habe diesen Roman meinem Verlag 2014 angeboten, als ich gerade an »Die australischen Schwestern« schrieb.

Dann hatte ich aber noch so viel Material zur Australiensaga, dass ich Aufbau einen dritten Band vorschlug. Den haben wir dann vorgezogen. In der Zwischenzeit habe ich weiter zu diesem Buch recherchiert und hatte schlussendlich auch viel mehr Material und Geschichten, als in ein Buch passen würden. Deshalb wird es einen zweiten Band geben, welcher die Geschichte von Frederike weitererzählt.

Danksagung

Love, Love, Love

Ohne Hilfe und Unterstützung hätte auch dieser Roman nicht geschrieben werden können. Leider war 2016 für uns ein sehr trauriges und unglückliches Jahr – mein lieber Schwiegervater erkrankte schwer und starb schließlich. Es war für uns eine sehr schwere Zeit.

Zum Glück hatten der Aufbau Verlag und vor allem meine wunderbare Lektorin Anne Sudmann wieder einmal sehr viel Verständnis und Geduld mit mir.

Mein ganz besonderer Dank gilt der Familie der Gans Edlen zu Putlitz. Von ihnen habe ich diese wahnsinnig tolle Geschichte geschenkt bekommen. Zusätzlich dazu viele Informationen, eine DVD von unschätzbarem Wert, ich durfte Briefe lesen und vieles mehr. Ein Höhepunkt war die Fahrt durch die Felder und Besitztümer der Familie. Ganz herzlichen Dank dafür!

Außerdem hat das Buch »Erinnerungen« von Gebhard zu Putlitz vermutlich mein Leben, ganz sicher aber meinen Rücken gerettet. Denn als wir ein paar Tage in Dänemark verbrachten, hatte ich es dabei. Das Haus dort war wunderschön, die Matratze leider völlig durchgelegen. Ich habe das Buch darunter geschoben und geschlafen wie ein Engel.

Erbarmung, Horst-Dieter Radke hat mich sehr unterstützt, was den ostpreußischen Dialekt angeht. Dennoch haben wir beschlossen, die Passagen lesbarer zu machen. Manchmal ist weniger mehr – Ei, obwohl mir das awwer aners ooch jut jefallen hat. Liebster Horst-Dieter – du bist wirklich Klasse.

Mein lieber LA Gerald Drews, ich habe schon öfter gesagt, was ich dir alles verdanke – nämlich alles. Danke!

Liebste Conny, wir müssen dringend telefonieren – eigentlich immer. Ich drück dich!

Ohne meine Freunde und die Familie hätte ich es auch diesmal vermutlich nicht geschafft, diesen Roman in dieser schweren Zeit zu schreiben. Danke, dass ihr da wart und zugehört habt.

Meinen Eltern möchte ich danken – wie schön, dass es euch gibt! Ich liebe euch!

Meinem Bruder, dem Historiker Christian Loefke, gebührt besonderer Dank. Er hat mir manch wichtige Information zukommen lassen und mich von manchem Holzweg geführt. Seiner Partnerin Ela danke ich für ihre Geduld.

Andrea und Christian, Bärbel und Michael, Claudia, Susanne und Fred … ich bin echt froh, euch zu haben. Und immer wieder glücklich, wenn ihr meine Essen esst.

Es gibt noch mehr Freunde, noch mehr Menschen, die uns nahestehen. Ich kann sie nicht alle erwähnen, aber ich weiß, dass es euch gibt. Danke!

Ganz besonderer Dank gilt meiner Zuckerschnecke Kirsten – du weißt schon: »Und jetzt machen wir …« Ohne dich würde ich hilflos im Chaos untergehen. Und natürlich auch ihrem Mann Klaus. Danke, dass ihr immer und immer und immer da seid.

Obwohl dies ein hartes Jahr war, haben mir meine vier Kinder oft viel Freude bereitet. Es ist toll zu sehen, wie ihr euren Weg geht – trotz aller Hindernisse und Schwierigkeiten. Philipp, Lisa, Tim und Robin – ich liebe euch und bin stolz auf euch. Und Robin … du schaffst das, weil du du bist!

Tja, Joan, was soll ich sagen? Da sind wir wieder am Ende eines Buches und nichts hat sich verändert. Ohne deine Mails und dein Lektorat wäre mein Leben ziemlich trist und öde. Und ohne die Bilder vom Zuckerkeks wäre alles etwas grauer. Danke, du Glückskind! Und wir tun es … weil wir es können! Und … vielen Dank, für die Blumen! Du bist einfach toll!

Und dann ist da noch mein Mann, der immer für mich da ist – oder es wenigstens versucht. Danke für alles, alles und alles – lass es mich mit Frank Sinatra sagen:

Fill my heart with song
And let me *write* for ever more
You are all I long for
All I worship and adore
In other words, please be true
In other words, I love you